HANNE-VIBEKE HOLST

Die Kronprinzessin

Buch

Charlotte Damgaard, Mitte dreißig, ist glücklich verheiratet und Mutter von vierjährigen Zwillingen. Sie engagiert sich nicht nur für ihre Familie, sondern auch für eine bessere Welt. An vorderster Front einer großen Umweltschutzorganisation hat sie bereits sehr viel dazu beigetragen, das Thema Umweltschutz in Dänemark populär zu machen. Doch dann soll sie ihrem Mann, der ein Entwicklungshilfeprojekt in Afrika leiten wird, für ein paar Jahre ins Ausland folgen. Die Familie sitzt schon auf gepackten Kisten, da klingelt das Telefon. Dänemarks Premierminister ist am Apparat. Er will sein Kabinett umbilden und Charlotte zur Umweltministerin berufen. Charlotte ist hin und her gerissen. Einerseits möchte sie ihrem Mann und ihren Kindern zur Seite stehen, andererseits hat sie nun endlich die Möglichkeit, politisch wirklich etwas zu bewegen. Ihr Mann redet ihr zu, und so tritt Charlotte ihren Posten an, mit persönlichem Sekretär, Chauffeur und einem großen Koffer voller Pläne und Hoffnungen. Doch die Realität holt sie schnell ein: Sie hat nicht nur mit eingefahrenen Ritualen zu kämpfen, sondern muss sich auch gegen Anfeindungen der Presse und aus den eigenen Reihen wehren. Doch Charlotte gibt nicht auf. Sie will um ihren Posten kämpfen – schon um ganz Dänemark zu zeigen, dass es für eine Frau mit Familie möglich sein muss, Karriere zu machen, und zwar ohne sich zu verbiegen …

Autorin

Hanne-Vibeke Holst ist eine von Dänemarks populärsten Autorinnen. Ihre Romane wurden in Dänemark und in Deutschland in kürzester Zeit zu Bestsellern. Für »Die Kronprinzessin« wurde sie mit dem Søren-Gyldendal-Preis ausgezeichnet. Hanne-Vibeke Holst ist dreifache Mutter und wohnt in Kopenhagen.

Von Hanne-Vibeke Holst außerdem im Goldmann Verlag lieferbar:

Meerjungfrau sucht Mann fürs Leben. Roman (43899)
Mann umständehalber abzugeben. Roman (44262)
Sag jetzt nichts, Liebling. Roman (44352)

Hanne-Vibeke Holst

Die Kronprinzessin

Roman

Aus dem Dänischen
von Friederike Buchinger

GOLDMANN

Die Originalausgabe erschien 2002 unter dem Titel
»Kronprinsessen« bei Gyldendal, Kopenhagen.

Umwelthinweis:
Alle bedruckten Materialien dieses Taschenbuches
sind chlorfrei und umweltschonend.

1. Auflage
Deutsche Erstveröffentlichung Oktober 2003

Umschlaggestaltung: Design Team München
Umschlagfoto: Photonica/Gasho Ito
Satz: deutsch-türkischer fotosatz, Berlin
Druck: Elsnerdruck, Berlin
Verlagsnummer: 45544
Redaktion: Eva Wagner
JE · Herstellung: Max Widmaier
Made in Germany
ISBN 3-442-45544-8
www.goldmann-verlag.de

»Die Guten weinten und die Bösen lachten. So kurz konnte man es sagen. Hätte es denn anders gehen können? Hätte es anders gehen müssen? Fuck. Journalisten sind Schweine, Politiker sind Schweine. Aber sie war keins. Das war der einzige Unterschied. Und darin lag das Drama.«

Sie fürchtet sich nicht vor der Dunkelheit. Nur vor dem Bild.

Es ist weit nach Mitternacht, die Nacht vom zwanzigsten auf den einundzwanzigsten Dezember. Charlotte schläft nicht. Sie liegt mit weit offenen Augen in ihrem Bett, um es nicht aus der Schlaflosigkeit hervortreten zu sehen. Bemüht sich stattdessen, Gegenstände in der filzartigen Dunkelheit des Raumes auszumachen – den Schrank, den Stuhl, die lateinamerikanischen Webstoffe an der Wand, die Lamellen des Rollladens. Lauscht nach den fernen Verkehrsgeräuschen des Jagtvej, hört den Krach eines Kanonenschlags heraus, folgt einer Notfallsirene, einem Frauenlachen in der Straßenschlucht. Fließt hin in der Musik, die aus der Wohnung von unten kommt, träger Jazz, empfindsame Saxofonsoli, die durch die Decke nach oben steigen wie die bläulichen Rauchfahnen einer glühenden Zigarette. Sie denkt an New York, den Club im *The Village*, in dem sie damals tanzen waren. Vor den Zwillingen. Den Zwillingen, deren Husten in regelmäßigen Abständen von der anderen Seite der Wand zu hören ist. Besonders Jens' asthmatisches Bellen. Sie wickelt sich aus den langen Beinen ihres Liebsten, löst seinen Arm von ihrer Schulter. Er fällt schwer aufs Laken. Thomas verschläft alles. Kanonenschläge, Krankenwagen, Kinderhusten. Der Schlaf des Gerechten, sagt er, der nie von Dämonen gejagt wird. Wie sollte er dann ihre verstehen können?

Ohne Licht anzumachen, geht sie durch das Schlafzimmer auf den Gang zum Kinderzimmer. Tastet sich barfuß um Bauklötze, Puppen und Autos herum bis zu Jens' Bett vor, setzt sich auf die Bettkante und stützt seinen Hinterkopf, während er, kaum wach, aus dem Wasserglas trinkt, das sie ihm hinhält. Klopft ihm leicht auf den Rücken, redet beruhigend mit ihm, streichelt ihm über die Wange und legt ihn behutsam wieder hin. Ein Lächeln huscht über sein rundes Gesicht, während sie die Bettdecke um ihn herum feststopft und seine Hand hält, bis seine Atmung wieder regelmäßig ist. Unterdrückt den Drang, sich neben ihn in das viel zu kurze Bett zu legen oder ihn in ihr eigenes zu tragen. Dreht sich zu dem anderen Bett, in dem Johanne wie gewöhnlich quer liegt, die Decke weggestrampelt. Sie ist die kleine Schwester, zehn Minuten nach ihrem Bruder geboren. Aber sie ist die Starke. So ist es in ihrer Familie immer gewesen. Auf dieser Seite. Wie ihre Mutter zu sagen pflegte: »Die Kerle waren schon immer nur Schwächlinge.« Während die Frauen das Band gewesen sind, das alles zusammenhält. Generation für Generation. Mit Johanne wurde auch gekuschelt und geschmust. Vielleicht nicht ganz so sanft. Bei ihr hatte sie nie Angst gehabt, sie zu verlieren. Sie kommt schon klar. So wie sie selbst klargekommen ist.

Thomas breitet die Arme aus, als sie zurückkommt und ihre kalten Füße an seiner Wade reibt.

»Kannst du nicht schlafen?«, murmelt er.

»Jens hustet«, antwortet sie und kriecht ganz nah zu ihm hin.

»Wollen wir uns lieben?«, fragt er und lässt seine Hand über ihren Bauch streichen.

»Wir müssen schlafen«, konstatiert sie und gähnt. Schließt die Augen. Spürt die Schwere. Jetzt *kann* sie schlafen. Er ist auf dem Weg, der Schlaf.

Aber dann trickst er sie doch aus. Gerade als sie glaubt, entkommen zu sein, taucht das Bild auf. Oder besser gesagt die Filmsequenz, die damit anfängt, dass die Mutter den Kuchen aus dem Ofen nimmt und sie bittet, den Vater und Kesse zum Kaffee zu holen. Und sie geht, oder besser, hüpft auf einem Bein über den gekiesten Hof, und es gelingt ihr, sowohl einen Stein zwischen Fuß und Sandale zu bekommen als auch, ihn wieder herauszubefördern und darüber zu spekulieren, ob sie wohl heute Nachmittag am Strand wären. Noch bevor sie die alte Wasserpumpe mit der Zinkwanne, in die die Mutter Ringelblumen gepflanzt hat, in der Mitte des Hofs erreicht hat, hat sie es auch noch geschafft, auf Englisch bis drei zu zählen – *one, two, three* – und hört ihre Mutter mit dem Porzellan klirren und das Radio aufdrehen. »*Es ist was faul in Dänemark / die Dybbøl Mølle mahlt zur Hölle*«, grölt John Mogensen durch das offene Küchenfenster, und sie grölt mit.

In diesem Augenblick ist es so sehr Sommertag, wie es nur sein kann. Bis Kesse aus der Scheune kommt, monumental wie ein Riese, ihren Vater über der rechten Schulter schleppend. Auf dieselbe Art, wie er verreckte Schweine trägt. Seither hat sie nicht mit Sicherheit sagen können, ob Kesses Brüllen oder die baumelnden, strümpfigen Füße ihres Vaters der Grund waren, warum sie in die Hose machte.

In jedem Fall war das der Moment, in dem ihre Welt zerbrach. Juli 1974. Als sie neun Jahre alt war.

Sie beißt in eine Ecke ihrer Decke, um die Fortsetzung zu vermeiden. Die Bildfolge dessen, was sie tatsächlich gar nicht gesehen hatte. Wie er es getan hatte. Wie er aus dem Seil des Mähbinders zuerst einen Strick band und danach eine Schlinge knüpfte. Wie er hinaufkletterte und das Reep am Hahnenbalken befestigte. Wie er ein altes Ölfass herbeischaffte, sich die Schlinge um den Hals legte, die Lippen anfeuchtete, die Augen aufriss und die Tonne unter sich wegtrat. Wie ein Zucken über sein Gesicht jagte, weil er es bereute.

An das Bereuen klammert sie sich. Immer noch. Nach all den Jahren. Natürlich bereute er. Da war es nur einfach zu spät.

Die Bilder lassen sie los, verblassen stumm. Aber die Angst ist immer noch da. Wie eine kalte Knochenhand, die ihren Nacken gepackt hat. Sie sucht nach Thomas' Hand.

»Thomas?«, flüstert sie.

»Mmmh?«

»Ich habe Angst …«

»Ich bin bei dir, Schatz«, sagt er und zieht sie zu sich. Schließt seine Hand um ihre Brust, die sich plötzlich so schwer anfühlt wie ein milchgefülltes Euter.

»Oh, wie warm du bist!«, stöhnt er, schon schnell atmend.

Sie nimmt ihn entgegen, küsst seinen Hals, als er in sie gleitet. So vertraut. So lebendig.

Danach schläft sie. Sicher. Wie ihre eigenen Kinder.

Charlotte Damgaard war keine Erfindung des Staatsministers.

Ihr Name war nie in einem kleinen, schwarzen Buch notiert worden, sie stand nicht auf der Liste, die er so gut wie fertig hatte, als er an diesem frühen, stockdusteren Dezembermorgen aufwachte. Zu früh. Besonders, wenn man in Betracht zog, wie spät es am Abend vorher geworden war. Aber auch wenn es erst kurz vor fünf war, war ihm klar, dass der Versuch, weiterzuschlafen, zwecklos war.

Stattdessen freute er sich darüber, dass er wenigstens dieses eine Mal zu Hause in der Stockholmsgade aufwachte und nicht in der Suite irgendeines Luxushotels in einer anderen Zeitzone oder draußen auf Marienborg. An und für sich fühlte er sich wohl da draußen – anders als Gitte, seine siebzehn Jahre jüngere Journalisten-Gattin, aber er riss sich nicht darum, dort zu sein, wenn sie auf Reportagereise war. Außerdem waren sie jetzt für den Winter wieder in die Stadt gezogen, nach einem langen, milden Herbst auf dem Land. Was er selbst genossen hatte, als eine Art rekreatives Refugium während der aufreibenden Wochen und Monate vor und nach der fatalen Euro-Abstimmung. Er war sich nicht sicher, ob er das ohne diese Zufluchtsstätte in schöner, friedlicher Umgebung durchgestanden hätte. Aber immer, wenn das Ministerauto den Nybrovej erreichte und über die kopfsteingepflasterte Zufahrt zur Sommerresidenz des Staatsministers rollte, die dem Staat einst von einem reichen jüdischen Mäzen vermacht worden war, entfuhr ihm ein kleiner Seufzer der Erleichterung. Jetzt konnte er es sich erlauben zu entspannen, den Krawattenknoten zu lockern und die Schultern fallen zu lassen. Wenn er nicht gerade sehr spät dran war und als Gastgeber bei einem offiziellen Abendessen erwartet wurde, und wenn nicht Gitte selbst in der Küche stand und das Messer schärfte, das sie ihm in den Bauch zu rammen drohte, sollte er nicht SOFORT zu ihrem (in der Regel mediterran inspirierten) Essen kommen –

dann ließ er seinen Chauffeur Mappe und Jackett tragen und ging selbst direkt in den Park, um zwischen den alten, seltenen Bäumen umherzuschlendern, die der Mäzen hatte pflanzen lassen.

Wenn er mit den Fingern über deren Rinde strich, erfüllte ihn jedes Mal das gleiche Gefühl: Dankbarkeit dafür, dass er Zugang hatte zu diesem paradiesischen Garten mit zwitschernden Singvögeln und schwirrenden Libellen, Respekt vor der Großzügigkeit des Mäzens und zugleich eine gewisse Sorge darüber, ob die gegenwärtigen Machthaber, die er als »Beschlussfasser« bezeichnete, denselben Sinn für vorausschauendes Denken haben – »Bäume zu pflanzen« – im Namen der Zukunft. Als eingefleischter Sozialdemokrat mit Wurzeln im zähen westjütländischen Bauern- und Handwerkermilieu war er immer ein verbissener Vorkämpfer des Wohlfahrtsstaates gewesen. Und damit ein ebenso verbissener Gegner des ganzen alten Mäzenatentums mit seiner punktuellen Wohltätigkeit und den mildtätigen Hutträgerinnen, das, recht besehen, lediglich unzureichenden Ablass für die zynische Ausbeutung der arbeitenden Bevölkerung leistete. Aber er musste doch einräumen, dass die Umverteilung und die erfolgreiche Gleichmacherei des Wohlfahrtsstaats auch ihren Preis hatten. Es kamen zwar nur wenige Dänen mit dem Goldlöffel im Mund zur Welt. Dafür war die Mehrzahl mit einem Silberlöffel ausgestattet, der aber von niemandem als ein besonderes Geschenk angesehen wurde, das mit einer Reihe von Verpflichtungen verbunden war, seinen Teil für die Gemeinschaft zu leisten. Vielmehr waren die Dänen inzwischen so verwöhnt und verhätschelt, dass sie schon lange aufgehört hatten, für den Überfluss dankbar zu sein, in dem sie lebten, und stattdessen nach immer mehr schrien. Hier und jetzt. Ein Mäzen, der sich moralisch verpflichtet fühlt, die tragenden Säulen der Gesellschaft zu unterstützen, oder der den Wunsch verspürt, sich seinen Ruhm als ehrwürdiger und verantwortlicher Bürger zu sichern, war allmählich schwer aufzutreiben.

Fehlende Weitsicht war ein Problem. In diesen Zeiten. Und nicht zuletzt in der Politik; er liebte es, die Jüngeren in der Fraktion darüber zu belehren, wenn er sich eines der seltenen Male in ihrem Kreis niederließ oder Ausgewählte von ihnen zu vertraulichen Gesprächen in sein Büro lud. Letztere hatten meist den Charakter von Selbstgesprächen – langen Monologen, in denen er einige der Analysen und Themen ausprobierte, die später, geschliffen, gemäßigt und ausgeformt, zu Reden oder Einwürfen bei spektakulären Treffen oder wichtigen Fernsehdebatten wurden. Besonders auch im Zusammenhang mit dem Wahlkampf, bis hin zur Eurodebatte, in der er alles gegeben hatte, um zu gewinnen, und bis ganz zum Schluss damit gerechnet hatte, als Sieger daraus hervorzugehen. Die Niederlage hatte ihn erschüttert. Nicht nur, weil es eine schallende Ohrfeige für ihn selbst war, sondern auch, weil er sich zum ersten Mal desorientiert und verwirrt fühlte in Anbetracht des Volkes, das er offenbar so wenig verstanden hatte. Wenn er ganz ehrlich sein sollte, verstand er die Dänen nicht mehr. Oder vielleicht tat er es sogar noch. Aber er weigerte sich anzuerkennen, dass man immer noch über Spitze und Boden in der dänischen Gesellschaft sprechen konnte, über Masse und Elite, über *die* und *uns*. Die Sozialdemokratie hatte im Dänemark-Bild des Staatsministers haushoch gewonnen. Und wenn es auch möglicherweise ein paar Gegensätze gab, konnte es ihn doch ausgesprochen rasend machen, wenn jemand anzudeuten versuchte, dass sich unter der augenscheinlich so glatten Oberfläche immer noch markante Bruchstellen in einem Ausmaß fanden, die die Vorstellung einer homogenen, klassenlosen Gesellschaft unhaltbar machten.

Und er blieb dabei, obgleich Gitte, seine Liebste, seine Beharrlichkeit als zugleich »rührend und tragisch« bezeichnete und behauptete, diese würde in erster Linie auf ihn selbst hinweisen und auf sein Insistieren darauf, nicht *aufgegeben zu haben*. Sie hatten das Richtige gemacht, er hatte das Richtige gemacht.

Gut, ja, er hatte mit der Tradition gebrochen, ja, die Margarine-Stullen und die roten Kampflieder seiner Proletarier-Kindheit lagen weit zurück, ja, es war die Geschichte vom Milchjungen, der Staatsminister wurde … aber niemand sollte sich jemals das Recht herausnehmen anzudeuten, er hätte vergessen, wo er herkam. Alles, was er tat, tat er für *sie*. Für ihre Kinder, Enkel und

Urenkel. Und wer wollte behaupten, dass es nicht geglückt wäre? Machten nicht Arbeiterkinder ihr Abitur? War die Arbeitslosigkeit nicht so gut wie abgeschafft? Konnten die Älteren ihrem Ruhestand nicht sicher entgegensehen? Sogar von der Schuldenlast hatten sie so viel abhobeln können, dass niemand mehr den Kollaps des dänischen Wohlfahrtsstaates befürchten musste. Und was die Angst vor Überfremdung anging, so hatten auch sie dem großen Teil der Bevölkerung Entgegenkommen gezeigt, der die dänische Identität bedroht sah. Er war bereit, die dänischen Werte zu schützen, er war *Garant* für sie – und auch wenn er sich auf öffentlichem Parkett verblüffend gut schlug und schon lange gelernt hatte, mit einem Champagnerglas zu hantieren, so war er doch tief drinnen im Bauch so dänisch wie ein Hotdog mit Röstzwiebeln.

Deshalb war er auch so frustriert darüber, dass die Wähler ihn als »unglaubwürdig« aburteilten. Das war nicht gerechtfertigt. Dennoch hatte er seit der Euro-Niederlage auf die Medienberater gehört, die meinten, dass die Tage der Partei als Hauptnenner gezählt seien. Jedenfalls dann, wenn die Sozialdemokratie nicht bald einsehe, dass kosmetisches Lifting und populistisches Fettabsaugen einfach nicht ausreichten, um die Politikverdrossenheit zu eliminieren, die nämlich genau daraus resultierte, dass es zumindest in der Einbildung des Volkes ein »Oben-Dänemark« und ein »Unten-Dänemark« gab. Sie alle mussten verdammt bald mit etwas *anderem* in Erscheinung treten. Beweisen, dass man den Zeitgeist zu interpretieren wusste, dass man das politische Phlegma der jüngeren Generation verstand. Und dass man die tastende Frustration und Unsicherheit aufzuheben wusste, die sich in beinahe jeden Winkel des Landes eingeschlichen hatte, das er ansonsten kannte wie die Blaumann-Tasche seines Vaters. Sie mussten für etwas *stehen*. Das Profil schärfen, Integrität und Würde zeigen. So, dass sie es schaffen konnten, die Umfrageergebnisse umzukehren, die Woche für Woche bis weit unter die Schmerzgrenze rasselten. Dahin, wo auch die persönliche Popularität des Staatsministers vor sich hin dümpelte. Immer mehr Kritiker sprachen offen darüber, dass er die Konsequenzen daraus ziehen und gehen müsse. Zuletzt war er im Leitartikel des Börsenblattes im Zuge der Pressespekulationen der letzten Tage dazu aufgefordert worden, nachdem erst sein Verteidigungs- und dann auch sein Außenminister ihren Hut genommen hatten. Seinem Stab gegenüber schlug er die immer gröberen persönlichen Angriffe in den Wind, aber irgendwo unter der dicken Elefantenhaut rumorte es doch. Nicht, dass er tödlich getroffen gewesen wäre, das bestimmt nicht. Aber er merkte selbst, dass er reizbar war und sich zwischenzeitlich der Mutlosigkeit näherte, die ihn in früheren Zeiten zu einem mürrischen, aufbrausenden und schwierigen Chef für seine Mitarbeiter im Staatsministerium gemacht hatte. Dass einige, viel zu viele, die Konsequenzen gezogen und sich hatten versetzen lassen, was das Staatsministerium aussehen ließ wie ein von einem Tornado verwüstetes Durchgangslager, war bedauerlich. Untragbar. Um nicht zu sagen ein großer Haufen Scheiße. Dass zurzeit relative Ruhe herrschte, war teils dem Umstand zu verdanken, dass er es mit einem Willensakt geschafft hatte, sein Temperament zu zügeln, teils lag es daran, dass alle auf die *Rochade* warteten. Mit den beiden Ministerabgängen war die Unsicherheit vorbei – jetzt war es nicht mehr die Frage *ob*, sondern *wann*. Schloss Christiansborg, die »Burg«, stank förmlich vor Mutmaßungen und Klatschgeschichten, Journalisten lasen in Betonungen, Gesichtsausdrücken und im Kaffeesatz und erstellten neue Listen und Nachrichten über das Wer und das Wann.

So auch heute, konstatierte er, als er am Küchentisch stand und die Zeitungen überflog, während er an einem Glas mit frisch gepresstem Orangensaft nippte. An nichts konnte er sich da erfreuen, außer daran, dass – obwohl einige der alten Zeitungsratten gute Nachrichten hatten – niemand dabei war, der den Jackpot knacken und die Liste bringen konnte, die er als die endgültige ansah. In der Sitzung gestern Abend hatten sie sich darauf geeinigt, dass die neuen Minister der Königin am Donnerstag, dem 21.12., dem kürzesten Tag des Jahres, präsentiert werden sollten. Der Hof war unter der Hand schon informiert, und das Spiel war gestern aufgegangen, sodass die Radikalen abgehandelt waren, was ihre Interessen anging. Ihr Wunsch nach »Gesinnungsministerien« schien bescheiden, aber Per Vittrup kannte die Parteivorsitzende gut genug, um zu wissen, dass sie alles andere als dumm war. »Weitsicht« war ein Wort, das man durchaus auf sie anwenden konnte.

Wo es jetzt noch knirschte, war bei ihnen selbst. Oder genauer gesagt, bei Elizabeth Meyer, der jetzigen Gesundheitsministerin. Zurzeit in Genf, hatte sie am Handy die Idee, sie zur neuen Außenministerin zu machen, vorläufig akzeptiert. Wenn auch widerstrebend. So widerstrebend, dass ihm vor den Bedingungen graute. Denn Bedingungen stellte sie immer, *Frau Meyer*, und zu seiner seit Jahren anhaltenden Verärgerung und Irritation glückte es ihr im Großen und Ganzen immer, sie erfüllt zu bekommen. Denn genauso wie Gert Jacobsen, der Finanzminister, besaß er trotz seiner Erfahrung und unbestreitbaren strategischen Fähigkeiten, schon einige Züge weiter zu denken, nicht dasselbe Talent wie sie, in der Politik um Ecken sehen zu können. Darüber hinaus stand sie auf einem unverrückbaren Fundament solider Unterstützung aus der Bevölkerung – nicht zuletzt bei den weiblichen Wählern war sie seit Jahren eine zuverlässige Stimmenfängerin gewesen –, und mit dem Alter hatte sie eine Würde und mütterliche Fülle bekommen, die an die frühere norwegische Ministerpräsidentin Gro Harlem Brundtland erinnerte. Einst in ihrer frisch gewählten roten Jugend hatten sie beide, er und Elizabeth Meyer, um den Thronfolgerposten gebuhlt. Aber damals, zu Beginn der Siebziger, war die Zeit noch nicht reif gewesen für eine mächtige Frau wie sie an der Spitze, und seither hatte sie nach mehreren spektakulären »Sachen«, die zu Eigentoren gerieten, von sich aus verzichtet. Aber man konnte nie wissen. Vielleicht tauchte sie ganz unvermittelt als hoch gefährlicher Joker auf. Darum waren er und Gert Jacobsen sich auch unausgesprochen einig darüber, dass Meyer um fast jeden Preis zufrieden und damit zugleich ruhig gestellt werden musste.

So hatte sie auch keinen Anspruch darauf, in seine Gedanken zur Rochade eingeweiht zu werden. Infolge guter alter dänischer Regierungs-Sitte war es Pflicht und Privileg des Staatsministers, sein Kabinett höchst eigenhändig zusammenzustellen. Aber es war ihm völlig klar, dass er in Teufels Küche kommen würde, wenn sie außen vor bliebe. Die Ministerliste musste schlicht und einfach zuerst mit ihr abgeglichen werden. Und die Pläne, die er am Telefon kurz für sie gelüftet hatte, schienen nicht unmittelbar auf große Begeisterung zu stoßen. Spät am Abend, nach dem Treffen bei Karen Hermansen, der Vorsitzenden der Radikalen und gegenwärtigen Wirtschaftsministerin, waren sie am Telefon übereingekommen, sich von Angesicht zu Angesicht in seinem Büro zu treffen, sowie sie nachmittags aus Genf angekommen sei. Ohne Gert, stillschweigend vorausgesetzt.

Was sie selbst sich vorstellte, hatte sie nicht viel mehr als vage angedeutet. Das war ihre Strategie. Ein plötzlicher, unerwarteter Angriff. Dass es Charlotte Damgaards Name war, den sie im Ärmel hatte, ahnte Per Vittrup darum nicht mal ansatzweise, als er morgenfrisch und laut *Jinglebells* singend gegen halb acht im Büro eintraf. Zuvor hatte er mit seinem persönlichen Trainer, dessen Aufgabe es war, den Staatsminister in physische Topform zu bringen, die übliche Stunde im Fitnesscenter geschwitzt. Vorläufig hatte er elf Kilo abgenommen, eine der wenigen Leistungen, mit denen er in dieser sonst wenig aufmunternden Zeit prahlen konnte. Was er denn auch tat. Seine Sekretärin Tove Munch verfolgte Kilo für Kilo mit Anfeuerungen und war schon mehrfach mit seinen Hosen beim Schneider gewesen, um sie enger machen zu lassen. Sie gönnte ihm die kindliche Freude über den Gewichtsverlust, hatte lange Mitleid mit ihm gehabt und ihm mit der üblichen Geduld seine Stimmungsschwankungen nachgesehen, die nicht zuletzt auch über sie hinwegfegten. An diesem Morgen freute sie sich also aufrichtig darüber, dass das Barometer offensichtlich gestiegen war – ein sicheres Zeichen dafür, dass etwas im Gange war. Etwas, worauf sie sich freute. Mit anderen Worten: die Rochade.

Und als sie ihm dann den Kaffee einschenkte und er – nachdem er in seinem besonders vertraulichen Ton ihr Parfum bewundert hatte – sie darauf vorbereitete, dass sie ihren Buchclubabend wohl würde absagen müssen, nickte sie nur wissend mit dem Kopf. Keine Schlüsselperson aus dem Staatsministerium würde heute diesseits der Deadline in den Zeitungsredaktionen nach Hause kommen. Aber das würden sie erst irgendwann heute Nachmittag erfahren. Auf diese Weise hielt man das Risiko einer undichten Stelle klein.

Was gleichbedeutend damit war, dass längst alle politischen Tiere der »Burg«, von der Hyäne bis zur kleinen Maus, die Fährte aufgenommen hatten. Nach und nach, so, wie der Morgen in den Vormittag überging, waren es immer mehr geworden, die ihr Vorzimmer umkreisten, von wo aus sie die geschlossene Doppeltür ihres Chefs bewachte wie ein Drachen. Journalisten ließen ihr Telefon heiß laufen, und sogar ihre Kollegen aus den anderen Ministerien, in denen der amtierende Minister besonders nervös auf seinem Posten saß, fanden Ausreden, um sie auszuhorchen. Aber Tove Munch hielt stand. Auch gegenüber dem Pressechef, der so frustriert darüber war, außen vor gelassen zu werden, dass er demonstrativ seinen Platz verließ, um »in die Stadt essen zu gehen«. Als er nach einem regulären Arbeitsgespräch bei einer großen Zeitung ein paar Stunden später zurückkam, war es fast zwei Uhr, und Elizabeth Meyer war soeben an Tove Munchs Schreibtisch vorbeigerauscht, direkt in Per Vittrups Büro. Sie hörte gerade noch sein etwas zu joviales »Schön, dich zu sehen, Beth!« Dann wurde die Tür geschlossen. Aber als hellhörige Sekretärin erfasste Tove Munch schnell, dass das arbeitsame und zielgerichtete vormittägliche Idyll, nur unterbrochen von einigen Telefonaten mit Gitte Bæk, z. Zt. Kosovo, mit der Ankunft von Elizabeth Meyer torpediert wurde. Der Lärmpegel stieg ganz einfach so merklich, dass man hätte taub sein müssen, um nicht zu begreifen, dass die beiden gewaltig uneins waren.

Auch weit weniger einig, als der Staatsminister vorhergesehen hatte. Er war zwar darauf eingestellt, dass verhandelt werden musste. Dass das Gleichgewicht zwischen den beiden Hauptflügeln der Partei, seinem und Gerts, möglicherweise noch justiert werden müsste und dass Elizabeth als die rechtmäßige große Schwester darauf bestehen würde, dass keiner übervorteilt werden darf. Aber dass sie im Großen und Ganzen beabsichtigte, die gesamte Liste zu kassieren, es sei denn, sie bekäme ihre Hauptforderung erfüllt – das hatte er nicht erwartet. Primär fand sie die Liste zu vorsichtig, zu vorhersehbar und zu fantasielos – es fehlte beides: junge Kandidaten und Frauen, und besonders junge Frauen. Was der Staatsminister bedauerlicherweise einräumen musste, aber er war ganz einfach in Kandidatennot. Sie beide, er und Gert, hatten ihre Netze ausgeworfen, um die jungen Talente in der Partei zu finden, aber die Wahrheit war, dass die Ausbeute deprimierend mager war. Besonders was die jungen weiblichen Talente betraf, die Zielstrebigkeit und Stärke gezeigt hatten. Zwar kamen sie enthusiastisch in die Fraktion, aber die meisten verloren schnell an Flughöhe und schafften es nur ein oder zwei Legislaturperioden lang, dabeizubleiben. Bevor sie Kinder bekamen. So war es, ob es einem nun passte oder nicht. Die jungen Männer waren stabiler, vielleicht auch primitiver in ihrem Machtstreben. Aber während viele der Mädchen mit der Zeit verschwanden, war es, als ob die Jungs buchstäblich mit ihrer Aufgabe wuchsen, sodass sie sehr bald in der Lage waren, einen Anzug auszufüllen und mit Nachdruck und Autorität zu sprechen. Es war schon möglich, dass er deshalb einige der jungen Männer auf Kosten der Damen favorisiert hatte, die, was man gerechterweise auch sagen musste, Taktgefühl bewiesen hatten. Also, darüber konnte man »mit sich reden lassen«.

Mit einem derartig vagen Versprechen konnte Meyer allerdings überhaupt nichts anfangen, was sie auch unmissverständlich zu verstehen gab. Tatsächlich hatte Per Vittrups altväterlicher Tonfall ihren alten Unwillen provoziert: darüber, wie nicht nur sie selbst, sondern auch die anderen Frauen ihrer Generation, ihrer Zeit und überhaupt, von alten Pavianen und jungen Löwen heruntergemacht worden waren, die die hinterhältigsten Tricks und schäbigsten Fouls einsetzten, um ihr Revier zu sichern und die Frauen rauszuhalten. Per Vittrup liebte es eigentlich, sich selbst als Fürsprecher der Frauen zu sehen. Unter anderem brüstete er sich damit, für das Lohngleichstellungsgesetz gekämpft zu haben, das in den Siebzigern eingeführt worden war, und er hatte ganz offiziell Frauengruppen, das Frauenjahr und Frauenkonferenzen unterstützt. Er kannte Meyers Temperament, wenn sie erst in Fahrt gekommen war, darum versuchte er es mit Abrüstung, anstatt zu protestieren: »Es gibt doch keinen, der dich runtergemacht hat!«

In diesem Augenblick veränderte sie ihre Farbe wie ein Chamäleon von einem hitzigen Rot zu einer marmorierten Blässe, die ihre Sommersprossen hervortreten ließ. Selbst ihre so charakteristischen blaugrünen Augen wurden fast farblos, als sie ihn lange genug unbewegt anstarrte, um ihm einen eiskalten Schauer über den Rücken zu jagen, bevor sie zischte: »*Was glaubst du eigentlich, warum du auf diesem Stuhl sitzt und nicht ich?*«

Hinterher musste er einräumen, dass er sich gewunden hatte wie ein Schuljunge, obgleich er fand, dass sie ungerecht war und unbestreitbar wider besseres Wissen sprach. Sie waren Gegner gewesen, Konkurrenten, und er hatte genau wie sie die Mittel eingesetzt, die er zur Verfügung gehabt hatte. Aber das aufzugreifen und ihn der Unterdrückung des weiblichen Geschlechts anzuklagen und ihm am helllichten Tage chauvinistische Konspiration zu unterstellen! Ihm, der sie immer als gleichwertigen Gegner betrachtet hatte! Mit einem abwehrenden Kopfschütteln suchte er nach den richtigen, sorgsam gewählten Worten, hatte sie aber leider noch nicht gefunden, als ihre Farbe wieder zu flammendem Rot wechselte, die Augen feucht wurden und sie einen Zug um den Mund bekam, den er erst wenige Male gesehen hatte. Sie beugte sich nach vorne und flüsterte fast: »*Du hast Eva vergessen, nicht wahr? Ihr alle habt sie vergessen, oder? Du und Gert und die ganze Meute? Was meinst du wohl, warum sie damals von der Brücke gesprungen ist?*«

Das war eine so grobe Anklage, dass ihm die Luft wegblieb und er nicht zu einer Erwiderung imstande war, wenngleich sein eigener Zorn hochzukochen begann. Er war so wütend, dass er nicht einmal Tove Munch beachtete, die in diesem Augenblick die Tür öffnete und hereinschlüpfte, um ein paar unterschriebene Dokumente von seinem Schreibtisch zur weiteren Bearbeitung zu holen. Sie hingegen blieb abrupt stehen, als sie bemerkte, wie aufgeregt er war. Die Unterlippe vorgezogen, die Hände geballt, die Knöchel weiß, während Elizabeth Meyer erstarrt war wie ein Wachsmodell in einem historischen Tableau.

»Ich habe Eva geliebt«, sagte er leise zitternd. »Ich vergesse sie niemals. Das weißt du genau!«

Elizabeth Meyer schielte in Tove Munchs Richtung, sodass die sich wieder in Bewegung setzte und die Dokumente aus der Ablage des Schreibtischs nahm. Aber die Situation war so angespannt, dass auch Meyer nicht wartete, bis sie wieder alleine waren, bevor sie in demselben leisen Ton fortfuhr.

»Weshalb sprang sie denn? Deiner Meinung nach?«

Per Vittrup stand auf und ging zum Fenster, wobei er seine Sekretärin kreuzte, die auf dem Weg zurück zur Tür war.

»Weil sie zu zerbrechlich war für diese Welt! Aber das wolltest *du* nicht wahrhaben! Sie sollte mit aller Gewalt nach vorne gebracht werden!«

»Sie war eine Idealistin! Sie brannte dafür! Sie wollte!«

»Eva war psychisch labil«, murmelte Per Vittrup abgewandt zu sich selbst, bevor er sich wieder zu ihr umdrehte. »Ihr fehlte die nötige Brutalität. Das haben wir damals nur nicht begriffen.«

Tove Munch registrierte, dass er in den Schultern leicht zusammengesunken war, als sie sich routinemäßig über den Konferenztisch beugte, um die leere Thermoskanne mitzunehmen. Ohne frischen Kaffee konnte der Staatsminister nicht leben. Erst recht nicht an so einem Tag.

»Damals, als wir alle Idealisten waren …«, setzte Elizabeth Meyer säuerlich fort, während sie ihre Dior-Lesebrille aufsetzte, die an einer Schnur um ihren Hals hing. Dann bat sie Tove Munch darum, auch eine Kanne frischen Tee zu bringen.

Tove Munch nickte diskret und zog sich zurück, während der Staatsminister zu seinem Stuhl zurückging. Damit war das Thema »Eva Bøgelund« beendet. In erster Linie, weil niemand aus der damaligen Fraktion – und vielleicht am allerwenigsten Vittrup und Meyer – darauf brannte, die alten Wunden wieder aufzureißen, die sie alle zusammen damals davongetragen hatten, als sie – die strahlende Sonne der Partei – kurz nach dem Kongress im September '82, 34-jährig von der Lillebelt-Brücke gesprungen war. Nach einem harten Kampf mit vielen Intrigen war es Meyers Fraktion, auch *Die Rotkäppchen* genannt, geglückt, sie in einer Kampfabstimmung als zweite Vorsitzende gegen den Kandidaten der Metaller, den legendären, grobkörnigen Schlossermeister John Nielsen, durchzusetzen. Per Vittrup, der über längere Zeit ein außereheliches Verhältnis mit Eva Bøgelund gehabt hatte, hatte, davon unberührt, den Schlosser unterstützt. An den taktischen Manövern, die vorausgegangen waren, war er teilweise beteiligt gewesen, und auch, wenngleich etwas mehr im Hintergrund, an den nachfolgenden Verdächtigungen und dem Säen von Zweifeln an Bøgelunds Format und ihrer Loyalität gegenüber der *ganzen* Partei und nicht zuletzt der Bewegung. Während Nielsen gerade als »*Vizevorsitzender der ganzen Partei*« lanciert wurde, wurde Eva Bøgelund in der anonymen Schmutzkampagne, die im Kielwasser der Wahl folgte, als »Blaustrumpf«, »Schulmädchen«, »Männerhasserin«, »Meyers Marionette« und ähnliches beschimpft. Die Boulevardpresse druckte das Ganze und noch mehr, indem die Spalten im Großen und Ganzen jedweder anonymen Quelle zur freien Verfügung standen, die irgendeinen Schmutz hinzuzufügen hatte, der als Abschussrampe für weitere explosive Rubriken und infame Leitartikel dienen konnte.

Abgesehen von einer ähnlichen Kampagne, die ein paar Jahre früher den missglückten Versuch gestartet hatte, Meyer aus dem Amt der Sozialministerin zu kippen – man hatte sie beschuldigt, ihr Dienstfahrzeug privat genutzt zu haben –, hatte die dänische Medienwelt nie zuvor eine solche persönliche Hetzjagd auf einen namhaften Politiker betrieben. Dass es in Wirklichkeit Meyer war, der man an den Kragen wollte, durchschaute die empfindsame Grundschullehrerin aus Roskilde nicht. Sie nahm jedes Wort persönlich. Und obgleich alle, die ihr nahe standen, sehen konnten, wie sehr die Kritik sie traf, gab es niemanden, der erfasste, wie erschüttert diese junge, noch nicht abgehärtete Frau wirklich war. Umso brutaler war der Schock, als die Besatzung eines kleinen Fischkutters sie an einem frühen Septembermorgen, einige Kilometer von der Brücke entfernt, in ihren Netzen fand, noch bevor sie überhaupt jemand hatte vermissen können, ganz zu schweigen davon, die Abschiedsbriefe zu lesen, die sie am Abend vorher abgeschickt hatte, mit Poststempel »Middelfart«. Gerüchte behaupteten, dass außer den Briefen an ihre Eltern und Geschwister und dem an die Partei noch zwei weitere existierten, einer an ihre Freundin Elizabeth Meyer und einer, der an Per Vittrup persönlich adressiert war, den jungen Kronprinzen, Fraktionsvorsitzenden und – wie alle bald zu wissen glaubten – Geliebten der Toten. Während nie jemand den genauen Wortlaut dieser beiden Briefe erfahren hatte, wurde der offizielle Brief an die Partei dem Wunsch der Toten entsprechend auf einer hastig einberufenen Sitzung vorgelesen und außerdem als Faksimile im Parteiblatt und in einer Boulevardzeitung veröffentlicht. »Um Mythenbildung zu verhindern«, wie sie in einer beigefügten Notiz geschrieben hatte. Ansonsten war dieser Abschiedsbrief ausgesprochen kurz gehalten: »Liebe Freunde und Kameraden. Danke für das Vertrauen, das ihr mir entgegengebracht habt. Es tut mir Leid, dass ich es nicht schaffe, dem gerecht zu werden. Passt gut aufeinander auf. ›Es sind kalte Zeiten, in denen wir leben.‹ Macht sie ein bisschen wärmer! Liebe Grüße, Eure Eva.«

Eva Bøgelunds Selbstmord löste nicht nur in Schloss Christiansborg eine Schockwelle aus, in der Partei und in der Bewegung, sondern auch in der Bevölkerung, die, ohne die Zusammenhänge zu kennen, ahnte, dass die junge Hoffnungsträgerin Opfer eines unappetitlichen Komplotts geworden war. Der Zorn richtete sich in erster Linie gegen die Sensationspresse, die zuvor Wortführer in der modernen Hexenjagd gewesen war, aber jetzt die Flut der Trauer ausnutzte, indem sie pathetische, sentimentale Nachrufe druckte und Anklagen an die Partei richtete, in denen sie unter anderem behauptete, dass »Evas Herz gebrochen wurde«. Es wurde unverblümt angedeutet, dass ihre »unglückliche Liebe« Per Vittrup gehörte, der allerdings verheiratet war und zwei kleine Kinder hatte. Einige Artikel beschäftigten sich auch näher mit ihrem Verhältnis zu Meyers *Rotkäppchen* und folgerten, dass »Eva keine Furie war«. Eine anonyme Quelle aus der Partei wurde mit den Worten zitiert, »Politik sei nichts für zarte Seelen«, stillschweigend inbegriffen, dass Eva Bøgelund »als ausgeprägter Gefühlsmensch, der nah am Wasser gebaut hatte«, von Meyer ausgenutzt worden war. Weder Vittrup noch Meyer wünschten, die Sache zu kommentieren, aber auch, wenn beide sich größte Mühe gaben, die Fassade aufrechtzuerhalten, war es für alle um sie herum doch offensichtlich, dass sie tief getroffen waren. Bei der Beerdigung, die in der Bevölkerung zu einem echten Event wurde, trug Meyer eine schwarze Jackie-Onassis-Sonnenbrille, und das Bild, als sie am Sarg kniete und ihre dunkelrote Rose niederlegte, wurde nicht nur Foto der Woche oder des Jahres, sondern des Jahrzehnts. Vittrup, der seine Frau krampfhaft an der Hand hielt, als er am Dom ankam, hielt in seiner Eigenschaft als Fraktionsvorsitzender eine Rede, heiser, abgehackt und kalkweiß, die von Journalisten »die schwerste seines Lebens« genannt wurde. Und als er, nachdem er lange gegen die Tränen gekämpft hatte, schließlich zu den letzten Zeilen seines Manuskripts kam – »*Eva, du warst ein leuchtendes Vorbild für uns alle. Durch dein Engagement, deine Ehrlichkeit und dein humanistisches Menschenbild, das man in früheren Zeiten Güte nannte. Du warst ein guter Mensch, Eva. Vielleicht der beste von uns allen. Dein kurzer Kampf war nicht umsonst. Wir werden dich in Erinnerung behalten für das, wofür du eingestanden bist, werden die Werte verteidigen, für die du gekämpft hast. Gleichheit, Gerechtigkeit, Frieden. Und wir werden dich in Erinnerung behalten für das, was du warst. Jung, klug, schön …*« –, da brach seine Stimme, woraufhin er mit zitternden Armen und einem Ausdruck kindlicher Hilflosigkeit vom Sarg weggetreten und zu seinem Platz buchstäblich gewankt war. Beobachter vermerkten, dass die Ehefrau ihre Hand in ihrem Schoß liegen ließ, um kurz darauf die Beerdigung zu verlassen. Dass die Ehe wenig später aufgelöst wurde, überraschte deshalb niemanden. Dass aber die Medien die Trennung äußerst diskret behandelten und die ganze Affäre zusammen mit der Hauptperson, die fast schon heilig gesprochen war, beerdigten, wunderte vielleicht doch manche. Die Erklärung dafür war ganz einfach: Es ließ nicht einmal die abgebrühtesten Zeitungsfritzen kalt. Weder der Todesfall noch die Reaktionen oder die Kritik. Ähnlich wie fünfzehn Jahre später beim Tod Prinzessin Dianas war die Rede von einer schmerzlichen, wenn auch nur kurzlebigen Selbstprüfung, so weit das Auge reichte.

Seitdem war »Eva Bøgelund« tabu. Nicht zuletzt innerhalb der Partei. Man erinnerte sich zwar an sie, gedachte ihrer aber nicht. In diesem Sinne hatte er, Per Vittrup, sein Versprechen also nicht gehalten. Abgesehen davon, dass er sich jedes Jahr an ihrem Geburtstag versicherte, dass auch ein Kranz auf ihr Grab gelegt worden war. Die alten *Rotkäppchen,* die mittlerweile in alle Richtungen zerstreut waren und als Fraktion längst nicht mehr existierten, fanden sich ebenfalls jedes Jahr in aller Stille an ihrem Grab ein. Aber sie hatten den Todestag zum Gedenken bestimmt. Vielmehr Meyer hatte das festgelegt. Sie sprachen nie wirklich über den Grund dafür. Und doch war deutlich zu merken, dass – während einige der alten Kampfgefährten die jährliche Gedenkfeier inzwischen hintanstellten und eigentlich der Meinung waren, dass es sich überholt hatte – dieser Tag für Meyer sakrosankt war. Ganz gleich, welche Position sie innehatte, ganz gleich, wie voll ihr Terminkalender war: Der 22. September, 15 Uhr, war immer reserviert. »Dieser Tag ist ihr wichtiger als Heiligabend«, wie ein *Rotkäppchen* einmal einem Journalisten anvertraute: Es war mehrmals passiert, dass sie im Dienstwagen in Roskilde angekommen war – entweder auf dem Weg zum Flughafen oder direkt von dort –, und manchmal hatte sie das anschließende Beisammensein mit Rotwein und Lauchkuchen, Salat und Käse, das »Eva-Menü«, auslassen müssen. Aber es war noch nie vorgekommen, dass sie die stille halbe Stunde, die die alten Freundinnen am Grab verbrachten, versäumt hatte. Und sie hatte es immer geschafft, die gleiche Art dunkelrote Rose aufzutreiben.

Obwohl Eva Bøgelund Per Vittrup und Elizabeth Meyer auf diese Weise zu einer schmerzlichen Schicksalsgemeinschaft zusammengefügt hatte, war das niemals etwas gewesen, was sie gepflegt hatten. Darum war es auch so unerhört, dass Meyer mit ihrem Ausbruch Eva in einer Konfliktsituation gegen Vittrup eingesetzt hatte, und so ließ sie ihre Waffe schnell wieder fallen. Aus der begründeten Angst heraus, dass sie damit selbst zum Opfer werden konnte.

Stattdessen fuhr sie in ihrem kühlen Geschäftston fort und verkündete, dass sie »eine alternative Liste« erstellt hatte, die sie daraufhin aus ihrer schicken Handtasche hervorzog – Gucci, wie Gitte ihm bei einer früheren Gelegenheit erklärt hatte. Was ja seiner Meinung nach die Erklärung dafür war, warum er Staatsminister geworden war und nicht Elizabeth Meyer, Tochter eines wohlhabenden jüdischen Kürschners in zweiter Generation. Angefangen bei ihrem honigfarbenen, hochgesteckten Haar, über den üppigen Pelzmantel bis hin zu den schlanken Zigarillos, war es schlicht ihr *Auftreten* – ja, der ganze Stil, der einer italienischen Operndiva würdig gewesen wäre – und nicht ihr Geschlecht, das sie um den Posten betrogen hatte, für den ihre politische Begabung, ihr Engagement und ihre Ambitioniertheit anderenfalls Berechtigung genug gewesen wären. Sie war ganz einfach *undänisch* und nicht gerade *volksnah* und, okay, sie war auch – trotz ihrer hohen Absätze und lackierten Fingernägel – auf eine provokante Art *unweiblich*. Im Laufe der Zeit hatte diese kinderlose und seit vielen Jahren unverheiratete Frau schließlich auch massenweise gute Ratschläge bekommen, wie sie ihr Image ändern könnte – die Haare abschneiden, sich in Jeans und Sweatshirt zeigen, sich auf dem Fahrrad mit Proviant im Korb fotografieren lassen. Ein Kind bekommen! Einen Mann! Eine Familie! Was auch immer, solange es sie nur verträglicher für die breite Öffentlichkeit machte. Sie weigerte sich standhaft, hatte immer entschieden daran festgehalten, dass man sie entweder nehmen musste, wie sie war, oder es eben bleiben ließ. Eine Haltung, für die sie teuer hatte bezahlen müssen, die aber mit den Jahren ein Teil ihres Kapitals geworden war. Denn sie bewies *Integrität*.

Außerdem waren die Zeiten nicht mehr so politisch korrekt – ganz im Gegenteil. *Image* war alles. Nicht zuletzt bei den jüngeren Wählergruppen, die mehr materialistisches Streben besaßen als alle anderen vor ihnen, und die sich, für jeden erkennbar, als Marken-Junkies darstellten. Es war keine Schande mehr, sich als *fashion victim* zu outen, und darum erschien Elizabeth Meyer auch öfters auf den In-Listen der hippsten Magazine und lief bereitwillig Reklame für neue Designer, die ihren »Glamlook« bewunderten. In einem Radioprogramm hatte er einmal jemanden sagen hören, dass sie »hammermäßig führte« und man sie zu

»Kult« erklärte, bis hin zu »göttlich«. Per Vittrup hingegen hatte nach außen hin nichts weiter als ein Schulterzucken übrig für Meyers Flirt mit dem, was Gitte nach einem trendigen Lifestyle-Magazin als »Wallpaper-Segment« bezeichnete. Aber eigentlich beunruhigte es ihn, denn er hatte das unbehagliche Gefühl, dass sie auf etwas aus war. Etwas, das er nicht durchschauen konnte.

Genau dieses Gefühl spürte er jetzt hochkriechen, als er völlig überrumpelt die bevorzugte Ministerliste in die Hand gedrückt bekam und zum ersten Mal den Namen *Charlotte Damgaard* in Zusammenhang mit dem Posten der *Umwelt- und Energieministerin* las. Erweitert um Meyers vertiefende Stichworte: »Jung, engagiert, kompetent, gut ausgebildet, schlagkräftig, insbesondere mediengeeignet, weiblich, attraktiv, Kinder, verheiratet. Stammt aus nordjütländischem Bauernmilieu. Bei allein erziehender Mutter aufgewachsen. M. A. in Politologie, Studium in Aarhus und Kopenhagen, Vorstand der *Naturfreunde*, früher Kampagnenleiterin bei Greenpeace, davor Angestellte der Stadt Kopenhagen. Aktiv im Freien Forum, Mitglied der Sozialdemokratischen Partei seit 1990. Als studentische Hilfskraft bei Elizabeth Meyer angestellt von 96 bis 97.«

»Du weißt, ich habe sie über mehrere Jahre im Auge behalten. Sie hat alles. Und jetzt ist sie so weit«, sagte Elizabeth Meyer, bevor er es schaffte, sich zu äußern.

»Charlotte Damgaard«, seufzte er, als er vom Papier aufblickte. »Dein Schützling.«

»Eine ganz außergewöhnliche politische Begabung. Enorme fachliche Kenntnisse. Sie hat die *Naturfreunde* von einem harmlosen Verein für Sonntagswanderer zu einem politischen Machtfaktor gemacht. Die haben über 100.000 Mitglieder. Das ist *bedeutend* mehr, als wir haben«, setzte sie hinzu.

»Soweit ich über sie orientiert bin, ist sie eine rabiate Idealistin ohne Realitätssinn. Ist sie nicht die, die ein Totalverbot von Spritzmitteln fordert?«

»Sie ist *gerade* Realistin. Sie erfüllt die Aufgabe, die sie übernimmt. Sie war es, die den Großteil der Vorlagen für unser geändertes Umweltprogramm geschrieben hat. Im Ministerbüro waren auch alle von ihr begeistert. Viele ihrer Analysen sind immer noch aktuell. Ihre Rede auf dem letzten Kongress war meiner Meinung nach blendend.«

»Wenn sie so toll ist, warum hast du sie dann nicht behalten?«

»Sie hat abgelehnt. Damals meinte sie, dass die reellen Möglichkeiten, Einfluss zu nehmen, in immer größerem Maße außerhalb des Parlaments liegen. Diese These musste sie also überprüfen.«

»Und was meint sie jetzt?«

»Das Gleiche. Ich bin da übrigens einer Meinung mit ihr. Zum Ausgleich stimmt sie dafür mit mir überein, dass es schwer ist, das formelle politische System zu umgehen, wenn man wirklich etwas erreichen will. Die Basis kann den Gesetzgeber beeinflussen, aber die Gesetze schreiben – das tun immer noch wir.«

»Das hat sie eingesehen?«, fragte Per Vittrup und runzelte skeptisch die Stirn.

»Ja. Aber sie kokettiert nicht mit der Macht. Deswegen ist sie ja die Richtige. Wir brauchen ein markantes Profil auf diesem Gebiet. Sonst schnappen sich die Radikalen das Sahnestück. Dieses auch noch.«

Elizabeth Meyer nahm die Brille ab. Sah ihren Chef an, ohne zu blinzeln.

»Was ist mit dem Umweltminister, den wir haben?«, fragte er darauf rhetorisch. »Was hat er getan?«

»Nichts. Das ist ja das Problem. Er ist ausgebrannt. Es fehlt ihm an Mut. Er ist den Bauernverbänden ausgeliefert. Die Presse hat es auf ihn abgesehen. Und dann wäre da auch noch sein Alkoholkonsum, der außer Kontrolle geraten ist …«

Der Staatsminister verdrehte die Augen in Richtung Decke.

»Das geht nur über Gerts Leiche.«

»Sie kann alles verkaufen. Und das ist es doch, was wir brauchen?!«

»Der große Flügelkrieg bricht wieder aus!«

»Ich werde schon vermitteln.«

»Ha!« Dem Staatsminister entfuhr ein hysterisches Schnauben. Er wusste es schon, hatte es im Gefühl. Das hier war ein *fait ac-*

compli. Eines, das nicht nur er, sondern auch Gert würde schlucken müssen. Aus Gründen, die sich nicht so ohne weiteres erklären ließen. Was noch ein Beweis dafür war, dass Politik, entgegen der vorherrschenden Meinung, keineswegs rational war. Elizabeth Meyer wusste das, und deshalb bekam sie mehr als nur ihren Willen. Noch ehe der Nachmittag vorbei war und sie Tove Munch mit einem kurzen Nicken passierte (mit einem Gesichtsausdruck vergleichbar einer blanken japanischen No-Maske), hatte sie darüber hinaus das Kunststück vollbracht, Per Vittrup davon zu überzeugen, dass Charlotte Damgaard seine eigene Idee war.

So einleuchtend kam es ihm vor, dass er sich die Hände rieb, als Tove Munch hereinkam, um den Tisch für Rotwein und italienische Sandwiches zu decken, während sie auf den hinzugerufenen Finanzminister warteten.

»Du kannst schon mal die Truppen sammeln und sie darauf vorbereiten, dass es spät wird«, sagte er, glänzender Laune wie ein siegessicherer General vor dem entscheidenden Schlag. Dann tat er das, was Tove Munch am meisten hasste, auch wenn es ein Zeichen außergewöhnlich guter Stimmung war. Er fragte sie ohne Vorwarnung nach ihrer Meinung.

»Tove, was sagt dir der Name *Charlotte Damgaard*?«

Sie hatte keine Ahnung, warum sie antwortete, wie sie antwortete. Es überrumpelte sie ganz einfach genauso wie die Frage. Aber ohne nähere Überlegung kam es fest und ohne Zögern:

»Ärger.«

☆

»Sag mir einen wahren Satz!«

»Worüber?«

»Über dich!«

»Ich lüge nicht.«

Es war ihr erster Sommer. Der Sommer, in dem sie sich trafen. In einer Kneipe in Løkken. Sie standen sieben Wochen am Stück hinter derselben schiffsförmigen Bar. Sie waren ein Spitzenteam.

Sie hatte den Überblick, und er konnte sowohl mit den Bierfässern als auch mit den örtlichen Schnapsnasen souverän umgehen, die ziemlich zudringlich werden konnten, wenn sie deren Annäherungsversuche ignorierte und sich weigerte zu lächeln. Sie hatte kleine, kurze Zöpfe und starke, braune Arme. Sein Haar war lockig und von der Sonne ausgebleicht, und er war so groß, dass er sich bücken musste, um mit den Gästen auf Augenhöhe zu kommen. Sie hatten beide rote Matrosenhemden mit blauen Schleifen an. Sie verliebten sich sofort ineinander. Aber gleichzeitig waren sie so überwältigt, dass es trotz der Witzeleien der Kollegen drei Wochen brauchte, bis sie sich in einer hellen und beinahe windstillen Nacht endlich einen Ruck gaben und nach der Schicht nackt baden gingen. Sie stritten immer noch darüber, wer wen erobert hatte und ob es wirklich Meeresleuchten gegeben hatte. Fest stand nur, dass es Thomas war, der sie zuerst geküsst hatte. Nachdem sie einen wahren Satz gesagt hatte. Seit damals war es ein Spiel zwischen ihnen. Es war immer er, der fragte. Und es stimmte. Sie log nicht.

☆

Charlotte Damgaard log nicht. Und deshalb war es die Wahrheit, wenn sie beteuerte, dass sie an diesem dämmrigen Nachmittag, da die Weihnachtspanik innerhalb der Familie auszubrechen drohte, mehr damit beschäftigt war, mit den Kindern Pfeffernüsse zu backen, als damit, ihre Antrittsrede vorzubereiten. Selbstverständlich wusste sie, dass eine Regierungsrochade bevorstand. Und es wäre eine Lüge gewesen zu behaupten, dass es sie nicht interessiert hätte. Im Büro war es das heißeste Thema des Tages gewesen, und sie hatte den ganzen Tag stündlich Nachrichten gehört, häufig Videotext eingeschaltet und auch im Internet nachgesehen. Als ehemalige studentische Hilfskraft im wirtschaftspolitischen Ministerbüro der Sozialdemokraten, dem PØ, und durch die dadurch bedingten regelmäßigen Besuche in Christiansborg war es unmöglich, die Erregung nicht zu spüren, selbst Jahre später. Und als scheidende Vorsitzende der *Natur-*

freunde war es wohl nur angemessen, dass sie sich besonders dafür interessierte, ob der Staatsminister sich jetzt endlich zusammennahm und den allmählich peinlichen und immer öfter alkoholisierten Søren Schouw feuerte, dem es so offenkundig an Antriebskraft fehlte und der nicht im Geringsten der Umweltminister gewesen war, den sie alle sich erhofft hatten. Sie spekulierte auch schon heftig über eventuelle Nachfolger und hatte verschiedene Namen bereits mit ihrem alten Schulfreund Andreas Kjølbye diskutiert, der für die Fernsehnachrichten arbeitete und angerufen hatte, um zu hören, ob sie schon etwas wusste. Das tat sie nicht. Und wenn sie ehrlich sein sollte, dann ging sie eigentlich davon aus, dass Søren Schouw als einer der *»Drei Musketiere«* in dieser Regierung auf Lebenszeit unter Naturschutz stand. Außer sie kämen vielleicht auf die Idee, ihn zum Verkehrsminister zu machen. Was trotz allem auch schon ein Fortschritt wäre im Hinblick auf den jetzigen, den die herrschende Verkehrs-Junta fest in der Hand hatte.

Aber es war keine Koketterie, wenn sie später festhielt, dass sie keine Ahnung davon gehabt hatte, selbst Teil der Rochade zu sein. Ganz zu schweigen davon, dass die hochrangigsten Minister der Regierung ausgerechnet um ihre Person am heftigsten stritten. Bis der Staatsminister kurz nach acht Uhr abends, ungefähr um die Zeit, als die Pfeffernüsse fertig gebacken, abgekühlt und in Dosen gefüllt waren, eine Entscheidung fällte. Pro. Dem fauchenden Protest des Finanzministers zum Trotz: »So behandelt man keinen Mann, der über Jahre hinweg eine loyale Stütze war! Das wäre sehr, sehr unklug!«

Rückblickend musste sie jedoch einräumen, dass Elizabeth Meyer sie einen Tag vorher aus Genf angerufen hatte – was an und für sich aber nicht weiter ungewöhnlich war. Sie machte das ab und zu, wenn sie das Bedürfnis hatte, das Ohr an der Basis zu haben, und ein politisches Problem oder eine »Tendenz« mit jemandem vom Netzwerk besprechen wollte, dem sie vertraute. Dass Charlotte dieses Vertrauen in hohem Maße genoss, wussten nur wenige, denn eine der Qualitäten, die Elizabeth Meyer in dieser begabten, hellhörigen und kompetenten jungen Frau sah, war eben ihre Diskretion. Charlotte Damgaard hatte sehr wohl Respekt vor Meyer. Aber sie war nicht untertänig, kein Snob und absolut kein Namedropper. Darüber hinaus war sie sich nicht ganz im Klaren darüber, ob sie einen Sonderstatus innehatte, obwohl ihre Bekanntschaft mit der Zeit enger geworden war und inzwischen auch ihr Privatleben einschloss. Meyer kannte Thomas, hatte sie im Krankenhaus besucht, als sie die Zwillinge bekommen hatte, und nahm an ihrem Familienleben insgesamt verblüffend Anteil. Allerdings war ihr Verhältnis in dieser Hinsicht einseitig – es kam nur äußerst selten vor, dass Meyer ihre eigene Intimsphäre ansprach. Charlotte wusste nicht viel mehr über diesen Teil von Meyers Leben als alle anderen, obwohl sie ein- oder zweimal auch ihrem Wochenend-Mann begegnet war, einem heiteren norwegischen Reeder aus Bergen. Ein ungleiches, aber anscheinend glückliches Paar.

Das Gespräch aus Genf hatte sich allerdings dadurch von den meisten anderen unterschieden, dass es ausschließlich um Charlotte selbst ging. Anders als der Rest der Welt konnte Meyer sich nicht damit abfinden, dass Charlotte beschlossen hatte, ihren Job zu quittieren, um für zwei Jahre als »begleitende Hausfrau« mit Thomas nach Afrika zu gehen. Jetzt war er dran. So lautete ihre Absprache, die nicht nur fair, sondern auch unantastbar war.

»Charlotte«, hatte Meyer in ihrem Überredungston gesagt, den sie einsetzte, wenn sie immer noch glaubte, ihren Willen bekommen zu können. »Glaub mir, dieses Leben ist nichts für dich! Egal, was du dir einbildest, du wirst eingehen wie eine Primel!«

Charlotte hatte das lachend zurückgewiesen. Sie hatte weder vor, sich in Wodka zu ertränken, noch wollte sie anfangen, Bridge zu spielen. Thomas und sie waren sich einig, dass sie natürlich eine vernünftige Beschäftigung finden musste. Sie hatte Thomas schon früher zu Auslandseinsätzen begleitet. Sogar monatelang. Sie kannte das diplomatische *Expat*-Milieu nur zu gut, das die begleitenden Ehegatten – Frauen – auf einen hirntoten Anhang reduzierte. Sie würde zwar die Hauptverantwortung für die Kinder übernehmen, aber ansonsten würde sie arbeiten, wie sie es immer getan hatte.

»Und womit?«, hatte Meyer daraufhin mit einem Anflug von Bissigkeit gefragt, was deutlich machte, dass sie anfing, ungeduldig zu werden. Charlotte hatte die Möglichkeiten aufgezählt – der WWF hatte Interesse für ihren Vorschlag bekundet, eine lokale Untersuchung der Biodiversifikation vorzunehmen, *Danida* hatte verschiedene Umweltschutzprojekte, in denen sie sich engagieren könnte, und sonst bestand schließlich immer die Möglichkeit, ehrenamtlich in einer dortigen Klinik oder Schule zu arbeiten …

»Also Hutträgerin!« Meyer hatte tief geseufzt und geschwiegen. So, wie es ihre Gewohnheit war, wenn sie ihren Gegenspieler unvermittelt fallen ließ, der daraufhin in eine Stimmung von Verlassenheit geriet und sich so plötzlich doch für Verhandlungen öffnete.

Charlotte kannte den Trick und durchschaute ihn auch dieses Mal. Trotzdem konnte sie selbst hören, wie schwach ihre Bekräftigung klang, als Meyer das Gespräch beendete, indem sie konstatierte: »Dann fliegst du also am 5. Januar. Komme, was wolle.«

Ihr »Ja …« war so zögerlich, dass sie sich beeilte und ein rationales »Ich habe ja auch gar keinen Job mehr. Die haben schon einen Neuen eingestellt« hinterherschob. Meyer lachte kurz amüsiert auf. Und wenn es etwas gab, was in Charlottes Ohren nachhallte und sie vielleicht hätte warnen können, dann dieses Lachen. Und die Tatsache, dass Elizabeth Meyer ihr weder frohe Weihnachten noch eine gute Reise wünschte. Das ähnelte ihr ganz und gar nicht.

Als sie den Gesprächsverlauf später mit Thomas diskutierte, fand sie immer noch nicht, dass es legitim war zu meinen, sie hätte einen schlichten Mangel an Höflichkeit als Jobangebot erkennen müssen. *»Ein Ministerposten, Thomas! Ganz ehrlich! Das war zu weit hergeholt! Wie hätte ich denn überhaupt auf so was kommen sollen? Ich war auf dem Weg nach Afrika! Wir hatten Umzugskisten über die ganze Wohnung verteilt! Und außerdem war Weihnachten!«*

Ganz gleich, wie unwahrscheinlich es einem erscheinen mag, aber so verhielt es sich tatsächlich. Nichts, absolut gar nichts, bereitete sie darauf vor, dass an diesem Abend, als sie die Kinder nach dem Fernseh-Adventskalender ins Bett brachte und versuchte, Jens dazu zu bewegen, Kamillentee mit Honig gegen den Husten zu trinken, als sie darauf wartete, dass Thomas von der Weihnachtsfeier der Organisation für Internationale Zusammenarbeit, der MS, nach Hause kam – dass an diesem Abend in weniger als zwei Stunden ihr Leben komplett auf den Kopf gestellt werden würde. Sie hatte keinen siebten Sinn und keine hellseherischen Ahnungen, die ihr sagten, dass ein ganzer Stab schon dabei war, ihren Lebenslauf zu durchleuchten, zu lernen, ihren Nachnamen mit Doppel-a zu buchstabieren und sie auf die Fahrdienstliste des nächsten Tages zu setzen. Sie lauerte nicht neben dem Telefon und fühlte auch nicht dieselbe Unruhe wie der Mann, der bald ihr Vorgänger sein würde und der, während sie im gemeinschaftlichen Waschkeller des Hauses eine Waschmaschine einräumte, mit einem dünnen, *sehr, sehr dünnen* Whisky-Soda in der Hand am Schreibtisch in seinem Büro stand, über den Højbro Plads blickte und mit einem kurzen Schaudern von dem Gedanken gestreift wurde, dass dies möglicherweise das letzte Mal war, dass er hier stand und auf Weihnachtsbaumverkäufer, den Leierkastenmann und das so genannte wirkliche Leben blickte, das er immer mehr zu fürchten begonnen hatte.

Auch die Spätnachrichten im Fernsehen schaltete sie ohne große Erwartungen ein. Sie ließ sie laufen, während sie weiter planlos Kisten füllte, die gelagert werden würden. Sie konstatierte, dass es nichts Neues über die Rochade gab, blieb aber an einem Beitrag über den Zusammenhang zwischen den Überschwemmungen in England und der globalen Erwärmung hängen. Das brachte sie dazu, sich endgültig in die ausgefranste Sofaecke fallen zu lassen, während die nachfolgenden Berichte an ihr vorbeizogen, ohne sich festzusetzen. Sie fühlte sich plötzlich matt, überwältigt von der Halbherzigkeit, die sie zwar die ganze Zeit gefühlt, aber nicht zugelassen hatte. Zwei Jahre. Nur zwei Jahre. Dann würden sie wieder nach Hause kommen. In dieselbe Wohnung. Sie würde da weitermachen können, wo sie aufgehört hatte. Vielleicht konnte sie direkt wieder in ihrem Job anfangen. Oder sich etwas Neues suchen. Sie war immer noch jung. 35. Und selbst wenn Thomas es sich anders vorstellte, sie würden in Afrika keine weiteren Kinder bekommen.

Oder doch … Vielleicht eins. Das wie ein Kängurubaby in einem kunterbunten Tragetuch an ihr hängen dürfte. Die Zwillinge hatte sie früh, viel zu früh, abgeben müssen. An Thomas, der glücklich die letzten neun Wochen Erziehungsurlaub genommen hatte, sodass sie ihren Job bei den *Naturfreunden* antreten konnte. Theoretisch klang das nach einer durch und durch modernen und vernünftigen Lösung, aber tatsächlich hatte sie schrecklich unter Sehnsucht gelitten. Sie auf der Haut zu spüren, ihren intensiven Babygeruch einatmen zu können, sogar sie zu wickeln war etwas, wonach sie sich ab sofort begeistert gesehnt hatte – die Speckfalten, die dicken Beinchen, das beglückende Gefühl, Fürsorge zu geben. Das Stillen war schon nach drei Monaten zu Ende gewesen, da war sie in jeder Hinsicht leer gesaugt. Ausgezehrt und unmittelbar erleichtert darüber, die Symbiose brechen zu können. Ausmaß und Macht hatten sie erschreckt – Mutterschaft mit Haut und Haaren, und ein Körper, der nur dazu da war, diese beiden kleinen Würmchen am Leben zu halten, die ein wenig untergewichtig die ersten zwei Tage unter der Wärmelampe im Brutkasten verbracht hatten. Ihr Flehen und ihre Bereitschaft, alles zu opfern, um nur die beiden behalten zu dürfen, ihr Anrufen aller Götter. Und ihr monumentaler Zorn, der sich in unbeherrschtem Weinen Bahn brach und später zu einer starren Unversöhnlichkeit kondensierte, als ihre Mutter ankam und kompetent und sachlich feststellte, dass die beiden lebenstüchtig waren und kein Anlass bestand, »hysterisch« zu werden. Sie war heulend von der Station geflüchtet, während Thomas versuchte, die Wogen zu glätten, die Blumen ins Wasser stellte und die Großmutter erst mit dem einen und dann mit dem anderen Zwilling dasitzen ließ. Sie hätte sich der Auseinandersetzung damals stellen sollen, aber sie war zu müde, zu dünnhäutig und zu verwirrt gewesen. Ihr Vater jedoch war da, unvermittelt aufgetaucht als sanftmütiger Geist, voll von dem Verständnis, das ihrer Mutter so völlig fehlte. Er hätte ihre Verletzlichkeit verstanden. Er hätte ihre Bindung verstanden zu diesen winzig kleinen Neugeborenen, hellrosa, wie kleine Ferkel. Er hätte von der stummen Kommunikation gewusst, die sie vom Augenblick der Geburt an so stark gefühlt hatte, als hätten sie mit ihr geredet. Auf dieselbe Weise, wie sie die enge Verbindung in Erinnerung hatte, die damals zwischen ihnen bestand, wenn sie bei ihm auf dem Traktor gesessen oder seine Hand genommen hatte und den scharfen Geruch von Schweinestall bemerkte, wenn sie ihn zum Essen holte. Auch er hätte sich für seine Kinder geopfert. Und vielleicht war es das, was er in einem tragischen Missverständnis getan und was sie ihm ohne weiteres vergeben hatte. Es war ihre Mutter, auf die sie wütend war. Weil sie es war, die dasaß und Besitz ergreifend Zwilling eins auf dem Arm hatte, ihr erstgeborenes Enkelkind. Und nicht er, ihr Vater.

Dennoch hatte sie nach den ersten aufreibenden und doch so harmonischen Wochen die Ambivalenz der Mutterschaft erfahren. Sie hasste es, das zugeben zu müssen, aber in kurzen Momenten merkte sie, wie die Nabelschnur sich um ihren Hals legte, sich zuzog und sie fast erstickte. Ein gewisses Maß an unsentimentalem Selbstschutz war notwendig, wenn man selbst überleben wollte. Vielleicht war es das, der Selbstschutz, den ihre Mutter praktiziert hatte. Was eine gute Erklärung, aber keine Entschuldigung war. Auch nicht für sie selbst. Das wurde ihr schmerzlich bewusst, als sie den Job annahm und ihre Nachkommen zurückließ. Auch verdrängte sie es mit rationalen Argumenten, als zuerst Johanne und später auch Jens nicht mehr von ihr in den Schlaf gestillt werden wollten, sondern Papas Fläschchen verlangten, das sie gierig und schmatzend austranken. Sie *hatte* ja keine Milch mehr! Und auch, wenn ihr Körper jammerte und klagte über diese abrupte Trennung und sie sich die ersten Monate beim Arbeiten wegschlich, um mit der Hand unter der Bluse zu prüfen, ob die Milch wieder angefangen hatte zu laufen – ihr Kopf wusste, dass es so am besten war. Ihre Erziehung steckte in ihr wie ein implantiertes Lineal: Man konnte nicht alles haben. Man nahm sich zusammen. Ohne zu jammern.

Also jammerte sie nicht. Es gab auch nichts, worüber sie sich hätte beklagen können. Die Kinder »gediehen«, wie man bei der

Vorsorgeuntersuchung lobend feststellte. Und Thomas war ein fantastischer Vater mit ausgeprägtem Sinn für Elternschaft. Er verfügte über die Ruhe und den Mangel an Rastlosigkeit, die man benötigt, um ein Dasein mit so kleinen Zwillingen in einer 4-Zimmer-Wohnung am äußeren Rand von Østerbro auszuhalten. Anders als wenn sie mit ihnen alleine war, kamen sie raus. Er machte mit ihnen lange Spaziergänge im Park. Hatte sie im Café genauso dabei wie im Supermarkt und ging mit ihnen zum Babyschwimmen mit der Krabbelgruppe.

Es war seine Idee gewesen, auch noch die Elternzeit zu übernehmen; und als er in seinen Job bei MS zurückkehrte, war die Arbeitsteilung schon zementiert. Sie ackerte wie ein Pferd, und er hielt ihr den Rücken frei.

Ihrer Meinung nach lebten sie harmonisch, ihr Dasein *funktionierte*, und es beschäftigte sie nur flüchtig, dass sie ganz einfach das traditionelle Rollenmuster umgekehrt hatten. Möglich, dass ihre Umgebung daran Anstoß nahm, darunter ihre Schwiegereltern. Aber was andere darüber dachten, interessierte sie nur sporadisch. Sie ging ganz automatisch davon aus, dass es Thomas auch nicht aufregte, und es war ganz sicher ein Fehler gewesen, so einfach als gegeben hinzunehmen, dass er ihre Berufstätigkeit billigte, wie sie es getan hatte. Jedenfalls war es für sie völlig überraschend gekommen, als er vor einem halben Jahr plötzlich seiner enormen Frustration Ausdruck verliehen hatte, von deren Existenz sie noch nicht einmal etwas geahnt hatte.

»Wann bin ich dran?«, hatte er lakonisch gefragt. Eines Morgens, aus heiterem Himmel, als sie auf dem Weg nach Brüssel war. Er war dabei, die Kinder anzuziehen, während sie sich darauf konzentrierte, ihre Papiere zusammenzusuchen und ihren Flieger noch zu erreichen.

»Wie meinst du das?«, hatte sie geantwortet, völlig unvorbereitet.

»Du weißt nicht, wovon ich rede, oder?«

Sie musste zugeben, dass sie wirklich keine Ahnung hatte. Und so grübelte sie die zwei Tage in Brüssel darüber nach, wenn sie nicht gerade in Lobbyisten-Treffen saß und sich Strategien ausdachte, wie die Automobilindustrie dazu zu bewegen war, den CO_2-Ausstoß zu senken, oder wenn sie zum Briefing beim dänischen Umweltkommissar war. Sie liebte Thomas, wirklich, sie hatte nie einen anderen geliebt und fühlte sich normalerweise in völligem Einklang mit ihm. Sie respektierte ihn, schätzte ihn höher als irgendeinen anderen Menschen, den sie je getroffen hatte. Und deshalb schockierte es sie auch so, dass sie derartig blind gewesen war. Sie verspürte nicht im Geringsten den Wunsch, ihn zu übergehen, dachte nicht im Traum daran, sich auf seine Kosten zu profilieren, ganz zu schweigen davon, ihre Partnerschaft aufs Spiel zu setzen. Also kam sie mit einer Flasche Jahrgangswein, einer vakuumverpackten Käseauswahl und einer Schachtel belgischer Pralinen aus dem Flughafenshop nach Hause. Zunächst wurde er stinksauer, weil er fand, dass sie es sich zu leicht machte. Aber als sie den Wein aufmachte und ihm Käse und Pralinen im Kerzenschein servierte, wurde er doch gelöster. Nach dem ersten Glas Wein stürzte es regelrecht aus ihm hervor, wie Erde und Matsch bei einem Bergrutsch. Er fühlte sich übersehen, zurückgesetzt, was auch immer. Sie saß da und starrte ihn nur an, sprachlos vor Erstaunen.

»Ja, aber, ich dachte ...«, setzte sie an, wurde aber sofort wieder aus der Bahn gefegt, während er Wein nachschenkte.

»Ja, was dachtest du eigentlich? Dass ich Hausfrau und Mutter mit Rüschenschürze sein würde, *forever*? Den Kindern liebende Mutter und Vater in ein und derselben Person sein? Der neue Mann? Ganz ehrlich, Lotte, bist du scharf auf ihn?«

»Ich bin scharf auf dich! Und du hast verdammt noch mal einen Spitzenjob, wovon redest du hier? Bist du in der Ich-bin-dreißig-Krise, oder was?«

»Ich bin 33!«

»Ach so, ja, du warst schon immer ein bisschen langsam!«

»Und du warst schon immer so verflucht schnell! Frau Direktorin! Was kommt als Nächstes? Staatsministerin? Du bist verdammt noch mal so scheißambitioniert!«

»Hör auf damit, dich so schwachsinnig aufzuführen, Thomas!« Thomas hatte sein Glas wütend ausgetrunken.

»Schatz, *du* bist es doch, die wahnsinnig ist. Du kannst ja nicht mal eine Runde Badminton im Garten spielen, ohne dass du gewinnen musst! Erinnerst du dich, wie du mit verstauchtem Fuß weitergemacht hast, nur weil du mich schlagen wolltest?«

»Ich bin nur engagiert!«, hatte sie gelacht, erleichtert darüber, dass er ihre gemeinsame Geschichte überhaupt anerkannte.

»Ja, du willst die Welt retten, nicht wahr? Die Wale und die Unken und die Ozeane und unsere Nachkommen ...«

»Und du den ganzen afrikanischen Kontinent! What's the fucking difference!«

Statt den Ball zurückzuspielen, hatte er sein Glas stumm gedreht, wieder und wieder, und war in einem Loch aus Nachdenklichkeit verschwunden, das ihr Herz hämmern ließ. Hier ging es um etwas ganz Konkretes. Jemand oder etwas war dabei, ihren Thomas von ihr wegzuziehen. War das Undenkbare passiert? Hatte er eine andere gefunden?

»Was ist los, Thomas?«, hatte sie mit trockenem Mund gefragt. Er war mit der Hand über seine kurz geschorenen Haare gefahren, auf eine Art, die sie seine Locken und die beiden, die sie damals gewesen waren, vermissen ließ.

»Ich war bei einem Planungsgespräch. Sie wollen mich als Projektleiter haben. Ich soll Lauges Genossenschaftsding in Apac ...«

»Genossenschaftsprojekt? Das in Uganda? Na dann!«, war es erleichtert aus ihr herausgeplatzt, während er düster zu ihr hingeschielt hatte.

»Ich dachte, die suchen einen Soziologen?«, hatte sie dann angemerkt.

»Sie meinen, ich wäre qualifiziert. Sie finden mich toll.«

»*Okay!* Glückwunsch!«

Er hatte sie angesehen, den Kopf schief gelegt mit leicht zusammengekniffenen Augen.

»Hast du nicht gehört, was ich gesagt habe? Zwei Jahre in einem ländlichen Distrikt in Uganda!«

Ihr Herz hatte wieder angefangen zu klopfen, aber sie behielt einen neutralen Ausdruck.

»Hast du zugesagt?«

»Sehr witzig!«

»Du hast nicht nein gesagt, oder?«

»Ich habe ihnen für ihr Vertrauen gedankt und gesagt, ich müsste das mit meiner Frau besprechen. Aber nur die Ruhe: Ich habe sie auf eine Absage vorbereitet.«

»Warum?«

»Shit, Lotte! Das weißt du genau! Soll ich dich etwa für zwei Jahre nach Afrika schleppen? In den Busch?«

Hier hatte sie also den Fehler begangen, der sie einen Augenblick später dazu brachte, sich selbst zu überbieten.

»Du könntest alleine fahren.«

Mit einer hastigen Bewegung hatte er sich in voller Länge aufgerichtet, war aufgestanden und zu dem Fenster gegangen, das am weitesten weg war. Sie war ihm gefolgt. Er hatte ihr den Rücken zugewandt. Das war Antwort genug. Lautlos hatte sie tief eingeatmet, bevor sie tat, was nötig war. So, wie die Stimmung zwischen ihnen jetzt war, so, wie sein Gesicht sich in der letzten Stunde verändert hatte, so, wie ihr Magen sich zusammenschnürte, gab es nichts anderes.

»Entschuldigung«, hatte sie gesagt und sich hinter ihn gestellt und die Arme um seinen Bauch gelegt. »Wir fahren zusammen. Natürlich.«

»Das ist nicht dein Ernst«, hatte er gemurmelt. Ohne sie wegzuschieben. Und sie hatte bekräftigt. Hatte argumentiert, wie klar die Sache war, dass er den Job annehmen musste. So wie sie damals den ihren. Vielleicht war es auch wirklich an der Zeit, dass sie sich veränderte. Niemand würde sagen können, sie hätte sich zur Unzeit davongemacht oder ihr Ziel verfehlt. Schließlich konnte sie eine top-getrimmte Organisation übergeben, die beides bekommen hatte, Redezeit und Aufmerksamkeit. An sich war es einfach. Ihr Vertrag musste ohnehin neu verhandelt werden, und sie konnte ihn schlichtweg nicht verlängern. Keine Dramatik. Nur eine Frau, die ihrem Mann folgt, der jetzt an der Reihe ist, die Bühne zu betreten.

»Es war doch immer geplant, irgendwann noch mal zu gehen, oder? Bevor wir festwachsen.«

Da hatte er sich umgedreht und sie mit viel zu funkelnden Augen angesehen, hatte ihre Hand genommen und gefragt, ob es so simpel war, dass sie einfach mitkam.

»Warum sollte es das nicht sein? Uganda ist ein schönes Land, die Kinder sind robust genug, die E-Mail ist erfunden. Ich freue mich schon!« Heiter hatte sie ihr Glas an seines angestoßen. Und er war so froh und aufgeräumt gewesen, dass sie gezwungen war, nach bestem Können mitzuspielen.

Was unfassbar einfach gewesen war, unter anderem, weil sie auf keinerlei Widerstand traf. Enttäuschend genug reagierten alle enorm positiv, von der Presse bis hin zum Freundeskreis. Niemand versuchte, sie aufzuhalten, niemand warnte sie, niemand deutete an, dass sie unersetzlich war und auf ihrem Posten gebraucht wurde. Es ging so glatt, dass sie fast schon misstrauisch wurde. War das in Wirklichkeit ein Komplott? Wünschten die sich, sie loszuwerden? Oder ging es nur darum, dass sie das einzig Richtige tat, indem sie »das gute Leben« wählte und ihren Mann zum Zuge kommen ließ?

Ihre Schwiegereltern, Restaurant-Magnaten aus Aalborg, waren zum ersten Mal in den zehn Jahren, seit sie Thomas kannte, andeutungsweise zufrieden mit ihr. Weil sie endlich einlenkte. Zuließ, dass ihr Sohn eine *Führungsposition* einnahm, wie sie es nannten, in dem Versuch, es klingen zu lassen, als würde er für den A.-P.-Møller-Konzern in die Welt ziehen.

Sie hatten nie ein Geheimnis daraus gemacht, dass sie sie als Unglück für ihren Sohn betrachteten, von dem sie sich so viel erhofft hatten. In ihren Augen stand es außer Frage, dass es ihre Schuld war, dass aus Thomas nichts geworden war. Sollte heißen: nichts, was ihm die Tür zu den Rotariern geöffnet hätte. Ein Geschäft oder wenigstens Jura. Dass er sich für Ethnographie entschieden hatte, bevor sie sich kennen lernten, hatten sie verdrängt. Dass er von dem Tag an in Opposition zu der provinziellen Bürgerlichkeit seiner Eltern gestanden hatte, an dem er als sanfter, aber konsequenter Junge seine Lacoste-Hemden in die Kleidersammlung des Roten Kreuzes geschmissen hatte und seine Zeit lieber damit verbrachte, auf der Suche nach Steinkeilen durch Vendsyssels Ackerfurchen zu stiefeln, als mit seinem Vater die Restaurants auf Aalborgs Vergnügungsmeile abzuschreiten – auch das hatten sie aus der Familienchronik entfernt. Thomas hatte immer zum Ausdruck gebracht, dass ihm die Ansichten seiner Eltern völlig gleichgültig waren. Aber auf eine rührende Art stand er ihnen immer noch treu zur Seite. Und nicht nur, weil er ihr einziges Kind war und eine gewisse familiäre Verpflichtung fühlte. Er hielt viel von ihnen, ja, er liebte sie ganz einfach. Auch wenn das Verhältnis zwischen Charlotte und seinen Eltern angespannt war, schlug er sich nie auf eine Seite. Thomas taugte nicht zu Krieg und Konflikt, er war der geborene Schlichter mit seinem ausgeprägten Gerechtigkeitssinn. Darum hätte er es ohnehin nie weit gebracht in dem Geschäftsleben, das die Arena seines Vaters war. Ihm fehlte der Killerinstinkt. Ganz einfach.

Für Charlotte war Thomas immer ein Mysterium gewesen. Er war so ehrlich wie Wasser und Brot, und das war von Anfang an eine unglaubliche Erleichterung gewesen. Dass sie nicht alles erraten, sich nicht im Dunklen vorwärtstasten musste. Wie er es selbst ausgedrückt hatte, als sie an dem frühen, pastellfarbenen Morgen nach dem nächtlichen Bad das erste Mal gemeinsam unter einer Decke lagen: »Du bekommst, was du siehst.«

Seine Reaktion darauf, dass sie einen Schritt zurücktrat und ihm das gelbe Trikot überließ, verwirrte sie so sehr, dass sie sich in den letzten Monaten öfters dabei ertappt hatte, wie sie dasaß und ihn betrachtete, als wäre er eben erst in ihr Leben getreten. Seine Freude hatte sie völlig überrumpelt. Und sein Stolz. Der ganz besonders. Als er in Aalborg angerufen und erst seine Mutter und dann seinen Vater gesprochen hatte, war er so stolz darauf, von seiner Beförderung zu erzählen, dass seine Stimme kurz davor war zu kippen. Er ließ sich von ihnen mit Gratulationen überschütten und kroch förmlich in den Hörer vor Glück über ihre Begeisterung.

»Oh Mann, waren die aus dem Häuschen!«, grinste er exaltiert und mit gerötetem Gesicht, als er den Hörer auflegte und sich zum ersten Mal zu ihr umdrehte. Verlegen, als wüsste er genau, dass er sie irgendwie verraten hatte, indem er nie zugegeben hatte, wie viel es ihm dennoch bedeutete, ihre Erwartungen zu erfüllen.

»Das warst du wohl auch«, gab sie bissig zurück. Und schloss sich damit endgültig aus diesem offenkundig absolut intakten Dreieck aus.

Auf diese Art hatte er in den letzten Monaten neue Seiten von sich gezeigt. Während sie ihren Job abwickelte und bemerkte, wie ihr jeden Tag etwas mehr die Puste ausging, bekam er Auftrieb und wurde immer dynamischer und energischer, vereinnahmt von dem, was bevorstand. Er arbeitete lang, brachte Unterlagen mit nach Hause oder saß den ganzen Abend am Computer und schrieb und mailte der halben Welt. Umgekehrt fühlte sie sich allmählich immer müder und ausgebrannter. Ihr letzter Arbeitstag rückte näher, und ihr Nachfolger wartete schon in den Kulissen. Während sie es kaum schaffte, zum Umzug und zu ihrem neuen Dasein Stellung zu beziehen, stürzte er sich auch darauf. Sie sah passiv zu, während er voller Arbeitswut lange Listen schrieb, organisierte und verhandelte. Er regelte Versicherungen und Zoll und kümmerte sich auch um Impfungen und Malariaprophylaxe. Das Einzige, worum er sie bat, war, sich darum zu kümmern, dass die Kinder aus dem Kindergarten abgemeldet wurden, und mit den Banken über Dispokredit und Überweisungen zu sprechen. Beides schob sie über Wochen vor sich her, und als er sie das fünfte Mal daran erinnerte und vergeblich versuchte, sie dazu zu bringen, sich zu den Umzugsmodalitäten zu äußern, schmiss er den Kugelschreiber mit einer hitzigen Bewegung hin und erklärte, dass »das so nicht geht«.

»Du willst nicht mit, oder? Du tust nur so, als ob! Das konnte ich doch schon im Vorbereitungsseminar deutlich sehen. Du bist *dagegen*!«

»Nein!«, hatte sie abgestritten. »Vielleicht ein bisschen verschreckt. Das ist schließlich kein Picknick … Und die Kinder …«

»Schatz, tu mir den Gefallen und sag *jetzt* ab! Wenn es das ist …«

»Ich weiß nicht, was es ist. Ich bin einfach nur schrecklich müde«, war sie ausgewichen. Und hatte ihr Gesicht mit einem kleinen flackernden Lächeln erhellt.

»Bist du schwanger?«

»Mit Spirale?«

Er zuckte mit den Schultern. Beugte sich dann über den Tisch.

»Wolltest du die nicht noch rausnehmen lassen? Bevor wir abreisen?«

»Meinst du nicht, dass wir im Augenblick genug Kinder haben?«

»Es ist am tollsten, Kinder zu kriegen, wenn man weg ist. Und schließlich wollen wir vier haben, oder?«

»Vier?! No way!«

»Mindestens drei!«

»Warum willst du so viele Kinder haben?«, hatte sie gefragt und sich auf dem Stuhl zurückgezogen.

»Weil ich dich liebe! Ich liebe es, Kinder mit dir zu haben! Ich liebe es, sie mit dir zu machen, ich liebe es, mit dir schwanger zu sein, ich liebe es, mit dir zu gebären!«

»Nur die Ruhe!«, hatte sie gelächelt.

»Kinder sind doch der Sinn des Lebens, oder?«

»Hmja«, hatte sie gemurmelt und sich aufgesetzt. »Worüber wollten wir gerade reden? Die Bank und die Nachsendeanträge ...«

»Du willst also mit? Es ist eine gemeinsame Sache? Nicht nur etwas, das ich träume?«

»Hör auf, so einen Schwachsinn zu reden«, hatte sie ihn abgefertigt, während er wieder nach dem Kugelschreiber griff.

Seither hatte sie brav getan, was sie sollte. Und sogar das Projekt gegenüber den beiden einzigen Menschen verteidigt, die Skepsis ausdrückten. Elizabeth Meyer und, seltsam genug, ihre Mutter. Was ihre Mutter wirklich dagegen hatte, war nicht ganz klar. Abgesehen davon, dass sie traurig war, weil sie ihr die Enkelkinder wegnahmen. Außerdem machte sie sich Sorgen wegen der Gefahren. Aids, Tropenkrankheiten, Verkehrsunfälle, Kriminalität. Und schließlich war sie prinzipiell dagegen, dass ihre Tochter sich von einem Mann abhängig machte.

»Es ist nicht ›ein Mann‹. Es ist Thomas. Und ich werde eine Menge zu tun haben.«

»Ja, aber du wirst wohl kaum eigenes Geld verdienen, oder?«

»Man kann nicht alles am Geld festmachen.«

Ihre Mutter hatte die Lippen gespitzt, eine zollfreie Marlboro light im Mund. Sie hatte in den letzten Jahren angefangen zu rauchen, nachdem sie begonnen hatte, um die ganze Welt zu reisen, um »klüger zu werden und mich selbst ein bisschen zu verwöhnen«. Als sie Witwe geworden war, hatte sie sich mühsam und bienenfleißig abgearbeitet, hatte die Abendschule absolviert und war Krankenschwester geworden. Sie hatte ihre drei Kinder mit dem Geld versorgt, das der Verkauf des Hofs eingebracht hatte und mit der Putzstelle, die sie in einem Pflegeheim in Brønderslev angenommen hatte. Dorthin waren sie wenige Monate, nachdem »es passiert war«, gezogen. Zunächst wohnten sie in einer Sozialwohnung in einem Genossenschaftsgebäude, später kaufte ihre Mutter das kleine Reihenhaus am Stadtrand, in dem sie noch immer wohnte. Materiell gesehen, ging es ihr heute ziemlich gut als gut bezahlte leitende OP-Schwester im örtlichen Krankenhaus.

»Nein. Aber man kann auch nicht von seinem *Ruf* leben. Es sei denn, man hat einen Mann, der einen versorgt. Und wer weiß, wie lange das hält.«

»So ist Thomas nicht«, hätte sie gerne geantwortet. »Er lässt uns nicht im Stich.« Aber sie redeten immer noch nicht darüber. Nie.

»Wenn wir wiederkommen, bin ich ja wieder dran …«

»Ja, ja, das sagt ihr immer«, hatte ihre Mutter gesagt. »Ihr müsst das ja sowieso unter euch ausmachen.«

Und das mussten sie wohl. Und nicht zuletzt musste sie zusehen, sich mit der Tatsache anzufreunden, dass sie in ein paar Wochen in einem Flieger sitzen würde, auf dem Weg in ein neues Leben, dem sie einen Sinn geben musste. Es war auch notwendig, das loszulassen, was ihres war. Die Vorteile darin zu sehen, dass sie nicht mehr länger zum Wasserschutzplan Stellung beziehen oder sich über die unverschämten Methoden der Spritzmittel-Mafia aufregen musste. Und sie konnte sich auch genauso gut gleich abgewöhnen, taktisch zu denken – um wen sie sich kümmern musste, für wen sie einen Samstagskommentar schreiben sollte, welche Argumente bei welchem Umweltsprecher Eindruck machten. Sie musste nicht einmal mehr ihre Hausaufgaben ordentlich machen, denn das Risiko, dass ein Journalist sie anrufen würde, war – mit der einzigen Ausnahme Andreas Kjølbye – gleich null. Der offizielle Abschieds-Empfang hatte letzte Woche stattgefunden, und sie war überwältigt davon gewesen, wie viele gekommen waren. Sogar Søren Schouw war mit einem Strauß vorbeigekommen. Er war eingeladen, aber niemand hatte damit gerechnet, dass der Minister auftauchen würde. Nicht zuletzt, weil Charlotte ihm gegenüber nie besonders höflich gewesen war. Ganz im Gegenteil, sie hatte mündlich wie schriftlich scharfe Kritik an seinem äußerst moderaten und in vielerlei Hinsicht ziemlich schlingernden Kurs geübt. Man hatte wohl damit gerechnet, dass es gute Presse gäbe, wenn er sich mit ihr, der jungen Umwelt-Tante, im Arm fotografieren lassen würde. Er hatte sich obendrein nicht geschämt, eine Rede für sie zu halten, in der er ihr für den Kampf dankte, dafür, dass sie »für die Sache brannte«, und wünschte ihr »guten, anhaltenden Wind!«.

Charlotte war vor lauter Verblüffung und Verlegenheit fast ohnmächtig geworden. Das war genau die opportunistische Falschheit, die sie bei Politikern nicht riechen konnte. Darum bestärkte seine Show sie auch darin, dass Politik nichts für sie war. Folglich hatte sie dem Parteibüro ohne Wehmut mitgeteilt, dass sie sie vorläufig nicht mehr zu sehen bekämen und ihren Status deshalb gerne in »passives Mitglied« ändern dürften. Eigentlich war sie kurz davor gewesen, ganz auszutreten, aber sie wollte die traurige Statistik der Partei nicht noch erhöhen. Den Gefallen tat sie ihnen dann doch nicht, den Bürgerlichen.

Nach dem Wetterbericht – der Kälte ankündigte und die Aussicht auf weiße Weihnachtstage, die sie teils bei der Schwiegerfamilie in Hasseris, Aalborgs Nobelgegend, und teils bei ihrer Mutter verbringen würden – machte sie den Fernseher aus, legte eine Madonna-CD auf, schenkte sich ein Glas Rotwein ein, gestattete sich eine Eigentlich-habe-ich-aufgehört-zu-rauchen-Zigarette und beschloss, weiterzupacken. Das tat sie auch eine Stunde lang, langsam und methodisch, während sie lauschend auf Thomas' Schritte im Treppenhaus wartete, mit wachsender Irritation darüber, warum zur Hölle er nicht langsam von dieser Weihnachtsfeier zurückkam. Nicht, weil sie es ihm nicht gönnte, sich zu amüsieren. Sondern weil sie ahnte, dass es dabei bleiben würde. Dass sie auf ihn warten würde. Die nächsten zwei Jahre.

Kurz vor elf hatte sie mit sich selbst ausgemacht, dass sie ihn auf dem Handy anrufen würde, wenn er nicht innerhalb der nächsten zwei Minuten da wäre. Es *könnte* ja theoretisch etwas passiert sein. Aber gerade als sie nach dem Hörer greifen wollte, klingelte das Telefon.

»Hallo, Schatz!«, sagte sie. »Wo zum Teufel bleibst du!?«

Eine zögernde Pause und dann eine fremde Frauenstimme.

»Spreche ich mit Charlotte Damgaard?«

»Ja?«, antwortete Charlotte unsicher, mit der schwachen Angst, es könnte ihm wirklich etwas zugestoßen sein.

»Hier spricht Tove Munch, ich bin die Sekretärin des Staatsministers. Er würde Sie gerne sprechen.«

Charlotte runzelte die Stirn, aber ihre Handflächen wurden feucht. In ein und demselben Moment erfasste sie die Situation zugleich messerscharf und überhaupt nicht. Aber dass das weder ein Witz noch ein Missverständnis war, verstand sie sofort.

»Entschuldigung, worum geht es?«, brachte sie gerade noch hervor.

»Das will der Staatsminister Ihnen sicher selber sagen. Ich stelle Sie durch.« Danach folgten zwei, drei rauschende Sekunden, in denen der Boden unter ihr zu schwanken begann, da sie mit einem Mal wusste, was er wollte.

»Guten Abend, hier ist Per Vittrup. Dein Staatsminister … Wir kennen uns ja noch aus alten Tagen, nicht? Im Übrigen war dein Beitrag neulich auf dem Kongress ganz ausgezeichnet.«

»Danke«, antwortete sie heiser, während sich unter ihrem BH ein Schweißtropfen löste.

»Charlotte, sitzt du?«

»Jetzt schon«, sagte Charlotte und sank auf den Trip-Trap-Stuhl in der abgenutzten Einbauküche. Ihr Blick war starr auf den

Kühlschrank fixiert, an dem Benachrichtigungen aus dem Kindergarten, Zahnarzttermine, Rezepte, Bilder und Weihnachtskarten hingen, mit bunten Magneten befestigt.

»Gut. Du weißt, dass ich dabei bin, eine Regierungsumbildung vorzunehmen?«

Charlotte nickte stumm.

»Ja, und um es kurz zu machen: Kann ich dich überreden, meine neue Umwelt- und Energieministerin zu werden?«

»Umweltministerin?«, wiederholte sie, während ein riesengroßes, orangefarbenes JA wie ein Sperrballon die ganze Küche ausfüllte. »Was ist mit Søren Schouw?«

»Um ihn kümmere ich mich«, antwortete der Staatsminister immer noch leutselig, allerdings mit einem Unterton, der deutlich machte, dass sie das nichts anging.

»Habe ich Bedenkzeit?«, fragte sie und befeuchtete ihre Lippen.

»Selbstverständlich. Eine halbe Stunde. Wir haben hier ein bisschen Hektik. Also sagen wir, du wirst in dreißig Minuten wieder angerufen?«

Später, als sie von Journalisten aufgefordert wurde, zu beschreiben, was sie gefühlt hatte, »als der Staatsminister anrief«, versuchte sie, den Augenblick zu rekonstruieren. Aber ihren ehrlichen Bemühungen zum Trotz musste sie sie damit enttäuschen, dass sie »nichts« fühlte. Nichts anderes als Leere, Unwirklichkeit und Schock. Der Lähmung nicht unähnlich, die sie an dem »schwarzen Sonntag« ihrer Kindheit empfunden hatte. Aber das erfuhren sie nicht. Sie sagte nur, dass sie weder Zeit zum Denken noch zum Fühlen gehabt hatte. Was nicht einmal wirklich gelogen war. Die ersten zehn Minuten hatte sie darauf verwendet, auf dem Trip-Trap sitzen zu bleiben und in die Luft zu starren. Sie wusste, was sie antworten würde, wenn sie denn könnte. Aber das war unmöglich. Sie musste nein sagen. Gerade als sie zu dieser Einsicht gelangt war, rief Elizabeth Meyer an. Um sich, wie sie ohne Umschweife erklärte, zu versichern, dass Charlotte »Danke, ja« sagte.

»Du kannst es dir nicht erlauben, nein zu sagen«, entschied sie, bevor Charlotte es geschafft hatte, ihre Vorbehalte zu äußern.

»Warum nicht?«

»Weil du die richtige Person zur richtigen Zeit bist. Sonst wärst du nicht gefragt worden.«

Im Anschluss rief sie Thomas auf dem Handy an. Ihre Stimme und ihre Hände zitterten, als sie ihn kurz angebunden bat, nach Hause zu kommen. JETZT.

»Was ist passiert?«, fragte er, erschrocken über ihren Tonfall, der eine Katastrophe größeren Ausmaßes verhieß. »Ist was passiert?«

»Ja. Aber nicht so was.«

»Ist was mit den Kindern?«

»Nein, nein. Komm einfach nach Hause!«

Er saß schon im Taxi und war in weniger als zehn Minuten da. Stürmte die Treppe hoch, schloss die Tür auf und fand sie versteinert und leichenblass in der Küche sitzen, in der Hand eine Zigarette und einen Cognac, eingeschenkt in ein Wasserglas.

»Was ist passiert?«, fragte er atemlos.

»Du wirst glauben, dass ich lüge«, setzte sie an und strahlte plötzlich von einem Ohr zum anderen.

»Was?«, fragte er und warf beunruhigt seine Handschuhe auf den Küchentisch.

»Der Staatsminister hat angerufen. Per Vittrup. Er will mich zur Umweltministerin machen.«

Man kann von niemandem, der nicht vorbereitet ist, erwarten, eine solche Aussage zu erfassen. Auch nicht, wenn sie wiederholt wird. Wieder und wieder.

»Du machst Witze.«

Erst als sie zum fünften Mal versicherte, dass es die Wahrheit war, drang es zu ihm durch. Er ließ sich auf den anderen Trip-Trap fallen. War an der Grenze zwischen Lachen und Weinen, erleichtert, dass es nichts Schlimmeres war, und gleichzeitig wie ausgebombt. Ein Volltreffer hatte seine Vorstellungen in Schutt und Asche gelegt, sein Luftschloss pulverisiert. Wie sollte er sich gegen eine solche Übermacht behaupten können? Der Staatsminister, fuck you!

Sie griff nach seiner Hand.

»Du musst keine Angst haben. Ich werde ablehnen. Ich habe eine halbe Stunde Bedenkzeit bekommen. Sie rufen in ein paar Minuten wieder an.«

Thomas schüttelte den Kopf. Er war schon vorher leicht angetrunken gewesen, aber jetzt war ihm komplett schwindelig. Aber noch bevor er wieder klar im Kopf werden konnte, durchbrach das Läuten des Telefons die Pause.

Sie fuhren zusammen wie ratlose Kinder, die gegenseitig Hilfe in ihrem Blick suchten.

»Sag ja«, sagte Thomas da.

»Bist du sicher?«

Er nickte.

»Was ist mit Afrika?«

»Afrika kann warten. Das regeln wir schon. Machen es später.«

Das Telefon klingelte wieder. Charlotte griff danach, aber stoppte die Bewegung.

»Bist du sicher?«

»Ja! Nimm schon ab und sag ja! Ich liebe dich!«

»Wirklich?«

»Ja!«

»Warum?«

»Es ist deine Pflicht. Du kannst es dir nicht erlauben, nein zu sagen.«

Charlotte nickte, ohne noch weiterer Vertiefung zu bedürfen. So einfach war es eben. Sie musste.

»Okay!« Charlotte räusperte sich, nahm den Hörer und sprach wieder mit der Sekretärin, die erneut durchstellte.

»Aber ich werde keine Geisel sein«, murmelte sie mahnend am Hörer vorbei, während sie wartete, länger als das letzte Mal. Inzwischen saß Thomas da und vertiefte sich in ihre grünbraunen Augen, bis sie zu einem Strom wurden, der ihn mitriss. Nicht, weil er fünf Schnäpse zu viel gehabt hatte – es war die Art, wie er sie wahrnahm. Für ihn war sie alle Kontinente auf einmal, sie war Norden und Süden, Kälte und Wärme, Trockenheit und Regen. Von Anfang an, vom ersten Tag an, dem ersten Sommer an, hatte er ihre Klüfte und Schluchten geliebt, ihre Täler und Bergpässe, die undurchdringlichen Wälder und blühenden Felder. Wenn es ihm zugestanden hätte, hätte er sie damals auf der Stelle mitgezogen, direkt in sein Bett, statt Wochen auf eine vorsichtige Annäherung zu verwenden. Als sie sich ihm an dem frühen Morgen endlich hingegeben hatte, berauscht und fröhlich, war es, wie er es erträumt hatte. Ein Geheimnis, das sich Blatt für Blatt entfaltete. Seither hatte es für ihn keine anderen Frauen auf dieser Welt gegeben. Dass er auch der einzige Mann in ihrem Leben war, daran hatte er keinen Zweifel. Das war es nicht, wovor er Angst hatte. Er hatte Angst, sie zu verlieren, auf dieselbe Weise, wie man plötzlich den Halt verlieren kann. Und vielleicht war das das drängendste Gefühl in diesem Moment, bevor der Staatsminister ans Telefon kam. Das Gefühl von Gefahr. Und als sich der Staatsminister offenbar meldete und sie sich halb wegdrehte, wusste er es. Dass sie sich schon ein wenig entfernt hatte.

Charlotte bemühte sich, gefasst und wohl überlegt zu klingen, als der Staatsminister sie fragte, ob sie den ersten Schock überwunden hatte.

»Ja«, antwortete sie.

»Habt ihr Familienrat gehalten?«

»Ja, das haben wir.«

Jetzt klang sie so nüchtern und gefasst, dass Per Vittrup schon anfing zu befürchten, dass sie nein sagen würde. Was Meyer als Risiko angesehen hatte. Aber das gehörte wohl größtenteils zum Spiel gegenüber Gert, der immer noch stinksauer war. Um ihn glauben zu machen, dass diese Charlotte Damgaard wahrlich nicht nur irgendjemand war, der schwanzwedelnd Order parierte.

»Also, was sagst du?«, fragte er leicht, mit einem Lächeln in der Stimme.

»Ich sage, ja, danke …«

»Das freut mich zu hören!«

»… unter der Bedingung, dass ich nicht zur Geisel der Regierung werde.«

»Geisel? Könntest du das erläutern?«

»Dass ich nicht gezwungen werde, meine Ansichten zu ändern, dass ich das Recht habe, die Entscheidungen zu treffen, die ich für richtig halte, und dass ich einen gewissen Spielraum habe im Verhältnis zur Regierungspolitik. Ich bin ja doch radikaler als Søren Schouw, und das würde ich auch gerne bleiben.«

»Äh, Politik ist ja die Kunst des Möglichen … Also, manche Kröte muss man schon schlucken.«

»Das ist klar«, sagte Charlotte. »Ich kenne auch die Regierungsgrundsätze zur Umweltpolitik. Aber wenn es etwas bringen soll, jemanden wie mich in den Sessel zu hieven, dann muss ich meine Integrität wahren können. Andernfalls ist es für mich selbst ohne Bedeutung und zutiefst unglaubwürdig für die Menschen, die mich kennen, und für das, wofür ich stehe.«

»Das ist klar«, sagte der Staatsminister und notierte sich Stichworte auf einem Block, der vor ihm lag. »Bedingung«, »nicht Geisel«, »Kröten schlucken« stand schon da. Jetzt fügte er noch »Integrität« hinzu, und »Glaubwürdigkeit« mit drei Ausrufezeichen.

Er war so eingenommen von diesen Schlüsselwörtern, die all das waren, von dem er sich gewünscht hatte, dass sie es sagen würde, dass er es versäumte, konkret zu werden. Das war ein Fehler. Aber es wurde ihm erst sehr viel später klar, wie gravierend dieser Fehler war.

»Mit der Erfüllung dieser Bedingungen wären wir uns dann also einig?«, fragte er aufgeräumt und konnte geradezu hören, dass Charlotte Damgaard tief Luft holte, wie eine zweifelnde Braut vor dem Altar, bevor sie antwortete.

»Ja, dann sind wir uns einig.«

»Ja, dann, willkommen im Club. Dann hoffe ich nur, dass du ein hübsches Kleid für den Empfang bei der Königin hast. Und damit überlasse ich dich dem Stab. Es erfordert einiges an Logistik, sich um alles zu kümmern. Sie werden dich in Kürze zurückrufen. Wir sehen uns morgen.«

Nachdem sie aufgelegt hatte, drehte sie sich zu Thomas um und gehörte wieder ihm. Großäugig und verletzlich, wie nur er sie kannte: »Bist du sicher, dass ich das schaffen kann?«

»Natürlich kannst du das! Sonst hätten sie dich nicht gefragt!«

Dann stand er auf, ging zu ihr und nahm sie in den Arm, zog sie ganz eng zu sich.

»Glückwunsch, Schatz.«

»Du bist dabei, oder?«, fragte sie und legte ihre Wange an seine Schulter.

»Natürlich. Ich halte dir den Rücken frei. Immer.«

Er küsste sie, lange und leidenschaftlich, registrierte zur gleichen Zeit seine beginnende Erektion bei der leichten Berührung ihrer breiten Hüften und ihr spontanes Zurückweichen. Und als das Telefon wiederum klingelte, wusste er, dass sie schon dabei war, von ihm wegzutreiben.

»So, jetzt fährt der Zug«, murmelte er mit belegter Stimme, die Nase in ihrem winterblonden, locker aufgesteckten Haar. Wie immer duftete sie angenehm nach Heu und Hafer. Aber als er sie losließ, nahm er einen neuen, herben Geruch wahr, einen Geruch wie von einem Raubtier in Gefahr.

»Du musst keine Angst haben«, flüsterte er.

»Habe ich auch nicht«, lächelte sie, nahm den Hörer und sagte ihren Namen mit einer Autorität, die jeden überzeugt hätte. Und es auch tat.

Das war der Augenblick, an den er später häufig zurückdenken musste. Genau da hätte er seinem Instinkt folgen und ihre Hand greifen, die Kinder aus dem Bett reißen und seine Familie in Sicherheit bringen müssen. An irgendeinen Ort, an dem kein *offer you can't refuse* sie erreichen konnte. Aber er tat nichts. Er stand nur da und starrte sie an, mit hängenden Armen, bevor er ihr Glas nahm und den restlichen Cognac in einem Zug austrank. Dann ging er aus der Küche und überließ sie wem auch immer. Dem Referenten, vermutlich. Jens hustete, Thomas gab ihm Wasser. Deckte Johanne zu. Strich ihr über die hohen Wangenknochen, die sie mit ihrer Mutter gemeinsam hatte.

»Tja«, seufzte er zu sich selbst und setzte sich auf den Boden, angelehnt an die türkisblaue Wand zwischen den beiden Betten. Hob ein Stofftier vom Boden auf. Knetete es geistesabwesend zwischen den Händen. Afrika blieb liegen. So viel stand fest. Vom Rest hatte er nicht den Hauch einer Ahnung.

☆

Cat gab den anderen ein Zeichen, die stumm gehorchten und die Masken über den Kopf zogen. Sie waren alle fünf schwarz gekleidet, und nachdem sie ihre Masken aufhatten und nur noch die Augen frei waren, wurden sie von der Dunkelheit verschluckt, sodass sie sich kaum gegenseitig sehen konnten. Sie waren extra mit kleinen Taschenlampen ausgestattet und mit Zangen, um die Käfige aufzubekommen; sie trugen feste Handschuhe, solide Stiefel, um Bisse zu vermeiden, und jeder hatte einen Baseballschläger, um nach den Hunden zu schlagen. Darüber hinaus waren ihre Uhren synchronisiert, und sie hatten keinerlei persönliche Papiere bei sich, die etwas über ihre Identität hätten verraten können. Die Aktion war für höchstens fünf Minuten berechnet, Autofahrt hin und zurück eingeschlossen. Cat heftete ihren Blick auf das Display ihrer billigen Digitaluhr. Sie schwitzte und fror gleichzeitig in ihrem eng sitzenden, synthetischen Anzug, Adrenalin zirkulierte durch ihren dünnen Körper und ließ sie zittern, als sie mit ihrer rechten Hand die Luft durchschnitt und zählte, *drei, zwei, eins*, beendet von einem knallenden *go*! Sie lächelte ein seltenes Lächeln unter ihrer Maske, als die Formation in einem V mit ihr an der Spitze vorrückte. Das war das Größte. Der Kick, für den sie lebte. Das Kommando zu haben. Die Macht zu fühlen, wenn die anderen gehorchten, wenn sie ihre plötzliche Unsicherheit ihr gegenüber bemerkte. Diese naturromantischen Kinderärsche wussten ja nicht mal, warum sie sie erschreckte. Aber sie selbst wusste es. Sie hatten Angst vor ihr, weil sie bereit war zu sterben. Im Kampf zu fallen. Nicht für hundert oder tausend Nerze natürlich. Ihretwegen könnten die in ihren verdammten Käfigen verrotten. Sie verabscheute Nerze. Der Gestank, den der Wind von den Käfigen herüberwehte, als sie sich hastig und lautlos näherten, verursachte ihr Übelkeit. Sie fand, Nerze waren hässlich, bösartig und dekadent in ihrer Überzüchtung. Sie hasste sie auf dieselbe Weise wie die Oberklassen-Hühner, die Pelz trugen. Und das war es, worum es ihr ging. Hass und Rache. Für diese Sache war sie nicht nur bereit zu sterben. Für die war sie auch bereit zu töten. Das mit den Nerzen war nur ein Anfang. Eine Übung. Ein Pilotprojekt. Militärisches Training. Die anderen glaubten, es wäre ein

Scherz, eine Art autonomer Ironie, dass sie die Gruppe *Grüne Guerilla* getauft hatte. »Sollen wir den Umweltminister kidnappen, oder was hast du vor?«, hatte Teis in seiner etwas zu höhnischen Art gefragt. »Kann gut sein«, hatte sie mürrisch geantwortet. »Du weißt doch nicht mal, wie unser Umweltminister heißt!«, hatte er besserwisserisch gefeixt. Drecksakademiker-Blage. »So what?«, hatte sie geknurrt. Seither hatte sie es sich gemerkt. Søren Schouw. Ein Scheiß-Arschloch. Das waren sie alle zusammen. Von rechts bis links. Korrupte Bonzen der ganze Verein.

Sie waren vorne. Sie konnten die Nerze hinter dem Maschendraht kratzen hören. Cat blieb stehen. Lauschte. Kein Hund. Bis jetzt. Sie hatte Angst vor Hunden. Die einzigen Tiere, die ihr etwas bedeuteten, waren Kühe. Sie liebte Kühe. Liebte ihre großen, braunen, treuen Augen. Ihre Art, endlos zu kauen. Ihre großen, schweren Körper. Als Kind war sie oft nach der Schule zu ein paar Feldern außerhalb der Stadt geradelt, wo eine große Herde schwarzbunter Kühe auf der Weide graste. Sie rief nach ihnen, gab ihnen Namen und suchte sich besondere Lieblinge aus, die sie zwischen den Ohren kraulte und denen sie sich anvertraute. Sie hörten ihr zu, leckten ihre Hände mit ihren rosaroten Zungen, verstanden ihre Einsamkeit. Ihre Eltern waren besorgt um sie. Sagten sie. Sie glaubten, sie triebe sich in der Stadt rum. Wäre in schlechte Gesellschaft geraten. Aber dann waren da die Sommersprossen und die roten Wangen nach der langen Fahrradtour, von der sie nichts erzählte. Sie hatten ihr Leben im Krankenhaus, sie hatte ihres. Okay? Okay, lächelten sie verunsichert von ihrer eigensinnigen Tochter, die plötzlich die fixe Idee hatte, kein Fleisch mehr essen zu wollen. Sie weigerte sich, »ihre Freunde zu essen«. Danach kassierte sie alles ein, was sie besaß, das aus »toten Tieren« hergestellt oder verarbeitet war. Schuhe, Tasche, Jacken, Haarbürsten. Da war sie elf. Ihre Eltern lachten noch immer. Nachsichtig, wie sie gegenüber allem gewesen waren, was sie sich vorgenommen hatte, seit sie als lebender Zwilling auf die Welt gekommen war, Schwester eines tot geborenen Jungen. So glücklich waren sie darüber gewesen, wenigstens eines behalten zu dürfen, dass sie das lavaförmige Muttermal, das den Großteil ihrer rechten Gesichtshälfte bedeckte, kaum bemerkten. Außerdem arbeiteten beide im Gesundheitswesen. Ihr Vater war Oberarzt am Krankenhaus in Brønderslev, ihre Mutter MTA, und sie vertrauten ganz und gar darauf, dass die plastische Chirurgie den Schaden beheben konnte, wenn die Zeit reif war. Aber als sie anfingen, von Transplantation zu sprechen, war sie zwölf, und da war es zu spät. Denn da sah sie mit Angst und Schrecken ein, dass ihre Eltern Mörder und kannibalische Monster waren, die nicht nur ihren Bruder getötet hatten, sondern nun auch sie demütigten, indem sie ihre Zähne in das Einzige schlugen, das sie lieb hatte, die Kühe. Als sie dreizehn war, erklärte sie ihnen den Krieg. Seit sie vierzehn war, betrachtete sie sie als Feinde. Ab achtzehn hatte sie sich geweigert, sie zu sehen. Jetzt war sie 21. Und ihre Eltern hatten längst aufgehört, sich zu amüsieren.

»Teis!«, sagte sie halblaut gebieterisch, worauf Teis seinen großen Bolzenschneider herauszog und geschickt ein Loch in das Tor der mit einer Betonmauer umgebenen Farm schnitt. Es war eine der kleinen – weder mit Elektrozaun noch mit fotozellengesteuerten Scheinwerfern. Nicht mal ein frei laufender Schäferhund. Das war fast zu einfach.

»Action!«, befahl sie, und einen Augenblick später hörte man das Rascheln, als fünfzehnhundert Nerzpfoten flach über den Boden wuselten.

Da war es 3 Uhr 18, und in Kopenhagen war der frühere, jetzt jämmerlich in Whisky aufgelöste Umweltminister immer noch paralysiert davon, gefeuert worden zu sein, die Entlassung brutal abgeliefert in einer kurz gehaltenen telefonischen Mitteilung, während die gerade Ernannte euphorisch den Versuch aufgab zu schlafen und resolut aus dem Bett stieg, um ihre Antrittsrede zu schreiben.

Aus Cathrine Rørbechs Blickwinkel würde das nicht den geringsten Unterschied machen.

»Sie war die größte Neuigkeit, unbedingt. Direkt nach der, dass Søren Schouw gefeuert worden war, natürlich. Um sich auszurechnen, dass der Mann nicht freiwillig gegangen war, ›auf eigenen Wunsch‹, wie es hieß, musste man kein Meister des investigativen Journalismus sein. Dass Frau Meyer auch ihre Finger im Spiel gehabt hatte, war ebenfalls offensichtlich. Da lag also eine gute Geschichte, die man einfach nur aufgreifen musste, wenn man fertig damit war, bei ihr Schlange zu stehen. Im Übrigen sah sie an diesem Vormittag auf dem Schlossplatz blendend aus. Sie fröstelte in ihrem kurzen Rock, der Etikette nach zu kurz, aber sie hatte schöne lange Beine, und dann hat sie ja auch dieses ländliche Vollmilch-Lächeln, das auf jeden Fall meinen wunden Punkt trifft. Den letzten, den ich noch habe, haha. Also, ich konnte sie eigentlich gut leiden, schon immer. Wünschte mir an und für sich das Beste für sie. Aber meine persönlichen Sympathien und Antipathien spielen für die Geschichte ja keine Rolle. Natürlich sollte sie ihre Chance haben. Bekam sie ja auch. Aber mal ehrlich, wie gesagt, Zeitungen müssen ja auch verkauft werden. Also, okay, wenn du so fragst – ja, ich *war es*, der sich das mit dem »Christbaumschmuck« ausgedacht hat. Was nett gemeint war, auch wenn sie stinksauer wurde, als sie es am nächsten Tag auf Seite 1 entdeckte. Ich hatte sie tatsächlich am Telefon. Persönlich. Aber sie hätte es ja auch einfach bleiben lassen können, in einem so kurzen Rock aufzutauchen und dann *so* zu lächeln.«

Das Lächeln zieht in den Wangen. Sie merkt selbst, dass es etwas zu breit ist, aber sie ist kurz davor, in hysterisches Lachen auszubrechen. Es ist zu surrealistisch, zu weit hergeholt: Sie war gerade eben zur Audienz bei der Königin gewesen, die ihr, ein wenig unterkühlt, aber mit verblüffender Präsenz dafür gedankt hatte, dass sie sich des Amtes angenommen hatte – »Ich weiß, dass es für eine junge Mutter besondere Anstrengung erfordert« –, und jetzt befindet sie sich als Nummer vier von rechts in der ersten Reihe in dieser traditionellen Aufstellung der neu ernannten Minister. Sie waren kaum aus der Tür getreten, als das Gebrüll losbrach, aus einer Mauer von Presseleuten mit und ohne Kameras, die eine dreiflügelige Front vor ihnen gebildet hatten.

»Gruppenbild mit drei Damen«, bemerkt der Staatsminister witzig, als er sie so sortiert hat, dass die neuen, unverbrauchten Namen in vorderster Reihe stehen und die Veteranen, die nur das Ministerium gewechselt haben, im Hintergrund platziert sind. Mit der galanten Ausnahme, dass Elizabeth Meyer, neu ernannte Außenministerin, neben Charlotte landet. Der Staatsminister selbst steht jetzt in der Mitte, flankiert von Charlotte und Christina Maribo, einem sozialdemokratischen Arbeitspferd, der schon im Vorfeld ein Platz in der neuen Regierung vorausgesagt worden war und die deshalb keine besondere Sensation als Stadt- und Wohnungsbauministerin ist.

»Ich freue mich, mein neues Team vorstellen zu können«, sagt Per Vittrup und versucht, die Handwerker zu übertönen, die lärmend dabei sind, ein Gerüst unten bei den Kolonnaden über die Amaliegade abzubauen. Staub und Putz legen sich fein auf den blauen Anzug, zurechtweisende Blicke werden zu den Arbeitern geworfen, aber die machen ungerührt weiter. Das ist der letzte Tag vor den Weihnachtsferien, Mann!

Der Staatsminister macht einen tänzelnden Schritt zur Seite und breitet präsentierend die Arme aus.

»Wie Sie sehen, repräsentieren die neuen Minister sowohl Jugend als auch Weisheit«, leitet er jovial ein, »und an diesem Tag, dem kürzesten des Jahres, kann ich also gelassen sagen, dass wir lichteren Zeiten entgegengehen.«

Er nimmt seinen Platz im Zentrum ein, Fotografen auf hohen Leitern wechseln die Objektive, Kameraleute ändern den Winkel, und Neugierige drängeln, um etwas sehen zu können. Charlotte bemerkt seine Hand, die leicht um ihre Schulter greift, und es ist diese Berührung, die so sehr kitzelt, dass sie kurz davor ist loszulachen.

»Charlotte!«, ruft ein Fotograf. »Hierher schauen!« Sie gehorcht unwillkürlich und dreht den Kopf in Richtung des Rufes, obwohl sie kein Gesicht sieht, nur die Linse der Kamera.

Ihre Anspannung und die eisige Kälte, die über den Schlossplatz zieht, lassen sie mit den Zähnen klappern, aber dann ist da Meyer mit einem leisen »Entspann dich. Dann frierst du nicht«.

Sie lässt die Schultern fallen, holt tief Luft, so, wie sie es in der Geburtsvorbereitung gelernt hat. Das hilft, die Hysterie verschwindet, und sie ist schließlich wirklich anwesend. Ihr Lächeln ist weniger angespannt, sie merkt, wie der Nebel sich hebt und der Schlossplatz unter dem Schleier hervorkommt. Die Palais, die Ritterstatuen, die leuchtend roten Wachhäuschen, die Polizisten, die die Horde auf Abstand halten, und die Gruppe japanischer Touristen, die versehentlich Zeugen eines zutiefst dänischen Vorgangs werden. Sie besinnt sich auf sich, konzentriert sich auf das Presseaufgebot, und gerade hier vor ihren Objektiven, die alles und dennoch gar nichts sehen, geht die Häutung vonstatten. Sie legt die Unsicherheit ab, den Widerstand und die Vorbehalte, und nimmt die Rolle an. Sie ist nicht länger Charlotte. Sie ist Ministerin. Und als solche richtet sie sich kampfbereit auf. Erkennt ein paar Journalisten wieder, lächelt zu Andreas von den Fernseh-Nachrichten und erspäht auch ein paar der Kollegen aus dem Büro, die dastehen und grinsend mit Flaggen und Blumen winken. Thomas muss getratscht haben. Sie winkt diskret und denkt schon darüber nach, welche Botschaften sie für die Medien parat haben sollte, wenn die sich im Anschluss auf sie stürzen werden. *Soundbites* für die elektronischen Medien, ein paar markante Hauptsätze für die Tagespresse, etwas Langes und Perspektivenreiches für die *»Information«* und das P1-Magazinprogramm, ein paar Mini-Sätze für die Boulevardblätter.

»Wollt ihr auch unsere Fingerabdrücke?«, ruft der neu ernannte Justizminister, einer der vorwitzigen Burschen, die gewöhnlich als Kronprinzen ausgerufen werden.

»Ja, das IST schließlich eine Ansammlung von Verbrechern«,

gibt ein bauchlastiger Reporter des *Ekstra Bladets* mit Lederjacke zurück, den Charlotte mit einem gewissen Missbehagen wiedererkennt. *Siggi* nennt er sich, und er ist genauso verschlagen, wie er schmierig ist. Dennoch lacht sie mit – der Champagner, die Anspannung, die Nervosität bringen sie alle dazu, in dieser landschulheimartigen Partystimmung etwas über die Stränge zu schlagen, die sie von anderen Regierungspräsentationen kennt. Dass das nicht besonders kleidsam ist am nächsten Tag, weder auf dem Bildschirm noch in den Zeitungen, auch daran erinnert sie sich. Aber what the fuck, man hat ja wohl trotzdem das Recht, sich ein *bisschen* zu freuen. Es *ist* schließlich kein Verbrechen, Ministerin zu sein!

Ein plötzlicher Windstoß fährt ihr in die Haare, sie hebt die Hand, um sie wieder aus dem Gesicht zu streichen, und ihre Aufmerksamkeit wird von einer Gestalt gefangen genommen, die, aus der Frederiksgade kommend, über den Schlossplatz trottet, eine gelbe *Netto*-Tüte in der Hand. Ein buckliger Mann in einem ausgeblichenen grünen Parka, der nur einen flüchtigen Blick in Richtung dieses monströsen Aufmarsches wirft, bevor er weiterschlurft auf seiner Jagd nach Flaschen. Sie schnappt erschrocken nach Luft, Reaktion auf das Erkennen und zugleich auf das Entsetzen darüber, dass sie es immer noch glaubt. Dass es ihn gibt. Dass er auftaucht wie ein Phantom, in Verkleidung oder als er selbst in seiner Strickjacke, immer, wenn sie ihm etwas Besonderes zu zeigen hat. Etwas, worauf er stolz sein kann. So wie zu ihrer Konfirmation. So wie zur Abschlussfeier, wo sie ununterbrochen ihre Studentenmütze aufhatte, weil es ihn glücklich gemacht hätte. Stolz und glücklich auf dieselbe strahlende Art wie damals, das Frühjahr davor, als Lisbeth und sie eine Prämie für ihren Kürbis beim Treffen der Landjugend bekamen.

Nicht, dass ihre Mutter nicht auch verflucht glücklich gewesen wäre, als ihre Tochter sie kurz nach sieben mit der Neuigkeit angerufen hatte. Sogar so glücklich, dass sie »kurz davor war zu weinen«. Kurz davor. Aber okay, sie kam gerade von einer hektischen Nachtwache, also, was wollte man erwarten. Charlotte hatte sie gebeten, Lisbeth und Erik darüber zu informieren, ihre

Schwester und deren Mann, den Schweinebaron, der vermutlich nicht in Jubel über ihren neuen Job ausbrechen würde. Sie waren, um es vorsichtig auszudrücken, äußerst uneins in ihren Analysen über die Verantwortung der Landwirtschaft gegenüber dem Umweltschutz. Lars, ihren lieben kleinen Bruder, hatte sie selbst angerufen – lang lebe das Handy –; er saß auf einem Rastplatz in Österreich im Lastwagen und trank Kaffee, mit Hilfsgütern auf dem Weg in den Kosovo. Er war ganz außer sich, *Großartig, der Wahnsinn!,* und hatte sie später noch einmal anrufen müssen, um sicherzugehen, dass er es nicht nur geträumt oder sich in morgendlicher Verwirrtheit eingebildet hatte. Thomas hatte sich um die Schwiegereltern gekümmert, und ihre Reaktion war absehbar gewesen. Eine gewisse Verlegenheit gegenüber Titeln, gemischt mit dem Unwillen darüber, dass ihr Sohn schon wieder betrogen worden war. Und dann hielten sie auch nicht gerade viel vom Staatsminister, der Regierung und der Sozialdemokratie an sich.

»Na, Charlotte«, sagt Per Vittrup zu ihr und drückt ihr leicht die Schulter. »Du hast es nicht bereut?«

»Nein«, sagt sie und wird von einem plötzlichen Schaudern geschüttelt.

Per Vittrup lässt sie los.

»Wärt ihr jetzt so nett, das Shooting zu beenden!«, teilt er mit. »Die Mädchen frieren. Wir sehen uns zur Pressekonferenz im Speisesaal!«

Wie auf Stichwort gellt plötzlich ein zweistimmiges »MAAMMAA!« über Amalienborgs Schlossplatz, und dann kann sie das Lachen nicht länger zurückhalten – Thomas kommt mit Jens und Johanne angesprintet, die Kinder wie zwei bunte Astronauten im Fahrradanhänger sitzend. Er hält erst, als er auf einer Linie mit der Mauer aus Presseleuten ist, die gerade dabei war, auseinander zu fallen, sich aber jetzt mit einem Mal wieder formiert, die Kameras auf die Zwillinge der Umweltministerin gerichtet, die, als sie abgeschnallt sind, sofort auf ihre Mutter zustürmen. Ihre Ministerkollegen, die sich gerade in alle Richtungen verteilen, lachen, als sie in die Hocke geht und ihre Kinder in den Arm nimmt, die nicht mal bemerken, dass sie unter kräftigem Medienfeuer stehen.

»Hast du den König gesehen?«, fragt Johanne.

»Die Königin«, verbessert Charlotte und versucht ihre Strümpfe vor Stiefelabdrücken zu bewahren.

»Bist du jetzt Staatsministerin?«, fragt Jens.

»Noch nicht!«, bemerkt Per Vittrup und tätschelt ihnen den Kopf. Die Journalisten haben die Blöcke gezückt, endlich passiert was.

»*Das* ist der Staatsminister«, lächelt Charlotte und drückt sie noch einmal, bevor sie Thomas ein Zeichen gibt, der sich, überrumpelt von der Dreistigkeit der Presse, aus dem Verhör der Journalisten befreien muss. Wie heißen die Kinder? Sind das Zwillinge? Wie alt sind sie? Sind sie im Kindergarten? Wie heißen Sie? Was machen Sie? Sind Sie beide verheiratet?

»Entschuldige, war vielleicht keine so gute Idee«, sagt er, als er zu ihr vorgedrungen ist, küsst sie flüchtig auf die Wange und schnappt sich die Kinder.

»Ich fand nur, sie sollten das erleben …«

»Das ist okay«, sagt sie und nickt zu den Palastwachen, die dafür sorgen sollen, dass sie mit ihren Kollegen durch das Tor kommt, bevor es wieder geschlossen wird. Eine Armada frisch geputzter Ministerautos wartet im Hof, sie sollen geordnet und in der richtigen Reihenfolge abfahren. Sie als eine der Letzten.

»Ich muss mich beeilen«, sagt sie, küsst die Kinder, lenkt sie ab, indem sie auf die Gardisten hinter sich zeigt – »Schaut mal, ihre Mützen sind aus Bären gemacht!« –, und steht auf. »Bis nachher!«

»Verflixt«, sagt Thomas. »Du siehst schön aus.«

Wie man begeistert notiert, lächelt sie ihn »liebevoll« an, bevor sie durch das Tor in den Hof verschwindet, wo sie den kolossalen silberfarbenen BMW vorfindet, der sie in Zukunft standesgemäß befördern wird. Ihr Chauffeur, den sie schon auf dem Weg hierher hatte begrüßen können, öffnet ihr mit einem höflichen »Glückwunsch!« verlegen die rechte Rücksitztür.

»Danke«, sagt sie, holt tief Luft und steigt ein, auf den glatten, cremefarbenen Sitz.

»Was für ein Schlitten!«, platzt sie heraus, als der Chauffeur sich hinter das Lenkrad gesetzt hat und weich anfährt.

»Ein BMW 735i, falls Ihr Mann fragen sollte.«

»Mein Mann?«, lacht sie laut. »Der versteht wirklich gar nichts von Autos! Der fährt Fahrrad. Ist das ein *Fernseher*, den wir da haben?«, fragt sie und zeigt auf den Monitor, der in der Rückenlehne des Vordersitzes eingebaut ist.

Es ist einer. Und es gibt auch ein Telefon und einen kleinen Kühlschrank.

»Wahnsinn«, kichert sie kopfschüttelnd und lehnt sich im Sitz zurück, um sich dekorativ aufzurichten, als sie an der Reihe sind, durch das Tor zu gleiten, als vorletzter Wagen in der Ministerkolonne.

»So, und jetzt müssen Sie es genießen«, klingt es vom Vordersitz. »Es gibt zwei Touren, an die sich alle Minister für immer erinnern. Die erste und die letzte ...«

»Und die letzte pflegt kein Genuss zu sein?«, fragt sie trocken und winkt ein paar standhaft Neugierigen zu, die immer noch auf dem Schlossplatz stehen. Thomas und die Kinder sind nicht mehr zu sehen.

»Nein, das ist es ja gerade«, sagt er und trifft ihren Blick im Rückspiegel. »Na, jetzt haben Sie fünf Minuten zum Entspannen.«

Sie lächelt vor sich hin, kneift sich heimlich in den Arm. Freddy heißt er, der Chauffeur. Und er kommt aus Århus. Das ist irgendwie beruhigend.

☆

Das ganze Blumengeschäft ist in Aufruhr, als Ingrid Damgaard kommt und einen Fleurop-Strauß für ihre Tochter bestellt. Schließlich kommt es nicht jeden Tag vor, dass so eine nordjütländische Kleinstadt auf die Dänemarkkarte gesetzt wird.

»Glückwunsch! Ich habe es gerade im Radio gehört«, ruft die redselige, mollige Blumenhändlerin, als Ingrid den Laden betritt. »Die vom Rathaus haben auch schon angerufen, der Bürgermeister schickt auch einen Strauß, das wäre ja noch schöner gewesen! Was musst du stolz sein, Ingrid!«

»Ja, das bin ich ja auch«, lächelt sie die Inhaberin, deren mageren Mann und die beiden anderen Kunden, die auch an dem Plausch teilhaben, gezwungen an. Nicht weil sie nicht stolz *ist* – sie ist absolut außer sich, hätte gute Lust, eine ganze Wagenladung Blumen nach Kopenhagen zu schicken –, aber irgendwie ist es fast zu überwältigend. Zu viel, um es selbst zu fassen. Und steht es ihr überhaupt zu, stolz zu sein?

»Was soll auf der Karte stehen?«, fragt die Blumenfrau, zum Notieren bereit.

»Ähm, ›Herzlichen Glückwunsch zur Ernennung, liebe Grüße, Mama‹«, versucht sie sich, aber sie merkt, dass das teilnehmende Publikum enttäuscht ist.

»Nein«, verbessert sie sich: »›Herzlichen Glückwunsch zur Ernennung. Wir sind so stolz auf dich. Liebe Grüße, Mama.‹«

Erst als sie hinterher in ihrem Skoda sitzt, auf dem Weg zum Friedhof in Løkken, mit einem Kranz für die Grabstelle, die sie nie besucht, erkennt sie, was die Pluralform wirklich bedeutet. Mama und Papa.

Sie macht die Scheibenwischer an. Glaubt, dass es angefangen hat zu regnen.

☆

In besonders beengten Situationen leidet Charlotte an einer leichten Tendenz zur Klaustrophobie. Einmal war sie in einem überfüllten Zug in Kenia in Panik geraten. Einkaufszentren vor Weihnachten rufen dieselbe Art von Beklemmungen hervor, und gerade als sie den Speisesaal betritt, wo wieder ein Presseaufgebot wartet, wie ein riesiges, vielköpfiges Ungeheuer auf dem Sprung, muss sie nach Luft schnappen und einen unmittelbaren Fluchtimpuls unterdrücken. Schweiß tritt ihr auf die Stirn, während sie sich darauf konzentriert, ihren Platz zwischen dem neuen Justizminister und Elizabeth Meyer, zwei Sitze neben dem Staatsminister, zu finden, sich hinzusetzen und ohne zu zittern die Hände auszustrecken, nach der Mineralwasserflasche zu greifen und sich ein Glas einzuschenken. Es gelingt ihr, die Panik zu dämpfen. Meyer lächelt schmal, auf ihre eigene unmerkliche Weise behält sie sie im Auge, bereit, jederzeit einzugreifen. Sie hatten gestern Abend lange telefoniert, und es war ihr *Champagner,* überbracht per Ministerchauffeur, mit dem Thomas und sie gestern gegen Mitternacht angestoßen hatten. Aber sie hatte nicht vor, das zu erzählen, falls jemand auf die Idee kommen sollte, danach zu fragen. Sie geben sich bewusst Mühe, kein freundschaftliches Verhalten an den Tag zu legen, niemand konnte sie bei vertraulichen Gesprächen sehen oder erkennen, dass sie in engem Kontakt standen. Aber natürlich hat Elizabeth ihre Protegé gebrieft, sie auf den ganzen Zirkus vorbereitet und sie daran erinnert, vor wem oder was sie sich besonders in Acht nehmen musste.

Charlotte ist nicht naiv. Sie ist es gewohnt, mit der Presse zu arbeiten, und stimmt völlig mit Meyers Analyse überein, dass sie es sein wird, auf die man sich stürzt. Sie ist – abgesehen von dem Kirchenminister der Radikalen, einem Volkshochschulleiter aus West-Seeland – die einzige richtige Neuheit. Und er ist keine junge Frau mit Vergangenheit in der Umweltbewegung.

Der Staatsminister klopft gut gelaunt an sein Glas, um Ruhe zu schaffen, was nur teilweise gelingt, und fängt dann den klingelnden Handys zum Trotz an.

»Heute ist der kürzeste Tag des Jahres. Aber wie Sie sehen können, gehen wir lichteren Zeiten entgegen«, sagt er erneut und erntet vereinzeltes Lachen. Dann stellt er seine Minister der Reihe nach vor, verknüpft mit jedem eine witzige Bemerkung, während reihum genickt, gelächelt und errötet wird.

»Und hier haben wir die neue Außenministerin«, sagt er und legt eine Hand auf Elizabeth Meyers Schulter. »Ich muss gestehen, dass ich dank dieser Ernennung davon ausgehe, bald einen bedeutenden Rationalisierungsgewinn einstreichen zu können.«

Kunstpause, während Elizabeth Meyer spöttisch fragend zu ihm aufblickt.

»Denn ich rechne damit, dass wir Heer und Verteidigungsministerium getrost auflösen können, wenn die Welt da draußen dich, ›das stärkste Mannsbild der Regierung‹, erst einmal kennen gelernt hat!«

Brüllendes Gelächter erhebt sich wie eine Flutwelle, ist fast abgeebbt, als Meyers Replik eine weitere hervorruft:

»Oh, du spielst auf meine Fähigkeiten als Schlichterin an?«

»Okay«, lacht Vittrup und legt den Kopf in den Nacken. »Punkt für dich!«

Charlotte starrt ihn fasziniert an, zoomt auf seinen Mund mit dem charakteristischen Gold-Schneidezahn. Er liebt das. Er liebt das wirklich. Obenauf zu sein. Als er fertig ist mit Lachen und Elizabeth Meyer losgelassen hat, wendet er sich Charlotte zu, die zuvorkommend lächelt. Ihr Puls rast unter ihrer Bluse. Der schwarze, gesteppte Nylonrock spannt über den Hüften. Sie hat etwas zugenommen, seit sie ihre Arbeit gedrosselt hat.

»Ja, damit, dass sie heute hier sitzen würde, haben Sie alle nicht gerechnet: Charlotte Damgaard, neue Umwelt- und Energieministerin, bis vor kurzem Vorsitzende der *Vereinigung der Naturfreunde*. Sie verfügt nicht nur über profunde fachliche Kenntnisse im ganzen Umweltbereich. Wir kennen sie auch in der Partei als junge, engagierte, visionär denkende Frau, die trotz ihres akademischen und spezialisierten Hintergrundes in der Lage ist, das Gras wachsen zu hören. Vielleicht kurz vor uns anderen. Ich bin sehr froh darüber, dass Charlotte zugestimmt hat, sich dieser Aufgabe anzunehmen.«

»*Warum habe ich das*?«, schreibt sie vor sich auf den Notizblock, während der Staatsminister die Vorstellung beendet, und dann erwartet sie die ersten scharfen Fragen.

Aber auf sie wird nicht zuerst geschossen. Sondern natürlich ist es der Staatsminister, der die Rochade als solche verteidigen muss. Glaubt er wirklich, dass er so die schlechten Umfrageergebnisse verbessern kann? Worin liegt die eigentliche Erneuerung? Hat er sich Gedanken darüber gemacht, der Aufforderung der »Börse« zu folgen und selbst zurückzutreten? Und warum wurden die gefeuerten Minister gefeuert?

Der Staatsminister pariert, spricht von »einer gewissen Materialermüdung hie und da«, von dem Bedarf nach »Rotationsordnungen auf dem Arbeitsmarkt« und von seiner eigenen Verantwortung als »Kapitän des Schiffes«.

»Ich beabsichtige nicht, die Brücke zu verlassen«, sagt er, »besonders jetzt nicht, wo wir uns in gefährlichen Gewässern voller Klippen, um nicht zu sagen Haien, befinden.«

»*Weil ich ...*«, steht jetzt auf Charlottes Zettel, gefolgt von einem Streifen siebenzackiger Sterne und Kugelschreiber-Ornamente. »*Darf, muss, soll???*«, schreibt sie, als Siggi, der Wolf aus der *Ekstra-Bladet*-Redaktion, der lange nur dagesessen und sie lauernd angelächelt hatte, mit seinem gedehnten ostjütländischen Dialekt zuschlägt.

»Warum zum Beispiel musste der ausgezeichnete Umweltminister Søren Schouw gehen? War er auch materialermüdet? Oder war er einfach nicht so schön, jung und weiblich wie seine Nachfolgerin?«

Der Staatsminister kneift die Lippen zusammen, wie er es staatsmännisch gewohnt ist. Charlotte hebt ihr Kinn ein wenig und sieht den Gnom in Lederjacke direkt an. Er soll nicht glauben, dass sie sich einschüchtern lässt. Er lächelt sie schleimig an. Sie lächelt zurück. Genauso schleimig. Idiot.

»Søren Schouw ist einer der Veteranen der Regierung. Er hat über viele Jahre einen formidablen Job gemacht, auch in den letzten Jahren als Umweltminister. Es ist unter anderem sein Verdienst, dass wir den Wasserschutzplan durchführen konnten, die Energie-Reform und ...«

»... das Mega-Zentrum in Ørestaden!«, sagt einer, irgendwo in der Menge.

»... so weiter. Ich habe Verständnis dafür, dass Søren Schouw das Bedürfnis hat, eine etwas mehr zurückgezogene Rolle zu spielen, und das ist es auch, was er jetzt tun wird. Er wird eine wichtige Funktion in der Partei im Vorfeld der kommenden Wahl übernehmen. Was, wie ich ohne weiteres hinzufügen kann, einstweilen noch nicht so weit ist.«

Es wird noch ein wenig weitergebohrt im Thema Søren Schouw, Charlotte hört wachsam zu, weiß, dass sie jetzt ins Visier gerät. Kameraassistenten krabbeln auf dem Boden herum, einer stolpert fast über ein Kabel, als er das Mikrofon vor ihr einstellen will.

TV2 kommt als Erstes mit der Frage, die vermutlich allen auf der Zunge liegt:

»Charlotte Damgaard, Sie haben nicht nur eine Vergangenheit als Vorsitzende der Vereinigung der *Naturfreunde*, sondern auch als Kampagnenleiterin bei *Greenpeace*, und Sie haben sich in unzähligen Zusammenhängen als ziemlich ausgeprägte Kritikerin der Umweltpolitik der Regierung hervorgetan. Sind Sie jetzt zum Feind übergelaufen, oder was?«

Charlotte befeuchtet ihre Lippen, lehnt sich leicht über den Tisch, reißt die Augen ein ganz klein wenig auf und wendet sich mit einem entwaffnenden Lächeln dem Reporter zu.

»Nun, es ist wohl eher der Feind, der zu mir übergelaufen ist!« Sie lässt dem zustimmenden Lachen Raum, bevor sie sich beeilt fortzufahren und ihm die Frage aus dem Mund zu nehmen. »Aber wenn Sie danach fragen, warum ich mit meiner basisdemokratischen Vergangenheit das hier mache, dann gibt es darauf nur die schlichte Antwort, dass ich glaube, dass ich es anders machen kann. Ich muss hinzufügen, dass ich in meiner früheren Position schließlich einsehen musste, dass, obgleich man als außerparlamentarische Organisation viel ausrichten kann, die Gesetze doch in Christiansborg und Brüssel gemacht werden. Man könnte vielleicht sagen, dass ich die nötige Reife erreicht habe, die es braucht, um die eigentliche parlamentarische Verantwortung zu übernehmen.«

»*Sehr gut*«, hat Meyer auf ihren Block geschrieben, den sie unmerklich einen Millimeter in Richtung Charlotte schiebt. »Sag so wenig Konkretes wie möglich, aber lüg nicht!«, hatte sie ihr gestern Abend geraten.

»Sie haben ja früher unter anderem zum Totalverbot von Pestiziden, darunter *Roundup*, aufgefordert. Sie sind auch gegen genetisch veränderte Feldfrüchte, selbst auf Versuchsbasis, und Sie waren auch ziemlich skeptisch, ob Dänemark seine Ziele in Hinblick auf die Reduzierung des CO_2-Ausstoßes erfüllen könnte oder wollte. Und dann waren Sie auch nicht gerade zurückhaltend in Ihrer Kritik an der Gülle-Ableitung der Landwirtschaft! Sind Sie noch genauso kritisch, oder werden Sie die grüne Geisel der Regierung sein?«, fragt die Umweltmitarbeiterin der Tageszeitung *»Information«*, eine kompetente Fundamentalistin, die prinzipiell immer zu den Freunden zählte, die sie aber auf persönlicher Ebene noch nie hatte ausstehen können.

Der Staatsminister öffnet den Mund, als ob er bereit wäre, sie zu retten. Immerhin ist es trotz allem der erste Schultag. Keine Fehler, danke. Aber Charlotte weiß, was sie tut. Die Journalistin hat den Fehler begangen, mehrere Fragen auf einmal zu stellen, was ihr eine Wahlmöglichkeit gibt.

»Nein, ich bin keineswegs die grüne Geisel der Regierung. Was das CO_2 anbelangt, ist die Regierung ja auf dem besten Weg, ihre Pflicht zu erfüllen, sowohl gegenüber der Rio-Konferenz als auch dem Kyoto-Protokoll. Also wage ich es zu versprechen, dass wir es schaffen werden, unseren CO_2-Ausstoß bis 2005 um 21 % zu reduzieren. Ansonsten möchte ich gerne sagen, dass ich grundsätzlich dieselben Ansichten vertrete, wie ich es die ganze Zeit über getan habe. Ich will immer noch dafür kämpfen, dass meine Enkelkinder sauberes Wasser aus der Leitung trinken können, dass auch in hundert Jahren noch Unken in einer dänischen Sommernacht quaken, dass es auch in drei Generationen noch das Glück gibt, auf einer Erde zu wohnen, auf der es Regenwälder gibt, auf der Zitronenfalter zwischen der Wäsche auf der Leine flattern, auf der die Wüsten im Süden sich nicht weiter ausgebreitet haben und auf der es im Norden nicht unaufhörlich regnet. Aber«, sagt sie und macht eine kurze Pause, die den Ausschlag gibt, »ich respektiere, dass ich ein anderes Mandat mit einem anderen Spielraum habe, den ich selbstverständlich in alle Richtungen auszunutzen beabsichtige. Sonst wäre es sinnlos.«

Der Staatsminister nickt zufrieden. Bei allem Respekt, er hatte nicht geahnt, dass sie reden konnte. Oratorisch. Und kann es nicht lassen, selbst noch etwas beizutragen.

»Ich kann Ihnen versichern, dass der Ernennung von Charlotte Damgaard kein Maulkorb beigefügt war. Und hiernach muss ich Sie auffordern, weitere Fragen an Charlotte Damgaard für die

Interviews aufzuheben, denen sie sich im Anschluss sicherlich gerne stellen wird.«

Eine Hand schnellt spontan hoch.

»Ja, Thor?«

»Wie verhält sich die neue Umweltministerin zur Energie-Reform? Da gab es ja einige Unzufriedenheit …«

»… nicht zuletzt bei den Leitartikelschreibern der *Jyllands Post*«, sagt sie mit einem Lächeln, das umgehend das des Fragers schluckt. »Als Ausgangspunkt, meine ich, ist es absolut legitim, dass der Energiesektor für die Umweltkosten bezahlt, die mit der Produktion von Strom und Wärme verbunden sind, auch wenn es sich um Windmühlen handelt. Aber ich habe begriffen, dass gewisse Parteien im Parlament diese Ansicht nicht teilen, sondern eher Verständnis für die Haltung der Energieerzeuger aufbringen. Nachdem das gesagt ist, möchte ich noch hinzufügen, dass ich nicht so politisch korrekt bin, dass mich das stören würde …«

Der Staatsminister atmet durch, ist schon dabei, weiter zum nächsten zu eilen, als Thor Thorsen dazwischengeht.

»Nur eine letzte Frage bezüglich der Umweltministerin: Macht es den Staatsminister selbst denn gar nicht nervös, dass er sich solch ein trojanisches Pferd in die Burg geholt hat?«

Der Staatsminister lächelt väterlich zu dem jungen, schlipstragenden Heißsporn.

»Ich bin gerührt darüber, wie sich die *Jyllands Post* um die Regierung kümmert. Damit werden wir sonst nicht so verwöhnt! Aber ehrlich gesagt, nein, ich bin nicht nervös. Ein wenig Wiehern und ein paar wohl dosierte Tritte in unserem Gewohnheitsdenken tun uns wahrlich gut. Das ist doch genau die Herausforderung, die wir brauchen. Und außerdem …«, setzt er an, schafft es aber noch, es zurückzuhalten. Das darf er nicht sagen. Absolut nicht. *Trolle kann man zähmen* wäre eine wirklich sehr unpassende Bemerkung. Die muss er sich für den internen Gebrauch aufheben, »… und außerdem ist Charlotte Damgaard ja – *trotz allem* – nicht gerade eine Extremistin. Wie sie sagte, ist die Regierung äußerst ambitioniert auf dem Gebiet des Umweltschutzes. Also, meine Damen und Herren!«

Kurz bevor es dem Staatsminister gelingt, das Thema zu beenden, kommt ihm Andreas Kjølbye von den Fernseh-Nachrichten dazwischen. Sie lächelt einverstanden, während er seine Frage stellt. Endlich ein weißer Mann unter diesen Hottentotten. Sie waren beide bei der Schülerzeitung gewesen und hatten eng miteinander getanzt, damals, auf dem Gymnasium in Brønderslev.

»Wie lange bleiben Sie?«, fragt er, ebenfalls mit einem Lächeln im Augenwinkel. Sie versteht haargenau, worauf er abhebt. Wo ihre Grenzen liegen. Bis wohin sie mitmacht. Darüber müssen sie irgendwann bei einem Bier diskutieren, *off the record*. Also zieht sie sich aus der Affäre, lächelt dieses besondere schiefe Lächeln, für das er in aller Heimlichkeit schon immer eine Schwäche gehabt hatte und dessen sie sich aller Wahrscheinlichkeit nach noch nicht einmal bewusst ist:

»So lange es dauert!«

Elizabeth bricht in spontanes Lachen aus, der Staatsminister stimmt trotz leicht zusammengezogener Augenbrauen ein, Andreas Kjølbye nickt anerkennend, und während die Kollegen beifällig lachen, notiert Siggi vom *Ekstra Bladet*: »Charlotte D. eroberte die Presse im Sturm. Neue Kronprinzessin?«

Das Ministertreffen, eine kurze gegenseitige Vorstellung, »bevor wir uns in die Arbeit stürzen«, ist eine zivilisierte Insel im aufgewühlten Meer dieses Tages. Dort herrscht eine vorausgesetzte Sympathie für die neuen Namen, die plötzlich mitten in diesem Inferno gestrandet sind, Himmel und Hölle aus Hysterie und Drama, und von denen erwartet wird, dass sie ohne das geringste Wackeln damit umgehen können. Charlotte wünschte, sie könnte noch ein wenig bleiben. Sich mit den Alten austauschen, in einem bequemen Stuhl verschnaufen können und nur für einen Augenblick die Ereignisse einholen dürfen, die Stunde für Stunde kürzer erscheinen lassen. Aber sie schaffen es kaum, noch ein Glas Champagner auszutrinken, bevor die neuen Minister zu den Übertragungsformalitäten weitergejagt werden, die ursprünglich als interne Veranstaltung gedacht waren, in die sich aber in den letzten Jahren zunehmend Presse eingeschlichen hat, sodass jede Träne und jede bittere Mimik dem Fernsehpublikum vorgeworfen werden kann, als *reality-tv live*. Entsprechend bange Ahnungen hat Charlotte, bevor sie zu ihrer Sitzung weiter muss. Meyer hat angedeutet, dass Søren Schouw es »sehr schwer genommen hat«, und die junge Referentin Louise Kramer hat ohne Umschweife die Augen verdreht und gesagt, dass »Søren Schouw total ausgeflippt ist«.

Und als sie nach der kurzen Fahrt von Christiansborg in dem überdachten Innenhof des Umweltministeriums am Højbro Plads ankommt, wo sie oft zu formellen und informellen Treffen gewesen war, nun eskortiert von den beiden hektischen Referenten, Jakob Krogh und der untergeordneten Louise, beide konstant damit beschäftigt, sie in Blitzgeschwindigkeit zu briefen und unaufhörlich Anrufe auf dem Handy entgegenzunehmen, vor ihnen Angestellte und Presse, die sich gegenseitig schon auf den Füßen stehen – da wird ihr klar, dass sie sich jetzt in das emotionale Epizentrum der Politik begibt. Der Staatssekretär, Finn Wedel, ein nobler weißhaariger Herr, empfängt sie, stellt sie dem Leiter des Ministerbüros vor, Henrik Sand Jensen, woraufhin sie, an gedeckten Tischen mit Wein und Snacks vorbei, zu dem kleinen Podium geleitet wird. Von dort aus erblickt Søren Schouw sie, breitet sofort die Arme aus und macht einen großen Schritt auf sie zu. Sie versteinert, wird trotz eines Abstands von mehreren Metern von einer gewaltigen Alkoholfahne getroffen. Geht aber mechanisch weiter auf diesen Mann zu, der in den letzten zwölf Stunden alles verloren hat und dem es nur notdürftig gelingt, die Reste seiner selbst zusammenzuhalten, und der seinen geöffneten Armen und seinem Onkellächeln zum Trotz seinen Hass nicht verbergen kann. Auf sie. Die er für alles zusammen verantwortlich macht. Er zieht sie an sich, und in dieser Umarmung, die sie erwidern muss, ist eine Klinge verborgen, sie weiß das, sieht sich selbst schon zusammensinken, ein Messer im Rücken, in einer Blutlache auf gesprenkelten Granitplatten.

»Charlotte!«, ruft er aus, als er sie loslässt, »das hätte ich mir nicht träumen lassen. Es war Meyer, oder?«, fragt er so laut, dass es nicht nur im engen Kreis zu hören ist, sondern sich wie ein

Echo ringsum in der Menschenmenge verteilt. *Meyer, Meyer, Meyer.*

»Hier, nimm ein Glas, und dann bringen wir es hinter uns«, sagt er und drückt ihr ein Glas Weißwein in die Hand, stößt mit seinem an, während der Staatssekretär mit einem Stapel Karteikarten das Podium betritt.

Während der Rede – einer Meisterleistung der Diplomatie in der artistischen Balance zwischen respektvoller und persönlicher Verabschiedung des scheidenden Ministers und einem nicht weniger volltönenden Willkommenheißen der antretenden Nachfolgerin – setzt sie, ohne auch nur die geringste Parteinahme anzudeuten, ihr aufmerksames, wohlwollendes Lächeln auf Standby und rekapituliert. Eine Strategie, die sie sich in entsprechend angespannten Situationen beigebracht hat, wo es von größter Bedeutung war, siegreich aus einer Konfrontation hervorzugehen. Wie auf einer früheren Generalversammlung der *Naturfreunde*, als auf einmal eine Flanke älterer verknöcherter Mitglieder auftauchte, die sich im Schutz ihrer Unerfahrenheit so schnell organisiert hatten, dass sie kurz davor waren, die Mehrheit zu erreichen, um sie abzusetzen. Offiziell auf Grund von Unklarheiten in der Rechnungsführung, mit der sie nichts zu tun hatte, inoffiziell, weil sie der Ansicht waren, sie ginge »viel zu weit« in ihrer Modernisierung der alten Vereinigung, die im Naturschutz ihren Ursprung hatte. In Wirklichkeit war es der Gegensatz zwischen »Stadt« und »Land«, der sich plötzlich offenbarte. Im letzten Moment witterte sie die Gefahr, schaffte es, eine Gegenoffensive auf die Beine zu stellen und den Putsch abzuwehren. Seitdem hat sie gelernt, mit dem Begriff »politische Feinde« zu operieren. Auch wenn ihr persönlich diese Paranoia immer noch irrelevant und komisch vorkam, die nicht zuletzt in Christiansborg verbreitet ist, wo sie seinerzeit darüber belehrt wurde, *nie* etwas von Bedeutung am Telefon zu sagen. Und schon gar nicht in der Burg selbst.

Aber hier ist der politische Feind nicht zu übersehen, was die Situation, die Bedrohung, auf gewisse Weise einfach macht. Søren Schouw, der gefährlich schwankt, jetzt mit einer Zigarette in der einen Hand herumfuchtelnd, wird aller Wahrscheinlichkeit nach von nun an alles tun, um sie in Schwierigkeiten zu bringen. Unmittelbar sieht er aus wie einer, der sich mit seinem schmerzhaften, selbstzerstörerischen Verhalten, mit dessen Beschreibung die Presse sich schwer tun wird, selbst in größte Gefahr bringt. Aber man kann nie wissen, von welcher Plattform aus er vorgeht. Kann er nur auf seinen eigenen Rachedurst bauen, oder wird er auf einer Welle hochgestreckter Hände getragen, die ihn lieben und aus dem einen oder anderen Grund dabei sein wollen, wenn es gilt, seine Niederlage zu rächen?

Charlotte beobachtet die Gesichter der Menschen, die vor ihr stehen. Die meisten lächeln sie entgegenkommend an, während der Staatssekretär sie im »größten Umweltministerium der Welt« begrüßt, »das Sie ja, von der anderen Seite des Tisches aus, bestens kennen. Als einer der Wachhunde, die uns häufig an die Hosenbeine gegangen sind, aber auch als einsichtsvolle Fachfrau, von deren Kenntnissen wir oft profitieren konnten.« Der Staatssekretär steigt herunter, man klatscht, prostet sich zu, und dann kommt der Augenblick, den alle offensichtlich gleichermaßen fürchten wie erwarten und der Kameraleute und Journalisten enger um das Podium rücken lässt: Søren Schouws Rede, die traditionell damit beendet wird, dem Nachfolger ein Geschenk zu übergeben.

Er hat kaum angefangen zu sprechen, abgehackt, unzusammenhängend, wobei Asche von der Zigarette fliegt, als rundherum Lippen zusammengepresst werden und man auf die Schuhspitzen starrt. Seine Rede ist eine Katastrophe, ein Durcheinander bitterer Ausfälle über die »brutale Exekution« durch den Staatsminister, und eine sentimentale Heulerei über »meine herausragenden Mitarbeiter«, erweitert um eine fetttriefende Lobhudelei »meiner reizenden Nachfolgerin, die zweifellos nicht nur schöner und jünger ist, sondern auch über mehr einflussreiche Freundinnen verfügt als ich«. An sich schon skandalös und ausreichend, um den Staatssekretär, den Leiter des Ministerbüros und die Referenten perplexe »*take action*!«-Blicke austauschen zu lassen. Aber die Unangemessenheit wird noch größer, als er nach ihrer Hand greift und sie festhält – obwohl Charlotte, selbst kurz vor dem Erbrechen, versucht, sie zurückzuziehen –, um schließlich zum eigentlichen Clou zu kommen: der Geschenkübergabe. Was – wenn das überhaupt möglich ist – die Situation noch schlimmer und so furchtbar macht, dass eine Frau (wie Charlotte später erfährt, seine Sekretärin und treue Geliebte) plötzlich in Tränen ausbricht und sich einen Weg nach draußen bahnt, woraufhin Charlottes zorniges Unbehagen dem Mitleid weicht. Großer Gott, da! Aus einer Plastiktüte zieht er einen nicht eingepackten, ausgestopften Vogel, der auf einem Zweig sitzt.

»Ein Hühnerhabicht«, erläutert er und versucht Charlotte zu fixieren, die ohne ihr Gedächtnis zu konsultieren sicher ist, dass dies der peinlichste Moment ihres Lebens ist. »Und warum habe ich nun beschlossen, dir einen Hühnerhabicht zu schenken?«, fragt er rhetorisch. »Ja, einerseits, weil ein Raubvogel wie dieser die bedrohte Natur repräsentiert, die du und ich mehr lieben als alles andere. Und andererseits, weil du dich jetzt unter Raubtieren befindest und in dem Amt, das du nun bekleiden sollst, die Natur selten zu Gesicht bekommen wirst, abgesehen von den Tauben auf dem Højbro Plads. Und dann noch, weil du … – auch wenn du so tust, als wärst du scheißgrün und gut und nachhaltig – aber Charlotte, ich habe dich durchschaut, du bist ebenso Habicht wie Huhn! Und in diesem Sinne bist du keinen Deut besser als wir anderen! Amen!«

Charlotte sieht gerade noch den Schritt, den er auf sie zu macht, den Vogel in der ausgestreckten Hand, eine halbe Schuhlänge über der Podiumskante, dann stolpert er und stürzt, in die Arme des Ministerbüroleiters und in ihre eigenen. Er ist schwer, sie fallen beide fast mit um, werden aber von den Umstehenden gehalten, woraufhin andere übernehmen und ihn auf einen Stuhl befördern.

»Er braucht Luft, wir müssen ihn rausbringen!«, gibt Sand Jensen brüsk Order, Sicherheitspersonal taucht plötzlich auf, man hört das Wort »Krankenwagen« in dem aufgeregten Gemurmel, aber Søren Schouw schlägt abwehrend mit den Händen um sich und erklärt, dass er einfach nur ein bisschen sitzen muss. Er bekommt Wasser, sitzt mit dem Kopf zwischen den Knien, als der

Staatssekretär Charlotte zunickt und sie das Podium besteigt. Sie blickt ein paar Sekunden über die erschütterte Versammlung, faltet ihre vorbereitete Rede auf, zögert und faltet sie wieder zusammen. Weiß, dass sie nicht hier stehen und brillieren kann vor einem so armseligen Hintergrund. Sie muss improvisieren. *This is an emergency situation.*

»Ihr Lieben«, beginnt sie in die dichte Stille hinein, die sich wie ein Baldachin zwischen den gelb gekalkten Wänden ausgebreitet hat. Ihre Stimme zittert leicht, sie hört es selbst. Räuspert sich, nippt an ihrem Glas, findet einen Fixpunkt in der Menge vor sich, ein anonymes Gesicht, mit dem sie sprechen kann, Kontakt bekommen.

»Shakespeare hat uns gezeigt, dass Politik ein blutiges Handwerk ist. Vielleicht ist das der Grund, warum wir, die wir außerhalb der Arena standen, aber fasziniert von der Seitenlinie aus zuschauten, es vermieden haben, dieses Universum zu betreten, in dem aus Freunden Feinde werden, wo man Untaten belohnt und wo nicht immer die Gerechtigkeit siegt. Jedenfalls nicht kurzfristig. Von außen betrachtet, erscheint das einfach zu roh. Zu unschön. Das Forum Romanum der Moderne. Aber wenn es so einfach wäre, würde keiner von uns heute hier stehen. Denn Politik heißt ja auch, für das Schöne zu kämpfen – für Freiheit, Gleichheit, Gerechtigkeit. Und hier, an diesem Ort, in diesem Ministerium – von dem ich mir in meinem Innersten vielleicht schon immer gewünscht habe, eines Tages an seiner Spitze stehen zu dürfen –, hier ist es und muss es unser Privileg sein, für etwas so Bedeutendes zu kämpfen wie die Natur und den Umweltschutz, denen wir uns trotz allem unterwerfen müssen, wenn wir als Art überhaupt überleben wollen.«

Sie registriert, dass inzwischen einige zustimmend nicken. Aber es finden sich auch die, die ihr mit verschränkten Armen zuhören, mit einem Ausdruck frontaler Ablehnung. Aber hatte jemand gesagt, es würde leicht werden? Sie sucht sich ein paar derjenigen aus, die am meisten Vorbehalte zu haben scheinen, und blickt sie fest an, als sie zum Ende kommt.

»Ich habe nicht die Illusion, allein die Zerstörung der Ozonschicht verhindern zu können oder die Verschmutzung des Grundwassers. Aber ich verspreche Ihnen, dass ich demütig alles tun will, was in meiner Macht steht, damit wir hier im Umwelt- und Energieministerium die gute Arbeit fortsetzen können, die Sie schon immer geleistet haben …«

Sie merkt, dass die merken, dass sie auf der Stelle tritt. Diese verdammte Geschenkübergabe macht den Rhythmus kaputt. Aber es geht nicht anders. Sie muss den Stier bei den Hörnern packen und es hinter sich bringen. Auch wenn ihr Geschenk kaum deplatzierter hätte ausfallen können, in Anbetracht der Situation. Sie schielt zu Søren Schouw, der immer noch vornübergebeugt dasitzt. Aber als sie ihn direkt anspricht, hebt er seinen Kopf mit einem Ruck an. Seine Kampfbereitschaft wirkt in dem Zustand totaler Auflösung, in dem er sich befindet, zugleich komisch und erschreckend. Hätte er ein Gewehr, wäre er bereit, sie zu erschießen. Charlotte verlagert ihr Gewicht auf den anderen Fuß, bleibt sonst aber ruhig. Hält ihr Lächeln. Besteht auf den Blickkontakt.

»Bei meiner Verabschiedung neulich hast du eine hübsche Rede für mich gehalten. Und dafür würde ich mich wirklich gerne revanchieren, wenn ich nur etwas Ordentliches zu sagen hätte. Aber Søren, du bist ja selbst ein Befürworter der ›direkten Kommunikation‹, wie du es nennst. Also erlaube mir, den ministeriellen Sprachgebrauch zu verlassen oder, wie du es vielleicht gesagt hättest: *Let's cut the bullshit* und lass uns die Dinge beim Namen nennen. Von deinem Standpunkt aus gesehen, ist das hier heute kein Festtag, du wärst gerne geblieben und hast wohl auch damit gerechnet zu bleiben. Was kann ich also sagen oder tun, das nicht nur Salz in deiner Wunde ist? Nicht viel mehr, als meinem Wunsch Ausdruck zu verleihen, dass du meinen Respekt entgegennimmst für den großen Einsatz, den du über die Jahre für die ›Sache‹ gebracht hast. Du hast uns von der Basis immer zugehört, wir wurden immer eingeladen; und manchmal, wenn wir nicht zu ›wild‹ waren, hast du auch einiges von dem übernommen, was wir gesagt haben. Ich weiß nicht, ob ich dir zu nahe trete, wenn ich sage, dass ich zumindest in der letzten Zeit etwas besorgt um dich war. Dachte, dass du aussahst wie jemand, der frische Luft braucht und ein Stück Erde, um darin zu graben. Jemand, der Akten, Rundschreiben und Reden einfach nur satt hat. Sodass ich dir, wenn ich gekonnt hätte, heute ein Schrebergartenhaus geschenkt hätte. Aber auch das ist, wie du ja weißt, eine knappe Ressource. Stattdessen habe ich dir ein kleines Stück Natur aus Vendsyssel mitgebracht – du hast ja oft davon gesprochen, wie sehr du den hohen Himmel und den weiten Blick dort schätzt: schwarze Krähenbeeren, von meiner Mutter an einem schönen Sommertag an der Skagen Odde gepflückt und mit Jubilæums-Aquavit übergossen. Danach durften sie ein Jahr ziehen – und so bekommst du einen echten Magenbitter, der zwar ein bisschen brennt, aber vor allem stärkt, an einem kalten Wintertag wie diesem …«

Mit Hilfe der Sicherheitsleute, die ihn nicht loslassen, ist Søren Schouw auf die Beine gekommen. Er will sich bewegen, auf sie zugehen, um die Flasche entgegenzunehmen, die sie aus ihrer Tasche herausgeholt hat. Aber sie kommt ihm zuvor, steigt vom Podium und geht zu ihm. Wieder müssen sie eine Umarmung durchstehen, die sich nicht weniger gefährlich anfühlt als die vorherige. Aber diesmal ist er schlaffer, registriert sie – und doch vermag er es, sie lange genug festzuhalten, um ihr ein »Bitch!« ins linke Ohr zu zischen.

Woraufhin sie beide sich umdrehen und zu den Fotografen lächeln. Die verschießen pflichtschuldigst noch einen Film, obwohl sie von dieser Vorstellung viel bessere Bilder im Kasten haben.

»Dieser Mann ist ja wohl verdammt noch mal nicht ganz dicht! *Ein ausgestopfter Vogel!*«

Der Leiter des Ministerbüros, Henrik Sand Jensen, donnerte den Hühnerhabicht hart auf den Schreibtisch, als der innere Zirkel sie in das geräumige Eckbüro geführt hatte, das noch bis vor einem halben Tag das ihres Vorgängers gewesen war. Sie war durch das Fegefeuer der Reporter gegangen, die hatten ihre Einzel-O-Töne bekommen, danach hatte sie die Vorzimmer-Mitarbeiter begrüßt, war der rotäugigen Sekretärin vorgestellt worden und den beiden anderen Mitarbeitern, die vom Drama des Tages nicht ganz so mitgenommen waren. Louise Kramer schloss die Tür hinter ihnen, der Staatssekretär zuckte bedauernd mit den Schultern, Jakob Krogh beendete ein Telefonat.

»Wahrlich ein bizarrer Abgang«, gab der Staatssekretär zu und nickte auffordernd in Richtung des Schreibtischs und des ergonomischen Stuhls.

»Bitte sehr, nehmen Sie Platz!«, sagte er und streckte einen Arm einladend zu Charlotte hin, die, als wäre sie vom Himmel gefallen, ein paar Schritte hinter der Tür stehen geblieben war.

»Der Stuhl ist noch warm«, bemerkte sie und ließ den Blick über Dutzende von Blumensträußen gleiten, die überall standen und widersinnig genug die Beerdigungsstimmung unterstrichen.

»Aber die *Schubladen* sind leer!«, gab Henrik Sand zurück, und das brachte Charlotte dazu, in ein befreites, blasphemisches Lachen auszubrechen. Auch der Staatssekretär lächelte ein wenig.

»Ja, wir sind schließlich abgehärtet. Aber mir ist klar, dass so eine Übergabe durchaus ein klein wenig barbarisch anmuten kann.«

»Ich fühle mich wie ein Mittelding aus Leichenschänder und Grabräuber«, nickte sie, was Sand zum Grinsen brachte, Louise Kramer dazu, in ein albernes Gekicher auszubrechen, während Jakob Krogh sichtlich Schwierigkeiten hatte, an der Heiterkeit teilzunehmen. Charlotte beschloss, seine Vorbehalte als feinen Zug an diesem Mann zu betrachten, den sie im Vorfeld als einen äußerst korrekten, ambitiösen und tüchtigen jungen Kerl kennen gelernt hatte. Es sollte doch wohl auch einem wohlerzogenen Beamten gestattet sein, über einen plötzlichen Weggang bekümmert zu sein. Solange es nicht zu Lasten der Loyalität gegenüber dem Nachfolger ging. Sie lächelte ihn verständnisvoll an. Er senkte den Blick.

»Aber wenn ich es nicht geworden wäre, dann wohl ein anderer«, murmelte sie und ging hin, um sich prüfend in den Stuhl zu setzen.

»Okay«, sagte sie dann und nickte. »Fühlt sich gut an!«

»Wenn Sie sich nicht um die Möblierung reißen, können wir sie austauschen. Sie können auch andere Bilder bekommen. Wir leihen sie vom Staatlichen Kunstfond und von Museen aus«, sagte Henrik Sand Jensen.

»Schouw hatte ja einen recht konventionellen Geschmack«, fügte der Staatssekretär mit einem Blick auf das hohe Schreibpult hinzu.

»Wer sagt, dass ich den nicht auch habe?«, antwortete sie scherzhaft. »Aber vielleicht hat jemand Lust, mir zu helfen, diesen Stuhl hier einzustellen? Und wenn man dann noch eine Tasse Kaffee bekommen könnte?«

Sie bekam beides, Kaffee und luxuriöse fünf Minuten Ruhe, bevor sie sich wieder mit Henrik Sand treffen sollte, damit sie mit dem »Crashkurs« loslegen konnten, wie er es nannte. Das gehörte eigentlich gar nicht zu seinen Aufgaben, gab ihr der Staatssekretär zu verstehen, der es geschafft hatte, sie für ein schnelles Briefing unter vier Augen in sein Büro zu ziehen. Dort erzählte er ihr, dass er bedauerlicherweise an »einer Krankheit« leide und in der kommenden Zeit eine Reihe von Untersuchungen und Behandlungen über sich ergehen lassen müsse, was sie in aller Diskretion so geregelt hätten, dass sie Sand Jensen einen Teil der Ministerbetreuung übertragen hätten. »Er wird Ihnen ein formidabler Leutnant sein«, hatte er ihr nickend versichert.

Sobald sie alleine war, stand sie auf und schlenderte mit dem breiten Lächeln auf den Lippen durch den Raum, das sie schon den ganzen Tag hatte unterdrücken müssen. Bewunderte die Blumen, las geistesabwesend ein paar der Karten. Dann stellte sie sich in die Fensternische, sah hinaus auf den Højbro Plads, der, obwohl es erst kurz nach zwei war, schon in der Dämmerung lag. Der Weihnachtsbaumverkäufer hatte die Lichterkette an seiner Markise angemacht, die Kopenhagener hasteten drüben auf der Strøget vorbei, ein Leierkastenmann spielte Weihnachtslieder unter dem gelben McDonald's-Logo an der Ecke zur Købmagergade, und die Tür zum *Café Norden* ging unaufhörlich auf und zu. Sie fischte ihr Handy aus der Tasche, schaltete es ein, erhielt sofort eine Kurznachricht, dass sie 18 unbeantwortete Anrufe erhalten hatte – 18! –, und beeilte sich, Thomas auf seinem Handy anzurufen.

»Hallo, Schatz!«, antwortete er sofort, offensichtlich froh, von ihr zu hören.

»Thomas«, sagte sie. »Das hier ist der Hammer. Weißt du, wo ich stehe?«

»Am Fenster deines neuen Büros! Mit Blick über den Højbro Plads.«

»Woher weißt du das?«, fragte sie verblüfft.

»Weil ich genau am Storke-Springbrunnen stehe und zu dir hochsehe!«

»Das tust du nicht!?«

»Doch. Steht dir gut!«, sagte er, und jetzt sah sie ihn. Groß, schlaksig, barhäuptig. Er machte ein paar Schritte auf den Platz und winkte zu ihr hinauf.

»Warum kommst du nicht rauf?!«, lachte sie und winkte zurück.

»Ich bin da gewesen. Während der Übergabe. Ich habe mich nur ein wenig in der Menge versteckt.«

»Echt? Dann hast du's gesehen? War das nicht einfach fürchterlich?«

»Pathetisch. Aber du hast das verdammt gut gemacht!«

Er war näher gekommen, überquerte die Fahrbahn in Richtung Weihnachtsbaumverkäufer.

»Habe ich das? War ich nicht peinlich?«

»*Das* war peinlich. *Er* war peinlich. Du warst souverän.«

»Warum bist du danach nicht einfach zu mir raufgekommen? Ich hätte dich gebraucht!«

»Du musst lernen, auf eigenen Füßen zu stehen! Und außerdem habe ich die Presse ja schon kennen gelernt. Die locken mich nur in die Falle.«

»Wie bist du klug!«

»Einer muss es ja sein! Übrigens soll ich dich von Lauge und den anderen MS-Leuten grüßen.«

»Himmel, ja! Was haben sie gesagt?«

»Willst du das wirklich hören?«

»Ja!«

»Dass du eine Mistkuh bist, eine dumme Gans und so weiter,

dass das einen Höllenärger gibt, aber dass wir schon eine Lösung finden.«

»Waren sie gar nicht sauer?«

»Doch. Stinksauer. Aber sie haben versprochen, dass ich weg kann, wenn das hier überstanden ist. Das kann ja nicht so lange dauern, bei den Umfragewerten …«

»Nein, das wollen wir nicht hoffen«, lächelte sie und zupfte ein paar welke Blätter von dem institutionalisierten Hänge-Efeu, der auf der Fensterbank stand.

»Kommst du jetzt rauf?«

»Du hast wohl kaum Zeit, oder?«

»Nee … Was ist mit den Kindern? Und Abendessen? Shit, ist nicht heute Weihnachtskaffee im Kindergarten? Ich habe gestern Pfeffernüsse gebacken. Du kannst einfach eine Dose mitnehmen.«

»Ich kümmer' mich drum. Um alles. Meine Mutter hat gefragt, ob sie kommen soll. Ich habe ihr gesagt, wir kriegen das hin. Soll ich einen kleinen Weihnachtsbaum kaufen? Auch wenn wir Heiligabend nicht zu Hause sind?«

Er hielt einen kleinen Tischbaum hoch. Er wirkte verkrüppelt und zwergenhaft im Verhältnis zu Thomas' Größe. Sie schüttelte den Kopf. Er nahm einen anderen, hielt auch den hoch. Sie lächelte, wurde von Zärtlichkeit für ihn überwältigt. Er fror, das konnte sie sehen. Die Schultern hatte er fast bis an die Ohren hochgezogen. Er musste einen Hut tragen, wenn er diese Frisur behalten wollte. Jetzt konnte sie ihm einen zu Weihnachten schenken. Das schien gestern so dumm, als sie noch auf dem Weg in den ganzjährigen Sommer waren.

»Nein, sie wollen einen richtigen haben. Sollen wir nicht morgen zusammen einen kaufen? Oder am Freitag?«

Es klopfte an die Tür.

»Ich muss Schluss machen«, sagte sie und schickte ihm eine Kusshand. »Ich rufe später noch mal an. Sonst melde du dich hier. Grüß die Kleinen, es wird sicher spät …«

Thomas stellte den Baum zurück. Der Weihnachtsbaumverkäufer drapierte ihn mürrisch neu.

»Das klappt schon. Versprich mir zwei Dinge«, sagte er dann, während Henrik Sand mit mehreren Aktenordnern unter dem Arm eintrat.

»Was?«, fragte sie und wandte sich zuvorkommend ihrem engsten Mitarbeiter zu. Dem Leutnant.

»Deine Mahlzeiten einzuhalten und dich zu amüsieren.«

»Das verspreche ich!«, sagte sie. »Für die Zukunft.«

☆

Henrik Sand Jensen war 49. Ein Detail, das für seine neue Ministerin vielleicht nicht sonderlich denkwürdig war, aber dafür von extremer Bedeutung für ihn selbst. Weil jeder Tag bedeutete, einen Tag näher an der Fünfzig zu sein. Was in seiner Familie gleichbedeutend mit »Deadline« war. Buchstäblich. Seine Eltern waren im Abstand von wenigen Monaten gestorben, kurz nach dem fünfzigsten Geburtstag. Der Vater war noch keine 51 gewesen, die Mutter wurde nur 52, und so ging es weiter. Seinen großen Bruder hatte er im letzten Jahr beerdigen müssen, 53-jährig, um seine Vettern stand es auch nicht gut, und seine Großeltern hatte er kaum mehr kennen gelernt. Darum erschütterte ihn Søren Schouws öffentlicher Zusammenbruch auch mehr, als er sich anmerken ließ. Und deshalb war er schon lange, nämlich seit der Verfall sichtbar geworden war, in Opposition zu seinem früheren Chef getreten. Es provozierte ihn ganz einfach, zusehen zu müssen, wie sich ein Mann auf diese Weise selbst zerstörte. Er konnte es nicht leiden, weder die Trinkerei noch die Betrügerei, noch die Heulerei, die folgte, wenn Schouw dem Selbstmitleid nachgab, den Selbstvorwürfen und allem anderen, was die Vorsilbe *Selbst-* hat. Was ihn betraf, erlaubte er sich nur Selbstdisziplin, in dem Versuch, das Schicksal auszusetzen oder abzuwenden, das er, seit er ein Junge gewesen war, vorhergesehen hatte. Dass auch er dazu bestimmt war, jung zu sterben. Was ihn in einigen wilden Jahren auch dazu verleitet hatte, in einem fatalistischen Trotz gegenüber der Übermacht zu leben – wenn er ohnehin dazu ausersehen war, unangemessen früh umzukommen, dann konnte er ebenso gut mit dem Tod spielen und sein Motorrad in spanischen Gebirgskurven den Asphalt küssen lassen, in Marokko verdreckt und ausgebrannt von Haschrausch zu Haschrausch taumeln, in Marseille billige Hafennutten vögeln und in Hamburg zusammengeschlagen in einem Rinnstein aufwachen.

Nachdem er daran auch nicht gestorben war, hatte er keine Lust mehr gehabt, seine Jugend an einen Todestrieb zu verschwenden, sondern hatte sich still und leise an der Universität eingeschrieben, geheiratet, eine Familie gegründet, ein Reihenhaus in Virum gekauft und eine vernünftige Karriere eingeschlagen, die noch lange nicht ihren Gipfel erreicht hatte. Er wusste, dass er es in sich hatte – die Begabung, das Format und den Instinkt, um weiterzukommen, sich zur richtigen Zeit am richtigen Ort zu platzieren, sodass andere begriffen, dass man um ihn nicht herumkam. Trotz seiner scharfen Zunge und einer gewissen eigensinnigen Arroganz, die ab und an mit Abgestumpftheit verwechselt wurde. Aber Henrik Sand war nicht abgestumpft. Wie der, der eng umschlungen mit dem Tod lebt, war er leicht zu erschüttern, aber genau deshalb hatte er sich eine drastische westjütländische Art zugelegt, die zarte Seelen einschüchterte. Mit denen er im Übrigen sowieso keine große Geduld hatte. Er konnte Sentimentalität und Romantisierung nicht ertragen, was manche fehlinterpretierten, indem sie glaubten, er würde sich nichts aus Frauen machen. Er liebte Frauen, war völlig abhängig von seiner Ehefrau, einer begabten Keramikerin, und vergötterte seine beiden jungen Töchter. Was er verabscheute, war alles *Weibische*, besonders bei Männern. Was absolut nicht bedeutete, dass er den *Machismo* verherrlicht hätte. Aufgeblasene, sich selbst überschätzende Männer, die partout ihre Muskeln spielen lassen mussten, waren wohl das Lächerlichste, was Henrik Sand sich vorstellen konnte. Solche Typen zerpflückte er mit größtem Vergnügen, besonders gerne vor Publikum.

Alles in allem wäre es übertrieben zu behaupten, dass Henrik Sand im Ministerium geradezu geliebt worden wäre. Aber seit er da war, hatte doch eine gewisse Auslese stattgefunden, sodass die, die mit ihm nicht klarkamen, sich wegbeworben hatten, häufig nach Aufforderung. Und die, die zurückgeblieben waren, mussten einsehen, dass es Sands Verdienst war, dass das alte »weich und langhaarig«-Image – das am Ministerium und nicht zuletzt an seinen Mitarbeitern, die früher selten ernst genommen worden waren, geklebt hatte – weggezaubert und von scharf geschliffenen Kanten und einem »modernen Profil« abgelöst worden war. Die Umweltleute waren respektiert als Leute, die ihre Sache bis hin zu den technischsten und spitzfindigsten Details beherrschten und die oft ganz vorne mit dabei waren. So hatte es auch nicht geschadet, dass man über mehrere Jahre einen »starken Minister« gehabt hatte, dem es dank seiner guten Beziehungen zum Finanzminister gelungen war, das Ministerium so ausgabenschwer zu machen, dass es mehrere Stufen in der Hierarchie nach oben gestiegen war. Dass Sand und Schouw ein effektives Team waren, war allgemein bekannt. Dass möglicherweise in den letzten Jahren immer mehr Sand ins Getriebe gekommen war, war vielleicht weniger bekannt, aber doch ein des Öfteren wiederkehrendes Thema in kollegialen Gesprächen beim Freitagsrotwein. Ob Sand weg wollte. Ob er sich zu den Budgetbeißern wegbewerben und eine Karriere im Finanzministerium starten wollte, von dem viele meinten, dass er dort rechtmäßig hingehörte.

Und in den zwei Stunden, in denen Sand alleine bei der neuen Ministerin war und ihr das erste grundlegende Briefing über die Situation früher, jetzt und in Zukunft erteilte, waren heftige Spekulationen im Gange, was nun passieren würde. Würde er bleiben, oder würde er sich schnellstmöglich wegbewerben? Oder eher, *wie* schnell würde es gehen? Die meisten waren sich einig, dass die neue Ministerin zunächst »schwach« war, wenn es auch verhältnismäßig imponierend war, wie sie die peinliche Übergabe gemeistert hatte. Aber alle wussten, dass es Minister, die von außen kamen, immer schwer hatten. Und eine junge, unerprobte Frau mit zwei kleinen Kindern und einer Nichtregierungsorganisation als Hintergrund hatte nicht nur einen schweren Stand. Das kam einem Kamikazeflug gleich. So war also – unabhängig davon, ob man vielleicht gewisse persönliche Sympathien für

Charlotte Damgaard hegte – doch Unruhe in den Reihen. Schließlich riss sich niemand darum, an Bord eines sinkenden Schiffs zu sein. Und soweit man überhaupt behaupten konnte, den Workaholic, Marathonläufer und Konkurrenz-Menschen Henrik Sand zu kennen, glaubte man absolut nicht, dass das ein Platz war, an dem er den »Rest seiner schönen Jugend« zu verplempern gedachte. Dazu kam noch die sichere Erwartung, dass die Chemie zwischen den beiden gar nicht stimmen könnte, was für sich genommen schon eine konstruktive Zusammenarbeit ausschließen würde. Eine romantische Idealistin und ein alter Zyniker. Das würde schief gehen. Oder eher – gar nicht gehen. Sand würde sie verlassen und seine Mitarbeiter mit dem Äffchen sitzen lassen. Ihre Tage als das renommierteste Umweltministerium Europas, ja der ganzen Welt, wären gezählt.

Eine Analyse, die immer mehr einleuchtete und sich über Telefone und E-Mails verbreitete, vom Amtssitz zur Verwaltung, bis hinein in die entferntesten Staatsforste an diesem brodelnden Nachmittag. Aber das zeigte nur, wie schlecht man den Leiter des Ministerbüros eigentlich kannte. Denn zum einen war Henrik Sand nicht annähernd so vorurteilsbeladen wie seine Mitarbeiter. Zum anderen betrachtete er Charlotte Damgaard überhaupt nicht als jung, unerprobt und romantisch. Er erlebte sie im Gegenteil als frappierend schnelle Schülerin, schnell im Kopf, schnell am Drücker und unterhaltsam im Zusammensein. Aufbau und Organisation des Ministeriums kannte sie im Voraus, den Stoff konnte sie in groben Zügen, und über die Reibereien, die ein Teil des Vermächtnisses waren, wusste sie durch ihren früheren Job auch einiges. Selbst mit der EU, die aus der Sicht eines Beamten die bürokratische Hölle war, war sie verblüffend gut vertraut.

»Waren Sie Schattenministerin, oder was?«, musste er einfach fragen, als sie schon wieder nickte und den Satz zu Ende führte, den er gerade begonnen hatte.

»Wenn man eine gute Lobbyistin sein will, ist man dazu geradezu gezwungen! Und wir haben ja auch kein gigantisches Beamten-Netz, das uns füttert.«

»Hatten«, musste er sie korrigieren. »Sie *hatten* kein gigantisches Beamten-Netz. Jetzt haben Sie es. Und ich kann Ihnen ebenso gut gleich raten, es auch zu nutzen. Als Minister ist es nicht nötig, sich in alle Details zu knien.«

»Dafür habe ich Leute?«

»Ganz genau. Zu glauben, man müsste alles können, ist ein ganz typischer Anfängerfehler.«

»Der Minister soll gefälligst Politik machen!«, lachte sie und fragte, ob sie eine Zigarette schnorren könne.

»Ich rauche nicht. Aber es gibt Verschiedenes hier«, sagte er und schob ihr die Zigarrenkiste hin.

»Im Prinzip tue ich das auch nicht«, erwiderte sie und versprach, dass das die erste und einzige sein würde.

»Sie sollten nicht zu viel versprechen! Das ist eine weitere wichtige Regel in der Politik! Vielleicht sogar die wichtigste.«

»Okay, dann begnüge ich mich damit zu versprechen, dass es die erste und einzige auf Staatskosten ist!«

»In der Hinsicht sind Sie etwas langsam, oder?«, schüttelte er den Kopf und gab ihr Feuer.

»Sonst noch was, das ich wissen muss?«, fragte sie und klopfte auf die beiden hohen Stapel mit Aktenmappen, »Weihnachtslektüre«, die sie mit nach Hause nehmen würde.

»Dass Sie einen 24-Stunden-Job übernommen haben, aber zum Ausgleich ist mein Telefon rund um die Uhr besetzt. Einschließlich Heiligabend.«

»Noch was?«

»›Trust Nobody‹. Vermutlich die zweitwichtigste Regel.«

»In der Politik?«

»Überall. Berufskrankheit. Entschuldigung.«

Sie legte den Kopf schief, wedelte den Rauch weg, strich ihre langen Haare zurück und machte keinerlei Hehl daraus, dass sie ihn beobachtete.

»Was ist mit Ihnen? Kann ich mich auf Sie verlassen?«, fragte sie daraufhin.

»Ich bin Westjütländer. Aus Harboøre, ob Sie es glauben oder nicht.«

»Dann kann ich es also nicht!«

»Dann können Sie es also doch! Sie können sich auf mich verlassen«, nickte er, und dann kniff sie die grünbraunen Augen über den hohen Wangenknochen zusammen.

»Aber ich darf nicht. Ich darf mich auch nicht auf Sie verlassen.«

»Sie bekommen ein Sternchen in Ihr Fleißheft«, bemerkte er anerkennend. Damit war die erste Lektion beendet, die Ministerin musste zur Fraktionssitzung in die Burg und danach auf Rundreise durch die diversen Fernsehstationen.

Nachdem sie aus dem Büro abgeholt worden war, blieb er noch einen Moment sitzen. Machte ihre Kippe aus, die im Aschenbecher vor sich hin qualmte. Warf einen Blick auf das Blumenmeer und spürte ihre Anwesenheit, ein schwacher Duft nach Frau. Einen kurzen Moment fragte er sich nervös, ob er sich kopfüber in sie verliebt hatte? So was konnte passieren, sogar einem glücklich verheirateten Mann wie ihm. Und sie war ja, wenn auch nicht hübsch, doch trotzdem, ja, bemerkenswert mit den halblangen dunkelblonden Haaren, den großen Augen, dem etwas breiten Gesicht und diesem Lächeln, das so unerwartet mädchenhaft aufleuchtete. Ansonsten war sie zu üppig, um seinem Typ zu entsprechen – groß, breite Hüften, breite Schultern und ein verhältnismäßig großer Busen, wie es schien. Schöne lange Beine, eine Spur x-beinig vielleicht. All das hatte er registriert, wie es eben so ist. Aber das war nicht das, was ihn anzog. Es war die Vitalität, die sie umgab, die schon jetzt wie eine Leben spendende Bluttransfusion wirkte. Er war immer noch 49. Es quälte ihn immer noch unerträglich, dass er bald 50 würde und trotz seines niedrigen Cholesterinspiegels, seines prächtigen Blutdrucks und seiner formidablen Konstitution aller Wahrscheinlichkeit nach die Familientradition fortsetzen und plötzlich sterben würde. Aber in den letzten zwei Stunden hatte er mehr Freude gehabt als in den letzten zwei Jahren. Er hatte nicht über seine Sterblichkeit nachgedacht, nicht Sekunde für Sekunde den Countdown gespürt, diese Irritation darüber, die gezählten Stunden an ein paar Vollidioten zu verschwenden. Henrik Sand hatte höchst unerwartet die Hoffnung auf Zukunft zurückbekommen.

So musste auch niemand fragen, als er leichtfüßig aus dem

Büro kam, mit einem Lächeln im Blick und den beiden leeren Kaffeetassen in der Hand.

Aber manche taten es trotzdem.

»Wie war sie?«

»Klasse. Verflucht gut. Wir werden früh aufstehen müssen, meine Damen und Herren.«

Bevor Charlotte Damgaard wieder ins Ministerium zurückgekehrt war, war dieses Gerücht schon in Umlauf. Dass Henrik Sand, der harte Hund, verführt worden war. Aber er war schließlich auch im Panik-Alter.

☆

Søren Schouw war nach Hause verfrachtet worden, zum letzten Mal im Dienstwagen. Aber dennoch war er in der Fraktionssitzung, in der der Staatsminister die Rochade und seine neuen Minister vorstellte, wie ein böser Geist anwesend. Niemand wagte es, direkt gegen Per Vittrup Stellung zu beziehen, das gehörte sich einfach nicht. Aber der Unmut hing wie eine gelbliche Schwefelwolke über dem Sitzungsraum S-090. Nicht nur Schouws Alliierte waren wütend. Ein paar andere entthronte Minister saßen verbissen da und verspritzten Gift im Raum, und auch die vier, fünf anderen, die sich übergangen fühlten, unterließen es nicht, Vibrationen der Verletztheit auszusenden. Was Gert Jacobsen anging, wirkte der auf seine besonders demonstrative Art sauer, sodass niemand daran zweifeln konnte, dass die Rochade über seinen Kopf hinweg entschieden worden war. Es wurde natürlich nicht direkt gesagt, dass die Entscheidung für Charlotte Damgaard, die man ansonsten eher als eine etwas zu kluge studentische Hilfskraft kannte, weit unter dem Niveau dieser ehrwürdigen Mitglieder, besonders unpopulär war. Aber Charlotte spürte eine fast schon physische Mauer aus Widerwillen, mit der Absicht, sie auszuschließen. Besonders Susanne Branner, Umweltpolitische Sprecherin, eine Grundschullehrerin von Fünen, konnte ihre Ablehnung nicht verbergen. Und sie war es auch, die das Wort ergriff, als es freigegeben wurde.

»Im Umweltausschuss müssen wir gestehen, dass wir ein wenig ratlos vor dem Signal stehen, das von der Ablösung von Søren Schouw ausgeht. Wir von der Fraktion hatten eine *vorbildliche* Zusammenarbeit mit dem Minister und sind ein wenig in Sorge, ob sich diese enge Zusammenarbeit unter einer neuen Ministerin fortsetzen lässt, die ja sozusagen erst angelernt werden muss, und wir stehen schließlich vor einer Reihe ...«

»Ist das ein Kommentar oder eine Frage?«, schlug Elizabeth Meyer plötzlich dazwischen. Über den Fraktionsvorsitzenden hinweg und außerhalb der Redeliste. Ihre Stimme war beherrscht, aber so unterkühlt, dass niemand wagte zu protestieren. Jeder wusste, dass sie, wenn sie so klang, wirklich verärgert war. Was den Verdacht verstärkte, dass Charlotte Damgaard Meyers Werk war.

»D-darf ich antworten?«, ging Charlotte dazwischen, zu ihrem eigenen Ärger leicht stotternd, aber sie bekam ihre Stimme unter Kontrolle, als sie auf ein Nicken Per Vittrups hin fortfuhr:

»Ich kann gut verstehen, dass es frustrierend ist, von vorne anfangen zu müssen. Sich an eine Anfängerin gewöhnen zu müssen. Aber erstens kennt ihr mich schon, und ich kenne euch. Und zweitens beabsichtige ich, Weihnachten zu nutzen, um den Stoff nachzuholen, damit wir irgendwie da weitermachen können, wo ihr aufgehört habt. Und im Hinblick auf die Frage, ob sich die gute Zusammenarbeit fortsetzen lässt, kann ich nur mit einer Gegenfrage antworten: Warum sollten wir das nicht können, Susanne? Wir konnten uns doch früher auch gut gegenseitig helfen. Oder?«

Charlottes Lächeln war zuckersüß, genau wie das, das sie von der Sprecherin retour bekam. Allerdings konnte niemand im Raum auch nur den leisesten Zweifel daran hegen, dass die Umweltministerin ihr Revier markiert hatte und vorläufig die erste Runde eines noch nicht erklärten Krieges gewonnen hatte.

Auch Per Vittrup, der sonst an Tagen wie diesen alle Ober- und Untertöne bewusst überhörte, vernahm die drohende Krise. Davon gab es so viele, auf die meisten brauchte man keine Zeit zu verschwenden – aber diese hier galt es abzuwehren. Wieder wurde um den Fraktionsvorsitzenden herumgespielt, der während der ganzen Episode dasaß und wie ein gestrandeter Fisch den Mund öffnete und wieder schloss. Er fühlte sich mindestens so doof, wie er aussah, und das gefiel ihm ganz sicher nicht.

»Die Zusammenarbeit zwischen dem Umweltausschuss und dem Umweltminister *kann* nicht nur, sondern *wird* auf genauso *vorbildliche* Weise wie bisher fortgeführt«, ging Per Vittrup mit schneidender Stimme dazwischen. »Und dann lasst mich noch der Ordnung halber daran erinnern, dass wir hier nicht bei der Konservativen Volkspartei sind!«

Das war als herber Witz gemeint, aber niemand lachte.

Henrik Sand stand trippelnd in der Gruppe vor dem Fraktionsraum und wartete auf sie, als die Sitzung beendet war. Sie wäre ihm fast um den Hals gefallen vor lauter Erleichterung darüber, jemanden wiederzusehen, den sie unter den gegebenen Umständen als einen alten Freund betrachtete.

»Mannomann!«, platzte sie heraus, bevor er mit dem Kopf nach hinten nickte und sie auf eine laufende Kamera aufmerksam machte.

»TV2«, sagte er leise. »Sie machen ein Mini-Portrait über Sie für die Abendnachrichten. Sie brauchen noch ein paar Reportagebilder, ich habe ihnen das Okay gegeben, Ihre Nachbewilligung vorausgesetzt.«

Die Journalistin tauchte lächelnd hinter dem Kameramann auf, übermittelte ihre Glückwünsche und stellte sich vor, während Charlotte fragend Meyers Blick einfing, als sie sich im Gedränge vor der Tür vorbeizwängte. Meyer antwortete, indem sie ihre Augen verdrehte, bevor sie, immer noch vor Wut köchelnd, den Gang hinuntermarschierte. Sie war kaum um die Ecke, als Sands Handy klingelte.

»Für Sie«, sagte er nur und reichte es Charlotte, die einen Ausbruch unterdrücken musste, als sie Meyer hörte.

»Ich habe es sicher schon mal gesagt, aber ich erinnere dich noch mal daran: Vor dir stehen deine Widersacher, hinter dir deine Feinde. Was Susanne Branner anbelangt, sind wir einer Meinung, sie ist zu nichts Gutem zu gebrauchen. Mit etwas Glück manövriert sie sich selbst ins Abseits, bis dahin gilt es den Rücken zu schützen. Du hast das gut gemacht.«

»Danke«, schob Charlotte kurz ein, während ihr Magen noch eine Umdrehung machte und sie sich in Bewegung setzte und Henrik folgte, der mit einem verstohlenen Blick auf die Uhr losgegangen war. Die Kamera folgte ihnen den ganzen Weg, der Kameramann war ans andere Ende des Ganges gespurtet, um sie »von vorne zu kriegen«, wie er sagte.

Meyer schnarrte weiter, ein wenig atemlos, ihre Absätze klapperten auf dem Steinboden.

»Ich bin einverstanden damit, dass man genauso gut gleich die Karten auf den Tisch legen kann. Einige von denen werden dich ohnehin hassen, andere werden dich genau deswegen respektieren. Wir müssen zusehen, die Richtigen zu mobilisieren. Toi, toi, toi mit TV2, vor ihr musst du keine Angst haben, sie ist nur Praktikantin. Aber sei trotzdem nett, früher oder später könnte sie mal nützlich sein. Im Übrigen warst du in den Radio-Nachrichten heute Mittag prima. Ich ruf dich heute Abend an. Tschüss!«

Charlotte legte auf, neutralisierte ihren Gesichtsausdruck, gab Henrik das Handy zurück, als sie an einer Toilette vorbeikamen.

»Hier muss ich kurz rein«, teilte sie mit und blieb stehen. Dasselbe taten sowohl der Kameramann als auch die Journalistin, und beide steuerten auf sie zu.

»Ich muss mal. Wollen Sie das auch filmen? Oder fällt das unter Privatsphäre?«

Die Praktikantin kicherte dämlich, der Kameramann, ein junger Flegel mit asiatischen Zügen, legte feixend die Kamera ab.

»Es gibt echt nichts, was euch heilig ist, oder?«

Henrik zuckte mit den Schultern.

»Nein, jedenfalls nicht für Politiker.«

»Das haben Sie in Ihrem Briefing wohl vergessen zu erwähnen«, sagte Charlotte trocken und drückte die Türklinke herunter.

»Ich dachte, das wüssten Sie. Sie haben zwei Minuten, Hände waschen inklusive.«

»Ist da nicht immer so ein Gedrängel in Christiansborg? Am Waschbecken?«, fragte sie mit hochgezogenen Augenbrauen und schob die Tür auf.

Die Praktikantin kritzelte pflichtschuldig auf ihren Block, aber obwohl Henrik Sand und der Kameramann laut lachten, bekam sie sie nicht mit. Die Pointe. Aber dafür konnte man ja trotzdem mitlachen.

Sie stahl sich vier Minuten extra auf der Toilette. Ihren Bauch hatte sie schon im Laufe der Nacht und der frühen Morgenstunden geleert, deshalb blieb sie, nachdem sie platschend wie ein Elefant gepinkelt hatte, einfach mit geschlossenen Augen sitzen. Kicherte vor sich hin, so wie damals, als sie jung, freitäglich angeheitert und wankend auf irgendeinem Kneipenklo gesessen hatte, dessen Tür mit platten Emanzen-Sprüchen dekoriert war. Aus irgendeinem Grund hatte sie sich den absolut banalsten davon gemerkt – »Ich liebe Lasse P.« –, der sie immer noch zum Grinsen bringen konnte. »Wer *ist* Lasse P.?«, war auch eine der internen Sachen geworden, die sie gemeinsam hatten, sie und Thomas. Ein kleiner Teil ihrer albernen Gemeinsamkeiten, die man unmöglich übersetzen oder mit anderen teilen konnte.

Auf dieselbe Weise wie damals fühlte sie sich etwas berauscht, stand ein bisschen neben sich, auf eine aufregende, exaltierte Art.

Sie stand auf, zog den Slip hoch und spülte. Thomas hatte Recht. Sie musste zusehen, etwas zu essen zu bekommen. Sonst würde sie in eine Unterzuckerung geraten, bevor sie es irgendwann entweder ins Studio von *TV-Stadt* oder *TV-Lorry* schaffen würde. Beiden Sendern hatte sie versprochen, sich für Live-Interviews sowohl für die 19- Uhr- als auch für die Spätnachrichten und für »Deadline« um kurz nach elf bereitzuhalten.

»Umweltministerin!«, grimassierte sie zu ihrem Spiegelbild über dem Waschbecken, nachdem sie einmal mit einer Bürste durch ihre Haare gegangen war, ihren Nacken mit kaltem Wasser erfrischt und darüber geflucht hatte, dass kein Deo in ihrer Tasche war. Sie würde sich umziehen müssen, bevor sie auf fusselfreie Moderatoren treffen konnte. Sie roch einfach zu sehr nach

Zoologischem Garten, um auf irgendjemanden glaubwürdig zu wirken. Sich selbst eingeschlossen.

»Umweltministerin«, murmelte sie wieder. »Wem zum Teufel glaubst du, kannst du das weismachen?«

Dann zwinkerte sie ihrem Spiegelbild zu und ging hinaus, wo ihr Gefolge, in der Zwischenzeit um die Referentin Louise Kramer vergrößert, sie ungeduldig erwartete.

»Vamos?«, fragte sie energisch und warf ihren Kopf in Richtung Kamera, die sofort eingeschaltet wurde.

»Vamos a la playa«, hörte Henrik Sand sich selbst antworten, wie in dem Refrain eines Liedes von damals, als er jung gewesen war.

Zurück im Büro, gelang es ihr, den Großteil zweier Stücke Pizza hinunterzuschlingen, bestellt bei einem kurdischen Imbiss in der Nachbarschaft, während Henrik Sand die Strategiepapiere durchging, die erstellt worden waren in der Absicht, die schlimmsten Finten des Gegrilltwerdens in den Abendnachrichten zu umgehen.

»Qs und As«, nickte sie und schob sich die Pizza in den Mund, die höchst unitalienisch mit Kebab, Eisbergsalat und Crème-fraîche-Dressing belegt war. Äußerst primitiv, aber ihre Lieblingsvariante. »Mixed.« Das konnten sie sich gleich merken.

»*Qs und As?*«, wiederholte Henrik fragend.

»Questions and Answers. Sehen Sie kein CNN?«

Er antwortete mit einer gehobenen Augenbraue.

»Das Problem mit *questions and answers* ist, dass es trotz allem nie ganz vorhersehbar ist«, sagte sie und griff nach der Cola, die sie auch bestellt hatte. »Man muss also aufpassen, nicht zu fixiert zu sein. Sonst bekommt man Schwierigkeiten mit dem Improvisieren.«

Sie lächelte fügsam, als er die Augenbrauen zusammenzog. Ob es missbilligend oder nachdenklich war, konnte sie nicht ablesen. Und sie hatte nicht die Absicht, ihn zu verletzen.

»Aber darum wäre es natürlich ausgezeichnet, vorbereitet zu sein. Also, gehen wir es durch. Was sagt die Umweltministerin zum Beispiel über den Wasserschutzplan? Mit ihrem basisdemokratischen Hintergrund? Und nehmen Sie schon von der Pizza, Sie haben ja auch noch nichts zu essen bekommen!«, forderte sie ihn auf und schob ihm den Karton hin.

»Danke nein«, sagte er mit schiefem Blick auf die Crème fraîche. »Ich habe ein ökologisches Linsengericht draußen im Kühlschrank.«

Charlotte feixte.

»Was ist mit Cola? Wenn Sie nicht petzen, halte ich auch dicht!«

»Na dann!«, sagte er, ließ die Flasche mit ökologischem Johannisbeersaft stehen und schenkte sich Cola ein. »Über den Wasserschutzplan sagt die Umweltministerin, dass es in die richtige Richtung geht, dass man die Landwirtschaft für die Bereitschaft, ihren Teil der Vereinbarung zu erfüllen, loben muss, aber ...«

»... dass immer noch viel zu tun ist und wir die Resultate in Verbindung mit den Zwischenergebnissen des Wasserschutzplans II genau beurteilen müssen. In dieser Arbeit, die bereits im Gange ist, ist es natürlich meine Aufgabe, mich meiner Kontakte mit den Organisationen, Vereinigungen und Basisbewegungen zu bedienen, die dieses Thema genau verfolgen. Und es ist kein Geheimnis, dass nicht nur die Stickstoff-, sondern auch die Phosphorableitungen der großen Schweinemastbetriebe offenbar erschreckend negative Auswirkungen auf das Wasser haben ...«

»Das reicht!«, winkte Sand ab. »Passen Sie auf, dass Sie nicht zu tief in den Wald geführt werden!«

»Weil da der große böse Wolf wartet?«

»Yes. Halten Sie sich an luftige Absichtserklärungen. Wenigstens jetzt am Anfang.«

»Also soll ich am besten gar nichts sagen?«

»Nichts, was man gegen Sie verwenden kann.«

»Und wenn ich trotzdem dahin komme?«

»Dann bekommen Sie höllische Schwierigkeiten.«

»Kann ich daran sterben?«

Henrik stellte sein Glas ab, unterdrückte ein Aufstoßen. Kniff die hellblauen Augen hinter den Brillengläsern zusammen.

»Das ist jedenfalls eines der Berufsrisiken. In Ihrem Fach. Dass Sie einen politischen Tod sterben, indem …«

»Passiert das nicht allen, früher oder später?«

»Tja, das kann man meinen … so sieht es wohl aus.«

»Also besteht für einen Politiker die Wahl zwischen einem langsamen, stillen Tod und einem plötzlichen, gewaltsamen?«

Charlotte schob ihren Teller weg. Brachte plötzlich keinen Bissen mehr herunter. Denn obwohl sie beide lächelten und offensichtlich bei einem spielerischen Gedankenexperiment waren, wusste sie doch sehr genau, dass blutiger Ernst dahinter stand. Oder schnell aufkommen konnte.

Wieder sah er sie forschend an, als ob er umsichtig seine Worte wählte, um keinen weiteren Schaden anzurichten.

»Charlotte, ich meine, es ist eine vielleicht etwas morbide Diskussion, um Sie an Ihrem ersten Tag als Ministerin einzuführen.«

Sie nickte in die Luft. Spielte an ihrem Ohrring. Merkte, wie sie in ihrem Stuhl leicht zusammensank. Das Adrenalin, das ihr seit sechs Uhr früh geholfen hatte durchzuhalten, war am Abebben. Stattdessen meldete sich die Müdigkeit, jetzt, da die Peristaltik zu arbeiten anfing. Eigentlich konnte sie diese Problematik nicht mehr weiter erörtern. Auf der anderen Seite wusste sie schon, dass Henrik Sand Jensen ihr engster Vertrauter werden würde. Ohne ihn würde sie nicht manövrieren können. Darum musste sie sich jetzt Mühe geben und klare Verhältnisse schaffen. Damit er ihre Bedingungen kannte.

Sie seufzte schwach. Öffnete den Knopf im Bund ihres Rocks. Freddy, der Chauffeur, war zu ihr nach Hause geschickt worden, um saubere und bequeme Kleider für sie zu holen. Plus Kulturbeutel, damit sie eine Katzenwäsche in dem Bad vornehmen konnte, das zum Büro gehörte. Sie hatte gehofft, es selbst nach Hause zu schaffen und die Kinder bei einem kurzen Zwischenstopp zu umarmen, aber Thomas hatte sich die Visite am Telefon verbeten. Nicht verärgert oder so, nur mit der realistischen Feststellung, dass es mehr Schaden als Gewinn wäre. »Es würde sie nur total verwirren, wenn du kommen und gleich wieder gehen würdest. Sie können dich stattdessen im Fernsehen sehen!«

Also beugte sie sich in ihrem Stuhl nach vorne.

»Als Per Vittrup gestern Abend anrief, habe ich unter einer Bedingung zu diesem Job Ja gesagt: Dass ich keine Geisel sein würde.«

»Und was hat der Staatsminister dazu gesagt?«

»Er hat es akzeptiert.«

Henrik Sand lachte rau und lehnte sich zurück, streckte die Arme über der Rückenlehne aus.

»Haben Sie das schriftlich?« Henrik Sand lachte wieder, sodass Charlotte sich das erste Mal an diesem Tag in seiner Gegenwart für gewogen und zu leicht befunden fühlte.

»Sie meinen, ich bin naiv?«

»*Das* sind Sie nicht! Darum ist es ja so dämlich! Dass so eine kompetente Person wie Sie, die das System sowohl von innen wie von außen kennt und deswegen eine Riesenchance hat, einen verflucht guten Job zu machen, so einen Quatsch ausschließt!«

Henrik Sand stand wütend auf und wanderte im Büro herum.

»Ja, Entschuldigung«, sagte er. »Ich weiß, dass es gegen die Regeln ist, so mit einer Ministerin zu sprechen ...«

Charlotte wehrte die Entschuldigung ab.

»... aber dazu ist man verdammt noch mal gezwungen, wenn man einem solchen Fall gegenübersteht!«

»Was für einem Fall?«, fragte Charlotte leise, während ihr eigener Zorn zu trommeln anfing wie Regen auf einer Mülltonne. »Es geht um Integrität, Henrik Sand Jensen. Wenn ich überhaupt in diesem Stuhl sitzen soll«, sagte sie und zeigte hinüber zum Schreibtischstuhl, »dann muss ich mir an jedem einzelnen Tag selbst in die Augen sehen können!«

»Ja und?«

»Und dann kann ich nicht nichts meinen, nicht nichts sagen, nicht nichts machen! Dann muss ich verflucht noch mal zu- und absagen dürfen. Sonst hat das doch keinen Sinn! Dann könnte Søren Schouw oder irgendein anderer genauso gut hier sitzen!«

»Darum geht es doch gar nicht!«

»Worum dann?«, fragte Charlotte hitzig. So stritt sie nicht einmal mit Thomas.

»Darum, dass man als Politiker die Fähigkeit trainieren muss, so viel wie möglich aus seiner Politik zu machen. Dass ein guter Politiker seinen Spielraum kennt. Dass ein guter Politiker auch noch in der Lage ist, diesen auszuweiten, indem er die anderen auf seine Seite zieht. Und das gelingt einem nicht, wenn man wegen seiner Integrität aufheult und Angst hat, sich die Finger schmutzig zu machen. Ich dachte, Sie wüssten das, mit Ihrem Einblick«, sagte er und stützte sich am Schreibtisch auf.

»›Politik ist die Kunst des Möglichen‹ – ›Man muss lernen, bis 90 zu zählen‹ … ich kenne diese Floskeln bestens«, sagte sie und ging zur Fensternische. Sie brauchten dringend frische Luft. Hier stank es nach Pizza, Blumen, Schweiß. »Kann man die Fenster öffnen?«

»Ja«, sagte er nur und ließ sie selbst den Efeu wegräumen und die Doppelfenster einhaken. Sie streckte den Kopf hinaus und sog begierig die frische Luft ein. Lächelte leicht bei der Erinnerung an Thomas, hielt sogar nach ihm Ausschau, obwohl sie wusste, dass er zu Hause war. Es kam ihr vor, als wäre es hundert Jahre her, dass er hier gestanden hatte.

»Was ich meine, ist«, sagte Henrik versöhnlich hinter ihr, »dass Sie das eine vom anderen trennen und sich ganz und gar auf das hier einlassen müssen. Denn wenn Sie das nicht tun, werden Sie die ganze Zeit von Ihren eigenen Zweifeln gebremst werden. Sie werden Dutzende von Kröten schlucken müssen. Aber das müssen die anderen auch. Und wenn Sie tüchtig sind, schlucken die mehr als Sie.«

»Weil sie meine schlucken?«, sagte sie und drehte sich um.

»Jep.«

Sie seufzte. Sie blieben beide stehen, jeder für sich gefangen in der eigenen Nachdenklichkeit. Der Zorn hatte sich schon aufgelöst wie eine Wolke in der Sonne.

»Verstehen Sie denn gar nichts von dem, was ich sage?«, fragte sie gedämpft in einem so intimen Tonfall, dass es die entscheidende Frage zwischen zwei Liebenden hätte sein können.

Henrik Sand fuhr sich mit der Hand durch die Haare, die oben schon dünn und an den Schläfen grau waren.

»Jedes Wort. Schließlich bin ich auch Idealist gewesen. Ich werde auch Ihnen ein loyaler Beamter sein und so weit als möglich das Ministerwort zum Gesetz machen. Ich persönlich habe auch keine Angst vor einem Medienorkan und einem politischen Sturmtief. Es darf nur nicht kopflos sein.«

»Dann sind Sie mein Kopf?«

»In dem Umfang, in dem Sie Ihren verlieren, ja.«

Sie lachte in einer kurzen Atempause.

»Dann haben wir ein Abkommen?«

»Worüber?«

»Dass Sie mein Alliierter sind. Sie sorgen dafür, dass ich nicht das Haus gegen mich habe. Im Gegenzug akzeptiere ich Ihre Expertise und vermeide, so gut es geht, mich als kopfloses Bauerntrampel aufzuführen.«

Er lächelte ein wenig. Bauerntrampel.

»Haben wir das?«, insistierte sie. »Ein Abkommen?«

»Ja, zum Teufel, wir haben ein Abkommen.«

»Strike!«, setzte sie hinzu und ging zu ihm, eine Hand nach oben gestreckt. Er begriff das Signal und hob die seine ebenfalls, sodass sie ihre Handflächen aneinander schlagen konnten wie zwei Teenager nach einem Treffer.

»Machen wir weiter«, sagte sie und setzte sich wieder an den Konferenztisch.

»Mit Qs und As?«

Er schnitt eine Grimasse. Sie nickte.

Das war's. Sie waren wieder Freunde. Er hatte in den ganzen neun Jahren im Umweltministerium noch nie etwas Vergleichbares erlebt. Auch darum hatte er schon jetzt Angst, dass es aufhören könnte.

☆

Vielleicht ist es dieser Tag, an dem Lisbeth klar wird, wie wenig sie sich aus ihrem Mann macht. Der Tag, an dem ihre kleine Schwester zur Umweltministerin ernannt wird und sie zu ihrer großen Erleichterung bemerkt, wie sie von einer klingenden

Freude erfüllt wird, ohne auch nur die geringste Dissonanz einer schrillen Missgunst zu vernehmen. Sie *gönnt* es ihr wirklich, sie ist *stolz* auf Charlotte, die in der Sondersendung um zwölf etwas genant lächelnd neben dem Staatsminister steht und in den Abendnachrichten für sich selbst einstehen muss, als die Journalisten auf sie losgehen. Wer ist sie, was kann sie, was will sie?

»*Sie ist gut, was? Sie schlägt sich ja richtig gut!*«, ist sie ein paar Mal kurz davor herauszuplatzen, als die ganze Familie vor dem Fernseher versammelt ist. Aber sie weiß, dass das eine unerhörte Provokation gegenüber Erik wäre, der im Ledersessel sitzt und vor sich hin meckert, stöhnt und seufzt und entrüstet den Kopf schüttelt, jedes Mal, wenn Charlotte den Mund aufmacht.

»Himmel hilf, sie ist so dumm, dass ist ja nicht zum Anhören!«, brüllt er, als die Ministerin um eine Stellungnahme zu »einer früheren Kernfrage – der Gülleableitung in der Landwirtschaft« – gebeten wird. Ist sie immer noch der Ansicht, dass das ein Problem ist? Das ist sie. Erwähnt darüber hinaus noch Mors, ihre Insel, als Beispiel dafür, wie schief es gehen kann, wenn Schweinemäster die Möglichkeit bekommen, sich ungehindert auszubreiten.

»Die versteht ja nicht mal einen Furz von dem, worüber sie redet!«, sagt er und schlägt mit seiner großen Hand auf die Armlehne. »Scheißkuh!«

Die Jungen, die großen Kerle, die nicht ganz abstreiten können, dass es ihnen irgendwie imponiert, ihre Tante in den Fernsehnachrichten zu sehen, schielen verstohlen und unsicher scherzend zu ihrer Mutter. Die stellt ihre Kaffeetasse ab und sagt, ohne die Stimme zu heben oder in die Richtung ihres Mannes zu blicken:

»Es ist meine Schwester, von der du da sprichst.«

»Das ist wahrlich nichts, worauf man stolz sein könnte!«, gibt er hart zurück.

Mehr wird an diesem Abend nicht gesagt. Nicht einmal »Gute Nacht«, als Lisbeth sofort, nachdem sie die Tassen in die Spülmaschine geräumt hat, früh ins Bett geht.

»Sie hatte Bildschirmpräsenz. Keine Frage. Sie glühte vom ersten Mal an, als wir sie drauf hatten. Wenn sie unsicher war, hat sie es nicht gezeigt. Sie hatte eine, wie soll man sagen, natürliche Autorität, die enorm glaubwürdig und auch entwaffnend auf uns Moderatoren wirkte. Nicht nur, dass sie ihren Stoff konnte. Sie war auch in der Lage, sich auf eine Art auszudrücken, die die Zuschauer unmittelbar verstehen konnten. Du weißt schon, Frau Jensen in Valby, das einfache Volk; wie man sie auch nennen mag. Und dann hat sie Dialekt gesprochen, aber nicht so stark, dass es etwas ausgemacht hätte. Ja, Entschuldigung, aber sogar Jütländer empfinden Jütländisch als etwas bäuerlich. Aber das war sie nicht. Überhaupt nicht. Sie war ganz klar der urbane Typ mit moderner Ausstrahlung. Sie war nicht wie die anderen, das sah man sofort, und das wirkte wirklich erfrischend. Natürlich hatte sie einen ganzen Sack voll politisch korrekter Ansichten; aber erstens klang es so, als würde sie an das glauben, was sie sagte. Und zweitens brachte sie ja schon früh etwas Neues und ganz Unerwartetes auf den Tisch. Also, zum Beispiel, als sie antrat und zwar alles sagte, was wir über den Wasserschutzplan, die Gülle und so weiter erwartet hatten – aber plötzlich sitzt sie da und sagt, dass man, wenn es nach ihr ginge, herzlich gerne das Dosenverbot aufheben könne. Denn wenn man die Bier-Einkaufsfahrten der Dänen zur Grenze und wieder zurück in die Umweltstatistik mit einbeziehen würde, dann könnte es sich gar nicht rechnen. Und warum heilig sein wollen, nur um der Ideologie willen? Also, ja, doch, wir hatten sie schnell drinnen. Doch, ja, ich muss auch gestehen, ich persönlich hatte eine Schwäche für sie. Sie war auf eine verschmitzte Art sexy. Vielleicht wusste sie das sehr genau, vielleicht nutzte sie es sogar aus. Ein wenig verführt wurde man wohl. Man ist doch auch nur ein Mann. Und sogar die Kamera liebte sie.«

☆

Glücklicherweise saß Thomas oben und wartete auf sie, mit brennenden Kerzen am Adventskranz, als sie kurz nach halb zwölf nach Hause kam.

»Hallo, Schatz!«, sagte sie, ging zu ihm und küsste ihn, den Mantel noch an. »Ich hatte Angst, du wärst schon im Bett!«

»Natürlich nicht!«, sagte er und strich ihr die Haare aus dem Gesicht. »Du musst total erledigt sein.«

»Total, aber auch aufgedreht«, sagte sie, richtete sich auf und sah sich im Wohnzimmer um. Auch hier waren überall Blumen.

»Von wem sind die?«, fragte sie überwältigt.

»Von allen möglichen Leuten. Deiner Mutter, meinen Eltern, deiner Schwester und deinem Schwager, deinen Freundinnen, alten Liebhabern, den Nachbarn von unten, von oben, der Wohnungsgenossenschaft, dem Inder von der Ecke, dem Kindergarten ... Ich habe mir eine Menge Vasen ausgeliehen.«

»Himmel, wie rührend!«, rief sie aus und ließ sich auf das andere Ende des Sofas fallen.

»Gehst du wieder?«, fragte er mit einem Nicken zu ihrem Mantel.

Sie lächelte, überhörte die leichte Spitze darin, nahm seine Hand. Sie war trocken und warm.

»Erst in sechseinhalb Stunden«, sagte sie und sah auf ihre Uhr. »Freddy holt mich um 6 Uhr 40 ab.«

»Freddy?«

»Das ist mein *Chauffeur*«, sie schnitt eine Grimasse. »Ich muss ins Frühstücksfernsehen. Wie ist es gelaufen?«, fragte sie dann und zeigte auf den Fernseher.

»Klasse! Du warst supergut. Willst du's sehn? Ich habe alles aufgenommen«, sagte er und griff nach der Fernbedienung.

»Nein, bitte nicht!«, flehte sie. »Ich will am liebsten einfach nur hier sitzen und in Stille mit dir zusammen sein.«

Sie entledigte sich ihres Mantels. Legte sich mit ihrem Kopf auf seinen Schoß. Schloss die Augen. Hörte dem Rumpeln und Gurgeln seines Darms unter dem Hemd zu.

Er beugte sich herunter und küsste sie. Die Berührung ihrer Lippen reichte aus, um das Begehren zu entfachen, das die letzten Tage vor sich hin geschwelt hatte, seit er nichts ahnend und leicht angeheitert von der Weihnachtsfeier nach Hause gekommen war, bei der man ihm für die Entsendung alles Gute gewünscht hatte, ihn vor schwarzen Verlockungen und der HIV-Gefahr gewarnt hatte, die selbst auf die standhaftesten Auslandsfreiwilligen lauerte. Er hatte über all das gelacht, hatte sich auf sicherem Boden gefühlt, sodass sowohl düstere Weissagungen als auch gut gemeinte Ratschläge an ihm abgeprallt waren. Aber so ist es. Das hatte er in den 33 Jahren, in denen er auf dieser Welt war, gelernt. Dass das Leben einen gerne von hinten überfiel, wenn man am wenigsten darauf vorbereitet war. Was er im Übrigen als einen charmanten Zug des Projekts Leben betrachtete. Dass man überrascht werden konnte. Aber er hatte ja auch gut reden, bisher *war* es nur das reine Glück gewesen. Charlotte zu begegnen, die Zwillinge, der Job bei der MS. Nur zweimal hatte er wirklich Angst gehabt: als Charlotte in Sambia eine Blinddarmentzündung bekommen hatte und sie eine siebenstündige Busfahrt von Lusaka und einem den Umständen entsprechend ordentlichen Krankenhaus entfernt gewesen waren. Und als die Zwillinge plötzlich per Notkaiserschnitt geholt werden mussten, weil die Herztöne abfielen und aus Charlottes Schoß das Blut fast schon herausstürzte. Aber beide Episoden gingen gut aus – sie erreichten das Krankenhaus rechtzeitig, wenn auch im letzten Augenblick, und sowohl die Mutter als auch beide Kinder überlebten die Geburt. Daran, dass er selbst als kleiner Junge eine Meningitis gehabt hatte und zwischen Leben und Tod schwebte, wie seine Mutter zu sagen pflegte, konnte er sich kaum erinnern, und es war auf jeden Fall nichts, was an seinem Grundgefühl von Unverletzbarkeit rüttelte. Er fühlte sich auf eine altmodische Weise vom Schicksal verwöhnt – und darum war es ihm immer leicht gefallen, zurückzulächeln. Die

Unsicherheit der letzten Tage war neu für ihn. Vielleicht weil der Lauf der Ereignisse so ganz außerhalb seiner Reichweite war. Er *war* darauf reduziert, als Beobachter an der Seitenlinie zu stehen, und das beunruhigte ihn. Dass er keinerlei Einfluss hatte, nichts tun konnte. Nichts anderes als das, was er tat. Bei ihr Bestätigung zu suchen. Die Bestätigung, dass sie zusammen waren. Dass es sich nicht geändert hatte. Dass er noch der Mann war, der er die ganze Zeit gewesen war. Und dass sie ihm gehörte. Und ihm war klar, dass er bei den Primaten angelangt war, als er anfing, die Bluse unter ihrer Jacke hochzuschieben und nach ihren Brüsten zu tasten, die ihn immer noch in heißes Begehren versetzen konnten – während wichtiger Sitzungen, mitten im Straßenverkehr, an der Kühltheke im Supermarkt. Er war extrem abhängig von ihrer Nähe, so war es immer gewesen. Und darum war der Gedanke, alleine ins Ausland zu gehen, auch ausgeschlossen. Das hätte er niemals gekonnt.

Sie protestierte schwach.

»Ich bin so müde …«

»Du musst nichts machen«, flüsterte er. »Lass mich dich nur spüren.«

Sie machte sich steif, als er unter ihren Rock wanderte und anfing, ihre Strumpfhose herunterzuziehen.

»Jetzt nicht. Ich muss noch etwas vorbereiten …«

»Schatz, ich vermisse dich so!«, murmelte er und schaffte es, ihr die Strumpfhosen ganz auszuziehen.

»Thomas«, bat sie und öffnete die Augen. Sah in seine, sah die Lust, aber auch eine Unsicherheit und eine Scham, die sie vorher noch nie gesehen hatte.

»Ich habe es noch nie mit einer Ministerin gemacht«, sagte er mit einem kleinen, gekräuselten Lächeln und legte sich auf sie, sodass sie sein Glied an ihrem Schambein reiben spürte.

Sie seufzte. Ließ sich wieder küssen. Konnte eigentlich nicht mehr. Aber was tat man nicht alles fürs Vaterland …

»Also, okay«, murmelte sie und hob ihren Po ein wenig, damit er ihren Slip leichter heruntermanövrieren konnte.

Er nahm ihren Mantel und zog ihn über sie beide.

»Jetzt liegen wir in einem Zelt, irgendwo. In Norditalien vielleicht. Und du denkst an nichts anderes«, flüsterte er und öffnete seine Lederhose. »Kannst du den Wind in den Bergen hören? Die Zikaden? Und aus der Bar da oben klingt Eros Ramazotti?«, flüsterte er weiter und küsste ihre rechte Brustwarze.

Sie lächelte. Das kribbelte. Schön. Aber trotzdem. Ihr Kopf war weit weg am Højbro Plads, und es waren Henrik Sand, die hohen Stapel grüner Mappen, Kameraobjektive, der Goldzahn des Staatsministers und das leicht schielende Auge der Königin, die sie vor sich sah, als er in sie eindrang.

»Bist du dabei?«, fragte er.

»Jaja«, versicherte sie in der Dunkelheit unter dem Mantel. Die Erkennungsmelodie der Radionachrichten erreichte sie aus der Nachbarwohnung. Dann war Mitternacht schon vorbei. Tag eins war zu Ende.

☆

Es ist Sylvester. Raketen fliegen in knisternden Kaskaden über den Nachthimmel der Großstadt. Die Gesellschaft heult und quietscht jedes Mal, wenn wieder eine Rakete mit einem *Ssssch!* abgefeuert wird, die Kinder schauen hinter ihren Schutzbrillen jubelnd nach oben, die Frauen klappern und zittern in ihren dünnen Kleidern unter offenen Mänteln, die Männer verfolgen die Flugbahnen der Feuerwerkskörper mit anerkennendem Blick und gehen selbstzufrieden in die Hocke, um die nächste Lunte anzuzünden.

Aus der Entfernung betrachtet, ist diese Sylvesterparty, die in einer Seitenstraße in Valby stattfindet, nicht auffällig anders als alle anderen Sylvesterpartys im Segment »urbane 30- bis 35-jährige, gut ausgebildete dänische Männer und Frauen mit guten, engagierten Jobs, die Zukunft vor sich und einige wuselige Kinder«. Der allgemeine Alkoholpegel ist nicht weiter bemerkenswert, die Verteilung von Glück und Unglück liegt ungefähr im Durchschnitt, eine einzelne Frau sitzt weinend in einem abgeschlossenen Badezimmer in der Villenwohnung, eine andere wirkt eine Spur zu schrill in ihrer Exaltiertheit, einer der jungen Männer geht vielleicht ein wenig zu großzügig und durcheinander mit seinen Neujahrsküssen um, und wieder ein anderer hat Schwierigkeiten damit, seine Eifersucht zu kontrollieren, obwohl das doch alles nur unter Freunden stattfindet. Alten Freunden sogar – Studienfreunde, Lerngruppen-Kumpel und die Partner, die in die Gruppe aufgenommen worden waren. Einige der Paare hatten sich im Studium kennen gelernt, andere sind von außen gekommen und fühlen sich vielleicht etwas fremder, als sie zugeben würden. Zehn sind sie zusammen, nein, neun, einer ist verlassen worden, mehrfach, seit dem letzten Mal, also ist jetzt ein Mädchen – die im Badezimmer – überschüssig. So denken sie noch immer über sich selbst. Als Jungs und Mädchen, obwohl sie Mütter und Väter sind und in der Zwischenzeit recht verantwortungsvolle Berufe haben und dabei sind, ihr Karrierepotenzial voll zu entfalten. Weil sie Freunde sind, sind sie keine Konkurrenten. Sie stützen sich gegenseitig, ermutigen sich, geben gute Ratschläge und treten untereinander solidarisch auf. Sie denken an den Geburtstag der anderen, hüten gegenseitig die Kinder, veranstalten Picknicks, treffen sich zum Sonntagsbrunch und feiern Sylvesterpartys. Insgeheim konkurrieren sie trotzdem. In den gängigen Bereichen – Schönheit, Kinder, Geld, Erfolg –, die sie ansonsten als irrelevant abtun. Für sie. Schließlich sind sie alle, wenn sie das selbst sagen dürfen, junge Menschen von hoher Moral und mit dem Herzen am rechten Fleck. Es ist ihre erklärte Absicht, die Welt zu retten. Für eine gerechtere Verteilung der Güter und Ressourcen zu kämpfen. Also schämen sie sich dafür, sprechen nicht darüber, aber so ist es: Sie beurteilen einander, messen sich miteinander und bewachen sich gegenseitig.

Bislang waren sie von Dramen und Brüchen verschont geblieben, weil sie ziemlich gleichauf waren. Das Feld war sozusagen geschlossen.

So ist es nicht mehr. Eine von ihnen ist ausgebrochen und hat in einem einzigen überraschenden Sprint einen kilometerlangen Abstand zu den anderen vorgelegt. So weit ist sie vor ihnen, dass sie das gelbe Trikot der Führenden kaum noch erspähen können.

Das schafft Unruhe im Feld. Frustration. Man fühlt sich abgehängt. Rechts überholt. Hatte sie im Windschatten des Hinterrads gelauert? Die anderen als Wasserträger ausgenutzt, um selbst der Star sein zu können? Trägt sie das wirklich in sich? Oder ist ihr nach vorne geholfen worden? Tritt sie unsportlich auf oder ergreift sie nur einfach die Chance, die jeder von ihnen genutzt hätte? Und wie sicher ist es überhaupt, dass sie durchhält? Schafft sie es, ganz oben auf dem Treppchen zu stehen, oder stürzt sie, bevor sie die Champs-Élysées erreicht? Und das Wichtigste: Wie soll man sich ihr gegenüber verhalten? Soll man versuchen, dicht dranzubleiben und auf der Bugwelle mitzuschwimmen, oder sollte man besser auf Abstand gehen?

Noch ist nichts ausgesprochen. Weder verdeckt noch offen. Keine Kritik, keine Skepsis, kein Aufruhr in den eigenen Reihen. Noch ist sie eine von ihnen – man huldigt ihr angemessen, klopft ihr auf die Schulter für ihr Unternehmen. Noch sind sie reines Lächeln, ganz Ohr, wohlwollend neugierig. Aber dessen ungeachtet, wie wenig sie ihre eigene Doppelzüngigkeit selbst erkennen, dessen ungeachtet, wie beharrlich sie darauf bestehen, dass sich nichts geändert hat, spürt man es doch. Als eine Angestrengtheit im Zusammensein, eine falsch justierte Gangschaltung, die den Tritt schwerer als gewöhnlich macht. Und sie, Charlotte, merkt es, merkt es schon, als sie festlich angezogen ankommen, mit dem Lachs in Limettenmarinade, ihrem Beitrag zum Buffet. Als die Mädchen um sie herum zwitschern, mit ihren aufgesteckten Haaren und Parfum hinter den Ohren, während die Jungs sich aufdrängen und auf die raue Art lustig sein wollen, die immer das Passwort der Gruppe gewesen war, was aber an diesem Abend verstärkt pubertär wirkt. Oder ist die Veränderung nur etwas, das sie sich einbildet – genauso, wie sie sich einbildet, dass nicht nur ihre Schwiegerfamilie, sondern auch ihre eigene Mutter, ihre Schwester, ihr Schwager sich ihr gegenüber ablehnend verhalten? Als läge eine dünne Schicht aus Vorbehalten über dem Beisammensein, das sonst wenigstens immer familiär gemütlich gewesen war.

»Warum meiden sie mich? Ich hab doch kein Ebola! Ich bin

nicht ansteckend, ich bin nur Ministerin geworden!«, beklagte sie sich bei Thomas nach einem eher lauwarmen Weihnachtsabend unter dem Dach des mütterlichen Reihenhauses. »Es sind eben Nordjütländer«, tat Thomas es ab. »Also soll ich mir bloß nicht einbilden, ich wäre jemand?« – »Eben, und das gilt für sie genauso. Darum können sie auch nicht so stolz auf dich sein, wie sie es eigentlich sind. Auf jeden Fall dürfen sie sich nicht erlauben, es zu *zeigen*. Sie sind geradezu gezwungen, dich klein zu halten, damit sie nicht selbst zu eingebildet werden.« Eine plausible anthropologische Erklärung, die sie dem Weihnachtsfrieden zuliebe angenommen hatte. Auch wenn sie von Lars dementiert worden war, ihrem unkomplizierten kleinen Bruder. Der war genauso nordjütländisch wie die anderen, war aber dennoch großzügig dabei geblieben, sie mit Huldigungen zu überschütten, als er endlich am zweiten Feiertag vom Balkan zurückkam.

Und hier in dieser Villenstraße sind keine Nordjütländer. Hier ist man medienerprobt und modern – mehrere von ihnen waren schon in Zeitungsspalten aufgetaucht, andere haben Feuilletonartikel geschrieben, einige waren sogar für Fernsehkommentare und -debatten gebraucht worden. In dieser Gesellschaft war es keine Schande, *dabei* zu sein, im Gegenteil. Aber auch wenn sie einer Generation angehören, die schamlos Medienmasturbation vor aller Augen betreibt, so will doch die Exponiertheit wohldosiert sein. Über-Exponiertheit wird heute wie damals mit Ablehnung, Widerstand, üblen Gerüchten und Ausschluss aus der Gemeinschaft bestraft. Außer natürlich, der Exponierte ist akzeptiert und zum Führer gekürt. In diesem Fall wäre die Exponierung sowohl erwünscht als auch notwendig, um die Vorstellung einer Ikone zu bewahren.

Diese fröstelnde junge Frau, die sich symbolträchtig und ganz unbewusst am äußeren Rand des Kreises befindet, der die vitalen Kanoniere mit Zigarren zwischen den Zähnen umgibt, ist gerade nicht zur Führerin erkoren. Sie ist auch noch keine Ikone, vor der die anderen sich verbeugt haben. Vielleicht haben sie ihr respektvoller zugehört, haben sie ihre Analysen der dänischen Politik im Allgemeinen und der Umweltpolitik im Besonderen ausbreiten lassen über den langen, festlich gedeckten Tisch mit Luftschlangen und bunten Girlanden, die in Bahnen von dem mexikanischen Kronleuchter hingen – aber sie haben nicht aufgehört, sie herauszufordern. Die Mädchen sind vielleicht zufrieden, die meisten von ihnen, die trotz ausgezeichneter Examen schon ins Hintertreffen geraten sind, mit ihren dicken Bäuchen und Kleinkindern auf den Hüften und mit einer Mutterschaft, die Hindernis und zugleich Entschuldigung ist, nicht weiterzukommen. Aber von den meisten Jungs glaubt jeder für sich, dass es genauso gut ihn hätte treffen können. Was sie in ihren stillen, verbissenen Gemütern zu beweisen gedenken. So wie jetzt zum Beispiel Mikkel Bøgh, Pastorensohn aus Himmerland. Mit einer Flasche russischen Champagners in der einen und einer durchweichten Havanna in der anderen Hand hat er erspäht, dass Charlotte so günstig abseits steht, dass er zu ihr gehen und endlich einen näheren Blick auf das glänzende lila Satinkleid werfen kann. Das gibt nicht nur ein kleines Bäuchlein preis und breite Hüften, sondern auch einen Busen, der nicht nur ihn, sondern auch die anderen Hosenscheißer schon immer leicht nervös gemacht hatte und der auch an diesem Abend, im selben Takt, in dem der süße *Champanskoje* geflossen war, mehr und mehr versteckte Aufmerksamkeit auf sich gezogen hatte.

Charlotte sieht Mikkel näher kommen, lächelt ihn unsicherer an als sonst. Nicht, weil sein verschleierter Schlafzimmerblick sie irritiert – vielmehr irritiert sie, dass die Jungs sich insgesamt nicht so benommen haben, wie sie es sonst in der ausgelasseneren Phase eines Festes zu tun pflegten. Sie sehen sie *an*, aber sie *sagen* nichts, *machen* nichts. Sie küssen sie nicht auf den Hals, legen nicht den Arm um sie und flüstern, dass sie wirklich verflucht hübsche Brüste hat. Sie schubsen auch nicht Thomas mit dem Ellenbogen und erinnern ihn daran, dass seine Frau ein hübscher Fisch ist, ein Lieblings-Babe, und all diesen ganzen Quatsch, über den sie sonst ausgelassen lachen kann. Er ist auch nicht torkelnd angekommen und hat gefragt, ob er mal anfassen darf, während er schon selig, den Blick zum Himmel gewandt, seine Hände flach auf die »Scheinwerfer« gelegt hatte. Er tut es auch jetzt nicht, vielleicht weil er schon beide Hände voll hat, denkt sie. Aber das ist nicht der Grund. Mikkel fasst ihr nicht an die Brust, weil er sie im Fernsehen gesehen und die Kommentare und Portraits in den Zeitungen gelesen hat. Er ist sogar selbst als anonyme Hintergrundquelle genutzt worden, um »etwas Persönliches« über die neue Umweltministerin zu sagen. Was also sagte Mikkel, der gute Junge, seit kurzem im Finanzministerium angestellt, der immer derjenige gewesen war, der partout seine Klamotten ausziehen, die Fußgängerzone in Århus entlangstreichen, in Straßencafés herumlungern und sich dann nackt in den Nyhavn werfen musste, sobald er sich ein paar Joints reingezogen und diverse Bier getrunken hatte? Mikkel sagte, dass Charlotte Damgaard ein kluges und hoch begabtes Mädchen war, ambitioniert, lustig, eine geschickte Backgammon-Spielerin mit ausgeprägtem Konkurrenz-Gen. Er sagte auch, dass sie »one of the boys« war und dass es Spaß machte, mit ihr zu spielen. Dass sie vielleicht ein wenig kalt und arrogant wirken konnte, wenn man sie nicht kannte. Er sagte nicht, dass sie geile Titten hatte, auch nicht, dass sie jahrelang Bestandteil seiner sexuellen Fantasien war, auch nachdem er die entzückende Maria geheiratet hatte, die ihn natürlich auch anmachte, besonders, wenn sie ihre Krankenschwesternuniform anhatte. Maria, die auch ans Telefon kam, als der Journalist anrief, sagte, dass Charlotte eine liebe und aufmerksame Freundin sei, für die, auch wenn sie im Stress war, die Familie immer Priorität hatte. Eine Glucke war sie nicht, aber das brauchte sie ja auch nicht zu sein, dafür war ja Thomas da, ihr Mann, *haha*. Dafür konnte sie richtig gut Jazz singen. Vielleicht war es Mikkel, vielleicht auch jemand anderes, der auf die Idee gekommen war, sie »das Mädchen vom Acker« zu nennen, was nicht nur eine Überschrift in der *Berlingske Tidende* wurde, sondern auch der Name, mit dem sie bereits von einigen, darunter Mikkel, versehen wurde, wenn man über sie sprach. Nicht abwertend, was ihn betraf. Nein, nein. Nur liebevoll.

»Na, Charlotte«, sagt er und stellt sich mit der Zigarre in der Hand neben sie. »Und, wie?«

»Wie, und?«, antwortet sie rituell und århusianisch.

»Sei willkommen, Jahr des Herrn«, sagt er und schwankt leicht zu ihr hin. »Oder sollte man sagen *›der Frau‹*? Das scheint's ja wohl zu werden, was? Ich liebe dich immer noch, ich wollte nur, dass du das weißt. Du kannst immer auf mich zählen«, näselt er und legt den Arm um sie.

»Das freut mich, Mikkel«, sagt sie und zieht den fliederfarbenen Pashmina-Schal, das Weihnachtsgeschenk von Thomas, fester um sich.

»Aber das ist mein Ernst!«

»Danke«, sagt sie und versucht, Thomas' Blick zu fangen. Er sieht sie nicht, denn er ist vollauf beschäftigt damit, Johanne dabei zu assistieren, eine Rakete in die Flasche zu stellen, während Jens ängstlich Abstand hält. Sie ruft den Jungen, aber er bleibt stoisch stehen, die Arme steif neben dem Körper, obwohl sie ihm ansieht, dass er am liebsten in Deckung gehen würde. Gedämpft wiederholt sie ihr Rufen, wünscht sich, dass er nachgeben und zu ihr kommen möge, sodass sie sich beschützt fühlen könnte und nicht mehr so alleine und ausgesetzt hier stehen müsste. Auch wenn es nur Mikkel ist, der gute alte Mikkel, der es seltsamerweise nötig findet, seine Loyalität zu unterstreichen, die sie sonst als gegeben vorausgesetzt hatte. Jens rührt sich nicht. Steht paralysiert im Pulverrauch und ermannt sich, genauso zäh und tapfer wie seine Schwester zu sein, die die Zigarrenglut an die Schnur halten darf.

»Denn es wird wohl nicht leicht werden, oder?«

»Was wird nicht leicht?«, fragt sie, wachsam lächelnd. Mikkel drückt ihre Schulter.

»Die lachen ja schon. Die Rechnungsjungs. Das sind ein paar zynische Schweine da drüben, kann ich dir sagen. Die freuen sich drauf, dich wie eine Ameise zwischen ihren Fingernägeln zu zerquetschen.«

»Tun sie das?«, sagt sie und hebt munter eine Augenbraue.

Mikkel nickt düster.

»Die sind *so* pervertiert. Aber du kannst dich auf mich verlassen. Ich bin dein Freund«, nickt er und schafft es beinahe, mit seiner rechten Hand ihre Brust zu streifen, bevor Maria, seine schwarz gelockte Frau, mit imponierendem Timing an seiner linken Seite auftaucht.

»Worüber redet ihr?«, fragt sie. »Doch nicht über Politik, oder?«

»Wir reden von dir, Schatz! Hast du noch Champagner für Papa?«

»Wenn du versprichst, dich nicht danebenzubenehmen! Hat er das?«, fragt sie Charlotte.

»Nein, nein«, versichert Charlotte und erwidert Marias zuvorkommendes Gastgeberinnen-Lächeln. »Er war *so* lieb.«

»Guter Junge«, nickt Maria und zieht mit ihm in Richtung des Hauses ab, das sie gerade für 2,3 Millionen Kronen gekauft haben. »Komm, wir wollen rein, tanzen! Und du musst singen, Charlotte!«

»Char-lotte!«, kräht Mikkel und will sie mitzerren. Sie befreit sich, lachend wie Maria. Geht zu Jens, hockt sich neben ihn und hält seinen zitternden, kleinen, vierjährigen Körper fest.

»Thomas«, sagt sie dann und richtet sich auf. »Wir müssen nach Hause.«

»Es ist erst halb eins!«, er dreht sich zu ihr um, schiebt die Schutzbrille auf die Stirn.

»Jens ist fix und fertig.«

»Wir haben Decken dabei. Er kann einfach irgendwo schlafen.«

»Wir wollen nicht nach Hause!«, heult Johanne auf. »Wir wollen tanzen!«

Charlotte seufzt. Tritt zu Thomas, fasst ihn appellierend ans Handgelenk.

»*Ich* möchte nach Hause. Ihr könnt ja einfach noch bleiben.«

Thomas betrachtet sie einen Augenblick, legt den Kopf schief, kneift die Augen zusammen. Er ist ihr Beschützer. Thomas liest auch Zeitungen, Thomas sieht auch fern, Thomas ist mit feineren sozialen Sensoren ausgestattet als so viele andere. Also hat Thomas die Veränderung auch bemerkt. Dass niemand mehr, nicht einmal die Familie, natürlich auf sie reagiert. Sie ist nicht paranoid, auch wenn er versucht, sie das glauben zu lassen. Und auch er sieht, was sie kaum selbst erkannt hat. Dass die aufsteigende

Sonne auch eine aufsteigende Zielscheibe ist. Seine Aufgabe ist es, sie abzuschirmen. Ihre Sorge abzuleiten. Auch wenn sie es nicht weiß, muss er ihr wachsamer Bodyguard sein. Und jetzt sieht er die Blässe unter ihrem Make-up und die Schatten unter ihren großen Augen, sieht, dass man nicht mehr länger wissen kann, wer Freund und wer Feind ist. Sie hat Recht. Sie müssen nach Hause, in Sicherheit. Dahin, wo sie nur Thomas und Charlotte und die Kinder sind, wie sie es immer waren.

»Wir gehen zusammen«, sagt er und küsst sie sanft auf die Stirn. »Natürlich.«

Wie an allen anderen Sylvesterabenden müssen sie lange auf ihr Taxi warten. Der Fahrer, ein aus dem Iran eingewanderter Ingenieur, bemerkt nichts Ungewöhnliches an dieser vierköpfigen dänischen Familie, die in die Drejøgade, Østerbro, gefahren werden will. Die Gesellschaft, die an der Tür zum Abschied winkt und lacht, führt sich ganz genauso aufgekratzt auf wie alle anderen Sylvesterdänen. »Grüß Daisy!«, ruft einer. Aber niemand bedroht ihn oder benimmt sich rassistisch, und soweit er das beurteilen kann, ist das Paar mit den beiden Kindern, eins davon ein schlafender Junge, sogar nüchtern. Darüber ist er froh. Besonders betrunkene Frauen verabscheut er. Diese Frau lehnt ihren Kopf an die Schulter ihres Mannes und lächelt den Fahrer im Rückspiegel an. Und wenn es denn unbedingt sein soll, dann liegt da vielleicht etwas Besonderes in diesem Lächeln. Irgendetwas irgendwie Bekanntes.

☆

»Sie ist wieder nicht gekommen«, sagt Bodil Rørbech und hält ihrem Mann den Nacken hin, damit er ihr helfen kann, die Perlenkette abzunehmen.

»Nein, sie ist wieder nicht gekommen. Auch nicht dieses Jahr«, sagt er ruhig und küsst den Nacken seiner Frau, als er die Kette aufmacht. Drei Jahre sind es jetzt, seit sie sie an ihrem achtzehnten Geburtstag verlassen hatte. Die Frage war, ob ihre Tochter im nächsten Jahr nach Hause kommen würde. Oder irgendwann.

»Glaubst du, sie denkt an uns?«, fragt sie, mit den Perlen in den Händen, und dreht den Kopf zu ihm hin.

»Natürlich tut sie das«, nickt er und wiederholt es für sich selbst, als er sich auf die Bettkante setzt und seine guten schwarzen Schuhe auszieht. Die, die sie in den alten Tagen seine »Tanzschuhe« genannt hatten.

»Genauso, wie wir an sie denken.«

☆

Am ersten Januar kurz nach neun ist Charlotte draußen, um auf ihrer alten Route durch den Park zu joggen. Sie liebt Neujahrsmorgen, und sie liebt es zu laufen. Sie liebt den Winter für seine gedämpfte Morbidität, für die Feuchtigkeit, die sich in Tropfen auf den Zweigen sammelt, für die vertrockneten Hagebutten, die vom Frost getroffen als rote Akzente im silberbleichen Licht aufleuchten. Sie liebt den Geruch von Erde und Fäulnis. Und sie liebt es, so schnell und so lange zu laufen, dass sie sich aufzulösen und in einem Winterbild zu verschwinden scheint und genauso gut ein Vogel sein könnte, der plötzlich aus einem Schneebeeren-Busch flattert, aufgeschreckt von dem Schlag ihrer Schritte auf dem harten Boden.

Aber das steht nicht in den Zeitungen. Da steht auch nichts über die Wunde, die sich öffnet, von dem Alptraum, der sie heute Morgen wieder früh geweckt und sie auf diese Lauf-Tour getrieben hatte. Den Zeitungen zufolge war ihr Vater nur gestorben, ganz schlicht, als sie klein war. Nichts hatte da gestanden vom Hahnenbalken und dem Mähbinderseil. Nichts von Kesse, der aus der Scheune kam. Nichts von den strümpfigen Füßen, die gegen die ausgeblichenen Arbeitshosen schlugen. Warum sollten sie auch darüber schreiben? Selbst wenn sie es vielleicht gewusst hatten?

☆

Henrik Sand Jensen war am ersten Januar nicht zum Laufen draußen. Ein Kater war ihm in die Quere gekommen. Zum Ausgleich beschloss er, seine Orgie zu sühnen, indem er mit dem Fahrrad ins Ministerium fuhr. Eine Tour von achtzehn Kilometern, für die er knapp fünfzig Minuten brauchte, inklusive einer einzelnen Pause, wo er seinen Mageninhalt opferte: Austern, Dorsch, Fischsauce, rote Bete und gehackte Eier. Plus ein paar Schaufeln voll Kartoffeln, sein eigenes selbst gemachtes Sahneeis, Kuchen, und dann noch alles Flüssige: Weißwein, Portwein, Kaffee, Cognac, Champagner und zwei, drei Bier. Im Alltag war Henrik Sand Jensen zurückhaltend bis zur Askese, aber wenn er es sich gestattete zu feiern, dann feierte er durch. So endete jedes Sylvester damit, dass seine Frau ihn ins Bett verfrachtete, wenn er voll und verrückt wie ein Fischer von der Westküste war; und an jedem Neujahrsmorgen wachte er mit hämmernden Kopfschmerzen, pelzbelegter Zunge und dem unwiderstehlichen Drang auf, sich zu übergeben. Die Opferung in die Rabatten war die dritte heute Morgen, und damit, wusste er aus Erfahrung, war es überstanden. Jetzt fehlten ihm nur noch zwei Hotdogs mit Röstzwiebeln, runtergespült mit Schoko-Milch, wenn er die Stadt erreicht hatte. Dann würde er, entgegen den Vorhersagen seiner Frau, wieder einsatzbereit sein. Sie meinte im Übrigen, dass es völlig inakzeptabel war, dass er sich am ersten Januar an seinem Arbeitsplatz einzufinden hatte. Eine Ansicht, die er prinzipiell teilte, aber in diesem Fall war es notwendig. Seine neue Ministerin musste den Neujahrsempfang bei der Königin, den Ball auf Marienborg und die informelle Ratssitzung in Brüssel zwei Tage später hinter sich bringen. Darum sah er sich genötigt, ihr beizustehen. Wogegen er nicht ganz so viel hatte, wie seine Frau annahm.

Tatsächlich freute er sich darauf, loslegen zu können. Freute sich darauf, Charlotte Damgaard durch das Hindernisrennen zu coachen und sie zu einer richtig guten Umweltministerin zu machen. Sie hatte es in sich, das wusste er. Gute Knochen, wie er zu sagen pflegte. Sie hatten es bereits einmal geschafft, sich zwischen Weihnachten und Neujahr zu treffen, als sie dabei war, ihr Büro einzurichten, die Stapel zu systematisieren und Kinderzeichnungen an der Wand aufzuhängen. Es gehörte nicht zu seinen Talenten, dergleichen zu erfassen, was genau den Ausschlag gab – aber die Atmosphäre war sowohl persönlicher als auch femininer geworden, obwohl sie die Möbel nicht hatte austauschen lassen. Es war ein bisschen mehr von diesem ethnischen Nippes dazugekommen, und auch ein paar andere Bücher standen im Regal. Sicherlich auch ein paar farbige Kissen auf dem Sofa. Und mehrere Rahmen mit Familienfotos von ihrem Mann und den Kindern, die mit ihrer Mutter zur Arbeit gekommen waren. Entsprechend war das Ministerbüro jetzt auch mit einem Stapel Disney-Videos, ein paar Malblöcken und Filzstiften ausgestattet. Zwei reizende und hübsche Kinder, ganz sicher, aber wenn er über etwas in Sorge war, dann darüber. Dass seine Ministerin zwei so kleine Kinder hatte. Auch wenn ihr Mann offenbar modern und darauf eingestellt war, die häuslichen Pflichten zu übernehmen, war es trotzdem das, an dem sie scheiterten, die Frauen. Jedenfalls einige von ihnen. Sie musste ja nicht eine von denen sein, besonders nicht, wenn sie ihr halfen, Platz für die Familie zu schaffen. Einschließlich ihrem Mann, Thomas, der spontan nett und umgänglich erschien und stark genug wirkte, um im Schatten zu stehen. Denn dafür kannte man ja auch ein paar Beispiele. Dass Männer daran zugrunde gingen, dass sie in die anonyme Unterstützer-Funktion verwiesen worden waren. *Ganz* zugrunde sogar.

Sie war schon da, als er durchgeschwitzt und außer Atem ankam. Das letzte Stück hinter dem Hotdog-Stand hatte er im Fahrradkurier-Tempo zurückgelegt, um nicht zu spät zu kommen. Um fünf vor zwölf war er da, während sie schon mit der Brille auf der Nase am Computer saß, als er den Kopf hereinsteckte.

»Frohes neues Jahr«, sagte sie und lächelte breit, als sie sein Tour-de-France-Outfit bemerkte. »Ist das ein Neujahrsvorsatz?«

»Nein, nur der pathetische Versuch, meinen Kater zu überwinden. Übrigens mache ich das öfter.«

»Sich betrinken?«

»Zur Arbeit zu radeln. Ich dusche nur schnell. Wie schaffen Sie es, so frisch auszusehen?«

»Weiß*wasser* und früh ins Bett. Der Vorteil, wenn man kleine Kinder hat. Ich habe schon Kaffee gemacht.«

Er verschwand mit einem leichten Grinsen. War es jemals vorgekommen, dass Søren Schouw Kaffee gekocht hatte?

Fahrradtour und Dusche hatten einen positiven Effekt auf den Kater, aber er war immer noch ein wenig schwerfällig und hatte Schwierigkeiten, ihrem Rhythmus zu folgen, als sie sich an den Besprechungstisch gesetzt hatten. Sie hatte eine Kerze angezündet und eine kleine Lackschale mit Plätzchen gefüllt.

»Von meiner Schwester«, merkte sie an und schob zuerst die Schale und dann einen Ausdruck über den Tisch. »Das ist dieser wöchentliche ›Mit meinen Augen‹-Kommentar, von dem Sie gesprochen haben. Der für die Website«, fügte sie hinzu, während er ein Aspirin in ein Glas Wasser fallen ließ.

»Den hätten Sie doch nicht selbst zu schreiben brauchen«, warf er ein. »Dafür haben wir Leute.«

»Ich muss es doch selbst verstehen, oder?«, sagte sie und fuhr fort: »Ich habe über genveränderte Organismen geschrieben und Dänemarks Position im Vergleich zur EU erklärt.«

»Ja?«

»Ich schreibe, dass wir die neue Direktive so weit unterstützen, als sie die Ausweitung von Vorsichtsprinzip und Überwachung angeht, aber dass wir weiter daran festhalten, dass es erst dann eine Zulassung für Anbau und Markteinführung geben darf, wenn zufrieden stellende Regeln für Kennzeichnung und Rückverfolgbarkeit aufgestellt worden sind. Das entspricht, soweit ich weiß, unserer gegenwärtigen Position, und ich gehe davon aus, dass es auch die ist, die ich auf der Konferenz in Brüssel vertreten soll?«

Er nickte überwältigt.

»Mit den anderen vier Umweltministern ist abgesprochen, dass wir in dieser Sache zusammenhalten, oder? Ich habe überlegt, ob ich mal bei meiner schwedischen Kollegin durchläuten sollte – oder reicht es, wenn ich sie in Brüssel abpasse?«

»Søren hat vor kurzem mit ihr gesprochen, aber Sie können sie gerne anrufen«, murmelte er, während er ihren Text las. Nichts daran auszusetzen.

»Jetzt?«, fragte sie mit Blick auf das Telefon.

»Äh, sollten Sie nicht vielleicht warten?«, sagte er. »Ich glaube kaum, dass sie an Neujahr arbeitet!«

»Haben wir ihre Privatnummer?«

»Die haben wir sicherlich«, sagte er ausweichend und rieb sich die Augen hinter der Brille. Sie hatte ihre abgenommen. »Aber lassen Sie sie doch lieber in Ruhe, oder? In dieser Sache sollte kein Haar in die Suppe geraten.«

»Okay«, ergab sie sich. »Na dann, aber ich habe ja die Weihnachtstage darauf verwendet, all das hier durchzulesen. Ich glaube, ich habe einigermaßen den Überblick über die ›größeren, wesentlichen Sachen‹ rundherum. Es ist ja bekannter Stoff«, sagte sie, fast entschuldigend. »Es zeigt sich, wie zu erwarten war, dass ein Minister natürlich schon im Vorfeld an das meiste gebunden ist und sich so gesehen nur noch damit vergnügen darf, das Ganze zu verkaufen, Gesetze und Bekanntmachungen zu unterschreiben und seine Vertragspartner zu pflegen, und was sonst noch so läuft. Da stellt sich die Frage: Bleibt überhaupt noch etwas für mich selbst, um damit Politik zu machen? Wie setzen wir unsere Prioritäten hier, und wie vermeiden wir … Haare in der Suppe?«

Die Frage war rhetorisch, aber er nickte trotzdem. Hatte verstanden, worauf sie hinauswollte. Schüttete eine Tasse Kaffee in einem Zug in sich hinein, spürte, wie der Koffein-Kick sich ausbreitete. Jetzt sollte er verdammt noch mal wirklich auf die Beine kommen, sonst lief sie ihm davon.

»Mir geht es ein wenig wie einer Theaterchefin, die ein Theater übernommen hat, an dem in den ersten beiden Spielzeiten ausschließlich das Repertoire des Vorgängers gegeben wird. Verstehen Sie? *Bisschen* langweilig.«

»Das wird es nicht lange bleiben«, vertraute er ihr an und schenkte sich noch eine Tasse ein, dann ihr. »Sie werden sozusagen schon noch Ihren Hintern auf die Bühne kriegen, wenn es das ist, was Sie wollen.«

Sie grinste.

»Daran glaube ich.«

»Aber es ist der lange, zähe Zug, der in der Politik etwas bewegt. Dauerbrenner räumen Zeitungsseiten, aber sie roden keinen Wald.«

»Wie poetisch!«, lachte sie.

Er zuckte mit den Schultern.

»Es hat mich einfach so überkommen.«

»Abgesehen davon, dass wir die Wälder nicht unbedingt gerade roden sollten«, sagte sie dann. »Wir sollten besser welche pflanzen. Wir müssen mehr auf uns aufmerksam machen.«

»Sie denken an *Kernfragen*«, sagte er und griff nach einem Vanillekringel, um den recht dominanten Geschmack von Röstzwiebeln im Mund zu dämpfen.

Sie nickte. Ihre Haare hingen auf eine etwas nachlässige Art herunter, als hätte sie keine Lust gehabt, sie trocken zu föhnen. Kein Make-up. Im Großen und Ganzen war sie so zivil gekleidet – weinroter Rollkragen-Sweater und Jeans –, dass es schon fast intim war. So sah sie zu Hause aus, da war er sich sicher. So sah sie aus, wenn sie sie selbst war. Im Gegensatz zu ihrem Vorgänger, der niemals, auch nicht, wenn er am Wochenende ohne Schlips gekommen war, seine Minister-Attitüde ablegte. Er war eins geworden mit seiner Rolle, und das hatte ihn den Kopf gekostet. Seine Schwäche für den Reiz der Macht, seine fehlende Fähigkeit, des Kaisers Bart von des Kaisers Rotz zu unterscheiden. Vielleicht war die Gefahr, von innen heraus von einem kleinen, bösen, eitlen Wurm aufgefressen zu werden, für Männer am größten. Was nicht hieß, dass nicht auch Frauen anfangen konnten, verrückt zu spielen und größenwahnsinnig zu werden. Er hatte Beispiele gesehen, die den Männern in nichts nachstanden. Aber trotzdem war es, als wären Frauen eher immun gegenüber der Versuchung, mit der Rolle zu verschmelzen. Auf jeden Fall waren sie nicht so *beeindruckt*, und das empfand er als befreiend. Obwohl er natürlich genauso die Gefahr sah, die darin lag, zu sehr man selbst zu sein. Es lag ja auch eine Form von Schutz in der Attitüde, dem Panzer der Macht.

»Woher wissen Sie das?«, fragte sie und biss in einen Zimtstern.

»Das wollen Sie alle haben. Verständlicherweise«, fügte er schnell hinzu. Als er sah, dass sie protestierend den Kopf schüttelte.

»*Ich* brauche keine Kernfragen. – *Wir* brauchen Kernfragen.«

»Ja, also, dann kann ich Ihnen die Ehre anbieten, die Energiereform ins Tor zu schießen …«

»Taugt nicht.«

»Wie wär's mit der Erfüllung des Kyoto-Protokolls? Das ist ja beides, wichtig und aktuell, Bonn steht schon in einem halben Jahr an …«

»Jaja«, unterbrach sie ihn. »Natürlich, aber das geht ja seinen Gang mit CO_2-Quoten und so weiter. Das hat das Haus bestimmt im Griff.«

Henrik Sand nickte. Das hatte das Haus im Griff. Das Beamtennetz funktionierte einwandfrei, soviel er sagen konnte.

»Das Interessanteste an dieser Sache für mich ist ja der Austritt der USA. Wenn der neue Präsident an seiner Verlobung mit der Ölindustrie festhält und seiner negativen Haltung gegenüber dem Umweltschutz, ist es klar, dass wir reagieren müssen. Aber das ist ja auch nicht wirklich *volksnah*, oder? Also, genauso, wie es nicht besonders clever ist, mit einer massiven, einseitigen ›Lass-das-Auto-stehen-senk-den-CO_2-Ausstoß‹-Kampagne loszulegen, wie?«

»Nee, die wollen alle lieber mehr Autobahnen haben. Sie wollen auch nicht aufhören zu baden. Das haben wir auch versucht.« Henrik Sand spürte, wie es in seinem Magen rumorte. Er sollte die Finger vom Kaffee lassen und sich an den Johannisbeersaft halten. Er machte eine Flasche auf.

»Vor meiner Zeit«, fügte er hinzu.

»Das freut mich zu hören«, lächelte sie. »Soll ich ein Fenster aufmachen? Sie sehen blass aus.«

Er hob die Hände abwehrend hoch, setzte sich im Stuhl auf. No more booze. Was waren das bloß für Dämonen, die er hatte austreiben müssen? Vielleicht war es gerade das. Der tadellose Beamte. So konform. So vorhersehbar. Und doch seine edelste Eigenschaft. Er musste so sein. Betriebssicher. Im Sturm und in der Stille. Er räusperte sich.

»An was haben Sie denn gedacht? Abgesehen davon, das Dosenverbot aufzuheben«, sagte er in Andeutung an ihren ersten

Fernseh-Auftritt, als ihr der Vogel entwischt war. Trotz ihrer eingepaukten Qs und As. Was im Übrigen so verdammt clever gewesen war, dass man meinen könnte, sie hätten es sich vorher so ausgedacht. Schon jetzt hatte sie die Feinde verwirrt, indem sie sich nicht als Landpflanze präsentierte.

»Das will ich Ihnen sagen«, sagte sie mit einem leichten mädchenhaften Zögern, das ihn dazu brachte, von dem gelben linierten Block aufzusehen, wo er gerade begonnen hatte, den windzerzausten Baum zu schraffieren, der sein Standard-Geschnörkel war. Sie war keine Funktionärin. Somit konnte sie auch nicht fehlerlos sein. Hoffentlich wusste sie selbst, dass es war, wie es war. Er lächelte entgegenkommend.

»Ja?«

Sie richtete sich auf. Strich die Haare nach hinten.

»Was halten Sie von Erde?«, fragte sie dann.

»Von *Erde*? Was meinen Sie?«, fragte er und runzelte die Stirn.

»Woran denken Sie, wenn ich *Erde* sage?«

Er lehnte sich in seinem Sessel zurück und sah sie schief an.

»An die Habitatdirektive, an die Beseitigung von Erdverschmutzungen, an die Begrenzung von Ackerland, an Kleinbiotope, an Verbreitungskorridore ... aber das ist wohl kaum das, worauf Sie hinauswollen?«

Sie schüttelte kurz den Kopf und hielt ihren Blick fest auf ihn gerichtet, sodass er mit einem unhörbaren Seufzen nachgab.

»Ich habe einen kleinen Küchengarten«, fing er an. »Nur ein paar Reihen mit Erdbeeren, einige Kartoffeln und etwas Salat. Und noch ein paar Ringelblumen am Rand. Die schmecken fantastisch im Salat, wussten Sie das? Ich liebe diese Buddelarbeit, so einen Spaten voll Erde hochzuschleudern, *schlack*! Ich liebe den Duft dort im Vorfrühling – das ist, als würde die Nase zum allerersten Mal riechen, als würde sie sich direkt ausstrecken nach diesem Geruch nach ... nach einigen uralten organischen Prozessen, die ablaufen, egal was wir sagen oder beschließen.«

Er schielte zu ihr, sie hörte zu, den Kopf schief gelegt und mit leicht gekräuselten Lippen, was ihn dazu brachte weiterzureden. »Und dann liebe ich es zu jäten, über den Boden zu kriechen und

Unkraut auszurupfen, den schweren Boden unter den Fingernägeln zu haben. Ich liebe es, Mist zu verteilen, ich liebe es zu gießen, ich liebe es zu ernten. Nein, das ist vielleicht noch das Geringste. Am meisten liebe ich es, alles wachsen zu sehen! All das Grüne. Für mich ist es immer noch ein Wunder, dass man sät, pikiert und einpflanzt, und im Sommer hat man große, lebenstüchtige Pflanzen dastehen.«

»Henrik Gartenfreund«, lachte sie.

»Vielleicht überrascht es mich immer so sehr, weil wir zu Hause so einen miserablen Boden hatten. Meine Mutter versuchte inbrünstig, ihn zum Grünen zu bringen, aber es wuchsen immer nur kleine kümmerliche Krüppel in dem unfruchtbaren Sand. Sie wäre stolz auf mich gewesen, wenn sie es noch hätte sehen können. Das hätte sie eher verstanden als diesen Papierkrieg hier.«

Er lächelte und hielt inne. Hatte er je zuvor von seinem Garten erzählt? Auf jeden Fall nicht hier. Im Ministerbüro. Zwar brachte er im Herbst immer ein paar Kisten Äpfel mit hierher, aber soweit er sich erinnerte, hatte er sich nie über seine Gartenfreuden ausgelassen. Irgendwie schämte er sich auch dafür, weil es zur Verbürgerlichung gehörte. Wie der Weber-Grill, den sie letzten Sommer gekauft hatten. Und es lag ja auch *tatsächlich* nicht viel Easy Rider in dem Ganzen.

»Was ist mit Ihnen? Woran denken Sie?«, fragte er dann.

Sie senkte den Blick, fixierte die Kerzenflamme, deren Licht golden über ihr Gesicht flackerte.

»Ich denke an unsere Felder zu Hause. Die Erde dort war auch schlecht, so wie bei euch in Westjütland. Grau, trocken und staubig, wenn man Rüben erntete. Besonders, wenn es länger nicht geregnet hatte. Aber das wussten wir nicht, wir dachten, dass Erde nun mal so wäre. Und sie kamen ja auch hoch, die Feldfrüchte. Wir hatten Roggen, Gerste und Hafer. Unser Vater schickte uns immer in die Felder, um die Hasen und Fasane zu verscheuchen, bevor sie mit dem Mähdrescher durchfuhren. Es war furchtbar, wenn sie in die Messer gerieten. Und dann denke ich an …«

Ihr Blick war immer noch auf die Flamme gerichtet, die Pupillen weiteten sich und wurden zu Inseln in einem Moorsee.

»… ja, und dann denke ich ans *Grab*. An das Loch in der Erde, an den Erdwall, an die dicken Würmer, die herumkriechen, an die Nuancen des Schimmels, von senfgelb bis braun und fast schwarz.«

»Wessen Grab?«

Sie hob den Blick und traf seinen.

»Kein bestimmtes. Vielleicht mein eigenes. ›Aus Erde bist du gemacht, zu Erde wirst du werden.‹ Ich kann mich nicht entscheiden, ob es beruhigend oder furchtbar erschreckend ist, dass es so zusammenhängt. So einfach. *Mother Earth*, wie die Indianer sagen. *Make love to Mother Earth*.«

»Das sagen sie auch?«, fragte er skeptisch.

»Das weiß ich nicht. Es fiel mir nur so ein.« Sie lächelte und nahm noch ein Plätzchen, bevor sie die Schale mit einem »Ich-werde-zu-dick!« außerhalb ihrer eigenen Reichweite schob. Er schaffte es nicht, das zu kommentieren – sollte es auch nicht –, aber wenn es nicht eindeutig die Demarkationslinie der Privatsphäre überschritten hätte, dann hätte er ihr gesagt, dass sie wirklich nicht abnehmen sollte. Er mochte diese leichte Tendenz zur Fülligkeit, die man als weiche Polster an den Hüften ausmachen konnte.

»Also!« Sie rieb sich die Krümel von den Fingerspitzen und wechselte wieder die Haltung. »Worauf will ich also hinaus?«

»Dass wir alle Erde im Kopf haben?«, sagte er und schnitt sofort eine entschuldigende Grimasse.

Sie lachte.

»Na ja, ganz verkehrt ist das nicht, dass wir alle Erde im Kopf haben. So verstanden, dass wir alle zusammen ein sinnliches Verhältnis zu Erde haben. Erde bedeutet etwas für uns. Selbst eingefleischte Stadtmenschen reden von der Sehnsucht danach, einen Finger in die Erde zu stecken und eigene Kartoffeln auszugraben und all so was. Der Punkt ist, dass wir in der Umweltpolitik dabei sind, das zu vergessen, weil wir mittlerweile so in Fachtermini und Deklarationen versinken, dass wir uns von der Erde entfernt haben. Können Sie mir folgen?«

»Lieber Erde im Kopf als Erde im Hirn?«

»Yes! Ganz genau!«, lachte sie und unterstrich es, indem sie mit dem ausgestreckten Zeigefinger fuchtelte. »Aber ernsthaft, ich will die Umweltpolitik gegenwärtiger machen. Alltäglicher. Sie in Augenhöhe mit den normalen Menschen bringen.« Sie setzte sich aufrecht auf die Sesselkante.

»Ja, aber …«, unterbrach er sie, aber sie sprudelte weiter.

»Warum gilt die Spielzeugdirektive nur für die 0-bis 3-Jährigen, warum gehen wir nicht hin und verbieten Phthalate im Spielzeug für alle Kinder? Es ist doch inakzeptabel, dass meine vierjährige Tochter eingeschränkte Fruchtbarkeit riskiert, weil sie mit Puppen spielt. Warum sollen wir überhaupt akzeptieren, dass die EU hundert Jahre und einen Sommer braucht, um das Weißbuch für Chemikalien zu erstellen, wenn wir doch jetzt schon wissen, dass künstliche Östrogene Schaden im Erbgut anrichten und junge Männer steril machen!«

»Weil die chemische Industrie das sechzehnte EU-Mitglied ist, und weil wir an höllisch viele Konventionen, Verträge und Absprachen gebunden sind, aus denen wir uns nicht einfach so herauswinden können«, kam er endlich dazwischen.

»Ja, das ist mir schon klar, und *ich* kann es sogar gut verstehen, aber können die Dänen das auch?«, sagte sie, wieder mit ihrem unterstreichenden Zeigefinger.

»Vor den Sommerferien kriegen Sie uns nicht mehr aus der EU«, bemerkte er und sah, wie ihre Augenbraue nach oben ging.

»Wir müssen zeigen, dass wir die Bevölkerung verstehen, und deshalb müssen wir ein paar Zeichen setzen …«, fuhr sie fort.

»*Zeichen.*« Jetzt war es seine Augenbraue, die nach oben schnellte. Er verabscheute Floskeln.

»… die einen reellen Inhalt ausdrücken«, unterbrach sie ihn.

»Und deshalb?«

»… beabsichtige ich, Wahrnehmbarkeit zu liefern.«

Sie sah ihn herausfordernd an, das Kinn etwas angehoben.

»Wie?«

»Indem wir zuerst sagen, wie es ist, folgerichtig danach handeln und einige sehr konkrete Initiativen ergreifen, die die Leute sehen und fühlen können.«

»Hätten Sie Lust, etwas genauer zu werden?« Er rieb sich die Schläfen. Der Kopf schmerzte noch immer, schwach, aber dauerhaft.

»Die Sache ist die, Henrik Sand Jensen, dass es eigentlich in allen übergeordneten Bereichen falsch läuft.«

Er protestierte, wurde aber wieder abgewürgt.

»Das Problem ist, dass wir natürlich hingehen, die Umwelt regulieren und Schäden reparieren können, aber die Schwierigkeiten entstehen in all den anderen Sektoren. Was hilft es denn, dass wir Milliarden in den Gewässerschutz pumpen, solange die Landwirtschaft nicht grundlegend ihre Praxis ändert? Und was nützt es, dass wir Fahrradwege anlegen, solange der Verkehrssektor fest in den Händen der Automobilindustrie ist? Wir sind weltweit eine der Nationen mit dem höchsten CO_2-Verbrauch pro Kopf, unter anderem, weil wir mehr und mehr Auto fahren!«

Er nickte müde. Darüber wusste er alles. Aus genau diesem Grund fuhr er selten Auto.

»Doch«, sagte er zögernd, sich schmerzlich bewusst, dass er stark eingeschränkt war und darum weder schnell noch klar genug denken konnte. »Sie haben Recht, aber das ist ja nichts Neues. Also, ich meine, wir arbeiten doch daran, zum Teufel. Wir tun nichts anderes. Selbst im großen, bösen Brüssel sitzen mehrere hundert äußerst kompetente Menschen und machen etwas.«

Er klang irritierter, als er wollte. Und vielleicht war das der Grund, warum sie sich damit begnügte, ihm einen abschätzigen Blick zuzuwerfen, woraufhin sie ohne weiteren Kommentar aufstand, zum Fenster ging und es öffnete.

Dann setzte sie sich wieder ihm gegenüber hin und griff einen Schnellhefter von dem Stapel, der vor ihr lag. »Ich habe mir die Vorschläge der Regierung zur Nachhaltigkeits-Entwicklung angesehen.«

»Das ist immer noch nur ein Entwurf zur Diskussion in den Ressortministerien. Sie können sich jederzeit noch einbringen«, warf er ein, während er sich ein wenig in Richtung Fenster lehnte, um die kühle Brise an seine Stirn wehen zu lassen.

Sie nickte.

»Davon bin ich ausgegangen. Ich beabsichtige, mich recht intensiv einzubringen.«

»Ja?« Er griff wieder nach der Thermoskanne, füllte seine Tasse.

»Ich finde, wir sollten diese Chance nutzen und die Umweltpolitik radikal ändern.«

»Wie?«, fragte er.

Ein kleiner zögernder Anlauf, dann setzte sie an.

»Indem wir Dänemark ökologisch machen. Die Regierung muss ganz einfach einen Plan lancieren, wie man eine ökologische Umstellung der ganzen Gesellschaft vornehmen kann. Und der erste Punkt im Plan ist selbstverständlich, dass der Staat es vormacht. Das heißt, dass jedes einzelne Ressortministerium wiederum einen Plan ausarbeitet, wie man die Umstellung ›im eigenen Haus‹ durchführen kann. Damit zeigt die Regierung den Weg zur Nachhaltigkeit, vom Büro des Staatsministers bis hin zur Antorskov-Kaserne.«

Er stellte die Thermoskanne mit einem Ruck hin.

»Sie meinen, der Staatsminister soll *Max-Havelaar*-Kaffee trinken, und die Soldaten sollen ökologische Bratwürste in ihren Kantinen essen? Runtergespült mit ökologischem Dosenbier?«

Charlotte lächelte und lehnte sich zurück.

»Ganz genau! Und ältere Mitarbeiter werden recycelt, dann ist auch was für Sie dabei!«, grinste sie.

»Interessante Idee«, nickte er und kaute auf dem Stift herum. »Sind Sie seriös, oder geraten wir ins Fantastische? Also, nun haben wir anderen Kulis ja, so gesehen, schon ziemlich viele Arbeitsjahre auf diese Nachhaltigkeitsstrategie verwendet und dabei ein gewisses Gespür für Realismus entwickelt …«

»Es ist mir ernst! Seriös! Natürlich in besser durchdachter, bereinigter und raffinierterer Form. Man sollte vor allem besonders genau darüber nachdenken, wie wir die Idee als Erstes dem Staatsminister und dann den anderen Ministerien verkaufen können, sodass sie sehen, dass es dann auch einige Bänder gibt, die später durchschnitten werden wollen. Etwas *Ehre* ist wichtig, oder?«

»Sollen also Sonnenkollektoren auf Christiansborg installiert werden? Und die Ministerautos fahren mit Rapsöl?«

»Warum nicht?« Sie zuckte leicht mit den Schultern. »Henrik, ohne Sie verletzen zu wollen, aber die Umweltpolitik in Dänemark ist unglaublich veraltet. Man ist es gewohnt, darüber nachzudenken, was in erster Linie dem Minister dient, und nicht daran, was für die Umwelt wichtig ist. Aber dieses Sektoren-Denken müssen wir verlassen, wenn wir etwas bewegen wollen. Wir werden doch nur noch mit unseren Windmühlen in einen Topf geworfen!«

»Ihr Vorgänger konnte gar nicht genug Windmühlen haben! Rest in peace ...«

»Ja, es ist ja auch prima mit Windmühlen. Aber jetzt *haben* wir genug Windmühlen. Jedenfalls auf dem Land. Und die Hochsee-Energieparks sind ja auch bald so weit.«

»Also sind Sie nicht gegen Windmühlen, so wie Sie für Dosenbier sind?«, neckte er sie.

»Nein, Henrik Sand, ich setze mich für erneuerbare Energien ein«, zischte sie. »Und scheiß auf die Mühlen! Was ich sagen will, ist, dass wir sehr viel analytischer sein könnten in unserem Vorgehen. Und Sie sind doch, alles in allem, eine intellektuelle Brillenschlange, oder?«

»War das ein Lob?«, schniefte er.

»Nur, wenn Sie dazu stehen und es für etwas nutzen. Warum sind es zum Beispiel nicht wir, die die große Debatte über Wachstum oder Nicht-Wachstum in Gang setzen? Warum nehmen wir zu jedem einzelnen Einkaufszentrum Stellung, statt nach einer übergeordneten Strategie zu handeln, die da heißt, dass wir die kleinen, übrig gebliebenen Gesellschaften unterstützen wollen? Wie denken wir über die Globalisierung? Warum muss es in Brønderslev einen McDonald's geben?«

»Ist da einer?«

»Ja, die Kinder haben dort vor Weihnachten ein *Happy Meal* bekommen.«

»Und was haben Sie gegessen?«

»Big Mac, aber das tut nichts zur Sache!« Sie lächelte breit und wippte mit dem Kugelschreiber. »Und glauben Sie jetzt nicht, ich wäre so dumm, mit der Botschaft loszuziehen, dass wir McDonald's schließen wollen.«

»Womit wollen Sie denn dann rauskommen?«

»Mach Dänemark grün! Ganz konkret dachte ich, dass die Regierung einen Nachhaltigkeitsrat einsetzen soll, der als Initiator, Überwacher und Einpeitscher fungiert und sichert, dass all die goldenen Versprechen auch tatsächlich in die Praxis umgesetzt werden.«

Henrik Sand kniff hinter seiner Brille die Augen zusammen. Es kitzelte über der Nasenwurzel. Wie immer, wenn ihn etwas aufregte, Gutes wie Schlechtes.

»Ökologische Umstellung ...«, wiederholte er für sich. Schüttelte den Kopf. Stützte sein Kinn auf die Hand, bevor er sie wieder ansah.

»Das ist nichts, womit Sie sich beliebt machen.«

»Warum nicht?«

»Weil ... Es ist eine Sache, eine chromglänzende *Strategie* zur nachhaltigen Entwicklung zu haben. Damit kann man ja leben. Aber es ist etwas völlig anderes, einen eigentlich verpflichtenden *Handlungsplan* zu verkünden. Das kostet schließlich. Der Finanzminister ist nicht gerade ein Freund von Nullwachstum und Plumpsklos, und Ihr ehrenwerter Kollege Ernährungsminister ist grundsätzlich der Meinung, dass Ökologie reine Spinnerei ist. Der Präsident des Landwirtschaftsrats wird durchdrehen und umgehend die liberale Schlägertruppe nach Ihnen ausschicken.«

»Na, das klingt ja unterhaltsam«, sagte sie und blickte sich suchend nach der Zigarrenkiste um. »Jetzt *muss* ich rauchen!«

Sie hatte noch nicht einmal den Rauch ausgeatmet, als sie schon wieder energisch fortsetzte.

»Henrik, ich weiß gut, dass ich keine Politikerin im herkömmlichen Sinne bin, aber ich bilde mir ein, ein gewisses Gespür dafür zu haben, was zurzeit in der Welt passiert. Und ich kann im kleinen Finger spüren, dass im Verhalten der Politiker dringend ein Umdenken stattfinden muss. Vier Tage in Nordjütland reichen vollkommen aus, um zu merken, dass die Leute im Allgemeinen eine enorme Ohnmacht gegenüber Christiansborg empfinden.«

»Apropos Euro-Abstimmung«, sagte er, wieder eine Spur belehrend.

»Ja. Und was können wir daraus lernen?«, gab sie zurück. »Dass es eine große Frustration in der dänischen Bevölkerung gibt, die wir dringendst richtig interpretieren sollten, wenn die Demokratie nicht mittendurch brechen oder auch nur nach und nach in kleine Risse krakelieren soll.«

Er schob einen Finger unter sein Brillenglas und rieb sich wieder die Augen. Das war ja grässlich, wie gut sie aufgelegt war.

»Ja?«

»Darum ist es wichtig, dafür zu sorgen, dass dieses Ohnmachtsgefühl eliminiert wird, und das gelingt einem am besten, wenn man dem Volk ein Gefühl von Selbstverwaltung zurückgibt. Im Umweltschutz bedeutet das, dass man ihnen die Möglichkeit zu einem konkreten Einsatz gibt, der erkennbar Bedeutung hat. Wenn die Menschen den Eindruck haben, dass es unterm Schnitt total egal ist, ob sie Müll sortieren oder das Auto stehen lassen, dann hören sie damit auf. So wird es doch sinnlos.«

»Entschuldigen Sie, aber klingt das nicht ein bisschen altmodisch in unserer individualisierten Zeit, dass der Staat einen bevormundenden Plan durchpauken soll? Das erinnert ja an die gute alte Sowjet-Zeit mit ihren Erntekampagnen, Traktorbrigaden und zentralistischen Slogans!«

Sie nickte.

»Doch, deshalb ist es ja auch so wichtig, den Schwerpunkt auf die Autonomie zu legen, nicht wahr? Aber ich sehe keinen Grund, warum die Regierung nicht als Vorbild auftreten sollte. Uns fehlen Ikonen, besonders politische Ikonen. Oder sehen Sie welche? Also, an wem sollen die Jungen sich messen? Die glauben doch, wir sind alle aus demselben Holz. Dass alle westlichen Politiker Teil einer riesengroßen globalen Verschwörung sind, die nur das Ziel hat, die Reichen reicher und die Armen ärmer zu machen. Was man ihnen vielleicht nicht mal verdenken kann ...«

»Aber Sie müssen schon auch zugeben, dass die umherreisenden Konferenz-Demonstranten nicht gerade von tiefer Reflexion geprägt zu sein scheinen. Die sind doch nur darauf aus, sich mit der Polizei zu prügeln!«

»Jaa«, räumte sie nachdenklich ein. »Aber genau aus dem Grund muss man sie ernst nehmen. *Warum* wollen sie sich prügeln?«

»Weil sie sich zu Tode langweilen«, sagte er und rutschte nach vorne. »Ich habe zwei junge Töchter, und ich kann bezeugen, dass das Aufregendste, was sich in ihrem Leben ereignet, bei Ricki Lake oder Big Brother passiert! Sie haben keinen Widerstand im Leben, deshalb müssen sie einen erfinden!«

»Nicht wie bei uns, die wir mit acht Geschwistern in einer 2-Zimmer-Wohnung aufgewachsen sind und als Siebenjährige zum Fischen rausgeschickt wurden und nur von saurem Hering und Schmalzbroten lebten, ja?«, scherzte sie. »Henrik, verdammt noch mal, Sie waren doch auch mal ein zorniger junger Mann, oder?«

Er seufzte. Sie wusste nichts von seinem Aufruhr, und heute war auch nicht der Tag, an dem er davon erzählen würde. Für heute war die *Erde* schon genug gewesen.

»Ja, sicher war ich das. Aber ich kann Ihnen sagen, dass das Problem so persönlich war, dass mir mit ökologischen Karotten nicht geholfen gewesen wäre.«

»Okay, halten wir uns an das Politische. Ich bin also der Ansicht, dass eine nationale ökologische Umstellung und ein nachhaltiges Dänemark sowohl ein gutes politisches Projekt als auch ziemlich gut für die Umwelt wären. *Die Erde*, you know …«

Er schob die Unterlippe vor, nickte vor sich hin.

»Okay. Wenn ich jetzt verspreche, ernsthaft über Ihren Vorschlag nachzudenken, versprechen Sie mir dann auch etwas?«

Sie nickte ausdauernd, riss die Augen leicht auf.

»Dass Sie nicht so viel Erde im Kopf oder, wenn Sie so wollen, im Hirn haben, dass Sie heute Abend die Gesellschaft auf Marienborg mit Ihrer Vision unterhalten.«

»Schade, ich hatte eigentlich gedacht, dass es noch in der Neujahrsansprache des Staatsministers untergebracht werden könnte«, sagte sie, legte den Kopf zurück und lachte mit der Zigarette zwischen den Lippen, sodass der Hals bloßlag, weiß und dünnhäutig über dem Rollkragen.

☆

Thomas leert die Kisten, die sie gefüllt hat. Damals, als sie noch für das Abenteuer packten. Stück für Stück ordnet er das, was zum Lagern hatte geschickt werden sollen, wieder an seinen Platz in den Schubladen, Schränken und Regalen der Wohnung ein. Bücher, Babykleider, Rollschuhe, die *Æbleskiver*-Pfanne, Übertöpfe, Fotoalben und alte Briefe, von ihr an ihn, von ihm an sie.

Er setzt sich auf den Boden, kann der Versuchung nicht widerstehen, Bögen aus den Kuverts mit Poststempeln aus Afrika, Indien, Asien, USA, Europa zu ziehen. Sie *waren* schon früher voneinander getrennt gewesen, aber das ist schon so lange her, dass er es fast vergessen hat. Verdrängt, wie furchtbar die Trennung gewesen war. Seine Briefe an sie dokumentieren das – egal, wo auf der Welt er sich befindet, handeln sie im Großen und Ganzen von nichts anderem als davon, wie sehr er sie vermisst, während ihre an ihn oft reportageartige Reisebriefe sind, voller Düfte, Farben, Essen und Musik. Sie erzählt von den Menschen, die sie getroffen hat, von Gesprächen, von Projekten und Problemstellungen, mit denen sie sich beschäftigt. Nicht, dass sie unpersönlich wären, ihre Briefe – überhaupt nicht. Sie schreibt *ihm*, redet mit ihm, fragt nach seiner Meinung, drückt ihre Sehnsucht aus und ihre Freude darüber, dass es ihn gibt. Dass er es ist, zu dem sie nach Hause kommt. Aber als er die Briefe jetzt Blatt für Blatt wieder liest, ihre kantige, steile Schrift, erinnert er sich an den kleinen Stich, den er jedes Mal fühlte, wenn er den Briefumschlag aufgerissen hatte und hastig über die Linien geflogen war in seiner stolpernden Suche nach Liebesäußerungen, und er sie zwar gefunden hatte, aber gleichzeitig erkennen musste, dass sie sehr wohl auch ohne ihn sein konnte. Sie konnte sozusagen in Beziehung zur ganzen Welt stehen, während er nur eine Beziehung zu ihr haben konnte. Und was hieß das also?

»Hey, was machst du?«, fragt sie und unterbricht seinen Gedankengang, als sie im Kimono und barfuß ins Wohnzimmer tapst, ein Handtuch um den Kopf und den Fön in der Hand.

»In Nostalgie schwelgen«, sagt er und küsst theatralisch ein Kuvert. »Liebst du mich noch?«

»Habe ich das heute noch nicht gesagt?«

»Nein!«

»Doch! Heute Morgen hab ich's gesagt!«

»Dann sag's noch mal!«

»Ich liebe dich!«, lacht sie und küsst seine Nasenspitze.

»Muss ich mitkommen?«, fragt er dann.

»Ja! Und du kannst nicht in deinen Lederhosen in Marienborg auftauchen!«, bestimmt sie entschieden und steckt den Fön ein.

»Was bist du piss-bürgerlich!«, mosert er in tiefstem Kopenhagnerisch und steht vom Boden auf.

Sie lacht und beugt sich vornüber, sodass ihre Haare herunterfallen und der Kimono vorne aufgeht.

»Können wir nicht noch …«

»Nein«, heult sie auf und haut ihm auf die Finger. »Nina kommt gleich mit dem Kleid.«

»Ts!«, schnalzt er mit der Zunge und verschwindet ins Bad.

»Also, das ist ja nicht gerade die Art Journalismus, mit der man den Cavling-Preis für investigativen Journalismus gewinnt, nicht wahr? Wir werden ja fast als eine Art Aasgeier oder Fliegen auf einem Misthaufen oder so angesehen. Aber trotzdem werden wir ja gelesen, und wenn ich das so sagen darf, dann sind wir nicht annähernd so heuchlerisch wie die so genannte seriöse Presse. Es sind nicht wir, die die Leute zuerst aufbauen, um sie dann wieder auseinander zu nehmen. Okay, wenn wir über die Hochzeit schreiben, schreiben wir auch über die Scheidung, aber so ist es nun mal. Die Leute kaufen unsere Blätter schließlich nicht, um öffentliche Hinrichtungen in Farbe zu sehen. Sie wollen Glamour und Romantik. Schöne, bekannte Menschen, die ihnen ein paar Tagträume in ihrer Wohnung in Brøndby Strand bescheren, oder? Und sie war unübersehbar schön an diesem Neujahrstag, als sie in Gesellschaft von Elizabeth Meyer beim Neujahrsempfang der Königin ankam. Sie schritt ja selbst fast majestätisch die Treppen zum Christian-VII.-Palais hoch, groß und schlank in einem eng sitzenden, jadegrünen, seitlich geschlitzten Wildseidenkleid mit einer vorne geschnürten Korsage. Sie hat ja den Busen für so einen Ausschnitt. Ihr Haar war hochgesteckt, mit einer Art Strass-Steinen befestigt, und ihr Make-up ließ sie aussehen wie einen Hollywood-Star. Ja, sie erinnerte wirklich ein bisschen an Julia Roberts, die auch irgendwie etwas robuster als die anderen ist. Es war ziemlich verblüffend, und wir stürzten uns natürlich alle auf sie. Sie lächelte und hielt für ein paar Minuten entspannt Smalltalk mit uns, antwortete bereitwillig auf unsere Fragen nach dem Kleid, das, soweit ich mich erinnere, eine Freundin genäht hatte, nach Neujahrsvorsätzen und was einem sonst noch so einfällt zu fragen. Sie hatte dieselbe Natürlichkeit wie Prinzessin Alexandra, und dann war sie noch außergewöhnlich fotogen. Und davon leben wir schließlich, von der Illusion schöner Menschen. Ich erinnere mich, dass ich den Blick gar nicht von der Umweltministerin lassen konnte, also, da hatte ich schon beschlossen, dass sie ›Kleid der Woche‹ werden würde, obwohl ich noch nicht mal alle anderen gesehen hatte. Witzigerweise war es überall dasselbe, Charlotte Damgaard bekam die Titelseiten und die größten Bilder. Das zeigt nur, dass wir professionell sind. Wir sehen einen Stern, wenn es endlich einen gibt.«

☆

»Es ist ein Jammer, dass meine Mutter das hier nicht erlebt!«, murmelte Christina Maribo, die neu ernannte Stadt- und Wohnungsbauministerin, als sie in der Schlange standen, um der königlichen Familie die Aufwartung zu machen. »Sie ist Friseurin in Svendborg, sie kennt sie alle in- und auswendig.«

»Meine ist Republikanerin«, bemerkte Sofie Malling, Entwicklungshilfeministerin, die mit ihren blonden Haaren und ihren feinen, elfenhaften Gesichtszügen aussah wie siebzehneinhalb. Trotz ihres ätherischen Äußeren hatte sie sich als die Ministerin der Radikalen mit der längsten Halbwertszeit herausgestellt, die zur Überraschung aller die Rochade überlebt hatte. »Aber ich habe sie im Verdacht, heimlich doch Royalistin zu sein«, lächelte sie und legte eine eiskalte Hand auf Charlottes Arm. »Wer macht Notizen?«

»Ja, nicht vergessen!«, klang es von hinten. Es war der Landwirtschafts- und Ernährungsminister, Hans-Christian Stenum, »H.C.«, der sich einmischte. Sie drehten sich ihm halb zu, obwohl jede von ihnen schon allein bei der Stimme mit dem unverkennbaren Klang von südjütländischem Dialekt sein Äußeres vor Augen hatte: einen großen Mann mit kahlem Eierkopf und großen rot gefleckten Tränensäcken unter den Augen, Folge von zwei Jahrzehnten in Christiansborg. »Denn wenn ihr nicht alles aufschreibt, werdet ihr schließlich glauben, dass es gar nicht wahr war. Hinterher.«

Charlotte ließ ihren Blick auf ihm ruhen.

»Das ist dein Ernst, oder?«

»Ja«, sagte er und kniff ein Auge zusammen. »Tagebuch, jeden Tag. Hier!«, sagte er und zog einen Füller aus der Innentasche seines Anzugs. »Und du kannst davon ausgehen, dass das das einzige Geschenk ist, das du von mir bekommen wirst!«

Charlotte zögerte und nahm ihn dann entgegen.

»Was schulde ich dir?«

»Nichts.«, Er zwinkerte wieder und gab ihr einen kleinen Knuff. »Weiter!«

Charlotte schaffte es gerade noch, den Füller in ihre kleine Kuverttasche zu klemmen, bevor sie an der Reihe war und nach vorne gerufen wurde, um sich vor der königlichen Familie zu verneigen.

»Frohes neues Jahr, Ihre Majestät«, brachte sie heraus.

»Ihnen auch«, lächelte die Monarchin, die sie offensichtlich wiedererkannte.

☆

»Schon seltsam, wie man da sitzen kann, zum Neujahrsempfang im Rittersaal, platziert zwischen den ersten Männern und (viel zu wenigen!) Frauen des Reichs, mit livrierten Dienern hinter sich und den vornehmsten Gerichten vor sich – und dann erfüllt ist von der etwas enttäuschenden Empfindung, dass nicht einmal das etwas ganz Außergewöhnliches ist. Dass das menschliche Format begrenzt wird von – ja, wohl gerade von der Menschlichkeit. Oder anders ausgedrückt: Es sind wirklich wenige, die sich unterscheiden. Es SIND nicht notwendigerweise die Klügsten oder Besten, die so weit kommen, dass sie mit der Königin Rosenborg-Wein (saure Plörre!) trinken können, seien sie nun Bischöfe, Polizeidirektoren, Landräte oder Regierungsmitglieder. Wenn man es positiv betrachtet, kann man vielleicht sagen, dass sie die Besten unter Gleichen sind. Aber vielleicht ist es realistischer zu sagen, dass sie die ehrgeizigsten sind. Die, die wirklich Macht wollen. Aus mehr oder weniger edlen Gründen. Und was ist mit mir? Will ich Macht? Habe ich eigentlich jemals zu dieser Frage Stellung bezogen? Oder lasse ich die Dinge einfach nur geschehen und rede mich mit dem Zufall heraus?

Und was ist mit denen da draußen, dem Volk – fühlen die sich von uns repräsentiert? Vertrauen sie uns? Oder sind sie nur gleichgültig, ohnmächtig? Wie zum Beispiel der Kronprinz! Es schien, als ob er gar nicht wirklich anwesend war, als wollte er lieber raus zum Spielen, anstatt einen Abend mit uns zu verschwenden! Im Gegensatz zu seinem kleinen Bruder, der schon vor langem Verantwortung übernommen hat. Während des Kaffees im Stehen sprach ich mit ihm über Güterverteilung. Er war sehr aufgeschlossen gegenüber dem Nachhaltigkeitsprinzip, und glücklicherweise habe ich so dicke Knoten in meine Zunge gemacht, dass ich nicht auf der Stelle vorgeschlagen habe, ihn zu einem Teil des nationalen ökologischen Plans zu machen. Habe schließlich Henrik Sand versprochen, die Pferde im Zaum zu halten, aber notiere hiermit, dass es fantastische PR wäre, Schackenborg und das junge Paar mit ins Boot zu holen. Und warum nicht auch Marselisborg, Fredensborg und wie die königlichen Besitze alle heißen, mit einbeziehen? Die erste ökologische Monarchie der Welt! Prinz Charles wäre superneidisch!

Okay, ich würde lügen, wenn ich behaupten würde, es wäre kein Erlebnis gewesen, beim Neujahrsempfang dabei zu sein. Natürlich war es das, auch wenn ich es hasse, in einer formellen Situation angebunden zu sein. Hasse es überhaupt, angebunden zu sein. Eigne ich mich so überhaupt dazu, eine Führungsrolle zu übernehmen? Wenn ich mich den Konventionen nicht beugen kann oder will? Mich überhaupt keiner Sache beugen will? Ähnele ich meiner Mutter, wenn es ans Eingemachte geht? Argh. Gott weiß, ob sie wie Christina Maribos Mutter losstürzt, um Klatschblätter zu kaufen? Kaum. Aber es war ein verdammt schönes Kleid, das Nina genäht hat! Nina, meine engste Freundin, und jetzt geht sie für »Ärzte ohne Grenzen« nach Nepal. Warum zur Hölle müssen wir alle so verflixte Weltverbesserer sein! Na ja, frohes neues Jahr. Auch an H.C., der mir den Stift gegeben hat, mit dem ich schreibe. Eigentlich habe ich gelernt, dass man von Fremden keine Geschenke annehmen darf, besonders nicht von fremden Männern!«

☆

Thomas war eigentlich sozial veranlagt. Es fiel ihm leicht, mit den Leuten zu reden, ungeachtet der Stellung der Person, er duzte sich mit mehreren Obdachlosen und hatte auch keine Probleme mit Menschen höherer Klasse, wenn es anständige Leute waren, die sich ordentlich aufführten. Er hatte seine eigenen Kategorien, und die waren ziemlich frei von Vorurteilen. Trotzdem zog er nur widerwillig einen dunklen Anzug an, gebraucht gekauft vom Freund eines Freundes, und ließ sich von dem Taxi mitnehmen, in dem bereits Elizabeth Meyers norwegischer Coaster-Liebster, Kjell Dahl, saß und dem Fahrer schon mal Bescheid gesagt hatte, dass die Fahrt zu Schloss Marienborg, Nybrovej, ging.

Dort war es Brauch, dass die Ehegatten zusammen dinierten, während die Regierungsmitglieder beim Neujahrsempfang waren.

»Das ist immer ausgesprochen unterhaltsam«, sagte Kjell Dahl, den Thomas schon früher getroffen hatte und mit dem er sich eigentlich prächtig verstand.

Thomas nickte und atmete tief durch, als das Taxi über den Lyngbyvej fuhr. Er knetete seine verschwitzten Handflächen und versuchte, sich von Kjells ungezwungener Konversation ablenken zu lassen, und schaffte es sogar, natürlich klingend auf die Frage zu antworten, wie sie Weihnachten und so weiter verbracht hatten. Kjell und Elizabeth waren »auf dem Fjell« gewesen, und wenigstens das brachte ihn zum Lächeln: der Gedanke an Frau Meyer auf Skiern. Bislang gab es auch niemanden, der davon Bilder zu Gesicht bekommen hätte.

»Man braucht ja auch etwas Privatleben«, bemerkte Kjell Dahl, als ob er seine Gedanken gelesen hätte. »Sonst stehen die Ärmsten ja ständig im Blitzlicht.«

Thomas nickte. Das hatte er schon begriffen, auch wenn er in beunruhigendem Maße ahnte, dass sie bislang nur einen Vorgeschmack dessen bekommen hatten, was sie erwartete.

»Sie schaffen das nicht, wenn sie nicht jemanden wie uns haben, der sie unterstützt«, lächelte Kjell Dahl und bot ihm ein Pfefferminzbonbon an. »Vor allem ist es besonders hart, Frau zu sein in diesem Spiel, aber das weißt du ja.«

Thomas nickte, obwohl er nicht wusste, ob er es wusste. War es anders, Frau zu sein?

»Elizabeth ist da ziemlich zäh, oder?«, sagte er also.

»Ja, sie ist tough, aber auch sie muss sich mal zwischendurch ausheulen.«

»Das tut sie?«, entfuhr es Thomas. Dass sie weinte, konnte er sich noch weniger vorstellen, als dass sie Ski fuhr.

»Aber ja. Und dann ist es an uns zu trösten, nicht wahr? Wenn sie weinen müssen.«

»Und was, wenn wir es sind, die mal weinen müssen?«, fragte Thomas und bereute es, als er spürte, wie sich dreißig Jahre Altersunterschied wie eine Kluft zwischen ihnen auf dem Rücksitz auftaten. Kjell Dahl lachte.

»Warum sollte uns nach Weinen zumute sein? Es sind doch sie, für die es hart ist. Willst du eine kleine Stärkung?«, fragte Kjell Dahl und zog einen kleinen Silberflachmann aus seiner Anzugtasche.

Er nahm ihn ohne ein Wort entgegen. Es war Cognac, der auf angenehme und männliche Art brannte. Und dieses Brennen auf der Zunge machte ihm klar, warum ihm dieses Arrangement so schwer fiel. Der Grund war, dass er nicht wusste, wie man *Ehefrau* sein konnte, wenn man Mann war.

Irritierenderweise war genau das das Thema, mit dem Gitte Bæk, die Frau des Staatsministers, ihre Willkommensrede einleitete, die sich speziell an »die Neuen« und hier besonders an »die neuen Männer« richtete. Thomas lächelte angestrengt. Er konnte die Verallgemeinerung »Männer« nicht leiden, die gewisse vorlaute Frauen gerne völlig willkürlich benutzten, und er schätzte es auch nicht, wenn man sich auf Kosten seines Geschlechts amüsierte. Es war ja wohl kein Kunststück, die primitiven Ochsen lächerlich zu machen, die sich immer noch nicht daran gewöhnt hatten, dass dänische Frauen beides konnten: Auto fahren und Ministerin werden. Natürlich konnte er nur für sich selbst reden, aber bei aller Bescheidenheit – er fand nicht, dass die Geschlechterfrage bei ihnen zu Hause überhaupt von Interesse war. Wenn sie Diskussionen in dieser Richtung führten, dann jedenfalls mit umgekehrten Vorzeichen. Lotte war doch wohl die Chefin! Er war es, der zurücksteckte, was allein die Tatsache, dass er überhaupt hier war, schon zur Genüge bezeugte. Andernfalls hätten sie sich nämlich in Apac, Uganda, befunden, und da wäre es unter anderem Ziel seiner Hilfe gewesen, *wirklich* unterdrückte Frauen zu stärken.

Also schaltete er ab, wachte aber rechtzeitig auf, um mit Crémant mit Apfellikör anzustoßen, und warf sich sogar in eine etwas steife Unterhaltung mit Lily Bach, der Frau des Verkehrsministers, die auf beschwerliche Art übergewichtig war, auf eine Hüftoperation wartete und sich aufgebracht über das Krankenhauswesen in der Gemeinde Viborg beschwerte, was sie mit dem Gesundheitsminister zu besprechen gedachte, wenn die Ehegatten gegen 23 Uhr aus Schloss Amalienborg zurückkämen. Er wurde von zwei jüngeren, schönen Blondinen gerettet, die Frauen des Verteidigungs- beziehungsweise des Justizministers, die Freundinnen zu sein schienen und sich so sehr ähnelten, dass er fragte, ob sie Schwestern wären. Das brachte sie dazu, zu kichern und zu zwitschern, dass das nur so aussähe, weil sie so viel Zeit miteinander verbrachten, und sie hätten ja schon überlegt, in einen Harem zu ziehen, denn ihre Männer würden sie ja ohnehin nie zu Gesicht bekommen … und so weiter und so weiter. Doch, sie hätten kleine Kinder und einen Job – die eine war selbstständige Blumenhändlerin, die andere Kindergärtnerin, »aber zurzeit nur zu Hause, haha. Und was machen Sie?«

Er kratzte sich im Nacken, während er überlegte, ob er ihnen die kurze oder die lange Version bieten sollte, aber er gelangte zu keiner Schlussfolgerung mehr, da Gitte Bæk heranglitt und ihn zum Tisch mitzog.

»Jetzt nehme ich Sie unter meine Fittiche«, sagte sie ironisch und führte ihn aus dem Salon mit den taubenblauen Wänden, die Treppe hinunter in den Speisesaal, wo auf runden Tischen gedeckt war. »Sie sind wohl der einzige Mann hier, den ich gar nicht kenne. Ist es schlimm?«

»Ist was schlimm?«, fragte er, aber sie lachte bloß und sah ihn direkt an. Er zuckte ausweichend mit den Schultern, fühlte sich wie ein Schuljunge, der von einer etwas zu forschen Lehrerin umklammert wird.

Glücklicherweise wurde Kjell Dahl an ihre andere Seite platziert, und da die beiden offenkundig die gegenseitige Gesellschaft genossen, hatte er Gelegenheit, in Ruhe vor seiner Vorspeise zu sitzen, Fischterrine mit Pilzcreme. Die Tischdame zu seiner anderen Seite war »Frau Kirchenminister«, eine kultivierte M. A. in Französisch und Religionswissenschaften, die, wie sich herausstellte, viel gereist war und »in den warmen Ländern« gelebt hatte. Damit konnten sie den Rest der Vorspeise verbringen. Und tatsächlich waren sie tief in ein anregendes Gespräch über die negative Bedeutung der Kirche und besonders des Papstes für die katastrophale Ausbreitung der afrikanischen Aids-Epidemie versunken – »deren einziger Rat ist doch Enthaltsamkeit, und das ist doch ein Witz!« –, als Gitte Bæk wieder zuschlug, gerade als das Hauptgericht – Wildschweinbraten mit glasierten Hackfrüchten – serviert worden war.

»Na«, sagte sie und hob ihr Glas mit dem kräftigen Burgunder. »Willkommen im Club!«

Er nickte und prostete ihr zu, nahm in seiner Unpässlichkeit einen etwas zu großen Schluck, sodass er hustend und prustend sein Glas abstellen musste.

Gitte Bæk klopfte ihm auf den Rücken. Der Mann gegenüber, Kasper Maribo, verheiratet mit der Stadt- und Wohnungsbauministerin und Assessor in Odense, lachte dröhnend los und offenbarte so sein soziales Erbe. Thomas hätte wetten können, dass er der erste Student der Familie gewesen war. Vermutlich waren ansonsten alle über mehrere Generationen Werftarbeiter auf Lindø gewesen.

»Ich wurde ganz ehrlich auch lieber ein Bier haben«, lachte er und füllte sein Glas randvoll. »Ziehen Sie den Schlips aus, dann geht's besser! Das dürfen wir doch jetzt, was, Gitte? Oder ist es zu vornehm hier?«

»Trage ich Schlips?«, erwiderte Gitte Bæk und wandte sich wieder an Thomas, während Kasper Maribo mit einer befreiten Bewegung seine Krawatte löste und mit einem auffordernden Nicken Richtung Thomas in seine Anzugtasche steckte, der gehorsam dem Beispiel folgte. Und es half. Er konnte jetzt besser atmen.

Betrachtete verstohlen Gitte Bæk, die er bis hin zum Schönheitsfleck über der Lippe aus dem Fernsehen kannte, wo sie eine der etablierten Bildschirm-Diven war. Wie alt mochte sie sein? 42–43? 45? Oder vielleicht noch nicht mal vierzig? Es war schwer zu sagen, aber sie wirkte älter, erwachsener als er und Charlotte. Ihr Gesicht war gröber, gezeichneter als Lottes, die aschblonden Haare kurz geschnitten mit hellen Strähnchen, die Augen tief liegend und grau, der Mund ein klein bisschen schief mit vollen, hochgezogenen Lippen. Ihr Kopf war ein wenig zu groß für den dünnen Oberkörper, zum Ausgleich war der Busen zu klein. Für seinen Geschmack. Aber er war ja auch verwöhnt. Die Frage war also, ausgesprochen oder unausgesprochen, ob Per Vittrups Frau sexy war. Nicht unmittelbar. Sie war nicht sein Typ. Aber er musste zugeben, dass sie eine gewisse Wirkung auf ihn hatte. Er wurde von ihr vereinnahmt, reagierte auf diese merkwürdige Art, die er körperlich spüren konnte, auf sie, ihm wurde abwechselnd kalt und warm. Als ob sie ihn während des gesamten Gesprächs an- und ausschalten würde. Entweder war es sein Thermostat, der an- und ausging, oder es war etwas, das sie selbst steuerte. Auf jeden Fall bestand aber kein Zweifel daran, dass die gepunktet hatten, die behaupteten, den stärksten Gegner hätte der Staatsminister bei sich zu Hause. Tough woman. Er würde sie nur ungern gegen sich haben. Also gab er ihr unwillkürlich in fast allem Recht. Auch wenn er nicht im Geringsten übereinstimmte mit ihrer Meinung über die mangelnde Professionalität dänischer Hilfsorganisationen auf dem Balkan, die schlechte Qualität der Entwicklungshilfeprojekte und den pseudo-progressiven Konservatismus, der den ganzen Einsatz präge.

»Das ist schon ein wenig komplexer«, ermannte er sich schließlich doch noch und tunkte sein Brot in die restliche Soße.

Sie lachte.

»Das sagt ihr immer. Ihr in der Güte-Industrie. Haben Sie den Film mit Kate Winslet und Harvey Keitel gesehen, *Holy Smoke*?«

»Wir haben kleine Kinder, wir kommen nicht so oft ins Kino.«

»Sie können ihn von mir haben. Ich habe ihn auf Video. Na ja, also, er handelt von diesem australischen Mädchen, Kate Winslet, die so gerne Gutes tun möchte und nach Indien geht, wo sie einen Guru trifft und beschließt, ihm zu folgen. Die Familie schafft es, sie zurückzulocken, und heuert einen amerikanischen *de-briefer* an, das ist Harvey Keitel, der dieselbe Hirnwäsche durchgemacht hat. Die zwei, der ältere Mann und das junge Mädchen, sollen also alleine auf eine einsame Insel, wo er ihr den Guru austreiben soll. Und was glauben Sie, wie er das macht?«

Thomas griff nach dem Weinglas und setzte es an den Mund. Nein, das wisse er nicht.

»Er vögelt sie. Oder vielleicht vögelt sie ihn. Das ist das Raffinierte an der Geschichte, dass sie damit endet, dass das Mädchen oben ist. Sie legt ihn an die Leine. Aber die Regie hatte ja auch eine Frau.«

»Was wollen Sie damit sagen?«, fragte Thomas, erfüllt von dem Widerwillen, den er schon den ganzen Abend ihr und ihren schnellen Schlussfolgerungen gegenüber verspürt hatte. »Was hat das mit der MS oder der *Volkskirchlichen Nothilfe* zu tun?«

»Dass immer die persönliche Tagesordnung involviert ist. Unabhängig davon, wie rein und gut man auch sein mag, irgendwo geht es immer um einen selbst. Um die eigenen Dämonen.«

Thomas fuhr sich mit einer Hand über den Scheitel, registrierte kaum, dass die Teller abgeräumt worden waren.

»Also, was steht auf Ihrer Tagesordnung? Auf der Ihres Mannes? Warum müssen solche wie wir immer verdächtigt werden?«

»Wow, Temperament! Ich hatte fast geglaubt, man könnte zu Ihnen sagen, was man wollte!« Sie legte den Kopf schief, lächelte. Fast flirtend, fand er. Oder patronisierend, vielleicht. Um nicht zu sagen matronisierend! Was ihn nur noch mehr provozierte. Und darum war es ihm scheißegal, ob sie erste Dame und Frau des Staatsministers war und – leck mich doch am Arsch!

»Was *ist* Ihre Tagesordnung?«, insistierte er.

»Das kann ich Ihnen sagen, ganz unter uns«, sagte sie und lehnte sich vertraulich vor. Sie roch gleichzeitig süß und scharf nach Parfum, Wein und Frauenhaut. »Meine Tagesordnung heißt, ein spannendes Leben zu haben. Genug Kohle zu verdienen, um ein angenehmes Dasein führen zu können, um zum Beispiel drei-, viermal im Jahr zu verreisen, eine Wohnung in Nizza zu haben und in fetten Hotels zu wohnen. Mir meinen Eitelkeitsmuskel massieren zu lassen, haufenweise von dem Lob zu kriegen, von dem ich in meiner Kindheit nicht genug bekommen habe, zu konkurrieren und gegen meine Rivalen zu gewinnen, besonders gegen meine Schwester, so viel Zeit wie möglich mit interessanten und einflussreichen Menschen zu verbringen, darunter mein Mann und seine Kollegen, da sie es ja sind – interessant meine ich – und Unmengen von Rotwein und Sex zu bekommen, wann immer ich Lust darauf habe. Kurz gesagt, ein Leben zu entwerfen, das so inhaltsvoll wirkt, dass ich nicht öfter als absolut notwendig von existenziellen Krisen getroffen werde. War das Antwort genug auf Ihre Frage?«

Thomas staunte mit offenem Mund. Vor ihm stand jetzt ein Dessertteller mit Schokoladenmarquise und Erdbeercoulis, wie er auf der kleinen Karte mit der Menüfolge lesen konnte. Er nahm mechanisch den Löffel in die Hand, während er sie weiter anstarrte. Entweder war sie betrunken oder verrückt. Sie spitzte ihren Mund, sah ihn aber abgesehen davon mit ausdruckslosem Pokerface an.

Dann brach sie in Gelächter aus.

»*Okay*! Sie haben also nicht das Geringste damit am Hut, die Welt zu retten oder etwas für eine Gemeinschaft oder die Gesellschaft oder die Partei zu tun …«

Sie schüttelte den Kopf.

»Nur nach außen hin …«

Er wollte mehr fragen, war sich nicht sicher, ob sie es wirklich ernst meinte oder ihn zum Affen machte. Aber dann klopfte Kjell Dahl an sein Glas, dankte seiner Tischdame und beendete seine Rede, indem er eine Mundharmonika aus seiner Innentasche hervorzog, was die Gesellschaft schon zum Applaudieren brachte, bevor er sie überhaupt an den Mund gesetzt hatte. Offenbar handelte es sich um einen festen Programmpunkt.

Danach löste sich die Sitzordnung wie nach gemeinsamer Absprache auf. Nach dem Kaffee, der nebenbei gereicht wurde, sollte getanzt werden, und es war verkündet worden, dass die Ministerwagen bereits auf dem Weg waren. Thomas sah auf die Uhr, viertel vor elf schon.

»Na, überlebt?«, fragte Kjell Dahl, der Zigarre rauchend auf ihn zukam und ihm ein Cognacglas in die Hand drückte, als er an eine Wand gelehnt dastand und seine Kaffeetasse balancierte.

»Nur knapp«, lächelte er und stellte die Tasse beiseite, während Gitte Bæk dicht an ihm vorbeiging und ihm schamlos über die Wange strich.

Kjell Dahl lachte und klopfte ihm auf die Schulter. Wie er das verstehen sollte, wusste er auch nicht.

Und dann fand sie ihn, Charlotte. Gelehnt an eine pistaziengrüne Wand, ein halbleeres Cognacglas in der Hand, mit einem gleichzeitig beklommenen und betrunkenen Gesichtsausdruck, der sich auf der Stelle in lächelnde Erleichterung verwandelte, als er sie entdeckte.

»Was ist los, Schatz?«, fragte sie, im selben Ton, den sie bei Jens hatte, dem er in diesem Moment so unglaublich ähnelte.

»Ich habe dich nur so schrecklich vermisst«, sagte er und zog sie fest an sich.

☆

Im Prinzip tratschte nie jemand über die Feste auf Marienborg. Das war ein Freiraum, in dem man das Recht hatte, sich zum Narren zu machen, egal ob man Minister oder sogar Staatsminister war, in der sicheren Gewissheit, dass es in der Familie blieb. Aber natürlich gibt es immer Leute, die sich verwandter fühlen als andere. Leute, die das Gefühl haben, etwas schuldig zu sein. Leute, die sich übrig geblieben fühlen. Leute, die zu viel Zeit haben, andere zu beobachten. Welche, die zum Beispiel auf eine Hüftoperation warten und deshalb nicht tanzen können, auch nicht, wenn der Ehemann sie pflichtschuldigst auffordert, mindestens einmal. Leute, die vor Neid kochen, die fast an der eigenen Wut darüber ersticken, dass einige offenbar so leicht zu etwas kommen, während andere in ihrer Schmerzhölle gefangen sind, in ihrer Abhängigkeit von dem Status, den der Mann, der Betrüger, liefert als Ge-

genleistung zu den Lügen, die er nicht länger mehr als notdürftig zu decken versucht. Ob es Frauen sind, Huren, kleine Jungen oder was, weiß sie allmählich schon nicht mehr. Es ist ihr auch egal. Es ärgert sie vielmehr, dass sie nicht umhinkommt zu beobachten, wie der Verteidigungsminister und die Frau des Justizministers gegen halb eins zusammen in die Behindertentoilette verschwinden. Sie ist klug genug, ihr Wissen, das später noch von Nutzen sein kann, nicht preiszugeben. Aber sie registriert, dass die beiden erst dann – einzeln – zum Fest zurückkommen, als der Staatsminister und die neue Umweltministerin, die mit dem sympathischen jungen Ehemann, fertig sind mit ihrem Duett-Potpourri klassischer Evergreens, beendet mit der alten Nat-King-Cole-Nummer *Unforgettable*, die sie für einen Moment fast mitschwimmen lässt in dem eigentlich längst ausgetrockneten Fluss aus Mondenschein und süßer Romantik. Bevor sie sich wieder selbst hört, wie sie verärgert darüber die Nase rümpft, dass die es wirklich fertig bringen, sich da hinzustellen und sich so zu produzieren. Und sie ist sicher nicht die einzige, die findet, dass es wirklich zu viel des Guten ist, dass Charlotte Damgaard sich so aufführt. Auch wenn sie gut singen kann und abwehrend mit dem Kopf geschüttelt hat, als Elizabeth Meyer sie aufforderte, zum Mikrophon zu gehen. Es ist deutlich zu sehen, dass man es peinlich findet. Aber Vittrup ist ganz hin und weg von ihr und schämt sich noch nicht mal, ihr einen Kuss auf die Wange zu geben, als sie endlich ausgesungen haben. Danach tanzen sie. Lange. Viel zu lange, würde sie meinen, wenn sie Gitte Bæk wäre. Aber die hat ja auf der anderen Seite selber was zum Angucken. Praktischerweise ist es der junge Mann der Umweltministerin, auf den sie diesmal aus ist. Auch wenn er nicht unbedingt so aussieht, als würde er es genießen. Oder vielleicht sieht er auch einfach nur so aus, wenn er betrunken ist. Als wäre er kurz davor, sich zu übergeben.

»Du singst ja fantastisch«, sagt der Staatsminister, als sie hinaustanzen. »Warum hast du nichts daraus gemacht?«

»Dasselbe könnte ich dich fragen«, antwortet sie und lässt sich führen.

Er lacht. Er schwitzt in seinem Anzug, sie kann seine Körperwärme durch den dichten Stoff spüren.

»Dann gilt die Antwort wohl auch für uns beide, dass es, obwohl wir gut singen, noch etwas gibt, das wir besser können. Für das wir mehr *brennen*«, sagt er und hält sie etwas von sich weg, sodass er sie sehen kann, während er mit ihr spricht.

Sie nickt.

»Ziemlich präzise Analyse.«

Sie tanzen stumm weiter, aber nur ein paar Umdrehungen, dann ist er wieder da. Der Mann verschwendet keine Zeit, denkt sie und blinzelt Thomas zu, der mit Gitte Bæk vorbeitanzt. Er ist ziemlich betrunken, wie sie sieht.

»Ich hoffe, du bist dabei, Fuß zu fassen«, sagt er. »Es ist ja doch ein bisschen, wie in eine Zentrifuge geschmissen zu werden.«

Sie lächelt, überdenkt kurz die Situation und entscheidet sich. Wie sie es von Nina, der lieben Nina, gelernt hatte: Warum immer um den Marmeladenklecks herum essen, warum ihn nicht gleich schnappen?

»Ich finde, ich habe schon gut Halt gefunden. Ich kannte den Bereich ja schon im Vorfeld.«

Er nickt, dreht sie einmal um die eigene Achse.

»Unbestreitbar ein Vorteil«, lächelt er, sodass das Gold des Schneidezahns glitzert.

»Darum habe ich auch schon einen Plan.«

Er schaut weg, bekommt Augenkontakt mit der vorbeitanzenden Meyer und ihrem Coaster-Mann.

»Hübsches Paar«, sagt er laut hinter ihnen. »War man zum Tanz?«

Kjell Dahl lacht, Meyer begnügt sich damit, eine Augenbraue zu heben.

»Oder, Plan ist vielleicht zu viel gesagt. Eine Idee«, beharrt sie.

Er nickt, eine Spur abwesend. Sie lehnt sich näher an ihn, um seine Aufmerksamkeit zu binden.

»Ja?«, sagt er also und kann es nicht lassen, ihr in den Ausschnitt zu starren.

»Ich habe daran gedacht, vorzuschlagen, ganz Dänemark ökologisch zu machen. Staat, Ämter, Kommunen und Königshaus. Dass wir einen nachhaltigen Staatshaushalt durchführen, sozusagen von der Erde auf den Tisch …«

Sein Blick schweift ab. Darauf hat er keine Lust, nicht jetzt, das merkt sie.

Also beeilt sie sich zu reden. Denkt während des Redeflusses, der die nächsten drei, vier Tänze sprudelt. Entwickelt Ideen, fügt Nebensätze, Adjektive und Adverbien in die sprachliche Konstruktion, die vorläufig das einzige ist, das ihre Vision tragen kann. Ein dünnes Skelett, das weiß sie, aber er ist höflich genug, um nicht das ganze Luftschloss bis weit über den Bagsværd-See bis zum anderen Ufer zu pusten. Er hört zu, brummt, lächelt, runzelt die Stirn und vermeidet es insgesamt, irgendwelche Äußerungen verpflichtenden Charakters zu machen. Erst als das Orchester den letzten Tanz des Abends ankündigt und er anfängt, sich nach seiner Frau umzusehen, die immer noch mit Thomas tanzt, sagt er etwas.

»Das klingt gewaltig radikal. Ist der linke Flügel nicht mit derselben Sache zugange?«

»Exakt!«, sagt sie schnell und schlägt ihm leicht auf den Oberarm. »Und warum sollen wir uns schon wieder rechts überholen lassen? Es liegt doch da, wir müssen es nur aufheben!«

»Was ist mit der Landwirtschaft? Der Präsident meint schon jetzt, wir gehen zu weit.«

»Vergiss die Landwirtschaft!«, sagt sie aufbrausend und richtet eine Haarklammer.

Er lacht kurz.

»Ich dachte, du wärst Bauerntochter! War da nicht so was, war dein Vater nicht Landmann?«

»Doch, aber nicht so einer!«

»All right«, nickt er und kneift die Augen leicht zusammen. »Sollen wir nicht einfach sagen, dass du etwas Zeit darauf verwendest, deine Idee zu entwickeln, mach sie nachhaltig, höhö, und komm dann damit wieder? Ich habe mir selbst ein paar Gedanken in diese Richtung gemacht, also vielleicht können wir uns zusammentun. Eine Arbeitsgruppe einsetzen oder so. Aber fahr jetzt vorsichtig«, sagt er leise und bekommt Gittes Handgelenk zu fassen, als sie vorbeiwirbelt. »Es mag ja sein, dass du dein Fach beherrschst. Aber Christiansborg *ist* für Fortgeschrittene. Und du solltest *auf jeden Fall* dafür sorgen, dass sowohl der Ernährungsminister als auch der Finanzminister auf deiner Seite sind. Aus verschiedenen Gründen! Danke für den Tanz«, sagt er dann, küsst ihre Hand und verbeugt sich galant, bevor er sich zu Gitte und Thomas umdreht.

»Wollen wir tauschen? Ich würde gerne den letzten Tanz mit meiner Frau tanzen.«

»Ich würde auch gerne den letzten Tanz mit meiner Frau tanzen«, sagt Thomas und lässt Gitte Bæk mit einem Ausdruck totaler Befreiung los.

Charlotte kichert.

»Hat sie dich verschlungen?«

»Möglicherweise.«

»Brennst du für sie?«

»Überhaupt nicht! Was ist mit dem Staatsminister, hat er dich angebaggert?«

»Nein!«, lacht sie.

»Worüber habt ihr geredet?«

»Über Politik!«

»Was für Politik?«

»Du bist betrunken!«

»Macht das was? Sag's mir jetzt!«

»Morgen!«

»Dann vergiss es nicht!«

»Ja, ja«, sagt sie und legt ihr Kinn an seine Schulter. Schließt die Augen und lässt sich in den Rhythmus fallen. Ihren gemeinsamen.

☆

»Cat, verdammt noch mal!«, versuchte es Teis und sprang von der Fensterbank herunter. Aber nicht einmal diese Bewegung konnte ein Loch in den absoluten Stillstand brechen, in dem der ganze Raum erstarrt war. Weil sie es wollte. Weil ihr unausgesprochenes Kommando jeden dazu brachte, sich ruhig zu verhalten, mit leicht gesenktem Kopf, den Blick so leer wie möglich, aus Angst, dass auf einen gezeigt und man daraufhin ohne weitere Verhandlung liquidiert würde.

»Es ist nur eine verdammte *Cola*!«

Ihr Blick traf ihn wie ein Laserstrahl, sodass eine weitere Bewegung abgeschnitten wurde und er seltsam deplatziert auf dem Boden zu stehen kam.

»Wenn du nicht verstanden hast, dass eine Coca-Cola nicht einfach eine Coca-Cola ist, kannst du dich genauso gut gleich verziehen.«

»Okay, okay!«, er hob seine Hände, mit den Handflächen zu ihr gedreht, in einer sich ergebenden Geste, die er aus den amerikanischen Actionfilmen hatte, mit denen das Bewusstsein seiner Generation durchtränkt war, ob sie wollten oder nicht. »Eine Coca-Cola ist ein spätkapitalistisches, multinationales Machtsymbol des amerikanischen Werteimperialismus, das wir von der *Grünen Guerilla* bekämpfen«, leierte er herunter. »Aus diesem Grund gehen wir auch nicht zu McDonald's, Burger King, Pizzahut und wie sie alle heißen.«

Sie nickte leicht zustimmend. Motiviert wollte er fortfahren, aber er wurde von der Neuen unterbrochen, einem Mädchen aus Bornholm, die er persönlich vor ein paar Tagen auf der Straße aufgelesen hatte wie ein verkommenes Kätzchen. Da sie ihren Namen nicht sagen wollte – »Ich weiß nicht, wer ich bin, wie soll ich da wissen, wie ich heiße?« –, hatte er sie Rosa genannt, nach Rosa Luxemburg, seiner heimlichen Heldin, als Märtyrerin unter dem Spartakusaufstand 1919 ermordet. Im Gegensatz zu Cat war Teis der Theoretiker, der es liebte, all die heiligen Bücher durchzuackern – Marx, Engels, Lenin, Luxemburg, sogar Mao –, die sein Vater im Keller der Villa in Hellerup in alphabetischer Reihenfolge stehen hatte. Teis hatte sie sich geschnappt und ohne zu fragen ins Kollektiv gebracht, wo er sie in Stapeln auf den Boden neben seine Matratze gelegt hatte, wohl wissend, dass sein Vater es nicht einmal bemerken würde.

»Und was ist mit Netto?«, platzte Rosa dazwischen. »Gehen wir auch nicht zu Netto?«

»Nur zum Klauen«, grinste Teis und beschäftigte sich einen Moment zu lange mit diesem kleinen runden Flittchen, das überall Piercings hatte, sodass Cat sich wieder zusammenzog.

»Also, wem gehört die Cola?«, donnerte sie.

»Entschuldigung, ich wusste nicht …«, brach Rosa in Tränen aus, während die anderen Kollektivisten sich erleichtert rührten und es wieder wagten, den Blick zu heben.

»Sie tut es nicht wieder, oder, Rosa, nevermore?«, warf er ein. Das hätte er nicht tun sollen, das wusste er, früher oder später würde sie dafür büßen müssen. Aber jetzt war es zu spät, diese Fürsorglichkeit zurückzunehmen. Und dass Cat es anscheinend zuließ und die Entschuldigung gnädigst annahm, machte die Sache nur schlimmer. So gut kannte er sie inzwischen, trotz allem.

Cat biss verstohlen in einen schon abgekauten Fingernagel, bevor sie sich wieder zu einer Säule kalten Feuers sammelte.

»Es ist an der Zeit, dass wir nachlegen«, leitete sie ein. »Unsere Aktionen waren zu vereinzelt, es gab nicht genug Medieninteresse. Es reicht nicht länger, Nerze freizulassen. Wir haben also Phase zwei in der Geschichte der Gruppe erreicht. Das ist nichts, worüber ich mit dir gesprochen habe, Teis, du warst ja zu Hause an Weihnachten …«

Zu seinem großen Ärger ging er in Deckung. Ja, es war richtig, er hatte gesündigt und war zu Hause gewesen und hatte sich mästen lassen.

»… aber ich meine, dass wir uns jetzt auf zwei Strategien konzentrieren sollten: zielgerichtete Teilnahme an Top-Treffen und offensive Einzelaktionen. Konkret bedeutet das, dass wir uns als Erstes in Nahkampftechniken trainieren und lernen müssen, wie man Molotows und diese Sachen macht. Columbus von den Kriegern wird kommen und uns dabei helfen. Zum anderen heißt das, wir müssen uns einige Ziele suchen, gegen die wir dann Aktionen starten.«

»Was ist mit den Tieren?«, wagte einer zu fragen. »Sind wir jetzt keine Tieraktivisten mehr?«

»Doch, doch«, beeilte sich Teis zu antworten.

»Sagte ich nicht gerade, dass wir Phase zwei erreicht haben?«, fuhr Cat dazwischen.

Teis hatte sich wieder auf die Fensterbank zurückgezogen.

»Ja, doch schon, aber ...«, hob der Frager wieder an.

»Was Cat meint, ist, dass wir größer denken müssen, oder, Cat? Widescreen?«, sagte Teis und signalisierte so, dass er wieder ihr Partner war. »In Holland und Deutschland ist da mehr Power dahinter ...«

»Ja, Gorleben war geil«, sagte einer. Ein anderer sprach von Seattle, ein dritter von Prag, und plötzlich waren sie voll in Fahrt. Ideen für zukünftige Aktionen fegten durch die Luft, Telefondrohungen gegen A. P. Møller, physische Blockaden auf der Autobahn, Vandalismus gegen Pelzgeschäfte, Windschutzscheibeneinwerfen bei 7-Eleven. Sie ließ sie gewähren, bis sie sich so weit reingesteigert hatten, dass sie mit leuchtenden Augen und roten Wangen bereit waren, sich darauf einzulassen.

»Cool. Geile Ideen«, sagte sie und segnete sie mit einem gnädigen Lächeln. »Sind wir uns also einig, dass die *Grüne Guerilla* sich von jetzt an selbst als anti-globale, anti-kapitalistische bewaffnete Zelle definiert?«

»Öh, wofür?«, stammelte Rosa kleinlaut hervor. »Also, ich verstehe gut, wogegen wir sind. Coca-Cola und das. Aber *wofür* sind wir? Was ist denn unser Ziel?«

Alle drehten sich zu Cat, die ohne Zögern antwortete:

»Revolution.«

Rosa biss sich auf die Lippen. Ganz ehrlich, eigentlich verstand sie nicht, was das bedeutete. Aber sie wusste intuitiv, dass sie nicht weiter fragen sollte. In dieses autonome Kopenhagener Kollektiv aufgenommen worden zu sein war das Spannendste, das bisher in ihrem Leben passiert war. Und es war schon einiges passiert, allerdings nichts von der Sorte, von der man anderen gerne erzählt. Und schon gar nicht ihm, Teis. Dem klügsten Typen, dem sie je begegnet war. Rosa hatte er sie genannt. Der schönste Name. Und sie würde alles dafür tun, um so zu werden. Wie sie. Die richtige Rosa Luxemburg, von der er ihr erzählt hatte, vorletzte

Nacht oben auf dem Dach unter den Sparren, da, wo Cat sie nicht sehen konnte. Cat machte ihr Angst. Und dann dieses Muttermal! Puh …

☆

Der Januar verlief ohne weitere Eintragungen, was an sich eine Leistung für eine neue Ministerin war, aber eigentlich, wenn sie ganz ehrlich war, für sie selbst ein wenig enttäuschend. Dass ihr Kalender ganz einfach so versandete, dass praktisch gar keine *Zeit* war, um etwas anderes zu tun, als dem »Stundenplan« zu folgen, den Henrik und das Ministersekretariat für sie bastelten. Und genau so fühlte sie sich die erste Zeit: wie ein Schulmädchen, das seine gesamte Energie darauf verwendete, sich überhaupt zurechtzufinden und tugendhaft seine Hausaufgaben zu machen.

Freddy holte sie früh ab, in der Regel gegen sieben, um sie dann nicht vor sieben-acht-neun-zehn Uhr abends wieder nach Hause zu bringen, falls nicht ohnehin irgendwelche Abendveranstaltungen oder Sitzungen in der Provinz waren, die dafür sorgten, dass sie erst nach Mitternacht kam oder sogar auswärts übernachten musste. Ihre Arbeitswoche war genauso grotesk lange, wie sie es bei anderen Politikern gesehen hatte, damals, als sie selbst alles nur von der Seitenlinie aus beobachtet hatte. Und sie musste Thomas ja Recht geben, der meinte, dass es auf lange Sicht unmöglich gesund sein könnte, doppelt so viel zu arbeiten wie Normalsterbliche. Aber was sollte sie machen, wenn die Sachen sich türmten, alle an ihr zogen und zerrten und sie darüber hinaus auch noch die festen Termine außerhalb des Ministeriums wahrnehmen musste – dienstags Kabinettssitzung, Fraktionssitzung Dienstag, Mittwoch, Donnerstag und Freitag, nebst Fragestunde des Folketings, Lesung der Gesetzesvorschläge, Beratungen im Umweltausschuss, Staatsratssitzung mit der Königin jeden fünften Mittwoch, plus die losen Verpflichtungen? Darunter Presse, Reden, Eröffnungen, Empfang von Gästen, Besuch in der Verwaltung, Treffen mit Lobbyisten und so weiter und so weiter und so weiter.

In der ersten Zeit war sie so erschöpft, wenn sie schließlich nach Hause kam, dass sie kaum in der Lage war, das Essen zu essen, das Thomas entweder vor sie hinstellte oder portionsweise in den Kühlschrank gepackt hatte, sodass sie es sich nur noch in der Mikrowelle warm machen musste, falls er schon ins Bett gegangen war. Die wenigen Male, in denen sie früh genug zu Hause war, um die Kinder ins Bett zu bringen, schlief sie in deren Betten ein, sowie sie die letzte Seite der Gutenachtgeschichte gelesen hatte – oft noch vor den beiden. Dann endete es damit, dass die Kinder fürsorglich die Decke um sie feststopften und sie schlafen ließen, einen Finger an den Mund legten und »psst« machten, wenn ihr Vater hereinkam, und ihm vorwurfsvoll sagten, dass er Mama schlafen lassen solle, weil sie doch *so* müde war. Meistens wachte sie gegen Mitternacht auf, und wenn Thomas noch nicht im Bett war, konnten sie noch in der Küche ein Glas Wein zusammen trinken und sich ein bisschen unterhalten, bis er anfing zu gähnen oder sie eine Mappe mit »Hausaufgaben« fand, die grünen Umschläge, zu denen Thomas langsam ein angespanntes Verhältnis bekam, noch bevor der erste Monat herum war. Dass sie dennoch mit einigermaßen heiler Haut durch diese erste Zeit kamen, war allein dem Umstand zu verdanken, dass sie sich gegenseitig weismachten, dass das hier *ein Übergang* war.

»So wird das ja nicht bleiben«, versicherte sie. »Nur bis ich mich eingearbeitet habe.« Und Thomas verstand das und nickte, weil er nicht überschauen konnte, dass das erst der Anfang war. Dass er sich darauf einstellen musste, eine Frau zu haben, die 70 bis 80 Stunden die Woche an Sachen arbeitete, die zwar interessant und relevant waren, mit denen sie ihn aber nicht vertraut machen konnte.

»Musst du wirklich alles lesen?«, fragte er an einem Sonntagabend, nachdem es ihnen gelungen war, den Großteil des Tages Familie zu spielen, mit Kino, Café-Kakao bei *Jorden Rundt* und nicht zuletzt einer Runde richtig gediegenem Morgensex, als die Kinder »Duffy Ducks Sonntagsclub« sahen. Danach hatten sie grinsend einen Dankesbrief an Bubber formuliert, im Namen aller Kleinkind-Eltern, die ihm großen Dank schuldeten dafür, dass er ihre Ehe gerettet hatte, »um Schamhaaresbreite«, wie Thomas sagte.

»Was?«, fragte sie abwesend, ohne den Blick von ihren Papieren zu heben.

»Musst du das alles lesen?«, wiederholte er. »Musst du nicht einfach nur unterschreiben? Sie haben dir doch eine Zusammenfassung geschrieben, oder? Also musst du wohl kaum die ganze Akte durchlesen?«

Sie nickte und setzte die Brille ab.

»Im Prinzip. Ich mach das auch nicht immer. Aber das ist so Hammer-technisch, dieses Gebiet hier, dass ich gezwungen bin, so viel wie möglich zu verstehen, damit ich im Umweltausschuss nicht gegrillt werde. Und Minimum ist, dass ich so viel verstehe, dass ich meine süße Parteigenossin, die Umweltsprecherin, parieren kann. Susanne Branner steht bereit, mich bei der erstbesten Gelegenheit zu erledigen. So, jetzt weißt du Bescheid, falls ich mit einem Bleigewicht an den Füßen im Svanemøllehafen gefunden werde!«

»Beschütze mich vor meinen Freunden, mit meinen Feinden werde ich schon fertig«, bemerkte Thomas. Etwas von dem Jargon hatte er doch begriffen. Außerdem war er ja auch berufstätig.

Charlotte schnitt eine Grimasse, sank in die Sofaecke und ließ ihre Beine auf das Polster fallen.

»Genau«, schauderte sie bei der Erinnerung an die ganzen Schläge, die sie schon hatte einstecken müssen. Ihre Beine hatten leicht gezittert, als sie das erste Mal ans Rednerpult getreten war, das vornehmste des Landes, um Anfragen zu beantworten. Viele Jahre Rede-Erfahrung hatten es ihr ermöglicht, das Lampenfieber zu überwinden und gelassen zu erscheinen. Die Stimme zu kontrollieren. Sicher zu erscheinen, nicht zuletzt gegenüber den Hyänen in der Presseloge, die sie unter Dauerbeobachtung gestellt hatten. Vom ersten Tag an saßen sie schon oben an ihrem runden Tisch bei *Brydesen*, der Cafeteria im Folketing, und werteten und votierten. Wer schlug sich wie und wer nicht? Wer ist aus *the right stuff* gemacht, wer ist ein Blender und eine Eintagsfliege? Und dann konnten sie freundlich lächeln und überaus einladend wirken, wenn sie ein Portrait für die Sonntagszeitung machen und »den Politiker mal ganz anders sehen« wollten und all das. Glücklicherweise hatte sie sich bislang sicher geschlagen, ganz passabel sogar, soweit sie die Meldungen interpretieren konnte, die sie erhielt. Bis auf weiteres lag sie gut, aber es war natürlich auch noch lang hin bis zum traditionellen »Die-ersten-hundert-Tage«-Zeugnis, für das schon eifrig Stoff gesammelt wurde.

Thomas setzte sich ans andere Ende des Sofas und steckte eine Hand in ihr Hosenbein.

»Und darum büffelst du jetzt alle Paragraphen der ›Bekanntmachung über Eier von Wildvögeln und Registrierung von Eiersammlungen‹?«, las Thomas laut von der nächsten Mappe im Stapel. »Darin liegt politischer Sprengstoff?«

»Nein, aber dafür wahnsinnig viel Poesie! Das ist reine Unterhaltungsliteratur«, grinste sie, nahm ihm den Umschlag aus der Hand, schlug ihn irgendwo auf und sagte Vogelnamen auf.

»*Drosselrohrsänger, Schlangenadler, Blauracke, Wachtelkönig, Girlitz, Waldwasserläufer, Schleiereule, Birkhuhn,* ... fantastischer Reichtum, oder?«

»Die sind wohl bald ausgestorben?«, fragte Thomas, küsste sie aufs Haar und richtete sich auf. »Pestizide sind wohl nicht so förderlich fürs Eierlegen?«

»Nee, nicht direkt«, seufzte sie.

»Mal ehrlich, solltest du nicht langsam damit anfangen, den Unterschied zu machen, von dem du immer faselst? Etwas tun, was reinhaut?«, fragte er und klapste ihr leicht mit einem Bericht aus dem Stapel auf die Schulter, bevor er ihn ihr in die Hand drückte. »Das ist es doch, wofür du hier sitzt. Ich geh und schmier Brote.«

»Das kann ich doch machen«, murmelte sie und las den Titel auf der Mappe. »Fachbericht Nr. 342, Methyl-tert-Buthylether (MTBE) im Abwasser – Verfahrensprobe«. Sie legte es mit einem noch tieferen Seufzen beiseite. Thomas hatte Recht. Es war Zeit, etwas zu ändern. Sie konnte sich nicht lebendig unter Berichten über Dänemarks Umweltuntersuchungen, Energiebesteuerung, geologische Untersuchungen in Dänemark und Grönland und was sonst noch fortlaufend produziert wurde, begraben lassen. Der Staatsminister war auch schon da gewesen, letzte Woche auf dem Weg in die Morgenkonferenz. »Na, passiert was?«, hatte er nur gefragt, mit konspirativem Blick, der möglicherweise von H.C., dem Ernährungsminister, bemerkt worden war. Bei ihm konnte man nie wissen. Er war nicht wie der Verkehrsminister, der sofort nervöse Tics bekam, wenn er sich nur im Geringsten bedroht fühlte.

»Wenn die Zeit reif ist«, hatte sie angemessen kryptisch geantwortet, sodass die konspirative Miene des Staatsministers nur noch deutlicher geworden war. Und das hatte er bestimmt gemerkt, H.C.

Sie schleuderte die Berichte zurück und griff nach der Fernbedienung. Zappte planlos durch die Fernsehkanäle. Guckte kurz bei TV2 vorbei, mit dem Gefühl, Schule zu schwänzen, als sie sah, dass *Deadline* lief und obendrein sogar ein paar Abgeordnete im Studio hatte. Einer sah grauer und verbrauchter aus als der Nächste, sogar die Geschlechtsunterschiede verschwammen. Das war das Angstbild. Wenn nur noch Karikaturen übrig waren. Wie sollte man es da dem Volk verdenken, wenn es sich auf den Fertigfraß auf TV3 stürzte? Und scheiß auf die Demokratie und die Herrschaft des Volkes, mir doch egal. Sie blieb ein wenig betäubt in irgendeinem amerikanischen Melodram hängen, in dem *sie* gerade in diesem Moment die Gewissheit erhielt, dass *er* »had met somebody«. Und dann weinten sie.

Sie machte aus und ging zu Thomas, wollte sich ein Messer nehmen und ihm beim Brotemachen helfen.

»Danke, aber ich bin fertig. Aber du kannst gerne runter in den Keller gehen und die Wäsche holen, die noch unten ist. Ich hänge sie dann auf.«

»Okay«, sagte sie und strich ihm über die Hüften, als sie sich an ihm vorbeischob, zur Hintertreppentür. Eigentlich wusste er wohl, dass sie sich nicht gerade darum riss, so spät noch in den

Keller zu gehen. Oder er glaubte, dass sie verschwunden war. Ihre Angst vor Dunkelheit. Mitten in all dem anderen.

☆

»Die Wintersonne hängt tief über Østerbro, der Himmel leuchtet orange und lila. Ich war gerade am Kiosk, um Zigaretten zu holen, auf dem Heimweg bin ich von zwei ausländischen Jugendlichen abgepasst worden. ›Nutte!‹, riefen sie und rempelten mich an. ›Verpisst euch!‹, fauchte ich und zeigte ihnen den Mittelfinger. Komischerweise wirkte es, sie verzogen sich, und ich war ganz beglückt. Weil ich glaube, sie hatten keine Ahnung, wer ich war! Sie sind nicht von der Ministerin verscheucht worden, sondern von mir! Thomas ist total außer sich, er besteht darauf, dass ich einen Notfallmelder bekomme.«

☆

Anfang Februar hatte sich der Staub am Højbro Plads wieder gelegt. Man konnte seine Vorlieben und Abneigungen haben, aber es schien, als wäre die neue Ministerin nicht so wild und blutrünstig, wie man befürchtet hatte. Sie war weit kompetenter als angenommen, und sie hatte, wie Henrik Sand prophezeit hatte, »gute Knochen«. Sie stand ihren Mann im Parlament, brachte ihre Beamten nicht in die Bredouille und nahm die Ratschläge und Hilfen an, die sie bekam. Dass sie manchmal die ganze Familie mitgebrachte Spaghetti mit Hackfleischsoße in ihrem Büro essen ließ, musste man eben hinnehmen, genauso wie man großzügig darüber hinwegsah, dass das Ministerauto manchmal einen Umweg fahren musste, um die Kinder in den Kindergarten zu bringen oder dort abzuholen. In gewissen Situationen auch ohne die Mutter. Die es noch immer nicht geschafft hatte, dem sechsspaltigen Bild einer modernen Mutter mit zwei Kindern im Fahrradanhänger in der Sonntagszeitung zu entsprechen. Aber wer hatte auch ernsthaft damit gerechnet? Tatsächlich schien so vieles darauf hinzudeuten, dass alles mehr oder weniger weiterlaufen würde wie *business as usual*, dass einige schon fast enttäuscht waren. Die junge Referentin, Louise Kramer, zum Beispiel. Wohingegen der leitende Referent, Jakob Krogh, langsam anfing, sich zu entspannen, nach und nach, als deutlich wurde, dass seine Position nicht bedroht war.

Louise Kramer, die auf persönlicher Ebene immer noch superhappy über den Wechsel war, nicht zuletzt, weil die neue Ministerin nicht im Vorbeigehen nach ihr grapschte, versuchte ein einziges Mal in der Kantine gegenüber Henrik Sand Jensen anzudeuten, dass es schade wäre, wenn der Wechsel nur kosmetisch bliebe. Die Bemerkung blieb unkommentiert unter der niedrigen Kellerdecke hängen, zum Gespött aller, woraufhin sie sich über ihren Salatteller mit Feta und Oliven beugte und sich wünschte, sie würde endlich lernen, genauso cool aufzutreten wie die Männer. Die saßen immer mit ihren strategischen Fähigkeiten da und hielten ihre Kommentare so lange in der Hinterhand, bis sie sicher sein konnten, einen Stich zu machen. Eine Kunst, in der Henrik Sand geradezu Großmeister war. Er verriet nichts, lief nur mit geheimnisvoller Miene herum, die niemand richtig deuten konnte. Auch wenn es ausdauernd versucht wurde. Sogar vom Staatssekretär, der ansonsten nur Lob übrig hatte für seine neue Ministerin, ihre intellektuelle Kapazität und ihre Fähigkeit, sich von »Utopie auf Wirklichkeit« umzustellen, wie er in einem vertraulichen Moment gegenüber Henrik Sand anmerkte. Im Aufzug nach unten, einem beliebten Ort für diskreten Austausch.

»Heckt sie was aus?«, tastete er sich vor.

»Nja«, lautete Henrik Sands unergründliche Antwort, und wenn der Staatssekretär nicht infolge der Strahlenbehandlung gegen den Prostatakrebs, die er in aller Heimlichkeit nach Feierabend machte, ohnehin schon nur mit halber Kraft gefahren wäre, hätte er Sand Jensen vielleicht zu fassen bekommen und eine genauere Erklärung verlangt, anstatt, als sie das Erdgeschoss erreicht hatten, einfach nach draußen zu dem wartenden Wagen zu hasten, der ihn ins Reichskrankenhaus bringen sollte.

Henrik Sand hielt seinem Chef höflich die Tür auf, ließ ihn wegfahren und überquerte dann den Højbro Plads, um am Blumenstand zwei Bund weiße Tulpen zu kaufen, einen für seine Frau und einen für sich selbst. Fürs Büro. Er schüttelte sich ein wenig, als er bezahlt hatte und auf sein Wechselgeld wartete. Zwar waren die Tage inzwischen wieder so lang, dass es noch hell war, wenn er gegen fünf nach Hause ging, aber Frühling war es noch nicht. Es lag also nicht an irgendwelchen Frühlingsgefühlen, dass er summte, als er mit den Blumen im Arm auf den Eingang des Umweltministeriums zulief. Nein, Henrik Sand war blendender Laune, weil er fand, dass sie die nötige Ruhe hatten. Und weil er wusste, dass die Rekrutenzeit bald vorbei war und sie die große Frühjahrsoffensive starten konnten. Sie war fast so weit. Sie saß fest im Sattel, kannte das Haus, verstand die Abläufe und wirkte nicht mehr so instabil vor Müdigkeit wie in den ersten Wochen. Sie hatte gelernt, die Fraktion wie ein vielköpfiges Ungeheuer zu respektieren, und sie hielt das Parlament, wie sie sollte, am ausgestreckten Arm. Die Presse hatte sie natürlich konstant im Visier, aber sie waren nicht speziell hinter der Umweltministerin her, im Gegenteil, sie ließen sie offenbar in Frieden. So wie es sich gehörte, in der *Blumen-und-Schokoladen-Periode*, der ersten Zeit eines neu angetretenen Ministers.

Stattdessen hatten sie es wieder auf die Entwicklungshilfeministerin abgesehen, die mit einigen Aufsehen erregenden Hochrechnungen über die globalen Flüchtlingsströme herausgekommen war, die infolge ihrer Analyse die Stabilität der Welt gefährden würden, wenn nicht bald die Armen Zugang zum »Club der Reichen« bekämen. Das Mädel hatte sicher Recht, aber die Äußerungen waren nur ein neues Beispiel dafür, dass sie nicht das geringste bisschen politisches Gespür besaß. Zuverlässige Quellen am Asiatisk Plads verdrehten jedenfalls die Augen, wenn das Thema »Sofie Malling« zur Sprache kam. Und das tat es. Auf dieselbe Weise, wie über den »Caffè Latte«-Club geredet wurde, den Die Drei Grazien – Entwicklungshilfeministerin, Wohnungsbauministerin und Umweltministerin – gegründet hatten. Ohne jemanden zu konsultieren, was schon einen Teil sehr befremdet hatte, sowohl unter den Ministerkollegen als auch in den beiden Fraktionen. Es waren – nicht unerwartet – ein paar kleine erniedrigende Geschichten in der Presse gestreut worden, besonders die *Jyllands Post* hatte ein Süppchen auf Grund von »Quellen aus Regierungskreisen« gekocht, die sich angeblich sehr enttäuscht über »Fraktionsbildung in einer Zeit, in der wir eigentlich über Derartiges hinaus sein sollten« geäußert hatten. Aber die Geschichte war schnell vom Tisch, nachdem Meyer verkündet hatte, dass es herrlich sei, dass die jungen Frauen zusammenhielten und sich der alten Netzwerk-Strategien bedienten. Außerdem hatte Christina Maribo versichert, »Caffè Latte« solle so unverfänglich verstanden werden, dass drei Mädchen die Absicht hatten, ab und zu mal ein bisschen ins Café zu gehen und eher über Wäsche zu diskutieren als über die Weltsituation. Darüber hatte Charlotte leicht die Nase gerümpft, aber Sand hatte ihr versichert, dass es nur gut für ihr Image war, wenn sie sich traute, sich als »gewöhnliche junge Frau« zu präsentieren.

Ein Straßenjungenpfiff, gefolgt von einem durchdringenden »Sand!« brachte ihn dazu, sich umzudrehen, gerade als er den Code für das elektronische Schloss eingeben wollte. Zuerst konnte er sie nicht erkennen oder war jedenfalls unsicher, ob das seine Ministerin war, aber der Mantel war derselbe, auch der Schal, die Stiefel, die Tasche und das Lächeln. Breit und verlegen zugleich, als sie winkend aus Richtung Gammelstrand angelaufen kam.

»Sie haben sich die Haare schneiden lassen?«, konstatierte er, als sie ihn erreicht hatte.

»Ja! Und gefärbt, und Strähnchen und what not!«, sie fasste sich in die kurzen, jetzt kupferroten Haare. »Das hat drei Stunden gedauert und mich ein Vermögen gekostet. Wie finden Sie's?«

»Doch«, sagte er und rang sich ein Lächeln ab. »Schick. Aber vorher war es auch schick … Ich mochte das Lange, das war so *natürlich* …«

»Bauerntrampel«, nickte sie und gab den Code ein. »Das war ja gerade der Grund. Ich brauche ein anderes *Image*, oder, Sand?«, sagte sie ironisch und drückte die Tür auf. »Image is everything.«

»Hat Ihnen das diese Christiansborg-Stylistin, Mouna, weisgemacht?«

»Ich bin zwar noch etwas ungelenk in dieser Hinsicht, aber auf so was kann ich ganz gut selbst kommen. Und jetzt wollen wir den Stil ändern. Ist es nicht langsam an der Zeit?«

»Ein geglückter Stilwechsel ist jedenfalls immer eine Frage von *Timing*«, sagte er und folgte ihr die Treppe rauf in die Ministeretage. Sie nickte nach hinten, bemerkte die Blumen und stoppte.

»Für wen sind die Blumen?«

»Für meine Frau. Und für meine Ministerin«, sagte er und reichte ihr den einen Strauß. »Herzlichen Glückwunsch zur Frisur!«

Sie lachte, nahm überrumpelt den Bund entgegen und steckte die Nase in die Blüten.

»Weiße! Meine liebsten! Woher wussten Sie das?«

»So was *muss* ich wissen.«

»Scha-atz!«, lachte sie und gab ihm kokett einen Klaps mit dem Strauß. »Kommen Sie in zehn Minuten zu mir ins Büro?«, fragte sie dann zärtlich. Nur zum Spaß, natürlich. Aber die Sekretärin, die gerade auf dem Weg nach unten an ihnen vorbeiging, um sich etwas für ihren süßen Zahn zu besorgen, hätte schwören können, dass er errötete. Und wer konnte es ihr da verdenken, dass sie ihre Schlussfolgerungen zog, als die Ministerin sie kurz darauf mit einem freundlichen, aber bestimmten: »Danke, Birthe, für heute können Sie Schluss machen. Die Tulpen stelle ich selbst ins Wasser« nach Hause schickte.

Mit dem Tratsch, der darauf folgte, lagen sie insofern richtig, als tatsächlich etwas Entscheidendes hinter der verschlossenen Tür vorging. Allerdings nichts Romantisches, auch wenn die jeweiligen Partner vermutlich etwas eifersüchtig gewesen wären, wenn sie gewusst hätten, wie eng der Kontakt an diesem Abend zwischen der Ministerin und ihrem Leutnant wurde.

»Ich werde demnächst Noten bekommen«, fing sie an, während sie sich durch die ungewohnt kurzen Haare fuhr, die nur noch knapp die Ohren bedeckten, sodass die Ohrringe zu sehen waren. Ihr Gesicht wirkte jetzt offener, aber auch markanter, weil der Schleier aus langen Haaren nicht mehr da war, der die hohen Wangenknochen und das Kinn, das ohnehin schon schärfer hervortrat, abgemildert hatte. Sie hatte abgenommen, da war er sich sicher. Hoffentlich wurde das nicht noch schlimmer.

Er nickte. Einverstanden.

»Wir müssen mit dem Großen Plan vorankommen«, fuhr sie fort.

Er nickte wieder.

»Der ist nicht vergessen. Ich habe sogar daran gearbeitet. In aller Diskretion«, sagte er, als er ihren fragenden Blick sah.

»Und?«

»Ich glaube, es wäre am klügsten, auf zwei Ebenen zugleich zu arbeiten – auf Beamtenebene und auf politischer Ebene.«

Sie nickte zustimmend.

»Yes! Ich bin tatsächlich der Meinung, dass wir hier im Ministerium eine Art *Task-Force* einrichten sollten, die zügig mit einem halbwegs glaubwürdigen Rohentwurf aufwartet, mit dem ich zum Staatsminister gehen kann. Wenn er dann dabei ist, ist es ja erheblich einfacher, es durch die Fraktion und die Regierung zu bekommen. Meinen Sie nicht, es wäre eine gute Idee, die Gewerkschaften auch gleich mit einzubeziehen, sodass wir uns nicht hinterher mit ihnen herumschlagen müssen?«

Sand nickte. Glänzende Idee. Ihre Miene hellte sich auf.

»Sofie und Christina waren sofort dabei …«

»Sie haben ihnen doch nichts erzählt?«

»Nein, nein, nicht im Detail. Nur einen kleinen Fitzel gelüftet. Und Meyer muss ich auch, am besten noch im Laufe dieses Wochenendes, ins Boot holen, bevor ich nach Nairobi fliege. Haben Sie den letzten Redeentwurf?«

Er nickte und schob ihn ihr hin. Sie las ihn schnell, mehrmals nacheinander. Grunzte dann missbilligend und schob ihn zurück.

»Von meinem Entwurf ist nicht mehr viel übrig.«

»Er war drüben am Asiatisk Plads und ist ein bisschen gestutzt worden«, sagte er und nickte zu ihrer Frisur. »Sie sprechen doch im Zusammenhang mit der UNO. Es geht um Dänemarks offizielle Position gegenüber der UNEP. Nicht um Ihre private, unmaßgebliche Meinung.«

»Ja, aber könnten wir nicht wenigstens den Ton verschärfen?«

»Man findet offenbar, dass er reichlich geschärft ist.«

»Können wir das noch weiter diskutieren?«

Er sah auf seine Uhr.

»Es ist Freitagnachmittag, sechs Uhr. Sie fliegen Sonntagmorgen.«

Sie holte Luft.

»Okay, dann muss ich wohl improvisieren.«

»Am liebsten nicht«, sagte er.

Sie lächelte, nahm das Telefon ab, als es klingelte, warf einen Blick auf das Display und sagte: »Hallo, Schatz!«

»Wie viel haben wir noch zu tun?«, fragte sie dann und legte die Hand über die Muschel.

»Es wäre nicht schlecht, das Programm ein letztes Mal durchzugehen. Sie können das natürlich auch mit Jakob im Flugzeug machen …«

Sie nahm die Hand von der Muschel.

»Schatz, es dauert wohl noch ein paar Stunden. Esst ihr nur. Grüß deine Eltern, ja? Kuss an die Kinder, ja? Ich liebe dich auch. Tschüss.«

Sie legte sanft auf, wandte sich dann an Henrik.

»Der Schwiegerdrachen aus Aalborg ist soeben eingetroffen. Und da habe ich mich gefragt, ob Sie wohl etwas dagegen hätten, wenn wir unsere Besprechung in das eine oder andere Restaurant in der Nähe verlegen würden. Ich sterbe fast vor Hunger …«

»… und haben es möglicherweise nicht so rasend eilig, nach Hause zu kommen?«

Sie brach in Lachen aus.

»Nein, aber Sie vielleicht?«

»Ich rufe kurz an. Ich habe ja glücklicherweise Tulpen gekauft. Das hilft meistens.«

Sie schielte zu der Vase auf der Ecke des Schreibtischs.

»Ja, Thomas würde erst dann richtig sauer werden, wenn ich mit Blumen nach Hause käme!«

»Das kann ich wirklich gut verstehen«, sagte er und stand auf, beschäftigt damit, eine Erklärung für die erwartete späte Heimkehr zu formulieren, die, schon bevor er sie ausgesprochen hatte, wie eine schlechte Entschuldigung klang.

☆

Überraschenderweise war er alles andere als ein Anfänger, Jakob Kroghs neuer Squash-Partner. Sein bisheriger war gerade nach Frankfurt zur Europäischen Zentralbank versetzt worden und hatte selbst für Ersatz gesorgt, Mikkel Bøgh, einen lustigen Bruder vom Finanzministerium. Sie begrüßten sich zum ersten Mal in der Umkleidekabine und gingen ohne großen Smalltalk dazu über, den harten Ball aufzuwärmen, bevor sie mit dem ersten Satz loslegten. Sie hatten sich geeinigt, bis 21 zu spielen, »um es durchzukämpfen«, wie Mikkel sagte. Und es wurde ein harter Kampf mit langen, zähen Schlagduellen, die Publikum an die Glaswand lockten. Jakob war so überrumpelt von dem Gegenspiel, dass er ganz ungewohnt den ersten Satz verlor, aber schon im zweiten, als der Ball warm war, war er wieder da und gewann 21:18. Den dritten Satz gewann er genauso knapp, aber im vierten war der ansonsten geschmeidige und schnelle Gegner sichtlich müde, sodass er dieses Spiel relativ leicht für sich entscheiden konnte. Dann war er selbst auch kurz vorm Kollabieren, durchweicht von Schweiß und beinahe außerstande, den Schläger zu halten.

»Alter Schwede!«, stöhnte Mikkel nach Matchball und Niederlage. »Willst du uns umbringen, Mann?«

»Ich spiele, um zu gewinnen«, zog Jakob entschuldigend die Schultern nach oben und setzte die Trinkflasche an den Mund.

»Ja! Ich kenne nur einen, der denselben Willen zum Sieg hat!«

»Und wer ist das?«, fragte Jakob Krogh, schon herausgefordert.

»Charlotte. Deine Ministerin. Die gibt auch nicht nach.«

Jakob sah den schwitzenden Gegner schief an.

»Kennst du sie?«

»Mhm«, sagte Mikkel und trocknete sein Gesicht mit einem schwarz-rot-weißen Handtuch seines Lieblingsvereins ab, dem Fußballclub Århus. »Eine *enge* Freundin.«

»Okay.« Jakob Krogh lächelte. Zum ersten Mal. »Hast du Zeit auf ein Bier?«

»Immer«, grinste Mikkel und folgte seinem neuen Freund in den Umkleideraum.

☆

Sie glaubte, sie könne unter die Decke kriechen, ohne dass er es bemerkte. 23 : 14 zeigte der Digitalwecker. Zuletzt hatte sie gegen neun angerufen, um zu sagen, dass sie auf dem Weg nach Hause war. Das war sie auch gewesen. Tatsächlich konnte sie nicht erklären, warum es weitere zwei Stunden gedauert hatte, nach Hause zu kommen. Sie hatten einen netten Abend gehabt, sie und Sand. Hatten ein schnelles Fischgericht mit Safranreis gegessen, diskret zurückgezogen, in einem Restaurant in der Kompagnistræde, waren die Nairobi-Tagesordnung durchgegangen, Dänemarks Position, und hatten dann weitergeredet, erst über den Plan und danach über ihre nächsten Schritte, wie sie eine solide Plattform errichten sollte. Was wieder zu der blitzenden Frage führte: Sollte sie auf eine eigentliche politische Karriere setzen? Das hieße, sich aufstellen lassen. Noch war die Aufforderung nicht gekommen, aber sie würde irgendwann kommen, meinte Sand. Früher oder später. Und sie sollte natürlich annehmen. Nicht nur, weil »man nicht eine Ministerin haben kann, die sich nicht fürs Folketing aufstellen lässt, sondern weil Sie es in sich haben, das Potenzial und das politische Tier«, hatte er gesagt. Dann hatten sie sich noch lange über Gott und die Welt unterhalten, innerhalb und außerhalb des Systems. Es war lustig und spannend gewesen, und irgendwie hatte sie schrecklich viel Wein getrunken, obwohl sie abwehrend mit dem Kopf geschüttelt hatte, als er die zweite Flasche bestellt hatte. Im Gegenzug hatte sie darauf bestanden zu bezahlen, und das hatte er sie tun lassen, hatte aber darauf geachtet, dass sie ihre eigene Kreditkarte nahm und nicht die des Büros. »Nicht nur in Afrika gibt es Geier und Schakale«, hatte er mahnend gesagt. Er hatte ihr auch gesagt, sie solle auf sich aufpassen, als sie am Højbro Plads in ein Taxi gestiegen war. Freddy hatte sie schon längst freigegeben.

Gerade als sie die Decke beiseite geschlagen hatte, hielt er sie fest, Thomas.

»Woher kommst du so spät?«

»Es ist einfach spät geworden«, sagte sie und ließ sich ins Bett fallen. »Entschuldige.«

»Du riechst nach Wirtshaus.«

»Ich habe Rotwein getrunken. Zu viel.« Sie schmiegte sich an ihn.

»Du riechst auch noch nach etwas anderem«, schnüffelte er an ihr. »Deine Haare ...?«

»Ich war beim Friseur ...«

Er machte die Nachttischlampe an und setzte sich jäh auf.

»Shit!«, brach er entsetzt aus, als er sie sah. »Was zum Teufel hast du mit deinen Haaren gemacht?«

»Geschnitten.«

»Ohne mich zu fragen?« Er sah sie ungläubig an, als sie sich auch aufsetzte.

»Du weißt, dass ich deine Haare liebe!«

»Es sind schließlich meine Haare! Du musst ja nicht jeden elenden Morgen dastehen und sie waschen und föhnen!«

»Zur Hölle, Lotte«, sagte er nur kopfschüttelnd, starrte sie noch einen Moment fassungslos an, machte das Licht aus und legte sich wieder hin.

Sie wusste, sie musste etwas tun. Aber noch bevor sie es schaffte, sich nach ihm auszustrecken, war sie eingeschlafen.

»Im Flugzeug über Nordafrika, auf dem Weg nach Kenia. Die Sonne geht über der Sahara unter. Stundenlang sind wir über diese ausgedehnte Wüste geflogen, unerbittlich und unendlich. Jetzt sieht man den Horizont wie eine goldene Linie, bald senkt sich die Nacht, und wir werden den Rest des Wegs im Dunkeln fliegen. Ich lese in meinen Unterlagen, Berichten und Hochrechnungen über den Zustand der Erde. Ziemlich deprimierende Lektüre. Nicht zuletzt auf dem afrikanischen Kontinent, ›einem braunen Fleck auf einer blauen Erde‹, verschwindet

die Zukunft immerzu wie eine Fata Morgana, eine Luftspiegelung von Möglichkeiten, die sich nie erfüllen. Die Pest, HIV/Aids, breitet sich wie ein Steppenbrand aus und tötet die Jungen und Starken, die eigentlich Afrikas Weg aus der Erniedrigung sein sollten. ›Unsere Zukunft stirbt uns weg‹, sagen die afrikanischen Führer. ›Sogar die Hoffnung ist ihnen genommen‹, sagte Thomas neulich, als er die Nachricht bekommen hatte, dass wieder ein lokaler Kämpfer der Krankheit erlegen war. Das ist die Frustration, die die Sozialarbeiter oft quält: Jedes Mal, wenn sie etwas in Gang gebracht haben und ein Projekt läuft, stirbt die Schlüsselperson, und dann müssen sie mit dem nächsten Mitglied von vorne anfangen, das sich bald auch als infiziert herausstellt.

Thomas, mein Liebster … Afrika erinnert mich so sehr an ihn und unsere gemeinsamen Touren. Leider war der Abschied nicht sehr schön. Er war sauer auf mich wegen meiner Haare, lächerlich, und wir hatten nicht mehr genug Zeit, um uns wieder anzunähern. Seine Eltern waren ja da, und da bin ich immer etwas angespannt (= muffelig). Normalerweise fungiert er als Puffer, aber diesmal hatte ich den Eindruck, dass er sie mir vorzieht. Nicht, weil es wirklich einen Konflikt gegeben hätte, er gehörte nur einfach so deutlich zu ihnen. Ich hätte gerne den Samstagabend nur für uns gehabt, nur uns vier. Trotzdem endete es damit, dass Schwiegervater uns in Jensens Steakhaus eingeladen hat, in das er sich sicher auch gerade einkauft. Die Kinder waren begeistert, dass sie Softeis ad libitum essen durften – ›alles, was sie wollen!‹. Sie waren glücklich, nicht besonders bedrückt darüber, dass ich wegmusste. Sie gewöhnen sich schon daran, dass Thomas stabil und präsent ist, während ich instabil und abwesend bin. Also war es Papa, der mit Jens auf die Toilette gehen sollte, ich bekam nur allergnädigst die Erlaubnis. Man stelle sich vor, dass man dahin kommt, es als Privileg zu erleben, seinen Kindern den Po abzuputzen! Jammerten ein bisschen, als ich sie zum Abschied küsste, verschlafen, fünf Uhr morgens. ›Dann bleib zu Hause!‹, sagte Thomas hart, als ich klagte. Total ungerecht, ich war genauso verletzt wie sauer, als ich zum Auto runterging. Er stand nicht mal am Fenster, um zu winken. Immerhin hat er während der Zwischenlandung in Zürich angerufen und sich entschuldigt. Ich war auch schon wieder besänftigt und nicht mehr böse, also haben wir uns, so gesehen, versöhnt. Trotzdem habe ich ein Ziehen im Zwerchfell, das nicht von den

Luftlöchern kommt. Na ja, ich sollte besser versuchen, noch ein wenig die Augen zuzumachen und Managerschlaf zu halten, bevor ich raus muss, die Welt zu retten. Wie ich sehe, ist Jakob Krogh ganz gefesselt von dem Film, offenbar eine Hollywood-Komödie. Jedenfalls habe ich ihn grinsen sehen, mehrfach sogar. Unglaublich.«

Die dänischen Medien hatten die UNEP-Konferenz in Nairobi nicht so hoch bewertet, dass man das knappe Reisebudget hätte opfern wollen, um Mitarbeiter für die Berichterstattung hinzuschicken. Erstens meinte man nicht, dass eine UNO-Konferenz große Neuigkeiten abwerfen würde, zweitens gab es immer Agenturmaterial, das man hinzuziehen konnte, und drittens gab es gegebenenfalls immer einen freien Journalisten, der eventuelle gute Geschichten aufschnüffeln würde. In diesem Fall hieß er Tom Reiff und war ein rastloser Streuner, der die letzten acht Jahre in Ostafrika rumgekommen war und keinerlei Drang verspürte, sich nach Hause zu bewegen. Gerüchte in der Kolonie besagten, dass er HIV-infiziert, Vater mehrerer Mischlingskinder und fast schon psychopathisch war in seiner zynischen Dreistigkeit. Sein *Projekt* war es, ein Buch über den Krieg im Sudan zu schreiben, nein, *das Buch* über den Sudankrieg, und um dieses Ziel zu erreichen, setzte er mit kurzen Verschnaufpausen sein Leben – und das anderer – aufs Spiel. Es hieß, dass er Geisel der Aufrührer gewesen sei, in der Luft beschossen worden war und so oft Malaria gehabt hatte, dass er sich der tödlichen Grenze näherte. Es war etwas von Indiana Jones an ihm, wenn nicht sogar Denys Finch Hatton, nach dem sich die dänischen Frauen in Nairobi immer noch verzehrten, wenn sie im legendären Mutaiga-Club Eistee tranken. Ihre Männer waren ordentliche und redliche Diplomaten, *Danida*-Abgesandte, UNO-Angestellte, Geschäftsleute oder Mitarbeiter anderer Organisationen, die sich meist nicht gerade wie abenteuerlustige Großwildjäger aufführten. Diese Zeiten waren wohl oder übel vorbei, und deswegen war Tom Reiff mit seinem goldenen Pferdeschwanz, der ihm weit über die Schultern reichte, so anziehend. Alle waren sich darin einig, dass er jemand war, von dem man sich besser fern hielt, aber es waren sich auch alle darin einig, dass er ein so buntes Kontrastprogramm bot, dass man ihn immer zu diesem und jenem einlud, wenn er in der Stadt war.

Was er gerade und rein zufällig war, als die dänische Umweltministerin Charlotte Damgaard an der UNEP-Konferenz teilnahm und deshalb Ehrengast des Empfangs war, den der Botschafter auf der großen Terrasse seines parkähnlichen Gartens für sie gab. Hier wurde sie der dänischen Kolonie vorgestellt, unter denen viele bekannte Gesichter waren, aus der Zeit, als sie und Thomas ganz unten auf der Rangliste gestanden hatten, als jüngste Nothilfearbeiter. Einige freuten sich aufrichtig, sie in dieser Position wiederzutreffen, andere glotzten verblüfft, wenn – oder falls – ihnen klar wurde, dass aus ihr was geworden war, aber unabhängig von den Reaktionen hatte sie wieder das bedrückende Gefühl, im Fokus zu stehen. Alle Augen auf sich ruhen zu haben, entweder im Verborgenen, wenn sie sich noch ein Kanapee von einer der Platten nahm, die von schwarzen Dienern in weißen Jacketts gereicht wurden, oder ganz offen, als sie ans Mikrophon ging, um ihre Dankesrede zu halten, nachdem der Botschafter sie »besonders willkommen« geheißen hatte. Jakob Krogh hatte ihr Redekarten geschrieben, damit sie das Wesentliche nicht vergaß – sie lobte die Arbeit der Botschaft, lobte die Projekte von *Danida*, lobte die Arbeit der Nichtregierungsorganisationen für ihre uneigennützige Arbeit, lobte die Wirtschaft für ihre bereitwilligen Investitionen, lobte die Frauen dafür, dass sie mitgekommen waren, lobte die Gastfreundlichkeit, das Essen, das Klima, die Blumen im Garten, den fantastischen Paradiesapfelbaum und den schönen Abend … Nachdem sie das pflichtschuldig erledigt hatte, waren keine Redekarten mehr da – und da war sie noch nicht einmal zum Wesentlichen gekommen – warum sie sich eigentlich in Nairobi befand, das Ziel der Reise. Also holte sie tief Luft, sah hinüber zu Jakob, der sich an seinem Gin Tonic festhielt, und fuhr ohne Manuskript fort. Nachdem sie ungefähr eine halbe Minute gesprochen hatte, zückte Tom Reiff einen kleinen, abgegriffenen Notizblock. Langsam und lässig, sodass niemand es bemerkte. Auch nicht der Ehrengast, der zwanzig Minuten ohne Unterbrechung redete, über die Heuchelei der Welt, über die Notwendigkeit, etwas gegen die Ungleichheit zu tun, über die Verpflichtung, seinen Wohlstand zu teilen, über die Verlierer der Globalisierung und die verwerfliche Isolationspolitik der USA, über Pandemien und die drohenden Militärkatastrophen, über die immer bedrohlicheren Völkerwanderungen und darüber, wie schön Afrika aus der Luft aussah.

Der Applaus war kurz, höflich und verlegen, und Charlotte musste nur einen kurzen Blick auf Jakob Krogh werfen, um zu wissen, dass sie zu weit gegangen war. Viel zu weit. Aber es war Mittwoch, sie war seit Sonntagabend zusammen mit 150 anderen Delegierten im UNO-Gebäude gewesen, gebunden an Etikette und Formalia, sie musste ganz einfach etwas Wahres sagen. Und während sich unmerklich alle von ihr wegbewegten, drängte er in ihre Nähe. Oder besser gesagt, stand plötzlich ein Mann vor ihr, der aussah wie eine Parodie auf die Marlboro-Reklame. Die Khakihose fahl mit ausgeblichenen Flecken, Dreitagebart, die Haare hinten mit einem Gummiband zusammengehalten. Die Augen waren azurblaue Dreiecke, umkränzt von scharf geschnittenen Falten in einem braun gegerbten Gesicht. Alter: irgendwo zwischen 45 und 55.

»Hübsches Kleid«, leitete er ein. »Tom Reiff«, schob er hinterher, als sie gerade im Begriff war, ihn abzufertigen. »Ich bin Autor.«

»Hemingway?«, bemerkte sie und sah, dass der Botschafter auf sie zukam, um zu intervenieren. Aber als eine heftig gestikulierende Dame in diesem Moment mit dem Arm ausholte und die Hand des Botschafters traf, woraufhin der Großteil eines Glases südafrikanischen Stellenboschs auf seiner weißen Hemdbrust landete, wurde er unterbrochen. Und als er eine Viertelstunde später umgezogen zurückkam, war die Ministerin so vertieft in ein Gespräch mit Reiff, dass er davon absah, sich einzumischen.

Außerdem waren noch einige andere Gäste da, die ihn kräftig in Beschlag nahmen, darunter der Handelsattaché, dem am selben Nachmittag der Verdacht gekommen war, dass ein Angestellter vor Ort bestochen worden war. Jakob Krogh war auch abgelenkt worden. Er hatte eine alte Studienkollegin getroffen, ein cleveres Mädchen, die inzwischen Botschaftssekretärin geworden war und gerade Mann und Kind zum Strandurlaub nach Mombasa geschickt hatte. Die Ehe kriselte, verstand er, und das tat seine tatsächlich auch, es war schwer für andere zu verstehen, wie sehr man von seiner Arbeit verschlungen wurde. Verschlungen und zwischendurch auch höllisch frustriert, wenn der eigene Chef sich nicht gerade zweckdienlich aufführte. »Say no more«, lachte das Mädchen und offenbarte kleine weiße Zähne, von denen er sich wünschte, sie würde ihn damit hart in die Schultern beißen, um fühlen zu können, dass er noch einen Körper hatte. Als Charlotte also einige Zeit später kam und sagte, sie würde zurück ins Hotel gehen, aber dass er ja einfach noch bleiben könne, sie wäre in guter Gesellschaft, schlug er nicht die Hacken zusammen und bestand darauf, sie zu begleiten, wie es seine Aufgabe gewesen wäre, sondern zuckte mit den Schultern und sagte okay, dann sehen wir uns morgen, während er merkte, wie sein Geschlecht sich in den Hosen aus dünner Cool Wool regte, in Erwartung dessen, was ihn vielleicht, oh Gott, erwartete. Der Mitarbeiter des Außenministeriums sah sehr wohl, dass die Umweltministerin verschwand, und auch mit wem, aber es stand dem Außenministerium nicht zu, sich als Oberlehrer aufzuspielen. Und weil es unmöglich war, Jakob Kroghs Aufmerksamkeit zu erhaschen, beließ er es dabei.

So kam es, dass Charlotte Damgaard in einen äußerst ramponierten Jeep stieg und, ohne dass jemand eingriff, einen ganzen Abend und eine halbe Nacht in Gesellschaft eines charismatischen Fantasten verbrachte, der sich als Schriftsteller ausgab.

»Worüber schreibst du?«, fragte sie.

»Über den Krieg«, sagte er.

»Welchen Krieg?«

»Es ist immer derselbe Krieg«, antwortete er.

»Das klingt philosophisch«, erwiderte sie und stützte sich auf den vagen Vorbehalt, den sie ihm gegenüber irgendwie spürte. Aber dann hatte er vernünftig und interessant den Krieg im Sudan, den Morast involvierter Parteien und ökonomischer Interessen, der ihn steuerte und der verhinderte, dass er beendet wurde. Es dauerte lange, aber nach dieser Erklärung schlug er vor zu gehen und sprach von »etwas Wildem« außerhalb der Stadt. Er kenne das beste Restaurant, einen in jeder Hinsicht »safe place«, was keine Selbstverständlichkeit in *Nairobbery* war. Sie war skeptisch, aber er hatte Recht: Der Ort war sicher, das Wild – eine gemischte Platte aus Krokodil, Impala und Büffel, die am Tisch aufgeschnitten wurde – war hervorragend und hatte nur einen leichten Beigeschmack von Wilderei, der Inhaber war von überbordender Freundlichkeit, und er selbst war ein unerschöpflicher Quell von Wissen und guten Geschichten. Darüber hinaus musste sie zugeben, dass es ein Vergnügen war, ihn *anzusehen* – rau, maskulin, potent, im Gegensatz zu den kultivierten Zimmerpflanzen, von denen sie für gewöhnlich umgeben war.

»Wovon lebst du?«, fragte sie, als sie das Besteck zusammengelegt hatte. »Du kannst wohl kaum davon leben, über den *Krieg* zu schreiben?«

»Ich recherchiere, meistens für den *National Geographic*«, antwortete er und bestellte noch ein Tusker-Bier.

»Cool«, sagte sie anerkennend. »Und was machst du sonst?«

»Ich fahre auf dem großen, grau-grünen Limpopofluss stromabwärts, der ganz und gar von Fieberbäumen umgeben ist«, lächelte er und bezahlte den Kellner, der die zwei Bier gebracht hatte. »Finde Schmuggler, Elefantenpfade, die besten Bildmotive. Du kennst bestimmt das *Peace Park Projekt*?«

Sie nickte begeistert.

»Die große Naturschutzsache, die Zusammenlegung von Nationalparks, das Aufmunterndste, was seit langem passiert! Ein fantastisches Projekt!«

»Ja. Leider gibt es auch einige Leute, die das als Ökoimperialismus betrachten. In Mosambik sind sie zum Beispiel nicht so begeistert davon, den Südafrikanern in dieser Sache unterworfen zu sein, Mandela hin oder her.«

»Schon, aber das ist doch das einzig Richtige! Natur ist doch grenzenlos, Kulturen sind grenzenlos, damit kennen sie sich doch in Afrika aus! Man braucht Frieden und Umgänglichkeit, auf der ganzen Welt, auch zwischen Mensch und Natur!«

Er lachte, beugte sich vor und kniff ihr in die Wangen, als wäre sie ein kleines Kind.

»Bist du immer so hitzig?«, fragte er.

»Ja, bin ich.« Sie griff nach der Flasche und setzte sie an den Mund. Irgendetwas an seinem Blick, ein Lauern, gefiel ihr nicht. Oder war das sein Lächeln? Aber jedes Mal, wenn sie diese aufkommende Distanzierung spürte, wurden ihre Vorbehalte dennoch neutralisiert. Er redete sie weg, verbrannte sie oder schmolz sie ein, als wüsste er selbst, dass er diese Reaktion hervorrufen konnte.

»Entschuldige, wenn ich dich verletzt habe«, sagte er und senkte beschämt den Kopf. »Ich bin nur ein alter Zyniker. Habe schon lange die Hoffnung aufgegeben, Dänen könnten Leidenschaft zeigen. Erzähl mir, wie es kommt, dass jemand wie du *Ministerin* geworden ist. Ist das nicht, entschuldige den Ausdruck, total pervers?«

Sie lachte.

»Na ja, jetzt, wo du's sagst! Gelegentlich sicher. Aber mein Glaube ist noch in gutem Zustand«, fing sie an. Er schob seinen Stuhl ein klein wenig zurück, legte das eine Bein über das andere und hörte zu, während er seine filterlosen Zigaretten rauchte. Also ließ sie die Deckung fallen und plauderte los. »Unter uns, natürlich.« Sie verirrte sich tiefer und tiefer in Beteuerungen, je mehr Bier sie trank, redete sich warm und hielt das Feuer konstant am Brennen, allein durch seine konzentrierte Anwesenheit. Er nickte, lächelte und kam nur mit einzelnen relevanten und intelligenten Einwürfen, die auf rätselhafte Weise ihren Aussagen Profil verliehen. Ja, genau! So ist es! Woher weißt du das?

Als das Restaurant schloss und sie wusste, dass sie zurück sollte in das luxuriöse Northfolk-Hotel, das Meyer zum besten Hotel der Welt erklärt hatte, schlug er vor, weiterzuziehen und tanzen zu gehen. Er kenne einen großartigen Ort mit Live-Musik und Afrikas anregendsten Bands.

»Okay. Eine halbe Stunde.«

Sie tanzten zwei Stunden, als einzige Weiße in einem wogenden, pulsierenden schwarzen Tanzmeer unter freiem Himmel.

Sie gab sich vollständig hin, floss mit, ließ den Rhythmus der Congas ihr Bewusstsein füllen, löste die Hüften und leerte den Kopf. War zum ersten Mal seit sechs Wochen nur die Charlotte, die sie vorher gewesen war. Das war die ultimative Freiheit, und sie lachte und wirbelte in seine Arme und wieder hinaus. Zuletzt blieb sie einfach, ließ sich wiegend umschließen, sog seinen scharfen Geruch nach Schweiß ein und spürte seine kratzende Wange an ihrer. Sie musste sich bewusst dagegen entscheiden, mit ihm ins Bett zu gehen, sonst hätte sie es gemacht als das natürlichste Nachspiel der Welt. Gegen zwei Uhr riss sie sich los und bat darum, zum Hotel zurückgebracht zu werden, und obwohl sie eine Sekunde fürchtete – oder hoffte –, er könne sie woanders hinbringen und sie an den Haaren wegschleppen, gehorchte er höflich und fuhr sie bis zum roten Läufer der Hotellobby. Stieg aus, küsste sie auf den Mund, sagte, dass sie eine schöne Frau sei und dass er sie anrufen würde, um zu vereinbaren, wann sie mit zum Naiwasha-See kommen würde. Sie trocknete langsam den Kuss mit dem Handrücken, sammelte sich und ging mit großen Schritten durch die Lobby, hinaus in den üppig angelegten Garten, über den Steg zu ihrem Kolonialstil-Bungalow, gefolgt vom Portier, der sehr bestürzt darüber schien, dass Her Honorable Mrs. Minister so spät und ganz ohne Gefolge kam. Und Ihr Mann, Madame, hat mehrmals angerufen.

Tom Reiff hingegen meldete sich nie mehr. Am nächsten Tag war er einfach verschwunden wie ein Traum, den sie alleine gehabt hatte und nicht nacherzählen konnte. Also erwähnte sie ihn nicht, weder gegenüber Jakob Krogh, der sich um seine eigenen Angelegenheiten kümmern musste, vorzugsweise zwischen den tennistrainierten Oberschenkeln der Botschaftssekretärin, noch gegenüber Thomas, der lange und wiederholt Erklärungen dafür verlangte, warum ihr Handy den ganzen Abend ausgeschaltet war. Und die *Nacht*, wie er betonte. Und warum war sie nicht in ihrem Zimmer, wenigstens nach Mitternacht? Sie fabrizierte eine plausible, aber nicht gerade überzeugende Erklärung vom Empfang, der sich hingezogen hatte, von einem leeren Akku, Müdigkeit, Arbeit auf der Konferenz und so weiter. Sie, die eigentlich nie log, schaffte es aus irgendeinem Grund nicht, von der Begegnung mit diesem Mann zu erzählen, der nicht in die gewöhnlichen Kategorien passte. Sie beendete die Sache geschickt, indem sie ihn unter »Berufsflirt« verbuchte und ihn somit mit einer gewissen Erleichterung wegschieben konnte als jemanden, zu dem sie sich nicht länger auf irgendeine bestimmte Weise verhalten musste oder von dem sie sich verlocken ließ. Aber sie schaute doch nach ihm, sowohl bei dem offiziellen Ausflug nach Naiwasha, auf dem Massai-Markt und schließlich während des nordischen Diners in Mutaiga. Sogar wenn sie in der schusssicheren Limousine zur Konferenz und wieder zurückgebracht wurde, scannte sie das Straßenbild nach dem Marlboro-Mann mit Pferdeschwanz. Sie unterließ es jedoch, sich nach ihm zu erkundigen und schaffte es auch, ihr Gesicht völlig neutral zu halten, als der Botschafter ihn plötzlich erwähnte. »Sie sind hoffentlich nicht Tom Reiff in die Hände gefallen, oder?«, fragte er nebenbei während einer Verhandlungspause. Das war am vorletzten Tag der Konferenz, sie hatte die ganze Woche geschuftet wie ein Pferd, um wenigstens einige Verschärfungen in der Gemeinschaftserklärung unterzubringen. Sogar Jakob war beeindruckt, wie sie es geschafft hatte, sich so festzubeißen und zu profilieren, dass keiner der 150 Delegierten darüber im Zweifel sein konnte, wer Dänemarks neue Umweltministerin war. Dass sie dabei mehrere Male bis an die Grenzen ihres Mandats gegangen war, nicht zuletzt während der souverän abgelieferten Rede vor der Plenarversammlung, musste der Knabe vom Außenministerium schmollend zur Kenntnis nehmen. Durch gründliche Zusammenarbeit mit den Nichtregierungsorganisationen hatte sie es auch geschafft, dass die Beratungen über eine eigentliche, übernationale Umweltorganisation wieder aufgenommen wurden, sie hatte die Diskussion über Umwelt und Globalisierung verschärft, und sie hatte darauf bestanden, die Umwelt in die Ungleichheitsproblematik einzubinden. Mehrere der großen Presseagenturen hatten »the Danish minister for the environment« erwähnt, dadurch war sie auch in die dänische Presse gelangt. Nur als kleiner Zweispalter zwar, aber Henrik Sand hatte angerufen und ihr gratuliert, auch wenn er sie trotzdem daran erinnert hatte, die Pferde im Zaum zu halten. Ihm gegenüber hatte sie die kleine Eskapade selbstredend auch nicht erwähnt, die im Laufe der Woche nach und nach verblasste und verschwand und zu einem kleinen süßen Geheimnis wurde. Niemand wusste etwas, und alles in allem war ja auch nichts *passiert*. Sie brauchte sich keine Sorgen zu machen, sie brauchte sich nicht mit Steinen im Schuh herumzuärgern. Aber auch, wenn der Botschafter das Thema nicht weiter verfolgte, als sie jegliche nähere Bekanntschaft mit Tom Reiff weit von sich wies, war es doch Unheil verkündend. Dass er diese Frage überhaupt gestellt hatte. Eigentlich war es ihr ja klar. Sie hätte sich von ihm fern halten sollen.

»Tom Reiff ist ein Scheißkerl, keine Frage. So beschissen, dass es eine medizinische oder psychiatrische Diagnose für Fälle wie diesen gibt: Psychopathie. Dieser Mann ist ein 1A-Psychopath, Fantast, Lügner, Verführer, was auch immer. Er ist auch ein begnadeter Schreiber und Reporter, war in den meisten dänischen Verlagshäusern und vor allem auch wieder draußen, wenn der Kredit sozusagen ausgelaufen war. Unter uns gesagt, räume ich gerne ein, dass wir uns in einem Blatt wie diesem gelegentlich am Rande der Wahrheit bewegen, wir sind nicht so zimperlich, wenn es darum geht, aufzubauschen oder zurechtzuschneiden. Aber sogar bei uns ist es inakzeptabel, ein ums andere Mal bei glatten Lügen ertappt zu werden. Das ist verflucht teuer wegen der Schmerzensgelder, Dementis sind auch ein ziemlicher Scheiß, und Chefredakteure sind generell nicht besonders scharf auf die Aussicht, im Namen der Redefreiheit im Knast zu landen. Es ist doch immer so, dass Lügner früher oder später entlarvt werden. Selbst wenn sie etwas schildern, was im fernen afrikanischen Busch passiert ist, dann ist da doch immer irgendeiner, der sich zufälligerweise genau zum angegebenen Zeitpunkt da befand und die Geschichte dementieren kann. Oder vielleicht gerade beweisen, dass der Journalist niemals selbst dort gewesen war, sondern einen zufälligen Zeugen aus dritter Hand in einer Bar im Nachbarland getroffen hatte. Und lass es mich so sagen: Egal, ob Tom schreiben konnte, dass die Engelein sangen, dass wir spürten, wie es war, durch vermintes Gebiet zu schleichen, in einem Zug voller Diamantenschmuggler oder bei entfesselten Orgien im Präsidentenpalast dabei zu sein – das war kein Journalismus, das war Fiktion. Und da der Mann seinen Fehler ja nicht zugeben wollte, musste das Blatt eben die Konsequenzen ziehen und die Zusammenarbeit mit ihm beenden. Also haben wir vor etlichen Jahren aufgehört, seine Sachen zu verwenden, hörten nur, dass es ihm wohl ganz gut ging und er wie immer eine Spur gebrochener Herzen und schwangerer Frauen hinterließ. Sie hatten ja schon immer eine Schwäche für ihn, die Frauen, und ich muss ausnahmsweise einräumen, dass ich sie verstehe. Er war eben so, verführerisch. Ein Mann, mit dem man sich gut fühlte, er war unterhaltsam, begabt und wild. Der Typ, der einem die Kehle durchschneidet, ohne dass man es merkt. Allmählich lernte man ja, Tom Reiff zu umgehen, wenn man sein Leben liebte. Warum taten wir das also nicht auch in diesem Fall? Warum kauften wir die Geschichte über die ›afrikanische Nacht‹ der Umweltministerin? Wussten wir nicht, dass das offenbar wieder eins von Tom Reiffs Märchen war? Doch, das war uns klar. Darum checkten wir, ob es überhaupt stimmen konnte, dass der Typ Charlotte Damgaard während ihres Besuchs in Nairobi getroffen hatte. Das bestätigten unsere Quellen. Eine hochrangige Quelle vom Außenministerium konnte sogar bestätigen, dass sie den Empfang des dänischen Botschafters in seiner Gesellschaft verlassen hatte. ›Ganz außerordentlich freiwillig‹, wie betont wurde. Schließlich hatte jemand sie um zwei Uhr nachts zum Hotel zurückkommen sehen, und der Betreffende schwört, dass sie sich obendrein von einem Mann zum Abschied hatte küssen lassen, der auf Tom Reiffs Beschreibung passte. Warum also sollte der Inhalt des Artikels nicht wahr sein? Einfach als Ausnahme, die Tom Reiffs Ruf bestätigte? Außerdem war er fantastisch geschrieben, und es wäre ein Jammer gewesen, unseren Lesern das vorzuenthalten.«

☆

Henrik Sand stand unerwartet am Gate und nahm sie bei der Zwischenlandung in Zürich in Empfang. Ihr Mund öffnete sich zu einem entsetzten Oval, als sie ihn sah, aber er schüttelte den Kopf, mit der Familie ist alles in Ordnung. Dann zog er sie aus dem Gewühl, in dem unter anderem Jakob Krogh stand und ihnen desorientiert nachglotzte.

»Sie sind in der Zeitung«, sagte er nur, aber es reichte ihr, um sofort zu wissen, was passiert war. Sie konnte auch deutlich seinen Zorn, seine Enttäuschung und seine totale Entschlossenheit spüren. Er reichte ihr das *Ekstra Bladet*, auf den beiden betreffenden Seiten aufgeschlagen, und obwohl sie das Gefühl hatte zu schwanken, hielt sie sich während der gesamten Lektüre aufrecht, auch als Jakob Krogh mit dem Telefon am Ohr plötzlich anfing, panische Blicke in ihre Richtung zu werfen.

»Das ist natürlich gelogen«, sagte sie danach mit glühenden Wangen.

»Haben Sie ihn getroffen? Tom Reiff?«, fragte Sand und hielt den Referenten mit einer Handbewegung auf Abstand.

Sie nickte. Ja. Und war mit ihm ausgegangen. Ja. Und hatte Impala gegessen und Bier getrunken. Ja. Und über sich geredet. Ja. Und mit ihm getanzt »unter Afrikas Sternenhimmel«. Ja. Und sich von ihm küssen lassen. Ja.

»Shit!«, fluchte Sand.

Sie protestierte.

»Aber all das hier habe ich nicht *gesagt*! Nicht so, jedenfalls.«

»Das könnte ansonsten aber gut nach Ihnen klingen«, sagte er und las laut vor, mit dem Finger im Text.

»›Ich glaubte, ich könnte die Welt ändern. Aber Politik ist ja total pervers, entschuldige den Ausdruck. Christiansborg ist ein Kindergarten, wo man eher damit beschäftigt ist, sich mit Dreck zu beschmeißen, als dass man versucht, all die ganzen ungerechten Unterschiede, die unsere Welt quälen, zu ändern. Den Politikern, auch meinen Ministerkollegen, fehlt es an Mut, Stellung zu beziehen. Warum sagen sie nie, wie es in Wirklichkeit ist? Warum ist es ein amerikanischer Ex-Präsident, der herumreist und uns sagt, wie es hätte sein sollen? Warum sagen wir in Dänemark nicht die Wahrheit über die Fremden? Dass wir auf dem Weg in die Zeit der großen Völkerwanderung sind? Wir können die Armen nicht außen vor lassen, um selbst wie weiße Kolonialherren in einem Reservat von Milch und Honig zu leben. Wir müssen die Arroganz wegpacken und anfangen, uns demütiger zu verhalten. Es ist an der Zeit, innezuhalten und zu überlegen, ob es nicht jetzt daran ist, das Wachstum zu bremsen, den Verbrauch zu reduzieren und uns genügsameren Lebensformen zuzuwenden. Wenn es nach mir ginge, könnten wir das Auto gerne stilllegen und wieder Kutschen einführen. Am Geld gemessen, sind die Afrikaner zwar arm, aber wenn ich mich hier in Nairobi umsehe, dann spüre ich eine pulsierende Lebensfreude, die wir verloren haben. Wir sind ja nur noch ein Haufen Funktionäre in Dänemark, langweilige Buchhalter, die weder zu tanzen verstehen noch zu lieben‹, sagt die schöne dänische Umweltministerin, indem sie mich auf die Tanzfläche zieht und mir dieses schmachtende Lächeln schenkt, das aufleuchtet wie ein dänischer Sommertag mitten in der afrikanischen Nacht. Charlotte Damgaard ist keine Buchhalterin. Sie ist eine Frau, die es versteht zu tanzen und zu lieben …«

»Stop!«, rief sie abwehrend.

»… und so geht es weiter. Er folgt Ihnen ja sogar zurück in ›die luxuriöse Bungalow-Suite des Northfolk-Hotels. Der Champagner, der von livrierten Boys unter dem Sternenhimmel serviert wird, an dem der Mond steht, ist perlend wie ihr mädchenhaftes Lachen …‹«

»Das ist eine verdammte Lüge!« Sie riss ihm die Zeitung aus der Hand. »Er war nicht bei mir im Hotel. Ich wurde vor der Lobby abgesetzt!«

»Schscht«, zischte er. Die Leute fingen an, sie anzustarren. Glaubten wohl, sie wären mitten in einem heftigen Ehekrach.

»Fuck«, murmelte sie und sank auf den nächstbesten Sessel, während ihr langsam das Ausmaß der Katastrophe klar wurde.

»Jetzt geht es um *damage control*. Wir müssen Jakob besser einweihen, er ist immer ziemlich gut in Krisenmanagement. Und das hier erfordert *an early response*.«

Sie nickte einverstanden. Dann traf es sie wie der Hieb einer riesigen Machete.

»Was ist mit Thomas?«

»Ich habe ihn gewarnt. Ihm geraten, den Stecker zu ziehen. Es haben schon einige Journalisten angerufen heute Morgen. Wir werden ihnen sicherlich am Flughafen begegnen.«

»Scheiße«, sagte sie, während ihre Glieder sich mit Blei füllten.

☆

Thomas hat sie dieselbe Erklärung mit denselben Worten so oft wiederholen hören, dass er sie fast wortgenau wie ein Tonband abspulen kann, wieder und wieder. »Thomas, ich bin von einem Psychopathen betrogen und hereingelegt worden, der mich in eine Falle gelockt hat. Es war himmelschreiend dumm von mir, yes! Ich hätte weder mit ihm mitgehen dürfen, noch hätte ich mit ihm tanzen sollen, und natürlich hätte ich schon gar nicht zulassen dürfen, dass er mich auf den Mund küsst. Aber nur weil es jetzt gesagt ist, ist es nicht schlimmer geworden. *Mehr ist nicht passiert!*« Nein, sie war nicht mit ihm zusammen gewesen. Er war nicht mit im Hotel gewesen. Nein, sie hat ihn nicht wiedergesehen. *»Es ist nichts passiert, Thomas. Nichts, was uns beide betrifft! Ich liebe dich! Verdammt noch mal, warum können wir damit nicht endlich aufhören! Die ganze Welt ist dabei, mich bei lebendigem Leibe zu häuten – könntest nicht wenigstens du so lieb sein und mir glauben? Sei mein Freund! Thomas, ich liebe dich!«*

Er liebt sie auch. Er wünschte, er könnte sie vor ihnen allen beschützen, vom gierigen Reporter bis zum politischen Gegner, die sich alle auf sie stürzen, mit schrill erhobenen Stimmen, aufgeregt, mit so leichter Beute spielen zu dürfen. Er hasst den Staatsminister, der ihr nicht zu Hilfe kommt, sondern sie in der Arena alleine lässt, die sie Folketings-Saal nennen. Er hasst seine Eltern für ihre schadenfrohen Sticheleien. Er hasst die Kollegen, die hinter seinem Rücken tuscheln. Er hasst ihre Mutter dafür, dass sie Winterurlaub in Phuket macht. Er hasst diesen Tom Reiff so zutiefst, dass er ihn erwürgen könnte. Aber am meisten hasst er sich selbst dafür, so von seiner eigenen Eifersucht beherrscht zu sein, dass er ihr nicht helfen kann, sondern ihr den Rücken zudreht, wenn sie, verprügelt von noch einem Live-Bericht im Fernsehen, nach Hause kommt. Er sitzt zu Hause und sieht, wie der Schlag sitzt, die Augenbraue aufplatzt, die Lippen anschwellen. Trotzdem hält sie jedes Mal stand, kämpft sich durch alle Runden und gewinnt am Ende einen Punkt. Ihre Stärke ist Respekt einflößend, die Fähigkeit zu parieren imponierend. Erst wenn sie zu ihm nach Hause kommt, dahin, wo sie eigentlich in Sicherheit sein sollte, verliert sie durch Knockout.

»Schläfst du?«, fragt sie. Und er lügt und antwortet nicht, während ein nie gekannter Zorn in ihm brodelt und sein Herz so hart hämmern lässt wie das eines Söldners.

⋆

Nach zehn Tagen ist es vorbei. Der Orkan hat sich gelegt, die Wolken verziehen sich, die Sonne bricht wieder hervor, und es ist Zeit, die Schäden zu beseitigen. Henrik Sand ist in solchen Dingen trainiert. Nüchtern taxiert und bewertet er den Umfang der Katastrophe. Eigentlich ist es nicht so schlimm wie zunächst angenommen. Es war zwar eine richtig üble Sache, sie hatte sich einen Patzer von kriminellem Ausmaß geleistet und sich selbst der Opposition geradewegs zum Fraß vorgeworfen – aber danach hatte sie es geschafft, die Situation zu meistern, sodass es fast so aussieht, als hätte sie selbst entschieden, auf der schäumenden Wellenspitze zu surfen. Auf jeden Fall sieht es nicht so aus, als wollten die Wähler sie dafür abstrafen. Ganz im Gegenteil: Ein Leserbrief nach dem anderen ist eingetroffen, in dem steht, wie befreiend es ist, endlich einen Politiker mit »Haut und Haar«, »eine Frau im Kleid« zu haben, und viele andere, die den Mut der Ministerin loben, »Empfindsamkeit und Sinnlichkeit« zu zeigen. Politische Kommentatoren haben geschrieben, dass sie offensichtlich eine politische Dummheit begangen hat, als sie so frei von der Leber weg mit einem wildfremden Mann »dubiosen Kalibers« geredet hatte, was etwas über ihre Unreife und ihre mangelnde Urteilskraft aussage, aber auf der anderen Seite habe sie ja in der Substanz Recht – dass die dänische Bevölkerung und die dänischen Politiker die Augen verschließen vor den wirklichen Problemen der Welt und der grenzüberschreitenden Verantwortung, die mit der Globalisierung zusammenhängt. »Es muss das Privileg des jungen idealistischen Politikers sein, *the establishment* zu kritisieren, auch wenn es um Parteigenossen und Regierungskollegen geht. Sonst kann man sicher sein, dass die angestrebte Erneuerung, nach der das parlamentarische System förmlich schreit, ausbleibt«, stand im Leitartikel von *Politiken*. Die *Jyllands-*

Post hingegen machte sich lustig über die Sache mit der Kutsche und entwickelte ein Mittelalter-Szenario, in dem »Wollhosen und Milchsuppe offenbar die Visionen der Ministerin für das 21. Jahrhundert sind«. Die *Berlingske Tidene* meinte schlicht und ergreifend, dass »Charlotte Damgaard die Konsequenzen aus ihrem peinlichen Eigentor ziehen und ihre Stellung überdenken sollte, bevor sie noch größeren Schaden anrichten kann«. Umgekehrt war *Information* und *Weekendavisen* der Gedanke an Nullwachstum nicht ganz fremd, der »vielleicht die Antwort der reichen Welt auf die arme sein sollte«. Schriftsteller und diverse Kulturpersönlichkeiten rückten sogar zur Verteidigung der jungen Ministerin aus, die selbst zum Fest beitrug, indem sie das einzig Richtige tat: anzuerkennen, dass sie sich blamiert hatte, »indem ich mich von einem charmanten Scharlatan habe ausnutzen lassen, was leider nicht zum ersten Mal in der Geschichte der Welt einer Frau widerfahren ist«.

Letzteres war ungeheuer unverfroren, weil sie so mit einem Schlag alle Frauen auf ihre Seite zog und die Brüllaffen der Opposition als das vorführte, was sie waren: aufschneiderische Hosenscheißer auf der Jagd nach politischer Hochstapelei. Als Henrik Sand sie dafür lobte, zuckte sie nur mit den Schultern und sagte: »Aber so ist es doch. Ganz banal. Er hat mir ein Kind gemacht, bildlich gesprochen.«

Die Boulevardzeitungen, allen voran *Ekstra Bladet*, die ja selbst die Lawine ausgelöst hatte, beackerten hemmungslos den anrüchigen Winkel, indem man sich südlich der Gürtellinie aufhielt und noch mehr Schmutz über »Afrikas Königin« aufwirbelte, die »auch in Nairobis Szenelokalen effektvoll mit ihren weiblichen Reizen spielte und ihrer legendären Fähigkeit, Männer weich wie Nougat werden zu lassen«. Eine Behauptung, die bereitwillig von »einer ganzen Reihe Männer bestätigt wurde, die Charlotte Damgaard auf ihrem Weg nach oben niedergetreten hatte, darunter ein ruhmreicher Naturschützer aus Jütland, ein Lektor der Universität Aarhus, alte Studienkollegen und sogar Mitarbeiter des Umweltministeriums«.

»Sind Sie das?«, hatte sie Sand gefragt, als der Artikel erschienen war. Nein, das war er nicht. Was sie sich auch in ihrer wildesten Fantasie nicht hätte vorstellen können.

»Wer dann?«

»Keine Ahnung. Es ist ja nicht mal sicher, dass die überhaupt mit jemandem gesprochen haben. Die schreiben, was ihnen passt. Das wissen Sie doch.«

»Die können also ohne weiteres schreiben, dass ich mich nach oben durchgevögelt habe?«

»Ja.«

»Und damit soll ich mich abfinden?«

»Das werden Sie wohl müssen. Das Dümmste, was ein Politiker machen kann, ist zurückzuschießen.«

Ihre Augen waren zu schmalen Schlitzen geworden.

»Also wer der Lektor von der Uni ist, weiß ich gut. Er hat mich zur studentischen Hilfskraft gemacht, als ich im zweiten Semester war. Sehr mystisch und sehr schmeichelhaft, bis sich herausstellte, dass er mich auf seinem Schreibtisch nehmen wollte. Ich sollte sein kleines *pet* sein. Als ich ablehnte, verfolgte er mich. Verbissen und mit allen Mitteln. Also habe ich ihn wegen sexueller Belästigung angezeigt. Daraufhin tauchten noch fünf andere schöne Studentinnen aus ihren Löchern auf. Also der ist einfach. Der jütländische Naturschutzmann war mein stärkster Gegner in der Vereinigung, das ist also auch ziemlich simpel. Die Studienkollegen können alle möglichen sein, die mich aus der Ferne gehasst haben, da gab es sicher einige, und ich könnte sogar ein paar von denen namentlich erwähnen, die es sicher lieben würden, gegenüber der Schmutzpresse zu tratschen. Aber woher haben sie ›die Mitarbeiter aus dem Umweltministerium‹? Warum sollten ausgerechnet *das* Fantasiegestalten sein, wenn alle anderen echt sind? Wer fühlt sich von mir bedroht?«, fragte sie.

»Niemand. Niemand, von dem ich weiß.«

Anscheinend ließ sie die Sache auf sich beruhen. Was unter den gegebenen Umständen sicher das Klügste war. Bis auf weiteres. Denn er wusste, dass sie wusste, dass er wusste, dass es ein Leck im System gab. Irgendjemand hatte etwas zu laut gesungen. Und das war selbstverständlich absolut inakzeptabel.

Aber jetzt war ganz und gar nicht der Zeitpunkt, um mit Pauken und Trompeten loszuziehen. Besser noch ein bisschen in Deckung gehen. Nicht zuletzt ihretwegen, damit sie wieder richtig auf die Beine kommen konnte. Nicht dass sie zugegeben hätte, dass sie getroffen war. No way, dazu brachte er sie niemals. Sie hatte sich auch geweigert, sich zu entschuldigen. Sie war nur bereit gewesen zu *bedauern*, dass ein Gespräch, das sie als privat betrachtet hatte und das im Übrigen verdreht worden und in großem Umfang der freien Fantasie des Verfassers entsprungen war, an die Öffentlichkeit gelangt war. Mehr erreichten sie auch im Parlament nicht: »Will die Umweltministerin daran festhalten, dass sie das dänische Folketing als Kindergarten betrachtet?« Die Antwort fiel wie ein Peitschenhieb: »Ich will gerne bedauern, diesen Ausdruck verwendet zu haben. Er ist eine Beleidigung gegenüber beiden Institutionen.« Und so weiter. In der Presseloge hatte man Spaß, während man im Saal *not amused* war. Was die Regierungskollegen offenkundig auch nicht waren. Der eine oder andere hatte sich von der Umweltministerin distanziert, aber das, was registriert wurde, war die Tatsache, dass Vittrup sich vollständig stumm verhielt. Er gab keine Kommentare ab, wenn er gefragt wurde. Und obwohl Sand besonders gute Kontakte ins Staatsministerium hatte, gab es niemanden, der etwas Inhaltsreiches darüber hätte sagen können, was der Staatsminister eigentlich über das Tun und Lassen seiner Umweltministerin dachte oder meinte. Aber alle waren sich einig darin, dass seine Haltung ausschlaggebend für ihre Stellung und ihre zukünftige Position sein würde. Wenn sie nicht die Unterstützung des Staatsministers hätte, würde es so gut wie aussichtslos sein, irgendetwas durchzubringen. Die anderen Minister, vielleicht mit Ausnahme von Meyer und den Lämmchen vom *Caffè-Latte-Club*, würden schlicht alles tun, um ihr Steine in den Weg zu legen.

Sand wusste genau, wie das sein würde. Das hatten sie nämlich früher schon einmal ausprobiert. Als das letzte Mal eine Frau auf diesem Stuhl saß. Und das war ein Trauma, das er übernommen hatte, obwohl er erst später dazugekommen war. Als sie gegangen war. Gegangen worden war.

Das hatte sie ihn auch gefragt, Charlotte. Ob sie gehen müsste. Natürlich musste sie nicht. Die Sache entbehrte ja jeder Substanz.

»Ein Sturm im Wasserglas?«, hatte sie schief gelächelt.

»Ja. Sie müssen ihn nur aussitzen. In einem Monat sitzt schon wieder jemand anderes auf dem heißen Stuhl. So ist es eben. Sie müssen lernen nachzudenken.«

»Trust nobody?«

»Wie ich es Ihnen beigebracht habe. Ja.«

»Entschuldigung«, sagte sie da. Zum ersten und einzigen Mal. Das war ihr Geschenk an ihn, und er nahm es ohne Vorbehalt entgegen.

Seitdem ist er mit der Abrechnung beschäftigt gewesen. Damit, Bilanz zu ziehen, um zu sehen, wie sie weitermachen können. Wie viel Kapital sie dabei noch haben. Intern herrscht verbreitet die Auffassung, sie habe alles zertrümmert. Dass das Ministerium in weniger als zwei Monaten ans Ende der Hitliste gerutscht ist, runter zu den Verlierern, wo es sich jetzt mit dem Sozial- und dem Kirchenministerium vergnügen kann. Besonders Jakob Krogh scheint ihm ziemlich pessimistisch in die Zukunft zu blicken. Sie hat doch immer noch gute Knochen. Hat Ressourcen, um wieder hochzukommen, wenn sie nur *das Rückgrat* haben, um sie zu stützen. Dann können sie tatsächlich die Misere zu etwas Gutem wenden. Sie hat Charakter gezeigt. Hat sich profiliert. Mit *Ansichten.* Das ist doch zum Teufel das, was immer alle wollen? Vom Symbolanalytiker bis hin zum kleinen Mann auf der Straße.

So sitzt Henrik Sand Jensen in seinem Büro und grübelt, während er seinen Füller zerkaut und zum ersten Mal das Flimmern der Frühjahrssonne auf den einfarbigen Ringordnern im Regal beobachtet. Als das Telefon klingelt und seine Spekulationen unterbricht, ist sie dran. Aus dem Auto.

»Ich bin ins Staatsministerium rüber gerufen worden«, sagt sie kurz angebunden. »Will er mich feuern?«

»Das glaube ich kaum. Was hat man Ihnen gesagt?«, fragt Sand und spannt seine Schultern an, sodass sich sein Hemd über dem Rücken strafft. Er kennt die Codes inzwischen.

»Dass ›der Staatsminister eine Besprechung wünscht‹ …«

»Dann ist es keine Entlassung. Die bespricht man nicht. Aber vielleicht ein ›kameradschaftliches Gespräch‹. Wann findet es statt?«

»In drei Minuten.«

»Haben Sie Jakob dabei?«

»Nein. Louise kommt mit. Das ist gut, wir kommen zurecht. Wir sind jetzt am Thorvalds-Museum. Was soll ich sagen?«

»So wenig wie möglich, glaube ich. Sie hören zu, er spricht.«

»Verstanden«, lacht sie trocken. »Bis nachher.«

Jakob steht in der Tür, als er auflegt.

»Sie ist zum Staatsminister gerufen worden«, erklärt Sand tonlos.

»Warum weiß ich davon nichts?«

»Sie hat Sie nicht mehr erreicht. Louise ist dabei. Die machen das schon«, sagt er und steht auf, streckt seinen Rücken. Jakob stößt ein verärgertes *Ts!* aus und macht auf dem Absatz kehrt. Demonstrativ.

Henrik Sand nimmt seine Brille ab. Haucht auf die Gläser und putzt sie mit einem Hemdzipfel. Eigentlich sollte es leicht sein. Aber es ist nie ganz einfach, sich von einem zornigen jungen Mann zu trennen. Und schon gar nicht jetzt.

Charlotte Damgaard wirft energisch die Autotür zu, als das Ministerauto in der Prins Jørgens Gade vor dem Staatsministerium hält. Zielstrebig geht sie auf die grüne Tür zu, gefolgt von Louise Kramer, die sich längst daran gewöhnt hat, dass alles im Dauerlauf vonstatten geht. Die Tür geht auf, noch bevor sie auf den Knopf der Gegensprechanlage gedrückt hat, und der Aufzug wartet schon wie bestellt. Sie fahren in den vierten Stock. Louise lächelt sie an, nervös, wie Charlotte notiert, die selbst die Strophe eines aktuellen Pophits summt, *»Love is a matter of distance«*. Die Tür geht auf, sie treten hinaus in den Glaskäfig, von wo aus die Wachen hinter dem schusssicheren Fenster sie auf ihrem Bildschirm beobachtet hatten. Sie werden freundlich weitergenickt und befinden sich dann im »roten Gebiet« auf der anderen Seite der schützenden Panzerglaswand, die erst vor ein paar Jahren nach einer Rauchbombe und einem verrückten Eindringling zum Schutz des Staatsministers eingebaut worden war. Ein Referent kommt und empfängt sie, bedauert, dass der Staatsminister noch nicht so weit ist, aber sie möge doch kurz Platz nehmen, und wünscht sie etwas zu trinken? Wasser, danke, mit Zitrone, wenn möglich, sagt Charlotte und setzt sich in die Wegner-Sitzgruppe aus Geflecht und karamellfarbenem Leder. Dass dieser Teil von Christiansborg ursprünglich den königlichen Gemächern zugedacht war, kann man noch immer an den hohen Spiegeln hinter ihr erkennen, verziert mit aufgemalten Papageien und Blumenkörben; unter der Decke hängt ein Kristallleuchter, an der Wand steht eine Bornholmer-Uhr und tickt unangefochten durch die Stunden, Tage, Jahre, Jahrhunderte, und überall fließt der bordeauxrote Teppich und unterstreicht die royale Stimmung und das Gefühl, zu einer Audienz zu gehen.

Aber sie lässt sich nicht einschüchtern, Charlotte. Aufrecht sitzt sie da und strahlt eine kühle Würde aus, sodass Louise Kramer sie verstohlen bewundernd ansieht. Charlotte bemerkt es und lächelt sie über ihr Glas hinweg an. Weiß, dass es ihr geglückt ist, sie und alle anderen in diesen grausamen Wochen zu täuschen. Niemand hat es bemerkt, nicht einmal Meyer, von der sie sowohl handfeste Ratschläge als auch einen konstruktiven Anschiss, wie sie so unvorsichtig hatte sein können, bekommen hatte. »So was passiert immer auf Auswärtsspielen, dann, wenn man sich weit weg von zu Hause, außerhalb der Suchscheinwerfer fühlt, da geht es schief.« Und auch nicht Henrik Sand, der eigentlich mehr bemerkt als die meisten. Sie glauben alle, dass sie die ist, für die sie sich ausgibt. Geschaffen aus einem Stück massiven Granits wie ein norwegischer Felsen, wie Meyer. Uneinnehmbar, unverrückbar, standfest. Nur sie selbst fühlt die Schwäche, ein Prickeln hinter den Augenlidern, weil sie eigentlich, anders als Meyer, absolut nicht davon überzeugt ist, dass sie wirklich ein Mandat hat. Dass sie das Recht hat zu existieren. Ganz zu schweigen davon, sich Ministerin zu nennen. Hat der Staatsminister sie durchschaut, ihre Porosität? Ist es von allen wirklich er, der ihre Achillesferse entdeckt hat, den Fluch der Familie, den Zweifel, der in den letzten schlaflosen Nächten an ihr genagt hat?

»Er ist so weit«, ruft der Referent. Charlotte steht auf, nimmt ihre Handtasche, bittet Louise, so lange zu warten und sich das Tagesprogramm vorzunehmen.

Im Vorzimmer blickt Tove Munch auf, als die Umweltministerin mit einem kurzen Nicken vorbeigeht. Zielstrebig, maskulin, den Kopf hoch erhoben wie eine Kriegerin.

☆

Per Vittrup kommt ihr lächelnd entgegen, nimmt überschwänglich ihre Hand und schließt selbst die Tür hinter ihr. Das Signal ist wohl überlegt und leicht zu lesen, auch für das Vorzimmer – sie darf sich entspannen, es sind keine Prügel zu erwarten, er ist ihr freundlich gesonnen.

»Das ist sicher das erste Mal, dass du hier bist, oder?«, leitet er ein und lässt sich, ganz gewandter Gastgeber, über die Räumlichkeiten aus. Zuerst zieht er sie zu dem großen Fenster nach Westen mit Aussicht über den Vorplatz mit den Türmen der Stadt und den Kupferdächern im Hintergrund. »Schau, das ist der Goldene Turm des Tivoli!« Danach zeigt er ihr stolz seine sozialdemokratischen Kleinodien, das Staunings-Schreibpult und seinen alten Bücherschrank – »die Handwerker weinten vor Rührung, als sie ihn instand setzten« –, in dem alle Bände des »Wörterbuchs der dänischen Sprache« in Reih und Glied hinter blank geputztem Glas standen. Der Schreibtisch ist auch von Stauning, »leider nur eine Kopie, aber trotzdem«. Die Sitzgruppe stammt aus der Zeit des sozialdemokratischen Vorgängers und »ruft vielleicht nach Erneuerung«, passt aber andererseits zum Konferenztisch und zu den Teak-Stühlen, »auch Wegner, für den habe ich eine Schwäche, gute, gediegene Möbelkunst, nicht wahr?« Die großen Richard-Mortensen-Malereien mit ihren hellblauen und rosafarbenen Flächen hat er selbst angeschafft, »um mich an die Notwendigkeit von Stringenz zu erinnern«, und schließlich das

Glanzstück, ein Humidor, ein Geschenk von Fidel Castro zum Anlass des Staatsbesuchs '75. Aber damals war er, versteht sich, »mit Havannas gefüllt«.

Hiernach sind die einleitenden Manöver überstanden, er holt mit dem Arm aus und bittet sie, am Konferenztisch Platz zu nehmen, der mit Kopenhagener Porzellan, einer kleinen Schale mit Schokolade und mit Wasser gedeckt ist. Die Alfi-Kanne ist so blank geputzt, dass sie sich darin spiegeln kann, als er ihr einschenkt.

»Na«, sagt er, den Mund voller Schokolade, wiederum ein Zeichen seiner friedlichen Absichten. Sie erwidert sein Lächeln, ist selbst dabei, rotes Stanniolpapier von einem Toffee mit Cremefüllung zu pulen.

»Ja?«

»Wie geht es dir eigentlich?«

Ihre Finger unterbrechen überrumpelt die Arbeit. Er unterdrückt ein Lächeln über den Effekt, es funktioniert immer. Es ist nie die Frage, die sie erwarten. Jedenfalls nicht die Neuen. Aber im Gegensatz zu den anderen lässt sie sich mit der Antwort so lange Zeit, dass sie einen leicht sarkastischen Zug bekommt.

»Wie ich selbst finde, dass es geht?«

»Äh, ja, vielleicht?«

Sie setzt ihre Pulerei fort. Dann steckt sie den Kopf geradewegs in das Maul des Löwen, sodass er an der Reihe ist, überrumpelt zu werden.

»Ich möchte ja nicht aufdringlich wirken, aber ich würde eigentlich gerne hören, wie *du* meinst, dass es geht.«

Er stößt ein unmittelbares Lachen aus, was darüber hinwegtäuschen soll, dass das tatsächlich etwas ist, zu dem er genau Stellung bezogen hat. Nicht zuletzt provoziert durch Gert Jacobsens Schadenfreude. Nicht ganz überraschend haben die beiden ja sehr unterschiedliche Ansichten über die Eignung der Umweltministerin, ihr Amt zu bestreiten. Per Vittrup kann gerne zugeben, dass sie »in der Sache ein bisschen ungeschickt« gewesen ist, was irritierend, aber durchaus wieder gutzumachen ist. Und ganz und gar nicht, wie Gert Jacobsen behauptete, Ausdruck dessen, dass sie gänzlich frei von Talent und darum ein Schaden für »die Mannschaft« ist. Dass Gert den Gewinn nicht sieht, den man daraus zieht, einen solchen Terrier unter lauter kupierten Pudeln zu haben, ist genau die Erklärung dafür, warum nicht er Mannschaftskapitän war. Es tut ihnen allen ganz gut, mal in die Fersen geschnappt zu werden. Und auch wenn man sagen kann, dass der junge Justizminister, einer von Gerts Zöglingen, sich bisher nicht in die Nesseln gesetzt hatte, so ist er bislang aber auch noch nicht durch ein selbstständiges Profil aufgefallen. Möglicherweise ist Charlotte Damgaard eine Spur zu scharfzüngig. Aber das ist ja auch der Grund, warum er sie zu sich bestellt hat, damit sie sich in aller Vertraulichkeit darauf einigen, das etwas abzumildern. Nur ein bisschen. Schließlich hat er ihr die Rolle des Jokers zugedacht. Darum beabsichtigt er, sie an der längeren Leine als gewöhnlich zu lassen, was sie natürlich nicht merken soll. Dass er die Leine hält. Und sie Schritt für Schritt überwacht, bereit einzugreifen, falls sie die unsichtbare Grenze übertreten sollte, obwohl er davon ausgeht, dass auch sie ein Gespür dafür hat.

»Also, wenn du so direkt fragst, will ich auch direkt antworten: Ich finde, es läuft richtig gut. Es gab ein paar Anfängerfehler, und ich gehe davon aus, dass du selbst daraus gelernt hast.«

»Trust nobody«, murmelt sie.

»Exakt«, nickt er zustimmend. »Eine unerfreuliche, aber notwendige Erkenntnis. Nachdem das gesagt ist, finde ich, du hast die Sache effektiv gehandhabt, indem du nicht versucht hast, wegzulaufen oder es jemand anderem in die Schuhe zu schieben. Soweit ich das beurteilen kann, ist es in erster Linie eine schmierige Klatschgeschichte, die schnell vergessen sein wird.«

Sie schneidet eine kurze Grimasse und steckt die Schokolade in den Mund.

»Dennoch muss ich ein paar Sachen sagen, über die du dir Gedanken machen solltest.« Er macht eine Kunstpause, um seinen Worten Gewicht zu verleihen, während sie sich die Creme aus den Mundwinkeln tupft. »Hör um Himmels willen damit auf, dich besser zu machen als deine Kollegen. Du hast ja offenbar angedeutet – und ich habe es dich nicht dementieren hören –, dass deine Kollegen keine Zivilcourage zeigen und nicht ehrlich erklären, wie die Dinge wirklich zusammenhängen.«

Er hebt die Hände, um den Protest abzuwehren, den sie gerade artikulieren will.

»Falls – und ich sage, *falls* – sie das nicht tun, haben sie ihre Gründe. Dass man aus dem einen oder anderen Grund gezwungen ist, sich der Gemeinschaft zu unterwerfen. Eine Regierung ist schließlich Teamarbeit, alle müssen Prinzipien im Namen der Gemeinschaft schlucken, und deshalb fällt es furchtbar unangenehm auf, wenn einer auf Kosten der anderen seine Kür läuft und auf diese Weise freier und nicht zuletzt *besser* dasteht als die anderen. Kannst du mir folgen?«

Sie nickt, langsam und einsichtig, notiert er sich. Fein.

»Ja«, sagt sie und saugt gedankenvoll eine Fingerspitze sauber. »Ich muss gestehen, dass ich diesen Aspekt nicht bedacht habe. Dass ich das moralische Selbstbewusstsein meiner Kollegen gekränkt habe, meine ich«, sagt sie und blickt über seine Schulter.

Er weiß, was sie sieht. Ein Stück Himmel und das Schieferdach des Thorvalds-Museums durch die Sprossenfenster. Sie scheint die Aussicht aber nicht zu bemerken. Sie blickt eher nach innen, die Stirn gerunzelt, die Lippen nachdenklich aufeinander gepresst. Gitte findet ihre kurzen rötlichen Haare *schön*. Er findet, sie wirkt anämisch urban und hat etwas von ihrer ländlichen Robustheit verloren, für die er eigentlich eine leichte Schwäche gehabt hatte. Aber sie soll ja auch nicht an solche wie ihn, aussterbende sozialdemokratische Dinosaurier, appellieren. Die jungen Leute lieben sie, den Umfragen zufolge. Und die Dänische Sozialdemokratische Jugend, die DSU, auch.

Er nickt verständnisvoll, lässt sich kaum stören, als der Referent hereineilt und ihm einen Zettel hinlegt. Der Staatssekretär wartet. Der Gewerkschaftschef möchte bitte angerufen werden. Und im Anschluss soll er zum Cocktail-Empfang des amerikanischen Botschafters. Der Referent wird rausgeschickt. Dann lehnt er sich über den Tisch.

»Charlotte – nicht, dass ich dich nicht verstehen würde. Als ich jung war, litt ich unter denselben Frustrationen. Man will die Welt nicht nur verändern, man will sie *jetzt* verändern.« Sein Lächeln entlockt auch ihr eines.

»Ich kann mich gut erinnern. – An dich und Gert und Meyer. Als ihr drankamt … Ihr wart toll.«

»Fandest du?«, fragt er, fällt plötzlich aus der Rolle und wird ein gesetzter Mann mittleren Alters, der einmal jung und feurig gewesen war. Voller leicht zu entzündender Leidenschaft, an jeder Front.

»Jaa«, sagt er dann mit einem Hauch von Traurigkeit. »Wir *wollten* jedenfalls etwas, alle vier …«

Entweder überhört sie den Versprecher, oder sie weiß, wen er meinte, und ist taktvoll genug, das Stilett nicht in die Wunde zu stecken. Eva, ja, die *vierte*, die immer über ihm schwebt wie ein ätherischer Geist. Sie ist ganz anders, Charlotte, aber er kennt die Begeisterung, die Entrüstung. Der Unterschied ist, dass Charlotte die Stärke besitzt, die ihr so fatal fehlte. Darum glaubt er an sie. Trotz oder gerade wegen des kleinen afrikanischen Fauxpas. Die Fähigkeit aufzustehen, sich von den infamsten Rempeleien zu erholen und weiterzuspielen, ist nicht der unwichtigste Teil politischen Talents. Schlicht: Widerstand überwinden zu können und eine Niederlage in einen Sieg zu verwandeln.

»Na«, unterbricht er sich selbst. »Wir haben ja eine Menge erreicht. Es dauert nur einfach verflucht lange. Daran gewöhnst du dich am besten gleich. Die Kunst besteht darin, dass man nie das Ziel aus den Augen verliert, auch wenn die Perspektive lang ist. Und darum ist es natürlich wichtig, dass es ab und an jemanden gibt, der einen daran erinnert, was die eigentliche Absicht war. Also, das ist an und für sich schon ganz ausgezeichnet, Charlotte.«

Sie hebt fragend die Augenbrauen.

»Dass du uns alte Fossilien ein bisschen provozierst. Ich finde also, wir sollten diese kleine Sache hier hinter uns lassen und uns darauf einigen, dass du in Zukunft vermeidest, deine Kollegen zu schubsen. Ich gebe zu bedenken, dass manche von ihnen etwas zart besaitet sein können, vielleicht auch zu zart besaitet – aber du willst schließlich auch etwas durchbringen können, oder?

Weißt du, Haltungen und Meinungen sind eigentlich nicht so wahnsinnig interessant, wenn sie nicht mit solidem politischem Handwerk einhergehen«, sagt er und klopft illustrierend auf das Teakholz. »Das ist genauso wie mit dem Wegner hier: Es ist nicht so schwer, ein paar wilde Striche auf die Rückseite einer Serviette zu schmieren. Das Entscheidende ist, dass man auch in der Lage ist, die Vision in ein funktionelles Möbelstück umzusetzen.«

Sie nickt fast unmerklich. Er registriert, dass sie ihre volle Konzentration aufs Zuhören verwendet, auch zwischen den Zeilen. Er lässt sie die Botschaft absorbieren, schweigt lange Sekunden, bevor er fortsetzt.

»All right, dann schauen wir nach vorne. Ich finde, wir sollten mit deinem Grünes-Dänemark-Plan vorankommen. Konkret schlage ich vor, dass du auf der kommenden Klausurtagung in vierzehn Tagen einen Entwurf vorstellst. Dann können wir das in etwas entspannterer Atmosphäre besprechen, und alle bekommen Erlaubnis, sich einzubringen. Was hältst du davon?«

Der Referent steht wieder in der Tür. Diesmal unerbittlich.

»Sehr gut!« Charlottes Gesicht hellt sich überrascht auf, sie streicht ihren Pony zurück und lehnt sich im Stuhl zurück. »Morgen bin ich auf der Konferenz der nordischen Umweltminister, da steht die ›Nachhaltigkeit‹ auf der Tagesordnung. Wie weit darf ich gehen? Die Schweden haben ja beschlossen, dass 10 % der Lebensmittelproduktion ökologisch sein müssen. Und sie beabsichtigen, noch weiter zu gehen … Vielleicht könnte man einen ›Grünen Norden‹ aufbauen?«

»Da reicht man dir den kleinen Finger …«, lächelt er kopfschüttelnd. »Lass es mich so sagen: Ich vertraue dir! Tu, was du denkst, du hast Rückendeckung. Und dann noch eine Sache«, sagt er leichthin. »Der Vorschlag der Regierung zur Nachhaltigkeit wird ja bald veröffentlicht. Ich gehe davon aus, dass du ihn nicht weit reichend genug findest. Aber könnten wir nicht das Abkommen treffen, dass du ihn unterstützt, damit nicht zu viele Turbulenzen um die Sachen entstehen? Das würde deine Möglichkeiten verbessern, mit deinen eigenen Plänen weiterzukommen.«

»Okay«, sagt sie nach einem nachdenklichen Zögern, wie ein

Kind, das die Enttäuschung schlucken muss, dass man ihm ein Geschenk weggenommen hat. »Das ist nur fair.«

Er leert seine Kaffeetasse und schiebt den Stuhl zurück. »Ich muss mich leider beeilen«, sagt er in Richtung seines Referenten. »Aber wir sollten uns bald wieder treffen. Unter vier Augen.«

»Das sollten wir«, sagt sie und rollt ironisch mit den ihren, während sie aufsteht und ihm die Hand gibt. Ihr Händedruck ist fest. Und die Handflächen sind nicht mehr kalt. Sie würde es zu etwas bringen. Mit seiner Hilfe.

☆

»Du«, sagt Madeleine Holmberg, ihre schwedische Kollegin, während des Essens im Chambre séparée des Restaurants »Le Sommelier« und beugt sich über den Tisch. »Ich habe von der *Ekstra-Bladet*-Sache gehört. Wie ungemütlich!«

Charlotte rümpft die Nase. Ja, das kann man wohl sagen. Ungemütlich!

»Ich wollte nur sagen, dass mir etwas Ähnliches passiert ist. Mehrmals. So ist es einfach, es ist nicht deine Schuld. Vielleicht war das geplant, vielleicht haben die den Typen da unten platziert. Als Honig-Falle«, schlägt Madeleine fröhlich vor.

Charlotte lässt Messer und Gabel sinken. Glaubt sie das wirklich?

»Denen fällt alles Mögliche ein. Jedenfalls in Schweden. Erinnere dich nur an die Mona-Sahlin-Sache. Die haben ihr Reihenhaus belagert, sich auf Mann und Kinder gestürzt und ihr Wäschekorb und Mülleimer geklaut.«

Charlotte schaudert. Das ist das Horrorszenario. Mona Sahlins öffentliche Skandalisierung. Für eine Verfehlung an den Pranger gestellt, von der sie später freigesprochen wurde.

»Aber sie ist wieder hochgekommen«, sagt Madeleine Holmberg. »Und das müssen wir auch. Obwohl sie uns hassen.«

»Wer hasst uns?«

»Männer, die Angst haben vor Frauen. Frauen, die andere Frauen verabscheuen. Miststücke. Politische Rivalen. Die Medien. Unsere besten Freunde. Das ist das Schlimmste an der Politik«, sagt sie und streckt die Hand nach dem Brotkorb aus. »Dass man keine Freunde hat. Jedenfalls nicht innerhalb der eigenen Partei.«

»Warum machen wir das?«, fragt Charlotte leise, sodass sie die Frage wiederholen muss.

Madeleine Holmberg zupft nachdenklich an einer blonden Haarlocke.

»Weil irgendjemand es machen muss.«

»Die Drecksarbeit?«

»Ganz genau«, nickt die schwedische Umweltministerin, während ihr finnischer Kollege schon ziemlich betrunken das nächste Glas leert. »Somebody has to do the dirty job.«

Am folgenden Tag wird diese Aussage eindrucksvoll unterstrichen. Da bekommt Charlotte zum ersten Mal einen Haufen stinkender Menschenscheiße mit der Post. An ihre Privatadresse.

»Sei froh, dass es keine Bombe war«, sagt Meyer nur, als sie es ihr gegenüber erwähnt. Das ist die Botschaft, mit der sie zu dem völlig aufgewühlten Thomas geht. Dass man, besonders als exponierte Politikerin, lernen muss, mit derartigen Dingen zu leben, wie *another day at the office*. Wie mit dem Gestöhne am Telefon, den Anrufen von besoffenen Idioten, die ›dich in den Arsch ficken wollen‹.

»Aber was, wenn es eine Bombe gewesen *wäre*? Oder wenn es nächstes Mal eine ist?«

»Wir leben in Dänemark, Thomas. Nicht im Baskenland. Oder in Nordirland«, wiegelt sie ab. »Hier sind die Leute so gleichgültig gegenüber der Politik und den Politikern, dass sie noch nicht mal Lust haben, Bomben nach ihnen zu werfen!«

»Können wir nicht wenigstens eine geheime Telefonnummer bekommen?«, fragt er.

»Thomas«, lacht sie und streicht ihm über die Wange. »Du bist Basisdemokrat, ein Freund flacher Strukturen! Warum sollen wir uns jetzt plötzlich verbarrikadieren?«

»Es ist nur ein Gefühl«, sagt er und zuckt mit den Schultern. »Es passiert etwas mit der Welt im Moment.«

»Nein«, wendet sie ein. »Du bist nur näher an die Macht herangekommen. Dann fühlt man sich den Angriffen stärker ausgesetzt.«

»Weil man ihnen stärker ausgesetzt *ist*«, sagt er in einem Ton, der keinen Widerspruch duldet. Sie sind noch nicht ganz über Afrika hinweg. Und *er* macht sich Sorgen. Also gibt sie nach:

»Okay, dann machen wir es so. Wir bekommen eine Geheimnummer. Auch wenn das ein falsches Gefühl von Sicherheit gibt. Die, die einen finden wollen, finden einen trotzdem.«

»Journalisten auch?«

»Besonders Journalisten.«

»Ja, dann ist es ohnehin egal«, sagt er spöttisch und zielt mit einem imaginären Revolver auf das Telefon. Er hat es so satt, dass die Presse offenbar meint, das Recht zu haben, einen Minister »24/7« stören zu dürfen. Das heißt rund um die Uhr, sieben Tage die Woche.

»*Paff!*«, sagt er und drückt ab, während sie zu ihm geht und ihn von hinten umarmt.

»Abgesehen davon, dass du Recht hast«, sagt sie und lehnt sich an seinen Rücken. »Es ist doch einfach pervers, dass sich irgendein Mensch hinhockt und bewusst einen Haufen produziert, in der Absicht, ihn einer Ministerin zu schicken!«

»Mmh«, sagt er und küsst jeden ihrer Finger einzeln. Nach »Tom Reiff« ist das eine Annäherung, die sie gezwungen ist anzunehmen. So enden sie auf dem Wohnzimmerboden, sie oben. Dass sie sich bis zum Ende durchmogelt, bemerkt er diesmal nicht, er liegt selig ausgestreckt und genießt mit geschlossenen Augen. Aber er selbst hat ihre Abwesenheit hervorgerufen, indem er die Bedrohung in ihr gemeinsames Zuhause gelassen hat. Denn die Welt ist ja im Umbruch. Er hat Recht. Irgendetwas geht vor sich. Das ist genau das, worüber sie bei der nordischen Ministerkonferenz gesprochen haben. Über das reelle Risiko, dass das kommende Gipfeltreffen im Sommer in Göteborg in einem Straßenkampf endet. Die Schweden waren aber der Ansicht, sie hätten die Situation im Griff. Die Strategie hieß ganz einfach, die Demonstranten in entgegenkommendem Wohlwollen und Service und mit freundlichen Polizisten zu ersticken. »Do it the Nordic way«, wie der schwedische Verantwortliche erklärt hatte. Auf Englisch, was Henrik Sand dazu gebracht hatte, hinterher höhnisch zu bemerken, dass das an sich schon ein Dementi der nordischen Bruderschaft gewesen war. »Als ob wir ein Patent auf friedliche Konfliktlösung hätten! Hat der Mann nie einen Bergmann-Film gesehen? Wenn die Autonomen sich prügeln wollen, dann wollen sie sich prügeln. Egal, wie viele Gesprächsrunden man einberuft. Und was dieses viel gerühmte ATTAC angeht, darauf gebe ich keinen Cent. Und wenn Sie mich fragen, dann halten Sie sich besser davon fern. Versuchen Sie nicht, sich darüber zu profilieren. Vielleicht würden Sie schnell Punkte machen, aber Sie riskieren, früher oder später hart von einem Bumerangeffekt getroffen zu werden.«

Sie fragte ihn nicht. Sondern begleitete stattdessen Thomas zum Gründungstreffen der dänischen ATTAC-Bewegung, am letzten Freitag im Februar. Politisch nicht unmittelbar kontrovers, standen politische Führer von der Mitte bis zur Linken geradezu Schlange, um sich positiv über diese neue Anti-Globalisierungsbewegung zu äußern, die dem Ausland die Schulden erlassen, Steuern auf Valutatransaktionen einführen und multinationale Monopole bekämpfen will. Sie nahm inkognito teil, obwohl sie sowohl erkannt als auch fotografiert wurde. Aber sie ergriff nicht das Wort, wenngleich viele andere Politiker da waren und sich auch in die Debatte einmischten. Saß nur da und hielt sich an Thomas, der sich, von ihr kräftig dazu ermuntert, einen Ruck gab, sich meldete und einen durchdachten Beitrag lieferte, der mit den Kritikern ins Gericht ging. Denn Thomas war begeistert von ATTAC, das, wie er fand, die hoffnungsvollste Volksinitiative seit langem war und sich als reelle Alternative zu den anderen erwies. Also schluckte sie ihre Skepsis gegenüber dem zusammengewürfelten Haufen altlinker Aktivisten, junger rebellischer Idealisten, professioneller Umwelt- und Entwicklungshelfer und wohlmeinender Frauen und Männer mittleren Alters, die so gerne etwas *tun* würden. Als Allererstes die Welt anhalten, damit sie aufspringen konnten. Und sie räumte willig ein, dass das junge schwedische Mädchen, eines der Gründungsmitglieder des schwedischen ATTAC, die den mitreißendsten Beitrag des Nachmittags geleistet hatte, nicht nur »spitze«, sondern auch »souverän« war und ganz sicher ein Charisma besaß, das die Ungläubigen bekehren und die Lahmen gehen machen konnte. »Sie erinnert mich an dich«, bemerkte Thomas hingerissen flüsternd, »wie du mal warst.« Also endete es damit, dass sie doch darüber diskutierten, als sie sich nach mehreren Stunden im Saal vor dem Gymnasium, in dem die Veranstaltung stattgefunden hatte, verabschiedeten. Thomas wollte bleiben, um an den Workshops teilzunehmen, die die eigentliche Gründung der Bewegung in Dänemark gestalten sollten, aber so weit konnte sie beim besten Willen nicht gehen. Als Ministerin repräsentierte sie das parlamentarische System. Außerdem musste sie los. Zum Jahresfest der Elektrizitätswerke.

»Klar ist sie prima, und klar sind manche Volksbewegungen klasse. Aber was erreicht so ein Mädchen wie sie wirklich, wenn sie ihr Talent für etwas so Diffuses wie eine kopflose Bewegung benutzt, die früher oder später all ihre Energie darauf verwenden wird, Fraktionen in Schach zu halten und internen Dreck zu diskutieren?«, fragte sie, als sie draußen waren.

»Lieber Schatz, was erreichst denn du dadurch, dass du mitten im Speck sitzt? Hast du nicht selbst gesagt, Christiansborg wäre ein Kindergarten?«

Sie stoppte und drehte sich abrupt um, sodass sie ihm frontal gegenüberstand.

»Thomas, wir waren uns einig, dass ich es machen soll, oder? ›Sag ja, werde Ministerin‹, nicht wahr? Du hast mich selbst dazu aufgefordert!«

Thomas seufzte lang.

»Entschuldige. Ich habe nur Angst, dass es dich auffrisst.«

Man hörte ein schwaches Hupen. Es war Freddy, der anzeigte, wo er geparkt hatte.

»Nur eins noch«, sagte sie und nickte in Richtung eines Standes, wo sich ein paar Autonome aufhielten und Flugblätter verteilten. »Ich verstehe, dass sie *dagegen* sind. Aber was ist ihr *Ziel*?«

Thomas zuckte mit den Schultern und setzte sich in Bewegung.

»Dasselbe wie deins vermutlich. Eine bessere und gerechtere Welt.«

»Bekommt man die, indem man Flugblätter verteilt?«, sagte sie, als ihr im selben Moment eins in die Hand gedrückt wurde, schwarz-weiß und am Computer ausgedruckt.

»Danke«, sagte sie mit der Freundlichkeit, die sie sich im öffentlichen Gebrauch antrainiert hatte.

»Gleichfalls«, zischte das Mädchen dagegen so demonstrativ feindselig, dass Charlotte sich umdrehte, um sie genauer anzusehen. Schwarz angezogen und gepierct, unterschied sie sich nicht von den anderen Autonomen, aber die ganze rechte Seite ihres Gesichts war von einem entstellenden Muttermal bedeckt. So ein Gesicht vergaß man nicht, auch nicht, wenn man es nur ganz kurz vor vielen Jahren gesehen hatte. Im Krankenhaus zu Hause. Von ihrer Mutter wusste sie auch, wer sie war und wie sie hieß. Es war Rørbechs weggelaufene Tochter.

»Cathrine?«, platzte sie heraus. »Ich bin Charlotte Damgaard, meine Mutter und deine arbeiten zusammen im Krankenhaus …«

Das Mädchen warf ihr einen kurzen, abweisenden Blick zu, bevor sie ihr wieder den Rücken zuwandte und weiter Zettel verteilte.

Thomas war schon vor ihr am Dienstwagen angekommen, wo er stand und sich mit Freddy unterhielt, der ausgestiegen war, um ihr die Tür zu öffnen.

»Wer war das?«, fragte er.

»Ach, nur eine verlorene Seele von zu Hause«, antwortete sie und überflog das Flugblatt. *»Grüne Guerilla«* nannte sich diese Gruppe von Fantasten offenbar. Dann steckte sie den Zettel in die Tasche, küsste Thomas auf den schmollenden Mund und setzte sich in den BMW.

☆

Die Nacht verbrachte Cat drüben auf dem Friedhof. Nachdem sie über die Mauer geklettert war, trieb sie sich planlos herum, hin und her über die Wege, wo der feine Kies unter ihren schweren Stiefeln knirschte. Dann legte sie sich ausgestreckt auf einen Stein und fixierte den kreisrunden Mond, bis er aus ihrem starren Blick floss und diffus und neblig wurde. Die Kälte stieg durch den Boden hoch, durch den Granitblock und durch ihren wollenen Militärmantel, durch die Haut, durch Mark und Knochen. Vereiste ihr das Blut und gefror ihr das Herz, sodass sie den Schmerz nicht mehr spürte, der darauf drückte, seit der Begegnung mit ihrer Vergangenheit, auf deren Verdrängung sie die letzten drei Jahre hingearbeitet hatte. Das Wiedererkennen hatte sie mit voller Wucht getroffen – dass jemand sich an sie erinnert, sie beim Namen gerufen hatte, ihrem richtigen Namen. Dem Namen, den ihre Eltern ihr damals gegeben hatten, bei der Nottaufe, als ihr Zwilling tot zur Welt gekommen war und sie Angst gehabt hatten, auch noch sie zu verlieren. Sie wollte sich nicht daran erinnern, versuchte mit aller Macht, das Gefühl wegzuschieben. Aber sie spürte es trotzdem so deutlich, deutlicher als seit Jahren: die warmen Hände der Mutter, die nach den ihren griffen, sich um sie schlossen, warm und beschützend. Mehr als ein Mal war ihre Mutter nach Kopenhagen gefahren, um nach ihr zu suchen. Einmal hatte sie sie gefunden, hatte dagestanden und an die Tür des Kollektivs geschlagen, gefleht und gerufen, während Cat innen an der Tür gestanden und die vertraute Gestalt verkleinert und verzerrt durch den Türspion beobachtet hatte. Auch damals hatte sie sich hart gemacht, hatte sich nicht zu erkennen gegeben und den Brief verbrannt, ungelesen, der durch den Briefschlitz gesteckt worden war. Sie verstanden es nicht, würden es nie verstehen können. Dass eine Verwechslung passiert war. Dass sie und nicht er der tote Zwilling hätte sein sollen. Sie trug das Zeichen, sie war die Auserwählte.

Kräftiger Schneefall bedeckte das Land. Deshalb drehten die Nachtwachen mit den Hunden nicht ihre üblichen Runden, und darum war es reines Glück, dass sie das zugeschneite Mädchen entdeckten, die beiden Angestellten, die einem messerstechenden Immigrantensohn nachsetzten, der auf der Flucht durch den

Assistens-Friedhof war. Ja, wie der Wachhabende im Tagesbericht der Presseagentur Ritzau aussagte, konnte das Mädchen, das mit einer Körpertemperatur von knapp unter 35 Grad ins Reichskrankenhaus eingeliefert worden war, äußerst dankbar dafür sein, überhaupt noch zu leben. Ob sie das ganz ohne Schaden überstanden hatte, war jedoch ungewiss, da sie früh am nächsten Morgen unbemerkt das Krankenhaus verlassen hatte, bevor man ihre Identität hatte feststellen können. Ihre Kleidung wies darauf hin, dass sie wahrscheinlich in das Milieu um das Jugendhaus auf der anderen Seite der Straße gehörte, aber Autonomsein als solches war ja nicht verboten. Und nachdem das junge Ding nichts anderes getan hatte, als polizeiliche Vorschriften zu übertreten, indem es die Totenruhe gestört hatte, wurde die Sache nicht weiter verfolgt.

☆

Eine Ministerin kann, auch wenn sie sich verbissen darum bemüht, nicht überall gleichzeitig sein. Darum war es ganz und gar unangemessen, dass sie sich selbst vorwarf, an dem völlig verregneten Vormittag nicht im Büro gewesen zu sein, als das erste zarte Frühjahrsgrün zu Wintergrau geworden war und sie sich stattdessen in Christiansborg, im Raum 2–133, sehr passend, zur Beratung über das Weißbuch der EU-Kommission hinsichtlich der zukünftigen Chemikalienpolitik befunden hatte. Aus ihrer Antwort ging hervor, dass die Regierung sich weiterhin dafür einsetzen wolle, dass Grenzwerte gesenkt und das Vorsichtigkeitsprinzip in höherem Maße Anwendung finden würde, und dass Grundwasser gefährdende Pestizide selbstverständlich auch in Zukunft verboten werden sollten, vgl. Pestizid-Aktionsprogramm II und das Dioxin-Aktionsprogramm. Und doch stimmte man völlig mit dem Weißbuch überein, dass den Chemikalienproduzenten die Verantwortung übertragen werden musste, alle Stoffe zu untersuchen, bevor man sie für den Markt zuließ, und dass die Verwendung von Pestiziden auf lange Sicht auslaufen solle. Das galt natürlich auch für den Gebrauch von *Roundup*, das ungeachtet dessen, dass man es noch nicht im Grundwasser gefunden hatte und dass es vom Hersteller konsequent als »Pflanzenschutzmittel« bezeichnet wurde, nicht in Gruppe A geschützt war. Die letzte Mitteilung brachte die Opposition dazu aufzuschreien und Untersuchungen hervorzukramen, die die Vortrefflichkeit von *Roundup* bewiesen, nicht zuletzt im Hinblick auf die transgenen Futterrüben der Zukunft. »Für den Fall, dass es Zukunft *gibt*«, hatte sie sich begnügt zu bemerken, bevor sie versicherte, dass man seitens des Umweltministeriums natürlich nie etwas Drastisches unternehmen würde ohne die nötigen Dokumentationen und Untersuchungen, darunter die der Branche selbst.

Hinterher wurde sie vom Sprecher der Sozialisten abgepasst, der um ein kurzfristiges Treffen bat. »Worum geht's?«, hatte sie gefragt. »Um Schweine«, lautete die Antwort. Ihr »Wen genau?« hatte ihn unter seinem graumelierten volks-sozialistischen Bart zum Grinsen gebracht, und dann hatten sie nur einen Termin finden müssen. Sie mochte ihn nicht nur, Svend Thise, er war auch ihr wichtigster Alliierter. Nach der Beratung hastete sie weiter zum Plenarsaal, um bei der Zweiten Anhörung des Gesetzesvorschlags zur Verlegung der Bekämpfungsmittelstatistik, zur Dänemark-Statistik, zur Regelvereinfachung im Umwelt- und Naturschutz und zur Planungsautonomie der Kommunen in den Städten anwesend zu sein. Nicht weiter dramatisch, aber wie gewöhnlich kam sie mit ihren beiden Referenten. Louise war schon den ganzen Tag dabei gewesen, Jakob stieß erst jetzt dazu, kam direkt vom Højbro Plads angestürzt und wirkte vielleicht noch ein wenig hektisch, aber nicht mehr als gewöhnlich in dieser Zeit, in der ihre interministerielle *Task-Force* mit Hochdruck daran arbeitete, das »Das Grüne Dänemark« rechtzeitig zur Klausurtagung am Wochenende annähernd vertretbar auszugestalten. Als sie also am späten Nachmittag ins Büro zurückkam, ahnte sie noch immer nichts von dem, was in ihrer Abwesenheit vorgefallen war. Erst nach Feierabend, als die Büros leer und Jakob Krogh zum Squash gegangen war, kam Louise mit einer Plastiktüte in der einen und einem leeren Marmeladenglas in der anderen Hand zu ihr.

»Störe ich?«, fragte sie vorsichtig in der Tür.

»Nein, nein«, antwortete Charlotte und setzte die Brille ab. Sie war eigentlich mit etwas ganz Privatem beschäftigt, bestellte Lebensmittel bei »Jahreszeiten«, dem ökologischen Einkaufsnetz, für das sie jeden Monat hunderte von Kronen ausgab. Eigentlich die größte Veränderung in ihrer Lebensweise, seit sich ihr Gehalt verdoppelt hatte. Sie und Thomas waren sich darin einig, dass weder eine Villa oder ein Auto gekauft noch geprasst und über die Stränge geschlagen werden sollte – sie wussten beide, dass auch ein noch so reicher Geldsegen ein kurzes Vergnügen sein konnte. Selbst wenn sie Kleider kaufte – und das hatte sie in erheblich größerem Ausmaß als je zuvor getan –, musste sie sich selbst daran erinnern, dass das nicht die Spur extravagant war, sondern vielmehr Teil ihres Jobs. Image *is* everything. Was man unter anderem bestätigt bekam, wenn man ein Mädchen wie Louise Kramer sah, die jeden Tag top-gestylt zur Arbeit erschien. So wie jetzt, wo ihre Designerklamotten in scharfem Kontrast zu der gelben, schmuddeligen Netto-Tüte und dem nicht mehr marktfähigen, milchigen Glas standen, das sie beides auf dem Konferenztisch abstellte.

»Was ist das?«, fragte Charlotte und stand auf, um die Objekte in Augenschein zu nehmen.

Louise lächelte flatternd. Dann schluckte sie wie jemand, der Anlauf nahm, um eine Sünde zu bekennen.

»Also, Jakob meinte, Sie müssten das nicht wissen«, fing sie an und erzählte dann die ganze Geschichte um das Drama des Tages.

Ein Bürger, ein älterer, ungepflegter Mann, war am Vormittag mit einem Mitarbeiter von der Straße in die Vorhalle geschlüpft, wo er den Wachen mitgeteilt hatte, dass er die Umweltministerin zu treffen wünschte. Hier und jetzt. Man hatte ihn gebeten zu gehen, er hatte insistiert, und da er ziemlich groß war, hatte der Angestellte den Versuch aufgegeben, den Mann hinauszuschieben, der wie festgewachsen dastand. Man hatte dann Jakob Krogh hinzugerufen, der mitteilen konnte, dass die Ministerin sich »außer Haus« befand und dass man die Polizei rufen würde, wenn er nicht seines Wegs ginge. Darin hatte er dann eingewilligt, unter der Bedingung, dass man der Ministerin das volle Marmeladenglas übergeben würde, das ein Beweis dafür sei, »dass das Jüngste Gericht naht«, sowie eine Plastiktüte mit »Dokumenten«. Außerdem forderte er das Versprechen, »Antwort von Charlotte persönlich« zu bekommen! Jakob Krogh war auf alle Forderungen eingegangen, hatte Glas und Tüte übernommen und den Mann hinauskomplimentiert. Oder vielmehr – der Mann war von sich aus gegangen. »Aber ich komm wieder!«, hatte er in drohendem Ton gesagt, wenn er seine »Antwort« nicht bekäme.

»Das ist ja leer?«, sagte sie und hob das Glas hoch.

»Jakob hat es ausgeschüttet.«

»Was war drin?«

»Kaulquappen, glaube ich.«

»Und was ist in der Tüte?«

»Papiere. Eng beschriebene Bögen. Kopien von Briefen an den Umweltminister. Jakob meint, er ist einer von den Spinnern. Er hat das Ministerium offenbar seit Jahren mit Briefen bombardiert.«

»Mich auch?«, fragte sie verwundert.

Louise nickte schuldbewusst.

»Was ist die Botschaft? Was will er?«, fragte Charlotte und öffnete die Tüte ein wenig.

»Darauf aufmerksam machen, dass das Jüngste Gericht naht, dass die Natur bald ihren Teil zurückfordern wird.«

Charlotte lächelte schief.

»Da hat er ja nicht ganz Unrecht.« Charlotte schob vorsichtig eine Hand in die Tüte und zog eines der Blätter heraus, vorsichtig, als könne sie sich daran stechen.

»Da ist auch noch irgendetwas mit einer Arche Noah, die er bauen will«, lächelte Louise, der schon etwas leichter ums Herz war.

»Was?« Charlottes Bewegung erstarrte.

»Er baut eine Arche für die Zeit, wenn die Sintflut kommt«, lächelte Louise wieder, diesmal unsicher. »Verrückt, oder?«

»Charlotte, du bist gut zu Tieren und Pflanzen. Du darfst mit auf

meine Arche. Die Sintflut kommt wieder. Vom Meer und hoch über den Børglum-Hügel. Gott straft die Menschen für ihre Torheit.«

»Wie heißt er?«, fragte sie und wusste, dass die Antwort eine Bestätigung sein würde. Es war Kesse. Ohne Zweifel.

☆

»Solltest du nicht langsam ins Bett?«, fragt Thomas und kommt Zähne putzend und in Unterhose ins Wohnzimmer, während sie auf dem Sofa sitzt und liest und liest.

»Was?«, fragt sie abwesend, vertieft in Kesses Weltuntergangs-Universum. Er ist Legastheniker, buchstabiert wie ein gebrochener Arm, aber sie sieht und hört ihn ganz deutlich, trotz all des Durcheinanders.

»Ich gehe ins Bett«, sagt Thomas nur und geht, um die Zahnpasta auszuspucken. »Gute Nacht!«

»Gute Nacht«, sagt sie und angelt nach einer Schachtel Zigaretten, ohne das Lesen zu unterbrechen.

»Du rauchst zu viel!«, konstatiert er und verlässt das Wohnzimmer.

»Ja«, sagt sie und zündet sich die Zigarette an. Sie hat ihn seit fast dreißig Jahren nicht gesehen. Nicht seit damals. Er verschwand einfach aus ihrem Leben, genau wie der Rest. Der Vater, der Hof, die Tiere. Darüber, wo Kesse hingegangen war, wurde auch nie gesprochen. Auch das war tabu. Obwohl er lange Jahre auf dem Hof gelebt hatte. Es war nicht ihre Schuld, aber sie spürt trotzdem, dass sie sich über all die Jahre das schlechte Gewissen angeeignet hat, ihn im Stich gelassen zu haben. Sie hatten etwas gemeinsam gehabt, sie und Kesse. Eine Art kindlicher Vertrautheit, von der niemand etwas wusste. Seitdem hatte sie ihn vergessen, vergessen, dass es ihn irgendwo gab und er nicht nur eine biblische Figur in ihrem Alptraum war. Und nun hatte sie ihn wieder im Stich gelassen, indem sie nicht da war, als er sie aufsuchen wollte. Das verstehen sie nicht, die Leute aus dem »System«, verstehen nicht, welche Überwindung ihn das gekostet hatte, was für ein riesengroßes Ding es für ihn gewesen war, von Thy bis ganz nach Kopenhagen zu fahren. Wie eine Reise zum Mond. Und dann wurde er einfach abgewiesen. Nicht auszuhalten. So durfte kein Bürger behandelt werden.

☆

Ihr Zorn kam über sie. Niemand war vorbereitet, auch nicht Henrik Sand, der es kaum geschafft hatte, Kaffee einzuschenken, bevor sie explodierte, noch ehe die tägliche Morgenbesprechung angefangen hatte.

»Drei Sachen«, leitete sie knapp ein. »Erstens: Warum meinte man, dass ich aus der gestrigen Episode unten bei der Aufsicht herausgehalten werden sollte? Zweitens: Warum bin ich zu keinem Zeitpunkt über die Korrespondenz des Bürgers Kristen Kristensen mit dem Ministerium unterrichtet worden? Und schließlich – warum ist nicht das geringste bisschen Aktivität auf die Problemstellungen verwendet worden, die er anführt? Jakob?«, peitschte sie, sodass nicht nur ein Ruck durch den leitenden Referenten, sondern auch durch alle anderen Anwesenden ging.

Sand, der den ganzen gestrigen Tag bei *Cheminova* gewesen war, blickte desorientiert von einem zum anderen, bevor er registrierte, wie Jakob Krogh hart dagegen ankämpfen musste, seine Wut niederzuhalten, während Louise Kramer rote Flecken bekam und auf den Tisch starrte.

»Zu Eins: Ich betrachte es als meine Aufgabe, störende Elemente von Büro und Konzentration des Ministers fern zu halten«, begann Jakob Krogh leicht bebend. »Zu Zwei: Die Korrespondenz zwischen dem Bürger Kristen Kristensen und dem Ministerium hatte nach meiner besten Beurteilung niemals Relevanz für den Minister. Wer auch immer das sein mag, der Mann ist pathologisch und total geisteskrank, besessen von einer Art religiösem Wahn, und es wäre unverhältnismäßig gewesen, den Minister dem auszusetzen. Zu Drei: Ich verstehe nicht ganz, worauf die Ministerin mit dem Ausdruck ›Problemstellung‹ hinauswill, nachdem ich auf nichts gestoßen bin, das diese Bezeichnung verdient.«

»Vermutlich, weil Sie sich nie die Mühe gemacht haben zu lesen, was der Mann tatsächlich schreibt! Ich habe den ganzen Berg gestern Abend durchgesehen«, sagte Charlotte und legte schützend ihre Hand auf einen hohen Stapel Papiere, die ihr bisheriges Leben ganz offensichtlich nicht in Aktenordnern verbracht hatten. »Er hat über viele Jahre seine eigenen empirischen Studien über die Wasserqualität eines Tümpels in Thy gemacht. Sorgfältig hat er Arten aufgelistet, ihren Zustand und nicht zuletzt auch ihren Rückgang beschrieben. In den letzten Jahren hat er etwas beobachtet, meint er, das auf Intersexualität, also Zweigeschlechtlichkeit, bei Kaulquappen und Fröschen hindeutet, was wir als Behörde nicht einfach ignorieren dürfen.«

»Entschuldigung«, knurrte Jakob. »Aber meinen Sie wirklich, dass wir wegen der zufälligen ›Beobachtungen‹ eines zufälligen Bürgers mit Blaulicht und Einsatzwagen ausrücken sollen? Woher wollen Sie wissen, dass der Mann diese ›Registrierungen‹ tatsächlich, wirklich, vorgenommen hat? Und wie können Sie sicher sein, dass sie auch nur den geringsten Gehalt haben?«

»Das kann ich nicht. Dazu wäre es ja hilfreich gewesen, wenn Sie seine Wasserprobe mit ein oder vielleicht mehreren zweigeschlechtlichen Kaulquappen nicht einfach ins Klo geschüttet hätten. Dann hätten wir uns damit begnügen können, sie zur Analyse zu schicken«, schlug sie zurück. »Jetzt müssen wir umgehend das zuständige Amt in Gang setzen. Heute. Ich habe die Adresse des Mannes hier«, sagte sie, an einen langhaarigen Sachbearbeiter gewandt.

Jakob starrte sie ungläubig an. Henrik räusperte sich und versuchte, sich zwischen sie zu stellen.

»Charlotte, sollten wir nicht vielleiiiiicht das Ganze noch einmal in Ruhe betrachten?«

»Doch, das sollten wir auf jeden Fall, Henrik Sand Jensen. Aber was, wenn bekannt wird, dass in nordjütländischem Grundwasser Glyphosat nachgewiesen werden kann? Könnten wir dann nicht mit Recht der Nachlässigkeit beschuldigt werden? Oder sollen wir noch weitere zehn Jahre Dokumentation abwarten, bevor wir uns daranmachen, *Roundup* zu verbieten?«

Jakob Krogh warf wütend seinen Kugelschreiber hin.

»Also wirklich, was ist das hier für ein Kamikaze-Unternehmen? Sollen wir alle in den Tod geschickt werden, weil die Ministerin PMS hat?«

Louise blinzelte erschrocken. Und alle anderen wussten es auch. Jetzt war er zu weit gegangen. Jetzt hatte er sich die Schlinge um den Hals gelegt. Charlottes Blick traf den von Henrik Sand. Ja. Er verstand. War einverstanden. Und nahm sich der Ausführung der notwendigen Tat an. Aber als es ausgesprochen war, begriff er trotzdem nicht, warum es gerade diese Sache war, die den Ausschlag gegeben hatte. Dass sie so emotional darauf reagiert hatte. Denn vor allem anderen hatte Jakob Krogh Recht darin, dass der Bürger Kristen Kristensen verrückt war. Total verrückt.

☆

Wenn Jakob Kroghs Mutter nicht schon lange in billigem Wein versumpft wäre und wenn nicht sein Vater auf demselben Konto abgeschrieben gewesen wäre, hätte er vielleicht seine Eltern angerufen. Und wenn seine Frau ihn nicht schon nach drei Jahren Ehe so gottsjämmerlich langweilen würde, dass er nichts, was von Bedeutung war, mit ihr teilte, wäre es vielleicht sie gewesen, die einen Anruf erhalten hätte. Wenn er nicht in der Schule gemobbt und von den Mädchen lächerlich gemacht worden wäre und wenn er nicht bis zu seinem fünfzehnten Geburtstag nichts als ein ganz kleiner Scheißer gewesen wäre, dann hätte er vielleicht auch nicht das dringende Bedürfnis gehabt, diese Niederlage zu rächen. Wie auch immer – Jakob Krogh tätigte zwei bedeutsame Anrufe, bevor er seinen Schreibtisch räumte und sein Büro für immer verließ. Einen an seinen früheren Chef und einen an seinen neuen Squash-Partner. Mehr war nicht nötig.

☆

Als sie am Freitagnachmittag kurz vor sechs ins Auto steigt, hat sie nur einen Wunsch – nach Hause gefahren zu werden. Nach

Hause, Spaghetti mit Bolognesesoße essen, zur Disneyparade Eis servieren, die Kinder baden, lange Geschichten vorlesen und sich dann mit einem Glas Rotwein aufs Sofa kuscheln, Musik hören und sich mit Thomas über ganz normale Sachen unterhalten. Alte Blätter von den Topfpflanzen zupfen, bügeln, Brotteig ansetzen. Früh ins Bett gehen und sich darüber freuen, in Frieden und ohne Gefahr aufzuwachen.

Sie fühlt sich absolut nicht in Form, sich durch die Tagung zu kämpfen, auf die sie sich eigentlich gefreut hatte. Ganz im Gegenteil, sie ist müde, aufgebracht, und sie ist es leid – Jakobs Weggang war geradezu unbehaglich gewesen, sie hat keinen Zweifel daran, dass er eine verbitterte Fatwa über sie ausgerufen hat. Und allein die Erinnerung an Kesse reicht, um ein strammes Bündel Nerven zu lösen. Das einzig Erfreuliche an diesem Tag war die konzentrierte Zusammenarbeit mit Sand und Louise und ein paar anderen enthusiastischen Mitarbeitern gewesen, um ihren Vortrag fertig zu bekommen. Das Staatsministerium war beteiligt gewesen, die Staatssekretäre hatten die Haltungen der beiden Ministerien einigermaßen aufeinander abgestimmt, aber seitens des Staatsministeriums hatte man viel Wert darauf gelegt, deutlich zu machen, dass der Vorschlag ihrer sei. Ob sie das als Vertrauensbeweis oder als das genaue Gegenteil interpretieren soll, ist ihr nicht ganz klar. Vittrup hat sich überhaupt nicht geäußert, aber Sand meint, dass das ein positives Zeichen sei: »Er will sehen, ob du die Ware verkaufen kannst. Ob Muskeln dahinter stehen.« Das waren auch die Worte, die er benutzte, als sie die Entlassung mit ihm besprach. Natürlich würde das Ärger geben, obwohl es schon in Absprache mit dem Personalchef als Beförderung verkleidet worden war, sodass Jakob Krogh seine Stellung als leitender Referent offiziell verlassen hatte, um »einen Job als Chefberater im Umweltbundesamt anzutreten«, wie die Pressemitteilung lautete. Nur eine symbolische Brandmauer gegenüber den Journalisten, die sich nicht aufhalten ließen, sondern alle wissen wollten, was der Grund für den plötzlichen Karrieresprung war. Die Ministerin gab »keinen Kommentar«, Jakob Krogh auch nicht, er hatte einen Maulkorb angelegt bekommen, aber es stand außer Frage, dass sie seine Version auf die eine oder andere Weise dennoch bekommen würden. Möglicherweise konnten sie auch ein Nachspiel mit der Gewerkschaft nicht ganz vermeiden, die ganz genau wusste, wann ein Mitglied nach Sibirien geschickt wurde, aber Sand hielt daran fest, »dass eine Ministerin sich nicht von einem dummen Jungen fertig machen lassen darf. Es ist Ihre verdammte Pflicht, eine feste Hand zu zeigen. Und das haben Sie heute getan.«

Wohl nicht. So nachhaltig, wie sie immer noch über ihr Handeln erschüttert ist. Sie hatte nicht gewusst, dass sie so grob sein konnte. Aber tief drinnen fühlte es sich richtig an. Jakob Krogh hatte Böses im Sinn, das konnte sie fühlen. Rein physisch konnte sie freier atmen, seit er noch vor der Mittagspause seine Schubladen geleert und das Büro verlassen hatte. Trotzdem konnte sie zu Recht Angst vor dem Preis haben. Davor, wie hoch er werden würde.

»Harter Tag?«, fragt Freddy im Rückspiegel, als sie auf der Kalvebod-Brücke an einer roten Ampel halten, mit Kurs auf den Großen Belt. Sie nickt, schüttelt sich fröstelnd, versucht die neugierigen Blicke aus den Nachbarautos zu ignorieren.

»Ein richtig *elender* Tag. Können Sie die Heizung ein bisschen anmachen?«

Er erfüllt ihre Bitte, ohne sie im Spiegel aus den Augen zu verlieren, seine Finger bewegen sich virtuos über das Armaturenbrett. Graben eine Tafel Schokolade aus dem Handschuhfach aus, reichen sie nach hinten.

»Er war ein Mistkerl. Ende der Geschichte.«

Sie lächelt flüchtig. Bricht ein Stück Schokolade ab. Steckt es in den Mund. Ja. Ende der Geschichte.

Als sie die Brücke über den Großen Belt erreichen, friert sie so sehr, dass sie mit den Zähnen klappert. Freddy war schon am Kofferraum gewesen und hatte eine Decke geholt, die sie sich, so gut es geht, liegend, bis zur Nase gezogen hatte.

»Sie haben Grippe«, stellt Freddy fest. »Die fängt so an, aus heiterem Himmel.«

Die Diagnose ist offenkundig korrekt, das ist ihr sehr wohl klar. Sie lehnt es rundweg ab, sich nach Hause fahren zu lassen. Das ist ganz einfach ausgeschlossen. Also besteht Freddy darauf, sich in der Nähe des exklusiven Hotels am Nyborg-Strand aufzuhalten, wo die Tagung traditionell stattfindet. Er hat Freunde in Kerteminde. Er kann einfach da schlafen. Auch das lehnt sie ab. Er soll weiterfahren nach Århus und seine Mutter besuchen, so wie es die ganze Zeit geplant war. Und Sonntagmittag kommen und sie wieder abholen. Er wirft ihr einen missbilligenden Blick zu. Versucht noch einmal, sie zu überreden, und wirkt geradezu etwas gekränkt, als er zum Auto zurückstiefelt, nachdem er sie abgesetzt und ihre Tasche in die Vorhalle getragen hat. Sie muss versprechen, dass sie anruft, Tag und Nacht, wenn sie dennoch nach Hause gefahren werden will. »Ich bin in eineinhalb Stunden hier.« – »Ja, ja, Freddy. Ich verspreche es.« Und dann fährt er schließlich. Nach Kerteminde.

☆

Sie hätte Freddys Rat befolgen sollen. Sie hätte umkehren sollen. Die Präsentation verschieben. Hätte Vittrup erklären sollen, dass sie 39,5 hatte und sich kaum auf den Beinen halten konnte. Denn schon Freitagabend, als sie nicht einmal an der Konversation während des Abendessens teilnehmen konnte und nur so tat, als würde sie bei der Nationalhymne mitsingen, konnte sie einen latenten Widerwillen spüren. Alle wussten, dass ihr Vortrag für Samstag auf dem Programm stand, aber auch, wenn niemand ihren Punkt erwähnte, klang dennoch durch, dass man schon im Vorfeld Stellung bezogen hatte. Dagegen. Und genauso, wie sie die anderen aus ihrer zurückgezogenen Position heraus beobachtete, während der Staatsminister, sekundiert vom Innenminister, nach dem Dessert seine »Orientierung über die Regierungsinitiative im Hinblick auf ›die Fremden‹« verkündete, genauso, wie sie in der anschließenden »offenen Debatte« mit Grauen feststellte, dass es war, als wäre man wieder in eine intrigenverseuchte Schulklasse geschickt worden, wo die Schwächsten ignoriert, in der Luft zerfetzt, lächerlich gemacht oder totgeschwiegen wurden – genauso nahmen die offensichtlich auch sie ins Visier. Beurteilten ihre Stärke, ihre Verbündeten oder den Mangel an solchen, und da ihre Dschungelinstinkte außergewöhnlich gut entwickelt waren, witterten sie ihre Schwächung sofort. Sogar Christina Maribo und Sofie, die sich zwar besorgt nach ihrer Gesundheit erkundigten – »Gott, was bist du blass!« – und ihr gegenüber die Augen verdrehten, hielten Abstand zu ihr, während die Sozialministerin, Berit Bjørk, die früher zur absoluten Parteispitze gezählt hatte, aber irgendwann in Ungnade gefallen war und jetzt erlebte, wie die Rangabzeichen Stück für Stück abgerissen wurden, ein weiteres Mal niedergemetzelt wurde. Der Einzige, der eigentlich etwas von Bedeutung zu ihr sagte, war Gert Jacobsen, der Finanzminister. Und das trug nur dazu bei, das Unbehagen zu verstärken.

»Na«, sagte er beiläufig, als sie aufgestanden waren, um den Kaffee im Kaminzimmer zu nehmen. »Ob das klug war?«

»Ob was klug war?«, fragte sie und stützte sich auf eine Tischkante.

»Sich von einem leitenden Referenten zu trennen. Das kann leicht teuer werden. Aber das weißt du sicher selbst«, sagte er und schenkte ihr höflich ein. Sie hätte eigentlich lieber Tee gehabt, schaffte es aber nicht, das oder etwas anderes zu sagen, bevor sie wieder wegdriftete.

Die ganze Nacht wurde sie von unterschiedlichen Alpträumen gejagt, an die sie sich nicht erinnern konnte, wenn sie in dem luxuriös ausgestatteten Zimmer nach Luft schnappend aufwachte und nach der Wasserflasche griff, die sie aus der Minibar genommen hatte. Nur an einen konnte sie sich bruchstückhaft erinnern – sie saß zu Hause auf dem Hof in der Küche, als Erwachsene, zusammen mit Thomas und den Kindern, zum Familientreffen mit Kaffee und Kuchen, den ihre Mutter auf den Tisch gestellt hatte. Ihr gegenüber saß ihr Vater, kräftig gealtert im Verhältnis zu dem Alter, in dem er gestorben war, mager, zerfurcht, die Haut mit Schimmel bedeckt, blaugrünem Pelz. »Wie geht es dir?«, hatte sie gefragt, während Jens und Johanne auf ihrem Schoß herumkletterten. »Sehr, sehr schwer«, hatte er sanftmütig geantwortet, und sie hatte spontan eine tröstende Hand auf seinen mageren, kraftlosen Arm gelegt. Sie wachte mit einem tiefen Gefühl von Sorge und Mitleid auf und mit einem Anflug von Ahnung, dass der Tod eine Linderung sein konnte. Die einzige. Für einen so sehr leidenden Menschen. Aber warum litt er? Warum bewältigte er es nicht?

Gegen sieben stand sie auf und schleppte sich ins Bad, selbst kochendheißes Wasser fühlte sich nur lauwarm an. Hinterher, als sie sich mit dicken, weißen Handtüchern abtrocknete, wurde ihr schwindelig. Sie schaffte es noch, sich festzuhalten, schlug aber dennoch mit dem Kopf gegen die Kloschüssel, als sie auf den Mosaikboden fiel. Die Ohnmacht dauerte nur kurz, sie schaffte es, sich wieder aufzurichten, und schlingerte zurück ins Bett, von wo aus sie, ohne näher darüber nachzudenken, ihre Mutter anrief. In der Annahme, einen professionellen Rat zu bekommen, wie man mit Grippe und knapp vierzig Fieber wieder auf die Beine kommen konnte. Die Antwort war, dass man das nicht konnte. »Mindestens fünf Tage im Bett, ob man nun König oder Kaiser ist.« Aber wenn sie darauf bestehen würde, dann könnte sie es mit dreimal täglich zwei Paracetamol versuchen.

»Wie geht es dir sonst?«, fragte ihre Mutter, morgenfrisch wie immer.

»Ich habe von Papa geträumt«, rutschte es ihr heraus.

»Das kommt vom Fieber«, antwortete sie kurz angebunden. »Denk daran, viel Flüssigkeit zu trinken.«

☆

Per Vittrup pflügte kraulend durch das gechlorte Blau des Pools. Er war allein in der Halle. Laut schnaubend wie ein Walross peitschte er das Wasser schaumig mit seinen muskulösen Armen und Händen wie Schaufeln. Eitel war er eigentlich nicht, hatte nie die Illusion gehabt, ein schöner Mann zu sein. Er ging mehr in Richtung leberwurstfarbener, dänischer Durchschnitt. Aber er war stolz auf seine Kraft, seine Konstitution, die, wenn er es selbst sagen dürfte, ein Teil des Geheimnisses war. Dass er in der Bar versacken, bis halb drei Uhr morgens Whisky trinken und trotzdem am nächsten Morgen um sieben aufstehen konnte, um seiner Morgenroutine nachzugehen, erst fünf Kilometer auf dem Laufband, dann 500 Meter schwimmen, um danach das volle Tagesprogramm zu absolvieren, frisch wie ein Seeadler. Also auch hier, rein physisch, schlug er Gert. Als einzigen Menschen, den er kannte, hatte Meyer dieselbe Rossnatur. Genau wie er war sie ein Stehaufmännchen. Das lag in ihren jüdischen Genen, so wie in seinen proletarischen. Nur die Stärksten hatten überlebt, nur die Stärksten hatten den Ausscheidungslauf der Geschichte bewältigt. Und in gewisser Hinsicht war das das Ehrlichste, was man über Politik sagen konnte. Dass nur der Stärkste etwas wurde. Dass nur der Stärkste etwas werden *sollte*.

Gitte fand, dass das eine ziemlich eingeschränkte Sichtweise war. Zog ihn mit seiner Physis-Fixiertheit auf – »du hast das mit *survival of the fittest* total missverstanden. *Fit* zu sein hat nichts mit Fitness oder Muskeln zu tun, es geht um *Anpassungsfähigkeit*! *To fit in*«, klärte sie ihn auf. Für ihn lief das auf dasselbe hinaus. Sich an eine Situation anpassen zu können, erforderte ja sowohl physische als auch psychische Stärke. Wie eben zum Beispiel in der Bar versacken können, sich die notwendigen Allianzen beschaffen, Vertraulichkeit aufbauen, seinen Gegnern auflauern. Sie dazu bringen, zu viel zu trinken, zu viel zu sagen, und dabei selbst nüchtern bleiben.

Leider musste er beklagen, dass nur wenige Frauen diesen Teil des Spiels durchschaut hatten. Sie zogen sich zurück, mussten ins Bett, ihre sieben-acht Stunden Schlaf haben, ihren Mann anrufen, hören, wie es den Kindern geht oder was für hervorragende Entschuldigungen auch immer sie anführten. Das Problem war nur, dass erst dann, wenn die Mädels sich schon zurückgezogen hatten, etwas passierte. Nach ein Uhr. Nicht um sie außen vor zu halten, jedenfalls nicht bewusst, es *war* einfach so. Auf der anderen Seite machte sich auch nur selten jemand die Mühe, sie zum Bleiben zu bewegen. Ernsthaft. Obwohl er selbst es gestern Abend versucht hatte. Er wollte gerne, dass Charlotte Damgaard bleibt. Hatte sie sogar ausdrücklich dazu aufgefordert. Hatte ihr an dem Tisch einen Platz angeboten, an dem schon Gert und H.C. saßen. Aber sie hatte abgelehnt, sich mit einer Erkältung entschuldigt und sich kurz nach Mitternacht zurückgezogen. Viel, viel zu früh.

Er machte eine Unterwasserwendung und entdeckte dann Berit Bjørk, die Sozialministerin, im Hotelbademantel und mit Bademütze in der Hand.

»Morgen!«, winkte sie und schlüpfte aus dem Bademantel. Er hob eine Hand zum Gruß und setzte seine Bahn fort. Wäre am liebsten frei gewesen, konnte aber den Anblick von ihr im Badeanzug nicht umgehen. Teufel, wie manche Frauen verfielen! Sie war zwar nie ein Pin-up gewesen, aber das hier war ja schon dezidiert unappetitlich. Zog absolut vor, es zu verdrängen, aber es meldete sich plötzlich klar und deutlich – das Bild ihres entblößten Schoßes, gesehen aus der Froschperspektive, wie eine dunkle Schlucht zwischen zwei Vorbergen. Doch, doch, er war da gewesen, da auch, vor vielen Jahren und vielen schwabbelnden Kilos. Mehr als einmal, soweit er sich erinnerte. Nach Eva. Das hatte Berit leider nie vergessen, aber ihre Hingabe war nützlich gewesen. Das musste er zugeben. Und irgendwie war es ihm peinlich, dass sie ihm so sehr zuwider geworden war, dass er ihre Anwesenheit kaum ertragen konnte. Es *war* zu viel, zu demonstrativ, sodass er aus dem Wasser stieg, als sie sich hineinplumpsen ließ. Obwohl ihm noch drei Bahnen fehlten.

☆

Die Aussicht über den Großen Belt und die Brücke, die eine skulpturartige Linie über den glitzernden Wasserspiegel zog, war imponierend, aber Charlotte, die der erste Programmpunkt des Tages war, musste darum bitten, die Gardinen vorzuziehen. Das Licht tat ihr in den Augen weh, ihr Kopf dröhnte wie eine Turbine, aber das Adrenalin half ihr zu fokussieren und das bisschen Energie zu sammeln, das sie überhaupt zu mobilisieren in der Lage war. Wie krank sie war, hatte sie niemandem erzählt, aber schon während ihrer Einleitung bemerkte sie, dass Meyer, die am vergangenen Abend erst spät von einem Nato-Treffen aus Brüssel angekommen war, mit einer senkrechten Sorgenfalte zwischen den schön geschwungenen Brauen dasaß. Vittrup nickte aufmunternd, die Caffè-Latte-Mädchen lächelten ihr ebenfalls zu, auch ein paar andere, besonders in den Reihen der Radikalen, machten wohlwollende Mienen, während der Rest sie mit verschränkten Armen kalt beobachtete, demonstrativ mit dem Nebenmann flüsterte, Zeitung las oder gähnte.

Als sie mit ihrer Powerpoint-Präsentation über »Das Grüne Dänemark« fertig war, die in Anbetracht der Umstände anstandslos gelaufen war und auf alle Fälle die Fakten und Berechnungen enthalten hatte, die man von einer »Skizze« erwarten konnte, brach eine Kakophonie von Einwänden, Gegenargumenten und brüskierter Nörgelei los. Die Vision sei »ohne Verbindung zur Wirklichkeit«, »unrealistisch«, »staatliche Bevormundung«, »extrem kostenintensiv«, »eine Kreuzung aus Einheitsliste und Freistaat Christiania«, »ganz sicher nicht das, was die Dänen brauchen«, »nichts, womit man im Wahljahr kommen dürfe«, »der blanke Unsinn«, »Zeitverschwendung für alle Parteien in einer Situation, in der wir massive Probleme mit der Einwanderung haben«, »gefundenes Fressen für die Opposition«, »noch eine Stolperfalle für die Landwirtschaft«, »Ökologie, leck mich doch«, »die Dänen wollen bessere Krankenhäuser und Pflegeheime, keine Luftschlösser«, und dergleichen mehr. Nach dem ersten Kugelhagel, primär abgefeuert von Verkehrsminister und Co., rückte die nächste Reihe vor. Hier waren die Argumente so raffiniert und spezifisch, dass es schien, als hätte jemand schon vorher den ganzen Plan mit der Lupe durchsucht. Obwohl er bewusst nicht vorher bekannt gegeben worden war. Es waren insbesondere H.C. und der Finanzminister, die das Wort führten: »Wie wird sich das auf die Steuergrundlage und damit auf die Möglichkeiten des Wohlfahrtsstaates auswirken, die Verhältnisse für Kranke und Alte zu verbessern, wenn die Vorstellung von Nullwachstum realisiert wird?« und »Wie viele Vollzeitstellen unter öffentlicher Regie werden die erhöhten Ausgaben für eine ökologische Umstellung, zum Beispiel im Bereich der Pflegeheime, und die so genannte Nachhaltigkeitspraxis nach Ansicht der Umweltministerin kosten?« und »Es scheint nicht, als hätte man die Mehrausgaben im öffentlichen Energieverbrauch beim Wechsel zu nachhaltigen Energien, darunter Solarzellen, richtig berechnet, da angenommen werden muss, dass die Summe der Investitionen erheblich höher ausfallen wird.« Und so weiter.

Sie holte Luft, um zu antworten, nachdem sie zunächst Blickkontakt mit dem Staatsminister gesucht hatte – aber sein Gesicht war politbüro-blank –, und obwohl sie wusste, dass Gert Jacobsen mit Gummimunition schoss, die sie durchaus hätte abwehren können, indem sie nur einfach mit den Armen ausholte und offensiv nach vorne parierte, war sie in ihrem gegenwärtigen Zustand nicht imstande, die richtigen Worte zu finden, die Verbindung zu ihrem sonst so schnellen Hirncomputer herzustellen, der mit allen relevanten Erklärungen drinnen saß.

»Äh«, begann sie, aber dann war es, als würde die Wirklichkeit herumgeschleudert und als zöge sich der Raum zu einem weißlichen Kegel zusammen, sie versuchte glättend zu lächeln, wollte sich nicht vor ihnen bloßstellen, erfasste, dass Meyer abrupt aufstand, konnte sich dann nicht mehr länger festhalten, sondern wankte und kollabierte vor den Augen der gaffenden Versammlung, deren Blutdurst hiermit, mittelfristig, versiegt war.

»Ich war nicht nur Landwirtschaftsminister, ich war auch so etwas Rares wie ein sozialdemokratischer Bauer. Und wir Bauern haben ja etwas mehr Bodenhaftung als die anderen. Meyer zum Beispiel hat an diesem Samstag in Nyborg-Strand meiner Meinung nach absolut überreagiert. Erst sorgte sie dafür, dass sowohl ein Arzt als auch ein Rettungswagen gerufen wurden, und obwohl Charlotte wieder zu sich gekommen war, als Falck ankam, bestand Meyer darauf, dass sie untersucht wurde. Der Arzt konnte noch an Ort und Stelle den Alarm abblasen, sie hatte nur eine Grippe und hohes Fieber, schlimmer war es nicht. Er meinte, es gäbe keinen Grund, sie einzuweisen, und Charlotte selbst, die bei dieser ganzen Aufregung wirklich so wirkte, als wäre es ihr unangenehm, wollte nur nach Hause. Ihr Chauffeur wurde angerufen, der sich offenbar im Nachbarort aufhielt, denn er war schnell vor Ort. Und kaum dass sie abgefahren und die Tagung wieder aufgenommen worden war, brach die Hölle über uns sündige Seelen herein. Meyer tobte, um es vorsichtig auszudrücken. Besonders wir Alten bekamen unser Fett weg. Wir waren zu ablehnend, zu unfreundlich, zu reaktionär, zu kritisch, klüngelten zu sehr, kurz und gut, wir waren *total daneben*. Den Ausdruck verwendete sie, daran kann ich mich erinnern. Sie hat ja einen Hang dazu, diese modernen Großstadt-Ausdrücke zu gebrauchen, um sich jünger zu machen, als sie ist. Unvorteilhaft, meiner Meinung nach. Sie ist so versessen auf alles Neue, die Meyer. Sie redet von ›Globalisierung‹ und ›neuer Ökonomie‹ und ›Zappern‹ und ›Surfern‹, als würde sie das Kommen des Messias verkünden. Und dann ist sie so fixiert auf ›die notwendige Verjüngung der Partei‹ und nicht zuletzt den ›Generationswechsel‹, als ob Jungsein allein schon ein Qualitätsmerkmal wäre. Aber abgesehen davon wurde ganz offensichtlich, wen

Meyer stützte. Einhundertzehnprozentig. Und wehe dem, der ihr in die Quere kam. Es versteht sich von selbst, dass das wie ein rotes Tuch wirkte. Niemand ist scharf darauf, etwas, will sagen jemanden, in den Hals gestopft zu bekommen. Nicht weil ich speziell etwas gegen Charlotte Damgaard hätte. Sie war ja in vielerlei Hinsicht ein nettes und charmantes Mädchen. Bestimmt. Aber das, was sie bei dieser Tagung rausließ, war doch wirklich die reine Gülle, um in der Fachterminologie zu bleiben. Wir waren ja förmlich gezwungen, ihr zu widersprechen. Und als Politiker muss man sich ja auch behaupten können. Das haben wir anderen auch gemusst. Grippe hin oder her.«

☆

Falls der Fischer, der gerade dabei war, vor Sonnenuntergang noch die Netze auszulegen, das Paar, das am Strand vor dem Hotel promenierte, überhaupt bemerkte, hätte er sie mit großer Wahrscheinlichkeit als Ehepaar mittleren Alters angesehen, vertieft in ein zivilisiertes, aber ernstes Gespräch über etwas Konfliktreiches. Ihre Beziehung vielleicht. Was an und für sich nicht ganz verkehrt gewesen wäre. Denn auch wenn ihnen der Gedanke nicht sonderlich gefiel, waren sie doch so etwas wie ein Paar, Vittrup und Meyer. Untrennbar miteinander verbunden. In guten wie in schlechten Zeiten. Sie redete am meisten, wie Frauen eben sind. Er hörte zu, senkte das Kinn, nickte zustimmend, schüttelte ein paar Mal protestierend den Kopf, hielt die behandschuhte Hand hoch an das kalte, blaurote Ohrläppchen und blieb stehen, als sie anhielt. Hier begann das ansonsten so kultivierte Bild von Frieden und Vertraulichkeit zu bröckeln, denn nun wurde deutlich, dass die Stimmen lauter wurden, Handflächen die Luft zerschnitten, die Körpersprache feindlich, das Kinn gehoben. Jetzt *war* der Jollenfischer nicht sonderlich interessiert an dem Paar da drüben, er war mehr mit den Strömungsverhältnissen beschäftigt, der Temperatur, Wind und Wetter und der Möglichkeit, ein paar Flundern oder vielleicht eine Scholle ins Netz zu kriegen, und so war es ihm ziemlich egal, dass er kein Wort von dem hörte, was da in diesem Meinungswechsel gesagt wurde, der mehr und mehr einem gewöhnlichen Streit ähnelte. Aber wenn sie nun verwanzt gewesen wären und er mit Kopfhörern an Stelle der Ohrenwärmer dagesessen hätte, dann hätte er ein Gespräch belauschen können, für das politische Reporter sterben würden, um es auf Band zu bekommen. Ja, sogar *off the record*. Auch wenn es nur Bruchstücke gewesen wären wie: »*Du wirfst sie doch nur den Löwen zum Fraß vor!*« und »*Du weißt genau, dass sie sich abhärten muss! Ich würde ihr einen Bärendienst erweisen, wenn ich die Arbeit für sie machen würde!*« Wer weiß, vielleicht *war* es ein Reporter, der an einem Märzsamstag in einer 12-Fuß-Utter-Jolle saß und fröstelte. Oder ein Attentäter. Ein Risiko, dass die Sicherheitsleute routinemäßig in Betracht zogen. Heutzutage konnte man nie wissen. Also hatten sie ihre Ferngläser auf den Fischer eingestellt und sich in diskretem Abstand von dem prominenten Paar aufgehalten. Bereit einzugreifen, falls plötzlich eine »Situation« entstehen sollte. Ein wenig übertrieben. Aber es war ja ihr Job, paranoid zu sein. Darum mochten sie keine allzu offenen Flächen. Entsprechend froh waren sie, als das Paar offenbar eine Form von Einigung erreichte und sie synchron nickten, woraufhin der Staatsminister ein lautes Lachen ausstieß, als Reaktion auf etwas, das die Außenministerin gesagt hatte. Dann legte er seine Hand locker auf ihre Schulter, auf die Art, mit der Männer Absprachen mit anderen Männern zu besiegeln pflegen, und ließ sie erst wieder los, als sie die Richtung geändert hatten und zurück zum Hotel gingen.

Erst da blickte der Jollenfischer in ihre Richtung, grübelte, weil er glaubte, in der Gestalt im dunkelblauen Diplomatenmantel den Staatsminister zu erkennen. Per Vittrup, von dem man sagte, dass er der Grund gewesen war, dass damals die junge Politikerin von der Brücke gesprungen war. Es war sein Onkel gewesen, der sie bei Strib gefunden hatte, und tatsächlich war er darüber nie hinweggekommen.

☆

»Haben Sie schon angefangen zu schwitzen?«, fragte Freddy, als sie Kopenhagen erreicht hatten. Sie hatte fast den ganzen Weg gedöst, es aufgegeben zu denken oder zum Verlauf des Vormittags Stellung zu beziehen. Aber selbst in ihrem vor sich hin dümpelnden, halb schlafenden Zustand war leuchtend klar, dass das beschissen gelaufen war. Geradeheraus und ungeschönt. Sie waren elende Scheißkerle gewesen, aber sie hätte es auch einfach nicht tun dürfen. Sie hätte sich dem nicht aussetzen dürfen. Sie hätte Freddys Rat folgen und schon gestern umkehren sollen.

»Nein, ich friere immer noch«, klapperte sie.

»Dann ist der Höhepunkt noch nicht erreicht. Aber wenn Sie anfangen zu schwitzen, dann geht es aufwärts.«

Sie rappelte sich auf dem Rücksitz hoch und lächelte ihn im Rückspiegel an.

»Ja, darauf freue ich mich schon. Warum sind Sie nicht nach Århus gefahren?«

Er zuckte mit den Schultern, beschleunigte und scherte mit dem BMW zum Überholen aus.

»Man hat ja mit der Zeit gelernt, sich vorausschauend zu verhalten.«

»Sie hätten Politiker werden sollen«, sagte sie und lehnte den Kopf zurück an die Nackenstütze.

»Nein, danke«, sagte er mit Nachdruck. »Das wäre wirklich das Allerletzte. Bei allem Respekt«, setzte er noch hinzu.

»Das ist okay«, sagte sie und sank wieder ein wenig zusammen. »Ich verstehe *vollkommen*, was Sie meinen.«

☆

Thomas und die Kinder helfen ihr die Treppe hoch. Sie küssen sie, streicheln sie, nehmen ihre Hand, tragen ihr Gepäck. Ach, Mama. Liebe Mama. Arme Mama. Jetzt muss Mama ins Bett! Mama hat *Krip-pe*, sagt Johanne bedeutungsvoll zu Jens, der fragt, ob sie richtig krank ist. Aber sie stirbt nicht, oder?, fragt Jens bekümmert. Nein, nein, natürlich stirbt sie nicht, und Jens fällt ein, dass nur alte Menschen sterben. Und ihr Großvater, obwohl er nicht alt war. Und manchmal auch Kinder, die überfahren werden oder *ertrinken*, betont Johanne mit ihrem Talent, ihren Bruder zu übertrumpfen. Dann sind sie oben im dritten Stock. Schließen die Tür hinter sich. Und Charlotte glaubt, jetzt in Sicherheit zu sein. Entspannt sich, legt ihren Kopf an Thomas' Schulter. Er küsst sie auf die Stirn und will erzählen, dass sie Gäste haben, aber im selben Moment hört sie die Stimmen aus dem Wohnzimmer, Kinder und Erwachsene durcheinander.

»Oh nein«, stöhnt sie. Mikkel und Maria und ihre beiden kleinen Mädchen.

»Sie sind eben gekommen. Wir hatten ja abgemacht, dass die Kinder zusammen spielen sollten«, sagt er entschuldigend. »Während du weg bist.«

Sie nickt verständnisvoll. Natürlich.

»Du kannst einfach ins Bett gehen«, redet er weiter, sanft flüsternd. »Ich bringe dir gleich einen Tee.«

Sie schließt die Augen, muss sich auf die Lippen beißen, um nicht zu weinen anzufangen, drückt ihre Nase an sein kariertes Hemd.

Er zieht sie an sich.

»Haben sie sich wie Arschlöcher aufgeführt?«

Sie nickt, wünscht, sie könnte sich kindlicher Heulerei hingeben, reißt sich aber zusammen, hört auf zu schluchzen.

»Ich gehe rein und sage hallo«, flüstert sie und räuspert sich, sodass die Stimme wieder klar ist, als sie ins Wohnzimmer tritt.

Es stehen Kaffee und Tee auf dem Tisch, Kerzen brennen, bunte Tulpen, die Keramiktassen aus Vietnam. Ein gemütlicher Samstag unter Freunden. Guten, alten Freunden. Maria, die Krankenschwester, macht eine teilnahmsvolle Miene: »Himmel, siehst du fertig aus!« Mikkel ist großspurig wie immer.

»Du siehst aus wie der Tod von Lübeck!«, sagt er und weicht theatralisch zurück, die Hände abwehrend vor sich. »Haben sie dich gerupft?«

»Gerupft? Wen, mich?«, fragt sie, während es in ihren Ohren wieder zu rauschen beginnt.

»Deine lieben Kollegen. Sie haben schon die ganze Woche Kugeln gegossen ...«

Thomas signalisiert Unverständnis, *er* hat nichts gesagt.

»Woher weißt du das?«, fragt sie und fasst nach dem Bücherregal.

Mikkels Blick flattert.

»Ja, unter anderem von Jakob ...«

»Jakob Krogh?«

»Wir spielen Squash zusammen, er ist eine echte Killermaschine«, sagt er und streckt seine Beine aus, während Maria ihrer Tochter hilft, sich Saft einzuschenken. Die anderen Kinder sind im Kinderzimmer verschwunden. »Also, noch nicht lange. Wir haben uns erst ein paar Mal getroffen. Cooler Typ. Warum konntest du ihn nicht leiden?«

»Wer sagt, dass ich das nicht konnte?«, fragt sie.

»Was glaubst du?«, fragt er spöttisch. Maria rutscht im Sessel nach vorne, bereit, einzugreifen.

»Mikkel, lass Charlotte ins Bett gehen!«, sagt sie.

»Ich finde auch ...«, stimmt Thomas zu und stellt sich beschützend neben sie.

»Er selbst sagt das«, konstatiert Charlotte, ohne Mikkel aus den Augen zu lassen, während Thomas ihre Hand nimmt.

»Bingo!« Mikkel lacht. »Du warst schon immer ein helles Köpfchen.«

»Nicht hell genug offenbar! Gute Nacht«, sagt sie säuerlich und lässt sich aus dem Wohnzimmer ins Schlafzimmer führen. Thomas hat das Bett schon gerichtet und die Decke aufgeschlagen.

»Trust nobody«, murmelt sie, als er die Decke um sie herum feststopft.

»Trust me«, sagt er und kusst sie auf die Nasenspitze, bevor er die Holzjalousien mit einem dumpfen Rasseln herunterlässt und aus dem Zimmer geht.

☆

Manche Nachtdienste waren der reine Alptraum. Der hier war einer davon. Allmählich war es jedes Wochenende so geworden, dass sie schwer verletzte Jugendliche aus sinnlosen Verkehrsunfällen bekamen. Meistens junge Männer. Fast noch Kinder, noch nicht mal zwanzig. Wie diese Nacht. Vier Jungen, zwei waren bei der Einlieferung schon tot, einer kam mit Gehirnerschütterung und Beckenbruch davon, und einer war ihnen unter den Händen weggestorben. Achtzehn Jahre. Gymnasiast. Rørbech operierte, insistierte darauf dabeizubleiben, alles zu versuchen, noch einen Wiederbelebungsversuch zu machen, obwohl alle Anwesenden sehen konnten, dass es hoffnungslos war. Er war es auch, der hinterher hinausging, um den Eltern die furchtbare Nachricht zu überbringen. Er musste keine Nachtdienste übernehmen. Er war Oberarzt, er war dazu absolut nicht verpflichtet. Aber er bestand darauf, und sie wusste, warum. Jedes Mal wartete er darauf, dass seine eigene Tochter eingeliefert würde. Das war absurd, sie war irgendwo in Kopenhagen, warum sollte sie plötzlich in diesem Krankenhaus stranden? Damit ihr Vater die Chance bekäme, sie zu retten? Sie zurückzugewinnen? So gerecht ist das Schicksal nicht. Die große Rechnung ging selten auf. So viel hatte das Leben Ingrid Damgaard schon lange gelehrt.

Sie sank auf einen Stuhl im Schwesternzimmer und griff nach der letzten Ausgabe des *Billed Bladet*, das auf dem Tisch neben der Thermoskanne lag. Überflog es meistens, um zu sehen, ob Charlotte drin war. Das war sie. In einer Umfrage über das Verhältnis der Dänen zum Fleisch, seit Rinderwahnsinn und Maul- und Klauenseuche ausgebrochen waren. »Trauen Sie sich noch, Rind zu essen?«, lautete die Frage. Charlotte antwortete, dass sie das absolut tat, solange es ökologisch produziert war. »Ich kann gut verstehen, dass die Verbraucher unsicher geworden sind. Die dänische Landwirtschaft hat sich ja auch zu einer reinen Industrie entwickelt, der es nur darum geht, am meisten und am billigsten zu produzieren. Das muss ja auf Kosten der Lebensmittelsicherheit gehen. Ich bin selbst auf einem Bauernhof aufgewachsen, und in meiner Kindheit ging der Bauer noch selbst zu seinen Kühen, um sie zwischen den Hörnern zu kraulen. Die Tiere gediehen, und das konnte man schmecken!« Die Aussage, die Ingrids Schwiegersohn, den Schweinebaron, mit Sicherheit aufregen würde, war offenbar bei der Kinopremiere eines Kinderfilms eingeholt worden. Das illustrierende Foto zeigte die junge Familie mit Charlotte im Zentrum, Thomas mit einem verlegenen Lächeln an ihrer Seite, Johanne im Vordergrund, breit lachend mit einer Tüte Popcorn in den Händen, und Jens, der sich beklommen an Charlottes Bein klammerte.

Ingrid lächelte unwillkürlich. Sie sah ihre Enkel zu selten. Und ihre Kinder. Besonders in einer Nacht wie dieser vermisste sie sie. Sie hatte sie niemals losgelassen, auch wenn sie das glaubten. Besonders Charlotte, das war ihr sehr wohl bewusst. Zum Beispiel war sie ganz sicher, dass sie nicht glaubte, ihre Mutter mache sich wegen einer banalen Grippe Sorgen.

Als sie angepiept wurde, fuhr sie hoch und ließ die Illustrierte aufgeschlagen liegen. Die Kollegin, die als Nächstes erschöpft auf den Stuhl sank, war ganz sicher, dass Ingrid als Letzte hier gesessen hatte. Sie war so wahnsinnig stolz auf ihre Tochter, auch wenn niemand sie dazu brachte, es zuzugeben.

☆

»Dritter Tag mit Grippe, Morgentemperatur 38,6. Die Epidemie wütet, lese ich in den Zeitungen, die jeden Morgen in großen Stapeln hierher gebracht werden. Henrik Sand vermeldet auch, dass im Ministerium ein hoher Krankenstand ist, sodass ich mich nicht zu schämen brauche. Das tue ich aber trotzdem, ich pflege nicht krank zu werden, habe die gute Gesundheit meiner Mutter, der eisernen Lady, geerbt. Sie hat ZWEI MAL angerufen, um sich nach meinem Zustand zu erkundigen. Hat sogar darauf bestanden, dass ich nicht aufstehen und arbeiten gehen darf, bevor ich nicht einen Tag fieberfrei gewesen bin. Und dann hat sie mir tatsächlich, Himmel hilf, drei Liter selbst gemachten Holunderbeersaft per Kurierpost geschickt! Etwas spät, um mütterliche Fürsorge zu zeigen, aber ich bin leicht zu haben in diesen Tagen. Thomas und die Kinder gehen schon gegen acht aus dem Haus und kommen erst gegen fünf zurück, sodass ich den ganzen Tag alleine bin. Ungewohnt und merkwürdig, es muss viele, viele Jahre her sein, dass ich das zuletzt erlebt habe. Vielleicht ist das sehr gesund, so eine Auszeit, in der man sich so erbärmlich fühlt, dass man nichts anderes tun kann, als über das Dasein und andere interessante Themen zu spekulieren. Darunter Politik,

näher bezeichnet als ›ich und die Politik‹. Das kleine Intermezzo des letzten Wochenendes hat mich erschüttert, das muss ich zugeben. Und dass Mikkel Jakob Kroghs Verrat ausposaunt hat, hat nur noch mehr hervorgehoben, dass Macbeth die reinste Sitcom im Vergleich zum echten Leben ist. Apropos Shakespeare, ich war oben und habe im Regal nach meinen alten Lehrbüchern aus dem Studium gekramt. Es schadet nie, das Grundpensum zu repetieren, egal ob politische Theorie oder Nationalökonomie. Bin über Machiavellis Der Fürst *gestolpert, das ja ein absolutes Muss für Politikanwärter ist, aber nachdem ich mich bislang nicht als solche betrachtet hatte, bevor ich jetzt sozusagen die Bühne betreten habe, hatte ich dieses Handbuch vom Anfang des 15. Jahrhunderts über das Ergreifen und Bewahren politischer Macht auch nicht als persönlich relevant angesehen. Aber in all seiner Nüchternheit, die schon an kalten Zynismus herankommt, muss ich sagen, dass er immer noch Furcht erregend aktuell ist in seinen Analysen, auch für mich! Bin z. B. über diese Passage gestolpert:*

›Denn zwischen dem Leben, wie es ist, und dem Leben, so wie es sein sollte, besteht ein so großer Unterschied, dass derjenige, der nicht beachtet, was geschieht, sondern nur das, was geschehen sollte, viel eher für seinen Ruin als für seine Erhaltung sorgt; denn ein Mensch, der in jeder Beziehung für das Gute einstehen möchte, müsste inmitten so vieler schlechter Menschen zugrunde gehen. Daher muss ein Fürst, wenn er sich halten will, lernen, schlecht zu sein und davon je nach Bedarf Gebrauch zu machen …‹

Mit anderen Worten: Der Zweck heiligt die Mittel. Die Frage ist, ob ich Körper (und Familie) aufs Spiel setzen will oder ob ich einfach sagen sollte, dass das eine interessante Erfahrung in meinem noch verhältnismäßig jungen Leben war, das ich eigentlich auf etwas anderes zu verwenden gedenke. Eigentlich ist das wohl die Schlussfolgerung, zu der ich z. Zt. neige. Wenn man jemanden wie mich nicht will, warum sollte ich dann darauf insistieren? Denke auch, dass ich, wenn ich diesen Job hier nur als mittelfristig ansehe, meine Unverletzbarkeit bewahren kann. Denn so ist es mir ja, jedenfalls auf persönlicher Ebene, gleichgültig, wie lange es dauert. Habe schon etwas Schaden genommen, ertappe mich selbst, wie ich die Zeitungen nach Geschichten über mich selbst durchsuche. Kann meinen Namen ausmachen, nur indem ich die

Seite überfliege. ›Steht da was über mich?‹ Ich war bislang immer der Meinung, dass es zutiefst lächerlich ist, wenn Politiker die Welt vor lauter eigenem Ego nicht mehr sehen. Verstehe es jetzt besser, die reine Verteidigungsbereitschaft. ›Muss ich mich heute prügeln?‹ Zum Beispiel bin ich gezwungen, auf diesen Umweltfaschisten aus Århus zu reagieren, der der ganzen Welt weismachen will, dass die Umweltprobleme total übertrieben werden. Die Wahrheit ist, nach meiner ehrlichen und rechtschaffenen Meinung, dass unsere Zukunft auf Erden bedroht ist. In einem so unvorstellbaren Maße, dass uns die Fantasie fehlt, es uns vorzustellen. Und dann können sie von mir aus kommen mit ihren beruhigenden Eiskern-Bohrungen – das ändert nichts daran, dass die Klimaveränderungen menschengemacht, dramatisch und unüberschaubar sind. Sogar Jens und Johanne werden klimatische Instabilität erleben, wenn wir nicht JETZT etwas ändern. Und damit sind wir wieder am Anfang – was soll ich tun? Was kann ich überhaupt tun? Mich ATTAC oder einer anderen autonomen Gruppe anschließen? Für Letzteres ist es zu spät, dafür bin ich zu alt. Habe im Übrigen einen Blumenstrauß des Staatsministers überbracht bekommen mit einer kleinen ›Gute Besserung‹-Karte ohne weiteren Kommentar. Meyer hat angerufen und versucht, mich aufzumuntern, und Berit Bjørk hat eine Karte aus Oslo geschickt, Motiv war Edvard Munchs ›Der Schrei‹, vielleicht ein bisschen sehr bombastisch, aber es war lieb gedacht. Sie hoffe, dass ich bald ›wiederkomme‹. Das ist jetzt die Frage. Wie ich wiederkomme, meine ich. Na ja, jetzt rufe ich Lisbeth an, habe lange nicht mit ihr gesprochen. Lars hat aus dem Laster angerufen, war wohl irgendwo in Deutschland. ›Und wie?‹, sagt er immer. Ja, und wie?«

☆

Søren Schouw, Ex-Umweltminister, ist ein *looser*. Er ist fertig. Und von einem Abgeordneten, den man um halb fünf Uhr nachmittags zu Hause treffen kann, mit rot geränderten Augen, die in Alkohol-Seen schwimmen, sollte man sich fern halten. Er sollte also nicht hier sitzen, in dem schwarzen *de Sede*-Ledersofa, mit einem schweren Glas, viertel voll mit 16 Jahre altem rauchfarbenem Lagavulin-Malzwhisky in der Hand, und auf den Sieg anstoßen.

Aber Jakob Krogh nährt eine beinahe kindliche Hingabe gegenüber diesem plötzlich so gealterten Mann. Und heute ist er gekommen, um gelobt zu werden. Den Kopf getätschelt zu bekommen. Verständnis. Bestärkung, dass sie das Richtige tun. Sie ist eine Hure. Will es doch selbst. Hat geradezu danach verlangt.

»Well done«, nickt Søren Schouw anerkennend und stößt mit ihm an. »Well done, Jakob. Die macht's nicht mehr lange. Aber das war uns ja gleich klar.«

Und Jakob Krogh nickt, und bald werden sie sich über Frauen, Whiskymarken und Schach unterhalten, das zwar in gewisser Weise an Politik erinnert, aber trotzdem wesensfremd ist, denn das Spiel ist von einer Gesetzmäßigkeit bestimmt, die der Politik alles in allem fehlt.

Er lockert die Krawatte, legt sie bald darauf zusammen mit seinem Jackett ganz ab, und ein oder zwei Gläser später werden sich seine Vorbehalte ganz aufgelöst haben, wie immer. Warum hätte er nicht kommen sollen?

☆

Sie war eine ganze Arbeitswoche krankgeschrieben. Nichts auf einer Zeitlinie, aber unendlich lange in einem zerbrechlichen Ministerleben, das nicht eben wenige als kurz zu betrachten anfingen. Als sie wieder auftauchte, war sie blass wie ein Gespenst und ähnelte eher jemandem, den man gerne ins Sanatorium schicken würde, als jemandem, dem man *die notwendige Stärke* zutraute. Alle wussten, was an dem Wochenende passiert war, und alle wussten auch, dass es für die Ministerin extrem schwer werden würde, nach dieser Episode wieder in den Kampf zu kommen.

»Hätten Sie sich nicht besser noch einen Tag zu Hause gegönnt?«, fragte Henrik Sand, der die ganze Zeit über in täglichem Kontakt mit ihr gestanden hatte. Sie hatte es geschafft, ein paar Sachen rauszuschicken, hatte wie üblich ihre Kommentare an den Rand geschrieben und war im Großen und Ganzen up to date. Hatte die Untersuchung von Kristen Kristensens Grundwasser angemahnt, aber einige der Umwelttechniker waren erkrankt, man war aber dran, es sei denn, sie würde Sonderbehandlung wünschen, dann würde die Sache ans Ende der Schlange rutschen. Was sie zu Sands großer Erleichterung mit einem »Okay, aber vergesst es nicht!« akzeptiert hatte.

Sie schnitt eine Grimasse und tunkte einen Beutel grünen Tee in einen Becher mit frisch gekochtem Wasser.

»Eher einen Tag weniger«, sagte sie und legte den Teebeutel in einen Aschenbecher. »Ich habe aufgehört zu rauchen«, bemerkte sie dann.

»Sie *konnten* vermutlich nicht rauchen!«, gab er zurück.

Ein kurzes Lächeln flog über ihr Gesicht und hellte auch seines auf.

»Ja, aber ich habe mich entschlossen, nicht wieder anzufangen. Im Ganzen hatte ich ja ein klein wenig Zeit, über die Dinge nachzudenken«, sagte sie und hob pustend den Becher an den Mund.

»Ah ja?«

»Ich wollte nicht mit Ihnen am Telefon darüber reden und sollte es vielleicht nicht einmal hier tun«, sagte sie und ließ den Blick durchs Büro kreisen, bis er vom Hühnerhabicht, dem ausgestopften Vogel, gestoppt wurde. »Aber ich bin ziemlich sicher, dass Jakob unseren Plan ans Finanzministerium hat durchsickern lassen, von wo aus er dann die Runde gedreht hat. Darum konnte die Kritik so präzise sein. Sie kannten die Details und konnten mit den Zahlen rechnen. Und dann hatten sie darüber hinaus auch noch das Glück, dass ich weder denken noch reden konnte, sodass sie mich ohne größere Anstrengung wie eine lallende, naive Öko-Idiotin aussehen lassen konnten.«

»Bauerntrampel?«, lächelte er schief.

»Ja!«, sie lachte. »Ich weiß nicht, warum sie so gegen mich sind, aber ich weiß, dass das Projekt wichtig und richtig ist, und ich beabsichtige nicht, es aufzugeben. Oder anders gesagt: Mama ist nicht gekränkt, Mama ist wütend!«

»Und das heißt?«, fragte er.

»Dass wir reinhaun. Alle Tricks einsetzen. Mit gespaltener Zunge sprechen. Über und unter der Erde. Der Zweck heiligt die Mittel, wie Sie wissen.«

»Machiavelli«, warf er ein.

Sie nickte, ordnete gewohnheitsmäßig ihren rechten Ohrring, sodass das Perlmutt das Licht einfing.

»Ich habe *Der Fürst* wieder gelesen«, sagte sie. »Das hätte ich besser früher tun sollen.«

Er betrachtete sie einen Augenblick. Sie war nicht nur durchsichtiger geworden, markanter, sondern auch schärfer. Wie eine blank geschliffene Waffe. Sie war dabei, ihre Rundungen zu verlieren. Er wusste nicht, ob ihm das gefiel.

»Man kann ihn auch zu früh lesen«, sagte er leise.

»Man kann auch zu dumm sein«, erwiderte sie. »Ich habe mir Ihre Vorschläge für einen neuen Referenten angesehen. Gibt es wirklich niemanden im ganzen System, der einen nicht-dänischen Hintergrund hat?«

»Wir haben sicher irgendwo einen Schweden …«

Sie verdrehte die Augen.

»All right«, stöhnte er. »Ich werde sehen, ob ich einen *Neudänen* finden kann.«

Er verzichtete darauf, nach dem Grund zu fragen. Und sie verzichtete darauf, ihren Wunsch zu begründen. So umgingen sie die Formulierung *»um ein wichtiges Zeichen zu setzen«*.

Jedenfalls, bis die Sache ein paar Tage später dem Staatssekretär vorgelegt werden musste, der allmählich in seinem stillen konservativen Geiste fand, dass die Dinge im Begriff waren, ein klein wenig zu bunt zu werden, sozusagen. Nicht nur, weil er vor kurzem einem Englisch sprechenden Sikh-Arzt mit Turban ausgesetzt gewesen war, »im *Reichs*krankenhaus!«, sondern auch, weil er ganz und gar nicht der Ansicht war, dass die kleine Louise Kramer das notwendige Gewicht hatte, um zur leitenden Referentin einer so umstrittenen Figur wie Charlotte Damgaard befördert zu werden, auch wenn es um einen überschaubaren Zeitraum ging. Und wenn man dann auch noch gleichzeitig einen jungen, unerfahrenen Bevollmächtigten zum Sekundanten ernannte, dessen erste Qualifikation es war, von muslimischer Herkunft zu sein, dann war alles auf dem besten Wege, in der Form von politischer Korrektheit aufzugehen, die mehr schadete als nützte.

Egal, ob es nun um die Gleichstellung der Geschlechter oder der ethnischer Gruppen ging.

Er führte seine Einwände im Ministerauto auf dem Weg zum Flughafen an, von wo aus sie gemeinsam nach Brüssel fliegen sollten, um an einem ordentlichen Ratstreffen zu Nachhaltigkeit, Rio+10 und Klimastrategie teilzunehmen. Sie hörte zu, gehorchte aber nicht. Genauso wenig, wie sie seinem Vorschlag folgte und es den großen EU-Ländern überließ, die Führung hinsichtlich der Kritik an der Bush-Regierung für den Ausstieg aus dem Kyoto-Protokoll zu übernehmen. Ganz im Gegenteil wedelte sie der dänischen Presse gegenüber mit dem Schwanz und unterstrich die Notwendigkeit, dass die EU-Länder die gebotenen Initiativen ergriffen, um sicherzustellen, dass das Kyoto-Protokoll auch ohne die USA durchgeführt wurde. Ihre Äußerungen hinsichtlich George W. Bush – »Wir müssen die Konsequenz daraus ziehen, dass die mächtigste Nation der Welt in den Wilden Westen zurückgekehrt ist und einen Hasardeur zum Sheriff-Spielen eingesetzt hat« – waren nicht unbedingt diplomatisch, aber sie bekam ihre Überschriften, das musste er ihr lassen. Und im Übrigen musste er auch einsehen, dass es schwer war, eine Ministerin an die Leine zu legen, wenn man selbst sich mitten in der Sitzung in sein Hotelzimmer zurückziehen musste, zu Tode erschöpft. Aber sie hatte ja Henrik Sand an ihrer Seite, was ihr offenbar gut zu passen schien. Besonders gut sogar. Die Chemie zwischen den beiden war fast zu gut. Und wenn er selbst nur ein bisschen mehr auf der Höhe gewesen wäre, nur ein bisschen mehr *er selbst*, hätte er sicher größere Anstrengungen unternommen, eine Bresche in diese Allianz zu schlagen. Henrik Sand durfte schließlich gerne seine Ministerin überleben. Damit er sein Nachfolger als Staatssekretär werden konnte. In ein paar Jahren.

☆

Henrik Sand tippt ihr diskret auf die Schulter, sie dreht sich fragend um und bekommt einen Zettel in die Hand. Sie sind mitten in der Ratssitzung. Die Minister sitzen rund um den Tisch, ihr Beamtennetz als Souffleure direkt hinter sich. Der griechische Minister ist dabei, seinen Vortrag zu halten. Er ist verärgert über Mazedonien, was Kyoto anbelangt. Auf dem Zettel steht, dass sie zu Hause anrufen soll. »Urgent.« Ihr gefriert das Blut in den Adern. Die Kinder. Den Kindern muss etwas passiert sein. Sonst hätte er sie niemals stören lassen, Thomas. Sie reißt den Ohrstöpsel raus, steht auf, wirft fast das Glas ihrer Sitznachbarin, Madeleine, um. Sie schafft noch ein kurzes entschuldigendes Lächeln und hastet mit dem Zettel in der Hand hinaus, wählt die Nummer, während sie sich von den Eurokraten wegdreht, die mit Dokumenten in den Händen die Tür umschwärmen.

»Ja?« Sie schreit fast ins Telefon, als Thomas abnimmt. »Was ist passiert?«

»Ich bin krank«, teilt er mit. »Grippe, wie du. Über 39 …«

»Was ist mit den Kindern?«

»Bisschen verschnupft, sonst nichts. Sie sind im Kindergarten …«

Sie holt tief Luft, zählt bis zehn. Weiß, dass es gerade jetzt wichtig ist, mild und verständnisvoll zu sein.

»Schatz«, sagt sie. »Was ist das Problem?«

»Ja, dass ich krank bin, verdammt.«

Wieder zählt sie bis zehn. Etwas schneller diesmal.

»Thomas, das ist beschissen, es tut mir Leid für dich, aber was hast du gedacht, soll ich tun? Ich stehe in Brüssel!«

Sie hat trotzdem angefangen zu brüllen, einige schauen in ihre Richtung, und jetzt kommt Sand auch aus dem Konferenzraum. Winkt ihr, signalisiert, dass sie im Saal jetzt zur Abstimmung kommen.

»Kannst du nicht nach Hause kommen?«, fragt er schüchtern wie ein Kind.

»Verdammt, Thomas! Ich bin bei der *Ratssitzung*! Du stirbst wohl nicht, oder?« Sie signalisiert Sand, dass sie verstanden hat und bewegt sich auf ihn und die Tür zu. »Schatz, ich *muss* jetzt wieder rein. Du musst dir selbst etwas überlegen, schaff dir Hilfe, ruf deine Mutter an oder Mikkels Maria, sie ist im Erziehungsurlaub. Irgendjemanden!«

»Entschuldige, dass ich gestört habe«, sagt er spitz.

Sie schüttelt den Kopf, seufzt tief.

»Paracetamol ist im Badezimmer. Ich rufe an, sobald ich kann. Tschüss«, sagt sie und drückt den Aus-Schalter. Shit.

»Probleme?« Sand macht ihr die Tür auf.

»Thomas ist krank geworden. Grippe«, flüstert sie, als sie hineingehen.

»Also glaubt er, er stirbt?«

Sie kichert befreit.

»Haargenau.«

Dann schlüpft sie hinein und setzt sich auf ihren Platz zwischen den europäischen Umweltministern.

☆

Maria kommt wie ein rettender Engel. Sie holt Jens und Johanne vom Kindergarten ab, hat ihre eigenen Kinder dabei, platziert alle vier im Wohnzimmer vor ein Video und zaubert eine fantastische Minestrone aus Zutaten, die sie in der inzwischen eher unorganisierten Küche findet. Er bekommt seine Portion auf einem Betttisch serviert, den sie auf die Bettdecke stellt, nachdem sie ihm geholfen hat, sich mit Kissen im Rücken aufzusetzen.

»Pass auf, ich bin ansteckend!«, sagt er, als sie so nah ist, dass er ihr blumiges Parfum riechen kann.

»Ich bin geimpft«, lächelt sie und sinkt auf die Bettkante. Nimmt einen Serviettenzipfel und tupft ihm das Kinn, als er etwas Suppe verschüttet.

»Ups«, lächelt er matt. Nimmt noch ein paar Löffel voll, bevor er den Löffel sinken lässt. »Das schmeckt großartig, aber ich kann nicht mehr.«

»Noch einen Löffel«, sagt sie professionell nötigend. »Und trink noch etwas Wasser!«

Er gehorcht, schlürft die Suppe, setzt das Glas an den Mund, das sie ihm reicht.

Sie nimmt das Tablett weg, fühlt seinen Puls, der unter ihrem Zeigefinger pocht. Er schließt die Augen, fühlt sich gleichzeitig wie ein kleines Kind und wie ein junger Mann im Verführungstraum. Sicher weil Mikkel einmal erzählt hat, dass er ab und zu erlaubt bekommt, sie in ihrer weißen Schwesternuniform zu nehmen. Damals fand Thomas, dass das über eine private Schamgrenze ging, die er nicht zu überschreiten wünschte. Darum hatte er das Bild sorgfältig ausradiert, das ihm andernfalls wie ein pornographisches Klischee vor Augen gestanden hätte, von dem er nichts wissen wollte. Also, falls er Maria irgendwann sexy gefunden hat, dann ist das ein Gefühl, das er auf das Stärkste unterdrückt und gegen freundschaftliche Sympathie ausgetauscht hat. Maria ist lieb. Schön. Warm. Mikkels Frau. Schluss. Er hat sich nicht näher mit ihren Grübchen beschäftigt, mit ihrer Vollbusigkeit, ihren kolossal braunen Puppenaugen, die immer ein bisschen feucht sind. Aber ihre ganze allumfassende Weiblichkeit überwältigt ihn plötzlich, jetzt, da er wie ein Verdurstender die Fürsorge aufsaugt, an der es ihm offenbar so extrem mangelt, dass nicht einmal gewöhnliche Verlegenheit ihn daran hindert, sich zu holen, was er braucht. Ah, wie er ihre Hand auf der heißen Stirn genießt. Ah, wie er ihre kleinen teilnahmsvollen Laute und den braunen Blick genießt, der ihn mit einer Wärme, die an Liebe grenzt, ansieht. Dass sie vielleicht genauso vernachlässigt ist und sich umgekehrt in seiner dankbaren Nähe badet, fällt ihm nicht ein. Es streift ihn nur kurz, als sie versichert, dass das Arrangement keinerlei Probleme bereitet, Mikkel ist auf einer Tagung und kommt sowieso erst morgen nach Hause.

»Ich sehe ihn allmählich gar nicht mehr«, lächelt sie flüchtig. »Aber das kennst du ja auch, hm?«

Er lächelt schief. Ja, das kennt er. Normalerweise würde er das im selben Atemzug verteidigen – so ist es eben, ist doch nur ein Übergang, sie sind sich einig über die Verteilung und all das. Aber das schafft er jetzt nicht, und sie sind doch alte Freunde, kein Grund, sich an dem Tag zu verstellen, an dem Charlotte bislang noch nicht einmal zurückgerufen hat. Vom Ministertreffen in Brüssel.

Als sie endlich anruft, ist er es, der kurz angebunden ist. Er begnügt sich damit zu erzählen, dass Maria gekommen ist und Essen gemacht hat und gerade dabei ist, die Kinder ins Bett zu bringen.

»Perfekt«, sagt Charlotte erleichtert, das kann er hören. So ist sie dem Problem entkommen. Sie spricht mit den Kindern, erzählt danach noch ein bisschen von der Konferenz, die ihm im Moment piepegal ist, und er hat auch keine Meinung zu »Dänemarks Drill« und ihren eigenen »bullit points«, wie sie es nennt.

»Ich versuche morgen einen früheren Flug zu bekommen«, sagt sie zum Schluss. Das ist nicht nötig. Er kommt schon klar. Seine Mutter kommt morgen. Wir hören voneinander. Tschüss.

Nach dem Gespräch sinkt er zurück, frierend und angespannt. Anders als sonst fühlt er kaum den Kontakt zu ihr, der früher auch über große Entfernungen ungebrochen gewesen war. Sie ist fern, und das macht ihn wütend. Vielleicht passiert es, weil er sie bestrafen will, vielleicht teilt er deshalb die Intimität, die sonst ihrem gemeinsamen Leben vorbehalten ist.

Maria, die leise ins Schlafzimmer schleicht, räuspert sich und zögert, bevor sie mit ihrem so unmittelbar einleuchtenden Vorschlag kommt.

»Du, ich habe mir überlegt, ob es nicht eine prima Idee wäre, wenn ich bleiben und hier übernachten würde. Dann kann ich morgen früh die Kinder einfach mitnehmen und in den Kindergarten bringen und das Ganze.«

»Was sagt Mikkel dazu?«, fragt er.

»Was soll er sagen?«

Thomas leckt sich schnell über die trockenen Lippen. Überhört den spitzen Tonfall und die Alarmglocken, die zu läuten beginnen.

»Ihr könnt im Wohnzimmer schlafen«, nickt er.

»Ja, ich schlafe auf dem Sofa, und habt ihr vielleicht ein paar Luftmatratzen oder so?«

Doch, haben sie. Und Wolldecken und eine Extra-Bettdecke irgendwo.

Maria kümmert sich um alles, während er einschlummert und durch die angelehnte Tür hört, wie sie noch herumkramt und ruhig, ohne die Stimme zu heben, ihre Mädchen einsammelt und ins Bett bringt, ihnen eine Geschichte erzählt und Schlaflieder singt. Eine traute Stimmung von Heim breitet sich über der ganzen Wohnung aus wie der Geruch von frisch gebackenem Brot, wenn man als Kind seine Großmutter besuchte und, unter einer schweren Daunendecke liegend, an ihrem unterbrochenen Summen hören konnte, dass sie dabei war, den Abendkaffee abzumessen. Damals gab es auch einen pfeifenden Wasserkessel, erinnert er sich. Und eine Kuckucksuhr, die in der Regel nur neunmal »Kuckuck« machte, bevor er eingeschlafen war. Das war wohl das Zuhause, das er sich eigentlich gewünscht hatte. Ein altmodisches Nest. Er hatte gehofft, dass es so mit Charlotte werden würde. Manchmal *ist* es auch so. War es jedenfalls gewesen. Vorher. Er dreht sich um. Legt sich auf die Seite. Schwankt zwischen Wut und der üblichen reißenden Sehnsucht. Sie soll einfach nur da sein. Bei ihm.

Es ist Mitternacht in der Drejøgade, und Thomas schläft fast, als eine nackte Frau unter seine Decke kriecht, ihre Hände über seinen heißen Brustkorb gleiten lässt, über den Bauch, rund um den Nabel und weiter zu seinem Geschlecht, das noch zögernd zusammengerollt daliegt. Die eine Hand schließt sich um seine Hoden, die andere um sein Glied, das verblüffend prompt reagiert und sich wie ein Stab in ihrer Hand aufrichtet.

»Lotte«, stöhnt er und tastet nach ihrem im Dunkeln verborgenen Gesicht.

»Ich bin es, Maria«, wispert die nackte Frau und steckt ihre warme Zunge in seinen halb geöffneten Mund. Und da ist es schon zu spät. Außerdem glaubt er tatsächlich, dass das ein Traum ist. Es muss einer sein. So was passiert nicht. Nicht in Wirklichkeit.

Sie kommt schnell, mit einem so lauten, klagenden Schrei, dass er ihr mitten in seinem eigenen Orgasmus eine Hand vor den Mund halten muss.

Danach vergräbt sie sich in seiner Armbeuge und weint. Er tröstet sie, stumm, brennend vor Fieber und Scham.

»Ich glaube, ich liebe dich«, flüstert sie und macht eine Nachttischlampe an.

»Nein, tust du nicht«, sagt er resolut. »Du liebst Mikkel.«

»Und wir tun das hier nie wieder, wir haben es nicht getan, und das, was wir getan haben, haben wir vergessen«, würde er gerne hinzusetzen. Aber das wäre unnötig brutal. Und völlig überflüssig. Nachdem schnelles Vergessen von beiderseitigem Interesse ist. Ihr muss es genauso gehen. Also drückt er ihren runden Arm und befreit sich.

»Du gehst besser zurück ins Wohnzimmer.«

Sie nickt. Küsst ihn auf die Wange.

»Du konntest nichts dafür«, lächelt sie dann.

Nein, ganz genau. Er konnte nichts dafür.

»Du hast das Bett frisch bezogen?«, freut sich Charlotte am nächsten Abend, als sie wieder zu Hause ist. Das pflegt sonst ihre Domäne zu sein. Genauso wie die Bügelwäsche.

»Es war durchgeschwitzt«, erklärt er, von ihr abgewendet auf der Bettkante sitzend, während sie sich auszieht.

Sie küsst ihn auf den Nacken. Er spürt ihre Brüste an seinem Rücken.

»Bist du *sehr* krank?«, fragt sie und knabbert an seinem Ohrläppchen.

»Ja«, sagt er, nimmt ihre Hand und gibt ihr einen Kuss auf den Handrücken. »Morgen, vielleicht. Entschuldige.«

Sie prusteküsst seinen Hals. Zieht am Gummiband seiner Unterhose und betrachtet seinen schlaffen Wurm. Lässt dann mit einem Lachen los.

»Ich sollte wohl besser einen Krankenwagen rufen!«

☆

Brüssel gab ihr nicht nur die Laune, sondern auch den Geist zurück. Nicht nur die Ratssitzung verlief gut – es herrschte auch auf breiter Front Einigkeit darüber, dass man sich nicht von den USA unter Druck setzen lassen durfte, sondern eine europäische Alternative und eine gemeinsame Erklärung, die den Umweltschutz als Top-Priorität festhielt, aufrechterhalten und die Arbeit mit Blick auf die nächste Klimakonferenz fortsetzen musste. Der kleine harte Kern der Gentechnik-Gegner hatte sich auch nicht von der Drohung der EU-Kommissare abschrecken lassen, dass Europas Biotech-Industrie ins Hintertreffen geraten würde, wenn man nicht bald die restriktive Haltung gegenüber genmanipulierten Organismen aufgeben würde. Wie Charlotte selbst im Pressebriefing sagte: »So gesehen ist es ganz einfach – dänische Verbraucher wollen keine genmanipulierten Cornflakes, so lange das Unsicherheitsmoment so groß ist. Niemand kennt die ökologische Langzeitwirkung. Sodass das, was man kurzfristig mit einer gesteigerten Lebensmittelproduktion in der Dritten Welt gewinnen kann, uns möglicherweise langfristig teuer zu stehen kommt.« Sie und Madeleine schafften es, ein privates Treffen auf ihrem Hotelzimmer einzurichten, bei dem die schwedische Umweltministerin sie darin bestätigte, dass erstens die schwedische Regierung bewusst damit zögerte, das Atomkraftwerk Barsebäck zu schließen und zweitens, dass ihre Das-Grüne-Dänemark-Vision sowohl realistisch wie auch notwendig war. Und warum es nicht gleich nordisch machen? Ja, mit der Zeit sogar europäisch? Und sehr, sehr spät nach dem gemeinsamen Abendessen hatte sie das Glück gehabt, sich wegschleichen zu können und ein paar alte Freunde aus den *»nongovernmental organisation«*-Zeiten, von damals, als sie selbst noch ein Teil der *NGO* war, in deren Wohnung in Ixelles zu besuchen, wo sie sie erwartet hatten, mit dunklem Leffe-Bier, Live-Jazz und dem enthusiastischen, langhaarigen Engagement, über das man sich lustig machen konnte, das aber alles in allem richtig guter Treibstoff war.

Wie Claes, ein flämischer Veteran, es formulierte: »Ab und zu müssen wir alle mal daran erinnert werden, warum wir das hier tun.« – »Warum?«, hatte sie gefragt, ironisch natürlich, aber er überhörte die Ironie, wie Ausländer es oft tun, und antwortete geradeheraus: »Weil wir das Leben lieben. Das unser guter Gott uns gegeben hat.« Diese Antwort löste eine längere Diskussion über Religiosität aus und ob sie sich nun in weltlicher oder in geistlicher Überzeugung ausdrückte. Claes meinte, dass fanatischer Glaube in jeder Schattierung gefährlich war, weil er niemals Platz für Zweifel ließ. Darum war er schon immer ein Gegner gewalttätiger Aktionen gewesen, egal wie sehr er mit der Grundlage übereinstimmte. Auch wenn er also einige Hoffnung in ATTAC setzte, war er auch nervös, ob die Balance kippen könnte, sodass die gleiche Konfrontation mit den »Machthabern«, symbolisiert durch die Polizei in Kampfanzügen, Ziel der Bewegung wurde. Das führte zu einer erneuten hitzigen Debatte, denn was waren die Tatsachen? Dass man die Pressemauer nur mit einem Rammbock durchstoßen konnte. »Sowie du einen Pflasterstein nach der Polizei wirfst, kommst du ins Fernsehen. Und auch, wenn die Machthaber beteuern, dass sie sich vom Parlament der Straße nicht erschrecken lassen, kriegen sie *trotzdem* eine Scheißangst und ändern *deshalb* ihr Verhalten. Das ist die einzige Möglichkeit, die Elite dazu zu bringen, sich selbst von außen zu betrachten. Mit den Augen des Volkes«, führte ein junger Kerl an, den sie noch nie gesehen hatte. Vielleicht wusste er nicht, dass sie Ministerin war und genau diese so genannte Elite repräsentierte. Sie selbst hatte sich nicht an der Diskussion beteiligt, hatte nur ein paar Nummern mit dem Trio gesungen. Nicht, weil sie nichts zu sagen gehabt hätte, sondern weil sie deutlich merkte, dass sie mit einem Bein in jedem Lager stand. Sie gehörte nicht länger hierher, aber auch nicht dorthin. Das war der Widerspruch, mit dem sie nur schwer klarkam. Und vielleicht, dachte sie auf dem Flug nach Hause, würde sie früher oder später gezwungen sein, sich für eine Seite zu entscheiden. Claes, der selbst ein solcher Anachronismus war, dass er seine eigenen Pullover aus pflanzengefärbtem Garn strickte und darum immer ein wenig nach Schaf roch, war mit ihr zum Taxi gegangen und drückte sie.

»Good to see you. Es freut mich, dass du immer noch die Alte bist. Not spoilt.«

»Not yet«, hatte sie geantwortet, wiederum ironisch.

»You'll never be«, hatte er versichert und die Autotür geöffnet. Unmittelbar bevor sie eingestiegen war und darum gebeten hatte, zum Radisson gebracht zu werden, hatte sie die Frage gestellt, die rumort hatte, seit sie Machiavelli gelesen hatte.

»Du findest also nicht, dass der Zweck die Mittel heiligt? Unter gewissen Umständen?«

Er hatte sie einen Augenblick lang ernst angesehen und war dann in Lachen ausgebrochen.

»Brauchst du Absolution? Liebe Charlotte, tu, was du für nötig hältst, so lange du nicht zynisch wirst. Denn dann ist alles verloren.«

Don't get cynical!, hatte es seitdem geechot. Und die Antwort von der anderen Seite des Tals war genauso deutlich zu verstehen: *Then forget politics!* Ein Schisma, das sie gerne mit Thomas besprochen hätte, aber dem fiel es offenbar schwer, nach seiner Grippe wieder auf die Beine zu kommen. Er schien müde, schlecht aufgelegt, und auf die eine oder andere diffuse Art war es schwer, an ihn heranzukommen. Sie spielte mit dem Gedanken, ob sie nicht alle zusammen an irgendeinem sonnigen Ort Ferien machen konnten oder nur ein Wochenende ans Meer fahren, vielleicht sie beide alleine. Aber da er nicht sonderlich begeistert von dem Gedanken schien, gab sie auf, die Idee weiterzuverfolgen. Sie gab sich zufrieden damit, dass er wohl wintermüde war, wie er selbst behauptete, und konzentrierte ihre ganze Energie auf die Arbeit. Die sie auch voll und ganz benötigte – nicht nur, dass die Sachen sich türmten, sondern auch ihr Programm war dicht und hart, und sie setzte die ganze Zeit neue Boote ins Wasser, die sie lossegeln ließ, falls Henrik Sand sie nicht schon bei der ersten Vorlage versenkte. Darüber hinaus hatte sie eine Frühjahrsoffensive gestartet, bei der es primär darum ging, Allianzen aufzubauen, innerhalb wie außerhalb der Regierung. Ihre Strategie war ganz einfach die, die Front der Widersacher zu unterminieren, indem sie »einen nach dem anderen aufräumte«, wie sie Sand erklärte, als sie bei einem fotogenen Bauernhofbesuch in Gummistiefeln über die ökologischen Äcker einer nachhaltigen Dorfgemeinschaft in Djursland wanderten.

»Und wie haben Sie sich dieses ›Aufräumen‹ vorgestellt?«, fragte er.

»Gib ihnen Kaffee und Kuchen, im übertragenen Sinne«, setzte sie schnell hinzu, als sie sein Gesicht sah.

»Darauf fällt in Christiansborg aber keiner rein«, protestierte er. Er verstand die Nahkampftaktik durchaus, hielt sie aber trotzdem für enorm riskant. »Es ist besser, mich in die Stadt zu schicken und zu warten, ob ich lebend nach Hause komme!«

»Ja, aber ich habe Geschenke dabei!«, sagte sie.

»Ach so?«, sagte er skeptisch und ließ den Fuß mit Gummistiefel in die glitschige Ackerfurche sinken. Er wollte am Wochenende in den Garten, vielleicht einen Pflaumenbaum pflanzen, und wenn nicht deswegen, dann nur, um den Anblick der hellvioletten Krokusse zu genießen. Die Winterlinge waren verblüht, dafür machten sich die Tulpen bereit und standen in sattem Grün. »Glasperlen?«

»In erster Linie ist es das Projekt selbst, aus dem jeder einzelne Minister eine ganze Menge ziehen kann. Grüner Wechsel ist doch eine gute Sache, oder? Selbst dann, wenn es nur darum ginge, endlich etwas zu haben, was sich eignet, die negative Tagesordnung aus dem Fokus zu bekommen – oder anders: Wie toll ist es für eine Regierung, permanent mit Minus-Geschichten in Verbindung gebracht zu werden – Wartelisten für Krebspatienten, elende Altenpflege, Maul- und Klauenseuche und unlenkbare Krawallbrüder? Wir stehen bald nur noch als panische Brandlöscher da, die sich von der Dänischen Volkspartei herumjagen lassen. Was, glauben Sie, halten die Jungen davon? Glauben Sie, das bringt sie dazu, die parlamentarischen Institutionen zu unterstützen, oder glauben Sie, die zeigen uns den Mittelfinger, fahren weiter ihren hyperindividualistischen Kurs und melden sich im besten Fall noch bei ATTAC, um Leben auf die Straße zu bringen?«

Sie blieb an einer Schafweide stehen, kraulte ein Schaf zwischen den Ohren und lächelte den Öko-Bauern und seine Frau an, die der Woll-Spinnerei des Dorfes vorstanden, in dem es gelungen war, den Energie- und Rohstoffverbrauch herabzusetzen, indem man zurück zu den genügsamen alten Zeiten ging und sich zugleich einer dynamischen Hochtechnologie bediente. In vielerlei Hinsicht eine moderne Kommune mit Mega-Windmühlen, Strohheizung, Internet, Heimarbeitsplätzen und fröhlichen Kindern, die in Horden zwischen Hühnern und Freilandschweinen herumtobten. Das Experiment wurde von einem Fonds des Ministeriums unterstützt, sie kannte ein paar der Leute, die hinter dem Ganzen standen, die auch bei »Jütländer gegen überflüssige Autobahnen« aktiv waren, und selbst wenn sie gefährlich nahe daran waren, ins Heilige abzudriften, imponierten sie ihr und inspirierten sie. Das sagte sie auch in ihrer kleinen Dankesrede, als sie im Gemeinschaftshaus saßen – aus Recyclingmaterial gebaut – und selbst gebackenes Graubrot aus eigenem Anbau aßen, mit Käse aus der benachbarten ökologischen Meierei und selbst gemachter Schafswurst. Kamal, der neu angetretene Referent pakistanischer Herkunft, betrachtete den voll gedeckten, blank gescheuerten Holztisch mit einem ängstlichen Blick, der Charlotte dazu brachte, in Lachen auszubrechen und ihm zu sagen, dass sie sich vorstellen konnte, dass ihn das hier an das dunkle, unaufgeklärte europäische Mittelalter erinnerte, aber dass er ganz beruhigt losessen könne.

»Da ist nirgends Schweinefleisch drin, oder?«, fragte sie in seinem Interesse und bekam ein versicherndes Kopfschütteln zur Antwort. Nein, nein! Aber der perplexe Blickwechsel zwischen den Gastgebern machte dennoch deutlich, dass diese wohlmeinenden Idealisten überhaupt nicht auf die Idee gekommen waren, es könnte ein Moslem im Gefolge der Ministerin dabei sein. Kamal nahm es offensichtlich gelassen und demonstrierte Integrationswillen, indem er den Schnaps Schluck für Schluck trank.

Elizabeth Meyer lachte, als Charlotte ihr ein paar Tage später die Episode erzählte, während eines Abendessens in Meyers neuer Wohnung am Christianshavn, in bequemer Fußnähe zum Außenministerium. Wie immer war das Essen geliefert worden – diesmal Sushi. Die weiße Essküche war neu und so unbefleckt von jeglicher Spur täglichen Gebrauchs, dass man sich fühlte, als würde man in einem Ausstellungsraum sitzen, mit einem aufgehängten Thomson-Fernseher, Lilien in einer schwarzen Lackvase und der aus den Beo-Lautsprechern strömenden Stimme der Callas als entscheidende Akzente. Meyer hantierte equilibristisch mit den Essstäbchen, tunkte geschickt die in Tang gewickelte Rolle in die Sojasauce und hörte lange Charlottes heiterem Bericht über die Realisation einer politischen Vision in einem kleinen Dorf in Djursland zu.

»Natürlich ist es leichter, in einem so überschaubaren und homogenen Zusammenhang konkret zu werden, wenn alle im Grundsatz übereinstimmen. Aber Dänemark ist doch wirklich auch ein kleines Land, es *muss* doch möglich sein, etwas zu *tun*, das greift! Warum wollen sie nicht mitmachen?«

»Deine Kollegen?«, fragt Meyer.

»Ja! Die anderen!«

Meyer ließ die Stäbchen sinken und beugte sich über den Tisch.

»Weil es von dir kommt. Ganz einfach. Mal abgesehen davon, dass du eine Frau bist, hast du dir noch keinen Platz in der Hierarchie erkämpft. Darum lassen sie dich nicht zum Zuge kommen. Das ist genau wie bei jedem Arbeitsplatz – du fängst als kleiner Lehrling an, und bevor du nicht Bier geholt, den Boden gekehrt und dich ausreichend lächerlich gemacht hast, wirst du nicht befördert. Du bist noch kein *Geselle*. Es ist bedauerlich, ich habe mich selbst geirrt – ich dachte, du könntest ein paar Stationen überspringen, weil wir so dringend jemanden wie dich brauchen. Ich dachte, das müssten alle einsehen.«

»Aber das ist doch der *reine* Affenzirkus!«, rief Charlotte, wobei ihr der eingewickelte Tunfisch aus den Stäbchen rutschte. Sie fühlte sich in Meyers Gesellschaft jedes Mal provinzieller und tollpatschiger als gewöhnlich.

»Ja, nicht dass es wirklich eine Riesenüberraschung gewesen wäre. So ist es schon immer gewesen, und so wird es offenbar auch bleiben.« Meyer griff wieder nach den Stäbchen.

»Wie zum Teufel soll man denn so Leben in die Politik bringen? Es gibt doch keinen jungen Menschen mit einem Minimum an Begabung, der Lust auf solche Spielchen hat!«

»Wir haben Rekrutierungsprobleme, ja.« Meyer nickte und aß unbekümmert weiter. Sie hatte schon immer einen gesegneten Appetit gehabt. »Ich stimme völlig mit dir überein, dass das untragbar ist. Nicht zuletzt, was junge Frauen betrifft.«

Charlotte sah ihre Mentorin an, wartete darauf, dass mehr kommen würde. Aber das tat es natürlich nicht. Jetzt sollte sie selbst ein Gebot machen.

»Okay«, sagte Charlotte also. »Wie werde ich denn *Geselle*?«

Meyer kaute den Mund leer, spülte mit einem kalten kalifornischen Chardonnay nach und tupfte sich die Mundwinkel, bevor sie antwortete.

»Erstens, indem du Demut zeigst.«

»Gegenüber diesen alten Pavianen?«

»Und Paviáninnen. Vergiss sie nicht«, ermahnte Meyer. »Zweitens, indem du Willen zur Macht zeigst.«

»Ist das nicht ein Widerspruch in sich?« Charlotte schielte zu der goldenen Packung *Benson & Hedges*, die auf dem Tisch lag. Die der Gastgeberin.

»Doch, deswegen ist es ja auch eine große Kunst, die nur wenige zu meistern auserkoren sind. Verstehst du, die Alten sollen Anerkennung und Respekt von dem jungen Emporkömmling vermittelt bekommen. Aber auf der anderen Seite sollen sie auch merken, dass der junge Mensch ein Machtpotenzial in sich hat, das sie so sehr erschreckt, dass sie Platz machen. Weil sie ja alle instinktiv wissen, dass sie der jungen Generation früher oder später weichen *müssen*. Sie *werden* irgendwann aus dem Sattel gehoben. Und dann ist es von Vorteil, auf den Richtigen gesetzt zu haben, sodass man später nicht bestraft wird.«

»Reiner Sozialdarwinismus, wir könnten genauso gut bei ›Robinson‹ mitmachen.« Charlotte warf einen Blick in Richtung Fernseher. Meyer zuckte mit den Schultern.

»Ziemlich primitiv, ja. Aber wenn man die Mechanismen kennt, ist es auf der anderen Seite leicht, ans Futter zu kommen. Falls man, wohlgemerkt, imstande ist, sich zu verpflichten und das Talent hat, zu begeistern.«

»*Politik ist Verführung*«, konstatierte Charlotte, zum Himmel gewandt.

Meyer nickte.

»Ja, das versteht sich von selbst. Wenn man nicht irgendwo beides hat, die Lust und die Fähigkeit zu verführen, kann man es getrost vergessen. Und ich meine, du hast es. Du bist engagiert, begeistert, hast gute Ideen, und du verstehst deine Zeit. Demütigkeit kannst du üben – so wie ich es sehe, fehlt dir nur das letzte …«

»Der Wille zur Macht?«

Meyer nickte zustimmend. Charlotte runzelte nachdenklich die Stirn.

»Aber ich finde eigentlich, dass ich ihn habe. So gesehen. Ich habe keine Angst vor der Macht?« Die Intonation wurde fragend, weil sie sicher war, dass Meyer wie immer noch etwas aus ihrem cremefarbenen Kaschmir-Ärmel ziehen würde.

»Nein, hast du auch nicht. Du hast nicht, wie viele Frauen, massive Probleme damit, Macht zu demonstrieren, dich der Führung anzunehmen. Jedenfalls nicht auf kurze Sicht. Aber du musst dir selbst darüber klar werden, ob du auch langfristig nach Macht streben willst.«

Charlotte stieß ein kleines ironisches Kichern aus, als ihr ein Licht aufging.

»Du meinst, ich soll entscheiden, ob ich ›in die Politik gehen will‹?«

Meyer nickte und wippte pointierend mit dem rechten Essstäbchen.

»Genau. Ein Mandat ist das Einzige, wovor sie Respekt haben. Wenn sie glauben, dass du nur eine kurze Stippvisite machst, bekommst du niemals einen Fuß auf den Boden. Aber wenn sie plötzlich einsehen, dass du gekommen bist, um zu bleiben, wirst du eine reelle Gefahr, die sie ernst nehmen müssen.«

»Werden sie dann nicht erst recht anfangen, mich zu bekämpfen? Wenn sie mich als echte Gefahr erleben?«

»Doch. Wenn du dich zum Machtkampf meldest, ist klar, dass du angerempelt und unterlaufen wirst, dass man versuchen wird, dich zu meucheln, was auch immer. Genau deswegen musst du die Macht so sehr *wollen*, dass du sie auch *gewinnen* willst. So verlängert sich die Perspektive. Dann geht es nicht nur um deine Meriten als Umweltministerin. Dann musst du es ganz zu Ende denken. Bist du fertig mit Essen?«

Charlotte nickte. Ihr war der Appetit vergangen. Meyer räumte den Tisch ab, stellte die Teller in die Spülmaschine, kam mit einer Obstplatte und einer Flasche Weißwein zurück, die sie unbeschwert öffnete. Sie setzte sich, nahm eine von ihren *Benson & Hedges* und schob Charlotte die Schachtel hin, die nicht länger widerstehen konnte, sondern zum Gott-weiß-wievielten-Mal ihr Nicht-Rauchen beurlaubte.

»Was meinst du mit ›Es ganz zu Ende denken‹?«, fragte Charlotte nach dem ersten tiefen Zug.

Meyer lachte nachsichtig, wedelte den Rauch weg.

»Das weißt du sehr gut.«

»Ich soll Staatsministerin werden wollen?«

Meyer nickte.

»Prinzipiell. Das sollte jeder Folketings-Politiker. Wenn man nicht davon träumt, auf dem Thron zu sitzen, ist man fehl am Platz. Aber das Wichtigste ist, dass du dich dazu entschließt, nach Macht innerhalb der Partei zu streben. Du sollst dich langsam, aber sicher als *Kronprinzessin* beweisen.«

»Kronprinzessin?«, wiederholte Charlotte leicht höhnisch. »Ist das nicht so ein platter Medienbegriff?«

»Doch. Aber wie so oft, deckt er eine politische Realität. Wer ist der Thronfolger? Vittrup hat höchstens noch zwei Wahlen vor sich, wenn er die kommende verliert, war es vermutlich die letzte.«

»Was ist mit dir?«

»Zu viele alte Feinde, im entscheidenden Moment verloren. Außerdem bin ich *wirklich* der Ansicht, dass es Zeit für einen Generationswechsel ist, damit wir uns überhaupt erneuern können.«

»Warum sollte ich auf den Führungsposten aus sein?«

»Weil du die Richtige bist. Oder die Alternative falsch. Wie es dir lieber ist.«

Meyer schenkte ihr ein volles Glas ein.

»Es ist genauso wie mit der Liebe, Charlotte. Man kann natürlich eine Weile etwas Lockeres laufen lassen, aber entsprechend wird das Verhältnis dann auch. Früher oder später muss man sich *verpflichten*. Sonst versandet es in Gleichgültigkeit.«

Charlotte nickte für sich. Setzte das Glas an den Mund. Jetzt könnte sie hervorragend mit einem angeschnittenen Retour-Ball hinsichtlich Elizabeth Meyers Verhältnis zur Liebe kommen, das auf jeden Fall vor dem norwegischen Coaster-Reeder nicht gerade von einem ausgeprägten Talent oder Willen zur Hingabe gezeugt hatte. Aber das war vielleicht der Punkt. Dass sie schließlich ihre Mängel erkannt hatte und imstande gewesen war, sie auszubessern.

»Muss ich gleich antworten?«

»Nicht hier und jetzt. Aber das ist kein Entschluss, den man bis zur Unendlichkeit aussetzen kann. Die Wahl kommt voraussichtlich schon in diesem Jahr und so weiter ...«

»Und so weiter?«

Meyer schnalzte mit den Lippen, wie es ihre Gewohnheit war, wenn sie den Trumpf ausspielte.

»Ich vermute, dass der Amager-Kreis bald frei wird.«

Charlotte japste kurz.

»Berit?«

Meyer nickte langsam.

»Verdammt noch mal, das geht wirklich zu weit!«, brauste Charlotte auf. »Haben sie es wirklich geschafft, sie rauszudrängen?«

Meyer zuckte mit den Schultern.

»Nicht nur deshalb. Sie hat auch ein paar gesundheitliche Probleme. Und dann ist sie ganz einfach müde. Sie möchte gerne mehr Musik machen. Sie spielt ja Cello, wie du weißt. Bis auf weiteres ist das vertraulich, unter uns dreien.«

Charlotte seufzte.

»Es tut mir Leid, das zu hören.«

»Das muss es nicht. Berit war schon lange nicht mehr so glücklich. Sie hat selbst auf dich gezeigt«, fügte Meyer hinzu, stand auf, setzte Wasser auf und kam mit einer Schachtel Neuhas-Pralinen zurück.

»Ohne den Arm umgedreht zu bekommen?«

Meyers Lächeln erstreckte sich zu voller Breite.

»Ganz und gar ohne den Arm umgedreht zu bekommen. Sie findet, du warst ziemlich gut in Nyborg und ...«

»... hat noch eine Rechnung offen«, beendete Charlotte den Satz und zerdrückte die Zigarette im Aschenbecher. Holy smoke, warum lief sie nicht einfach schreiend davon?

☆

»Findest du, ich sollte Staatsministerin werden?«, fragt sie Thomas, als sie nach Hause kommt. Er sitzt vor dem PC, ist dabei, E-Mails zu beantworten.

»Das musst du selbst wissen«, antwortet er knapp und drückt »Senden«, bevor sie es schafft, ihm über die Schulter zu sehen. Maria hat seither jeden Tag gemailt. Und angerufen. Sie haben sich sogar einmal getroffen. Auf einer Bank im H.C. Ørsteds-Park. Sie hakt sich wie eine kleine zärtliche Klette an ihm fest, und er findet keinen Weg, sich zu befreien. In erster Linie, weil er ein schlechtes Gewissen hat. Er hat sie ausgenutzt und seine Liebste verraten. So *ist* er nicht. Das ist es, was er nicht aushalten kann. Dass er trotzdem so ist. Er weiß auch nicht, ob er Charlotte davon erzählen soll. Bevor es schlimmer wird. Darum erzählt er gar nichts mehr. Sagt so wenig wie möglich, aus Angst, sich zu versprechen.

»Ts«, schnalzt sie irritiert mit der Zunge und zieht sich zurück. »Du bist wirklich komisch geworden. Mit dir ist ja überhaupt nichts mehr los! Worüber bist du so sauer?«

»Über gar nichts«, sagt er und zwingt ein Lächeln hervor. »Werde du nur Staatsministerin.«

»Ihr Zeugnis nach ›den ersten hundert Tagen‹ war sogar nicht mal übel. Nicht, weil ihr eigenes Lager geradezu Schlange gestanden hätte, um sie zu loben, das taten sie wahrlich nicht. Sie hatte ja auch ein paar Mal notorisch gepatzt – diese Afrika-Affäre mit diesem Casanova da war einfach zu dumm. Den Referenten zu entlassen hatte auch einen gewissen Widerstand im eigenen Haus provoziert, aber das war ja eine interne Sache, die die Öffentlichkeit an und für sich nicht interessierte. Abgesehen davon, dass die Sache ihr den Ruf der neuen Eiskönigin und so weiter einbrachte. Nicht weil ich in irgendeiner Form pro Rotstrümpfe wäre, gar nicht, frag meine Exfrauen, aber diesen chauvinistischen Stereotypen bin ich entwachsen. Darum habe ich auch keine große Sache daraus gemacht. Also, erwähnt habe ich es natürlich schon, aber das war nicht mein Hauptaspekt. Ich kenne diesen Jakob Krogh tatsächlich, und er ist einer, dem man nicht zu nahe kommen sollte, wenn man eine Rundum-Rasur umgehen will. Und dann kursierten noch ein paar Gerüchte über eine verunglückte Klausurtagung, wo ihr Auftritt vor dem Plenum irgendwie schief gegangen sein soll. Manche behaupteten, dass sie auf Grund eines Katers indisponiert gewesen sei, aber jetzt war die Rede von einer schweren Grippe, soweit ich es verifizieren konnte. Alles in allem ließ sich die ganze Episode am besten dazu nutzen, ihre Stärke innerhalb der Regierung zu beurteilen. Einige meiner Kollegen ließen sie total durchfallen, sie meinten schlichtweg, dass sie nicht mal die Chance eines Schneeballs in der Hölle hätte, noch etwas zu werden. »Süß, aber tschüss«, wie man in der Pilestræde morbid schrieb. Aber 23 Jahre als Reporter in Christiansborg für *Ekstra Bladet* lassen sich nicht verleugnen, und mein Riecher blieb dabei, dass sie irgendetwas an sich hatte, das man nicht so einfach abschreiben konnte. Nenn es Charisma, nenn es Ausstrahlung, nenn es Persönlichkeit. Man musste wirklich blind und taub sein, um nicht zu sehen, dass sie davon mehr hatte als die meisten anderen, sogar in höchstem Maße. Ich pflege damit anzugeben, dass ich im Laufe der ersten – höchstens drei – Monate, ja manchmal sogar im Laufe der ersten zwei Sekunden, sehen kann, ob ein neuer politischer Name *es* hat, wie wir es früher nannten. Was ein politisches Talent genau ausmacht, ist wirklich schwer mit Sicherheit zu sagen, denn es geht natürlich um viele verschiedene Komponenten, die in einer Person vereint sein müssen. Aber ein richtiger Politiker muss natürlich einiges aushalten können, und da konnte man vielleicht seine Zweifel haben, inwieweit sie dazu in der Lage war. Wenn der Widerstand kommen würde. Denn eins war sonnenklar: Wenn sie es schaffen würde, über das turbulente Anfangsstadium hinauszukommen und so in Erscheinung zu treten, dass sie – auf welche Art auch immer – zu einer Bedrohung werden konnte, dann würden sie über sie herfallen. Sowohl in der Regierung als auch in der Fraktion. Wenn sie so einen Angriff parieren können wollte, musste sie sich noch ein paar starke Alliierte über Elizabeth Meyer hinaus verschaffen – und es war absolut entscheidend, dass Per Vittrup hinter ihr stand. Nach den hundert Tagen war das immer noch eine ungeklärte Frage. Ob er das tat, meine ich. Entsprechend war meine Analyse mit vielen ›Wenn's‹ und ›Sofern's‹ behaftet, was sonst nicht mein Stil ist. Ich bin sonst eigentlich sehr geradeheraus. Aber ich war immer noch von ihr fasziniert, weiß Gott, und darum endete es darin, dass ich etwas in dieser Art schrieb, dass ›Charlotte Damgaard sich noch immer als der Vogel mit der größten Spannweite herausstellen kann, wenn sie nur die Möglichkeit bekommt, ihre Flügel auszubreiten‹. Ja, ja. Sehr poetisch. Es haben sich auch alle drüber lustig gemacht. Musste eine Runde Folketings-Bier bei *Brydesen* ausgeben, soweit ich mich erinnere.

☆

Es sah aus wie Absicht, aber es war reiner Zufall, dass Charlotte bei der iranischen Christiansborg-Stylistin saß und ihre Farbe aufgefrischt bekam, mit Stanniol über dem ganzen Kopf, als Per Vittrup abgehetzt hereinkam und fragte, ob er eben die Haare geschnitten bekommen könnte. Mouna und Charlotte wechselten Blicke im Spiegel.

»Ja, 'türlich«, antwortete die Stylistin servil entgegenkommend und bat ihn, im Sessel neben Charlotte Platz zu nehmen.

»Ach, du bist's?«, lachte er auf, als er sie erkannte, kurz bevor er seine Brille abnahm, damit Mouna seine Haare nass sprühen konnte.

»Inkognito.« Charlotte sank tief in den Stuhl unter der Wärmelampe und hob die Frauenzeitschrift wie ein Schild vor sich.

»Ha, das kannst du gleich vergessen. Die Segnungen der Anonymität. Alles in Ordnung? Geht es dir gut?«

»Prima«, nickte sie.

»Und die Kinder?«

»Eine leichte Bindehautentzündung. Ansonsten geht es ihnen auch prima.«

Gott sei Dank erkundigte er sich nicht auch noch nach ihrem Mann, denn dann hätte sie, ganz ehrlich, nicht gewusst, was sie sagen sollte. Inzwischen überlegte sie ernsthaft, Thomas zum Arzt zu schicken. Irgendwas war nicht in Ordnung mit ihm.

»Herrlich. Charlotte, ich wollte dich eigentlich anrufen. Ich habe darüber nachgedacht – in Verbindung mit der Bekanntgabe unserer Regierungsstrategie zu einer nachhaltigen Entwicklung hätte ich nichts dagegen, wenn du ein paar deiner guten Ideen lüften würdest.«

Mouna fing an zu schneiden, hatte aber mental den Raum verlassen. Sie konnten frei reden. Andernfalls hätte sie nicht diesen Job.

Charlotte zog die Brauen zusammen.

»Ich kann nicht ganz folgen. Es ist wohl nicht geplant, dass ich die Strategie vorstelle, oder?«

»Nein, das mache ich selbst, mit dem Wirtschaftsminister als Beistand. Oder umgekehrt, höhö. Gerade um zu betonen, dass es eine Initiative der gesamten Regierung ist. Aber trotz der etwas unsanften Behandlung, die dir in Nyborg zuteil geworden ist, bin ich davon überzeugt, dass du das Richtige vorhast. Wir müssen noch weiter. Ich glaube auch, dass die Bevölkerung das unterstützt.«

»Bekomme ich einen Persilschein, zu sagen, was ich will?«

»Innerhalb der Grenzen, die du kennst.«

»Ich werde nicht hinterher angeklagt, illoyal oder so etwas zu sein?«

Er schüttelte den Kopf und setzte seine Brille wieder auf.

»Du hast mein Wort.«

Der Timer klingelte, Mouna entschuldigte sich beim Staatsminister, um nach ihren Haaren zu sehen.

»Zwei Minuten noch«, entschied sie und stellte die Uhr. Daraufhin fuhr sie fort, ihm die Haare zu schneiden, jetzt auf der Seite, die Charlotte zugewandt war, sodass der Ausblick im Spiegel blockiert und der Augenkontakt zwischen den beiden Kunden abgeschnitten wurde.

Charlotte untersuchte den Menstruationspickel, der dabei war, sich am Kinn zu bilden.

Sie sollte einen Versuchsballon starten. Damit er abgeschossen würde? Und sie mit? Genau wie auf der Tagung, wo er sich auch nicht gerade als die rettende Kavallerie offenbart hatte. Oder wollte er ihr Gutes? Sollte sie das als Beförderung auffassen? Ein Ritterschlag?

»Nun?«, fragte er, als die Aussicht wieder frei war.

»Interview oder Kommentar?«

»Interview. Und gerne mit großem Bild. Das wirkt am besten.«

»Okay. Wie wäre es mit *Politiken*?«

»Hervorragend«, sagte er und beugte den Kopf nach vorne, als Mouna seine Nackenhaare schnitt.

Vielleicht sollte er überlegen, sie in den Umweltausschuss der Regierung zu berufen. Auch wenn es noch ein bisschen früh war. Aber Meyer hatte, wieder mal, Recht. Wie sie bei ihrem kleinen Spaziergang am Nyborg Strand unterstrichen hatte – sie hatten keinen Spielraum, um Talente zu vergeuden. Blieb natürlich nur noch die Frage, ob Charlotte Damgaard ein so einzigartiges Talent war, wie Meyer behauptete. Er fand schon, dass sie das erst noch beweisen musste.

☆

Sie tat, was sie sollte. Unterstützte brav und nett den Regierungsvorschlag zur nachhaltigen Entwicklung und legte dann einen hübschen Köder für die Journalistin von *Politiken* aus, die sie als Überbringer der Botschaft ausersehen hatte. Wie alle Journalisten angelte diese nach dem größeren Fisch, als Charlotte beiläufig sagte, dass sie »persönlich etwas weiter gehende Pläne hatte«.

»Gibt es Uneinigkeit in der Regierung?«, fragte die Journalistin hoffnungsvoll am Telefon.

»Uneinigkeit und Uneinigkeit, das ist sicher eine Frage der Interpretation«, lockte Charlotte und versprach ihr die ganze Geschichte, solo, wenn sie ihr im Gegenzug eine schöne Aufmachung in der kommenden Sonntagszeitung zusicherte.

Die Journalistin, jung und frisch angestellt, antwortete bereitwillig, dass sie zusehen würde, was sich machen ließe. Der Handel endete nach einer Runde durch die Redaktion damit, dass Charlotte einwilligte, in die Sonntagsbeilage »LEBEN & STIL« verlegt zu werden, für die sie sich für gestylte Fotos und »persönliche Fragen« bereithalten sollte.

Henrik Sand riet ihr auf das Heftigste davon ab, sich auf »so einen poppigen Stunt« einzulassen. Nicht weil er den Wert der Tatsache unterschätzte, dass seine Ministerin so stärker herauskam, sondern weil er der Ansicht war, dass das nicht der richtige Rahmen war.

»Mode und Umwelt, das hat doch wirklich nichts miteinander zu tun!«, protestierte er.

»Henrik Sand, Sie sind dabei, ein alter Elefant zu werden!«, sagte Charlotte. »Gerade Mode und Umwelt hängen zusammen. Und warum? Weil es darum geht, Haltungen und Identität auszudrücken.«

»Versteh ich nicht«, murmelte er mürrisch.

»Verstehen Sie das auch nicht?«, fragte sie Louise und Kamal, die mit um den Couchtisch saßen.

Sie nickten übereinstimmend.

»Wenn die Nachhaltigkeit zu einem so genannten ›massentauglichen‹ Projekt gemacht werden soll, muss man sich im Hinblick auf die Nachhaltigkeits-Praxis, die man vorweist, genau wie in der Mode, individuell ausdrücken können«, vertiefte Kamal, was Henrik Sand nicht wesentlich klüger zu machen schien.

»Wenn also unsere Ministerin auf dem Fahrrad, mit Gummistiefeln an den Füßen und einem Huhn unterm Arm fotografiert wird, dann sinkt unser gesamter CO_2-Ausstoß?«

»Langfristig«, stichelte Charlotte. »Das nennt sich RE-KLA-ME! Kam mit der gestiegenen Verbreitung der Zeitungen im 19. Jahrhundert auf und zielte auf das Absetzen von Waren … öh …«

»… und entwickelte sich auch dahin, politische Haltungen und Ideologien zu verbreiten«, setzte Louise Kramer fort. Charlotte brach lachend zusammen, Louise lachte mit, sogar Kamal grinste von einem Ohr zum anderen, und zuletzt stimmte auch Sand ein.

»All right, dann bin ich ein alter Elefant. Macht ihr nur, was ihr wollt.«

Als der Artikel erschienen war, musste Henrik Sand darüber hinaus erkennen, dass sie Recht gehabt hatte. Es war ihr gelungen, zugleich unprätenziös und hip in einer Bildserie zu wirken, die zwar in Christiania aufgenommen worden, aber nicht im Geringsten über Verfallsdatum war. Und sie war sogar so geschickt, einige der fotogensten Szenerien des Freistaats zu nutzen, um zu erzählen, wie ihre Vision eines Grünen Dänemarks aussehen könnte, ohne das Leben der dänischen Spießbürger zu bedrohen, die ungeachtet ihrer politischen Ausrichtung in der Überzahl waren. Sie sprach über »Das Gute Leben«, über Apfelbäume und Windmühlen, Fahrradtouren und Hühnerhaltung, darüber, Politik neu zu denken, »damit sie anfängt, sich um das zu drehen, was uns etwas bedeutet. Darum, was uns glücklich macht, was uns lebendig macht, ob es Kinder sind, die Liebe oder das gelbe Blütenmeer eines Forsythienbusches.« Sehr ansteckend, das musste er zugeben. Und wenn es den Lesern erging wie ihm, waren sie auch der Ansicht, dass die Regierung ihren Plan natürlich stützen musste und in jedem Fall mit gutem Beispiel vorangehen und zeigen sollte, dass »Nachhaltigkeit nur ein farbloses Wort ist, um den Regenbogen zurückzuerobern«. Mumpitz allererster Klasse, der ihm einiges Unwohlsein beim Schlucken bereitete, aber auch das rutschte runter, zusammen mit dem Rezept für Sauerteigbrot, weil sie es wahrhaftig auch geschafft hatte, ein paar harte, relevante Fakten zu liefern. Die sie abends im Sonntagsmagazin souverän anbringen konnte, wo man sie zu einem langen Bericht über »Das Grüne Dänemark« gebeten hatte. Zwar war er selbst drinnen gewesen und hatte trotz des herrlichen Aprilsonnenscheins unter Hochdruck gearbeitet, um mit ihr den sachlichen Inhalt des Planes durchzugehen, damit sie nicht eine Wiederholung der schon legendären Nyborg-Tagung erleben sollte. Kamal begleitete sie ins Studio, sodass sie die nötige Unterstützung hatte. Aber es war sie allein, der die Metamorphose vom Brot backenden Öko-Freak zur stringenten, seriösen Ministerin mit einer ganz realistischen Vision gelang. Das Grüne Dänemark, ja, klar. Eine einleuchtende Idee, die sowohl für Dänemarks Tourismusverband als auch für den Bauernverband ein Geschenk des Himmels sein musste.

Sowie ihr Auftritt vorbei war, rief er sie an.

»Sie waren umwerfend gut!«

»Finden Sie?«, fragte sie, sodass er ihr besonderes, genantes Lächeln vor sich sehen konnte.

»Yes. Und ich *bin* ein alter Elefant.«

»Ja, aber ich kann nicht auf Sie verzichten«, lachte sie.

»Noch nicht«, antwortete er und machte einen kleinen Calvados auf. Das musste gefeiert werden. Der erste richtige Sieg seiner Ministerin. Kein Zweifel. Er konnte fast hören, wie sie sich grämten, ihre Gegner. Ganz bis nach Virum konnte man sie mit den Zähnen knirschen hören.

»Was ist denn so lustig?«, fragte seine Frau, die aus der Töpferwerkstatt gekommen war und ihm jetzt den Calvados aus der Hand nahm.

»Ach, es sind nur die alten Elefanten«, sagte er und merkte, dass er schon wieder lächeln musste. »Wie klappt es mit der Glasur?«

»Miserabel«, seufzte sie und nippte noch einmal an seinem Glas. »Ich krieg sie nicht dazu, so zu funktionieren, wie ich will.«

»Manchmal ist ein bisschen Widerstand ganz gesund«, sagte er und legte seinen Arm um sie. »Willst du nicht vielleicht einen eigenen haben?«

»Doch«, sagte sie und lehnte sich an ihn. Mmm. Liebe und Forsythienzweige. Es war nicht ganz verkehrt. Dass das das Richtige war.

☆

Es ist einer der besseren Montage. Jedenfalls fängt er so an. Als Erstes ruft Vittrup höchstpersönlich sie morgens auf ihrem Handy an, als sie dieses eine Mal die Kinder mit dem Fahrrad in den Kindergarten bringt. Sie muss etwas ungeschickt seitlich des Fahrradweges anhalten, wo sie sowohl ihr eigenes Leben als auch das ihrer Kinder in Gefahr bringt, im Strom hektisch rasender Mit-Radfahrer. Manche werfen ihr einen besänftigten Blick zu, als sie sie erkennen, andere sind so tief in ihrem eigenen Geschwindigkeitsrausch, dass sie ihr sogar den Mittelfinger zeigen würden, wenn sie Königin Margrethe wäre. Glücklicherweise ist seine Botschaft kurz, er will sie nur für ihren Fernsehauftritt loben, den sie sowohl »schön als auch kompetent« gemeistert habe. Oh, danke. Im Büro ist die Stimmung auch spürbar freundlicher als seit langem, was nicht heißt, dass sie ihre Mitarbeiter als dezidiert gegen sich erlebt, aber ein gewisser Vorbehalt hat sich vielleicht doch festgesetzt. Sie hat auch viele positive Mails bekommen, unter anderem von Sofie und Christina Maribo, die beide finden, dass sie »souverän!« gewesen ist und beide unabhängig voneinander dazu auffordern, dass bald wieder ein Treffen des Caffè-Latte-Clubs im *Amokka* stattfinden sollte. Ansonsten waren die beiden in der letzten Zeit nicht gerade übereifrig darin gewesen, sich allzu eng an sie zu binden. Aber schließlich hatte auch jede für sich genug gehabt, um das sie sich kümmern musste, Sofie mit ihren beständigen und wiederholten Erinnerungen daran, dass der Flüchtlingsstrom weiter steigen würde, ob einem das nun gefiel oder nicht, und Christina mit ihrer unpopulären Äußerung, dass die Väter verpflichtet werden mussten, einen Teil des Erziehungsurlaubs zu nehmen, wenn man ihn ausweiten wollte. Was die Opposition in Wallung brachte, weil es an dem unantastbaren Recht der Familie kratzte, »selbst zu bestimmen«.

»Merkwürdig nur, dass es typischerweise so ist, dass ›die Familie‹ bestimmt, dass es die Mutter und nicht der Vater ist, die zu einer unterbezahlten Gelegenheitsarbeiterin auf dem Stellenmarkt gemacht werden soll«, kontert sie hitzig bei einer Diskussion in der Fraktion, in der sich die Geister scheiden. Charlotte hat Christina gestützt, versteht sich von selbst, aber ob sie wirklich derselben Ansicht ist, weiß sie nicht. Jedenfalls fällt es ihr schwer, sich von der Gleichstellungsproblematik wirklich aufregen zu lassen, die sie eigentlich inzwischen als ziemlich veraltet auffasst. Dennoch erkennt sie Christinas Mut an, zu insistieren und sich querzustellen. Also okay, sie mailt den beiden zurück, dass sie sich unbedingt bald treffen müssen. Vielleicht diese Woche? Auch Lonnie, zweite Vorsitzende des Gewerkschaftsbundes LO, hat eine »Fan-Mail« geschickt, wie sie schreibt. »Bin begeistert von deiner Vision, vielleicht fällt uns dazu noch was ein, ruf mich (diskret) an, damit wir uns evtl. zum Mittagessen verabreden können.« Svend Thise, Umweltsprecher der SF – der Sozialisten –, mailt nicht, ist aber auch diskret. Er ruft an und schlägt ohne weiteres vor, sich noch am selben Tag zu treffen.

»Unmöglich«, sagt sie mit Blick auf den Kalender. »Können wir das nicht am Telefon besprechen?«

Er lacht gedämpft.

»Ich rufe von einer offenen Leitung aus an.«

Sie stöhnt.

»Du warst zu lange in Christiansborg! Ihr glaubt ja wirklich, ihr würdet in irgendeinem Polit-Thriller mitspielen!«

»Tun wir das denn nicht?«

Es endet damit, dass sie ihn von sechs bis halb sieben noch dazwischenklemmt, wo sie sonst eigentlich zu Hause gewesen wäre und die Kinder umarmt hätte, bevor sie bei der Verwaltungsratssitzung des Technologierats zur nachhaltigen Entwicklung reden soll.

Wie immer, wenn sie im Fernsehen gewesen war, fangen die Journalisten an, sie anzurufen, um ihre eigene Stellungnahme zu bekommen. Sie findet, das ist wie Kochen von Suppe aus abgenagten Knochen. Aber sie tritt an und vermag auch dann noch begeistert zu klingen, als sie zum fünften Mal einem Journalisten – diesmal von der *Jydske Vestkysten* – erklären soll, dass es möglich ist, eine nationale Umstellung hin zu einer ökologischen und nachhaltigen Gesellschaft vorzunehmen. Die meisten sind höflich und leicht zufrieden zu stellen, aber dann kommt ihr besonderer Freund von der *Jyllands Post*, Thor Thorsen, durch.

»Hallo, Thor«, sagt sie und verdreht ihre Augen in Richtung von Kamal und Louise, die sich *standby* in ihrer Nähe aufhalten. »Wie nett!«

Aber schon sehr bald ist diese Unterhaltung alles andere als nett. Thor Thorsen ist nicht nur kritisch bis zur Streitsucht. Die Fragen, die er ihr stellt, sind über weite Strecken identisch mit jenen, mit denen sie auf der Tagung bombardiert worden war. Während sie ihren Sekundanten mimisch Bestürzung vermittelt, antwortet sie ruhig und kontrolliert auf die Fragen, eine nach der anderen, wiederholt ein paar von ihnen, sodass Sand, der dazugerufen worden ist, ihr schnell einige Fakten hinkritzeln kann, bei denen sie selbst unsicher sein könnte. Thor dagegen hört mehr und mehr verbittert zu, allmählich läuft seine Liste aus, und man merkt deutlich, dass er selbst nicht in der Lage ist, neue Fragen hinzuzufügen, was den Verdacht bestärkt, dass er geschickt worden war. Aber von wem?

Zum Schluss schleudert er einen selbst gemachten Trumpf auf den Tisch.

»Was macht eine Umweltfanatikerin und Ökofundamentalistin in einem parlamentarischen System? Sind Sie nicht eigentlich draußen bei den Extremisten zu Hause? Bei denen, die die Demokratie stürzen wollen?«

»An wen denken Sie?«, fragt sie, zwingt sich weiter, freundlich und zuvorkommend zu klingen.

»ATTAC, Tier-Befreiungsfront, *Grüne Guerilla* und wie sie alle heißen.«

»Ich habe noch nie von einer *Grünen Guerilla* gehört, und außerdem muss ich sagen, dass ich Ihre Frage nicht nur unverschämt finde, sondern geradezu absurd.«

»Ist das Ihre Antwort?«

»Ja, Thor, das ist meine Antwort. Sonst noch was?«

»Heute nicht«, schließt er mit einem Ton, dem sie förmlich anhört, mit welcher Befriedigung er den roten »Record«-Knopf seines Diktiergerätes ausmacht.

»Saftsäcke!«, brüllt sie, nachdem sie den Hörer aufgeknallt hat. »Die haben was vor«, sagt sie, an Sand gewandt.

Er nickt.

»Haben Sie noch nie von einer Gruppe gehört, die sich *Grüne Guerilla* nennt?«, fragt er dann.

»Nein«, ruft sie überzeugt, aber dann erinnert sie sich und schlägt sich vor den Mund. »Doch, shit! Ich habe neulich ein Flugblatt in die Hand gedrückt bekommen, von einem jungen Mädchen, das ich noch von zu Hause kenne. Was wollen sie damit?«

»Es muss nicht notwendigerweise etwas bedeuten. Kann auch ein Zufall sein.«

»Soll ich noch mal anrufen und sagen, dass ich sie kenne?«

Sand schüttelt den Kopf. Kamal antwortet:

»Dann würde es so aussehen, als hätten Sie doch schon etwas zu verbergen.«

Sie wirft den Kopf zurück.

»So wird man in der Politik zum Lügner gemacht!«

»Neinnein«, sagt Louise. »Nur ›unglaubwürdig‹.«

»Ist das besser?«, fragt sie und steht vom Schreibtischstuhl auf, wirft einen Blick aus dem Fenster auf den Højbro Plads, den der Mann mit der Netto-Tüte gerade eben überquert. Sie sieht sicher nicht immer denselben, offensichtlich obdachlosen Mann. Aber aus irgendeinem Grund findet sie, dass sie immer dann einen gestrandeten Mann mit gelber Netto-Tüte trifft, wenn sie am liebsten etwas anderes sehen möchte. Den Blumenkiosk zum Beispiel.

»Nein, das ist erheblich schlimmer.« Louise imitiert ein teuflisches Lachen. Charlotte schnalzt mit der Zunge. Kamal hat Recht, Louise hat einen ziemlich kranken Humor für ein so anständiges Mädchen.

»Wie geht es übrigens mit den Wasserproben bei Kristen Kristensen?«, fragt sie und dreht sich um.

Henrik zuckt mit den Schultern.

»Ich klär das.«

»Heute?«

»Heute.«

»Es sind aber nicht noch mehr Briefe gekommen, hm?«

Louise schüttelt den Kopf. Kamal sieht seine Kollegen verständnislos an. »Kristen Kristensen?«, fragt er dann. »Doch, doch, da sind letzte Woche ein paar Briefe gekommen. Wenn es um diesen heiligen Spinner aus Nordjütland geht?«

Louise erwartet einen Ausbruch, hat schon Luft geholt, um sich zu verteidigen. Entschuldigung, das war mein Fehler, Kamal ist nicht darüber orientiert worden. Aber Charlotte begnügt sich damit, die Stimme um eine Oktave zu senken, sodass sie flach und klanglos wirkt.

»Kamal, alle Briefe von Kristen Kristensen gehen über meinen Schreibtisch. Würden Sie sie bitte holen? Jetzt?«

Kamal befeuchtet seine hübschen, vollen Lippen. Seine schwarzbraunen Mandelaugen suchen bei Louise um Hilfe, vergebens.

»Ich fürchte, sie sind sozusagen senkrecht archiviert.«

»Haben Sie sie gelesen?«, fragt Charlotte, weiß um die Nase.

Kamal schüttelt den Kopf.

»Nicht in voller Länge. In den Instruktionen meines Vorgängers stand ausdrücklich, dass Briefe einer Reihe namentlich erwähnter Personen, darunter Kristen Kristensen, direkt in den Papierkorb sollen …«

Henrik Sand beißt auf seinen Kugelschreiber.

»Was meinen Sie mit ›Instruktionen‹?«, fragt er.

»Ja, also, Jakob Krogh hat mir eine E-Mail geschickt, in der er mir zu meinem neuen Job gratulierte und den Arbeitsablauf durchging«, Kamals Augen fliegen unsicher von einem zum anderen.

»Haben Sie das mit Kristen Kristensen schriftlich?«, fragt Charlotte, weich wie ein Panther vor einem Antilopenkitz.

Er schüttelt den Kopf. Schweißperlen sind über der Wölbung seiner Oberlippe ausgetreten.

»Nein, das hat er mündlich hinzugefügt, am Telefon. Als ich ihn angerufen habe, um mich für die Hilfe zu bedanken.«

Charlotte vergräbt ihr Gesicht in den Händen. Stößt einige unbestimmte, halb erstickte Laute aus, die die anderen für einen Moment fürchten lassen, sie wäre in Tränen ausgebrochen.

Dann lässt sie die Hände fallen und fängt an, ungläubig zu lachen.

»Er ist verdammt noch mal für Fortgeschrittene, dieser Jakob Krogh. Kamal«, sagt sie und platziert ihren ausgestreckten Zeigefinger direkt vor seiner Nase. »Sie sind, um es auf gut Dänisch zu sagen, verarscht worden. Und das bin ich auch. Halten Sie sich von ihm fern, *ganz* fern. Und dann, meine Damen und Herren, glaube ich, ist es an der Zeit, die Sicherheitsgurte zu straffen. Wir bewegen uns jetzt in einem Gebiet mit kräftigen Turbulenzen.«

☆

Als die Nachricht, dass eine Gruppe von Umweltaktivisten mit dem Namen *Grüne Guerilla* bei dem Kürschner Birger Christensen auf der Strøget eingedrungen war und es ihnen geglückt war, auf Pelze im Wert eines »sechsstelligen« Betrages in leuchtendem Rot »MORD« zu sprühen, ohne dass man sie hatte fassen können, schließlich über den Ticker von Ritzau läuft und die stündlichen Radionachrichten erreicht, ist die Christiansborg-Redaktion der *Jyllands Post* schon weit voraus. Thor Thorsen hat ergiebige bürgerliche Quellen allerorten. Jetzt muss er nur noch einen Link zwischen den Extremisten und der Umweltministerin finden. Er ist selbst davon überzeugt, dass es einen gibt. Er hat Viby die Story so gut wie versprochen. Wenn nicht heute, dann später. Nicht zuletzt, um dem jungen Chefredakteur mit dem hohen ethischen Profil zu beweisen, dass er nicht der zweifelhafte Aufschneider ist, für den der ihn hält. Natürlich weiß Thor Thorsen an und für sich ganz genau, dass ein Journalist prinzipiell neutral sein sollte und sich keinesfalls von seinen Gefühlen steuern lassen darf. Aber er hasst diese rote, überlegene Ziege aus tiefster Tiefe seines verkorksten Herzens, und wenn er dazu beitragen kann, sie abzusetzen, je früher, je besser, sind ihm die ganze Presseethik und die zarten Empfindungen seines Chefredakteurs scheißegal. Es gibt immer noch so etwas wie Selbstverteidigung. Das ist schließlich auch der Grund, warum er bei der *Jyllands Post* ist und nicht bei *Politiken*, in gewissen islamistischen Kreisen auch *Judenzeitung* genannt.

☆

Sie sind gerade zwanzig Minuten da, als Cat es nicht mehr länger aushalten kann. Sie bekommt keine Luft, es drückt auf ihre Brust, der Hals schnürt sich zusammen. Die Idee an sich war okay – in die vornehme Hellerup-Villa von Teis' Vater einzufallen, wo kein Bulle auf die Idee käme, sie zu suchen. Der Vater und seine neue Frau sind mit ihren Rotzbalgen auf Tobago, sodass sie die ganze Hütte mindestens eine Woche für sich haben. Den Nachbarn, der kommen soll, um die Katze zu füttern und die Topfpflanzen zu gießen, hat Teis reinlegen können, sodass die Bahn frei ist. Teis führt sie herum, als ob er ein Drecks-Makler wäre, kann seinen Stolz nicht verbergen über die Wohnzimmersuite, den weißen Flügel, die neue Küche und die ganze Etage aus Schlaf- und zwei Badezimmern, das eine mit *Jacuzzi*. Rosa wird fast ohnmächtig vor Begeisterung: »Wow, ist das groß! Das ist ja fast wie ein Scheiß-Schloss, Mann!«, heult sie in den Nachwirkungen des Adrenalin-Kicks auf.

Auch die anderen in der Gruppe, die in atomisierten Kollektiven, zersplitterten Scheidungs-Haushalten, Reihenhäusern in der Provinz aufgewachsen sind, flippen aus angesichts des Überflusses an B&O, Designermöbeln, Teppichen, Malereien und des so ekelhaft guten Geschmacks, wie sie es seit ihrer Kindheit nicht mehr gesehen hatte. Aber es ist nicht die Verachtung des bürgerlichen Mittelklassen-Luxus, der ihre Klaustrophobie auslöst. Es sind die Kleinigkeiten. Die alten Zeitungen, der Stundenplan, der am Kühlschrank hängt, die Brunnenkresse auf der Fensterbank, das Katzenkörbchen, die herumfliegenden China-Pantoffeln im Eingang, das Bonbonglas im Regal, die Bücher und die Notenblätter, Schumann über dem Klavier. Und dann dieser Geruch, der in der Nase und den Augen brennt. Der Geruch von *Zuhause*. Von Familie und Vater, Mutter und Kind.

»Kapitalistenschwein«, schnieft sie verächtlich. »Ich hau ab.«

»He«, ruft Teis und hält sie fest. »Wo gehst du hin? Die ganze Stadt wimmelt von Bullenschweinen!«

Sie zuckt mit den Schultern.

»Dann verlasse ich die Stadt eben.«

»Und was ist mit uns?«, fragt er.

»Bleibt ihr nur. Ich rufe an«, sagt sie und wirft ihm einen gleichgültigen Blick zu.

»Okay, was ist mit der nächsten Aktion?«

»Läuft wie geplant. Wir seh'n uns.«

»Cat«, sagt er und hält sie zurück. Sollte betteln und flehen, um sie zum Bleiben zu bewegen. Das wäre auch am klügsten. Aber dann hört er Rosa oben ausgelassen lachen und rufen, dass sie jetzt jedenfalls baden geht, und er gibt seiner Lust nach, die er sofort als Vernunft verkleidet. Sie brauchen eine Pause, er und Cat. Irgendwie geht sie ihm auf die Nerven. Gute Güte. Wie jetzt, wo sie ihn mit aufgerissenen Augen und ihrem beinahe brennenden Blick ansieht, als würde sie versuchen, alles aus ihm herauszusaugen.

»Saucoole Aktion«, sagt er also und lässt sie los. »Fett, dass sie keinen von uns geschnappt haben.«

Sie nickt. Fett.

Er beugt sich zu ihr und gibt ihr einen flüchtigen Kuss auf die Wange, da, wo das Muttermal am dunkelsten lila ist. Vielleicht weiß er nicht einmal selbst, dass das ein Ablass ist. Genauso, wie er nicht einmal ahnt, dass ihre Tränen schon anfangen zu fließen, als sie ihm den Rücken zukehrt und aus der Tür stolziert.

»Pass auf dich auf«, sagt er hinter ihr.

Sowie die Tür zugefallen ist und er bis hundert gezählt hat, dreht er sich um und geht leichtfüßig den Korridor entlang. »Rosa«, ruft er gellend nach oben. »Ich will mit ins Bad!«

☆

Kurz vor dem Treffen mit Svend Thise bekommt sie Antwort vom Nord-Jyllands-Amt. Überbracht von Henrik Sand persönlich, denn auch da ist ein Splitter im Schuh.

»Sie waren ein bisschen verärgert darüber, dass sie angemahnt wurden da oben«, fängt er an.

»Warum denn?«, fragt sie und rollt ein Stück vom Schreibtisch weg, um die Beine übereinander legen zu können.

»Weil sie schon längst geantwortet hatten. Also musste ich auf die Jagd gehen und fand auch folgerichtig die Antwort in der Umweltverwaltung.«

Sie richtet sich auf, lehnt sich vor, legt die Unterarme auf den Deckel des Laptops und starrt ihn kopfschüttelnd an.

»Und warum ist es dann nicht hier angekommen? Ist das Obstruktion oder nur Schlamperei?«

»Letzteres. Nehme ich an. Ich werde schon noch die richtigen Ohren lang ziehen. Na ja, aber die Antwort lautet, dass die Probe negativ ist. Es konnte kein Glyphosat in Kristen Kristensens Bohrung nachgewiesen werden.«

»Na, das ist doch prima«, sagt sie und kneift die Augen zusammen. »Was ist mit den zweigeschlechtlichen Fröschen und missgebildeten Kaulquappen und diesen Sachen?«

»Statistische Zufälle. Oder er hat sich geirrt. Was weiß ich, ich bin kein Biologe.«

»Das bin ich auch nicht. Es ist nur seltsam …«, sagt sie vor sich hin.

»Was ist seltsam?«

»Dass ich sicher bin, dass der Mann Recht hat.«

»Damit Jakob Krogh Unrecht hat?«

»Weil …«, setzt sie an, aber behält es für sich. Es gibt keinen Grund, Sand von ihrem rein persönlichen Verhältnis zum Bürger Kristen Kristensen zu erzählen. Jetzt, wo an der Sache ohnehin nichts dran ist.

»Ich schreibe ihm«, entscheidet sie dann. »Er hat Anspruch auf eine ordentliche Behandlung«, fügt sie hinzu und schließt damit Sand den Mund, bevor er es schafft zu protestieren.

»Und jetzt bekomme ich Besuch von Svend Thise«, sagt sie in Richtung der Georg-Jensen-Tischuhr auf ihrem Schreibtisch. »Was soll ich ihm sagen?«

»Was will er?«

»Don't know. Dann lasse ich vielleicht besser ihn den Tanz eröffnen?«

Er nickt und bewegt sich in Richtung Tür.

»Ich bleibe in der Nähe.«

»Es ist sechs Uhr! Ich habe die Rede für heute Abend im Griff, gehen Sie doch nach Hause, Mann!«

Henrik Sand will nicht nach Hause. Aber die Sekretärin gerne. Charlotte lächelt sie an, als sie das Kaffeetablett auf den Couchtisch stellt. Bekommt wahrhaftig sogar ein pflichtschuldiges Lächeln zurück. Was nur notdürftig darüber hinwegtäuscht, dass das Verhältnis zwischen den beiden ein klein wenig angespannt ist. Zum Beispiel wäre die Sekretärin angesäuert, wenn sie wüsste, dass der frisch gebrühte Kaffee nicht angerührt werden wird. Svend Thise hätte nämlich gerne ein Glas Wein.

»Wein reimt sich auf Schwein«, sagt sie witzelnd, als sie die Gläser heben.

»Ja«, sagt er und offenbart ein paar tiefe Lachgrübchen im Bart.

»Ich gehe davon aus, dass es das ist, worüber wir reden wollen? Euer Vorschlag zum Schweine-Stopp.«

Er nickt.

»Das ist nicht ganz falsch. Aber ich finde auch, wir sollten über *Das Grüne Dänemark* reden. Eine richtig gute Vision«, sagt er anerkennend, »die wir von den Sozialisten gerne mittragen wollen.«

»Warum?«

»Der Umwelt zuliebe. Wir haben schließlich selbst schon seit Jahren hart an einem ›grünen Umdenken‹ gearbeitet, wie du weißt. Leider wolltet ihr ja im letzten Jahr nicht bei einem ›Klima-Haushalt‹ mitmachen, aber es ist ja denkbar, dass es vielleicht dieses Jahr …«

Sie zuckt mit den Schultern. Er kann etwas langatmig sein, Svend Thise. So langatmig, dass man den Fehler machen konnte zu glauben, er wäre insgesamt etwas langsam.

»Und darum?«

»Wollen wir gerne mithelfen sicherzustellen, dass die Vision, an der du arbeitest, realisiert wird. Oder wenigstens diskutiert wird. Denn die Spatzen pfeifen es ja von den Dächern, dass es schwer für dich werden könnte, Rückhalt bei euch selbst zu bekommen.«

»Was sind denn das für Spatzen?«

Er lächelt kryptisch.

»Ach, du weißt doch, wenn man die Ohren drüben in der Burg an die Wasserrohre legt, hört man viel und vieles.«

»Okay. Und was hört man?«

»Dass man gerne sähe, wenn sowohl der Plan als auch die Ministerin einen stillen Tod stürben …«

»›Süß, aber tschüss‹«, sie schneidet eine Grimasse.

»In der Art, ja. Aber ich habe mir überlegt, was wäre, wenn ich jetzt ein paar Leute zusammentrommle, sodass wir die Diskussion so lange warm halten könnten, dass es für deine eigenen Leute peinlich wäre, wenn du ausgerechnet von ihnen die Gefolgschaft gekündigt bekommen würdest. Wenn du verstehst …«

»Ich verstehe.« Ihre Mundwinkel ziehen sich zusammen. »Und das würdest du für mich tun, ganz umsonst und ohne Rechnung?«

»Haha«, er lacht. »Ja, lass es uns so sagen, wenn ich dir den Rücken kratze …«

»… dann kratze ich dir auch deinen!«

»Im Dienste der guten Sache«, nickt er mit einem Glitzern im Augenwinkel, »wäre es nicht das Schlechteste, wenn wir beide uns zusammentun würden.«

»Wir sprechen vom Schweine-Stopp?«, schneidet sie dazwischen. »Eurem Hauptanliegen? ›Stoppt die Ausweitung und Neuetablierung von Schweinemastbetrieben‹?«

»... bis ›die Auswertung des Wasserschutzplans II vorliegt, der Ammoniakplan bestätigt und ein Plan für biologische Vielfalt ausgearbeitet und angenommen ist‹. Du kannst genauso gut das ganze Programm mitnehmen, du warst ja schließlich dabei!«, grinst er mit einem Hinweis auf ihre NGO-Vergangenheit, in der sie als Vorsitzende der *Naturfreunde* ganz selbstverständlich auch Mitglied von Svend Thises Unterstützergemeinde war.

»Persönlich bin ich ja auch ganz und gar einverstanden mit den Überlegungen.« Sie nickt für sich. »Es muss etwas Drastisches getan werden, und ich *will* ja auch gerne etwas unternehmen. Es muss nur das Richtige zum richtigen Zeitpunkt sein.«

»Also?« Er krault sich den Bart, führt das Glas zum Mund.

»Mir fehlt ein Anlass. Eine Begründung, um die Schraube anzuziehen.«

»Das kommt schon, ganz von selbst. Wir haben inzwischen 25 Millionen Schlachtschweine, die Stickstoffableitung ist schon alarmierend hoch, und wenn die so weitermachen, dann können wir alles, was mit lebenden Fjorden, Flüssen und Wasserläufen zu tun hat, vergessen. Die Grundfischerei im Limfjord ist schon weg, da gibt es keine Flundern und keine Schollen mehr.«

»Erzähl das meinem Schwager«, sagt sie und schiebt ihm die Zigarrenkiste hin. »Er ist Schweinebaron auf Mors und meint, dass es nur eine Laune der Natur ist, dass der Fjord nach Luft schnappt.«

»Der Mariager-Fjord ist für tot erklärt worden, und die anderen Fjorde da oben sind gefährdet. Noch ein Sommer mit ruhigem und warmem Wetter, und du hast deinen Anlass. Wir sind dabei, in Gülle zu ertrinken. Das müssen die doch auch selbst begreifen können, diese Schweinebarone. Das hat nichts mehr mit Landwirtschaft zu tun, das ist pure Industrie!«

Er stößt ein bitteres Schnauben aus und rührt den Tabak nicht an.

»Wie läuft es mit deiner kleinen Hauszucht?«, fragt sie.

»Richtig gut!« Seine Miene hellt sich auf. »Alle gedeihen, keine Krankheiten. Wenn ich nicht meine kleinen Grunzer hätte, zu denen ich nach Hause gehen kann, würde ich wirklich wahnsinnig werden in diesem Zirkus hier.«

Ein Schatten zieht über sein Gesicht, setzt sich in die Runzeln und Falten, und er blickt schräg nach unten. Charlotte bemerkt es, nippt stumm an ihrem Wein, spürt, dass jetzt nicht der Moment ist, um ihn auszufragen. Aber sie weiß schließlich, dass Svend Thise in seiner Fraktion in Bedrängnis geraten ist, in der in diesem Jahr die Schafe von den Böcken getrennt werden. In dem Flügelkampf zwischen Erneuerern und Traditionalisten, der in den letzten Jahren tobte, hat er als Fraktionsvorsitzender versucht, sich herauszuhalten, versucht, die neutrale Mitte zu sein, an der sich die anderen treffen konnten. Was ihm ironischerweise so gut geglückt war, dass die beiden Flügel sich nun salomonisch darüber geeinigt haben, dass Svend Thise selbst das eigentliche Problem ist.

»Svend«, sagt sie, als Kamal den Kopf hereinsteckt, um zu signalisieren, dass sie sich zum Aufbruch fertig machen muss, »das hier war keine offizielle Verhandlung, über die du in der Fraktion berichten sollst, oder?«

»Charlotte«, sagt er und stellt das Glas ab. »Immerhin bin ich hier die alte Christiansborg-Ratte, nicht wahr?«

»Ach ja«, lacht sie und folgt ihm zur Tür. »Du kommst unbewaffnet?«

Er nickt.

»Haben wir eine Abmachung?«, stoppt er, die Hand an der Türklinke.

»Unter uns?«

»Auf mich kannst du dich verlassen«, sagt er und drückt ihre Hand. Eine Aussage, die sie ausnahmsweise für bare Münze nimmt. Wenn man Svend Thise nicht vertrauen kann, kann man niemandem vertrauen.

☆

Zwei Männer mittleren Alters, um nicht zu sagen, ältere Herren, treffen sich in einem Pissoir. Ein strenger Geruch von altem Urin strömt aus den Becken, als jeder seinen Strahl, der eine mit etwas weniger Druck als der andere, gegen den Stahl plätschern lässt.

»Na«, sagt der eine, dessen Bauch so weit über den Hosenbund hängt, dass er sein Glied nicht mehr sehen kann. »Das ist ja gewaltig, wie sie sich in den Vordergrund spielt, unsere gute Umweltministerin.«

»Ja, ja«, sagt der andere und schüttelt ab. »Hochmut …«

Dieser Mann ist der Landwirtschafts- und Ernährungsminister. Der andere, der gerade mit Reißverschluss und Knopf kämpft, ist der Verkehrsminister. Nach dem Treffen im Pissoir verabreden sie, noch ein Bier in der Flughafen-Cafeteria zu trinken. Der eine muss nach Aalborg, der andere nach Karup. Sie hassen Charlotte Damgaard nicht. Aber sie lieben ihr Dasein. Sie sehen nicht ein, dass daran herumgefummelt wird. Sie sehen auch nicht ein, wozu sie gut sein soll. Dass eine neue Vilstrup-Untersuchung zeigt, dass sie eine deutlich gestiegene Zustimmung unter gut ausgebildeten Frauen in den Städten verzeichnen kann, kann ihr Weltbild nicht erschüttern. Diese Art Wähler macht nämlich nicht die Mehrheit aus. Und wenn die Dänen so sehr für diesen Ökologie-Quatsch sind, können sie doch einfach diese ökologische Milch kaufen, die kaum abzusetzen ist und deshalb als ganz gewöhnliche, konventionelle Milch im Angebot verkauft werden muss. Und wenn sie sich so für öffentliche Verkehrsmittel begeistern, dann können sie doch einfach ihr Auto stehen lassen. Es nutzt doch niemandem, der dänischen Bevölkerung diese heilige Mönchskutte überzustülpen. Das hatte Søren Schouw verstanden. Über ihn kann man viel sagen. Aber er hatte ein glänzendes Verhältnis zur Landwirtschaft und zum Automobilclub gehabt. Und insbesondere auch zur *Jyllands Post*. Und das sollte man nicht unterschätzen, wenn man Ambitionen hat, eine sozialdemokratische Wahl in Jütland zu gewinnen. Darüber wissen sie Bescheid. Und um die Wahrheit zu sagen: Sie zittern nervös um ihre Wiederwahl. Das letzte Mal wäre es um ein Haar fast schief gegangen, und wenn Vittrup es nicht bald schafft, die Zügel ordentlich zu straffen, ist es mehr als wahrscheinlich, dass jeder von ihnen sich spätestens in einem knappen Jahr *Minister a. D.* nennen darf. Ein ungewöhnlich trister Titel.

☆

Sollte sie jemals ihre Memoiren schreiben, würde dieser April sicherlich als der sprudelndste und verheißungsvollste Monat ihrer Karriere als Umweltministerin darin auftauchen. Zum einen hatte sie einen Mediendurchbruch geschafft, so schillernd, dass er imstande war, »Afrika« zu verdrängen. Zum anderen erlebte sie überwältigende Reaktionen aus der Bevölkerung – von allen Seiten kamen Mails und Briefe, von Institutionen, Betrieben und Privatleuten, die mitmachen wollten oder sie zu Podiumsdiskussionen oder »Visions-Abenden« einluden. Dänemarks Designerschule beispielsweise initiierte ein Öko-Mode-Projekt und fragte, ob sie Lust hätte, bei der Abschluss-Show des Examens-Semesters auf dem Laufsteg dabei zu sein, der Einzelhandelsverband wollte sie gerne in der Expertengruppe zu »Das Gute Leben« dabeihaben, ein Dokumentarfilmer wollte sie ein halbes Jahr lang begleiten, eine Bornholmer Schulklasse schrieb, dass es gut war, dass sie etwas tat, um »auf die Erde aufzupassen«. Und so weiter. Auch in der Fraktion begannen sich langsam Risse des Wohlwollens in der massiven Frontmauer zu zeigen, der sie sich sonst gegenüber gesehen hatte. Und auch wenn Søren Schouw und Susanne Branner, die Umweltsprecher der Partei, versuchten, es zu verhindern, wurde doch einige Zeit darauf verwendet, ihre Vision zu diskutieren, die nicht unmittelbar niedergemacht wurde. Den vorher so kriegerischen Regierungskollegen fiel es schwer, den Umschwung zu akzeptieren, aber nachdem Vittrup inzwischen deutlich verkündete, dass er es als sinnvoll für alle empfand, die Vision ernst zu nehmen und zu Hause über die Sache nachzudenken, um später mit einem konkreten Angebot zurückzukommen, verzichteten sie darauf, da fortzusetzen, wo sie sie zuletzt losgelassen hatten: mit den Zähnen in ihrem Fleisch.

Sie empfing mehrere Gewerkschafterinnen, die unabhängig voneinander Zusammenarbeit anboten. Sie räumten unumwunden ein, dass man den alten sozialdemokratischen Von-der-Wiege-bis-ins-Grab-Gewerkschaften bald »ein Einzelzimmer im Sargmagazin der Arbeiter« bestellen konnte, falls man es nicht schaffte, »schneller, als ein Bauunternehmer Rechnungen schreiben kann«, sich mit seinen Mitgliedern zu bewegen. »Wir sind ja alle hypermobil geworden, und das müssen wir auch hier werden, indem wir individuelle Lösungen für gemeinsame Probleme anbieten. Zum Beispiel, wie man trotzdem ein gutes Leben führen kann, obwohl man dem Arbeiterverbund der Frauen angehört oder allein erziehende Mutter in Esbjerg ist mit einem Selbstbewusstsein von der Höhe eines Schollenfilets«, klang es mit robuster Schlagfertigkeit, die schon immer das Wasserzeichen der Arbeiterfrauen gewesen war. Deren Interesse an ihrem Projekt war es gerade, »einen Zusammenhang zu schaffen zwischen dem Naheliegenden und dem Fernen, sodass die Umweltfrage sich in Zukunft auch darum dreht, was für eine Chemie sich unsere Kinder in den Mund stecken, ob unsere Mitglieder zu früh sterben oder mit 42 zerschlissen sind und ausgesondert werden«. Außerdem hatten sie auch auf ihrem Plan, dass das hier vielleicht endlich ein Thema war, mit dem man die Frauen dazu bringen konnte, sich zu engagieren. Dieselbe Nachricht kam von einer sozialdemokratischen Bürgermeisterin aus dem Westen, die begeistert war vom »Nachhaltigkeits-Gedanken im Alltag«. Ihre Kommune lief Gefahr, im Elend zu versinken, sowohl Einwanderer als auch Dänen blieben allzu leicht in einer Außenseiterposition hängen, in der man sich nur noch in der Armut des anderen spiegeln konnte. »Hier kann man wirklich von Ressourcen-Verschwendung sprechen! Nicht einmal die Kinder haben noch einen Funken Glauben an die Zukunft. Und die Frauen, die kochen Hummus im Ghetto und ahnen kaum, wo sie sind. Die müssen wir kriegen, diese Mütter da, die hätten *so* viel Potenzial, wenn sie nur die Möglichkeiten hätten!«

Charlotte war überwältigt von diesem plötzlichen Interesse der »Damen«, wie Sand sie nannte, und zugleich stand sie dem mit Vorbehalten gegenüber. Er teilte ihre Nervosität darüber, dass die Vision zu »so einer Frauensache« gemacht werden könnte.

Nicht, weil er etwas gegen Frauen hatte, »aber politisch ist Frauensache niederer Status, und dann bekommen Sie nie etwas durch«. Sie ließ die Behauptung unwidersprochen stehen, warf sie aber in die Runde, als es sich endlich an einem Freitag nach der Bürozeit einrichten ließ, den Caffè-Latte-Club im *Amokka* zu versammeln, dem angesagtesten Café Østerbros, wenn nicht sogar der ganzen Stadt.

Christina verdrehte die Augen, als Charlotte fertig war.

»Ja, aber so *ist* es! Was glaubt ihr eigentlich, wie es ist, Gleichstellungsministerin zu sein? Das ist erst recht so ein ›Frauending‹, das keiner ernst nimmt! Das ist schließlich gar keine *richtige Politik*, was?«

»Das ist Entwicklungshilfe auch nicht!«, warf Sofie ein. »Aidsinfizierte Frauen, Müttersterblichkeit und verwaiste Kinder, *forget it*. Das ist nur dann interessant, wenn es um Infrastruktur geht, um die Sicherung dänischer Investitionen und Exportinteressen. Und um Krieg, natürlich. So was mit Brunnen reparieren in Burkina Faso, damit die Frauen nicht so weit gehen müssen, um Wasser zu holen, oder Ausbildungsprogramme für Mädchen, das bringt die hohen Tiere nicht in Fahrt.«

»Ach, ich weiß nicht«, protestierte Charlotte und tunkte einen italienischen Mandel-Biscotto in die Kaffeemilch. »Thomas ist da ziemlich in Schwierigkeiten mit seinen Genossenschaften und Mikrokrediten. Er kann lange und leidenschaftlich über das *empowerment* von Frauen in Uganda reden.«

Sofie lachte.

»Ja, aber er ist schließlich auch wirklich einzigartig!«

»Ja!« Christina richtete sich auf dem Stuhl auf. »Können wir ihn nicht klonen? Ich weiß ja nicht, wie es euch geht, aber ich finde, dass meiner zu Hause anfängt, Beschränkungen zu zeigen.«

Sofie nickte eifrig.

»Du meinst, ihr hattet eine Vereinbarung, dass das hier eine gute Idee ist, aber jetzt fängt er trotzdem an, sich zu beklagen, dass du nie zu Hause bist, dass er in jeder Hinsicht verlassen ist …«

»… er bekommt zu wenig, ja«, nickte Christina. Sofie kicherte und setzte fort:

»... er bekommt zu wenig und hasst es, sich lächerlich zu machen, indem er im Schatten seiner Frau steht, was er nicht zugeben will, und so weiter und so weiter. Ist es das, was du meinst?«

»Jawohl, absolut! Wie hast du das erraten?« Christina grinste. »Glaubt ihr, unseren strebsamen jungen Kollegen Verteidigungs- und Justizminister, M & M, geht es genauso? Oder glaubt ihr, deren Frauen platzen gerade vor Glück, weil ihre Männer es so weit gebracht haben, und bügeln darum noch lieber als gerne ihre Hemden und erziehen ihre Kinder?«

Sofie lachte laut, Charlotte lächelte widerwillig und hätte am liebsten das Thema gewechselt, zurück zur Politik. Und nicht nur, weil sie sich von den anderen Café-Gästen belauert fühlte, die sie unter neugieriger Beobachtung hielten, sondern auch, weil sie nicht unbedingt daran erinnert werden wollte, dass auch sie ein neues und fremdes Gefühl von Distanz, ja, geradezu Disharmonie zwischen ihr und Thomas erlebte. Auch, dass er ihr nicht bedingungslos den Rücken gestärkt hatte, hatte sie verletzt und verwirrt, aber in letzter Zeit war es, als ob er wieder begonnen hätte, sich ihr zu nähern und sie nicht länger mit einem Abstand strafte, den er nicht einmal zugeben wollte. Bei ihnen zu Hause war es, wenn man bei der Wahrheit bleiben wollte, sie, die zu wenig bekam.

Rein sexuell war das kein großes Problem, das sublimierte sie vollkommen mit reichlich Arbeit. Aber sie vermisste die Nähe und sein Begehren nach ihr, das bisher immer intensiv und konstant gewesen war. Vielleicht turnte ihn die Macht ab, vielleicht wirkten machtvolle Frauen generell enterotisierend auf Männer, es sei denn, sie hegten ein verstecktes Faible für andere Männer ... Diese Theorie hatte ihn wenigstens in sein vorbehaltloses lautes Thomas-Lachen ausbrechen lassen, und tatsächlich hatte er ihr sofort das Gegenteil bewiesen, indem er auf dem Sofa über sie hergefallen war, sowie die Kinder im Bett waren. Das war vor fünf Tagen gewesen und hatte umgehend so erlösend auf sie beide gewirkt, dass sie schon dabei war, die Missklänge der letzten Wochen zu vergessen. Und da sie jetzt wieder sie selbst war, gab es keinen Grund mehr, zu spekulieren und flüchtige Gefühle und

Ahnungen zu verbalisieren. Was es auch gewesen sein mochte, das ihn gequält hatte, es war vorbei, Amen.

»Ich habe darüber nachgedacht, ob wir nicht ein Buch schreiben sollten«, schlug sie vor, als Sofies Lachen verebbt und in einen Schluckauf übergegangen war.

»Ein Buch?«, wiederholte Christina fragend. »Meinst du so eine Art Kaffee-Club-Manifest?«

Charlotte nickte und senkte Kopf und Stimme. Man konnte nie wissen, wer zuhörte. Auch die beiden anderen beugten sich über den Tisch, sodass es nun zu allem Überfluss wirklich aussah wie eine Konspiration.

»Ich meine, dass wir ein neues, vitales Modell dafür brauchen, wie sich die dänische Gesellschaft in den nächsten zehn-zwanzig-dreißig Jahren entwickeln soll. Das Modell eines Wohlfahrtsstaates, der sich Parteienstreit und Flügelkämpfen entgegenstellt und deshalb den Mut hat, mit Konventionen und Traditionen zu brechen …«

»Du klingst schon wie das Vorwort«, konstatierte Christina und pfiff leise durch die Zahnlücke zwischen ihren Schneidezähnen.

Sofie hickste.

»Das klingt superspannend! Weiter!«, forderte sie sie auf.

»Na ja, vorläufig war es das schon«, glitt Charlotte ab. »Ich finde immer, ich erlebe, dass die politische Partei, in der Form, wie wir sie kennen, Grenzen hat, die es unmöglich machen zu …«, sie zögerte und suchte nach einer Formulierung. »Ja, unserer Zeit Antworten zu geben.«

»›Antworten an unsere Zeit‹, schon haben wir den Titel!«, hickste Sofie enthusiastisch. »Es ist nämlich richtig, dass man dauernd Frustration erlebt, weil man dasitzt, mit der Macht in den Händen, um dann zu erkennen, dass man sie zu nicht eben viel gebrauchen kann. Unsere radikale Gruppe ist ja noch so klein, dass wir recht spannende, studienkreisartige Diskussionen führen können. Das ist ja auch schön und gut, zwischendurch intellektuell und stimulierend, aber im selben Moment, in dem das ›Hinterland‹ den Verdacht bekommt, dass etwas Neues gedacht werden könnte, geht der Ärger los. Dann haben wir den Landesvorsitzenden an der Strippe. Das kennt ihr so nicht, oder?«

»Nein, wir erreichen ja nicht mal das Hinterland, bevor wir auf unseren Platz geprügelt werden!«, sagte Christina. »Aber dafür hat man schließlich Fraktionen, oder?«

»Um sich gegenseitig klein zu halten?«, fragte Charlotte spitz und spürte wieder die Unterschiede zwischen ihnen wie eine Trennwand hochklappen. Ungeachtet ihres freimütigen Tons war und blieb Christina eine treue Parteisoldatin.

»Um zu diskutieren, was sozialdemokratische Politik ist«, erwiderte Christina mit demselben Anflug von Schärfe.

»Bedeutet das, dass ihr nicht mit einem selbstständigen Diskussionsbeitrag herauskommen könntet?«, fragte Sofie, die aufgehört hatte zu hicksen.

Christina zuckte mit den Schultern.

»Es kommt darauf an, wie kontrovers er ist. Und darauf, wer man selbst ist. Charlotte ist keine Abgeordnete, das macht vielleicht einen Unterschied.«

Charlotte zog die Brauen zusammen.

»Was meinst du damit?«

»Ja, du hast deiner Partei nicht die ewige Liebe geschworen. Du bist doch so eine Art Joker, der, streng genommen, auf alles scheißen und tun kann, wozu er Lust hat. Du musst ja nicht wiedergewählt werden, oder?«

»Und?«, fragte Sofie, obwohl die Antwort auf der Hand lag.

»Ja, also ist Charlottes Situation eine andere als meine. Ich bin in diesem Unternehmen hier organisiert, seit ich vierzehn war, ich liebe es, Sozialdemokratin zu sein. Ich habe alles darangesetzt, das hier zu erreichen, für mich ist es nicht nur irgendeine unterhaltende oder interessante Episode, hier zu sein, wie für euch. Ich will weiter nach oben, und in erster Linie will ich hier bleiben. Und darum gibt es gewisse Grenzen, an die ich gezwungen bin, mich zu halten. Falls ich mein Dasein nicht für immer als Gleichstellungsministerin fristen will.« Christina schnitt eine Grimasse und fischte mit dem langen Löffel geschmolzenen Zucker vom dicken Boden des Glases nach oben.

»Okay!« Sofie lachte unsicher, ihr Blick wanderte zwischen Christina und Charlotte hin und her. »Hast du die zielgerichtete Ambition, den *ganzen* Weg zu gehen?«

Christina setzte ein gequältes Lächeln auf.

»So, wie du das sagst, klingt es, als wollte ich *Pornostar* werden! Das beabsichtige ich nicht. Ich werde Dänemarks erster weiblicher Staatsminister!«, erklärte sie mit einem lauten Theaterflüstern, das man ganz sicher auch an den entfernteren Tischen verstehen konnte, falls das junge, Händchen haltende Paar und der dunkle, französisch aussehende Mann, der die *Libération* las, zuhörten.

»Das wirst du nicht«, dachte Charlotte, als sie sich kurz darauf auf Sofies Veranlassung hin an der Bar aufbaute, um drei Weißwein zu holen, damit sie anstoßen konnten. Nicht auf Christinas Kandidatur, sondern auf den acht Wochen alten Embryo, der, wie Sofie verkündete, in ihrem Bauch herumplanschte. Darum würde sie niemals Staatsministerin werden. Weder auf kurze noch auf lange Sicht.

Sie trennten sich auf dem Bürgersteig in aller Freundlichkeit. Sofie war nicht nur begeistert von ihrer kommenden Mutterschaft, sondern auch von dem Buchprojekt. »Wir sind doch gezwungen, in neuen Bahnen zu denken, wenn wir unserer Zeit Antworten geben wollen. Umweltpolitik und Entwicklungshilfe zum Beispiel hängen extrem eng zusammen!« Und Christina Maribo wollte darüber nachdenken. Ihr Auto kam zuerst, Sofie wurde von ihrem Freund abgeholt, den sie jetzt zu heiraten hoffte, und Charlotte hatte sich entschieden, nach Hause zu gehen. Dann würde sie es schaffen, um sieben zu Hause zu sein, sodass sie und Thomas in Ruhe und Frieden essen konnten, während die Kinder einen Zeichentrickfilm sahen. Sie hatte angerufen und gefragt, ob sie Pizza mitbringen sollte, aber er hatte schon Hühnchen und Fritten im Ofen. Und die Flasche Bardolino aufgemacht, die ihr die Wohnungsbaugenossenschaft überreicht hatte, zum Dank für ihre Bereitschaft, einen kurzen Vortrag über Stadtökologie bei der Generalversammlung neulich zu halten. Er schien froh, glücklicher als seit langem, und darum hatte sie es eilig loszukommen, als sie herumalbernd Christina zum Abschied gewunken hatten, die auf dem Weg nach Fünen zu ihrer Familie war.

»Ist es okay, wenn ich auch verschwinde?«, fragte sie Sofie, die manchmal diese Verlorenheits-Ausstrahlung an sich hatte, die es unmöglich machte, sie im Stich zu lassen.

»Natürlich!«, sagte diese auffordernd und sog genießerisch die Luft ein. »Ist es nicht herrlich, dass der Frühling kommt? Man konnte es ja noch kaum bemerken! Kann ich darüber schreiben? Sinnlichkeitsverlust in der Politik?«

Charlotte lachte und machte den Mantel zu. Es war hell, klar und immer noch kalt.

»Feel free! Ich bin keine Poetin. Na ja, aber …«, sie machte einen Schritt auf Sofie zu, um sie zum Abschied zu umarmen.

»Ehrlich gesagt schreibe ich manchmal Gedichte. Und Novellen und halbfertige Romane.« Sofie lächelte.

»Echt?« Charlotte hielt inne.

»Ja, ich wollte immer Schriftstellerin werden. Das war mein großer Traum. Deswegen habe ich auch Literaturwissenschaften studiert. Aber dann kam mir mein Missionars-Gen in die Quere, und ich war damit beschäftigt, die Welt zu verändern. Vielleicht hätte ich besser Theologie studiert und wäre Pfarrerin geworden wie der Rest der Familie. Dann hätte ich wenigstens die Erlaubnis, etwas zu verkünden. Nicht mal das können wir. Politik ist wirklich ein merkwürdiges Metier.«

Charlotte schlug ihre Füße aneinander, fror in ihren dünnen, puderfarbenen Stiefeln. Nickte zustimmend.

»Total merkwürdig. Träumst du immer noch davon, Schriftstellerin zu werden?«

»Irgendwie schon. Irgendwo. Auf jeden Fall träume ich nicht davon, Staatsministerin zu werden. Und schon gar nicht jetzt. Berufspolitikerin, das ist doch der Tod. Dann schon lieber Pfarrersfrau mit vier Kindern. Oder Volkshochschulleiterin in Westjütland.«

Charlotte grinste.

»Na, ich weiß nicht … trotz allem!«

»Nein, aber könntest du es dir vorstellen?«

»Was?«

»Zu *bleiben*! Forever! Einen Wahlkreis zu bekommen und all das?«

»Nee«, wich Charlotte aus. »Na, ich muss zusehen, dass ich weiterkomme. Pass schön auf dein Krümelchen auf!«

Sie umarmten sich, wünschten sich ein schönes Wochenende.

Sie war nur ein paar Schritte den Bürgersteig entlang weitergegangen, mit Kurs auf die Triangel, als Sofie sie mit einem Pfiff dazu brachte, anzuhalten und sich umzudrehen.

»Hey«, rief sie. »Du würdest aber fantastisch sein!«

»Fantastisch was?«

»Als Staatsministerin!«

Charlotte drehte sich wieder um, streckte einen lockeren Fuck-Finger nach hinten, hörte Sofies mädchenhaftes Lachen, das zwischen den Häusern echote und über den Sortedams-See hallte, der wie ein blankes Geheimnis mitten in der Stadt lag.

Das Wochenende war so perfekt, dass man es ausstellen sollte. Als Beweis dafür, dass man es einrichten konnte, ein idyllisches Familienleben zu haben, obwohl man Ministerin war – das Lieblingsthema der Wochenblätter. Samstagmorgen standen sie bei strahlendem Sonnenschein hinter völlig verdreckten Fenstern auf, deren Säuberung sie sich nach gemeinsamer Übereinkunft widmeten. Die Kinder bekamen die Erlaubnis zu helfen, sodass die ganze Wohnung sehr bald in Seifenwasser ertrank, aber nachdem sie es bislang nie geschafft hatten, ihr studentisches Interieur auszutauschen, störte das nicht weiter. Derartig vom Element Wasser inspiriert, gingen sie nachmittags ins Schwimmbad, wo Charlotte Johanne als Schutzschild vor neugierigen Blicken im Duschraum brauchte. Sie zog unwillkürlich den Bauch ein – obwohl sie abgenommen hatte, hatte sie noch immer diesen Spitzbauch, den Thomas in der letzten Nacht so liebevoll umkreist hatte. Sie bereute also, dass sie nicht noch schnell eine Runde mit dem Ladyshave gedreht hatte, bevor sie sich nackt in öffentlichen Räumen zeigte, andererseits war das vielleicht ein Teil dieser einzigartigen skandinavischen Demokratie, dass eine Ministerin eine öffentliche Schwimmhalle mit Haaren auf den Beinen betreten konnte. Abgesehen davon, waren es nicht viele, die aussahen, als würden sie sie erkennen, wie sie da im Becken stand, im Wasser bis zum Oberschenkel, und versuchte, Jens dazu zu überreden, seine Mutter loszulassen und seine Angst zu überwinden, genauso wie Johanne, die, ausgestattet mit Schwimmflügeln und Korkgürtel, freudig kreischend auf die kleine Rutsche kletterte und platschend ins Wasser rutschte. Wieder und wieder, während Jens mit blauen Lippen und vor Kälte klappernd im Wasser stand, bis sie sich seiner erbarmte, ihn mit hinausnahm und ihn in ein Handtuch wickelte.

»Glucke!«, schüttelte Thomas den Kopf und übernahm das widerspenstige Kind.

»Er hat Angst!«, sagte sie und legte beschützend einen Arm um ihn.

»Kennst du Angst?«, fragte Thomas und schnappte sich seinen Sohn. Sie stand auf, bereit einzugreifen, falls er auf die Idee kommen sollte, sein Kind mitten im Wasser fallen zu lassen. Aber das tat er natürlich nicht, er schwamm einfach mit ihm herum, wie ein Flusspferd, das sein Junges auf dem Rücken hatte. Und als Jens erst einmal davon überzeugt war, dass sein Vater sein Vertrauen nicht enttäuschte, entspannte er sich, lächelte und ließ sich zu guter Letzt dazu überreden, ins Wasser zu gleiten, wo Thomas ihn hielt und dafür sorgte, dass er zu keiner Zeit mit dem Kopf unter Wasser geriet. Charlotte lachte, winkte und klatschte. Die Mädels hatten Recht, Thomas sollte man klonen. Als den Vater, den alle Kinder haben sollten. Sie selbst eingeschlossen.

Hinterher fuhren sie nach Hause, tranken Kakao und spielten alle vier Schwarzer Peter. Für den Abend hatte Thomas einen Babysitter angeheuert, Mimi aus Südafrika, eine der MS-Studentinnen, die sie meist als Putzhilfe hatten, und so gingen sie erst ins Park-Kino und tranken danach noch ein Bier in einer neuen Kneipe, mit Live-Funk-Musik und einer winzigen Tanzfläche. Charlotte wollte sich am liebsten verstecken, einfach nur an der Bar stehen und sich der Musik hingeben, aber nach dem zweiten Bier nahm er auffordernd ihre Hand. Glücklicherweise folgten ein paar andere ihrem Beispiel, sodass sie nicht alleine die Aufmerksamkeit auf sich zogen.

Mitten im Tanzen, Wange an Wange, konnte sie es trotzdem nicht lassen zu fragen.

»Liebst du mich denn trotzdem?«

»Ja, das habe ich doch immer getan!«

»Was war denn dann mit dir los?«

»Nichts. Ich musste mich nur erst daran gewöhnen. An die Exponierung, glaube ich.«

»Wie zum Beispiel Afrika?«

»Wie zum Beispiel Afrika«, gab er zu und küsste ihren Hals.

»Du glaubst aber nicht mehr, dass ich etwas mit diesem Tom Reiff hatte, oder?«

Thomas schüttelte den Kopf. Nein, das glaubte er nicht mehr. Er war absolut von ihrer Unschuld überzeugt.

»Warum denn jetzt plötzlich?«

»Weil ich es dir angemerkt hätte«, sagte er und verriet sich damit selbst, was sie aber nicht bemerkte, weil sie gerade in diesem Moment ein junges, schwarz angezogenes Mädchen entdeckte, das hereingekommen war und jetzt still dastand und sie anstarrte. Der Blick war so intensiv, dass Charlotte für den Bruchteil einer Sekunde erwartete, dass das Mädchen eine Pistole ziehen und sie aus nächster Nähe niederschießen würde. Das tat sie nicht, machte lediglich mit ihren schweren Militärstiefeln auf dem Absatz kehrt und verließ das Etablissement.

»Hast du die gesehen? Die mit dem Muttermal?«, fragte Charlotte mit einem leichten Schaudern.

»Wen?« Thomas folgte fragend Charlottes Blickrichtung zur Tür, die wieder aufging. Aber diesmal waren es nur ein paar Backfische, zum Unfug bereit, die kichernd hereinplatzten.

»Was war mit ihr?«

»Das war diese Cathrine Rørbech, die damals von ihren Eltern in Brønderslev abgehauen ist, um sich in Kopenhagen den Autonomen anzuschließen. Sie gehört offenbar auch zu dieser *Grünen Guerilla*.«

»Die Tierschutzaktivisten mit den Pelzgeschäften?«

Charlotte nickte, hatte die Lust verloren weiterzutanzen. Cathrine Rørbech wollte etwas von ihr. Und zwar nichts Gutes, fürchtete sie.

Am nächsten Morgen hatte sie die Unruhe abgeschüttelt, fühlte sich nicht mehr bedroht und schlug vor, bei dem schönen Wetter eine Fahrradtour zu machen. Raus und aufs Wasser schauen, die Kinder im Fahrradanhänger und einen Ball, damit sie draußen in Bellevue spielen konnten. Hinterher würde sie noch »ein paar Stunden« arbeiten müssen, aber das könnte sie zu Hause machen. Sie war als Rednerin zur Konferenz für »Equity an Global Change« in Washington eingeladen, eine Woche nach dem 9. CSD in New York. Ursprünglich war es Søren Schouw gewesen, der die Einladung erhalten hatte, aber Sand hatte schnell nach ihrer Ernennung der Konferenzleitung Rückmeldung gegeben, um zu bekräftigen, dass Schouws Nachfolgerin selbstverständlich übernehmen würde. Man hatte dem dänischen Wunsch entsprochen, obwohl sie als Novizin eine solche Ehre kaum verdiente. Darum war es extrem wichtig, dass sie da drüben eine Rede von Format hielt, und jetzt musste sie ein paar Sonntagsstunden darauf verwenden, sie aufzupolieren, damit sie zum Übersetzen geschickt werden konnte.

Sie bestand darauf, den Fahrradanhänger zu übernehmen, hatte beides nötig – sich sportlich zu betätigen und die Nähe der Kinder zu spüren. Thomas bildete die Nachhut, Johanne sang, und Jens kommentierte alle Schiffe, Segelboote mit den aufgeblähten weißen Segeln und Frachter auf dem Weg nach Osten, und sie selbst lebte, wie immer in der Nähe eines Meeres, auf, auch wenn das hier kein richtiges, überzeugendes Meer war.

»Falls wir hier bleiben wollen, sollten wir dann nicht auch so ein bescheidenes Häuschen an der Promenade haben, mit Aussicht auf den Sund?«, rief sie nach hinten. Thomas holte sie ein und fuhr an ihre Seite.

»Dann musst du aber in die Privatwirtschaft wechseln. Nicht mal Per Vittrup hätte die Kohle dafür.«

»Nein, der macht das schließlich auch nicht des Geldes wegen!«, sagte sie und trat stärker in die Pedale. Sie hatten Gegenwind, die Tränen flossen und die Nase lief.

»Was findest du eigentlich, sollten wir machen?«, fragte er und blieb mit ihr auf selber Höhe. »Wenn das hier überstanden ist, meine ich?«

»Ich dachte, dann wollten wir nach Afrika?«, antwortete sie schniefend.

»Ach ja, das hatte ich total vergessen.« Er schickte ihr einen viel sagenden Seitenblick, überholte sie und warf sich in einen demonstrativen Spurt zur nächsten Ampelkreuzung.

»Papa hat gewonnen!«, johlte Johanne.

»Papa gewinnt nie«, sagte Thomas und putzte seiner Tochter die Nase.

Als sie mit Kuchen vom Bäcker nach Hause kamen, müde und rotwangig, blinkte der Anrufbeantworter und zeigte zwei Nachrichten. Die erste war von ihrer Mutter, die fragte, ob sie über Ostern kämen. Die andere war von Mikkel, der nur hören wollte, ob Maria bei ihnen war. »Aber das ist sie wohl nicht, da ihr nicht zu Hause seid. Tschüss.«

Eine mystische Nachricht, fand Charlotte.

»Haben sie Probleme?«, fragte sie Thomas, der dabei war, Jens den Overall auszuziehen.

»Nö. Wieso sollten sie?«

»Wer hat denn keine?«, zuckte sie mit den Schultern. »Jedwede Beziehung, die Mikkel einschließt, muss geradezu gezwungenermaßen problematisch sein«, setzte sie noch leicht hinzu und ging, um Kaffee aufzusetzen. Danach rief sie ihre Mutter an und erzählte, dass sie am Ostersamstag nach New York musste. Darum leider nicht. Dann nahm sie ihren Kaffeebecher, setzte sich an ihren Schreibtisch im Schlafzimmer und arbeitete an ihrer Rede, während die Kinder friedlich spielten. Jens mit Lego, Johanne mit Barbie. Dass Thomas, der sich mit einer Zeitung aufs Sofa geschmissen hatte, seine gute Frühjahrslaune verloren hatte, merkte sie nicht. Bis zum Abend, als er unmotiviert seine Kinder ausschimpfte und seine Frau anknurrte.

»Was ist denn jetzt los?«, fragte Charlotte verblüfft.

»Nichts«, sagte er mürrisch. »Ich habe Kopfweh.«

Charlotte biss sich auf die Lippe.

»Also irgendwas stimmt nicht mit dir. Hast du dir irgendeine Tropenkrankheit oder so eingefangen?«

Er zwang sich zu einem dünnen Lächeln und widmete sich dem Kartoffelschälen. Sie fand ein Aspirin, das sie in einem Glas Wasser auflöste und das er pflichtschuldig trank, während sie die Zwiebeln für die Frikadellen hackte. Kopfweh. Das konnte schließlich jeder bekommen. Tatsächlich spürte sie auch ein gewisses Brummen im Hinterkopf. So war es an Sonntagen. Überschattet vom bevorstehenden Montag, einem neuen Tag auf dem Feld.

☆

Sie steht in der Küche, als der neue Schweinelaster lärmend ankommt. In der Nacht hat es geregnet, das Wasser steht hoch in den Löchern des Kiesweges, die durch die großen Reifen noch tiefer werden. Lisbeth mag Montage. Oder besser gesagt, sie macht sich nicht viel aus Sonntagen. War es nicht Dan Turèll, der einmal etwas in die Richtung gesagt hatte, dass er Alltage bevorzugte? Genauso geht es ihr. Sie bevorzugt Alltage, wo jeder seines hat und niemand so tun muss, als wäre man gerne zusammen. Als hätte man etwas, weswegen man zusammen sein könnte. Lisbeth geht auf die vierzig zu. Sie pflegt sich selbst als »Mitte dreißig« zu betrachten, aber das ist sie nicht mehr. Anders als Charlotte.

Erik überquert den Hof, er kommt in seinen weißen Gummistiefeln aus dem Ferkelstall. Sie weiß längst nicht mehr, wie viele Schweine sie haben. Wie viel tausend. Sie weiß nur, dass jetzt mehrere hundert 7-kg-Exportschweine mit Gesundheits-Zertifikat auf den Schweinelaster verladen werden müssen, der schon kein Laster mehr ist, sondern ein fast zwanzig Meter langer Lastzug mit drei Achsen. Er kann beide Hinterachsen drehen und kommt so rückwärts in jede Zufahrt. Der Fahrer, der gerade herunterspringt, nennt sich dementsprechend *Pilot*, und so geht es durchgängig weiter. Eine hoch technologisierte Industrie an einem ansonsten idyllischen, kleinen Limfjord-See, an den sie vor fünfzehn Jahren gekommen sind und bei dem sie selber mit dazu beigetragen haben, ihn in eine reine Güllehölle zu verwandeln. Sie ist nicht stolz darauf. Sie reißt sich auch nicht darum. Sie kann auch keine Wäsche raushängen oder in den Küchengarten gehen, wenn sie gespritzt hatten. Und wenn sie kleine Kinder hätte, würde sie sie auch nicht draußen in diesem durchdringenden Gestank von Ammoniak schlafen lassen. Das *kann* nicht gesund sein. Aber wenn sie sich im Kindergarten darüber beklagen, wo sie eine Halbtagsstelle als Kinderpflegerin hat, dann hält sie ihren Mund. Sie widerspricht ihrem Mann nie öffentlich, redet nie schlecht über ihn und verhält sich auch nicht illoyal. Das hat sie zu Hause gelernt. Ihre Mutter hatte nie die Positionen ihres Vaters kritisiert, ganz gleich, wie angreifbar sie gewesen waren. Sie kniff nur den Mund zu einem Strich zusammen. So hatte sie von ihrer Mutter gelernt, das Schweigen als Waffe zu gebrauchen. Sie war immer ein stilles Mädchen gewesen, im Gegensatz zu Charlotte. Und auch im Gegensatz zu Lars. Lars, dem leichtfüßigsten von ihnen. Ein kleiner Wonneproppen war er gewesen, damals, als sie klein waren. Eigentlich glaubt sie nicht, dass sie ihre Kindheit ohne ihn ausgehalten hätte. Er war der einzige Lichtblick, eine kleine Sonne inmitten der dichten Dunkelheit, in der sie sich jahrelang befunden hatten. Ihr jedenfalls war es so gegangen. Bei Charlotte wusste sie es nicht. Sie war ja so tatkräftig und extrovertiert. Sozial. Musste immer irgendwo mitmischen. Vermutlich, um von zu Hause wegzukommen. Weg von ihrer Mutter. Die beiden hatten sich nie verstanden. Oder vielleicht doch.

Lisbeth seufzt und sieht ihren Mann, der mit dem Fahrer redet. Er ist immer noch ein schmucker Kerl, Erik. Groß und breit, mit einer dynamischen, fast draufgängerischen Ausstrahlung. Ein Mann, der nach vorne will. Viele, viele Jahre hatte sie es als großes Mysterium empfunden, dass dieser Mann sie erwählt hatte. Während des ganzen Hochzeitsfestes hatte sie sich zwingen müssen, ihn nicht die ganze Zeit ungläubig anzustarren, als ob er einfach wieder verschwinden könnte. Denn das konnte einfach nicht passen, dass er »dich unter allen Blumen des Feldes selbst gepflückt« hatte, wie er euphemistisch in der Rede an seine Braut gesagt hatte. Im Gegensatz zu ihr, die – obwohl sie fast 25 war, als sie sehr schnell heirateten – nur sehr wenige und nicht besonders beglückende romantische Erfahrungen gemacht hatte, war er weit herumgekommen. Was er auch nicht verbarg, er war ja auch fünf Jahre älter, aber Lisbeth war die einzige, die zu heiraten er sich ernsthaft vorstellen konnte. Denn heiraten wollte er, und es sollte eine Bauerntochter sein, die wusste, worauf sie sich einließ. Sie begegneten sich auf der Hochzeit ihrer Cousine, und von dem Moment an, als er über den Tanzboden des Gemeindehauses stolziert war und sie zum Tanzen aufgefordert hatte, hatte sie seine feste Hand um ihre Taille gespürt. Mit großer Erleichterung hatte sie sich ihm überantwortet, verließ ohne besondere Bedenken ihr Seminar und das letzte Jahr ihrer Lehrerausbildung, trotz der Proteste von ihrer Mutter und Charlotte, und zog mit ihm auf seine Geburtsinsel, die er seit damals systematisch aufgekauft hatte. Damals lebte sie noch in der irrigen Annahme, dass sie einen altmodischen »Einen Hof will ich mir bauen«-Betrieb haben würden, so wie in ihrer Kindheit, was natürlich nur bewies, wie naiv sie gewesen war.

So naiv ist sie längst nicht mehr. Darum hat sie auch aufgehört, sich zu fragen, was er nur an ihr gefunden hatte. Das weiß sie genau – eine gute, stabile und billige Arbeitskraft, die ihm nie widersprach, sich immer fügte und immer klang, als ob sie der Ansicht war, was Vater macht, ist richtig. Gleichzeitig hatte sie ihm ein paar große, starke Jungen geliefert, die ganz nach ihrem Vater schlagen und bis auf weiteres grenzenlos bewundernd zu ihm aufschauen. Und was regelmäßige erotische Befriedigung betraf, so bekam er die auch, ohne dass sie muckste. Sein Interesse an ihr auf diesem Gebiet ist jedoch am Abnehmen, seit sie Internet bekommen haben und er sich nachts dem Cybersex widmet. Das stört sie nicht weiter, genauso wenig wie die Abenteuer, die er häufig mit allein erziehenden Müttern aus der Gegend laufen hat, seine besondere Spezialität. Die ersten Jahre hatte sie das so tief verletzt, dass sie offenkundig meinte, es nicht überleben zu können. Nicht zuletzt, weil sie durch anonyme Briefe herausfand, dass sie, grob gesehen, die einzige auf der Insel war, die nichts gewusst hatte. So wurde sie wieder von der Scham ihrer Kindheit eingeholt, der Scham darüber, mit einer Peinlichkeit in Verbindung gebracht zu werden, an der sie keine Schuld hatte. Ihre spontane Eingebung damals war, sich scheiden zu lassen, aber sie hatte gerade Sohn Nummer eins bekommen und erwartete Nummer zwei, sodass es für sie komplett unüberschaubar war. Außerdem wusste sie nicht, wovon sie leben, wohin sie gehen sollte oder wer sie war. Und schließlich bildete sie sich doch ein, diesen Mann zu lieben. Auch das tut sie nicht mehr. Stattdessen geht ihr vielmehr die entgegengesetzte Frage nicht aus dem Kopf: Warum in aller Welt hatte sie ihn geheiratet? Einen Mann, mit dem sie nichts gemeinsam hat. Einen Mann, der Tiere als »Produktionseinheiten« ansieht und komplett den Bezug zur Wirklichkeit verloren hat. Einen Mann, der den Stand der Schweinepreise als wichtigste Nachricht des Tages betrachtet und am liebsten alle Flüchtlinge, Schwule und Ökos auf eine »einsame Insel im Eismeer« verfrachten würde. Einen Mann, der nichts von ihrer Schwester hören oder sehen kann, ohne sie niederzumachen und zu verhöhnen. Einen Mann, der so weit von ihrem Vater entfernt ist, wie man nur sein kann. *Der* war nämlich ein guter Mann gewesen. Ein richtiger Bauer.

Lisbeth sieht schräg nach oben auf die Küchenuhr. Sie muss, Gott sei Dank, zur Arbeit. Also sammelt sie den ganzen Stapel Bücher aus der Bibliothek zusammen und verteilt sie auf zwei Futterbeutel der Dänischen Landwirtschafts-Genossenschaft. Sie leiht sich jede Woche neue aus. Die Bücher sind ihr Strohhalm. Er weiß das nicht, Erik. Ist krankhaft eifersüchtig auf andere Männer, aber ahnt nicht, dass sie in einem dieser Bücher, diesem Schatz aus Wissen, Einsicht und Erkenntnis, eines Tages eine Säge einschmuggeln wird, mit der sie die Gitterstäbe durchtrennen kann. Sie selbst spürt das, darum verschlingt sie sie, Band für Band.

Sie holt ihre Jacke aus der Waschküche, erinnert sich an die Palette mit Eiern für ihre Kolleginnen und geht hinaus zu ihrem Fahrrad. Hängt die Beutel an den Lenker und stellt die Tasche in den Korb, die Eierpalette eingespannt. Der Fahrer grüßt sie, als sie an ihnen vorbeizieht, während Erik kaum den Kopf in ihre Richtung dreht.

☆

»Neiiiin«, platzt die Erzieherin munter heraus, als sie an einem Morgen Jens und Johanne in den Gruppenraum folgt, der mit gelben Federn und angemalten Eiern geschmückt ist.

»*Sie* sind die Mutter?«

☆

Mittwoch vor Ostern erhielt Charlotte einen Anruf von einem Umwelttechniker der Gemeinde Viborg. Er wollte nicht sagen, wie er hieß, rief nur anonym an, um zu erzählen, dass sie die Wasserprobe von Kristen Kristensen wohl noch einmal untersuchen sollten.

»Warum?«, fragte sie und schloss das Fenster wegen des Straßenlärms auf dem Højbro Plads. Sie konnte hören, wie der Sänger Søren um die Ecke stand und »*I'm sailing*« grölte.

»Lassen Sie mich es so sagen: Es ist uns ein Fehler unterlaufen. Das Ergebnis, das Sie bekommen haben, stammt von einer anderen Probe.«

»Was ist mit der richtigen Probe passiert?«

»Ich habe versucht, sie zu finden. Sie ist verschwunden. Aber ich glaube, sie wäre positiv gewesen.«

»Weil?«, fragte Charlotte, während sich ihre Nackenhaare aufstellten.

»Weil irgendetwas in diesem Gebiet nicht stimmt. Ich habe die zweigeschlechtlichen Lurche gesehen, und wenn Sie im Krankenhaus fragen, dann erfahren Sie, dass man auch dort ein erhöhtes Vorkommen von Fehlbildungen bei Neugeborenen feststellt.«

»Warum ist dies dann kein offizieller Anruf? Das klingt doch, als wäre das etwas, dem wir nachgehen sollten?« Charlotte griff nach einem Füller und fing an zu schreiben.

»Weil man seitens der Umweltverwaltung mitgeteilt hat, dass man die Sache als abgeschlossen betrachtet. Mein Kollege hat mit dem Mann gesprochen.«

Sie befeuchtete ihre Lippen.

»Telefonisch oder schriftlich?«

»Telefonisch.«

»Mit wem hat er gesprochen?«

»Ein Jakob Krogh, kann das stimmen?«

Sie nickte. Ja, das konnte es gut. Viel zu gut.

»Okay. Hören Sie, können Sie nicht hinfahren und eine neue Probe nehmen? Und mich dann direkt anrufen, wenn das Ergebnis vorliegt?«

Sie brauchte fast fünf Minuten, um ihn zu überreden. Aber zuletzt ergab er sich, verriet sogar seinen Namen. Morten. Sie bekam seine Handynummer, und er bekam ihre. Dann verabredeten sie, voneinander zu hören, so bald sie aus New York zurück war.

»Verdammt!«, murmelte sie vor sich hin und rief Henrik Sand zu sich. Er sagte das Gleiche. Verdammt.

»Es ist mir klar, dass es so dargestellt wurde, als ob wir uns gegenseitig hassten. So sind die Medien. Wenn sie zwei Ministerinnen einer Partei gegeneinander ausspielen können, dann ist das ja ein gefundenes Fressen. Aber die Sache war die, dass ich als Innenministerin eingesetzt war, um eine Ausländerpolitik zu verwalten, die hart an der Grenze dessen war, was wir als Sozialdemokraten vertreten konnten. Da hatte sie völlig Recht. Aber das konnte ich ja nicht einfach sagen, nicht wahr? Wir diskutierten das schon recht heftig bei diesem Osterbrunch bei Elizabeth Meyer, zu dem einige von uns eingeladen waren. Ganz privat, sofern Meyer überhaupt jemals etwas ›ganz privat‹ macht, wenn Sie wissen, was ich meine. Irgendeine Absicht hegt sie immer. Bei diesem Brunch ging es wohl darum, dass wir ›uns gegenseitig besser kennen lernten‹, wie sie sagte. Per und Gitte waren auch da, und Gert, ob Sie es glauben oder nicht. Ohne Frau, sie war ›verreist‹, was sie scheinbar seit fast einem Jahr war. Na, und Meyer hatte natürlich auch Charlotte und ihren übrigens sehr netten Mann eingeladen, Thomas, der ja in der Entwicklungsbranche ist, wie sie es nennen. Er ist sonst sicher eher der etwas zurückhaltendere Typ, aber hier hatte er wohl einen Schnaps zu viel bekommen, denn plötzlich fragt er mich, wie es eigentlich ist, der personifizierte ›Hardliner‹ zu sein. Wie ich mich eigentlich fühle bei dem schrillen Ton in dieser Debatte, ob ich wirklich meine, was ich sage, und so weiter. Ein paar Sekunden wird es ganz still, aber Meyer fasst sich schnell und biegt in eine mehr prinzipielle Diskussion ab, auf die Gitte sich sofort stürzt. Sie hat dieses Gedrängel in der Mitte so satt, von dem sie meint, dass es die dänische Politik charakterisiert und dazu beiträgt, die Debatten zu veröden, und deshalb schuld daran ist, dass die Medien einen völlig leeren Blick bekommen, wenn es um Christiansborg geht. Per ist ja total vernarrt in sie, und statt ihr zu widersprechen, saß er nur da und spielte mit seiner Serviette und duckte sich sogar, als sie ihm direkt ans Bein ging und ihn opportunistisch, schmeichlerisch und noch einiges andere von der nicht so liebevollen Sorte nannte. Manchmal kann sie unerwartet widerborstig sein. Charlotte dagegen mischte sich tatsächlich gar nicht ein, nicht bevor sie von Gitte direkt gefragt wurde, was sie von der Einwanderungspolitik der Regierung hielt. Ich erinnere mich, dass sie Messer und Gabel hinlegte und lange nachdachte, so lange, dass es ihre Antwort noch schlimmer machte, weil man es nicht damit entschuldigen konnte, dass es nur ein Lapsus war oder einfach ein Gedanke, der ihr so rausrutschte. Sie sagte, den Blick fest auf mich gerichtet, dass ihrer Meinung nach die Einwanderungs- und Flüchtlingspolitik der Regierung ein Symptom der sozialdemokratischen Krankheit war, die sich bald als tödlich herausstellen konnte, wenn wir nicht ›den Respekt vor der Würde unserer Mitmenschen‹ wieder beleben konnten. Sie meinte, wir seien ›konservative Systemdenker‹, ›Anti-Erneuerer‹, ›kurzsichtig und provinziell mit einem viel zu engen Horizont‹. Gert kochte, und ich selbst fühlte mich also auch ziemlich provoziert. Das konnte sie ja leicht sagen, protestierte ich, es war schließlich nicht sie, die den schwarzen Peter hatte. Was würde sie denn tun, mit zehntausend Fremden, die jedes, jedes Jahr ins Land kommen und offenbar von der dänischen Bevölkerung als Problem wahrgenommen werden? ›Ich würde jedenfalls nicht so große Anstrengungen unternehmen, den kleinsten gemeinsamen Nenner zu definieren, wie du.‹ Ich war total baff, das muss ich zugeben. Aber dann kam Gert ins Spiel und nannte ihren Blickwinkel ›das reinste Hippie-Halali, gekreuzt mit Jesus Christ Superstar‹, denn wenn man die Dinge nicht mehr beim Namen nennen durfte, dann müsste man uns als Erstes der Berührungsangst anklagen. Und das war doch das eigentliche Problem, dass wir so lange gebraucht hatten, um anzuerkennen, dass es Probleme *gab*, weil es nicht politisch korrekt gewesen war, *überhaupt* etwas Negatives über Flüchtlinge oder Einwanderer zu sagen. Als Finanzminister musste er doch schließlich auch sehen, dass sie einen großen Teil des Kuchens verschlangen, und er konnte wirklich gut verstehen, wenn die Alten oder Herzpatienten, die auf einen Platz im

Pflegeheim oder eine Bypass-Operation warteten, nur schwer begreifen konnten, dass es auf ihre Kosten gehen sollte. Aber da wurde Meyer ganz blass vor Zorn und erinnerte daran, dass sie selbst in zweiter Generation aus einer Einwandererfamilie deutsch-russisch-jüdischer Herkunft stammte, und auch wenn das kein unüberwindbares Hindernis in ihrer Kindheit und Jugend gewesen war, wusste sie doch ausgezeichnet, wie es war, ›stigmatisiert‹ zu sein. Das Wort gebrauchte sie, im Ernst! Und dann steigerte sie sich in eine lange, emotionsgeladene Tirade hinein, die Charlottes Ansicht unterstützte und in einer Warnung à la ›Eines Tages bekommen wir eine Rechnung für diese Politik, und die wird hoch sein!‹ gipfelte. Ich ging nach Hause und schrieb es auf. Doch, ich war ziemlich außer mir, besonders, weil ich keinerlei Rückendeckung von Per bemerkte. Er saß nur da und lauerte wie immer. Doppelspieler, das ist er. Ich tat schließlich nicht das Geringste, ohne dass es mit ihm abgesprochen war. Das war eine Abmachung, die wir hatten, weil das Thema so heikel ist und die Wahl schon am Horizont stand. Darum war ich auch der Ansicht, dass er Charlotte einen Klaps auf die Finger hätte geben müssen, als sie sich etwas später sehr deutlich von meinem Vorschlag über Internierungslager für kriminelle jugendliche Einwanderer distanzierte. Aber das tat er nicht. Ganz im Gegenteil, sie – und nicht ich – wurde in das Wahlkampfteam berufen, das schon eine Weile bestand. Ich sage nicht, dass es ihre Schuld war. Aber sie war eine der Ursachen, die mich in diesem Frühjahr fast ins Gras beißen ließen. Ich musste mich sogar krankschreiben lassen, und das brachte die Spekulationen in Gang. Mein Arzt nannte es ›Überanstrengung‹, ich selbst nannte es ›Stress‹, aber meine Mutter hatte wohl Recht, als sie schlicht das Wort ›Nervenzusammenbruch‹ gebrauchte. Na, aber ich erholte mich und bin wiedergekommen. Denn das wollte ich.«

☆

Diesmal begleitet er sie zum Flughafen. Sie hat Freddy Urlaub gegeben, darum nehmen sie ein Taxi und halten auf dem Rücksitz Händchen. Es ist Ostersamstag, knapp halb sechs, die Leute gehen am Amager-Strand spazieren, führen ihre Hunde aus, schieben Kinderwägen, joggen ihren Puls hoch. Die Dänen haben frei, schütteln den Winter ab und zeigen ihre andere Seite, die Sommerseite, die sich dem Licht und dem Glück zuwendet. Sie lehnt sich an ihn, spürt, dass er dasselbe fühlt wie sie, Sehnsucht nach damals, als alles gut war. Er legt seinen Arm fest um sie, um ihr den Schutz zu geben, den er ihr nicht mehr bieten kann, wenn sie seine Umarmung verlassen hat. Er ist nicht eifersüchtig, nur bedrückt und traurig darüber, dass sie sich schon wieder trennen müssen. »Nur sechs Tage!«, wiederholt sie wie ein Mantra, sie mag die häufigen Abschiede auch nicht, bekommt jedes Mal feuchte Augen, jedes Mal, wenn sie den Kindern auf Wiedersehen sagt. Dieses Mal ist er stolz auf sie. Findet, dass er eine fantastische Frau hat. Ihre Stärke imponiert ihm. Dass sie kann. Dass sie will. Dass sie es macht. Er fühlt, dass sie alles gibt. Dass sie zielgerichtet ist und bereit, ihre Rolle auszufüllen. Im Gegensatz zu früher lässt er sie das tun, ohne dagegen anzukämpfen. Er ergibt sich ihr und tritt bereitwillig in die zweite Reihe.

Während sie das Taxi bezahlt, besorgt er einen Gepäckwagen, befördert ihre Koffer und die Tasche mit dem Laptop darauf. Folgt ihr zur Schranke, wo Henrik Sand und Kamal schon stehen und auf sie warten. Der Referent kümmert sich professionell um das Einchecken, während Henrik Sand sich höflich und gewandt um den Mann seiner Ministerin bemüht. Thomas lächelt entgegenkommend, erzählt von sich aus über seine Pläne für Ostern – morgen fährt er mit den Kindern nach Nordjütland. Henrik Sand sagt, das könne er auch gut gebrauchen, sich einfach ein paar Tage durchpusten zu lassen. Thomas nickt. Er sieht müde aus, Henrik Sand, während Kamal der leichtfüßige Jüngling ist, den er früher als potenziellen Rivalen betrachtet hätte. Jetzt nicht mehr. Denn er weiß, dass sie beide verbunden sind, er und Charlotte. Darum kann er sie beruhigt gehen lassen, sie lange und innig küssen, sagen, dass er sie liebt, und sich darauf freuen, sie wieder abzuholen. Er kann unten an der Rolltreppe stehen, ihr einen Kuss zuwerfen, als sie sich ein letztes Mal umdreht und mit Pass und Bordkarte winkt, und spüren, wie sein Herz versteinert und schwer wird. Und er kann ganz ruhig den Anruf abwarten, der kommen wird, noch bevor er ein neues Taxi gefunden hat. Denn auch wenn Maria ihn weinend anflehen und bitten wird, sie zu treffen, sie zu sehen, mit ihr zu reden, jetzt, wo Charlotte weg ist, wird er sie abweisen und ihr ganz klar machen, dass sie ihn nicht in ihre Eheprobleme hineinziehen durfte. Sie beide hatten *nichts* miteinander. Hatten nie etwas miteinander gehabt. Und würden sich *nicht* wiedersehen. Basta.

☆

Früh am Ostermorgen, gerade als die Business-Class-Passagiere des Fluges SK901 eine leichte Mahlzeit vor dem Anflug auf New York serviert bekommen haben, wird eine Brandbombe durch das Wohnzimmerfenster einer Villa in Charlottenlund geworfen. Die Villa gehört dem Direktor einer Arzneimittelfirma, die in England Tests an Labortieren durchführen lässt. Ein Dokumentarfilm der BBC hat vor kurzem gezeigt, dass die Tiere unter erbärmlichen, ja geradezu barbarischen Umständen gehalten werden und extremem Leiden ausgesetzt sind. »Stoppt alle Tierversuche!«, und »Schluckt eure Medizin selbst!« steht auf den Flugblättern, die vor der Villa gefunden werden, die glücklicherweise leer steht, weil der Direktor und seine Familie im Osterurlaub auf Mallorca sind. Ein Großteil des Wohnzimmers brennt aus, aber die Feuerwehr, die von einem besonders frühen Zeitungsausträger gerufen worden ist, bekommt das Feuer schnell unter Kontrolle. Ansonsten finden sich keine weiteren Spuren der Täter, aber auf die ockergelbe Fassade ist meterhoch der Name *Grüne Guerilla* gesprüht. Der Direktor, ein Mann mit modernem Führungsstil, humanistischer Lebensauffassung und einem hochethischen Profil, wünscht, dass trotz der schockierenden Nachricht der »Vorfall« nicht dramatisiert werden soll, und möchte weder die Polizei noch die Presse mit hineinziehen. Aber die Polizei beobachtet die Sache bereits »mit großem Ernst«, und die Presse – nun ja, Zeuge war schließlich ein Zeitungsbote. Cats Strategie geht also auf – die neuen Aktionsformen bringen weitaus mehr Medienpräsenz als die Nerz-Befreiungen. Die *Jyllands*

Post zum Beispiel bringt die Geschichte auf der ersten Seite. Und dabei ist das erst der Anfang.

☆

»›Walk‹. ›Don't walk‹. Ich sitze in einem Diner und beobachte den Verkehr aus Yellow Cabs, Limos mit getönten Scheiben, ächzenden Bussen und dem Strom vorbeieilender New Yorker auf dem Weg zur Arbeit. Ein einzelnes Fahrrad, auf dem irgendein Freak mit Pferdeschwanz und verwaschenem Hawaii-Hemd sitzt, kommt auch vorbei. Es ist Viertel nach acht, ich habe gerade meinen Cholesterinwert beträchtlich erhöht, indem ich einen Riesenberg Pfannkuchen, triefend vor Sirup, verschlungen habe, hinuntergespült mit Orangensaft und dünnem Kaffee. Ich bin sozusagen gezwungen zu schreiben, um nicht die ganze Zeit ungehemmt den Mann an der Bar anzustarren, der so equilibristisch mit Tassen, Tellern, Pfannen und Töpfen hantiert, dass man sich vorkommt, als würde man einer Showeinlage beiwohnen. Wahnsinn, was hier überhaupt alle für ein Tempo vorlegen. Für so einen ›tree-hugger‹ (Öko-Freak) wie mich steht New York ja eigentlich auf der schwarzen Liste, aber verdammt, man wird von der kolossalen Energie, die in dieser Stadt pulsiert, einfach mitgerissen. Vermutlich würde ich sterben, wenn ich länger als eine Woche hier bleiben müsste, aber gerade jetzt fühlt es sich an, als hätte einem jemand eine Rakete unter den Hintern geschoben – cool. Um mich herum sitzen lauter Stammgäste, die das Spiel zwischen ›The Mets‹ und ›The Yankees‹ heute Abend diskutieren, mein Freund an der Bar folgt seinem Team, The Mets, durch dick und dünn und wird ›definitely‹ nach Boston fahren, um das Spiel am Wochenende zu sehen. Das hat er gerade einem attraktiven, aristokratisch aussehenden älteren Herrn mit weißem Haar erzählt, der ehrfürchtig mit ›Judge‹ angesprochen wird und es nicht nötig hat, etwas zu bestellen, weil es von ganz allein kommt. ›Thanks, Tony‹, quittiert der Richter und schafft es zeitgleich, die New York Times *durchzublättern und mit Tony über Baseball zu diskutieren. Warte nur darauf, dass jeden Moment Ally mit ihren großen anorektischen Augen auf ihrer ängstlichen Jagd nach der großen Liebe hier auftaucht. Jetzt hat Tony sicher bemerkt, dass ich hier sitze und lausche. ›Where do you come from?‹, fragt er und rät selbst.*

Überraschenderweise tippt er auf ›Sweden or Denmark‹, dabei bin ich weder blond, noch habe ich blaue Augen. Aber es ist nicht mein Äußeres, sondern mein Akzent, an dem er es erkennt. Und dann bin ich dran mit Fragen und Raten, ich tippe auf ›Italy‹, er hat etwas von Robert de Niro an sich. ›No, no! Greece!‹, lacht er und erzählt, dass er vor 22 Jahren nach New York gekommen ist und nicht mal im Traum diese Stadt wieder verlassen könnte. ›We all love New York! It's not like a city, it's like a country!‹ Ich sage, dass ich New York als multikulturelles Symbol des banalen menschlichen Traums, dass alles besser wird, erlebe. Ein altmodischer Traum, der getragen wird von dem naiven Glauben daran, dass man seines eigenen Glückes Schmied ist und mit etwas Glück und harter Arbeit imstande sein wird, das Muster zu durchbrechen und seinen Lebensweg zu verändern. Darum ist New York auch kein Symbol für Modernität, wie ich schon beim Dinner des Generalkonsuls gestern Abend gesagt hatte. Um das zu finden, muss man in die ostasiatischen Megacitys gehen. Nach Singapur, Bangkok, Kuala Lumpur, wo das Wachstum Gott ist, der Verbrauch König und Zynismus eine akzeptierte Grundbedingung. In diesem Zusammenhang ist der Kampf gegen McDonald's total anachronistisch, Coca-Cola reduziert auf ein harmloses Erfrischungsgetränk und George W. Bush nur eine komische Zeichentrickfigur, denn die Front hat schon längst eine viel immateriellere Form angenommen. So, jetzt gießt Tony mir Kaffee nach! … Nach dem etwas unangenehmen Brunch bei Meyer habe ich viel über die Notwendigkeit nachgedacht, den neuen Traum, das neue sozialdemokratische Projekt zu formulieren, das den ›Wohlfahrtsstaat‹ ablösen kann. Nachdem er nun realisiert ist, kann er schließlich nicht mehr länger als Regenbogen fungieren, was eine simple Beobachtung ist, die die Opposition in ihren Bemühungen, den Schatz zu rauben, total übersehen hat. Wenn sie Glück haben und mit der Kiste abhauen können, werden sie ziemlich bald merken, dass sie leer ist, und dann müssen sie sich was Neues überlegen. Leider glauben wir auch, wir säßen auf dem Gold, und da können wir sitzen bleiben wie der Hund in ›Das Feuerzeug‹, mit Augen so groß wie Teetassen, während Welt und Zeit (und Wähler!) weiter und weiter wegtreiben.

›What are you doing in New York?‹, fragt Tony. ›Are you here for business or as a tourist?‹ – ›Business‹, antworte ich, und als er darauf-

hin fragt, was ich mache, sage ich, dass ich für ›the Danish government‹ arbeite. Nicht ganz gelogen, aber er riecht trotzdem Lunte und fragt, ob ich etwa ›a politician‹ sei – und was soll ich jetzt darauf sagen? Er schenkt mir noch einmal Kaffee nach und bedient zwischendurch ein paar andere, während ich Zeit gewinne, über die Frage zu grübeln. ›Sort of‹, antworte ich schließlich. Das bringt ihn dazu, laut zu lachen. ›Sort of? Like Hillary Clinton?‹ – ›No!‹, protestiere ich. Hillary Clinton, die als Senatorin kandidiert, ist nicht ›eine Art‹ Politikerin. Sie ist Politikerin. ›Why is that?‹, neckt er mich in einem Tonfall, bei dem ich plötzlich weiß, wie es wäre, von ihm geküsst zu werden. ›Because she has the urge for power‹, sage ich und werfe zwanzig Dollar auf den Tresen. ›And you don't, huh?‹, lächelt er, die schwarzen Augenbrauen bis zum Haaransatz hochgezogen. Ich schreibe weiter, er ignoriert den Geldschein, aber behält mich die ganze Zeit im Auge. Also, jetzt muss ich zusehen, dass ich hier wegkomme, bevor er noch glaubt, ich will etwas von ihm. Außerdem muss ich zurück ins Hotel, Viertel nach neun werden wir abgeholt, und dann läuft das Programm ab wie gewöhnlich, straff und offiziell. Morgen muss ich in Washington meine Rede halten, bin ein bisschen nervös, vor allem wegen meines Englischs mit dem offenbar so ausgeprägten skandinavischen (jütländischen!) Akzent. Hoffe, mich heute Abend nach Greenwich Village abseilen zu können, vielleicht könnte ich den Club wiederfinden, in dem Thomas und ich letztes Mal gewesen sind. Vermisse ihn, aber fühle mich geborgener als bei den letzten Trennungen. Er machte einen frohen und ruhigen Eindruck, als ich abgereist bin, und die Kinder klingen am Telefon auch gut. Komische Vorstellung, dass sie jetzt schlafen, meine Lieben. Mein Plagegeist von der Jyllands Post, *Thor Thorsen, hat gestern, Gottstehmirbei, angerufen und gefragt, was mein Kommentar zu dem Brandbombenattentat sei, das gegen den Direktor von* ScanPharm *verübt worden ist. Ja, was zum Teufel soll ich dazu wohl anderes sagen, als dass diese Methoden natürlich ganz und gar unzulässig sind, auch im Kampf für die Umwelt. Warum fragt er mich danach? Das beunruhigt mich. Und auch wenn ich dabei bleibe, dass ich nichts über die* Grüne Guerilla *weiß, was ich ja recht besehen auch nicht tue, finde ich es überaus unbehaglich, dass er offenbar versucht, mich damit zu linken. Na ja, jetzt muss ich mich jedenfalls beeilen. Hoffe, Sand geht es heute besser, er ist gestern wegen Rücken-*

schmerzen nicht beim Dinner dabei gewesen. Ich habe ihm angeboten, ihn zu massieren. Darin bin ich ziemlich firm, und ich habe auch mein Massageöl in meiner Kulturtasche. Sonst müssen wir eben irgendeinen chinesischen Medizinmann in China Town suchen. This is New York, after all! Tony hat das Geld genommen. ›Keep the change!‹, sage ich lässig, und jetzt fragt er, ob ich morgen wiederkomme. ›Maybe‹, sage ich und spiele mit. Flirte sonst nicht, aber hier, heute Morgen bin ich eine europäische Singlefrau, die auf Spaß aus ist. Eben klingelt mein Telefon, ich kann sehen, dass es Kamal ist. Back to work.«

☆

Kamal betrachtete sich selbst als Sinnbild des Einwanderers zweiter Generation. Wenn seine dänischen Freundinnen trotzdem nach einer Weile behaupteten, dass sehr viel mehr muslimischer Pakistaner in ihm steckte, als er sich selbst einbildete, verwarf er das entweder, oder aber er war tief gekränkt, je nachdem, wie sehr er in das Mädchen verliebt war. In aller Regel pflegte er die Diskussion darüber allerdings zu gewinnen, weil sie nie genau ausmachen konnten, was es eigentlich war. Wann er sich eigentlich als nicht-eingeboren verriet. Er war tolerant, er wählte Die Radikalen, er hatte nichts gegen Mädchen, die oben ohne am Strand lagen, er konnte kochen, er engagierte sich für die Gleichberechtigung von Männern und Frauen und hatte keinerlei Probleme damit, dass sein Chef eine Frau war. Sein Respekt für Charlotte Damgaard war echt und tief empfunden, er fand sie tüchtig und kompetent, und sie war es wert, für sie zu schuften. Aber er musste zugeben, dass die Grenze seines Freigeists an dem Tag erreicht war, als er mit eigenen Augen sah, wie seine Ministerin einen führenden Staatsbeamten in einem New Yorker Hotelzimmer massierte. Henrik Sand lag bäuchlings ausgestreckt auf dem Bett, mit nacktem Oberkörper, während Charlotte Damgaard über ihn gebeugt auf ebendiesem Bett kniete und mit glänzenden Fingern drückte, rieb und strich, begleitet von seinem halberstickten Stöhnen.

Obgleich seine Vernunft ihm sagte, dass hier nur die Rede von einem keuschen Therapeut-Patienten-Verhältnis sein konnte, empfand sein animalischer Instinkt das Ganze völlig anders. Und ja, wenn das hieß, Pakistaner zu sein, dann musste er zugeben, dass er das wohl war, Pakistaner. Ohne dass sie seine Anwesenheit auch nur erahnt hatten, zog er sich still durch die Tür in das angrenzende Zimmer zurück, das er bewohnte, und wartete dann fünf Minuten, bevor er stattdessen anrief.

☆

Die USA-Tour wurde ein großer Erfolg, sogar so groß, dass Charlotte das Gefühl hatte, über den Atlantik nach Hause surfen zu können. Während Henrik Sand am liebsten einfach nur liegen und in einem Dämmerschlaf vor sich hin plätschern wollte, unterstützt von Gin Tonics und starken schmerzstillenden amerikanischen Knock-out-drugs, die er von einem Arzt verschrieben bekommen hatte, für kümmerliche 230 Dollar für die Konsultation plus 30 Dollar für die Medizin (was den Begriff »Wohlfahrtsstaat« äußerst handfest erscheinen ließ), war Charlotte nicht zu bremsen. Sie war voller Pläne und Ideen, die Kamal sich anhören musste. Aber bevor Henrik Sand sich abmeldete und sich schlafen legte – es war immerhin ein Nachtflug –, schaffte sie es noch, auszubrüten, was sie für das Ei des Kolumbus hinsichtlich der Schweinestopp-Problematik hielt. Nämlich: Statt einen sofortigen Schweinestopp zu fordern, lieber von den Bezirken zu verlangen, dass sie bei der *Bewertung der Umwelteinflüsse*, der so genannten BWU, genauer wurden.

»Hmh«, grunzte Sand und legte ein Kissen hinten unter seine schmerzende Lende. »Dann werden sie in der Bezirksratsversammlung sauer.«

»Gibt es überhaupt irgendjemanden, der nicht sauer wird?«, fragte sie mit Notizblock und Stift in der Hand und schrieb los, assistiert von Kamal, der beschlossen hatte, die Vorbehalte, die er seit diesem Vormittag gegenüber seiner Ministerin verspürt hatte, fallen zu lassen. Die Vernunft hatte über die Gefühle gesiegt. Es gab entschieden nichts Amouröses zwischen der Ministerin und dem Bürochef. Sie *war* einfach so. Befreit. Auf die dänische Art, die seine Vettern in Karachi nicht begriffen. Sie glaubten, dass dänische Frauen *Huren* waren. Das hatten sie im Fernsehen gesehen.

»Also«, sagte sie und zog ihre DKNY-Sneaker aus, im Flagstore der Designerin an der Madison Avenue gekauft. »Wir geben bekannt, dass die Bezirke die Bewertung der Wirkung für die Umwelt schon bei Anträgen vorzunehmen haben, die 200 Tiereinheiten statt der bisherigen 250 Tiereinheiten betreffen. Das wird bedeuten, dass die Schweinebarone nicht mehr länger damit spekulieren können, kurz unter der Grenze zu bleiben, so die Beurteilung zu umgehen und damit ein Ja für ihre Ausweitung zu bekommen. Das wird sie unter die 200 Einheiten zwingen, und damit ist die Investition in die Ausweitung nicht mehr rentabel genug. Das rechnet sich nicht! You see?«

»Keine Hexerei, nur Behändigkeit«, murmelte Sand hinter seiner Schlafbrille.

Den Ausdruck verstand Kamal auch nicht. Aber er registrierte die Ironie.

»Es ist doch clever ausgedacht«, protestierte er.

»Theoretisch, ja. Aber das wird die Bezirke ja ein Vermögen kosten, wenn sie noch mehr BWU-Untersuchungen zu machen haben. Auf jeden Fall werden sie das behaupten. Und die Opposition wird heulen und schreien, und ehe Sie sich versehen, erzielen Sie keine Einigung über gar nichts mehr.«

»Wir versuchen es trotzdem«, entschied sie. »Und dann müssen wir zusehen, mit diesem *Roundup* weiterzukommen. Ich glaube, wir haben da eine gute Sache mit Kristen Kristensen. Ich habe mir überlegt, ob wir nicht einen Ausflug dahin machen sollten. Wir müssen viel öfter raus ins Land. Kennen Sie Nordjütland, Kamal?«

Kamal lächelte schnell.

»Natürlich!«

»Finden Sie nicht auch, dass es wunderschön ist?«

»Doch«, sagte er, obwohl er keine Meinung über eine Gegend haben konnte, die er nur aus Büchern kannte. Also beeilte er sich, das Thema zu wechseln, zu einer Sache, über die er tatsächlich nachgedacht hatte.

»Kennen Sie ihn eigentlich, diesen Kristen Kristensen? Persönlich, meine ich?«

»Wieso?«

»Weil ich einige seiner Briefe gelesen habe und ich finde, er wirkt sehr *familiär*. Er unterschreibt ja auch mit *Kesse* ...«

»Kesse ...«, wiederholte sie mit einem etwas zu spröden Klang, den Kamal überhörte. »Das ist eine gängige Abkürzung für Kristen in dieser Ecke«, lächelte sie beiläufig, holte die Flugzeug-Decke aus der Plastikhülle und drückte ihren Sitz in Ruheposition.

»Na, wollen wir nicht auch ein Nickerchen machen, Kamal? Morgen ist schließlich auch ein Tag.«

Als sie die Augen schloss, sah sie ihn vor sich, Kesse, wie er aus dem Tor herauskommt, ihren Vater über der Schulter. Sie musste es ihnen erzählen. Wie es zusammenhing. Wollte es auch tun. Bald.

☆

Sie sind zu früh gekommen, haben viel zu lange in der Ankunftshalle warten müssen. Die Kinder sind schlecht gelaunt, nörgeln und quengeln nach Cola. Er selbst hat Schmetterlinge im Bauch und reckt sich, genauso ungeduldig wie sie, bei jedem Neuankömmling, der von der Zollschleuse hinter der Gepäckausgabe ausgespuckt wird.

»Maamaa!«, gellt Jens' durchdringender Urschrei, als sie endlich auftaucht.

Johanne schreit ebenfalls auf und rennt hinter ihrem Bruder her, der sich ihr schon um den Hals geworfen hat. Sie hat sich hingekniet, versucht lachend beide Kinder auf einmal zu drücken und so Sonne und Wind gerecht zu verteilen, die ewige Herausforderung für Zwillingseltern. Kamal und Henrik sind stehen geblieben, gehen ein Stück zur Seite, um den anderen Reisenden Platz zu machen, die auch ihr Ankunftsritual durchlaufen müssen. Dann hebt sie endlich den Blick und bekommt Augenkontakt mit Thomas, der mit Herzklopfen und rauschenden Ohren auf sie zukommt.

»Schatz«, ruft sie strahlend, steht auf und küsst ihn auf den Mund. »Was siehst du schön aus! So eine Überraschung! Müsstest du nicht arbeiten?«

»Ich ›arbeite zu Hause‹«, sagt er und zieht sie an sich, entspannt sich erst, als er ihren Körper erkennt und spürt, dass er noch genau derselbe ist. Sie riecht nicht fremd, fühlt sich nicht falsch an, war nicht in anderen Händen.

»Was habe ich dich vermisst«, murmelt er ihr ins Ohr.

»Ja«, sagt sie und folgt ihm, lässt sich küssen, während die Kinder an ihr auf und ab hüpfen und Kamal und Sand sich leicht nervös trippelnd und abwartend an ihren Gepäckwagen lehnen.

»Ich weiß. Warum eigentlich?«, flüstert sie in sein Ohr.

Weil, weil, weil ... Weil sie der einzige effektive Schutz ist, den er gegen Maria und ihre eingebildete Verliebtheit hat. Weil sie die Einzige ist, die ihn von der Versuchung erlösen kann.

»Weil«, sagt er, »weil ohne dich alles keinen Spaß macht. Die Kinder haben dich auch vermisst.« Er lässt sie los und dreht sich um zu Jens und Johanne, die sich mittlerweile um den Platz oben auf dem Kofferberg prügeln. »Stimmt es, dass ihr Mama vermisst habt?«

»Ja!«, schreit Johanne und gibt Jens einen Schubs. Aber er ist vorbereitet und pariert die Attacke. »Ja! *Verdammt*!«, grinst er zu ihr hoch.

»Verdammt?«, lacht sie und piekst ihn mit dem Finger in den Bauch. »Hast du keine Jacke an?«

»Neeee! Es ist Sommer!«, quietscht Johanne.

»Ist es nicht ein bisschen früh, ohne Jacken loszuziehen?«, fragt sie Thomas mit mildem Vorwurf, der, selbst nur im T-Shirt, mit den Schultern zuckt.

»Es ist 15 Grad warm. Wir waren nur im Taxi.«

»Mhm«, näselt sie missbilligend und sieht hoch, als Sand langsam auf sie zusteuert.

»Ich möchte nicht stören«, sagt er entschuldigend. »Aber wenn wir die Sitzung um drei pünktlich erreichen wollen ...«

»Ja«, sagt sie und winkt Freddy, der diskret wie immer aufgetaucht ist. »Ich komme jetzt.«

Es ist albern, das weiß er. Und er wünschte, er könnte seine Enttäuschung verbergen. Aber dazu ist er ganz schlicht nicht imstande. Schon gar nicht ihr gegenüber.

»Thomas!«, sagt sie und senkt die Stimme. »Ich muss noch im Büro vorbei. Es sind ein paar Termine und so …«

»Natürlich«, nickt er tapfer.

Die Kinder haben aufgehört zu zanken. Jens hat feuchte Augen bekommen.

»Du sollst mit nach Hause kommen!«, sagt er fest.

»Ja! Bald!«

»Blödmama!«, sagt er und wirft sich melodramatisch mit dem Kopf voran auf die Koffer.

Charlotte seufzt, fährt mit einer Hand durch seine Locken, den genetischen Fingerabdruck seines Vaters.

»Okay«, sagt sie. »Hör zu! Wir fahren alle zusammen mit Freddy in die Stadt. Dann setzt ihr mich ab, und dann dürft ihr ganz alleine weiterfahren!«

»Jaa! Und Staatsminister spielen!«, hüpft Johanne begeistert auf und ab. Jens hebt prüfend den Kopf, eine Träne glänzt im Augenwinkel.

»Wir nehmen ein Taxi«, unterbricht Thomas sie.

»Ach, Thomas!«, stöhnt sie, während Sand sich unmerklich entfernt, die linke Hand an seiner Lende, die rechte am Handy. »Warum bist du denn jetzt so sauer?«

Weil, weil, weil … Weil er es nicht ertragen kann, sie schon wieder mit anderen teilen zu müssen. Dass er sich schon wieder von ihr trennen muss.

»Wir *wollen* mit Freddy fahren!«, insistiert Johanne hoch und scharf.

Er schiebt ihre Hand weg, als sie ihm über die Wange streicht, ihn liebevoll durchschauend.

»Okay«, gibt er mürrisch nach. »Dann fahren wir mit Freddy.«

☆

Die neuen Wasserproben von Kristen Kristensens Tümpel erwiesen sich als positiv. Es *wurden* Spuren von *Roundup* nachgewiesen. Wenn auch in so geringen Mengen, – 0,1 Mikrogramm pro Liter –, dass weder der Bezirk noch das Amt für Umweltuntersuchungen meinten, dass es nötig sei, Alarm zu schlagen. Man war auch nicht der Ansicht, dass das unmittelbar hohe Auftreten von Missbildungen bei Neugeborenen in dem Gebiet über die statistische Zufallsgrenze hinausging, und was die zweigeschlechtlichen Lurche anging, konnte das ebenso gut an »hormonähnlichen Stoffen in der Umwelt« liegen.

»Na, das ist doch mal beruhigend zu wissen!«, schnaubte sie bei der darauf folgenden Sitzung, bei der ihre Erregung Henrik Sand Jensen dazu brachte, sich die Nase zu reiben und seine Ministerin mehrfach dazu aufzufordern, »einen Schluck Wasser zu trinken«, was sie noch mehr provozierte. Nachdem man vor kurzem »das harmloseste Spritzmittel der Welt« erneut untersucht und zugelassen hatte, sah man keine Grundlage dafür, sich wieder in einen Feldzug gegen die agrochemische Industrie zu stürzen, indem man das Totalverbot eines Wunder-Pestizids forderte, an dem zu rütteln noch niemand gewagt hatte.

»Aber mehr und mehr weist darauf hin, dass *Roundup* einen mutagenen Effekt *hat*! Das heißt, dass es höchstwahrscheinlich krebserregend *ist*. Mehrere Forscher haben Chromosomenschäden bei Ratten nachgewiesen und Leber- und Nierenschäden bei Mäusen! Andere Laborversuche zeigen, dass das Erbgut von Fischen und anderen Wassertieren Schaden nimmt. Warum also arbeiten wir nicht zielgerichtet daran, es zu verbieten?«

Der Leiter des Umweltamtes warf Sand einen müden Blick zu, man hatte die ganze Argumentation früher schon durchgekaut, hatte die Behauptungen skeptischer Forscher überprüft und sie als grundlos verworfen, und konnte sie sich jetzt nicht bitte ein bisschen beherrschen?

»Indizien reichen nicht«, gab Sand ihr zu bedenken. »Sie brauchen handfeste Beweise, und die haben wir ganz einfach nicht. Die Kritik basiert auf Annahmen und Vermutungen, das reicht nicht.«

»Korrigieren Sie mich bitte, aber ist die Grundlage unserer Umweltpolitik nicht das so genannte *Vorsichtigkeitsprinzip*?«, fragte sie. »Darf ich die Herren zum Beispiel an Professor Grandjeans Untersuchung von 1998 erinnern, in der er einen unbehaglichen und sehr deutlichen Zusammenhang zwischen Spritzmitteln und Brustkrebs nachgewiesen hat?«

An diese Untersuchung konnte sich der Leiter bestens erinnern.

»Ja, aber die Stoffe, die bei dieser Untersuchung nachgewiesen wurden, waren ja schon lange verboten. DDT und Dieldrin zum Beispiel.«

»Ja, aber auch Dieldrin wurde mal als harmlos angesehen. Und dann stellte sich heraus, dass die Frauen mit der höchsten Dieldrin-Konzentration im Blut doppelt so oft an Brustkrebs erkrankten wie die Frauen, die den Stoff nicht aufgenommen hatten!« Charlotte gestikulierte wütend. »Und wo wir schon mal dabei sind: Es ist ja auch noch nicht so lange her, dass hartnäckig behauptet wurde, *Roundup* würde niemals im Grundwasser nachgewiesen werden können. Und wo hat man es inzwischen überall gefunden? Ist es nicht ein unabänderliches dänisches Prinzip gewesen, keinerlei Pestizide im Grundwasser zu akzeptieren?«, beharrte sie.

Der Leiter konnte seine Müdigkeit kaum unterdrücken.

»Schon, aber die Messwerte lagen so knapp über null, wie man gerade eben kommen kann …«

»Ist Null nicht mehr Null?«, schlug sie zurück. »Eine wissenschaftliche Sensation! Die Null ist abgeschafft! Oder geht es nur darum, dass es so bequemer ist gegenüber der Industrie, der Landwirtschaft, dem Finanzministerium und was wir sonst noch so haben? Die Null zu devaluieren?«

Die Sitzungsteilnehmer lächelten entwaffnend, im Vertrauen darauf, dass ihre Ministerin bald zur Vernunft kommen würde. Ein Verbot von *Roundup* hatte keine Aussicht auf Erfolg. Davon musste, wenn es schon kein anderer schaffte, Henrik Sand sie überzeugen können. Und das tat er dann auch. So einigermaßen.

Als Erstes gab er ihr Recht, danach wies er darauf hin, dass man trotzdem substanziell in seiner Argumentation sein musste. Und politisch in seiner Strategie. Was er im Anschluss, unter vier Augen, ihr gegenüber so auslegte, dass sie ihre Kugeln in der Büchse zählen sollte. Wissen, worauf sie anlegen wollte. Schließlich hatte sie im Gegensatz zu denen kein unbegrenztes Arsenal.

»Diese agrochemische Industrie hat Cruise-Missiles, Stealth-Flieger und Geld wie Heu«, sagte er. »Da hilft es gar nichts, wenn Sie mit ihrer Heugabel und ihren jütländischen Knechten auftauchen! Sie bringen nur alle gegen sich auf, innerhalb und außerhalb des Systems. Sie sollten Ihre Energie lieber darauf verwenden, eine Einigung über grüne Abgaben zu erreichen und die Landwirtschaft dazu zu bringen, die Empfehlungen der Bichel-Komission zu erfüllen und den Pestizidverbrauch zu senken.«

Sie schäumte, dachte nach und beugte sich. Woraufhin sie etwas anderes tat, was, wie er fand, auch nicht gerade ein blendende Idee war, wovon er sie aber diesmal nicht abbringen konnte. Sie rief ihren alten Freund von den Fernseh-Nachrichten an, Andreas Kjølbye, und lud ihn nach Jütland zu einer Wanderung zum Thema »Dilemma einer Umweltministerin« ein.

»Ist da eine Story drin?«, fragte er. Yes. Neue Funde von Glyphosat im Oberflächenwasser waren wohl an sich schon eine gute Story. Und Bilder? Sie beschwor Bilder von zweigeschlechtlichen Kaulquappen herauf, von deformierten Neugeborenen und ein echtes Original in Gestalt eines Einwohners im Kampf gegen das System, zu allem Überfluss dekorativ platziert in nordjütländischer Landschaft unter knallblauem Himmel. Und da sie darüber hinaus auch noch damit locken konnte, dass er die Geschichte *solo* bekam, war er dabei und bekam nach einer kleineren Diskussion ein *go* von der Redaktion. Der Nachrichtenchef hatte mit Nachdruck erklärt, dass die Zeiten vorbei waren, in dem Politiker Sendezeit bestellen konnten, also fuhr man nicht einfach mit einer Umweltministerin nach Nordjütland, wenn an der Sache nichts dran war. Und schon gar nicht, wenn man zusammen in der Schule gewesen und gut befreundet war.

»Das war eine Spitzengeschichte. Ich würde nicht sagen, dass wir sie mit geführter Hand gemacht hätten, aber man muss doch anerkennen, dass Charlotte und ihre Leute eine imponierende Vorarbeit geleistet hatten. Sie muss Leute vor Ort zur Hilfe gehabt haben, denn die Quellen, auf die sie hinwies, funktionierten optimal. Wir machten es so, dass wir ihr zu einer Reihe Bewohner aus der Gegend folgten, darunter einige der Mütter, die im selben Zeitraum missgebildete Kinder bekommen hatten. Den Kindern fehlten entweder Hände oder Füße oder sogar Geschlechtsorgane, also das waren ziemlich heftige Sachen. Die Mütter sagten alle, dass sie nicht verstehen konnten, wie es ein statistischer Zufall sein sollte, dass auf einen Schlag so viele Kinder mit so großen Anormalitäten in einem so kleinen Umkreis auf die Welt gekommen waren. Sie meinten selbst, dass ›irgendwas in der Umwelt‹ daran schuld sein musste. Und wenn man dann so einen armen Wurm mit einem fingerlosen Klumpen anstelle einer Hand filmt, wirkt das doch sehr überzeugend. Sie sprach auch mit ihnen, Charlotte, und das kann sie verdammt gut. Es entstand so eine besondere Nähe bei diesen Besuchen, so eine Art intimer Freundinnen-Ton, den ich selbst nicht hätte hervorrufen können.

Danach waren wir im örtlichen Wasserwerk, wo der Verwalter seine Furcht und seine Verärgerung darüber ausdrückte, dass man jetzt Pestizid-Reste im Oberflächenwasser akzeptierte, weil es dann auch früher oder später im Grundwasser landen würde. ›Keiner weiß doch, was das für Konsequenzen für unsere Nachkommen hat. Es sind doch schließlich unsere Kinder und Enkelkinder, die die Rechnung später bezahlen müssen!‹ Er bat die Umweltministerin, etwas Effektives zu tun, um das Trinkwasser zu sichern, auch wenn es teuer wird. Sie antwortete, dass sie genau deswegen hier war. Dass das Trinkwasser ihre ›Herzensangelegenheit‹ sei.

Zum Schluss fuhren wir zu Kristen Kristensen, dem Joker in diesem Spiel. Ich will ja nicht unfreundlich sein, aber *imbezil* trifft es noch am besten. Ein riesengroßer, gebückter Mann in ausgeblichenen Arbeitshosen, verschlissener, löchriger Strickjacke und grauen Hosenträgern. Schmieriger Schirmmütze und kolossalen Holzpantinen mit Fersenkappe. Er schielte auf einem Auge, vielleicht war es blind. Seine fleischige Unterlippe glänzte nass, und sein ganzes Gesicht war übersät mit Warzen und Flecken, also schön war er nicht gerade. In seinem Gesichtsausdruck lagen wachsame Aufmerksamkeit und autistische Absenz nebeneinander, was das Gefühl von Unbehagen noch verstärkte. Altersmäßig befand er sich wohl irgendwo zwischen 65 und 75. Ich wich unmittelbar zurück, auch weil ein ziemlich strammer Geruch von seinem großen Körper ausging, aber er war einfach enorm Angst einflößend, wie der Bergkönig aus Peer Gynt oder ein Troll der üblen Sorte, der kleine Mädchen zum Frühstück verspeist.

Charlotte war schon da, als wir mit unserem Aufnahmewagen ankamen, und ich muss sagen, dass ich wirklich verblüfft war, was für einen guten Kontakt sie in der kurzen Zeit zu ihm bekommen hatte. Mir wollte er kaum in die Augen sehen, und als er auf meine Fragen antworten sollte, murmelte er nur völlig unverständlich in seinem Vendsyssel-Dialekt, während die Spucke aus diesem geschwollenen, glänzenden Maul rann. Es ging überhaupt nicht, aber das merkte sie sofort, nahm ihn am Ellenbogen und brachte ihn dazu, sich zu beruhigen. Bat ihn, uns auf dem kleinen Bauernhof herumzuführen, der aussah wie direkt aus einer Søren-Ryge-Dokumentation genommen, komplett mit sprießendem Bauerngarten, Hühnern und Puten. Er hatte auch ein paar Schafe, eine Kuh und ein einzelnes Schwein, das herumlief und im Boden wühlte – das alles erinnerte in vielerlei Hinsicht an meine Kindheit, wenn man irgendjemandes kleinbäuerliche Großeltern besuchte. Ich komme ja auch von da oben, deshalb war es für mich nicht so fremdartig, obwohl es bei dem Mann ohne Frage »*piepte*«, wie sie es damals nannten. Charlotte konnte ihn überreden, uns den Weg zu dem Tümpel zu zeigen, und wir folgten ihnen, der Kameramann und ich, und irgendwie brachte sie ihn auch dazu, uns das zu erklären, was wir auf dem Weg dorthin sahen. Vögel, die in den Büschen brüteten, wie viele Paare es jetzt gab und wie viele es früher gewesen waren. Er erzählte auch über die Flora, wie viele Arten verschwunden waren, welche anderen sich ausgebreitet hatten und was das für Schmetterlinge und Bienen bedeutete. Dass er gerade über *Biodiversität* referierte, ahnte er noch nicht einmal, für ihn war der Rückgang Ausdruck ›der Torheit der Menschen‹ und ›der göttlichen Strafe‹, die wir jetzt ernteten. Unten am Tümpel sollte er dann den großen Clou liefern, die mittlerweile legendären zweigeschlechtlichen Kaulquappen. Ich hatte selbst ein Marmeladenglas mitgebracht, aber ließ ihn es füllen. Und als würde es mit dem Teufel zugehen – schon im ersten Versuch konnte die Biologin, die uns begleitete, bestätigen, dass mit dieser Brut etwas ganz und gar nicht stimmte. Zum einen konnte sie bei einer vorläufigen Untersuchung unter dem mitgebrachten Mikroskop den Verdacht auf Missbildungen bestätigen, zum anderen waren alarmierend wenig Kaulquappen und gar keine Fische im Wasser, dafür aber eine viel zu dichte und alles erstickende Grütze, infolge der hohen Algendichte. Der Tümpel war am Kippen, genau wie Kristen Kristensen behauptet hatte. Die Biologin meinte zwar nicht, dass spezifisch *Roundup* daran schuld sei, eher die Überdüngung durch die wachsende Menge Gülle, die auf den umliegenden Feldern verteilt wurde. Aber wie sie sagte, hängt das ja alles zusammen. Denn der große Verbrauch an Spritzmitteln hatte einerseits zu einer dramatischen Veränderung der Landschaft geführt, weil Bäume, lebende Zäune und Büsche abgeholzt worden waren, damit die großen Landmaschinen auf immer größeren, homogeneren Arealen vorwärts kamen, was wiederum auf Kosten der Artenvielfalt ging – und andererseits ist die ganze industrialisierte Form der Landwirtschaft, wie wir sie in Dänemark betreiben, sehr belastend für die Umwelt. Ich versuchte, Kristen Kristensen zu einem Kommentar zu bewegen, aber es gelang mir nicht, ihm irgendetwas auch nur im geringsten Verständliches zu entlocken. Es wurde nur eine lange, unzusammenhängende Zungenrede in diesem alten Dialekt, den kein Schwein südlich von Aalborg verstehen würde. Aber dann übernahm Charlotte wieder, mit perfektem Timing, machte ihre eigene Aussprache weicher, ohne jedoch richtig in Dialekt zu verfallen, und brachte ihn dazu, sich ans Ufer zu setzen. Wie sie ihm begreiflich machen konnte, dass er jetzt einigermaßen Reichsdänisch sprechen musste, und das nur für ein einfaches Gespräch mit ihr, ahne ich nicht mal. Aber so saßen sie dann, die Schöne und das Biest, am Rande eines halberstickten Tümpels, und unterhielten sich über damals, als man in solchen kleinen Seen noch baden konnte, als die Tiere daraus trinken konnten, als man dem Lauf der Jahreszeiten folgen und Salamander und Kröten zählen konnte und wusste, dass sie auch im nächsten Sommer wieder da sein würden. Das war wirklich sehr hübsch und auf alle Fälle die poetischste Darstellung eines Umweltproblems, der ich jemals beigewohnt habe. Weil man den Schmerz dieses großen Mannes über die Landschaft, die er verloren hatte, spüren konnte. Und dann schaffte sie es auch noch, den Kontrast herzustellen und einen Schurken in das Märchen einzuführen – denn Kristen hatte ja nicht den geringsten Zweifel daran, was passiert war und wann. ›Dat war as sey angefungen to sproten, do ging wat schep.‹ Seither war ›allens vorrük worn‹. Und jetzt konnten wir uns nur noch hinsetzen und auf den Untergang und die Sintflut warten.

Hier sah er mich plötzlich an, trotzig, mit einem Seitenblick in die Kameralinse. Und dann erzählte er, dass er dabei war, eine Arche zu bauen. Für die Tiere und sich und – Charlotte. Sie lachte laut, legte einen Arm auf seinen, aber irgendwie konnte ich sehen, dass ihr Lachen ihn verletzte. Es war ihm *ernst*. Also beharrte er partout darauf, uns seine Arche zu zeigen, obwohl Charlotte versuchte, es ihm auszureden. Aber wir wurden mit in eine Scheune gezogen, und da stand tatsächlich ein Schiff. Nicht fertig, aber man konnte sehr wohl sehen, was es werden sollte. Das war fast ein bisschen Rasmus-Klump-artig, sehr rührend, in all seiner Hilflosigkeit. Kamal, Charlottes Referent, musste grinsen, ich war kurz davor mitzulachen, aber dann bekamen wir einen Blick von Mutter Streng und beherrschten uns. Und natürlich sagten wir dankend ja zu Kaffee und Keksen im Wohnzimmer, das seit mindestens dreißig Jahren keine weibliche Hand mehr gesehen hatte. Mannomann, war das unappetitlich! Charlotte war so umsichtig gewesen und hatte Plastikbecher für den Kaffee mitgebracht, andernfalls hätte ich keinen Tropfen runtergebracht. Witzigerweise war er ausgezeichnet, der Mokka. Sie hielt eine kleine Rede für ihn, die wir auch filmten, und versprach, alles dafür zu tun, damit sein Tümpel sich erholte.

›Versprichst du das?‹, fragte er mit seinem schielenden Blick, und sie fasste ihn ums Handgelenk und versprach es. Feierlich. Ja, also, da blieb kein Auge trocken. Der Kameramann war total begeistert, der ganze Beitrag wurde zu den Sonntagsnachrichten befördert. Wir bekamen acht Minuten, und das war ganz sicher nicht zu viel. Also, ja, es war eine Spitzengeschichte, das mit Kristen Kristensen und seinem Tümpel. Ihr Dilemma? Na ja – das war doch, dass sie nicht mal als Umweltministerin all das tun konnte, von dem sie fühlte, dass es das Richtige wäre. Wie sie sagte: ›Ich kann zum Beispiel nicht beweisen, dass Rückstände von Spritzmitteln im Grundwasser gesundheitsschädlich sind. Nicht mal auf längere Sicht. Aber ich kann es glauben. Und für einen Politiker gilt wohl eigentlich, dass man nicht unbedingt *wissen* muss, was man sich trauen sollte zu glauben.‹ Diese Äußerung war schon für sich genommen mutig. Um nicht zu sagen tollkühn. Wenn sie nicht gerade von Charlotte gekommen wäre. Sie wusste, was sie tat. In der Regel.

Ob wir zusammen gewesen sind? Haha, warum fragen Sie danach? Okay, wenn Sie versprechen, es niemandem zu sagen, dann habe ich mehrere ernsthafte Versuche unternommen, ihr an die Wäsche zu gehen. Damals im Gymnasium. Ich war verrückt nach ihr, aber ich kam nie weiter als ein bisschen knutschen. Leider. Sie war ein verdammt heißer Käfer. Schon damals. Obwohl die meisten Jungs vor ihr Angst hatten. Damals schon …«

☆

Kamal flüchtet fast ins Auto, als sie sich von Kesse verabschiedet haben. Charlotte bleibt stehen, kann sich nicht dazu durchringen, Abschied zu nehmen. Sie haben keine Zeit für sich allein gehabt, sie hat nicht privat mit ihm reden können, und zu keinem Zeitpunkt hat er selbst verraten, dass sie sich kennen. Abgesehen von der Sache mit der Arche. Dass sie mit soll. Glücklicherweise klang das so absurd, dass niemand es wörtlich nahm. Niemand begriff, dass das ihr gemeinsames Geheimnis gewesen war, immer.

»Es hat mich gefreut, dich zu besuchen«, ringt sie sich durch zu sagen. »Du wohnst schön hier.«

Kesse nickt, kratzt stumm mit der Spitze des einen Holzschuhs auf den Boden, blickt dann auf und sieht sie mit seinem schielenden Blick an.

»Du bist ein *gutes kleines Mädchen*, Lotte.«

»Danke«, lächelt sie und merkt, dass sie rot wird.

»Das bist du immer gewesen«, fährt er fort und nickt für sich.

Sie überlegt, ihm Bilder von ihren eigenen Kindern zu zeigen, von Thomas und ihrem Leben in Kopenhagen. Verwirft den Gedanken. Sie ist jetzt selbst Kind.

»Dein Vater war auch *gut*.« Er putzt seine Nase mit dem Handrücken und nickt viel sagend, während sie spürt, wie sie auf der Zunge brennt. Die Frage, deretwegen sie hierher gekommen ist. *Warum hat er das getan, Kesse?*

Aber jetzt kommt der Kameramann zurück, er war mit seiner Kamera auf Fischzug in der pittoresken Umgebung gewesen. Andreas ruft nach ihr.

»Charlotte, wir filmen noch, wie du dich verabschiedest, zum Auto gehst, einsteigst und losfährst. Wir treffen uns dann wieder oben an der Hauptstraße. Ist das okay?«

Ja, das ist okay. Aber sie kann nicht mehr fragen. Der Moment ist verpasst.

»Auf Wiedersehen, Kesse«, sagt sie nur und umarmt ihn, das erste Mal überhaupt. Er steht überrumpelt da, weiß nicht, wohin mit den Armen, schafft es nicht, sie um sie zu legen, bevor sie wieder auf dem Weg zum Auto ist, sich schnell hineinsetzt und die Tür zuzieht. Da erst hebt er die Hand zu einem leichten Winken, das sie erwidert, während ihr die Tränen kommen und der BMW über den schlammigen Hofplatz rollt.

☆

Es ist absurd, sie muss das wirklich nicht tun. Trotzdem steht sie um halb sechs auf, um Hefebrötchen zu backen für den Brottag im Kindergarten. Niemand wird es ihr danken. Aber man wird es registrieren. Und es zählt auf ihrer eigenen Rechnung. Genauso, wie wenn sie bei *Fakta* in der Kassenschlange steht und versucht, die starrenden Blicke und die Neugierde zu ignorieren, mit der ihre Einkäufe betrachtet werden, wenn sie auf dem Fließband liegen: Damenbinden, Leberwurst, Joghurt, Waschmittel. Und eine Flasche nicht zu teuren Rotweins. Sie weiß, dass es so ist. Die Leute halten so jemanden wie sie unter eifriger Beobachtung. Weiß die überhaupt, was ein Liter Milch kostet? Oder glaubt sie, sie kann über Wasser laufen?

☆

Der 1. Mai war klar und kalt, ein bisschen zu kalt für das Picknick im Frederiksberg-Garten, das Charlotte als Alternativangebot zum Internationalen Tag der Arbeit initiiert hatte. Aber sie kamen trotzdem, zu Dutzenden, die jungen Mütter und Väter, ihren Nachwuchs in Kinderwägen, Tragetüchern oder geländegängigen Babyjoggern, um ihre Rede über »Das Gute Leben« zu hören, und dank eines hippen Kochs ökologischen Kuchen, Kaffee und Limonade serviert zu bekommen, der darin eine Chance sah, seine Cateringfirma zu profilieren. Jeder bekam eine kleine Tüte mit Trollblumensamen, und fast unplugged den Song einer Rockmama mit rauchiger Stimme und durchschlagendem Engagement. So macht sie ihnen das Politische – ihre Rede über das Klimaabkommen, den CO_2-Ausstoß und die Vision eines grünen Wechsels – schwerelos schmackhaft, als Vorraussetzung für das »Wunder«, in dessen Mitte sie alle saßen, dem acrylgrünen Höhepunkt des Frühlings, in seiner überbordenden Anemonenblüte.

Die Metaphern lagen zum Aufsammeln bereit – »Politik heißt auch, seinen Garten zu pflegen, auch für das bescheidenste Kraut Fürsorge und Umsicht zu zeigen, damit es nicht vom aggressiven Vormarsch des Gemeinen Geißfuß besetzt und ausgerottet wird.« Henrik Sand hatte ihr bei der Rede geholfen – »Sie sind doch der Experte!« –, und obwohl es ihm Spaß gemacht hatte, sie zu schreiben, fand er doch, dass sie ziemlich dick aufgetragen hatten, als er auf seinem mitgebrachten Klappstuhl saß und seiner Ministerin zuhörte. Aber sie fraßen ihr aus der Hand wie die schnatternden Enten auf dem kleinen See und verstanden den Anflug von Ironie, sodass, als Charlotte zum Clou des Ganzen kam und zwanzig Zitronenfalter fliegen ließ, gejubelt und geklatscht wurde. Und vor allem kam sie ins Fernsehen. Darüber hinaus sogar mit ihren eigenen großäugigen Kindern, die den Deckel von dem Behälter mit den Schmetterlingen abnehmen durften. Das Picknick der Umweltministerin wurde als das einzige Arrangement des Tages hervorgehoben, das etwas von der Erneuerung zeigte, die allen anderen fehlte. Darum, sagte der zugeschaltete Kommentator, ein früherer Medienberater der Venstre-Partei, musste auch der Staatsminister die Schmähung erleiden, für wenige und noch dazu taube Ohren zu predigen, sowohl im Fælledpark in Kopenhagen als auch im Tangkrogen in Århus, wo die Begeisterung für den Kampftag genauso schlaff war wie die mitgebrachten roten Fahnen der Gewerkschaften. Die Bevölkerung hatte zwar frei, wollte aber lieber in einen *Bilka*-Markt als zur Demo. Charlotte vermied es diplomatisch, ihre Kollegen zu kritisieren, und begnügte sich damit, anzumerken, dass sie schließlich die Sachen auf ihre Art machen musste. »Es wäre die reine Heuchelei, wenn ich mich hinstellen, die rote Fahne schwenken und ein paar Parolen aus der Arbeiterbewegung anbringen würde, in der ich nie engagiert war. Wer sollte das glauben?« So lautete das Zitat, das in den Fernsehnachrichten gesendet wurde. Dass sie damit fortfuhr, dass dies aber natürlich nicht bedeute, dass die Werte von Gleichheit, Freiheit und Brüderlichkeit nicht mehr galten oder die Klassengesellschaft aufgelöst war, wurde nicht mehr gezeigt. Und wenn man sie missverstehen wollte, hatte man freie Bahn. Besonders als die Meinungsforscher wieder in ihrer unbarmherzigen Sprache darauf hinwiesen, dass die Popularität der Parteispitze weiter fiel, während ihre stieg.

Das war der Zeitpunkt, zu dem einige freundliche Seelen Per Vittrup zum ersten Mal ins Ohr flüsterten, dass diese offenherzige Umweltministerin doch offenbar in vollem Gange war, *seine* Autorität zu unterminieren. Denn konnte man nicht zwischen den Zeilen ihrer Äußerungen lesen, dass er unglaubwürdig war? Dass sozusagen *das* das Problem war? Per Vittrups fehlende Durchsetzungskraft? Nachdem der, der sich am unverblümtesten äußerte, Gert Jacobsen war, verwarf Per Vittrup die Sache. So dumm war er nun auch wieder nicht, dass er seine Pappenheimer nicht kannte. Gert hatte seine eigene schmuddelige Tagesordnung. Aber als Gitte die Meinungsumfragen breit grinsend genauso auslegte, also dass Charlotte auf dem Weg nach oben und er auf dem absteigenden Ast war, wurde er doch unruhig. War sie dabei, ihn zu stürzen? Das fragte er Gitte, beiläufig – *Ist sie dabei, mich zu stürzen?* –, worauf Gitte einen spöttischen Blick über den Rand der Zeitung warf, der alles bedeuten konnte, von pathologisch-paranoid bis zu kriminell-naiv. Also ließ er das Thema ruhen, aber der Wurm war eingedrungen, und obwohl er seinen Othello kannte und wusste, dass man sich vor den Jagos in der Politik in Acht nehmen musste, ließ er ihn leben. Er ließ das Misstrauen sogar so weit Fuß fassen, dass er unter dem Vorwand, ein paar Dinge wegen der Finanzierung der Wohnungsbaugenossenschaften durch die Pensionskassen zu besprechen, Christina Maribo zu sich rief. Schlichtweg, um sie auszuhorchen. Das Thema war delikat, und er schlich sich auf Katzenpfötchen vorwärts, bevor er sie »übrigens« fragte, was sie eigentlich von Charlotte Damgaard hielt.

»Äh, wie meinst du das?«, fragte sie, die genau auf dem Stuhl saß, auf dem Charlotte ein paar Monate zuvor auch gesessen hatte. Ihre Unsicherheit zwang ihn, sich weiter auf den Platz hinauszuwagen, so weit, dass er nach mehreren Pfostenschüssen gezwungen war, ganz direkt zu fragen, ob sie der Ansicht war, dass »Charlotte ab und zu Ansichten äußert, die fundamental von denen der Regierung abweichen«. Christina Maribo fuhr sich hastig mit der Zunge über die Lippen – was sollte sie darauf antworten? Welche Antwort erwartete er von ihr? Er, der Chef, von dem ihr weiteres Aufsteigen in der Partei zumindest vorläufig abhing?

»Charlotte hat schon ihre eigene Meinung«, antwortete sie endlich, den Blick fest auf sein Gesicht gerichtet, damit sie schnell seine Reaktionen ablesen und ihre Anmerkungen danach richten konnte. »Und gelegentlich kann die schon mal radikal von dem Beschlossenen abweichen …«

Er nickte nur leicht, woraus sie schloss, dass sie mit etwas mehr kommen musste. Mehr Klöße in die Suppe.

»Ich habe großen Respekt vor ihr«, fuhr sie fort. »Ich finde, Erneuerung und Diskussion sind wichtig, aber nach meinem Katechismus kommen die Belange der Partei und der Geschlossenheit immer zuerst. Und das ist bei Charlotte wohl anders.«

Ein Lächeln begann sich in Per Vittrups Mundwinkeln zu kräuseln, das Glänzen des Goldzahns wurde sichtbar. Christina Maribo hatte angefangen zu schwitzen. Denn so spricht ein guter Parteisoldat, und so spricht eine schlechte Freundin.

»Aber wenn du mich fragst, ob ich finde, dass sie illoyal ist, sage ich nein. Das ist sie nicht. Nicht direkt«, fügte sie in einem letzten Versuch, die Tat ungeschehen zu machen, hinzu. Was, das war ihr klar, ungefähr so gut möglich war, wie aus einem weich gekochten Ei ein Spiegelei zu braten.

Auf dem Weg zurück war sie kaum durch den Glaskäfig durch, als sie schon mit sich selbst ausgemacht hatte, dass die Bedingungen eben so waren. Das wussten alle, in der Politik kann man keine Freunde haben. Keine *richtigen* jedenfalls.

Und Per Vittrup wurde trotz des fehlenden endgültigen Beweises darin bestärkt, dass er Charlotte Damgaard im Auge behalten sollte. Wenn sie wirklich auf den Thron aus war, hatte er nichts anderes zu tun, als sich machiavellistisch zu verhalten und sich von ihr zu trennen. So war es. Easy come, easy go. Bis dahin konnte sie immer noch nützlich sein. Sie erfüllte ja die Funktion, die er ihr zugedacht hatte. Provokateurin, Erneuererin und – Sündenbock. Und solange das hielt, fand er nach wie vor, dass sie eine anregende Bekanntschaft war. Weitaus inspirierender als Christina Maribo, daran konnte kein Zweifel bestehen.

☆

»Warum kommt Christina nicht?«, fragt Sofie, nachdem sie sich im *Baresso*, der Kaffeebar gleich um die Ecke des Umweltministeriums, zur Begrüßung auf die Wangen geküsst haben.

»Sie ist zu einem Treffen gerufen worden«, sagt Charlotte und geht an die Bar, um zu bestellen. »Ihre Sekretärin hat meine angerufen. Caffè Latte?«

Sofie lächelt.

»Ja, was sonst? Und ein kleines Stück Kuchen … für Babyboy.«

»Wird es ein Junge?«, fragt Charlotte, als sie mit Kaffee und Kuchen zurückkommt.

»Das hoffe ich. Dem Vater zuliebe. Vielleicht bringt ihn das dazu, die Situation zu akzeptieren …«

»Kann er das nicht?«

»Na ja …«, Sofie zuckt mit den Schultern und streut Zucker in das Glas. »Er will, dass ich zurücktrete. Er findet, dass man nicht gleichzeitig Ministerin und Mutter sein kann. Und er hat angekündigt, dass er nicht als Vollzeit-Vater zur Verfügung steht. Er ist ja vollauf damit beschäftigt, Werbefilme zu machen, also …«

»Also was?«, fragt Charlotte, schon indigniert.

»Also hat er ja auch eine Karriere. Vielleicht sollte ich mich einfach gleich zurückziehen. Ich glaube nicht, dass ich es schaffe, an mehr als einer Front auf einmal zu kämpfen!« Sofie legt ihre Hände auf die Rundung, die sich anfängt abzuzeichnen.

»Nein!«, protestiert Charlotte. »Das darfst du nicht! Wir wollen doch Bücher schreiben und alles Mögliche!«

»Ja, schon. Ich habe auch schon damit angefangen, ein bisschen was zu schreiben«, sagt sie und kramt in ihrer Tasche nach ihrem italienischen Notizbuch, das in handgeschöpftes Papier mit Lilienmuster eingebunden ist. »Nachts, wenn ich nicht schlafen kann.«

»Du kannst nicht schlafen?«, fragt Charlotte und beugt sich vor.

»Nein, du?« Sofies veilchenblaue Augen fliegen wachsam auf.

»Ich schlafe wie ein Stein«, antwortet sie und versteckt sich hinter dem dicken Kaffeeglas.

☆

Charlotte fiel nicht auf Christina Maribos ausweichende Entschuldigungen herein; sie brachte diese unmittelbar mit den sich häufenden Animositäten seitens ihrer Regierungskollegen in Verbindung, die sie seit dem ersten Mai in steigendem Maße bemerkte. Aber obwohl sie keine Stimmauswertung machen musste, um zu wissen, dass sie nur von Meyer und Sofie Unterstützung erwarten konnte – ganz gleich, in welche Diskussion auch immer sie mehr oder weniger gegen ihren Willen hineingezogen wurde –, setzte sie ihre Frühjahrsoffensive unangefochten fort. Nachdem die Wahlgerüchte immer aufgeregter umherschwirrten und die Venstre-Löwen anfingen, ihr Gebrüll zu trainieren, erkannte sie, dass es, wenn sie in ihrer kurzen Karriere etwas ausrichten wollte, jetzt an der Zeit war, ranzuklotzen und ein paar Spuren zu markieren, bevor sie wieder *out of office* war.

An Meyers Sushi-Nachricht, dass Berit in Pension gehen würde, schien nichts dran zu sein – offensichtlich hatte sie sich damit abgefunden, auf einem Nagelbrett zu sitzen, bis eine neue Regierungsrochade oder eine Wahl auch sie ausradieren würde. Sie war weniger querulantisch geworden, weniger beharrlich, verhielt sich im Großen und Ganzen still, auch in den Debatten, in denen auf die eine oder andere Art Charlottes Tun und Lassen immer geschnitten wurde. So verblasste die Vorstellung, dass Charlotte sich aufstellen lassen sollte, mit den Wochen, und sie bekam auch nicht den geringsten Hinweis darauf, dass jemand sie als Kandidatin wollte. Auch nicht in Berits Amager-Kreis. Ohne dass sie explizit dagegen Stellung bezogen hatte, stand nicht zur Debatte, dass sie selbst um eine Kandidatur betteln oder bitten würde. So viel bedeutete es ihr nicht. Gar nicht. Und je länger sie darüber nachdachte, umso überzeugter war sie davon, dass Meyer nicht notwendigerweise Recht haben musste. Lag ihre Stärke nicht darin, dass sie weder den Wählern noch dem Staatsminister gefallen musste? Dass sie nicht, wie so viele grauenerregende Beispiele, die sie gesehen hatte, zugrunde gehen würde, wenn sie vom Zugang des politischen Fixerraums, auch Christiansborg genannt, abgeschnitten würde. Sie war, beteuerte sie gegenüber Sand und Thomas, nicht *hooked*. Noch konnte sie, als wäre es gar nichts, aus der Tür gehen und alles unter ›Erlebnis‹ verbuchen.

»Ha!«, schnaubte Sand. »Das glauben auch nur Sie.«

Thomas sagte gar nichts.

Er hatte Heuschnupfen, Birkenpollen-Allergie, und Probleme an seinem Arbeitsplatz, wo er im Begriff war, seinen Status und spannende Aufgaben zu verlieren, weil er immer früher gehen musste und nie reisen konnte. Außerdem wurde er nach wie vor von Maria und ihren unaufhörlichen Versuchen geplagt, ihn zu verführen, was früher oder später auch passieren würde, wenn er sich nicht endlich mit Charlotte aussprach. Das konnte er nur einfach nicht, und darum hatte er sich wieder zurückgezogen und war nicht der Sparringspartner, der er sonst immer für sie gewesen war. Sie bildete sich ein, es nicht zu bemerken, weil sie es einfach nicht auch noch schaffte, seiner neuen beunruhigenden Launenhaftigkeit auf den Grund zu gehen. Und deshalb antwortete sie für ihn, das heißt, sie antwortete sich selbst.

»Ich bin immun gegenüber der Politiker-Krankheit. Keine Viren in meinem Blut«, erklärte sie freimütig an einem vogelzwitschernden Morgen auf dem Weg nach Stockholm und beeilte sich, die Tür hinter sich zuzuschlagen, damit sie die kleinen Teufel nicht hören konnte, die sich vor Lachen auf die Schenkel klopften.

Denn im Mai erreichte sie ihre volle Flughöhe und maximale Marschgeschwindigkeit, und sie würde lügen, wenn sie leugnete, dass sie nicht auch einen Kick aus dieser Identität ziehen würde, die die *Droge* aller Politiker ist. Sowohl im Parlament als auch in den Ausschüssen stand sie unter Druck, aber zum großen Ärger ihrer Gegner verteidigte sie sich mutig. Sie überlebte souverän die Fragestunde zum energiepolitischen Rechenschaftsbericht und die gewöhnlichen Sticheleien über die grünen Steuern, die deutlich spitzfindiger geworden waren, da die Einheitsliste in dieser Sache eine unheilige Allianz mit den Bügerlichen eingegangen war, mit der edlen Begründung, dass die Abgaben »soziale Schlagseite hätten«. Ein Argument, dem sich die Radikalen und die Konservativen tugendhaft anschlossen, obwohl es ihnen um etwas ganz anderes ging – ihren eingefleischten Widerwillen gegen jede Steuer, Abgabe oder Regulierung, die auf irgendeine Art und Weise ihre geliebte Wirtschaft behindern könnte. Besonders die Duelle mit dem umweltpolitischen Sprecher der Venstre-Partei wurden immer schärfer, sowohl im Parlament als auch im Umweltausschuss, wo der Ton langsam die Unversöhnlichkeit tangierte. Besonders ihrer. Svend Thise versuchte, sie milder zu stimmen, indem er ihr den Mann als cleveren Südjütländer darstellte, der Bienen züchtete und gut zu seiner Frau und den drei Adoptivkindern war. Dass es ein Teil des traditionellen Kodexes in Christiansborg war, dass politische Differenz nicht zu persönlicher Feindschaft führen durfte, fand sie durchaus vernünftig. Niemand würde es aushalten, jahrein und jahraus in einer Atmosphäre von Neid und Groll zuzubringen, aber genauso, wie sie sich niemals für einen Typen hätte erwärmen können, der rechts von der Mitte wählte, war es ihr unmöglich, einem Mann, der die Umweltpolitik um Jahrzehnte zurückwerfen wollte, mehr als die notdürftigste Sympathie entgegenzubringen.

»Er provoziert mich ganz einfach bis aufs Blut!«, wütete sie während einer Sitzungspause, in der sie und Svend Thise sich etwas abseits gestellt hatten, offiziell um zu rauchen, inoffiziell »to compare notes«. Also eine Strategie zu planen.

»Das gehört doch zum Spiel«, warf Svend Thise ein und gab ihr Feuer. Freundlicherweise ohne ihr erklärtes Nichtraucherdasein zu kommentieren.

»Spiel?«, fuhr sie hitzig auf. »Wie kannst du so etwas sagen, Svend! Wenn dieser Mann zum Zuge kommt, kannst du alles, was mit Umweltengagement in der Bevölkerung zu tun hat, vergessen! Dann ist Schluss mit dem ›Grünen Fonds‹, mit Renaturierung und Unterstützung für Windmühlen und Kleingärten und grünem Wechsel. Forget it! Wir werden *Bilkas* an allen Ecken bekommen, der CO_2-Ausstoß wird steigen, und was deinen geliebten Schweinestopp angeht, wird es der reine Witz! International werden wir das Führertrikot verlieren, und was noch schlimmer ist: Wir werden nicht mehr länger genug Autorität besitzen, um als Einpeitscher für einen höheren Standard zu fungieren. Das wird eine Ka-ta-stro-phe, wenn die die Wahlen gewinnen!«

»Die müssen ja nun erst mal ausgeschrieben werden«, konstatierte er trocken und wedelte den Rauch weg. »Und verloren werden.«

Sie hob sarkastisch eine Augenbraue. Svend Thise las auch Zeitungen und Meinungsumfragen, und um es freundlich auszudrücken, war die Kurve nicht gebrochen. Die absteigende.

»Jaja«, sagte sie, »aber ich fühle ihren heißen Atem im Nacken. Wir müssen volle Kraft voraus, wenn wir noch etwas durchsetzen wollen.«

»Warum stimmt ihr dann gegen unseren Vorschlag zum Schweinestopp?«, fragte er, diesmal mit einer kleinen Spitze.

»Svend«, sagte sie, dämpfte ihre Stimme und beugte sich zu ihm. »Du weißt ganz genau, dass das viel zu weit reichend ist, als dass ich es durchsetzen könnte. Im Augenblick, wie sie sagen. Sie lieben mich schließlich nicht alle so sehr wie du, nicht wahr?«

Er legte eine Hand auf ihre Schulter und sah ihr in die Augen.

»Charlotte«, sagte er. »Irgendwann musst du mir mal erklären, warum du eigentlich da bist, wo du bist.«

»Warum ich Sozialdemokratin bin?«, fragte sie.

Er nickte. Sie holte Luft, nickte dem Angestellten zu, der ihnen signalisierte, dass die Pause zu Ende war.

»Okay. Das ist eine gute Frage. Ungefähr genauso gut wie die Frage, warum du bist, wo du bist.«

»Weil ich ein Masochist bin«, grinste er schief und machte die Zigarette aus.

☆

Sie verpasste den Frühling, zweifellos. Wenn Henrik Sand nicht so umsichtig gewesen wäre und ihr eine Vase mit blühenden Kirschzweigen auf den Schreibtisch gestellt hätte und sie am ersten Tag, an dem es warm wurde, mit ins *Café Norden* geschleift hätte, hätte sie die Jahreszeit kaum beachtet. Doch, sie sah ja die Touristen an Bord der Kanalrundfahrten unten am Gammel-Strand, sie war zu wunderbaren morgendlichen Lauftouren im grünen Fælledpark gewesen, und es war abends lange hell.

In der Regel hatte sie ihr Fenster im Büro geöffnet und benutzte die Geräusche der fröhlichen und frühjahrs-übermütigen Stadt als Soundtrack, wenn sie arbeitete oder eine Besprechung hatte. Aber im krassen Gegensatz zu dem, was ihre Umgebung annahm, empfand sie es nicht als Opfer oder Verzicht, sich tief drinnen im isolierten Raum der Konzentration zu befinden. Sie hatte lieber einen Termin mit der Bezirksratsvereinigung zur Schweinefarm-Problematik, als eine Radtour im Dyrehaven zu machen. Und wenn sie die Wahrheit sagen sollte, war sie überhaupt lieber bei der Arbeit als zu Hause, wo in dem Augenblick, in dem sie durch die Tür trat, ausgewählte Forderungen auf sie einstürzten.

Henrik Sand bemerkte den Wechsel, bemerkte, dass die liebevollen Telefongespräche mit zu Hause seltener und seltener wurden, im selben Takt, in dem sie seltener referierte, was Thomas meinte, sagte oder tat. Auch ihre Kinder sahen sie nicht mehr so oft im Büro; die Dose mit Gummibärchen, die er versprochen hatte, immer gefüllt zu halten, war seit drei Wochen unberührt. Ob der Stilwechsel eine gemeinsame Übereinkunft an der Heimatfront war und eine gestiegene Professionalität ihres Wirkens widerspiegelte oder aber Eheprobleme auf ganzer Linie bedeutete, war nicht auszumachen. Denn im Gegensatz zu den anderen weiblichen Vorgesetzten, die er erlebt hatte, redete sie immer weniger über ihr Privatleben und schien keinen Bedarf zu haben, sich ihm anzuvertrauen oder zu erleichtern. Ihre fachliche Konzentration war tadellos, sie gehörte ganz sicher nicht zu der Sorte Frau, die während einer Sitzung darüber nachdachte, was sie zum Abendessen servieren konnte.

Sie wirkte vielmehr gegenwärtiger und war von einer geschärften Aufmerksamkeit, der nichts entging, nichts Großes und nichts Kleines. Was Letzteres betraf, hatte sie einen übereifrigen Kreuzzug gegen »schlechtes Dänisch« gestartet und setzte rote

Striche unter Rechtschreibfehler und grammatikalische Schnitzer in den Dokumenten, die ihr zum Lesen und Genehmigen vorgelegt wurden. Es gab viele, die darüber pikiert waren, auch wenn die Überlegung absolut legitim war – sprachliches Unvermögen untergrabe die Fachkompetenz und damit das Renommee des Ministeriums. Trotzdem versuchte Henrik Sand, sie von einem allzu rigorosen Kurs abzubringen, denn beleidigte Mitarbeiter waren nicht unbedingt loyale Mitarbeiter. Und, das musste er zugeben, besonders Männer hielten nicht viel von dieser Art Zurechtweisung, schon gar nicht, wenn sie von einer Frau kamen. Siehe Jakob Krogh.

Im Gegenzug unterstützte er aber voll und ganz ihren Umgang mit den Bezirken. Besonders die Bezirke, die von Leuten der Venstre dominiert wurden, waren nur schwer zugänglich, wenn es darum ging, das Ausbringen der Gülle zu regulieren. Zuerst versuchte sie es im Guten – lud den Vorsitzenden der Bezirksratsversammlung zu einem besseren Frühstück in Nyhavn ein, um ihn zu der Einsicht zu bewegen, dass etwas passieren musste. Aber obwohl er es genoss, unterm Kinn gekrault zu werden und prinzipiell mit ihr darin übereinstimmte, dass gewisse Bezirke Probleme hatten, deren sie offenbar nicht Herr wurden, passte er auf wie ein Schießhund, dass sie den Bezirken nicht noch größere Verantwortung in dieser Sache aufzuladen versuchte. Und was ihren Vorschlag anging, es vorläufig mit der administrativen Vorgabe zu versuchen, die davon ausging, dass die Bezirke die Grenzen herabsenkten, ab wann sie ausrückten, um eine Umweltverträglichkeitsstudie für eine geplante Vergrößerung einer Schweinefarm anzufertigen – ihr Ei des Kolumbus –, dieser Vorschlag brachte ihn nur zum Grinsen und dazu, herablassend den Kopf zu schütteln.

»Meine Liebe«, ließ er sich hinreißen zu sagen, in einem so patronisierenden Tonfall, dass sie sich fast am Kaffee verschluckte. »Das können wir natürlich tun. Aber dazu sollten Sie wohl erst einmal einige hundert Millionen bei Ihrem Kollegen Finanzminister lockermachen. Als Kompensation für neue Mehrausgaben.«

»Einige *hundert Millionen*?«, rief sie ungläubig aus. »Sind Sie nicht ganz bei Trost? So viel wird Sie das niemals kosten!«

Henrik Sand verkniff sich ein Grinsen und bat um die Rechnung. Politik konnte ernsthaft unterhaltend sein.

»Mindestens!«, versicherte der Bezirksratsvorsitzende und wärmte sein Cognacglas in den Händen. »Das bedeutet ja auch den Verlust von Steuereinnahmen, wenn wir die Ausweitungen deckeln wollen. Die leben von den Schweinen, draußen in den bevölkerungsarmen Regionen. Alle zusammen. Reden Sie mal mit Ihrem Vorgänger darüber. Der hat das gut verstanden.«

»Søren Schouw?«, fragte sie überflüssigerweise.

»Ja, er ist Realpolitiker, liebe Charlotte. Von ihm könnten Sie vielleicht etwas lernen.«

Sie lachte laut auf. Der Einschüchterungsversuch war so unerhört plump, dass sie kurz davor war, ihm zu vergeben.

»Also, wenn Sie nicht im Guten wollen, muss ich Sie eben zwingen. Früher oder später.«

»Ist das eine Drohung oder ein Versprechen?«, grinste er und leerte sein Glas.

☆

Es ist der Abend vom Buß- und Bettag, und sie hat süße Brötchen für zu Hause gekauft. Sie erwarten sie mit Kerzenlicht – sie hat versprochen, dass sie die ganzen drei Tage freimacht. Thomas hat eine weiße Tischdecke aufgelegt, Jens und Johanne haben den Tisch gedeckt. Der Abend hat diesen besonderen nordischen, blauen Ton, der ihr plötzlich ins Herz schneidet. Vielleicht ist es diese überrumpelnde Wehmut, die schuld daran ist. Oder die andere Welt, die sie in ihre hineinschleppt. Die Welt der Macht, die in ihrem Mund zur Sprache der Macht wird, und kaum dass sie durch die Tür ist, öffnet sie ihn und hört sich zu ihrem eigenen Entsetzen selbst: *»Hättest du die Decke nicht wenigstens noch bügeln können? Die Tassen gehören nach rechts, die Teller auf die linke Seite! Der Tee ist viel zu dünn! Sie sollen kein Nutella auf die Brötchen essen! Sei still jetzt! Warum haben sie sich nicht die Hände gewaschen?«*

Thomas sieht sie an, sein Blick ist kalt wie Fjordwasser.

»Warum gehst du nicht einfach wieder?«

☆

Der größte Teil der freien Tage vergeht mit Entschuldigungen. Entschuldigung, dass zu Hause alles an ihm hängen bleibt. Entschuldigung, dass sie so von ihrer Arbeit vereinnahmt wird. Entschuldigung, dass sie nie zu Hause ist. Entschuldigung, dass sie nie den ersten Tag freinimmt, wenn die Kinder krank sind. Entschuldigung, dass sie keine Zeitung aufschlagen oder den Fernseher anmachen können, ohne dass sie darin auftaucht. Entschuldigung, dass sie sich die Haare abgeschnitten hat. Entschuldigung, dass er nicht genug Sex bekommt. Entschuldigung, dass sie ihn nicht oft genug *sieht*. Entschuldigung, dass seine Karrierechancen dabei sind, sich aufzulösen. Entschuldigung, dass sie mehr Geld verdient als er. Entschuldigung, dass sie ein Auto mit Chauffeur hat. Entschuldigung, dass sie ihr Handy nicht ausgemacht hat. Entschuldigung, dass sie mehr mit Henrik Sand spricht als mit ihm. Entschuldigung, dass sie sich die Nachrichten ansehen muss. Entschuldigung, dass sie abgenommen hat. Entschuldigung, dass sie seine Eltern nicht sehr schätzt. Entschuldigung, dass sie eine schlechte Mutter ist. Entschuldigung, dass sie sich verändert hat. Entschuldigung, dass sie ihn bevormundet. Entschuldigung, dass sie ihn in einen Zustand ewigen Wartens versetzt. Entschuldigung, dass sie Ja zum Ministerposten gesagt hat.

»ENTSCHULDIGUNG!«, schreit sie zuletzt und schleudert eine Tasse auf den Küchenboden, sodass die Scherben in alle Richtungen fliegen. »Jetzt habe ich mich für alles entschuldigt. Oder fällt dir vielleicht noch etwas ein, für das ich mich entschuldigen sollte? Vielleicht, dass ich überhaupt geboren bin?«

»Entschuldigung«, sagt er da. Und dann fängt sie an zu weinen.

☆

Die Kühe sind auf die Weiden gekommen. Nachdem sie mehrere Tage gesucht hat, hat Cat ein Feld gefunden, wo einige stehen. Dorthin geht sie jeden Nachmittag. Sie haben angefangen, sich an sie zu gewöhnen, lassen sich zwischen den Hörnern kraulen und ziehen sich nicht unruhig zurück, wenn sie über den elektrischen Zaun steigt und bei ihnen im Gatter ist. Die anderen wissen nicht, dass sie sich bei den Kühen aufhält, wenn sie kein Demo-Training mit Columbus und den Kriegern haben. Sie glauben einfach, dass sie auf dem Fahrrad von Teis' Mutter herumstreift. Sie sind im Ferienhaus von Teis' geschiedenen Eltern. In der Stadt sind die Bullenschweine hinter ihnen her. Die ganze Zeit. Aber sie können ihnen nichts anhaben. Noch nicht. Cat legt sich bäuchlings zwischen den Kühen ins Gras. Es riecht nach Pisse und frischen Kuhfladen. Sie landet in der Scheiße, als sie sich herumrollt. Das macht nichts. Gar nichts. Sie liebt Kuhscheiße.

Teis vögelt mit Rosa. Sie glauben, sie wüsste es nicht. Sie haben Angst, sie könnte es herausfinden. Besonders Rosa. Darum bringt sie sie dazu, alles zu tun.

Cat hält ihre schlechte Seite in die Sonne, die herunterbrennt und den Löwenzahn in schreiendem Gelb aufgehen lässt. Als sie klein war, schmierten sie sie immer ein, setzten ihr einen weißen Sonnenhut auf, um das Muttermal vor den gefährlichen UV-Strahlen zu schützen. Schärften ihr ein, dass sie die Sonne meiden sollte, weil sie zur »Hochrisikogruppe« gehörte. Hautkrebs war ihr scheißegal. Sie würde sowieso vorher sterben.

Plötzlich spürt sie eine raue, nasse Zunge, die ihr über die Wange leckt. Sie lacht, windet sich glucksend und wünscht, die Kuh würde weitermachen. Aber als sie das Salz abgeleckt hat, lässt sie sie einfach desinteressiert liegen und setzt ihre Suche nach Futter fort. Cat rollt sich wieder zurück. Bohrt die Nase ins Gras, hebt die Arme über sich und faltet die Hände fest um den Hinterkopf. Sie hat eine Gänsehaut bekommen und muss dringend pinkeln.

☆

Paris ist Madeleines Stadt. Also ist es die schwedische Umweltministerin, die führt, als sie und Charlotte eine freie Mittagspause am zweiten Tag des OECD-Treffens für eine große Einkaufstour im Viertel rund um St. Germain-des-Prés nutzen.

»Für eine Ministerin in Schweden ist es genauso wichtig, auf die Hot-Liste der ›Elle‹ zu kommen, wie eine Titelseite der ›Dagens Nyheter‹«, erklärt sie, während sie sich, assistiert von einer übersprudelnden Mademoiselle mit einer Nase für gute Geschäfte, ein Sommerkleid von Sonia Rykiel aussucht. Was immer Madeleine anprobiert, sitzt perfekt.

»Superb!«, ruft die Verkäuferin jedes Mal aus und schlägt die Hände zusammen. »Vous êtes très belle, Madame!«

Und sie ist es auch, sehr hübsch auf eine coole, schwedische Art, deretwegen Charlotte sich groß und plump fühlt. Wie *the kartoffelwoman*, ein Begriff, den zu übersetzen sie sich ohne Erfolg bemüht, als Erklärung, warum sie selbst keine schmalen, schicken *robes* in rosa Leinen anprobieren wird.

»Nein, aber das ist auch nicht dein Stil. In Dänemark sollte eine Umweltministerin lieber etwas mehr *organic* sein, oder?«, grinst Madeleine, als sie an der Kasse stehen und darauf warten, dass die Waren eingepackt werden.

»17 500 Francs«, verkündet die Verkäuferin im selben servilen Tonfall und nimmt lächelnd die goldene Kreditkarte entgegen, die Madeleine ihr mit einem Ausdruck leichter Zerstreutheit reicht. »Ich bereue immer, dass ich zu wenig kaufe!«, sagt sie dann und wendet sich zu Charlotte, die noch immer nicht die gepfändete Bauerntochter abgeschüttelt hat.

»Ich habe noch NIE so viel Geld für mich selbst ausgegeben!«, ruft die aus.

»Ich gebe kein Geld für mich aus, ich investiere in die *Ministerin*!«

»Ist das nicht dasselbe?«, fragt Charlotte, als Madeleine die großen Lacktüten mit dem mondänen Logo nimmt und sie, gefolgt von der Verkäuferin, zur Tür gehen, die sie ihnen beflissen öffnet, indem sie sich von ihnen verabschiedet und ihnen einen »bon après-midi« wünscht.

»Überhaupt nicht!«

»Was sagt dein Mann dazu?«, fragt Charlotte leichthin und spürt ein Ziehen in der Buß- und Bettagsnarbe.

»Es ist lange her, dass ich ihn gefragt habe«, weicht Madeleine mit einem leichten Lächeln aus. »Na, aber jetzt bist du dran! Wir gehen rüber zu *Kenzo* in die Rue de Rennes. Das ist wie für dich gemacht. Und sonst versuchen wir es bei *Agnès B*. Das schaffen wir noch.«

Die Kenzo-Boutique ist schön wie ein Kunstwerk. Charlotte stößt ein entzücktes Seufzen aus und muss ihre Finger einfach über goldene Seide, Brokate, federleichten Chiffon und Perlenstickereien gleiten lassen, aufeinander abgestimmt in einer Symphonie aus Farben vom zartesten Pastellton über Indochina-Grün bis zu Lavaschwarz. Ihr erster Impuls ist, alles zu kaufen – aber dann erstickt sie in den Prêt-à-porter-Finessen der Bindebänder und Samurai-Verschlüsse, die nicht unbedingt für den bürokratischen Arbeitsgebrauch im praktisch veranlagten kalten Norden geeignet sind. Dennoch endet sie damit, kräftig angestiftet von Madeleine, ein langes mauvefarbenes Kleid mit passendem Schal zu kaufen, perfekt für die Vorstellung in der Opéra Bastille am selben Abend. Ein austernblaues Set aus Jacke und Hose ist Madeleine zufolge auch so *schön*, dass es sein muss, dazu gehören notwendigerweise auch noch T-Shirts zum Wechseln und zwei Paar *hübsche* Schuhe.

»Ich sollte eigentlich Kindersachen kaufen«, protestiert sie schwach, während sie sich in ihr Spiegelbild träumt. Sie ist immer noch blass, aber das kurze Haar und der Gewichtsverlust haben ihrem Gesicht einen androgynen Zug verliehen, von dem sie, wenn sie ehrlich sein soll, ziemlich fasziniert ist. Statt dänisch 42 trägt sie französisch 38, »meine größte Leistung als Ministerin«, grinst sie Madeleine im Spiegel an.

»Du darfst nicht noch dünner werden!«, urteilt Madeleine mahnend.

»Du bist doch selbst dünn!«

»Ja, aber das bin ich auch immer gewesen. Ich *soll* dünn sein. Aber du nicht! Sonst siehst du bald aus wie eine essgestörte Jeanne d'Arc!«

»Jeanne d'Arc?«, lacht Charlotte und zieht die Jacke wieder aus. »Sie war doch okay!«

»Ja, aber sie ist auf dem Scheiterhaufen gelandet!«, erinnert Madeleine. »Du nimmst alles, oder? Wir schaffen es noch, hinterher ein Sandwich im *Café de Flore* zu essen.«

Henrik Sand ruft auf dem Handy an, als sie gerade bezahlen will. Sie hat für 10 450 Francs eingekauft, was sie, mit einer gewissen Beschämung, schon vorher ausgerechnet hat. Hingegen hat sie nicht vorhergesehen, dass ihre eigene Visakarte nicht in ihrem Portemonnaie ist. Vergessen auf dem Küchentisch in Kopenhagen, wo Thomas sie hingeschmissen hatte, nachdem er damit am Sonntagabend die Pizzas bezahlt hatte. Sand legt mit einer längeren, komplizierten Darstellung der Verhandlungen über den Verkauf von CO_2-Quoten los, bei der sie ihn nicht unterbrechen will, darum bezahlt sie ohne weitere Umstände mit der Corporate Diners Card, die eigentlich nur für den dienstlichen Gebrauch ist. Kein großes Problem übrigens. Sie muss nur daran denken, es zurückzubezahlen. Schuldet schon jetzt ein paar hundert Dollar von der New-York-Tour, aber die Abrechnung ist noch nicht gekommen.

»Was machen Sie eigentlich gerade?«, fragt Sand, als sie »Merci« sagt und nach ihrer Tüte greift, die nicht ganz so überbordend ist wie die von Madeleine.

»Werde von der schwedischen Umweltministerin in Schwierigkeiten gebracht!«

»Privat oder beruflich?«, fragt er trocken.

»Ja, das ist die Frage!«, lacht sie. »Wir wollen nur noch eine kleine Pause im *Café de Flore* machen, dann kommen wir zurück.«

»Viel Vergnügen!«, schnauft Sand und legt auf.

»War das dein Mann?«, fragt Madeleine neugierig, als sie in die Sonne hinaustreten.

Charlotte lacht. Aber nein!

»Das war mein engster Mitarbeiter, Henrik Sand. Du kennst ihn doch.«

Madeleine schüttelt heftig ihren Kopf und fischt ihre Gucci-

Sonnenbrille hervor. Paris ist schon in schlendernde Sommermode übergegangen, die Kastanienkerzen sind längst gelöscht.

»Man hätte Däne werden sollen! Ihr nehmt nie etwas richtig *ernst*, hm?«

»Ach, doch«, versichert Charlotte.

»Was?«, fragt sie und rückt die Brille zurecht.

»Geld!«, sagt sie und schwenkt ihre kirschrote Papiertüte.

☆

Sollte ATTAC an den Demonstrationen zum Gipfeltreffen in Göteborg im Juni teilnehmen, oder sollte man davon absehen? Riskierte man, vor den Wagen der Autonomen gespannt zu werden, wo alle und jeder im Umweltschutz wussten, dass sie nur auf Randale aus waren und die langen Winterabende darauf verwendet hatten, ihre Strategie zu trainieren und Molotow-Cocktails zu basteln?

»Es ist totaler Wahnsinn, das mitzumachen! Die wollen nur da hoch, um sich mit der Polizei zu prügeln, und uns wird es treffen. Dann können wir hinterher noch so sehr betonen, dass wir verdammt noch mal friedliche Pazifisten sind, die mit breiter Verankerung in der Bevölkerung für die Valutabesteuerung und eine neue Weltordnung kämpfen«, argumentierte Lauge, Thomas' Kollege und Chef, der seit der Großversammlung im Winter ATTAC immer skeptischer gegenüberstand. Thomas sagte nichts. Hätte vielleicht besser gar nicht zu diesem Lokalkomitee-Treffen in einer WG in der Ryesgade gehen sollen. Immerhin hatte er eine Frau, die gerade im Moment beim OECD-Treffen in Paris Dänemark repräsentierte. Durfte er dann hier sitzen und Gipfeltreffen-Demonstrant in spe sein, ohne den Ruf seiner Frau zu beschädigen?

Sein Chef war in der Minderzahl. Alle anderen fielen über ihn her – wenn man sich nicht traute zu demonstrieren, konnte man die ganze Idee genauso gut vergessen. Außerdem konnte es doch wohl niemanden aufregen, dass vielleicht ein paar McDonald's-Fenster in der Hitze des Gefechts zu Bruch gingen. Was hatte das mit Gewaltverherrlichung zu tun? Sie mussten doch wirklich nicht an jede Straßenecke der Welt ihre Burgerbuden stellen! Scheißprovozierend!

»Was meinst du, Thomas?«, wurde er da plötzlich gefragt, direkt, ohne Zeit für nähere Überlegungen.

»Ich bin gegen Gewalt und Zerstörung in jeder Form. Auch wenn es gegen McDonald's geht. Aber ich meine auf der anderen Seite, dass es das demokratische Recht eines jeden Bürgers ist, an einer legal angemeldeten Demonstration teilzunehmen. Äh ... Also, darum finde ich, wir sollten nach Göteborg fahren, um ein gutes Beispiel abzugeben.«

Sein Chef betrachtete ihn mit deutlichen Vorbehalten.

»Aber, Thomas, was, wenn wir ganz einfach gar nicht die *Möglichkeit* bekommen, ein gutes Beispiel zu zeigen? Die sind doch nicht zu steuern, diese Hardcore-Typen!«

»Das sind doch nur Kinder«, sagte Thomas und streckte seine langen Beine aus. »Wütende Kinder. Die kriegen wir in den Griff.«

»Und wenn nicht?«

»Dann müssen wir uns herausziehen«, antwortete er kurz und überließ den Rest der Diskussion den anderen. Er musste nach Hause. Mimi hütete die Kinder, aber sie musste früh gehen, um für ihr Examen zu lernen. Sie studierte Tiermedizin. Was auch immer sie damit in Südafrika anfangen wollte.

»Hey, Thomas!« Lauge kam aus dem Treppenhaus, als er dabei war, sein Fahrrad aufzuschließen. »Du hast dir doch nicht vorgestellt, *physisch* an der Demonstration selbst teilzunehmen, oder?«

»Warum nicht?«

»Mann! Deine Frau ist Umweltministerin! Kannst du dir die Schlagzeilen vorstellen?«

Thomas zuckte mit den Schultern.

»Auch ein verheirateter Mann hat ja wohl eine gewisse Autonomie«, entschied er schroff und schwang sein Bein über den Gepäckträger. »Bis morgen!«

Er drehte sich nicht mehr um. Aber er konnte spüren, wie sein Chef dastand und den Kopf über ihn schüttelte. Mit vollem

Recht. Er ging zu weit. Natürlich konnte er nicht an einer ATTAC-Demonstration in Göteborg teilnehmen.

☆

Thor Thorsen von der *Jyllands Post* hatte um Erlaubnis ersucht, die Umweltministerin während des OECD-Treffens in Paris zu begleiten. Nur für einen Tag. Er war nämlich dabei, ein »Geburtstagsportrait für sie zu brauen«, seine eigene Formulierung, in Anlehnung an ihren bevorstehenden Geburtstag am 20. Mai. Nachdem sie aber 36 wurde und damit keinen runden Geburtstag feierte, roch das nach allem anderen als nach edlen Absichten. Aber Charlotte und Sand einigten sich dennoch darauf, nachdem sie die Optionen mit mehreren vertrauten Mitarbeitern, darunter Kamal und Louise, durchgesprochen hatten, dass es wohl besser war, ihn mit Wohlwollen zu umklammern, als ihn zu weiterer Kritik anzuspornen, indem man ihm feindselig in die Quere kam.

»Den können Sie doch einfach charmieren!«, sagte Louise selbstsicher und ging damit in die Geschichtsbücher ein, als diejenige mit dem schlechtesten Urteilsvermögen in der Amtszeit dieser Umweltministerin.

»So einen wie den muss man nur ordentlich schmieren«, meinte Kamal und nahm damit den zweiten Platz für Fehlurteile ein, direkt nach Louise.

Und hätte es nicht Charlottes voll ausgebildetes Misstrauen gegeben, hätte sie durchaus den dritten Platz in Einbildung und Illusion einnehmen können. Aber schon als sie zusammen mit Madeleine in der Hotellobby ankam, ihre Kenzo-Tüten in den Händen, und dort den gerade angekommenen Thor Thorsen antraf, wusste sie, dass er schon jetzt ordentlich Schlagsahne auf seinem Notizblock hatte. Der einzige mildernde Umstand war, dass sein Fotograf gerade auf der Toilette war und es nicht schaffte, den Augenblick zu verewigen, als die politisch korrekte Umweltministerin mit ihren kirschroten Tüten auf frischer Tat bei ihrem dekadenten Lebenswandel ertappt wurde – Shopping während der Arbeitszeit, offensichtlich auf Kosten der Steuerzahler. Was den Charme betraf, tat sie, was sie konnte, aber sie konnte ja nicht leugnen, dass wahr war, was er »gehört« hatte, nämlich, dass sie sich an der Rezeption beschwert hatte, dass sie ein Nichtraucher-Zimmer zugewiesen bekommen hatte statt der geräumigen Rauchersuite, die reserviert worden war. Dass sie genau wie die anderen Gäste VIP-Plätze in der Oper hatte und mit Gala-Kleidung in der Limousinenkolonne ankam, konnte sie auch nicht vor dem Gesandten der *Jyllands Post* verbergen, der, am Rande bemerkt, selbst auf ihre Veranlassung eine Einladung bekommen hatte und sogar am anschließenden Souper teilnahm. Ohne dass er den Eindruck machte, nennenswert darunter zu leiden, Austern zu essen und Champagner zu trinken. Thor Thorsens Appetit war auch am nächsten Tag glänzend. Als sie ihn zum Mittagessen im *Café Marly* im Hof des Louvre einlud, einem der schicksten Cafés der Stadt, wie Madeleine sagte. Vielleicht hätte sie ein traditionelles Bistro wählen sollen, wo sie ein bescheidenes *steak frites* hätten essen können, aber wieso Schwäche zeigen, indem man gefiel? Im Übrigen machte das Café auch den Eindruck, Thor Thorsen glänzend zu passen; sowohl er als auch der Fotograf ließen sich andauernd von den langbeinigen Topmodels ablenken, die sich hier trafen, um zwischen Catwalk und Cover-Aufnahmen ein Salatblatt zu teilen.

»Das ist was anderes als *Brydesens Cafeteria*, was?«, bemerkte Thor Thorsen, den Blick fest auf einen mokkabraunen, Edelstein-gepiercten Bauchnabel geheftet, während Charlotte und Henrik Sand über ihrem dekorativ angerichteten *chèvre chaude* Blicke austauschten. Sand war sowohl als Anstandsdame als auch als Gedächtnis dabei, falls sie auf fachliches Glatteis geraten sollte. Das tat sie nicht, denn Thor Thorsen war nicht darauf aus, ihre Fachkompetenz in Frage zu stellen. Seine notdürftige Tarnung war das Portrait-Genre, das ja per definitionem vom »Menschen dahinter« handelte. Sie kamen jedoch nicht wesentlich weiter als bis zu den biographischen Erläuterungen, die er auf der sozialdemokratischen Homepage gefunden hatte, als er seine Maske ablegte und seine wahren Absichten offenbarte. Den ersten Angriff parierte sie, ohne Messer und Gabel loszulassen – doch, sie kannte Elizabeth Meyer privat, sie schätzte sie sehr, war ihr aber in keiner Weise verpflichtet. Doch, es war schon richtig, dass ihr früherer Referent nach neuen Herausforderungen gesucht hatte, und es konnte durchaus sein, dass ein Grund dafür war, dass die »Chemie nicht stimmte«. Doch, es war möglich, dass sie ihren Mitarbeitern die Zähne zeigen konnte, die ihren Anforderungen nicht gerecht wurden, zum Beispiel in der Beherrschung der dänischen Sprache. Doch, es war richtig, dass sie Geld des Umweltministeriums verwendet hatte, um ihr 1.-Mai-Arrangement zu finanzieren, was sie im selben Maße als PR für ihr Ministerium als auch als gute Tat für die Partei betrachtete. Doch, sie wollte nicht abstreiten, dass sie ihre Kinder ab und zu im Dienstwagen aus dem Kindergarten abholen oder dorthin bringen ließ, im Notfall auch, wenn sie nicht selbst dabei sein konnte. Doch, es war auch vorgekommen, dass ihr Chauffeur Kleider aus der Reinigung geholt hatte. Yes, es war die Wahrheit, dass sie einmal darauf bestanden hatte, ihren Drucker noch freitagabends repariert zu bekommen, obwohl es Feierabendzuschlag gekostet hatte. Dass sie aber ihrer Sekretärin mit Rauswurf gedroht hatte, weil die sich weigerte zu bleiben, da sie schon 200 Überstunden angesammelt hatte, konnte sie dagegen nicht bekräftigen. Doch, sie hatte immer noch Kontakt zu ihren alten Verbündeten aus der Umweltbewegung – es war richtig, dass sie ungefähr einmal im Monat einige von ihnen zu Käse und Rotwein einlud, um sich darüber informieren zu lassen, was an der Basis vor sich ging. Aber sie zog sie nicht anderen vor, was die Vergabe von Mitteln aus dem Grünen Fonds betraf. Ganz im Gegenteil, das lief ganz automatisch seinen Gang, ein Prinzip, dem sie natürlich in guter Verwaltungssitte folgte. Und so weiter. Es war unbehaglich, ihre Handflächen schwitzten, aber sie hielt durch und konnte jeden einzelnen Fall erklären. Bestellte nonchalant Mousse au chocolat und Kaffee für sie alle und bat darum, es *tout de suite* zu bekommen, da sie und Sand zurück zum *chateau* mussten, dem alten Schloss bei La Muette, wo das OECD-Treffen stattfand.

»Mhh!«, machte sie genussvoll beim ersten Mund voll, führte

wieder den Löffel zum Mund, ließ ihn sinken und schob diszipliniert den Teller von sich.

»Nun, Thor!«, sagte sie und trank ihren schwarzen Espresso. Hatte unglaubliche Lust zu rauchen, wollte aber bloß nicht mit Zigarette im Mund fotografiert werden. »Haben Sie alles?«

»Fast«, sagte er und zündete sich selbst eine *Prince Light* an. »Nur noch ein paar Kleinigkeiten: Können Sie die Gerüchte bestätigen, dass Sie auf die Sache mit Kristen Kristensen ausschließlich eingegangen sind, weil Sie ihn persönlich kannten?«

Ihr Zögern war so lang, dass Henrik Sand, der sich sonst vom Tisch abgewandt hätte, um den Kellner einzufangen, damit sie bezahlen konnten, sich auf seinem Stuhl aufrichtete. Seine Ministerin war offensichtlich höchst überraschend in Schwierigkeiten geraten.

Wenn es so war, musste er ihr ein Kompliment für ihre Geistesgegenwart machen. Sie log nicht. Redete nicht drum herum.

»Nicht ausschließlich«, antwortete sie ruhig, mit einem Finger am Ohrring.

Der Fotograf knipste los.

»Können Sie das vertiefen?«, fragte Thor Thorsen mit dem Tonfall eines Offiziers beim Verhör.

»Ich kenne Kristen Kristensen seit meiner Kindheit«, antwortete sie gelassen und sah ihm fest in die Augen. »Er war Knecht auf dem Hof meiner Eltern. Ich kenne sein einzigartiges Gespür für die Natur, und deshalb vertraue ich auch seiner Urteilskraft. Wenn er als Bürger erlebt, dass etwas fundamental falsch läuft, glaube ich ihm.«

Charlotte hob ihr Kinn, nur ein paar Millimeter, aber ausreichend, um die trotzige Herablassung auszudrücken, die Thor Thorsen so unglaublich aufregte. Arrogante Zicke!

»Auch, obwohl es keine fachlichen Belege für seine ›Erlebnisse‹ gibt?«

»Aber die gibt es sehr wohl! Es wurde *Roundup* im Oberflächenwasser nachgewiesen, und darüber hinaus haben die Biologen nachfolgend mitgeteilt, dass sowohl die Lurche als auch die Plötzen in einem nahe gelegenen Bach Zeichen von Intersexualität, das heißt Zweigeschlechtlichkeit, und von Sterilität aufweisen.«

»Heißt das, dass jeder geistig verwirrte Bürger, der sich wegen diesem und jenem an die zuständige Behörde wendet, eine ebenso ausgesuchte Behandlung erfährt?«

Sie holte tief Luft, navigierte um den Ausdruck »geistig verwirrt« herum.

»Jeder Bürger, der sich an mich wendet, wird auf jeden Fall mit Respekt und Entgegenkommen behandelt. Meiner Meinung nach hat sich die Politik viel zu weit von den Bürgern entfernt – unter anderem, weil die Medien sich zwischen Bürger und Politik gedrängt haben und konstant versuchen, Gewinn aus Einzelgeschichten zu schlagen, von eurer unerträglichen, provinziellen und zutiefst verantwortungslosen Fixierung auf Einzelpersonen ganz zu schweigen!«

Der Fotograf hüstelte nervös, Thor Thorsen drückte seine Zigarette aus, und Henrik Sand knetete seine Nasenspitze. Die Ministerin war wütend. Richtig wütend. Ihre Stimme wurde schärfer, ihr Körpersprache aggressiv und kriegerisch. Eine großäugige Barbie vom Nachbartisch schielte missbilligend in ihre Richtung.

»Worum geht es hier, Thor Thorsen? Haben Sie etwas gegen meine Politik, oder haben Sie etwas gegen mich? Was zum Teufel soll das, mich auszufragen, inwieweit mein Chauffeur meine Kinder aus dem Kindergarten abholt? Ist das relevant? Hat das Bedeutung für meine Amtsführung? Für die Umwelt in Dänemark? Ist es weniger beunruhigend, dass Flüsse und Bäche dabei sind, an Nitrat, Phosphor, künstlichen Östrogenen und was wir sonst noch so hinterlassen, zu ersticken, nur weil ich einen Bürger zufälligerweise privat kenne?«

Wütend war ein zu milder Ausdruck. Die Ministerin tobte. Henrik Sand gab ihr unterm Tisch einen Tritt. Jetzt musste sie aufpassen. Erst nach dem zweiten Tritt reagierte sie, verstand plötzlich und nickte ihm unmerklich zu. Stand abrupt auf, griff ihre Tasche und verkündete, dass sie ihre Nase pudern müsste.

Thor Thorsen machte das Diktiergerät aus. Der Fotograf ließ die Kamera sinken.

»Na, da haben wir sie wohl erwischt. Sie ist ja *tierisch* hysterisch«, lästerte Thor Thorsen selbstgefällig.

Hätte Henrik Sand nicht im selben Moment Augenkontakt mit dem Kellner bekommen, der jetzt auf sie zuglitt, hätte er sich diesen kleinen Scheißhaufen vorgenommen. Er konnte richtig fühlen, wie dem Fischersohn in ihm die geballte Faust juckte. Dieser Typ hatte wirklich 'ne Tracht Prügel verdient!

☆

»Warum haben Sie nichts von Kristen Kristensen erzählt?«, fragt Henrik Sand, als sie wieder im Auto sitzen, auf dem Weg zur Konferenz.

»Ich konnte nicht«, sagt sie und schaut nach draußen zum Obelisken. Sie sitzen im mittäglichen Verkehrschaos auf der Place de la Concorde fest. Der Chauffeur drückt die Hupe bis auf den Boden, hebt die Hände vom Lenkrad und kommt mit rituellen *Merde*-Ausrufen, gefolgt von einem allumfassenden *Oh là là!* als Reaktion auf die himmelschreiende Idiotie seiner Mitverkehrsteilnehmer.

»Es war Kesse, der meinen Vater runtergeholt hat. Als er sich erhängt hatte. Er kam mit ihm über der Schulter aus der Scheune«, ihre Stimme versagt, sie sieht nur weiter aus dem Fenster. Ihre Hand liegt kraftlos auf dem Sitz. Er nimmt sie, drückt sie und lässt wieder los.

»Dieser King Kong *ist* darauf aus, mich zu zermalmen, oder?«, sagt sie und dreht sich zu ihm. »No matter what?«

Henrik Sand nickt:

»Den schnappe ich mir!«

Sie lächelt kraus. Nimmt seine Hand und drückt sie auch.

»Nein, danke!«

☆

Der vorgetäuschte Schlaf überzeugte in jedem Fall die Kinder, die am Fußende des Bettes standen, ein Geburtstagslied sangen und

Fähnchen schwenkten, als sie theatralisch die Augen aufschlug. Sie lachten hingerissen über ihren juchzenden Ausruf, *Eeecht, ist heute mein Geburtstag? Krieg ich ein Tablett ans Bett? Und Blumen? Und Geschenke? Neeiiiin, kommt her und lasst euch küssen! Papa auch, ja!* Und dann küssten sie sie und tobten herum, und sie packte die Geschenke aus – ein selbst gemachtes Perlenarmband von Jens und ein feines Bilderbuch von Johanne, signiert mit J-O-H-A-N-N-E, und einen Discman von Thomas. »Dann kannst du Musik hören, wenn du unterwegs bist.« Danach tranken sie Kaffee und aßen Brötchen und kitzelten sich gegenseitig unter den Zehen, und es wäre das reine Idyll gewesen, wenn es nicht die auffällige Abwesenheit aller Zeitungen gewesen wäre, die sie sofort bemerkt hatte.

»Okay«, sagte sie, als sie die Kinder losgeschickt hatten, um sich anzuziehen, und für sie selbst Zeit war aufzustehen. »Gib mir einfach die *Jyllands Post*.«

»Schatz, es ist dein Geburtstag!«, protestierte Thomas und strich ihr über die Wange.

»Ist es so schlimm?«

»Ja.«

»Ich glaube nicht, dass irgendjemand imstande ist, einen solchen Angriff einfach abzuschütteln, ganz gleich, wie ungerechtfertigt und unzusammenhängend er auch sein mochte. Ein Stachel blieb immer stecken. Sogar ein so robuster Typ wie Meyer wird davon beeinflusst, aber sie erholt sich ja immer wieder. Das ist ihre Stärke. Und soll ich Ihnen sagen, woher das kommt? Von ihrem Vater. Es ist so banal, aber trotzdem *ist* es so, dass die Politikerinnen am besten klarkommen, die, seit sie auf die Welt gekommen sind, die unbedingte Unterstützung ihrer Väter hatten und seine feste Hand als Stütze durch ihre gesamte Kindheit gespürt haben. Denn erstens haben ihre Väter ihnen beigebracht, wie die Männerwelt funktioniert, sie haben ihnen beigebracht, wie man sich prügelt, haben ihnen beigebracht, Recht zu haben und es sich zu nehmen. Und dann haben sie ihnen ein unerschöpfliches Konto von Selbstwert mitgegeben, von dem sie an schlechten Tagen abheben können. Solche Frauen kann man nie ernsthaft stürzen, weil sie ja *wissen*, dass sie gut sind. Wohingegen wir anderen, die wir unser Gold selbst sammeln mussten, so wenig Kapital haben, dass wir schnell ins Minus kommen. Das heißt, Kritik trifft uns unglaublich hart, auch wenn sie unfair ist, weil sie uns in unserem eigenen Grundgefühl bestätigt, nichts wert zu sein. Können Sie mir folgen? In meinem Fall hat das bedeutet, dass ich eine völlig unangemessene Menge Energie darauf verwendet habe, mich selbst aufzubauen, wenn andere mich niedergerissen hatten. Weil ich mich niederreißen *ließ*. Jedes Mal. Rückblickend kann ich nur darüber grübeln, warum ich so viele Jahre in der Politik geblieben bin, obwohl ich, recht besehen, nicht die Psyche dazu hatte. So deutlich fehlte mir die mentale Widerstandskraft. Ich war eigensinnig und ich hatte den Glauben. Ich wollte doch gerne die Welt verändern. Und dann träumte ich wohl auch immer davon, dass mein Vater ›Klein-Berit‹ endlich die Anerkennung geben würde, mit der er so knauserig gewesen war. Dass er sozusagen *gezwungen* wurde, sich zu beugen. Aber sie kam nie, wenigstens nicht vorbehaltlos. Er war kritisch bis zuletzt, vielleicht, weil er schließlich eifersüchtig wurde, wie meine Schwester behauptet. Ich weiß nicht, im Grunde hatte ich vorher nicht so viel Zeit, dazu Stellung zu beziehen, aber jetzt kann ich erkennen, dass dieses verkrüppelte Verhältnis zu meinem Vater vielleicht eine noch stärkere Triebfeder war, als ich mir eingebildet habe. Jedenfalls war es, als würde ich die Motivation verlieren, als er starb. Gegen wen sollte ich jetzt kämpfen? In meinem Weltbild war mein Vater ein Archetypus für *den Mann* geworden, den Patriarchen, gegen den zu rebellieren für uns wichtig war. *Die Frauenbewegung* war nicht nur irgendein Unsinn, den wir *Rotkäppchen* anzuführen uns verpflichtet fühlten, Rollenvorbilder zu sein, die die Schallmauer durchbrachen. Auch wenn es teuer wurde. Ja, ich brauche wohl kaum Eva zu erwähnen, die Geschichte kennen Sie sicher, oder? Nach einem langen Weg haben wir ja auch gesiegt, auch wenn wir jetzt als alte Schachteln angesehen werden, die den jungen schönen Blumen die Aussicht versperren. Gut, das ist eine andere Geschichte, und ich habe mir selbst geschworen, nicht bitter zu werden. Die Ironie daran ist natürlich, dass die schönen jungen Blumen glauben, sie würden nie verwelken und die gleichen Probleme bekommen, die wir hatten. Sie bilden sich ja ein, sie wären befreit und gleichberechtigt und so weiter, bis sie irgendwann merken, dass sie es offenbar doch nicht sind. Dass Kritik an der Politik öfter als oft nur die Kritik am Geschlecht tarnt. Wie im Fall der unaufhörlichen Angriffe der *Jyllands Post* gegen Charlotte Damgaard.

Ich hatte sie interessiert beobachtet, gleich als sie in die Regierung kam. Wir kannten sie ja schon vorher, einige von uns, und ich war eigentlich überrascht, dass sie die Ernennung angenommen hatte, auch wenn mir klar war, dass sie Meyers Handschrift trug. Denn so weit teilte ich die Auffassung, dass Charlotte ein viel zu streitbarer Typ für ein Regierungskollektiv war, aber nachdem ich das am Anfang als Nachteil angesehen hatte, sah ich es, als die Monate ins Land zogen, mehr und mehr als Vorteil, dass wir eine Frau unter uns hatten, die nicht von der Konsenskultur gedopt war, die wir anderen über die Jahre in viel zu hohen Dosen eingenommen hatten. Für mich war es, als wäre sie vom Himmel geschickt, eine Lichtgestalt, die das in sich hatte, nach dem wir alle geseufzt hatten in den vielen Jahren der Flügelkämpfe. Ich kann mir nicht vorstellen, dass sie selbst sich ihres Potenzials bewusst war, und es gab auch unbestreitbar nicht gerade viele, die sie darauf aufmerksam machten. Meyer, natürlich, und vielleicht auch Per, aber er schien immer mehr Angst zu bekommen, eine Schlange an seiner Brust zu nähren. Noch ein Symptom der Führungskrise, in der er sich in diesem Frühjahr befand, da er schon angefangen hatte, Schattenkämpfe mit dem vorstürmenden Vorsitzenden der Venstre zu führen und vor lauter Meinungsumfragen den Wald vor lauter Bäumen nicht mehr sah. Ja, das traf auch mich, das will ich nicht leugnen. Dass ich unfreiwillig auf eine Eisscholle gesetzt worden war, die früher oder später aufs Meer treiben würde, wurde mir Anfang des Winters auf dem Regierungsseminar in Nyborg Strand, an dem Charlotte krank wurde, richtig klar. Trotz ihrer elenden Verfassung und trotz der demonstrativen Ablehnung, mit der sie konfrontiert wurde, sah ich doch, dass sie ein Loch in diese mürrische Versammlung schlagen konnte. Sie war kompetent, hatte Charisma, und sie hatte Mut. Und dann hatte sie ein Gespür für die Zeit, das uns anderen fehlte. So gesehen, verdienten sie sie gar nicht, und ich hatte auch Skrupel, vorher und nachher – hätte ich sie lieber warnen sollen und dafür sorgen müssen, dass sie wegkam? Aber irgendwo ist man doch immer Idealist, sodass ich, als ich an diesem Morgen die *Jyllands Post* aufschlug, wusste, dass jetzt der Zeitpunkt war, an dem ich zuschlagen musste. Jetzt sollte sie das Geschenk bekommen, das Angebot, das sie hoffentlich dazu bewegen konnte, zu bleiben. Denn dass sie nach dieser Portion infamer Hinterhältigkeiten mit Sicherheit am ehesten Lust hatte, schreiend wegzulaufen, daran konnte kaum Zweifel bestehen. Ob sie die Stärke hatte, die mir fehlte, konnte ich nicht wissen. Aber ich setzte darauf. Und sie war ja Stier! Ich nur ein kleiner, flimmernder Fisch. Jedoch mit einem gewissen Sinn für Strategie, und ich will auch nicht verbergen, dass es auch für mich ein außerordentliches Vergnügen war, den Ball zurechtzulegen. Wie einen persönlichen Gruß. ›Von mir für dich.‹«

☆

Bei Thor Thorsens Handy springt nur die Mailbox an, sodass Søren Schouw sich damit begnügen muss, eine Nachricht zu hinterlassen. Eine lange. In der er sein vorbehaltloses Kompliment für den schönen Artikel in der heutigen Zeitung ausrichtet. Sollte er irgendwann mal behilflich sein können, steht er natürlich zur Verfügung. Hinterher lächelt er vor sich hin, kann nicht damit aufhören. Er selbst weiß es nicht, sieht es nicht, nicht einmal im Fernsehen. Aber die Jahre haben ihm ein asymmetrisches Lächeln verliehen, das den einen Mundwinkel nach oben und den anderen nach unten zieht.

☆

Am Højbro Plads war die Stimmung an diesem Tag gedrückt, trotz Brötchen und Geburtstagsfähnchen. Nur wenige *wussten*, wer die Munition zu diesem Artikel geliefert hatte, und so standen im Prinzip alle unter Verdacht. Einige fürchteten, dass sie wie zu Schulzeiten kollektiv abgestraft würden, bis sich jemand meldete, zusammenbrach und gestand. Andere hofften, dass die Ministerin einfach so tun würde, als wäre nichts gewesen, um die Peinlichkeit nicht noch auszuschmücken. Also – was tat sie? Sie »ging es frontal an«, wie Mitarbeiter von da an Kollegen, Freunden und Bekannten, darunter nicht wenigen Journalisten, erzählten, die wissen wollten, wie sie eigentlich damit »fertig geworden war«.

Während der Morgenkonferenz breitete sie ganz einfach die Zeitung aus, schlug die Seite mit dem famosen Portrait auf und ging es Absatz für Absatz durch, hatte schon vorher neongelbe Markierungen gemacht.

»Wie Sie sehen können, ist das Ganze entweder tendenziös, grob verdreht oder schlicht gelogen. Ich habe *kein* intimes Verhältnis zu Henrik Sand. Ich habe Freddy *nicht* als Babysitter eingespannt. Ich habe meine Sekretärin *nicht* ›eine faule Kuh‹ genannt und sie gezwungen, Überstunden zu machen. Und so weiter«, sagte sie und verzichtete darauf – wie man bemerkte –, in der Sache Kristen Kristensens Tümpel und dem Vorwurf, »sich von ihren Gefühlen steuern zu lassen«, ins Detail zu gehen. Letztere waren zumindest hier unter voller Kontrolle, ihr Tonfall war zwar scharf, aber nicht schärfer, als wenn sie den ungeschickten Umgang der Umweltverwaltung mit der Sonnencreme-Geschichte sezierte, der vor kurzem die Öffentlichkeit unnötig aufgeregt und sowohl *Dansk Supermarked* als auch den Einzelhandelsverband verärgert hatte, nachdem sie zum Gespött wurden, weil sie alarmiert die Regale mit Sonnenschutzmitteln geleert hatten.

»Dennoch muss ich den Artikel so ernst nehmen, dass ich die Drohung sehe, der ich gegenüberstehe. Jemand trachtet mir nach dem politischen Leben, und deshalb muss ich Ihnen, meinen Mitarbeitern, gegenüber ganz deutlich machen, dass ich hundertprozentige Loyalität erwarte. Sollten unter Ihnen Kollegen sein, die dieser Forderung nicht nachkommen können, muss ich sie auffordern, die Konsequenzen daraus zu ziehen. Andernfalls muss ich es in Ihrem Namen tun. Und generell möchte ich daran erinnern, dass eventuelle Klagen über meine Amtsführung oder andere bei mir abgeliefert werden und nicht bei der Presse. Is that clear?«

Das war es. Woraufhin sie mit Chivas Regal nachspülten, den sie spendierte. Kamal hatte noch nie in seinem Leben morgens Whisky getrunken. Aber auch er brauchte dringend eine Stärkung. Denn er selbst hatte ja auch mit der Zeitung über sie geredet. Er hatte nicht mit Absicht losgeredet, nicht damit es missbraucht wurde, als ihn neulich eine Praktikantin, ein süßes, rothaariges Mädchen, drüben in der Burg abgepasst hatte, um Stoff für ein »Geburtstagsportrait« zu bekommen. Irgendwie hatte er drauflosgeplaudert, über damals in New York, als sie Henrik Sands schlimmen Rücken massiert hatte. Nicht, um irgendetwas anzudeuten. Nur, um zu illustrieren, dass sie anders war. Unorthodox. Auf die coole Art. Die *dänische* Art. Warum hatten sie bloß so viel dagegen, sie waren doch selber Dänen?

☆

Das war genau die Frage, die ihr den ganzen Tag durch den Kopf ging, während sie sich fühlte, als läge eine Steinplatte quer auf ihrem Brustkorb, sodass sie kaum Luft bekam. *Warum können sie mich nicht leiden?* Zum Schluss fragte sie Henrik Sand ganz direkt:

»Warum können sie mich nicht leiden?«

»Können wir doch.«

»Ja, aber die anderen?«, insistierte sie.

»Weil sie Angst haben. Sie haben Angst, Sie könnten ihnen ihren Pullermann wegschnappen!«

»Henrik!«

»Dann eben ihre Macht. Das ist dasselbe.«

»Und die Frauen?«

»Ach, Charlotte, es tut mir Leid, das zu sagen, aber auch Frauen wollen von Männern geführt werden. Dann fühlen sie sich am sichersten.«

»Also gibt es niemanden, der mächtige Frauen will? Weder Männer noch Frauen?«

»Nein, die sind zu provozierend.«

»Also können Frauen nicht Staatsministerin werden?«

»Doch, sicher!«

»Ja, aber …?«

»Sie werden nur nicht geliebt.«

☆

Das Treffen mit Berit Bjørk fand bei leichtem Nieselregen unter einem roten Regenschirm auf einer Bank vor dem Pantomimentheater im Tivoli statt, wo die kleine Familie saß und »Pierrot und Columbine« sah. Außenstehende hielten die angegraute Frau mittleren Alters vielleicht für die Großmutter der beiden kleinen Kinder in Regenkleidung, die völlig vertieft in der Vorstellung aufgingen. Gesetzt den Fall, dass man die beiden Frauen nicht als die Umwelt- und die Sozialministerin erkannte, offensichtlich in ein vertrauliches Gespräch vertieft.

Die Sozialministerin hatte sich selbst in die Geburtstagsgesellschaft gedrängt, nachdem dieser Zeitpunkt am frühen Abend der einzig mögliche im dichten Tagesprogramm der Umweltministerin gewesen war. Charlotte war nach einem schwachen Zögern darauf eingegangen, sich hier zu treffen, trotz Thomas' zu erwartendem Widerwillen gegen eine erneute Störung ihres Familienlebens, aber Berit Bjørk bestand darauf, dass es wichtig war, und versprach, es kurz zu machen. Außerdem gefiel ihnen beiden der Gedanke an den Tivoli an einem Abend im Mai als Rahmen für einen so historischen Heiratsantrag. Denn natürlich wusste Charlotte, dass jetzt das Angebot vorgetragen werden würde. Das Angebot, das Meyer ihr schon vor langer Zeit in Aussicht gestellt hatte. Meyer, die selbst kurz im Ministerium mit Blumen von *Bering* und einer moralischen Motivationsrede vorbeigekommen war, um die *Jyllands Post* zu neutralisieren. »Ja, es ist ja nicht so schwer, sich auszurechnen, woher das kommt. Søren Schouw kann eben nur schwer die Finger ruhig halten!« Und Berit Bjørk kam auch gleich zur Sache – wäre Charlotte daran interessiert, ihren Wahlkreis zu übernehmen, wenn sie sich bald zurückzog?

»Könnte ich ihn denn bekommen, wenn ich wollte?«, fragte sie.

»Wenn wir es richtig angehen, ja.«

»Gibt es nicht noch andere Kandidaten?«

»Natürlich. Das meine ich ja. Aber ich habe ein sehr gutes Verhältnis zum Kreisvorstand, und die haben eine gewisse Tradition, anders zu sein. Man hängt an seiner Eigenart, wenn du verstehst.«

Charlotte nickte. Sie verstand. Man widersprach der Parteispitze gerne.

»Also soll ich die kontroverse Aufrührerin sein?«

»Ja, aber nicht nur, Charlotte. Meiner Meinung nach kannst du es schaffen, in Zukunft eine entscheidende Rolle in der Partei zu spielen. Wenn du willst.«

Charlotte hob die Augen zum Himmel.

»Und wenn ich nicht will?«, fragte sie und schielte zu Thomas, der nicht zuzuhören schien.

»Verstehe ich dich gut. Besonders an einem Tag wie diesem. Das solltest du dir übrigens nicht zu Herzen nehmen. Was du hoffentlich auch nicht tust.«

Charlotte schüttelte den Kopf.

»Nicht mehr, als gesund ist.«

»Gut«, lächelte Berit Bjørk. »Du hast ja auch einen tollen Mann. Sollen wir nicht so verbleiben, dass du mit ihm darüber redest? Dann spreche ich in aller Diskretion mit dem Kreisvorsitzenden? Wenn er interessiert ist und du interessiert bist, dann gehen wir es an?«

»Wie lange habe ich?«, fragte Charlotte und versuchte, Jens seine Regenkapuze aufzusetzen. Er schob protestierend ihre Hand weg.

»Nicht sehr lange. Im Prinzip kann die Wahl jeden Tag ausgeschrieben werden, und du solltest besser schon vorher in Stellung gebracht werden. Der Sinn ist ja, dass du gewählt wirst! Damit du ein Mandat bekommst, nicht wahr?«

»Was sagt Vittrup?«

»Ich habe ihn nicht gefragt. Und das solltest du auch nicht. Na, ich muss nach Hause zu meinem Hund«, beendete sie das Gespräch und stand auf, nachdem sie Thomas, der reserviert lächelte, die Hand gegeben und sich von den Kindern verabschiedet hatte, die die fremde Dame kaum registrierten, obwohl sie ihnen sogar jeweils einen Ballon geschenkt hatte. Charlotte hatte eine CD bekommen – Mozarts Requiem. Mit einem »Die kann umgetauscht werden!« – und vielen guten Wünschen für die Zukunft.

☆

»Schlaflos. Es ist kurz vor fünf. Die Amsel hat ihren Morgengesang begonnen. Sitze in der Küche und trinke warme Milch. Mag ich eigentlich nicht besonders, aber es erinnert mich an die warme Kuhmilch in meiner Kindheit, die wir direkt in die Emailkanne molken. Lisbeth hat gestern angerufen, an meinem Geburtstag. Konnte leider nur kurz mit

ihr reden, es war aber ungewohnt warm und geborgen, wie die Milch hier, an einem Tag, an dem ich mich geschröpft und gehäutet fühlte. Die JP hat ein grauenvolles ›Portrait‹ von mir gebracht, in dem ich als launische Hormonbombe dargestellt werde, die nicht nur inkompetent, sondern sogar im eigenen Ministerium unpopulär ist. Das Letzte hat mich hart getroffen, am härtesten, weil ich selbst die wachsenden Vorbehalte einiger Mitarbeiter sehen kann, besonders natürlich, wenn ich auf die eine oder andere Art einen Konflikt eingehe oder Kritik übe und Uneinigkeit anspreche. Aber es ist doch verdammt noch mal Sinn der Übung, dass ich dazwischengehen und eine Entscheidung treffen kann! Dafür bin ich schließlich da, goddammit! Es gäbe doch erst dann einen Grund, mich zu kritisieren, wenn ich mich nicht trauen würde, die notwendigen Konfrontationen anzugehen. Also sollte ich mich davon nicht unterkriegen lassen. Aber vielleicht hat Henrik Sand Recht: Als Chef muss man jegliche Hoffnung darauf, von allen geliebt zu werden, fallen lassen. Besonders als Frau. Vielleicht wäre es leichter, wenn man wenigstens von einem geliebt würde. Und werde ich das? Ich habe nie zuvor an seiner Liebe gezweifelt, aber es ist, als würde ich Thomas jeden Tag ein wenig mehr verlieren. Bin ich zu grob? Schüchtere ich ihn ein? War unsere Grundlage einfach nicht so solide, wie wir geglaubt haben? Fühle ich mich deshalb, als wäre ich plötzlich in den banalen Frauenkonflikt zwischen ›Liebe und Karriere‹ gesteckt worden, den die Frauenzeitschriften postulieren? In diesem Fall wähle ich (natürlich?) die Liebe und entscheide mich gegen eine Karriere als Folketingsabgeordnete, mit der Berit Bjørk mir heute vor der Nase herumgewedelt hat. Mir ist nicht ganz klar, warum sie gerade mich als ihre Nachfolgerin ausersehen hat – und als Galionsfigur der Partei. Fühle mich selbst weder berufen noch auserwählt. Schon gar nicht nach dem gestrigen Tag. Vermisse Nina, habe versucht, ihr an ihre Hotmail-Adresse zu mailen. Es muss doch ein Internet-Café in Katmandu geben, wenn sie denn irgendwann aus den Bergen herunterkommt. Na, muss versuchen zu schlafen. Morgen wird es ein heftiger Tag im Parlament, ich habe einiges auf dem Programm, dank Einheitsliste und Opposition. Wenn ich richtig Pech habe, werde ich um sechs von der Frühschicht der Radionachrichten geweckt. Andernfalls kann ich bis kurz vor sieben schlafen. Wie sagt man in New York: Life is a bitch and then you die. Habe seltsamerwei-

se nichts von Lars gehört, meinem lieben kleinen Bruder. Es ist, als wäre er irgendwo da unten im Balkan, oder wo auch immer er sein mag, verschwunden. Gott weiß, warum er immer in Bewegung ist? Eine Art Flucht, oder nur gewöhnliche moderne Rastlosigkeit?«

☆

Cat war krank im Kopf. Das hatte Teis schon lange erkannt. Aber sie war auch schnell im Kopf. Mindestens so schnell wie er selbst. Darum waren sie immer noch ein souveränes Team. Die *Danisco*-Aktion war ein perfektes Beispiel dafür. Generell war es am besten, Aktionen nachts zu machen. Aber nicht in den hellen Mai-Nächten, in denen die Dunkelheit nicht dicht genug wurde, um sich darin zu verstecken. Und nicht auf einem videoüberwachten Genrüben-Feld, das nachts besonders bewacht wurde, um Eindringlinge wie sie zu verjagen. Also, was dachte Cat sich aus? Dass sie es tagsüber machen sollten. In der Mittagspause. Dass er und Rosa als Angestellte verkleidet hineingehen sollten und so viele Rüben herausreißen, wie sie in dreißig Minuten schaffen konnten. Nicht wahnsinnig viele, aber genug, damit die Führung versagte, Panik ausbrach und sie in die Zeitung kamen. Denn im Brief, den sie als Gruß der *Grünen Guerilla* hinterließen, schrieben sie, dass sie in Kopenhagen Dioxin ins Trinkwasser gießen würden, wenn die Versuche a) mit Genrüben und b) an Tieren nicht augenblicklich eingestellt würden. Der Landwirtschafts- und Ernährungsminister, der für die Genrüben verantwortlich war, erklärte, dass er sich keinesfalls von einer Horde kindischer Idioten mit »einem krankhaften Bedürfnis nach Aufmerksamkeit« vorführen lassen würde. Das kränkte Cat schwer, und darum war sie jetzt dabei herauszufinden, wie man sich Dioxin beschaffen konnte. Das war zu viel, fand Teis. Wenn Göteborg und Genua überstanden waren, wollte er mit Rosa abhauen. Nach Island. Sie wollte Schafe halten. Und Wolle spinnen. Das war okay für ihn. Hauptsache, sie kamen weit weg.

☆

H.C. Stenum war ein bedächtiger Mann. Und wenn er nicht von einer Gruppe vermummter Jugendlicher auf Rollschuhen mit Ketchup überschüttet worden wäre, als er an einem Juniabend gerade aus seinem Ministerauto ausstieg, um an einem Treffen der Landwirtschaftsspitze auf Axelborg teilzunehmen, hätte er die Situation sicherlich mit seiner üblichen erdrückenden Ruhe hingenommen. Aber ein persönlicher Angriff von so erniedrigendem Charakter – ganz abgesehen davon, dass es sein bester maßgeschneiderter Anzug gewesen war, den es getroffen hatte – konnte er nicht tolerieren. Er erlebte es als ein Attentat, und das rief eine ihm bis dahin unbekannte Angst hervor, die er nur durch starke verbale Erregung ausdrücken konnte. Sowohl gegenüber der Presse als auch bei der Ministerkonferenz, bei der er forderte, dass hart gegen diese »skrupellosen Extremisten« vorgegangen werden müsse.

Mehrere andere zogen mit, nicht zuletzt nachdem der Justizminister in aller Vertraulichkeit mitteilen konnte, dass die dänische Polizei eine Warnung der schwedischen Kollegen bekommen hatte. Diese hatten jetzt, drei Wochen vor dem Gipfeltreffen in Göteborg, gesicherte Erkenntnisse darüber, dass es in Kopenhagen einen harten Kern top-trainierter autonomer Aktivisten gab, deren Absicht es war, den Dialog zu untergraben, den die schwedische Polizei eigentlich angeregt hatte. Außerdem hatten die Schweden um Unterstützung aus Kopenhagen gebeten, sowohl durch Hausdurchsuchungen als auch durch das Zurückhalten möglicher »Elemente«. Ein Ansinnen, dem der Justizminister nachzukommen gedachte.

»Mal ehrlich, sollten wir nicht aufhören, die Situation zu sehr zu dramatisieren?«, platzte Charlotte heraus, als sie das Wort erhielt.

»*Zu sehr dramatisieren*?«, donnerte H.C. außerhalb der Redefolge. »Die wollen Dioxin ins Trinkwasser schütten! Welche Verhaltensregeln hat eigentlich die Frau Umweltministerin in dieser Sache ausgegeben?«

»H.C., du hast selbst gesagt, dass wir uns nicht von ihren Drohungen einschüchtern lassen dürfen! Wenn wir anfangen, mit den Händen zu zittern, erschrecken wir doch nur die Bevölkerung!«, protestierte sie, während der Staatsminister nachdenklich die Unterlippe vorschob und die Innenministerin aufzeigte und sofort das Wort erhielt.

»Ja, aber als verantwortliche Regierung kann man so was ja nicht einfach überhören!«, schnarrte sie. »Man muss auf das Drohbild reagieren! Es ist doch nicht hilfreich, den Wählern den Eindruck zu vermitteln, dass wir diese Extremisten da auf die leichte Schulter nehmen und Law and Order der Opposition überlassen!«

»Und darum schlägst du vor, dass wir die Dänische Volkspartei überbieten und alle jungen, suspekt autonom aussehenden Menschen fangen und zusammen mit den potenziell kriminellen Asylbewerbern und den zwölfjährigen Einwandererjungs aus Vollsmose internieren?«, gab Charlotte bissig zurück und kassierte ein missbilligendes Grunzen von Per Vittrup, der abwehrend die Hände von seinem Block hob.

»Aber, meine Damen! Wir müssen deutlich machen, dass wir jede Drohung gegen das Wohl der Bevölkerung natürlich absolut ernst nehmen. Wir werden die Polizei bitten, der Sache nachzugehen und die notwendigen Maßnahmen zu ergreifen, mit dem Ziel zu verhindern, dass dänische Aktivisten an gewalttätigen Aktionen in Göteborg teilnehmen. Und schließlich werden wir die Bewachung der Wasserversorgung im Rahmen des Möglichen verschärfen.«

Charlotte ging davon aus, dass Per Vittrup selbst wusste, dass genau das nicht möglich war. Ein Spritzer in das Spülbecken in irgendeiner Küche wäre schon ausreichend, um eine ganze Großstadt zu verseuchen. In katastrophalem Umfang. Dieser Gedanke war so radikal, dass Charlotte in ihrer wildesten Fantasie nicht glauben konnte, dass jemand sich so etwas ausdachte. Und schon gar nicht Cathrine Rørbech, ein flügellahmes Vogeljunges aus Brønderslev. Darum schob sie den Gedanken daran beiseite, mit ihrem ganz und gar rudimentären Wissen darüber, wer möglicherweise hinter der *Grünen Guerilla* steckte, zur Polizei zu gehen. Wenn die Behörden so gut informiert waren, wie der Justizminister verkündete, würden sie sie ja wohl selbst finden.

☆

»Sand«, sagt sie dennoch, als sie gemeinsam die Pressemitteilung zum »Verbot des Ausbringens von verdünnter Gülle mit Wasserwerfern« durchgehen, die am nächsten Tag verschickt werden soll – eine Sache, über die H.C. sich beschwert hat. Seiner Meinung nach überzeugt die Argumentation, dass sowohl Menschen als auch Tiere durch den Dünger mit Krankheiten infiziert werden können, nicht. »Das ist gediegener Unfug! Dann müssten die Bauern, die jeden Tag mit der Gülle in Kontakt kommen, ja konstant Durchfall haben!«, hatte er unverblümt entgegnet. Er ist immer noch verärgert, aber trägt es ihr nicht persönlich nach. Nicht wie die Innenministerin, die jedes Mal ein Hühnerposchnäuzchen macht, wenn sie sich auf dem Flur begegnen.

»Mhh?«, sagt Sand und hält sich die Lende. Er war wieder zu viel im Garten gewesen. Der Salat hat schon angefangen zu sprießen. Und die Erdbeeren sehen auch gut aus.

»Wie gut sind wir eigentlich auf Bioterrorismus vorbereitet?«

»Bioterrorismus? Dioxin im Trinkwasser und so?«, lächelt er schief. Er teilt die Skepsis seiner Ministerin gegenüber dem reellen Gehalt der Drohung.

»Ja, und Pocken und Milzbrandsporen und was man sich sonst noch an Grusel und Grauen ausmalen kann?«

Er schiebt die Brille hoch.

»Wir haben nichts. Nichts mir Bekanntes.«

»Hmm«, sagt sie und malt Schnörkel mit ihrem Füller.

»Sollten wir nicht etwas haben?«

»Weil?«

»Weil jemand auf die Idee gekommen ist. Auch wenn sie es nicht tun – der Gedanke ist in der Welt.«

»No capisco?«

»Oder«, korrigiert sie sich selbst, »wenn jemand irgendwo einen Gedanken gehabt hat, kann man sicher sein, dass andere irgendwo anders auf denselben Gedanken kommen. Und *die* setzen ihn dann vielleicht in die Tat um.«

»Warum sollte jemand auf diese Idee kommen?«, fragt er. »Wir leben immer noch im friedlichsten Land der Welt in einer Periode von Wachstum und Wohlstand. Der Flieder blüht, die Bierfässer schäumen, sie haben ihr Euro-Nein im letzten Jahr bekommen … Warum sollte jemand auf die Idee kommen, etwas auszuhecken, was auch nur im Entferntesten an Terrorismus erinnern könnte?«

Sie zuckt mit den Schultern.

»Ich weiß ja selber nicht, ob es das gibt. Ich meine bloß, dass wir vielleicht wachsamer sein sollten, als wir es bislang waren. Weil es vielleicht ein paar Modeströmungen in der Welt oder in unserer Zeit gibt, die sich in extreme Richtungen bewegen.«

»Wenn Sie die Antiglobalisierungs-Bewegung ansprechen, dann kennen Sie ja meinen Standpunkt?«

Sie lächelt.

»›Die unerträgliche Leichtigkeit des Seins.‹ Es kann schon sein, dass sie sich einfach langweilen. Aber es kann auch sein, dass sie wirklich zornig *sind*. Oder sich ohnmächtig fühlen. Sich etwas anderes wünschen, das sie von uns nicht bekommen können. Oder wir bemerken die Verzweiflung nicht, nehmen sie nicht ernst genug. Und so wird es schließlich destruktiv. Aber es gibt niemanden, der darüber reden will. Denn dann wird es schwierig in Konsensland.«

»Und vielleicht ein wenig überspannt, tut mir Leid«, sagt er und wird vom Gong gerettet, als ihre Kinder, gefolgt von einem zurückhaltenderen Ehemann, hereinstürmen.

»Hallo, Henrik!«, ruft das Mädchen, das die gleichen Sommersprossen auf der Nase hat wie seine Mutter, und wirft sich an seine Beine. »Dürfen wir Cola haben?«

»Nein«, lacht er und wirbelt sie herum. Und weiß, dass das Kind früher oder später seinen Willen bekommen wird, genau wie seine Mutter, die auch ihre Bereitschaft bekommen soll. Gegen Bioterrorismus. Ein sehr undänisches Wort im Übrigen.

☆

Jakob Krogh hatte mal eine Affäre mit einer Auszubildenden in der Buchhaltung gehabt. Von seiner Seite aus ging es nur um Sex, nie hatte er so gute Blow-Jobs bekommen wie von ihr; bei ihr war es ein Faible für Macht, das sie mit Verliebtheit verwechselte. Sie hatte tatsächlich eine gewisse Schwäche für ihn, eine naive Hoffnung, dass sie die Verbindung wieder aufleben lassen könnten, dass sich mehr daraus entwickeln könnte, jetzt, wo sie Assistentin geworden war und er zur Umweltverwaltung gewechselt hatte. Sie weiß, dass sie es nicht tun dürfte, was sie tut. Aber er lässt es so harmlos klingen wie etwas, das unter ihnen bleibt. Anfangs kann sie eigentlich auch nicht sehen, was es schaden könnte, dass er eine Kopie der Kreditkartenabrechnung der Ministerin bekommt, die er sie bittet, vor der Ministerin zurückzuhalten, bis er ihr Bescheid gibt, sie ans Ministersekretariat weiterzuleiten. Das gilt auch für den Ausdruck der Diners-Abrechnung im Mai, als die Ministerin unter anderem 10 450 Francs bei *Kenzo* in Paris ausgegeben hat.

☆

In der Kinderschuhabteilung stolperten sie geradewegs über Maria und die Kinder. Sie waren auch gerade dabei, Sandalen zu kaufen. »Jetzt muss es einfach Sommer werden!« Charlotte plauderte fröhlich, es war selten, dass sie überhaupt alte Freunde sah und die Möglichkeit hatte, einfach draufloszureden, über dies und das und die Siedlung und Läuse im Kindergarten und was sonst noch ganz oben auf der Liste einer Familie mit Kindern stand. Maria war bekannt als Meisterin des unverbindlichen Gesprächs, aber obwohl sie sich in der Kunst des Nichtssagens versuchte, kam sie Charlotte angespannt und nervös vor.

»Wie geht es Mikkel?«, fragte Charlotte, als Thomas gegangen war, um mit Johanne Schuhe anzuprobieren, die lautstark Modell für Modell verwarf.

»Ach ja«, sagte sie mit ausweichendem Lächeln. »Es geht schon. Er ist im Stress, nicht wahr?«

»Ja, den haben sie da drüben bei den Zahlenverdrehern«, nickte sie bestätigend und gab Mikkel so vielleicht ein Alibi für sein spätes Nachhausekommen und seine ehelichen Versäumnisse. Was so gesehen auch als Alibi für sie selbst gelten konnte. Oder jedenfalls als Verteidigung. Sie *hatten* Stress da oben. Vielleicht unnötig viel – also kam die Attitüde nicht zu kurz –, aber trotzdem. Die Dinge wollten ja erledigt werden. Das Land verwaltet. Gesetze verabschiedet. Haushaltsdebatten geführt. Sie selbst musste am 19. Juni um 20 Uhr 30 zu einem Treffen mit Gert Jacobsen, sodass sie bestätigen konnte, dass man *long hours* arbeitete und nicht notwendigerweise mit einer blondierten Sekretärin quer über dem Schreibtisch lag. Obwohl das natürlich, in Mikkels Fall, absolut nicht ausgeschlossen werden konnte. Es gab überhaupt eine ganze Menge, das man nicht ausschließen konnte, wenn es um Mikkel ging. Aber in einem Anfall sentimentaler Freundschaftsgefühle – auch ein Ableger des Versprechens, das sie Thomas und sich selbst gegeben hatte, *runder* zu sein und Familie und Freundschaften mehr Zeit einzuräumen – lud sie sie zum Mittsommerfest in das Sommerhaus ein, das sie gerade für ein Jahr von einem Kollegen von Thomas gemietet hatten, der ins Ausland gegangen war. Sie selbst hätte gerne eins gekauft, um etwas von ihrem Gehalt zu haben, aber ihre Flimmerhärchen sagten ihr, dass jetzt nicht der Zeitpunkt war, einen Trumpf zu ziehen. Wenn es denn sein sollte, wollte Thomas am liebsten ein Haus an der Westküste haben, in der Nähe seiner Eltern in Blokhus, aber am allerliebsten wollte er lieber reduzieren, anstatt sich noch mehr zu binden, als sie es ohnehin schon getan hatten. Schließlich wollten sie ja noch raus in die Welt. Wenn das hier überstanden war.

»Nicht einmal im Finanzministerium arbeiten sie Samstagabend!«, überredete sie Maria, als die zögerte, mit einem unentschlossenen Schielen zu Thomas. »Und sonst kommst du einfach alleine mit den Kindern.«

Maria dankte schließlich für die Einladung, wenn auch ohne den Enthusiasmus, den Charlotte erwartet hatte. Und als Thomas sich danach darüber aufregte, dass sie Gäste eingeladen hatte, bereute sie schon ihre so gut gemeinte Initiative.

»Wir treffen doch nie jemanden!«, sagte sie. »Darüber beschwerst du dich doch selbst!«

»Jaa, aber ein Paar in der *Krise*«, stöhnte er, als Maria mit den Kindern im Schlepptau die Rolltreppe nach unten genommen hatte.

»Können wir fabelhaft selbst abgeben, oder was?«, fragte sie spitz und bezahlte die Sandalen. Johanne behielt sie gleich an. Weiße Riemchensandalen.

»Solche hatte ich auch mal«, sagte sie und beugte sich herunter, um ihre Tochter aufs Haar zu küssen.

»Waren da auch rosa Herzchen drauf?«

»Nein, das nun wahrlich nicht. Aber ansonsten sahen sie ganz genauso aus!«

☆

»Schhh!« Rosa zischt lachend zu Teis, legt eine Finger auf seinen Mund, damit er hineinbeißt, statt in den Jubel auszubrechen, der einsetzt wie ein Synthesizer.

»Das ist der Hammer!«, murmelt er und lässt seine Hand unter die Decke gleiten, wo er sie prüfend auf Rosas Bauch zurechtlegt.

»Kannst du es nicht fühlen?«, flüstert sie. »Er ist schon hart wie eine Melone!«

Na ja. Vielleicht. Vielleicht ist ihr Bauch ein bisschen härter unter der weichen Molligkeit, die er so mag.

»Solltest du nicht 'nen Test machen oder so?«, fragt er mit trockenem Mund. Sie schüttelt den Kopf, zieht ihr Lächeln zu einem verschlossenen Schmollmund zusammen, der eigensinnig Geheimnisse deckt, von denen er lieber nichts wissen will.

»Das ist nicht nötig. Noch nicht. Ich weiß, wie das ist. Du willst es doch, oder?«

»YES!«, lacht er und krabbelt unter die Decke, um ihren Nabel zu küssen, bis sie durchdreht. Aber dann spürt er den hastigen Ruck in seinen Haaren, der nur eins bedeuten kann. Cat ist von ihrer frühen Morgenwanderung zurückgekommen. Er schafft es gerade noch bis aufs Kopfkissen, um mit geschlossenen Augen zu tun, als ob er schlafen würde, als sie wie ein Feldwebel von der Tür aus brüllt.

»Ihr dürft gerne aufstehen! Wir müssen in einer Stunde los.«

Rosa leidet eigentlich nicht unter morgendlicher Übelkeit. Aber plötzlich steigt es in ihr hoch. Und Cats Kommando ist kaum verklungen, als sie aus dem Bett springt und sich an ihr vorbeidrängt, durch die offene Tür, raus auf die Terrasse, wo sie sich so gewaltig übergibt, dass sie Angst hat, dass es das Kind selbst ist, das sie auskotzt. Ausgetrieben von Cat, deren brennender Blick auf ihr ruht wie ein – ja, wie ein Fluch.

☆

Die logische Folge des Sommerhaus-Mietverhältnisses war ein Autokauf. Die Fahrt an die Sjællands Odde war mit Bus und Bahn zu nervig und zu langwierig, und nachdem sie darauf wetten konnte, dass nicht nur Thor Thorsen, sondern auch alle möglichen Bekannten und Unbekannten sie unter Rundumbeobachtung hatten, wagte sie nicht, sich von Freddy kutschieren zu lassen, wenn es nicht hundertprozentig legitim war.

»Ich möchte verdammt noch mal nicht wegen Missbrauch meines Dienstwagens rausgeschmissen werden!«, erklärte sie, als sie versuchte, Thomas zu einem Auto zu überreden.

»Nein, du willst nämlich überhaupt nicht rausfliegen, nicht wahr? Du willst bleiben! Sag es doch!«, erwiderte er grimmig. Es war ein Donnerstagabend, sie war auf dem Weg zum Ratstreffen in Luxemburg, aber sie hatte noch ein anderes, so heimliches Treffen ausgemacht, dass nicht einmal Thomas eingeweiht war – nämlich auf dem Heimweg am Sonntag noch im Schrebergartenhäuschen des Vorsitzenden des Amager-Wahlkreises vorbeizukommen. Damit sie sich in Gesellschaft von Berit Bjørk »kennen lernen« und »die Situation besprechen« konnten.

»Schatz«, sagte sie weich. »Wir können das Auto doch wieder verkaufen. Aber vorläufig sieht es danach aus, dass ich einen stressigen Sommer haben werde. Und wenn ihr nicht hier in der Stadt sitzen und vergammeln wollt, wäre es praktischer mit einem Auto, dann wärt ihr unabhängig von mir. Wenn wir jetzt schon eins hätten, hättet ihr morgen schon ins Sommerhaus fahren können!«

»Wir nehmen einfach den Schnellbus zum Fährhafen!«, murrte er.

»Thomas, warum bist du die ganze Zeit so verdammt starrsinnig?«

»Weil ich versuche, auf uns aufzupassen«, antwortete er. »Sommerhaus und Auto! Das ist doch wirklich so superspießig, dass es nicht zu ertragen ist! Das sind doch nicht wir, oder?«

»Warum ist es schlimmer, ein Auto und ein Ferienhaus hier zu haben, als im Jeep durch Afrika zu kurven und da eine Hütte am Meer zu mieten?«

»So sind die Bedingungen da eben!«

»Ja, und hier eben auch! Für uns! Jetzt im Moment! Sieh die Situation doch mal pragmatisch, Thomas! Das kannst du doch sonst so gut!«

Es endete damit, dass er sich mit einem »Tu, was du willst, du tust es ja sowieso« ergab. Sie nahm ihn beim Wort und kaufte auf Henrik Sands Empfehlung einen gebrauchten Volvo Kombi zur umgehenden Lieferung. Über Handy. Aus Luxemburg.

»Du bist wirklich nicht ganz bei Trost!«, grinste er trotzdem, als er, gleichfalls telefonisch, zum Händler geschickt wurde, um das Auto am Samstagvormittag abzuholen. »Und dann einen *Volvo*! Brauchen wir jetzt auch noch einen Hund?«

»Denk dran zu überprüfen, ob Kindersitze drin sind. Dafür habe ich nämlich bezahlt«, sagte sie vom Hotelzimmer aus, wo sie dabei war, ihre Beine mit Selbstbräuner einzucremen, damit sie auf Strümpfe unterm Rock verzichten konnte. Sie hatte schon Madeleine getroffen, die goldhäutig und *wunderbar* war und wie immer einer Seifenreklame ähnelte.

»Welche Farbe hat er?«, fragt er.

»Königsblau. Deine Lieblingsfarbe«, schmeichelte sie.

»Du hältst dich für sehr schlau, was?«

»Mhm«, lächelte sie in den Hörer. »Fahrt ihr ins Sommerhaus?«

»Vielleicht«, sagte er in einem Versuch, unentschlossen zu klingen. Aber natürlich taten sie es, und das ließ sie sich schon besser fühlen. Es war eine Sache, dass sie selbst den schönsten Monat des Jahres drinnen verbrachte, aber sie hatte schwer damit zu kämpfen, dass ihre Kinder nicht auf die Weide kommen sollten. So wie die Kinder aller anderen ordentlichen Leute. Aber jetzt kamen sie »aufs Land«, wie die Kopenhagener sagten, und konnten mit sonnengebräunten Wangen und Meerluft in den Lungen wieder nach Hause kommen, und darum wurde sie, als sie bei dem geheimen Treffen im Schrebergarten in Amager saß, von ihrem schlechten Gewissen schon weniger geplagt als gewöhnlich an einem summenden Sonntag wie diesem, an dem sie ihre Familie vernachlässigte.

Der Kreisvorsitzende, ein älterer Ex-Kommunist und Schiffsbauer bei B&W, war von Berit Bjørk, die die ganze Zeit dafür sorgte, dass das Gespräch reibungslos über Kaffee und Kuchen dahinfloss, offenbar genau instruiert worden, dass er der potenziellen Kandidatin keine allzu verpflichtende Antwort abverlangen durfte. Im Gegenzug durfte er seinen Garten vorzeigen, der zierlich und wohlgeordnet dalag, ein naives Paradies en miniature. Er war, nicht überraschend, begeistert von ihrem Vorschlag, die dänischen Schrebergärten unter Naturschutz zu stellen, aber alles in allem unterstützte er auch ihre anderen Ansichten und Aussagen, auch die, die sich nicht um die *Umwelt* drehten.

»Ich selbst bin ein so alter Knabe und schon so lange dabei, dass ich damals noch von Jens Otto Krag bekehrt worden bin. Aber auch wenn ich alt bin, bin ich weder reaktionär noch habe ich Angst vor Erneuerung. Wir müssen darauf achten, nicht zu erstarren! So haben wir hier draußen es immer gehalten. Hier war es immer weit bis zur Decke, und darum würden wir uns sehr, sehr freuen, wenn Sie sich von uns aufstellen lassen würden! Wir brauchen jemanden, der sich traut, dem Berg zu widersprechen. Ja!«, sagte er und schlug mit der flachen Hand auf den Tisch. »Und um es geradeheraus zu sagen, wir mögen weder den Rechtsdrall noch den Fremdenhass, den wir heutzutage sehen. Auch in unserem eigenen Kreis.«

Charlotte lächelte zuvorkommend über ihre Kaffeetasse. Sie

war sich ziemlich sicher, dass das »wir« des Kreisvorsitzenden ein machtvolles »ich« deckte. Und wenn sie sich aufstellen lassen sollte, dann nicht mit unlauteren Mitteln.

Das teilte sie ohne Umschweife mit. Sie brauchte die volle Unterstützung, auch von dem verschmähten Kandidaten. Der Kreisvorsitzende nickte. Berit Bjørk zündete sich einen Zigarillo an.

»Wenn wir das zusichern, lassen Sie sich dann aufstellen?«, fragte er und lehnte sich hoffnungsvoll über den Tisch. Allein, um ihn nicht zu enttäuschen, war sie kurz davor, ihm ihr Wort zu geben.

»Ich muss erst mit meinem Mann darüber sprechen. Und dazu werden wir die Sommerferien nutzen«, antwortete sie.

»Und wenn er die Wahl ausschreibt?«, fragte Berit Bjørk und gab damit preis, um wen ihre Gedanken die ganze Zeit kreisten.

»Das tut er nicht«, entschied Charlotte, ohne ihre Vermutung zu begründen. Aber wenn man im Wahlkampfteam saß, hatte man einen besseren Einblick in die breite Verwirrung oder sogar Uneinigkeit über Strategie und Ziel, die den Staatsminister immer noch so sehr in Ratlosigkeit brachte, dass er nicht im Geringsten so aussah, als würde er sich trauen, seinen Einsatz zu machen.

»Nee«, ergänzte Berit Bjørk bitter. »Er muss ja auch seine vier Wochen mit Gitte an die Riviera, und sie ist nicht der Typ, der sich gerne die Ferien verderben lässt.«

»Aber falls etwas Unvorhergesehenes passieren sollte, gebe ich Bescheid. Und sonst muss Berit noch eine Runde drehen«, sagte Charlotte.

»Null!«, erklärte Berit und verdrehte die Augen. »Jetzt will ich mein Leben zurückhaben.«

☆

Christina Maribo wünschte, sie könnte sie umgehen, aber es gibt keine Fluchtmöglichkeit. Charlotte ist auf dem Weg die Treppe hoch in die Wandelhalle, während sie auf dem Weg nach unten ist. Christina weiß auch, dass Charlotte sie anhalten wird, denn so ist sie ja. Und das tut sie dann auch, mit einem Lächeln, das so breit ist, dass man nicht daran vorbeikommt.

»Du möchtest der Zeit wohl keine Antwort mehr geben, hm?«, fragt sie.

»Was meinst du damit?«, weicht Christina aus, sich der schuldbeladenen Röte bewusst, die auf ihren Wangen zu brennen beginnt.

»Es ist okay, Christina, es ist nur viel einfacher für uns alle, wenn du deutlich Stellung beziehst. Du hast sicher deine Gründe, davon gehe ich mal aus. Darum können wir doch trotzdem gute Freundinnen bleiben, nicht?«, lächelt sie und nimmt die nächste Stufe.

☆

Berit Bjørks Äußerung darüber, »das Leben zurückhaben« zu wollen, tauchte in den Wochen nach dem Verfassungstag in mittleren Abständen immer wieder wie ein kurzer Blitz in Charlottes Hinterkopf auf, in denen das Folketing zwar schon Urlaub hatte, aber die Ministerien noch vom Vor-Sommerferien-Stress, kombiniert mit monumentaler Sitzungs-Müdigkeit, erfasst waren. Niemand hatte mehr Lust, aber die Sachen mussten noch abgeschlossen, auf den Weg gebracht, Verhandlungen durchgeführt und Einigungen an Land gezogen werden. Um ihr Programm zu schaffen, stellte sie ihren Wecker auf viertel vor sechs, damit sie gegen sieben im Büro sein und mit Sand einige der Stapel mit nicht-ganz-so-eiligen Angelegenheiten durchgehen konnte, die sich angehäuft hatten. Sie hatten ihren Ferienkalender so koordiniert, dass sie auf jeden Fall versuchten, die erste Julihälfte frei zu halten, was vielleicht hoffnungslos war, nachdem die alles entscheidende Klimakonferenz in Bonn Ende Juli stattfand. Aber sie versuchten, so viel wie möglich vor Monatsende zu schaffen, hofften, alles fix und fertig zu bekommen, damit die dänische Delegation mit der Ministerin an der Spitze sich mit ein paar Auffrischungs-Briefings kurz vor der Abreise begnügen konnten. In das baldige und inzwischen heftig umstrittene EU-Gipfeltreffen in Göteborg war das Ministerium nicht direkt involviert, dafür war Charlotte es umso mehr. Wenn auch als Privatperson. Denn Thomas hatte sich entschlossen. Er wollte weg. Mit seinen neuen ATTAC-Freunden.

Trotz der offenkundigen Probleme, die ihr das bereiten konnte, zwang sie sich, Verständnis zu haben und ihn zu unterstützen. Hätte sie nicht vor einem Jahr noch dasselbe gemacht? Sollte er, nur weil er mit ihr verheiratet war, auf sein Recht verzichten, auf *seine* Art politisch zu agieren? Würde sie sich überhaupt einen Mann wünschen, der nicht an seinem Engagement festhielt, nicht auf *seiner* Integrität bestand? Brauchte sie nicht auch das Gegenspiel? Doch, schon, aber …

Ihr »aber« blieb nichts weiter als ein resigniertes Seufzen, das von den mächtigen Baumkronen des Fælledparks verschluckt wurde, als sie »die Sache« bei einem Abendspaziergang besprachen, während die Kinder herumrannten und auf den Rasenflächen Fangen spielten.

Sie war müde und hatte Kopfschmerzen, musste wieder weg, diesmal auf eine dreitägige Studienreise nach Moldawien und Rumänien mit dem Umwelt- und Planungsausschuss des Folketings, wo sie prüfen sollten, wie es mit der dänischen Umwelthilfe lief und Stellung dazu nehmen, wo man sich künftig einsetzen könnte. Ost- und Zentraleuropa waren im Großen und Ganzen eine einzige Umweltkatastrophe, es war also nur eine Frage von Prioritäten. Sie fand ja, dass man das größte Gewicht auf eine nachhaltige Entwicklung legen sollte, während die Osteuropäer selbst sich so schnell wie möglich Wachstum wünschten, koste es, was es wolle, auch um den Preis von Verschmutzung und Versauerung. Was man natürlich gut verstehen konnte, wenn man die miserablen Lebensumstände der Bevölkerung in Betracht zog. Aber auch hier konnte es niemandem nützen, so verflucht kurzsichtig zu sein, worüber sie wiederum eine scharfe Auseinandersetzung mit dem Umweltsprecher der Venstre gehabt hatte. Seine Lösung für alles war »Technologie« – so gesehen gab es kein Umweltproblem, gegenwärtig oder zukünftig, das nicht mit technologischen Mitteln gelöst werden würde. Außerdem vertrat er auch die Meinung, dass die Bewertung der globalen Umweltprobleme stark übertrieben war, und zitierte unablässig aus dem inzwischen internationalen Bestseller der Århus-Statistiker über »den wahren Zustand der Umwelt«, ohne den er sein Haus offenbar nicht mehr verließ. Sehr irritierend. Es fiel ihr immer noch schwer, seinen versteckten Charme zu entdecken, aber der würde sich ja vielleicht auf der Reise offenbaren, auf die er selbstredend auch mitkam. Glücklicherweise hatte Svend Thise sich auch angemeldet, sodass sie wenigstens einen Kameraden in der Gruppe hatte.

»Du fährst also nach Göteborg?«, sagte sie konstatierend und riss ein Blatt von einem Johannisbeerstrauch.

»Ja.« Thomas nickte und fuhr sich mit der Hand über den Kopf, den er morgens mit dem Bartschneider abgefräst hatte, sodass seine Haare jetzt wieder millimeterkurz waren. Jens bettelte um dieselbe Frisur, aber da hatte sie ein Veto eingelegt.

»Schatz, ich verstehe den Sinn der Sache nur einfach nicht. Auf dem Gipfeltreffen geht es unter anderem darum, George Bush dazu zu bringen, das Kyoto-Abkommen zu respektieren, und Japan dazu zu zwingen, seinen Verpflichtungen nachzukommen, um nur ein paar Punkte zu nennen …«

»Ja, darum geht es doch auch gar nicht!«

»Ist es dann der Versuch, eine Absprache zur Bekämpfung von HIV und Aids in Afrika zu erzielen, gegen den ihr seid?«, fragte sie polemisch.

»Du weißt genau, worum es geht«, gab er zurück. »Es geht um ein Zeichen, dass die Güter auf dieser Welt ungerecht verteilt sind. Ein Protest gegen diese Globalisierung, die die Reichen reicher und die Armen ärmer macht! Und dann ist es schließlich auch ein Zeichen, dass diese ganze Gipfeltreffen-Inszenierung mit feinen Herren in schusssicheren Limousinen ganz falsche Signale aussendet.«

Das Arsenal an Argumenten lag griffbereit vor ihr, sie musste nur zugreifen. Aber sie verzichtete darauf.

»Fein«, sagte sie und rieb ihre Lippen, um nicht doch noch ein paar ihrer Geschütze auf ihn zu feuern. »Das muss ich wohl so zur

Kenntnis nehmen. Sag mir nur noch eins, Schatz, du machst das aus politischen Gründen, oder?«

»Wie meinst du das?«, fragte er mit einer senkrechten Falte zwischen den Brauen.

»Ja, dass es nicht um private Gründe geht? Nicht um gegen *mich* zu demonstrieren, oder?«

»Natürlich nicht!«, schnaubte er und wich einem eng umschlungenen Liebespaar aus, das im selben Moment an ihnen vorbeiging.

»Okay«, sagte sie also versöhnlich und nahm seine Hand. »Aber versprich mir, gut auf dich aufzupassen. Ich habe Angst, dass sie da die Sau rauslassen.«

☆

Sie haben zu siebt eine Wohnung in Göteborg gemietet. Die fünf aus Kopenhagen, ein Deutscher und ein Holländer. Sie arbeiten methodisch und professionell, stellen Fahrradschlauchbomben her, nähen Schaumgummianzüge, studieren den Stadtplan und gehen die Prozedur rund um den Gebrauch von Mobiltelefonen durch, in die sie falsche Namen eingegeben haben. Sie gehen diskret in die Wohnung hinein und verlassen sie genauso vorsichtig, sorgen dafür, dass immer nur einer rausgeht, höchsten zwei auf einmal, nie alle. Kaufen sparsam ein, in Supermärkten in anderen Stadtteilen, reden mit niemandem, um nicht zu verraten, dass sie keine Schweden sind. Sie haben sogar die schwarze Kleidung abgelegt, laufen in Jeans und T-Shirt herum, gekauft bei H&M. Nur Cat behält ihr Outfit an, sie *kann* nur Schwarz tragen. Sie würde auch lieber keinen Gummianzug anziehen. Damit fühlt sie sich lächerlich. Wie ein Mumintroll. Andere Wohnungen sind schon eine Woche vor dem Gipfeltreffen enttarnt und durchsucht worden, aber ihre wurde nicht entdeckt. Bisher hat sie niemand bemerkt. Das ist der Vorteil der anonymen Gebäudekomplexe in den sozialdemokratischen Vorstädten. Die Leute sind so egoistisch und mit sich selbst beschäftigt, dass sie nicht auf ihre Nachbarn achten. Von denen aus könnte man auch daliegen und verrotten.

Am Freitagmorgen stehen sie früh auf und sehen Nachrichten. »Nervosität in Göteborg«, wird gesagt. Aber der Polizeisprecher versichert, dass sie die Situation trotz tausender Demonstranten, die schon in die Stadt geströmt sind, im Griff haben. Viele sind in einem Gymnasium einquartiert, wo die Behörden vor Ort sind, um den »Dialog« aufrechtzuerhalten. Teis übersetzt ins Englische, der Holländer und der Deutsche grinsen und drehen Morgenjoints. »Dialogue, my ass!« Rosa ist blass, rennt dauernd auf die Toilette. Ihre Hände zittern, als sie nach der Milch greift. Sie trinkt enorm viel Milch die ganze Zeit.

»Du kannst ja hier bleiben«, sagt Cat. »Falls du Angst hast …«

Teis dreht sich vom Fernseher weg, bereit, einzugreifen.

»Ich habe keine Angst!«, sagt Rosa schnell und wischt sich den Milchbart mit dem Handrücken weg.

»Okay!«, lächelt Cat. Zu Teis.

☆

Im Stillen hatte er gehofft, dass sie an der Kontrolle hinter der Brücke gestoppt würden. Dass man ihnen die Einreise verweigerte, sodass sie gezwungen wären umzukehren. Aber der blaue Volvo 740 mit vier Insassen wurde einfach durchgewunken, während die Polizei vollauf damit beschäftigt war, eine ganze Buskolonne aus Jütland zu untersuchen und auf den Kopf zu stellen.

Danach zog er in Erwägung, die anderen einfach an dem Gymnasium abzusetzen und selbst wieder nach Hause zu fahren. Aber das tat er auch nicht. Er fand einen Parkplatz, nahm seinen Schlafsack und seinen Rucksack aus dem Kofferraum, wie die anderen, die in bester Klassenfahrt-Laune waren, und folgte ihnen ins Hvitfeldtska-Gymnasium, um sich registrieren zu lassen und sich anzumelden. Auch hier hätte er aus der Schlange treten können, aber er blieb, während er spürte, wie die Trägheit ihn festhielt und ihn dazu brachte, seinen Namen zu buchstabieren und sich registrieren zu lassen. Thomas war jetzt

Gipfeltreffen-Demonstrant in Göteborg. Eine Tatsache, die nicht zu bestreiten war. Ganz gleich, wie sehr er es später vielleicht bereuen würde.

☆

Per Vittrup mochte es nicht. Wirklich nicht. Weder den Transport hinter schusssicherem Glas durch einen abgesperrten Stadtkern, der einem militärischen Ausnahmezustand ähnelte, noch die Polizisten in Kampfuniformen. Er mochte die lauernde Stimmung nahender Konfrontation nicht. Er mochte es nicht, als Symbol eines wohlgenährten arroganten Machthabers dazustehen, der »das Volk« gegen sich hat. Er mochte es nicht, in einer schwer bewachten Konferenz-Festung eingeschlossen zu sein. Und er mochte die Attentat-Paranoia nicht, die seit dem Palme-Mord in Schweden herrschte und die er jetzt selbst wie ein Brodeln unter der Haut spüren konnte und wie der beginnender Fluch dessen, was noch nicht eingetroffen war.

☆

Sie kommt nicht drum herum, sie muss am Sommerausflug der Abteilung teilnehmen, der dieses Jahr auf die Flakfort-Insel gemacht wird. Sie ist auch genötigt, mit ihren Mitarbeitern anzustoßen, gute Laune zu haben, über die Revue zu lachen, in der sie natürlich das Hauptopfer ist, originell dargestellt als Hühnerhabicht mit Kippe im Schnabel und Cola in den Klauen. Sie muss berauschten, vertraulichen Mitteilungen und weinseligen Analysen der Umweltpolitik zuhören, wie sie zu machen wäre, wenn der betreffende Mitarbeiter nur bestimmen könnte. Sie ist auch gezwungen, mit den wenigen zu tanzen, die sich überhaupt trauen, sie aufzufordern, und die zu bitten, die es nicht wagen, darunter Kamal, der sie nüchtern steif von sich weg hält, sodass ihre Körper sich nicht berühren. Er geniert sich so sehr, dass sie ihn nach zwei Tänzen erlöst, woraufhin sie erleichtert mit Henrik Sand Walzer tanzt, der entschlossen seinen halbjährlichen Mega-

Rausch jagt, das Hemd aus der Hose und eine Körpersprache wie ein verwegener, westjütländischer Fischer.

»Na, und wie?«, fragt er gedehnt und zieht sie fest an sich heran. »Amüsieren Sie sich?«

»Jaja«, versichert sie lachend. »Ich bin nur ein bisschen in Sorge, wie es wohl in Göteborg läuft. Thomas ist ja da oben …«

»Ja, den haben Sie wohl nicht so gut im Griff, was?«, grinst Sand und wirbelt sie herum. »Aber lassen Sie dem Mann doch auch seinen Spaß, wenn es das ist, was er braucht!«

»Sein Handy ist aus«, gibt sie zu bedenken.

»Nein, also so was, ist es das! Er hat eben keine Lust, von vorne bis hinten kontrolliert zu werden! *So lange ich lebe, so lange mein Herz noch schlägt!*«, grölt er aus vollem Hals und sieht absolut nicht aus wie einer, der wie sie sehnsüchtig darauf wartet, dass die Boote sie zurück in die Stadt bringen.

»Als freier Pressefotograf ist ja klar, dass man Reisender in Sachen Konflikt ist. Immerhin sind es die Pulverrauch-und-Kugel-Bilder, die Geld bringen. Deshalb waren wir ziemlich viele dänische Fotografen in Göteborg an diesen Junitagen, auch wenn wir keine Verträge zu Hause hatten. Die Buschtrommeln hatten ja schon gewarnt, dass es Ärger geben würde, aber ich glaube, dass die meisten von uns in Wirklichkeit überrascht waren, wie hart es da oben zuging. Die sind total ausgeflippt, auf beiden Seiten, Demonstranten und Polizei. Die Polizei hatte ihnen eine Falle gestellt, indem sie erst mehrere hundert Aktivisten in dieses Gymnasium lockten, um hinterher das Gebäude zu umstellen und sie mit Containern einzuschließen. Die sind natürlich durchgedreht da drinnen, wer zum Teufel wäre das nicht! Noch dazu mit all dem Gerede über ›Dialog‹ und ›Respekt‹ ... Das wirkte, wie wenn man ein Streichholz in eine Friteuse wirft, also, die hundert, die die Barrikaden stürmten und rauskamen, waren natürlich mächtig in Fahrt. Als dann die Truppen aus der ganzen Stadt zusammenströmten, war der Krieg Realität und der so genannte Dialog im Arsch. Wir hatten richtig viel zu tun, wir Fotografen, die entweder schon da waren oder mitten in der Hitze des Gefechts ankamen. Steine und Schlagstöcke flogen durch die Luft, so, dass nicht auszumachen war, wer brutaler vorging. Ich selbst hätte fast ein paar auf den Kopf bekommen, als ich etwas zu nah an die ziemlich grobe Verhaftung eines Zivilisten (in dem Sinne, dass er nicht vermummt war) herankam. Eigentlich sah er sogar so aus, als hätte er sich irgendwie in diese Stadt verirrt; das war auch der Grund, warum ich ihn überhaupt im Sucher hatte. Er stand so seltsam abwesend wie eine Insel in dem Ganzen, während die Schlacht um ihn tobte. Erst stand er am Rand, aber Demos entwickeln sich ja so schnell, dass die

Front im Bruchteil einer Sekunde wandert. Also stand er plötzlich mittendrin und wurde von einem Schlagstock getroffen. Er nahm die Hände hoch, um sich zu schützen, aber das wurde offenbar als Gegenangriff interpretiert, denn jetzt gingen sie zu zweit auf ihn los. Er wurde auf die Knie gezwungen und bekam richtig Prügel, bevor sie ihm Handschellen anlegten und ihn wegschleppten. Ich fotografierte den ganzen Ablauf, und ich schwöre, dass ich erst, nachdem ich mit der Redaktion gesprochen und ihnen die Ausbeute des Tages gemailt hatte, begriff, dass der Mann der Umweltministerin mein Hauptmotiv geworden war. Fuck, was zur Hölle sollte ich denn jetzt machen? Nur weil ich Fotograf bin, bin ich schließlich kein Idiot, klar wusste ich, wie das missbraucht werden konnte. Auf der anderen Seite war es zu spät, den Scheiß zurückzuziehen, die Katze war schon aus dem Sack, und vielleicht gab es ja auch noch andere Fotografen, die die Bilder hatten. Wir gingen also den Kompromiss ein, dass das Blatt die Bilder brachte, aber die Identität nicht preisgab. Die war ja auch nicht bestätigt, war ja denkbar, dass es nur jemand war, der ihm ähnlich sah. *Politiken* hat ja trotz allem doch eine gewisse Ethik. Und eine schrecklich ungezogene kleine Schwester ...«

☆

Cat hat ihre Einheit am Donnerstag mit kühlem Überblick geführt. Sie haben sich bewusst aus dem Krawall am Gymnasium rausgehalten, weil sie ihr eigentliches Ziel weiterverfolgen wollten: die Barrikaden zu durchbrechen und so dicht wie möglich ans Konferenzgebäude zu kommen. Cat stellt sich ganz einfach vor, dass sie ganz ins Gebäude vordringen und ihre Schlauchbomben in den Saal selbst werfen, dahin, wo die Motherfucker auf ihren fetten Ärschen sitzen und herrschen und verteilen. Deshalb treibt sie sie am Freitagvormittag vorwärts wie eine Streife auf dem Weg zum Brennpunkt. Göteborg ähnelt einem Kriegsgebiet, die pompösen Straßenzüge sind zu rauchenden Schlachtfeldern mit eingeschlagenen Schaufenstern, umgestürzten Streifenwagen, ausgegrabenen Pflastersteinen und herumliegendem Cafémobiliar geworden. Verschreckte Bürger bleiben im Haus, flüchten mit Kleinkindern im Arm auf Seitenstraßen aus der Stadt. Cat liebt es. Hat die Maske über den Kopf gezogen, sodass nur noch die Augen durch die schmalen Schlitze zu sehen sind. Rosa hat ihre kaum aufbekommen, bevor sie sie schon wieder runterreißen muss, um sich zu übergeben. Teis hält ihre Stirn, aber zieht sie dann mit *nach vorne, nach vorne.* Cat spürt, wie ihnen das Training im Körper sitzt. Wie sie alle zusammen gelernt haben, die Kette zu halten und taktsicher im Chor zu rufen.

FUCK THE POLICE, FIGHT BUSH! FUCK THE POLICE, FIGHT BUSH! Die zweitausend Beamten versuchen, sie zurückzudrängen, halten ihre Schilde hoch und setzen Tränengas ein, als sie den enormen Widerstand der mehreren tausend Demonstranten spüren. Cat weicht nicht, auch nicht, als sie mit Pferden und Hunden kommen, sie spürt das Adrenalin, das durch ihren Körper gepumpt wird, die Euphorie, die sie durchströmt. Sie fängt Teis' Blick auf und sieht das Glühen, sieht, dass er es mit ihr gemeinsam hat, den Kick, den Rausch, endlich im Kampf zu sein. Rosa spielt keine Rolle, es sind sie beide, die miteinander verbunden sind, Teis und Cat.

Dann reißt die Kette, sie werden mit einem plötzlichen Ruck zurückgeworfen, einige fallen und werden schnell wieder hochgezogen, andere bleiben liegen, schreiend, während Stiefel über sie weg trampeln. Und Cat stolpert und vertritt sich den Fuß, kann nicht mehr auftreten und muss sich mit gebrochenem Knöchel, schmerzverzerrt humpelnd, aus der Schlacht drängeln. Noch bevor sie auch nur eine einzige Bombe aus dem Lager in ihrem schwarzen Rucksack hat schmeißen können.

Deswegen ist sie abends nicht bei den Kämpfen am Vasaplads dabei. Den gewalttätigsten Straßenkämpfen in Schwedens Geschichte. Sie entwickeln sich so dramatisch, dass die Polizei sich genötigt sieht, die Waffen zu ziehen, bei dem Versuch, einem bedrohten Kollegen zu helfen. Drei Demonstranten tragen Schussverletzungen davon, einer davon lebensbedrohliche. Es gibt überhaupt viele Verletzte und Verwundete, auf beiden Seiten, Polizei und Demonstranten, und von letzteren werden 600 verhaftet. *Wie kann so etwas geschehen? Wie konnte es so weit kommen? Hier bei uns? Warum sind sie so aggressiv?*, fragten die Medien und Menschen sich gegenseitig, als der Morgen graute und Schadensbilanz gezogen werden musste.

Es gab niemanden, der es im Eifer des Gefechts nötig fand, Cat diese Fragen zu stellen, als sie vom Bordstein aufgelesen und in die nächstbeste Grüne Minna geschleudert wurde.

»Pass auf meinen Fuß auf!«, schrie sie, während der Sanitäter, der dabei gewesen war, den gebrochenen Knöchel behutsam zu untersuchen, laut protestierte.

Den zwei abkommandierten Beamten war ihr Fuß scheißegal. Auch wenn sie ihre Sturmmaske abgenommen hatte, erkannten sie die Uniform. Sie gehörte zum Feind, und den Feind musste man bekämpfen. Für mehr Nuancen war kein Platz in dieser hoch angespannten Situation, in der die beiden frisch geschlüpften, schlecht vorbereiteten Polizeiküken, deren Frauen und Kinder zu Hause auf sie warteten, Testosteron-stinkend unter ihren Helmen und den schweren Uniformen schwitzten. So schlug der eine sie in die Nieren, und der andere riss sie an den Haaren, und keiner von den beiden, mit ihren hochroten Gesichtern und den gefletschten Zähnen, hatte noch Ähnlichkeit mit den netten Kerlen, die sie eigentlich waren. Genauso wie niemand sehen konnte, dass die abwechselnd fauchende und brüllende Aktivistin, die zerrte und trat und sie in die Hand biss, ein in jeder Hinsicht armes, kleines Mädchen war.

Kein anderer, außer Thomas, der durch einen der seltsamen Zufälle des Lebens später am Tag die Zelle mit ihr teilte. Er schaffte es, sie zu beruhigen. Er sah sich ihren Fuß an. Er zerriss sein T-Shirt und machte ihr einen provisorischen, straffen Verband, während er tröstend auf sie einredete, mit dem weichen, nordjütländischen Dialekt ihrer Kindheit, und sie dazu brachte, wimmernd zur Ruhe zu kommen. Er schaffte es sogar, das überforderte und gestresste Wachpersonal dazu zu überreden, erst eine Tablette und dann einen Arzt für sie zu organisieren. Während sie warteten, hielt er sie im Arm, ließ sie an seiner Schulter schlafen und brachte sie dazu, ein winzig kleines bisschen von sich zu erzählen. Zum Beispiel erzählte sie, wie sie hieß. Und gestand, dass sie genau wie er aus Nordjütland kam. Das konnte er hören. Sogar wenn sie »motherfucker« sagte.

☆

Charlotte war aufgewühlter als er selbst. *Liebster, was haben sie mit dir gemacht!*, rief sie entsetzt aus, als er aus Göteborg zurückkam, verfolgt von der Presse, nachdem er freigelassen worden war – humpelnd wie ein Kriegsinvalide mit geplatzter Augenbraue, blauem Auge, gebrochener Nase, geprellten Rippen und großen Blutergüssen auf dem ganzen Oberkörper. Die Kinder fingen sofort an zu weinen, und sie schlug sich schockiert die Hand auf den Mund, obwohl sie vorbereitet gewesen war, nachdem sie die Fotoserie gesehen hatte, die ihn freisprach und sie auf die Anklagebank setzte. Denn gleichzeitig damit, dass die Bilder zeigten, wie er das Opfer brutaler Polizeigewalt geworden war, präsentierten sie die Umweltministerin als eine, die mit einem Gipfeltreffen-Demonstranten verheiratet war. Nicht besonders vorteilhaft in Anbetracht der kollektiven Aufregung. Niemand, nicht einmal die *Information*, betrachtete die Aktivisten als Helden. Was war ihr Kommentar dazu? So rief es aus allen Ecken. Ihre stoische Antwort war, dass sie dazu nur eine Sache zu sagen hatte: Was ihr Mann tat, war seine eigene Entscheidung, das war sein souveränes Recht, genauso, wie er selbst die Verantwortung für sein Handeln übernehmen musste. Auch wenn die Leitartikelschreiber und Kommentatoren versuchten, das Huhn zum Hüpfen zu bringen – *kann ein Minister sich der Verantwortung für die Handlungen des Ehegattens entziehen?* – und Thomas dazu, sich zu stellen, war trotzdem zu wenig Fleisch an dem Knochen und zu viel Sommermüdigkeit, um aus der Sache einen richtigen Skandal zu machen. Die Geschichte verebbte, der erste Stachel war gezogen. Aber sie wussten beide, dass es im Ordner für »Besonderes« aufbewahrt werden würde, versehen mit ihrem Namen, jederzeit wieder hervorzuziehen.

Thomas fühlte sich schuldig. Er verdiente Verdammung, die Schmerzen und die Schäden, die noch folgen mussten. Aber er verdiente nicht ihre Zärtlichkeit, Fürsorge und ganz ungerechtfertigte Solidarität.

»Bist du gar nicht wütend auf mich?«, fragte er.

»Doch«, sagte sie und betupfte sein Auge mit Kamillentee. »Aber am meisten mache ich mir Sorgen um dich.«

»Sorgen worüber?«

»Dich zu verlieren«, sagte sie und sah mit einem kurzen Lächeln auf.

☆

Gert Jacobsen konnte seine Verärgerung darüber nicht zurückhalten, dass es jemand wagen konnte, so weit über die Stränge zu schlagen.

»Es ist ja wohl der Gipfel der Dummheit, mit einer Ministerin verheiratet zu sein und dann hinzugehen und Pflastersteine zu schmeißen!«

»Soweit ich vom schwedischen Justizminister orientiert wurde, schmiss er ja gerade nicht mit Pflastersteinen«, antwortete Per Vittrup kühl. »Tatsächlich hat er eine etwas grobe Behandlung abbekommen und später eine Entschuldigung mit roter Schleife. Im Großen und Ganzen ist man insgesamt etwas hart vorgegangen, meinen Quellen zufolge …«

»Ja, ja«, schüttelte Gert Jacobsen irritiert den Kopf. »Das mag ja sein, dass der Mann nicht im juristischen Sinne das Gesetz übertreten hat, aber es gibt doch auch noch so etwas wie ungeschriebene Gesetze! Wenn der Mann einer Ministerin oder von mir aus die Frau eines Ministers die missachtet, fällt das doch auf die Ministerin zurück und damit auf die Regierung und zu guter Letzt auf den Staatsminister! Die sind doch gezwungen, das wieder auszubügeln!«

»Wir hatten da eine ziemlich interessante Diskussion zu dem Thema gestern Abend, Gitte und ich. Inspiriert von dieser Sache hier.«

»Na«, sagte Gert mit so deutlichem Missfallen, dass seine hängenden Mundwinkel ein umgedrehtes U bildeten.

»Ja, sie sagte geradeheraus, wenn ihre Meinungs- und Handlungsfreiheit im weitesten Sinne suspendiert würde, nur weil sie mit mir verheiratet ist, würde sie sich auf der Stelle scheiden lassen!«

»Schon, aber Gitte würde doch auch nicht auf eine derartig dumme Idee kommen. Auf etwas, das dir direkt schaden könnte, oder?«

»Nein, natürlich nicht.« Per Vittrup lockerte seine Krawatte und öffnete den obersten Hemdknopf. Er freute sich darauf, aus dem Büro rauszukommen. Nach Marienborg. Sie waren für den Sommer übergesiedelt. Oder genauer, *er* war es. Gitte kam nur, wenn es in ihr Programm passte. Zum Beispiel wie am gestrigen Abend, als sie direkt nach dem Abendessen abrupt wieder abgefahren war. In Wahrheit war die Diskussion zwischen ihnen nicht ganz so friedfertig, um nicht zu sagen akademisch, gewesen, wie er es darstellte. Ganz im Gegenteil war es kurz davor gewesen, in einen handfesten Streit auszuarten. Sie hatte die Aktivisten verteidigt, er hatte hitzig seiner Augenzeugen-Frustration über »diese primitiven Rüpel und Randalierer, die mit Todesverachtung bereit sind, die Demokratie zu bedrohen«, freien Lauf gelassen. Danach folgte ein Schlagabtausch über den Unterschied zwischen »Staatsmacht« und »Demokratie«, »Volk« und »Elite« und was sie sonst noch an kleinen, aber effektiven Böllern in die Debatte geworfen hatte. Er schätzte ihr Gegenspiel, ließ sich gerne von ihren Dreistigkeiten reizen, aber manchmal wurde sie ihm eine Nummer zu provokativ. Als wäre sie nur um der Herausforderung willen dagegen. Um ihn zu ärgern. Ihn in dem Paradox zu fangen, dass er noch nie so viel Macht gehabt hatte und noch nie so viele Schwierigkeiten, sie zu nutzen. Er war dabei, in Absichten, guten Ratschlägen, Analysen, Meinungsforschungen, dem Teufel und seinem Ratgeber zu ersticken, und sie hatte völlig Recht, wenn sie behauptete, dass seine politischen Instinkte abgestumpft waren. Er war zögerlicher geworden. Fühlte sich weniger sicher, wenn er schließlich einen Beschluss fasste. Entschied sich öfter um. Darum hatte sie ihn so wahnsinnig gemacht, darum war sie mit quietschenden Reifen abgefahren, darum hatte er wieder keinen Sex bekommen, darum war seine Geduld mit Gert an diesem hellen Junitag, als er sich so unsagbar danach sehnte, barfuß durch taunasses Gras zu laufen, äußerst knapp bemessen.

»Gert, ehrlich, worauf willst du eigentlich hinaus? Wir beide, du und ich, haben in unserer Jugend auch an Demonstrationen teilgenommen! Du prahlst doch sonst immer geradezu damit, dass du bei den Vietnam-Demonstrationen dabei warst! HO-HO-HO-CHI-MINH! Ihr habt Onkel Sam gestürzt! Hast du das vergessen?«

Vittrup lachte, aber Gert Jacobsen ließ sich nicht irritieren.

»Ich meine dasselbe, das ich schon immer gemeint habe. Charlotte Damgaard ist in dieser Regierung fehl am Platze, was inzwischen jedem klar sein sollte. Sie ist zweifelsohne eine kompetente NGO-Frau, aber dieses letzte Beispiel mit dem Erscheinen ihres Mannes in einem außerparlamentarischen Zusammenhang beweist doch zur Genüge, dass sie ihren eigenen Kurs fährt, ihre eigenen Sachen am Laufen hat und die unseren ihr piepegal sind.«

»Was meinst du damit ganz genau?«, fragte Per Vittrup und schob das Kinn leicht nach vorne.

»Na ja, dass der Mann auf Anweisung gehandelt hat, wenn du verstehst. Sie konnte ja schlecht selbst zum Straßenkampf mit der Polizei gehen, so viel hat sie ja dann doch begriffen …«

»Ach, Gert, du glaubst doch nicht …?«

»Doch, das tue ich. Sie ist nicht nur eine Belastung für sich selbst, ihr Ministerium und ihre Regierung. Sie ist auch ganz bewusst und mit Absicht dabei, die Aussichten dieser Regierung – und damit auch deine – auf Wiederwahl zu unterlaufen. Sie hat doch keine Aktien in dieser Firma, Per! Sie hat kein Mandat, und soweit ich weiß, hat sie auch nicht die Absicht, sich um eines zu bemühen. Charlotte Damgaard ist nichts anderes als ein Gaststar, ein Agent der fünften Kolonne, wenn du so willst. Sie wird trockene Tränen vergießen an dem Tag, an dem der Vorsitzende der Venstre sich hier in deinem Büro niederlässt.«

Per Vittrup betrachtete seinen alten Freund und Feind mit skeptisch gerunzelter Stirn. Seine Intuition sagte ihm, dass der Mann nicht ganz klar war. Dass er den Christiansborg-Koller bekommen hatte und unter akuter Paranoia, Missgunst-Entzündung und Eitelkeits-Verstopfung litt. Aber nachdem er seinem ersten Gedanken nicht mehr traute, schnitt er Gert Jacobsen nicht mit einem lauten, schallenden Lachen das Wort ab, sondern ließ ihn seine fixe Idee entwickeln.

»Und was hast du dir gedacht, soll ich tun?«, fragte er mit einer leichten Spur von Ironie, gerade so viel, um den nötigen Abstand zu markieren.

»Sie rausschmeißen.«

»Weil ihr Mann bei einer legalen Demonstration im Ausland ungerechtfertigter Polizeigewalt ausgesetzt war?«

»Du findest schon einen Grund«, antwortete Gert Jacobsen. »Sonst mache ich es. Ich treffe sie, apropos, zu Haushaltsverhandlungen heute Abend.«

Als Gert Jacobsen pfeifend das Büro verlassen hatte, saß der Staatsminister fünf Minuten da und starrte unentschlossen das Telefon an, während sein Referent schon nervös herumtrippelte. Er hatte große Lust, Charlotte Damgaard anzurufen und sie zu warnen. Und er fühlte das dringende Bedürfnis, Meyer um Rat zu fragen. Nach näherem Nachdenken verwarf er jedoch beide Vorhaben. Es kam ihm unpassend vor. Für einen Mann in seiner Position.

⋆

Svend Thise hatte in seinen Bart gegrinst und ihr »good luck!« gewünscht, als er hörte, dass sie an der Reihe war mit einer Audienz beim Kassenwart. Und sie musste unwillkürlich lächeln, als Gert Jacobsen mit der Hand ausholte und sie bat, auf dem Rosshaar-Sofa Platz zu nehmen, das Svend ihr so bildhaft geschildert hatte. Dass der Finanzminister nicht gerade ihr größter Fan war, hatte er nie versucht zu verbergen, darum war sie angespannt und spürte zu ihrer Verärgerung, dass sie Schweißflecken unter den kurzen Flügelärmeln ihrer Bluse hatte. Sie und Sand und ein paar andere Mitarbeiter hatten die Budgets durchgepaukt, sodass sie sicher war, ihren Stoff zu beherrschen und in der Lage zu sein, für ihre Wünsche hinsichtlich des kommenden Haushaltsplanes argumentieren zu können. Er selbst war berüchtigt dafür, sich einzelne Budgetposten herauszugreifen und übereifrig den Finger auch auf kleine Zahlen zu halten, für die er ein ausgezeichnetes Gedächtnis hatte.

Aber an diesem Abend war er sanft wie ein Lamm. Hörte höflich ihren Vorschlägen zu, unterbrach sie nicht und stellte lediglich ein paar vertiefende Fragen. Akzeptierte offensichtlich ihre Erklärungen, sowohl was den Anstieg der Personalkosten im dänischen Umweltlabor anging, der in einer größeren Sachmenge begründet war – »Solange das Chemikalien-Weißbuch der EU nicht fertig ist, müssen wir die mehreren hundert neuen Stoffe, die jedes Jahr auf den Markt kommen, eben selbst untersuchen« – als auch ihren Wunsch, der Nachhaltigkeitsentwicklung und einigen Umwelthilfeprojekten in Osteuropa mehr Ressourcen zuzuführen. Auf ihrem Wunschzettel stand außerdem eine Deckung der Mehrausgaben, die auf sie zukämen, wenn das Ministerium in einem Pilotprojekt die totale Grüne Umstellung durchführte, mit der sie so beschäftigt war. Schließlich hätte sie gerne mehr Mittel für Naturschutzprojekte und die Etablierung von »Hundert Gärten«, einer Idee, die sie sich während der eher langweiligen Teile der Konferenzen in Luxemburg ausgedacht hatte.

»Noch etwas?«, lächelte er zuvorkommend.

»Ich finde, es ist höchste Zeit, im Hinblick auf die Nachhaltigkeitskonferenz in Johannesburg im nächsten Jahr ein Büro zu etablieren. Da darf Dänemark gerne führend sein.«

»Das ist ja schon alles zusammen ein bisschen kostspielig, nicht?«, sagte er väterlich.

»Ja, aber es ist teurer, es sein zu lassen«, lächelte sie und lehnte sich auf dem Sofa zurück. »Und wir werden im nächsten Jahr auch sehr viel mehr Geld für Wasserbohrungen brauchen. Viel, viel mehr …«

»Ja, ja«, sagte er und trommelte auf den Umschlag. »Ich werde sehen, was ich tun kann.«

»Ich werde nicht niedergemetzelt?«, fragte sie geradeheraus. Ein wenig zu geradeheraus vielleicht, denn er schob die Unterlippe vor und blickte mit einem unergründlichen Lächeln zum Fenster hinaus.

»Aber nein. Davon kann keine Rede sein. Das sieht doch vernünftig aus, nicht wahr?«

»Das finden wir auch«, nickte sie und leerte ihre Kaffeetasse. »Was sagt die Opposition? Sind sie hinter den Grünen Abgaben her?«

»Sicher. Das ist ein Reflex. Aber die vereinbarten laufen ja noch ein paar Jahre. Wie geht es deinem Mann?«, fragte er dann plötzlich. »Hat er sich erholt?«

»Danke, es geht ihm besser«, antwortete sie und stellte die Tasse ab.

»Du warst selbst bei solchen *Aktionen* dabei, oder? In deiner Greenpeace-Zeit?«

»Eigentlich nicht. Ich habe aus genau dem Grund mit ihnen gebrochen. Ich bin nicht so militant veranlagt«, lächelte sie, diesmal schmaler.

»Nein, nicht?«, gluckste er. »Ja, also, dann bleibt es dabei.«

Kurz darauf stand sie vor seinem Büro, verloren wie eine Schülerin, die durch die Prüfung gefallen ist, ohne zu ahnen, warum.

»Wie lief es?« Louise Kramer unterbrach, sowie sie Charlotte erblickte, ihr Gespräch mit Mikkel Bøgh, der genau wie sie dastand und wartete.

»Hallo, Schöne!«, rief er schrill und schritt auf sie zu. »Das Mädchen vom Acker …«

»Ist mein Kopf noch drauf?«, fragte sie rhetorisch.

»Haha! Der hängt an seinem letzten Faden«, grinste er und steckte Louise seine Visitenkarte in die Tasche, bevor er zur Tür ging, um anzuklopfen. »Wir sehen uns zu Johanni, ja?«

☆

»Eine Krone für deinen Gedanken!«

»Was?«, fragt Henrik Sand und trifft auf den halb lächelnden, halb bekümmerten Blick seiner Frau.

»Woran denkst du?«, flüstert sie und schiebt ihren Arm unter seinen. »Die Mittsommerfeuer deiner Kindheit?«

»Ja, in der Art«, lügt er, zoomt heran und bekommt die ganze klassische Mittsommerszene mit. Hip, hip, hurra und den Schimmer der Flammen auf den fremden Gesichtern.

»Jetzt wird gesungen«, sagt sie und hält die Noten links von sich, damit er auch mitsingen kann. Er lächelt über ihre Beharrlichkeit, als ihr spröder Sopran anhebt, drückt ihren Arm und stimmt selbst mit ein. Aber er schafft nicht viele Strophen von Drachmanns »Mittsommerlied«, bevor seine Gedanken mit den knisternden Funken über den Øresund fliegen. Sie bekümmert ihn, Charlotte. Es ist ihre Ehe. Es knirscht in der Glasur, er kann es hören. Auch wenn sie heroisch so tut, als wäre alles sehr gut, und die tapfere Soldatenfrau mimt und Freunde zum Schmaus in die Sommerresidenz lädt. Er kennt die Symptome. Weiß, dass die Erhebung dem Bruch vorauszugehen pflegt.

»*Jede Stadt hat ihre Hexe …*«, klingt es geschlossen um ihn herum, während das Feuer das Weib auf dem Scheiterhaufen schon ergriffen hat. Er fand schon immer, dass diese fingierte Hexenverbrennung eine makabre Sitte war, und dieses Jahr kann er es kaum ertragen.

»*… und jeder Wald seine Trooolle!*«, singt er so demonstrativ laut, dass seine Frau sich zischend zu ihm herumdreht und den Ton verliert.

☆

Wann wusste sie, dass es böse enden würde? Als sie am Feuer der Grundbesitzervereinigung standen und Thomas nicht den Arm um sie legte, obwohl sie unter Jacke und Schal fror und sich von den Urlaubsgästen angestarrt fühlte, die gleichzeitig selbstverständliche Bemerkungen über Wind und Wetter, den Zustand des Strandes und die Reparatur des Badestegs austauschten, während sie neugierig zu ihr und ihrer Gesellschaft hinüberschielten?

Oder war es während des Fischs beim Abendessen, als ihr plötzlich klar wurde, dass die einzigen, die redeten, sie und Mikkel waren, während Maria und Thomas entweder verstummten oder sich um das Abfüttern der Kinder und den logistischen Ablauf kümmerten und deshalb mehr an der Küchenspüle standen, als am Tisch zu sitzen? Oder war es schon, als sie kamen und Maria offenbar Probleme hatte, ihr bei der zeremoniellen Willkommensumarmung in die Augen zu sehen, und Mikkel im Gegenzug noch prahlender und aufdringlicher schien als sonst? Oder war es, als sie etwas zu schnell die erste Flasche Wein geleert hatten und zum Feuer loswollten und Maria anbot, zurückzubleiben und Kaffee zu kochen? Oder war es vielleicht erst, als alle Kinder in den beiden Kojenzimmern schliefen und sich in der plötzlichen Ruhe, die die vierzig Quadratmeter wie ein erdrückender Airbag füllte, nicht mehr verbergen ließ, dass die Stimmung zwischen ihnen eher gedrückt als heiter war, dass das Ungesagte weit mehr Raum einnahm als das Gesagte?

Hinterher fiel es ihr schwer, den Finger auf den Punkt zu legen, wann es war – wann sie wusste, dass dies einer der Abende war, von denen man wünschte, man könnte ihn löschen, aber von dem man schon wusste, als er voranschritt, dass er nur die Konsequenz einer oder mehrerer früheren Begebenheiten war, die einfach nicht mehr länger unterdrückt werden konnten. Solche Abende haben ihre eigene, unerbittliche und fortschreitende Dramaturgie, die, wenn der Dramatiker versiert und professionell genug ist, jede einzelne Szene prägt. Deshalb wusste sie natürlich schon, dass dieser Abend böse ausgehen würde, noch bevor die Gäste angekommen waren. Vielleicht sogar schon, bevor sie sie eingeladen hatte. Auch wenn ihr das erst bewusst wurde, als sie wieder abgefahren waren.

☆

Cathrine Rørbechs Eltern sind an die Westküste gefahren. Sie fahren immer nach Løkken zur Mittsommernacht, und das tun sie auch dieses Jahr. Sie ist es, die Mutter, die an Ritualen festhält, obwohl auch sie findet, dass es jedes Jahr schwerer und sinnloser wird. So, wie fröstelnd im starken Westwind am Strand in Løkken zu stehen, unter Hunderten von anderen, und zuzusehen, wie die inzwischen etwas rudimentäre und gealterte Mädchengarde in rot-weißen Uniformen vor dem noch nicht angezündeten Scheiterhaufen aufspielt, in einem ungleichen Kampf darum, die tosende Brandung zu übertönen. Von der Ansprache über Lautsprecherwagen hören sie wie immer nicht viel, aber das liegt nicht nur an der Tonqualität. Keiner von ihnen wäre imstande zuzuhören, und wenn ihnen die Rede direkt ins Ohr übertragen würde. Ihre Aufmerksamkeit ist konstant blockiert von Spekulationen über ihre Tochter, Cathrine, die sich im Augenblick im Untersuchungsgefängnis in Göteborg befindet, der »Sabotage« beschuldigt und unter dem Verdacht, hinter den »militanten Krawallen während des EU-Gipfels« zu stehen. Dass eine so prominente Aktivistin aus Brønderslev stammt, war in der lokalen Tageszeitung über mehrere Tage die Top-Geschichte gewesen. Denn auch wenn keine Namen genannt werden dürfen, kann nach der eingehenden Beschreibung der Beschuldigten und ihres Hintergrundes kaum mehr bezweifelt werden, um wen es geht. Auch nicht für die Eltern, die es jedoch aufgebracht ablehnten, die Sache zu kommentieren, als ein Journalist von der *Nordjyske Stiftstidende* sie anrief. Sie wünschten, sie könnten den Stecker ziehen, denn es folgten selbstverständlich noch mehr Mediengeier. Aber sie wissen doch nicht, ob sie nicht doch auf die Idee kommt, sie anzurufen und um Hilfe zu bitten. Sie haben sofort Kontakt zur Polizei in Göteborg aufgenommen, haben ihre Nummer hinterlegt und mitgeteilt, dass sie gerne die eventuellen Anwaltskosten für ihre Tochter übernehmen. Und sollte sie wider Erwarten ihre Anwesenheit wünschen, sind sie sich stillschweigend darüber einig, mit der ersten Fähre von Frederikshavn überzusetzen. Ganz egal, was sie getan hat, wissen sie ja, dass es ihre Schuld ist. Sie haben versagt. Wenn sie nur wüssten, wie.

☆

Die Art, wie es geschieht, ist so platt, dass es an sich schon zum Heulen ist. Sie haben die vierte Flasche Wein geleert und sind jetzt dabei, die halbe Flasche Sambuca zu teilen, die Mikkel auf dem Boden einer alten schwedischen Anrichte erspäht hat. Er findet absolut, dass sie ein Gebrauchsrecht an der Barschaft des Vermieters haben, wenn sie nun mal die ganze Hütte gemietet haben. Ein Standpunkt, den Charlotte grinsend teilt. Sie ist zu diesem Zeitpunkt ziemlich angetrunken, zu angetrunken, aber sie glaubt immer noch, dass sie von Amts wegen trinkt, um Mikkel dazu zu bringen, über sich zu reden, damit sie herausfinden kann, worauf dieser Gert Jacobsen eigentlich aus ist. An und für sich eine erfolgreiche Strategie, Mikkel gackert auf, mit erhobenem Zeigefinger, und erzählt ihr alles darüber, was für ein Wolf im Schafspelz Gert Jacobsen ist, der nur darauf aus ist, ihr bei der ersten Gelegenheit das Fell über die Ohren zu ziehen.

»Er stürzt dich, wart nur ab!«, näselt er und schenkt noch mal nach, obwohl Maria sagt, dass sie also wirklich nichts mehr will.

»Ja, aber *wie*?«, fragt Charlotte und schüttelt ihre letzte Zigarette aus der Schachtel, kassiert dabei einen missbilligenden Blick von Thomas, der in der ganzen letzten Stunde nicht ein einziges Wort gesagt hat. Dafür ist die Küche aufgeräumt.

Mikkel zuckt übertrieben mit den Schultern.

»Er legt dich beim Haushalt rein. Kürzt dir alles weg. Verkauft dich an die Opposition. Trifft Toilettenabsprachen mit deinen Kollegen. Was weiß ich … Na, aber PROST! Und wir fahren flussaufwärts …!«

»He, Mikkel«, fragt sie, als er sein Glas geleert hat. »Warum hat Gert so viel gegen mich? Ist das persönlich oder politisch?«

»Ach, come on!« Er stimmt ein lautes Theaterlachen an. »Das weißt du doch! Also, erstens hat seine Frau ihn verlassen, ja? Also ist er sauer auf Frauen. Zweitens will er dich vögeln, und das schafft er nicht, und darum wird er so *scheiß*boshaft! So sind wir Männer! Was, Thomas?«, sagt er plötzlich und klatscht mit seiner Hand auf Thomas' Oberschenkel. »Wir wollen die Frauen der anderen vögeln, oder? Ich will deine Frau vögeln und du meine …«

Thomas zieht betreten sein Bein weg. Maria blickt panisch auf, und Charlotte wird es plötzlich schlecht. Hat schon die Hände an der Tischkante, bereit zur Flucht, als Mikkel das Lasso wirft, das sich wie eine Schlinge um ihren Hals legt.

»Warum zum Teufel glotzt ihr so?«, gluckst er und zieht das Seil stramm. »Thomas, du Heiliger, ich weiß doch, dass du Maria vögelst! Das weißt du doch auch, oder, Lotte? Zum Teufel, ist doch prima, dass sie sich gegenseitig unterhalten, während wir unterwegs sind und uns vorführen lassen. Wir haben doch auch unsere kleinen Vergnügungen, was?«, sagt er und versucht, Charlotte zu fixieren, die dasitzt, während ihr die Galle in die Speiseröhre steigt, außer Stande, sich zu Thomas herumzudrehen, der links von ihr sitzt, mit halb offenem Mund auf den Tisch starrend.

»Ist das wahr?«, fragt sie stattdessen Maria, die ihr gegenübersitzt, zitternd vor Angst wie ein kleines Tier, das in der Falle gefangen ist.

»Ja, aber doch nicht so«, flüstert sie und bricht in Tränen aus.

Zu ihrer eigenen Überraschung dreht sich Charlotte halb um und knallt Thomas eine Ohrfeige, als er schließlich aufschaut.

Dann geht sie.

Hört gerade noch Mikkels lallendes *The minister has left the building*, bevor sie die Tür hinter sich zuschlägt. Taumelt besinnungslos den Hügel hinunter, hin zum Meer, das mit ausgebreiteten Armen daliegt, bereit, sie aufzunehmen.

☆

Sie ertränkt sich nicht. Obgleich sie lange dasteht, auf dem äußersten Brett der Badestegs, und darauf hofft, dass der Wind sie greifen und in die schwarze Tiefe unter dem weißen Schaum werfen wird, der in der blauen Dunkelheit aufleuchtet, während die Nacht schon dem ersten Dämmern weicht. Aber der Wind, gegen den sie anschreit, lässt sie stehen, und so bewegt sie sich schließlich zurück zum Strand, um langsam wie eine Schlafwandlerin den Weg zurück zum Tatort zu finden, wo ein schreckliches Verbrechen sie gerade ihres Mannes und ihres Lebens beraubt hat.

Dort wartet Thomas auf sie, alleine, nachdem die anderen aufgebrochen sind, mit den schlafenden Kindern auf dem Rücksitz und Maria am Steuer. Mikkel war ihr nur widerstrebend gefolgt, jetzt, wo endlich Schwung in die Party gekommen war. Aber Thomas hatte ihn persönlich und ziemlich unsanft zum Beifahrersitz geleitet und ihn aufgefordert, sein dummes Maul zu halten, als er sich verbrüdern und »wieder gute Freunde sein« wollte.

Er steht auf, um sie festzuhalten, als sie bleich zurück ins Haus stolpert, aber sie hält die Hände abweisend ausgestreckt und bittet ihn ruhig und bestimmt, sie ja nicht anzufassen. Dann sinkt sie auf einen Stuhl, nimmt den Becher mit frischem Kaffee entgegen, den er ihr anbietet, und schweigt so lange, dass er gezwungen ist, etwas zu sagen.

»Entschuldigung«, sagt er unsicher. »Es tut mir sehr, sehr Leid. Es hatte keine Bedeutung, es ist nur ein einziges Mal passiert, und es wird nie wieder vorkommen. Nicht mit ihr und nicht mit einer anderen.«

»Wann?«, fragt sie und räuspert sich, als hätte sie gerade auf einer Konferenz das Wort ergriffen. »Wann ist es passiert? Als ich in Afrika war? In Osteuropa? In Paris? In Luxemburg? Stockholm?«

»In Brüssel«, antwortet er mit trockenem Mund. »Als ich krank geworden bin.«

Sie nickt und sieht ihn mit einer Verachtung an, die er noch nie, nie zuvor bei ihr gesehen hat.

»Ah, damals. Damals, als du die Grippe hattest und ich mitten in einem Ratstreffen saß und selbst vorgeschlagen habe, dass du Maria anrufen könntest? Und dann hat sie dich getröstet?«

Er windet sich. Ja. Damals.

»Das ist so ekelhaft pathetisch, Thomas!« Sie schüttelt den Kopf und setzt den Becher an den Mund.

Er fährt sich nervös mit den Händen über den Kopf. Will tausend Sachen sagen, aber weiß: Ganz egal, was er sagt, es wird alles nur schlimmer machen. Stattdessen steht er auf, geht zu ihr, hockt sich vor sie und legt seine Hände auf ihre Knie.

»Ich liebe dich«, bricht es aus ihm heraus. Er beugt beschämt seinen Kopf, wünscht sich nichts mehr, als dass sie ihre Hand vergebend darauf legen möge. Aber sie berührt ihn nicht. Vielmehr entfernt sie sich Sekunde für Sekunde weiter von ihm, wie sie aufrecht auf dem Stuhl sitzt, den Kaffee zwischen den Händen.

»Ich glaube nicht, dass du das tust«, sagt sie schließlich. Ihre Stimme ist klar, nur ein sprödes Zittern verrät ihre Bewegung.

»Doch, das tue ich«, flüstert er, hebt den Kopf und trifft auf den Blick einer Fremden.

»Dann wäre das wohl kaum passiert, oder? Nichts davon.«

»Lotte, das darfst du nicht sagen …«, protestiert er und will ihre Hände nehmen, aber sie schüttelt sie ab.

Sie holt tief Luft, seufzt lange und schaut weg. Die Tränen kommen und füllen ihre Augen, wo sie sie mit einem schnellen Reiben auffängt.

»Zur Hölle«, murmelt sie verbissen in dem Versuch, gegen das Weinen anzukämpfen, das sich jetzt auf ihre Stimme gelegt hat und sie dick und brüchig macht.

»Thomas, wir haben das hier noch nie geprobt. Ich hätte nie geglaubt, dass wir je in so eine Situation kommen könnten, und ich verstehe es nicht. Ich muss darüber nachdenken. Alleine …«

»Nein!«, ruft er.

»Doch«, bestimmt sie. »Du kannst heute Nacht hier auf dem Sofa schlafen. Und morgen früh, wenn die Kinder wach sind, fährst du …«

»Wo soll ich denn hin?«, fragt er heiser.

Sie zuckt mit den Schultern, sie hat das Weinen zurückgedrängt.

»Du kennst so viele Leute. Fahr ins Sommerhaus deiner Eltern. Du hast doch Urlaub, oder?«

»Und die Kinder? Was ist mit ihnen?«, fragt er und steht auf.

»Sie bleiben bei mir. Entweder hier oder in der Stadt.«

»Lotte! Hör mit dem Unsinn auf! Das ist doch vollkommen unrealistisch! Du musst doch arbeiten, oder? Deine üblichen vierzehn, sechzehn Stunden? Oder willst du runterfahren auf zwölf?«

Wieder betrachtet sie ihn mit dieser allumfassenden Verachtung, die ihn zerfallen und zu Staub werden lässt.

»Gute Nacht«, sagt sie und stellt den Becher ab. »Ich gehe zuerst ins Bad.«

»Lotte«, sagt er und greift verzweifelt nach ihr, als sie an ihm vorbeirauscht. »Hör auf, so hart zu sein!«

»Fuck you!«, schnarrt sie und zeigt ihm den Mittelfinger, als sie sich an ihm vorbeigewunden hat. Dann schließt sie sich im Badezimmer ein, pinkelt, putzt sich die Zähne, entfernt die Mascara und schmiert sich mit ihrer Nachtcreme ein. Er kennt den Ablauf, so ist es jeden Abend. Der Unterschied ist, dass er sonst neben ihr steht, mit ihr die Zahnpasta teilt und ihr zuhört, während sie von den kleinen und großen Ereignissen des vergangenen Tages erzählt. Er unternimmt dann immer irgendwelche Annäherungsversuche, beißt ihr in die Schulter, streicht ihr über den Busen, klapst sie auf den Po, von dem sie immer sagt, dass er zu groß ist. Vielmehr, so *war* es immer. Bevor es schief ging.

Er presst die Augen zu und beißt fest in seinen Daumennagel, während sich sein Kopf mit Blei füllt. Er kann nicht ohne sie leben. Das weiß er doch schon. Er vermisst sie, sehnt sich immer nach ihr, Tag und Nacht.

»Geliebte Charlotte, du darfst nicht gehen«, murmelt er mit belegter Stimme und hält sich am tragenden Balken der Stube fest, als sie auf der anderen Seite der verschlossenen Tür die Spülung zieht, lautlos in ein zusammengeknülltes Handtuch schluchzend.

⋆

Sand wird am Montagmorgen vor der eigentlichen Bürozeit zu einer Besprechung gerufen, und er muss nur einen einzigen Blick auf ihr gestriemtes und verhärmtes Gesicht werfen, um zu begreifen, warum.

»Thomas ist verreist«, teilt sie kurz angebunden hinter ihrem Schreibtisch mit, in einer erkämpften Ruhe, die ihm ins Herz schneidet.

»Es tut mir schrecklich Leid, das zu hören ...«, sagt er, in Ermangelung von etwas Besserem.

Sie nickt, während die Finger zum Mund fahren und die Augen glasig werden. Aber dann sammelt sie sich, schluckt und sieht ihn direkt an.

»Ganz praktisch beinhaltet das, dass ich etwas mehr als sonst unter Druck stehe. Die Kinder sind bei mir, diese Woche hier in Kopenhagen und dann rechne ich damit, dass wir nächste Woche wie geplant aufs Land fahren können. Es dürfte nicht allzu große Turbulenzen mehr geben bis Bonn, und gegebenenfalls kann ich entweder herkommen oder Sie kommen rauf zu uns an die Sjællands Odde. Es wird notwendig sein, da oben ein Modem zu installieren, damit ich auch dort E-Mails bekommen kann.«

Er nickt zustimmend. Kein Problem.

»Ich selbst meine, dass ich absolut imstande bin, mit der Situation klarzukommen. Aber die Voraussetzung ist natürlich, dass wir nicht auf die Titelseite von *Ekstra Bladet* kommen. Die Kinder wissen auch noch nichts, nur, dass ihr Vater für einige Tage nach Nordjütland gefahren ist. Also …«

»Charlotte«, unterbricht er sie. »Sie sind groggy. Das ist okay. Gehen Sie es ruhig an, wir helfen Ihnen da durch.«

Sie lächelt steif, zündet sich eine Zigarette an und öffnet das Fenster, das zum Platz hinausgeht. Es liegen schon zwei Kippen im Aschenbecher.

»Ich lege Wert darauf, dass es unter Kamal, Louise, Freddy und Ihnen selbst bleibt«, sagt sie, halb abgewendet.

»Natürlich.«

»Und ansonsten gilt *business as usual*. Bis auf weiteres …«

»Bis er zurückkommt«, setzt Sand versöhnlich hinzu.

»Ich glaube nicht, dass er das tut«, kommt es prompt. Die Barschheit ist nicht zu überhören, und so viel hat er immerhin über Frauen gelernt, dass dieser bittere Klang nur eines bedeuten kann. Der Idiot war ihr untreu gewesen, und jetzt hat sie es erfahren und ihn rausgeschmissen, stolze Amazone, die sie ist. Sein muss. In ihrer Position.

Henrik Sand knetet seinen Nasenrücken. Es ist zum Kotzen. Warum sind Männer solche primitiven Dummköpfe? Irgendwie hatte er ja schon befürchtet, dass es so enden würde. Dass sie, wie so viele Frauen vor ihr, zu Hause besiegt würde.

»Charlotte …«, versucht er.

»Ja, ich *bin* okay!«

»Jaja. Ich wollte nur sagen, dass ich auch für private Konsultationen 24 Stunden am Tag zur Verfügung stehe.«

»Danke«, sagt sie blinzelnd und zwingt noch ein Lächeln hervor. »Meinen Sie, Sie könnten mir ein paar Papiertaschentücher beschaffen? In aller Diskretion?«

Das kann er. Das ist das Mindeste.

Aber er kann nicht verhindern, dass sich die Neuigkeit über die gewohnten Kanäle verbreitet. Nicht etwa, weil sie selbst den Tratsch verbreiten, sondern weil jeder, der die Ministerin trifft, nicht nur an diesem Tag, sondern auch in den folgenden Wochen, darüber erschüttert ist, wie sie aussieht. *Mehr tot als lebendig. Am Rande eines Zusammenbruchs. Als wäre ihr ein großes Unglück widerfahren.* Und irgendjemand kennt immer irgendjemanden, der Thomas und Mikkel kennt und deshalb in der Lage ist, die Geschichte zusammenzusetzen. Dennoch schaffen sie es aus irgendeinem Grund, das Ganze schief zusammenzuheften. Plötzlich heißt es nämlich, dass Charlotte Damgaards Mann sie wegen einer anderen verlassen hat. Was die meisten, ehrlich gesagt, gut verstehen können.

☆

»Ich sitze hier und schreibe im Haus am Meer, die fünfzehnte Nacht in Folge schlaflos. Lisbeth hat mir eine Schlaftablette gegeben, die liegt hier neben mir wie eine kleine blaue Versuchung. Ich brauche unbedingt Schlaf, sollte sie nehmen und einschlummern. Verzichte jedoch, wage es nicht, habe Angst, dass ich, wenn ich eine nehmen kann, auch hundert nehmen kann. Hätte ich nicht Jens und Johanne, um die ich mich kümmern muss, die mich an meine Pflicht erinnern und an meine Unersetzlichkeit als ihre Mutter, hätte ich es vielleicht getan. Erschreckend, diese Nachgiebigkeit gegenüber der Dunkelheit zu merken, den Drang, nicht länger festzuhalten und sich herunterziehen zu lassen. Niemals war ich meinem Vater so nah, fühlte die Schicksalsgemeinschaft mit ihm, der ich kaum widerstehen kann. Er muss Nächte wie diese gekannt, Diskussionen mit sich selbst geführt haben, warum man hier auf die Erde gesetzt worden ist, was der Sinn eigentlich ist, wie man das Leben

ertragen kann, wenn es schwer wie ein Kreuz ist. Was ist es, das ich nicht tragen kann? Der Verrat, glaube ich. Mein ganzes Leben lang habe ich nie gewagt, jemand anderem dieses Vertrauen entgegenzubringen, das ich Thomas geschenkt habe. Ich habe mich völlig kindlich, naiv auf ihn verlassen. Glaubte daran, dass unsere Liebe von der unsterblichen, unendlichen Sorte war, die alles aushält. Und dann zeigt sich, dass sie genauso banal und begrenzt ist wie die der anderen. Gibt es Liebe überhaupt als etwas anderes als nur die romantische Vorstellung, die den Traum am Schweben halten soll, damit wir die Wiederholungen des Alltags ertragen? Und wenn Thomas mich nicht lieben kann, bedingungslos, wer sollte es dann können? Dann bin ich es nicht wert, geliebt zu werden. Dann haben meine Kritiker Recht. Ich bin nichts anderes als eine egozentrische, machtgeile Ziege, die das Format hat, sich in die erste Reihe zu drängeln, indem sie über ein paar andere hinwegtrampelt. Darunter meinen eigenen Mann, den ich selbst einer molligen Brünetten in die Arme getrieben habe. Ach, mein Zorn ist nichts anderes als ein halbnasser Sylvesterkracher, der sich kaum anzünden lässt. Denn das ist ja das Schlimmste, dass ich es tief in mir drinnen weiß. Weiß, dass mein ganzes Leben sich darum gedreht hat, Zugang zu bekommen, mich verdient zu machen, um ins Warme gelassen zu werden, trotz meiner Fehlbarkeit.

Beunruhigenderweise fühle ich sehr deutlich, dass ich in die Kindheit zurückgeschickt worden bin, in die großen Rätsel und dieselbe Verzweiflung. Ich glaube nicht, dass ich mir Thomas ausgesucht habe, weil er mich an meinen Vater erinnerte. Ich finde nicht, dass er das tut. Aber eine Sache haben sie gemeinsam – die Reinheit, das Gute. Ich habe Thomas immer als rein aufgefasst, einen durch und durch guten Menschen. Das Geschenk meines Lebens, ein Mirakel. Das tue ich immer noch, und natürlich ist das irgendwo der Grund, warum es mich so hart trifft. Denn wenn er rein ist, dann ist er auch frei von Schuld. Und wer bleibt dann noch, die Schuld auf sich zu nehmen, dafür, dass alles verloren ist – wer, außer mir? Ich kann es mir selbst zuschreiben, dass ich ihn verloren habe, dass die Liebe vor meinen Augen verwittert ist, weil ich nicht gut genug darauf aufgepasst habe. Das bringt mich zurück zum Nullpunkt. Zur Eiswüste. Zur Nachtangst. Die Frage ist, ob ich es schaffe, von vorne anzufangen. Ich glaube, ich nehme die Schlaftablet-

te. Nur eine halbe. Freddy kommt und holt mich morgen früh ab. Sand und ich und ein paar Mitarbeiter müssen den Tag nutzen, um Bonn klarzumachen. Denn das sollen sie mir auf keinen Fall vorwerfen können. Dass der Kapitän sein Schiff im Stich lässt. Ich werde schon hinter mir aufräumen.«

☆

Sie sind in den Stau der Autos geraten, die mit der Fähre angekommen sind, aber im Grunde genommen ist es ihm sehr recht, dass er in aller Ruhe gemütlich mit 80, 90 Stundenkilometern vorwärtsgondeln kann. Seine Erfahrung mit dieser Strecke sagt ihm, dass er Überholmanöver von hier bis zur Holbæk-Autobahn getrost vergessen kann. Das wäre zu waghalsig und würde ihn ohnehin nur ein kleines Stück in der Schlange vorwärtsbringen. Außerdem könnte es sie wecken. Sie schlief schon, bevor sie Vig erreicht hatten. Er hatte sich erlaubt, ihr Handy auszuschalten, auf das sie ihn gebeten hatte aufzupassen, während sie nur »ein wenig die Augen zumacht«. Und wenn er darauf verzichtete, zu sehr aufs Gaspedal zu treten, dann hatte sie auf jeden Fall noch eine gute Stunde Schlaf vor sich.

Freddy Jensen ist kein sentimentaler Mann. Aber unglückliche Frauen kann er nicht ertragen.

☆

Ingrid Damgaard machte so etwas sonst eigentlich nicht. Aber in den letzten knapp drei Wochen hatte sie so viel gemacht, wie sie sich noch nie zuvor vorgenommen hatte. Und der Grund dafür, dass die Welt sich ihr plötzlich neu öffnete, war nicht die Rundreise durch China, die sie gerade machte. Der wirkliche Grund war, dass sie sich ganz unerwartet verliebt hatte. In einen geschiedenen Gymnasiallehrer aus Slagelse, der in ihrer Reisegruppe dabei war und sie schon auf dem Flug nach Beijing so zum Lachen gebracht hatte, dass ihr der Bauch wehtat. Kurt hieß er, spielte Amateurtheater und erzählte so begeistert von seinen Schülern, als wären sie seine eigenen Kinder. Unter anderem, weil er selbst keine hatte, nachdem er »nur Knallpulver in der Büchse hatte«, ein Kummer, den er in begeisterte Freude an allem verwandelt hatte, das auch nur im Entferntesten an Spiel und Spontaneität, Spaß und Radau erinnerte. Außerdem war er ein Genießer, der alles probieren musste, egal, ob es nun bizarre chinesische Spezialitäten waren, Essen oder Trinken oder Frauen, die seinen Weg kreuzten – er klaute sich mindestens einen kleinen Kuss auf ihre Wangen, auch bei den chinesischen Frauen, die kichernd zusammenknickten, wenn er über den verwirrten Dolmetscher erklären ließ, dass er dabei war, die Welt zu bereisen, um den verschiedenartigen Geschmack der Frauen zu beschreiben und zu registrieren, unterteilt nach Rasse, Volk und Religion.

Ingrid, die seit fast dreißig Jahren keinem einzigen Mann Zutritt zu ihrem streng bewachten Leben gestattet hatte, konnte Kurt trotz stapelweise vorhandener vernünftiger Vorbehalte nicht widerstehen. Als Allererster erhielt er ungehinderten Zugang zu ihrer verbotenen Stadt, ihrem duftenden Garten und ihrer Lotusblume und was er sonst noch an Metaphern über ihre nackte Üppigkeit streute, als sie sich das erste Mal, schon nach dem ersten Tag in Beijing, die ganze Nacht durch liebten. Dass er sein Leben seit der Scheidung vor acht Jahren nicht als Mönch dahingeschleppt hatte, war ihr völlig klar. Dass er vielleicht auch nicht für den Alltagsgebrauch taugte, ahnte sie – aber seltsam genug, es war ihr egal. Sie empfing ihn, genoss ihn, ließ sich hofieren und verführen, ob sie nun gerade den Jangtse hinauffuhren, durch das südchinesische Kalkgebirge wanderten, die Terrakottakrieger in Xi'an bewunderten oder in Shanghai im Kasino waren. Sie lachte, seufzte und stöhnte sich durch diese drei wunderbaren Wochen, die langsam zu Ende gingen, als sie zurück in Beijing auf dem letzten Ausflug waren, auf der Tour zur Chinesischen Mauer. Und da geschah es plötzlich, dass Kurt, wie immer hingerissen von den neuen Erlebnissen, darauf bestand, dass sie sich sein »Mobilo« lieh, um ihre Kinder anzurufen. Einfach nur, um den Augenblick mit ihnen zu teilen – diesen einen Augenblick ihres Lebens, in dem sie hier auf der Mauer stand, der größten menschengemachten Schöpfung der Welt. Vielleicht nur noch übertroffen von der Erfindung des Mobiltelefons, das, »*Gottstehmirbei*«, sogar hier hervorragenden Empfang hatte. Sie lachte zögernd, aber nahm das Telefon und rief zuerst bei Lisbeth auf Mors an. Bekam Erik zu sprechen, ihren Mann, der nur mürrisch mitteilte, dass sie nicht da war. Er ließ sich auch nicht davon beeindrucken, dass Schwiegermama in China war, und hatte es insgesamt auffallend eilig, aufzulegen. Also rief sie auf Lars' Handy an, er war irgendwo in Mazedonien mit seinem Lastwagen unterwegs und war wie immer bester Dinge und lachte und fand es lustig, dass sie ihn anrief. So aufgemuntert, rief sie auch auf Charlottes Handy an, um das Durchgestelltwerden im Ministerium, die Sekretärin und was es sonst noch an Schutzvorrichtungen gab, zu umgehen. Enttäuschenderweise war es offenbar ausgeschaltet, denn sie hörte nur die lakonische Ansage des Anrufbeantworters, dass man eine Nachricht für die angerufene Person hinterlassen konnte. Normalerweise hätte sie einfach aufgelegt, ohne etwas zu sagen. Aber da Kurt hinter ihr stand und ihr den Nacken küsste, sprach sie doch etwas aufs Band.

»Hier ist Mama«, sagte sie. »Ich wollte dir nur erzählen, dass ich auf der Chinesischen Mauer stehe ...«

»Zusammen mit Kurt!«, rief Kurt ins Telefon. Sie kicherte.

»Zusammen mit Kurt. Ich hoffe, es geht dir gut ... kleiner Schatz. Grüße die anderen! Tschüss!«

»›Kleiner Schatz!‹«, sagte Kurt, als sie ihm das Telefon reichte. »Das war lieb. So ist es, wenn man Kinder hat, oder?«

Sie nickte. Doch, so war es, wenn man Kinder hatte. Wenn man sich traute, sich das einzugestehen. Mutterschaft. Bindung. Kummer. Liebe.

☆

»Hör dir diese Nachricht an!«, sagt Charlotte und reicht ihrer Schwester das Handy, als sie am Abend zurück an die Odde gekommen ist, nach einem langen Tag in Kopenhagen. Die Kinder haben schon gegessen und sind jetzt drüben bei den Nachbarn und spielen mit einem gleichaltrigen Geschwisterpaar. Soweit Lisbeth orientiert ist, sind sie gerade dabei, Marienkäfer-Käfige zu bauen.

Lisbeth hält sich das Telefon ans Ohr und reißt verblüfft die Augen auf.

»Ist das Mama?«

»Ja! Man sollte es kaum glauben, was?«

Lisbeth hört die Nachricht noch einmal ab.

»Sie *ist* ja in China, aber … sie klingt so seltsam … als ob sie betrunken wäre oder so?«

»Und wer ist Kurt?«, fragt Charlotte mit hochgezogenen Brauen.

Lisbeth schüttelt den Kopf.

»Keine Ahnung …«

»Glaubst du, sie hat einen Liebhaber, der Kurt heißt?«

»Unsere Mutter? Niemals!« Lisbeth lächelt schief und schenkt ihrer kleinen Schwester ein Glas Weißwein ein. Sie sitzen an dem wackligen Gartentisch, mitten im hohen Gras auf dem naturbelassenen Boden. Die Sonne wärmt noch, obwohl es schon halb acht ist. Das Geschrei der Kinder mischt sich mit dem Krach einer Motorsäge, dem lauter werdenden Abendgesang der Vögel und dem schwachen Rauschen der Autokolonne auf der Hauptstraße, die mit der Fähre angekommen ist. – »Willst du nicht was essen?«

Charlotte schüttelt den Kopf und zündet sich eine Zigarette an. Schiebt die Sonnenbrille von der Stirn nach unten und lehnt sich im Stuhl zurück.

»Ich habe gegessen.«

»Wie viel?«

»Genug.«

»Ich habe Frikadellen gemacht. Mit neuen Kartoffeln …«

»Ich bin nicht hungrig.«

»Es gibt auch noch Erdbeeren mit Sahne … ich habe den Kindern versprochen, dass sie welche bekommen, wenn du wieder zu Hause bist.«

»Okay, dann essen wir gleich Erdbeeren mit Sahne.« Charlotte lächelt müde und stößt mit ihrer großen Schwester an. »Verdammt, bin ich froh, dass du hier bist!«

Lisbeth dreht das Glas am Stiel.

»Ich bin froh, dass du mich angerufen hast«, sagt sie dann. »Obwohl ich finde, ihr solltet sehen, dass ihr da rauskommt ... du und Thomas.«

Charlotte seufzt. Ascht ab. Zieht. Nippt am Wein. Spielt mit ihrem Ohrring. Springt dann los.

»Lisbeth, wie ging es dir damals mit Papa?«

Ein erschrockener Zug jagt über Lisbeths ungeschminktes, sommersprossiges Gesicht, als hätte plötzlich jemand hinter ihr zwei Topfdeckel aneinander geschlagen.

»Wie es mir mit Papa ging?«, wiederholt sie überrumpelt. »Furchtbar, genau wie dir. Ich glaubte, es wäre meine Schuld.«

Charlotte dreht sich mit einem Ruck zu ihr hin, schiebt die Sonnenbrille hoch.

»Das hast du geglaubt? Warum hätte es so sein sollen?«

»Weil das Kalb, das er mir erlaubt hatte zu pflegen, gestorben war.« Lisbeth beißt sich mit dem rechten Eckzahn hart auf die Lippe.

»Aber es hatte doch Trommelsucht! Dafür konntest du doch nichts!«, protestiert Charlotte voller Reue, den Blick auf die Schwester gerichtet, die sie ganz offensichtlich blitzartig in die Folterkammer der Erinnerungen torpediert hatte. Das war nicht ihre Absicht, dass Lisbeth für ihre eigene Verzweiflung büßen sollte.

»Nein, aber das glaubte ich damals. Und auch, wenn ich als Erwachsene natürlich klar sehen kann, dass das Unfug war, es bleibt doch hängen, nicht wahr?«

Charlotte schweigt nachdenklich. Schielt mitfühlend zu ihrer Schwester, die dasitzt und auf ihre rauen Arbeiterhände mit Erde unter den kurzen Fingernägeln herunterblickt.

»Hat Mama jemals mit dir darüber geredet?«, fragt sie vorsichtig.

Lisbeth schüttelt den Kopf.

»Dann weißt du auch nicht, *warum* er es getan hat?«

»Nein. Es waren ja etliche Bauern, die das getan haben, damals. Es hatte was mit den neuen Zeiten zu tun, EG und so. Sie konnten nicht überblicken, wie es mit den Kühen weitergehen sollte. Habe ich gelesen. Aber ich habe immer Angst gehabt, dass ich selbst auf diese Idee kommen könnte. Schon als Kind. Darum habe ich mich nie etwas getraut. Ich habe mich nicht getraut, Achterbahn zu fahren oder über die Limfjordbrücke zu gehen oder im Tiefen zu schwimmen, weil ich immer Angst hatte, dass ich im Wagen aufstehen oder über das Geländer springen oder so weit hinausschwimmen könnte, dass ich nicht mehr zurückkommen würde.«

»Ist das wahr?«, fragt Charlotte verblüfft. »So ist es dir gegangen?«

»Mhm. Auf viele Arten ist es immer noch so. Ich traue mich auch nicht zu fliegen, nicht wahr?«, lächelt sie. »Überhaupt traue ich mich nicht gerade viel. Nicht wie du, die sich in alles Mögliche stürzt. Ich komme nie nach Afrika. Oder China …«

»Aber, Lisbeth, das ist doch dasselbe!«, fällt Charlotte ihr ins Wort. »Ich bin doch auch unglaublich ängstlich im Innersten. Nur fordere ich die Angst heraus, versuche, Kontrolle über sie zu bekommen.«

»Gelingt es dir?«

»Ja. Zusammen mit Thomas gelang es jedenfalls fast …« Charlotte sieht weg, folgt der schwirrenden Bahn einer Libelle, während sich ihr der Magen umdreht. »Aber jetzt spüre ich sie wieder aufflammen. Nachts.«

»Wenn du nicht schlafen kannst …«

Lisbeth runzelt die Stirn unter ihrem Pony, wo die ersten grauen Haare sich wie ein Hauch weißer Farbe zeigen.

»Lotte, ich habe ziemlich viel über das hier gelesen. Über Kinder von Selbstmördern, meine ich.«

»Ja?«

»Es ist ganz normal, dass es einem so geht, wie es uns geht. Und tatsächlich ist die Angst auch nicht unbegründet. Also unsere Angst, dass wir auf die Idee kommen könnten, dasselbe zu tun …«

»Und?« Charlotte schiebt die Sonnenbrille wieder an ihren Platz.

»Erstens sind einige sozusagen erblich belastet, falls es eine psychische Erkrankung in der Familie gibt. Wenn es irgendeine Form von Geisteskrankheit war, die zum Selbstmord geführt hat, haben die Nachkommen natürlich ein gewisses Risiko, genetisch bedingt in dieselbe Krise zu geraten.«

»War unser Vater geisteskrank?«, fragt Charlotte, drückt ihre Zigarette aus, setzt die Brille ganz ab, legt sie sorgsam beiseite. Die Sonne ist hinter den Bäumen im Westen verschwunden, und umgehend weicht die Wärme der frischen Kühle des Abends.

Lisbeth schüttelt sich.

»Nein, das glaube ich nicht. Verschroben, vielleicht. Nicht dezidiert krank. Aber wir sind trotzdem in der Risikogruppe.«

»Weil?«, fragt Charlotte und knetet ihre nackten Oberarme.

»Weil er uns mit seinem ultimativen Beispiel gezeigt hat, dass es immer einen Ausweg gibt.«

»Ja!«, ruft Charlotte zustimmend und beugt sich weit nach vorne, so weit, dass sie nicht nur ihren eigenen Blick in den tiefgrünen Augen ihrer Schwester erkennen kann, sondern auch ihre eigene Furcht. – Diese Möglichkeit ist immer da.

Gerade als sich die Koordinaten der beiden Schwestern auf der Achse schneiden, werden sie vom Klingeln des Telefons unterbrochen. Es ist Erik, der anruft, um zu hören, wann seine Frau nach Hause zu kommen gedenkt.

»Vermisst du mich?«, fragt Lisbeth mit einer unverblümten Bissigkeit, die Charlotte dazu bringt, sie mit neuen Augen zu sehen.

☆

Als das Urteil am 18. Juli im Amtsgericht Göteborg verlesen wurde, brach Rosa schluchzend zusammen. Noch dazu war sie die Einzige, die freigesprochen wurde. Ziemlich unerhört in Anbetracht der Tatsache, dass die Gruppe auch als solche angeklagt und auch verurteilt wurde. Aber ihr Verteidiger rollte einen Tränenteppich aus dem Melodram ihrer miserablen Kindheit auf Bornholm aus, die sie bei einer daueralkoholisierten, allein erziehenden Mutter verbracht hatte, die es wechselnden Partnern erlaubt hatte, gegen Bezahlung und Unterhalt für die Familie, zu der noch drei kleinere Geschwister zählten, sich ihrer Tochter zu bedienen. Rosa, die nicht Rosa hieß, sondern Michelle, hatte sich nicht an die Behörden gewandt, aus Angst vor dem, was mit ihren kleinen Geschwistern passieren könnte, für die sie sich verantwortlich fühlte. »In einem viel zu jungen Alter musste Michelle die Mutterrolle übernehmen, und erst, als sie zum dritten Mal ihren Arzt aufsuchte, um einen Abort durchführen zu lassen, sah man ein, wie schlecht es um ihr Zuhause wirklich bestellt war. Die kleinen Geschwister wurden der Mutter entzogen, und Michelle, die inzwischen achtzehn war, verließ die Insel und zog nach Kopenhagen. Einsam, unglücklich und ohne Einblick in geltende Normen war sie ein leichtes Opfer für die radikalen Gestalten des autonomen Milieus und, obwohl sie nicht viel älter waren als sie selbst, konnte sie zum ersten Mal in ihrem jungen Leben die Verantwortung anderen überlassen, den Führerfiguren, die sie immer vermisst hatte. Jedoch kann kein Zweifel daran herrschen, dass ihre Verliebtheit in Teis Rosborg echt und tief empfunden ist und, wie sich zeigt, gegenseitig. Dass das Paar jetzt ein Kind erwartet, muss darum sowohl als glücklich als auch als mildernder Umstand angesehen werden …«

Der Staatsanwalt – der in seiner Darstellung der beinharten Cathrine Rørbech als gefährliche Terroristin, die in ihrem Kampf gegen die Staatsmacht, das heißt die Demokratie, keine Mittel scheute, besonders gnadenlos gewesen war – registrierte, dass sie sich mit einem halb erstickten Ächzen die Hand vor den Mund hielt, als der Verteidiger seine Rede über Rosa hielt, während sie keine Miene verzogen hatte, ganz gleich, was er über sie selbst gesagt hatte. Es war offensichtlich nicht nur eine Neuigkeit, sondern auch ein Schock für sie, dass die Freundin ihres Kameraden schwanger war. Dagegen schien sie völlig unbeeindruckt, als sie der gewaltsamen Krawalle gegen die schwedische Polizei für schuldig befunden wurde, und nahm ohne zu blinzeln ihre Verurteilung zu fünf Monaten Gefängnis entgegen. Der Staatsanwalt hatte eine höhere Strafe gefordert, musste sich aber dem Umstand beugen, dass sie nur Indizien hatten, um sie zu verurteilen. Die Wohnung, die sie gefunden und durchsucht hatten, Handy-Gespräche, Schlauchbomben und die Sturmmasken. Während es Zeugenaussagen gab, die beschrieben, wie die anderen Mitglieder der Gruppe Pflastersteine auf Polizisten und Pferde geworfen hatten, gab es niemanden, der mit Sicherheit Cathrine Rørbech als gewalttätig ausmachen konnte. Dass das ausschließlich darin begründet war, dass sie sich den Fuß gebrochen hatte, deshalb kampfunfähig war und festgenommen werden konnte, bevor sie es schaffte, an weiteren Ausschreitungen teilzunehmen, stand für den Ankläger außer Frage. Was auch von Michelles Zeugenaussagen gestützt wurde. Im Gegensatz zu den anderen aus der Gruppe hatte sie keinen Grund gesehen, einen Handel auszuschlagen. Offensichtlich war sie es auch gewesen, die Teis Rosborg zur Zusammenarbeit bewegt hatte. Als Belohnung bekam er nur drei Monate Gefängnis mit der Begründung, dass er jünger als Rørbech war, erst neunzehn Jahre. Und als er nach der Urteilsverkündung, als die ganze Gruppe bis zur späteren Verbüßung in Dänemark freigelassen wurde, seiner Mutter um den Hals fiel, war er auch nichts anderes mehr als ein großes Kind. Wohingegen Cathrine Rørbech, deren Familie anscheinend nicht als Willkommenskomitee bereitstand, das Rechtsgebäude genauso einschüchternd aufrecht und kampfbereit verließ, wie sie es betreten hatte.

☆

Das war das Dümmste, was er tun konnte, Thomas. Trotzdem war er an einem Samstagabend in der Hochsaison nach Løkken gefahren und hing jetzt über einem Bier, in derselben bootsförmigen Bar, wo er sie seinerzeit kennen gelernt hatte. Das Personal hatte immer noch die rot-blauen Matrosenuniformen an, genau wie damals, dasselbe maritime Interieur, dasselbe Labskaus, ja, sogar der Besitzer, ein klein gewachsener, inzwischen etwas gealterter Springinsfeld, war noch derselbe. Und ganz genau wie vor zehn Jahren grölten die Gäste lauthals und inbrünstig die Erkennungsmelodie des Lokals mit, zwei simple Strophen, die ins Unendliche wiederholt wurden – *Peter Bootsmann, Peter Bootsmann, ohohoh, Peter Bootsmann.* Aber abgesehen davon war es schmerzhaft und unübersehbar nicht dasselbe. Sie war schließlich nicht da. Stand nicht mit ihren Zöpfen hinter der Bar und bereitete den Fischern Herzschmerzen, während ihm schon durch ihre bloße Anwesenheit heiß wurde und er kaum Luft bekam. Sie lächelte ihn nicht an, streifte nicht zufällig im Vorbeigehen seine Hüfte, wenn sie sich hinter der Zapfanlage um ihn herumschob. Sie zog ihn nicht auf, schickte ihm keine verheißungsvollen Blicke oder schrieb kleine Zettel, die sie vom Bestellblock abriss. Sie war von hier verschwunden, von hier, wo niemand, auch nicht der Besitzer, ihn wiederzuerkennen schien und deshalb auch niemand ihm helfen konnte, die Geschichte ihrer ersten Begegnung zu rekonstruieren. Um nicht zu sagen, ihn der Erkenntnis näher zu bringen, warum er so plötzlich das Kostbarste in seinem Leben verloren hatte. Seine Liebste, seine Liebe.

Im Gegenteil, er verstand es noch weniger, als er hier saß und den Film an den Anfang zurückspulte, denn es gab nichts in diesem Anfang, was vor Problemen gewarnt hätte. Keiner, der sie damals kannte, würde heute sagen können, ja, sie waren schon wirklich verliebt, die beiden, aber wir wussten doch alle, dass das früher oder später schief gehen würde. Es gab keine Wolken am Himmel, damals, als er verrückt nach ihr und sie verrückt nach ihm war. Keine Hängepartien, *no loose ends.* Noch nicht mal irgendwelche Alltags-Gegensätze, also, dass zum Beispiel einer lieber Rotwein trank und die andere Weißwein, dass die eine lieber Skiurlaub machte und der andere lieber in den Süden fuhr, dass der eine ein Ordnungsmensch war und die andere das Chaos liebte. Ganz zu schweigen davon, dass einer Jütländer und die andere Kopenhagenerin gewesen wäre, die eine reich, der andere arm oder der eine weiß und die andere schwarz. Sie waren in allem seelenverwandt gewesen, vom Großen bis ins Kleinste. Warum also ist es schief gegangen?

Wenn er sie in den langen nächtlichen Telefongesprächen fragte, die sie ein paar Mal geführt hatten und die wenigstens eine kleine Öffnung in ihrer ansonsten blanken Ablehnung waren, antwortete sie, dass er das selbst wissen müsse. Schließlich war er es, der sich geändert hatte. Seine Gefühle, die den Charakter geändert hatten. Sie hatte nur einen neuen Job angenommen. Bevor er selbst mit einer Antwort kam, würde sie auch nicht in Erwägung ziehen, ihn wiederzusehen. »Schau in dich selbst, Thomas!«, forderte sie ihn auf, »und finde heraus, was für ein Mann du bist! Wer du bist und wen du liebst. Mich oder das Bild, das du von mir hast.«

Das war die Aufgabe, die sie ihm gestellt hatte, bevor sie vor zwei Tagen zum Klimagipfel nach Bonn gefahren war. Und dann hatte sie ihn noch darum gebeten, sie in Ruhe zu lassen, bis sie wieder nach Hause kam. Natürlich respektierte und verstand er ihr Bedürfnis nach Frieden, um sich auf ein so wichtiges Treffen konzentrieren zu können, aber er konnte sich trotzdem nicht davon freimachen, dass er sich abgefertigt fühlte, ein weiteres Zeichen dafür, dass er, obwohl sie sich in ihrer ersten ernsthaften Krise befanden, auf den zweiten Platz verwiesen wurde. Darum hatte er ihr spitz eine gute Reise gewünscht und zornig den Hörer aufgeknallt, aber die Hitzigkeit verdampfte in derselben Sekunde, als er die Kinder am Fährhafen in Ebeltoft abholte, wohin Lisbeth sie gebracht hatte. Erik war da, um sie abzuholen, und auch wenn er nicht gerade aufleuchtete vor Wiedersehensfreude, verschwand er doch so schnell mit seiner Frau, dass Thomas kaum ein Wort mit ihr wechseln konnte. Schaffte nur ein hastiges »Wie geht es ihr?«, das mit einem besorgten Kopfschütteln beantwortet wurde und einem »Sehr schlecht. Du musst dir darüber klar werden!« Die Hoffnung, dass die Kinder nicht beeinträchtigt waren, zerschlug sich im Direktoren-Audi seines Vaters, als Johanne ohne Vorwarnung verkündete, dass »Mama die ganze Nacht weint«, und seit sie im Ferienhaus seiner Eltern waren, hatte Jens, sehr zum Ärger seiner Großmutter, jede Nacht ins Bett gemacht. »Mama soll kommen«, wiederholte er mehrmals am Tag, unterstützt von Johannes raffinierterem »Warum sind wir nicht *alle zusammen* zusammen?« Auf die Erklärung, dass ihre Mutter in Bonn war, sprangen sie nicht an, obwohl sie mehrmals in den Fernsehnachrichten zu sehen war. »Sind wir dann wieder *alle zusammen* zusammen, wenn sie nach Hause kommt?«, fragte Johanne misstrauisch, nachdem sie ohne Schwierigkeiten die viel sagenden Blicke ihrer Großeltern durchschaute. »Das hoffe ich«, antwortete Thomas fest, besonders an seine Eltern gerichtet, deren triumphierende Geschäftigkeit ihn aus dem 150-Quadratmeter-Luxus-Ferienhaus mit Innenpool, Spa und Solarium vertrieb. Er konnte sie nicht ertragen. Besonders seine Mutter ging ihm auf die Nerven, mit ihrer Begeisterung darüber, ihren verlorenen Sohn zurückbekommen zu haben. Er konnte ihr Geplapper nicht ertragen, ihr heuchlerisches Mitgefühl und die Yellow-Press-Analysen seiner Ehe. Und ihre kleinen kritischen Bemerkungen über Charlotte brachten ihn irgendwann dazu, direkt vor ihren verwirrten Augen zu explodieren. *Du hast verdammt noch mal nichts Schlechtes über meine Frau und die Mutter meiner Kinder zu sagen! Ich bin ein dummes Schwein gewesen, okay?* Aber auch die kleine, schmierige Vater-zu-Sohn-Vertraulichkeit: »*Ach, ein kleiner Seitensprung, da wird sie schon drüber hinwegkommen, was? Das tun sie doch immer, höhö!*« erfüllte ihn mit Abscheu. Sie begriffen überhaupt nichts, und das hatten sie auch noch nie getan. Das offenbarte sich ihm Tag für Tag deutlicher, während die Sehnsucht ihn fast zerriss und er stundenlang an der schäumenden Brandung entlangwanderte. Nur die Nähe der Kinder hatte eine lindernde Wirkung, mit ihnen zusammen fühlte er sich nicht so einsam, es gab einen Grund, morgens aufzustehen. Aber sogar dann, wenn es gerade am lustigsten war, wenn sie über die höchste Welle sprangen oder Drachen steigen ließen und er sehen konnte, dass sie für einen Moment ihre Verzagtheit vergaßen, war er durchdrungen von einem allumfassenden Gefühl der Sinnlosigkeit. Ohne Charlotte war alles ohne Bedeutung, ohne sie waren die Farben aus seinem Leben verschwunden, die Zukunft leer.

Thomas trank einen Schluck seines Biers, das eindeutig dünner geworden war seit damals. Großer Gott, wie sehr er sie liebte. Aber ob sie oder sein Bild von ihr, wie sie es nannte, konnte er auch bei näherem Nachdenken nicht beantworten. Nicht mit der Sicherheit, die sie von ihm verlangte. Er wusste ja, dass er das Mädchen an der Bar im Matrosenanzug liebte. Liebte er auch die kurzhaarige Ministerin mit den hohen Wangenknochen und der spitzen Zunge? Und was für ein *Mann* war er? Er, der damals ein unkomplizierter, fröhlicher Kerl gewesen war, das Leben wie eine Zauberkugel in den Händen? War er feige hinter ihr in Deckung gegangen, um ihr jetzt vorzuwerfen, dass sie ihn in den Schatten gestellt hatte?

Er trank aus und wollte noch einen Halbliter-Krug bestellen, als der angestaubte Sänger des Trios einen Kim-Larsen-Evergreen anstimmte, der Thomas in wilder Flucht zur Tür trieb. Es gelang ihm aber nicht, zu vermeiden, dass er die ersten Zeilen noch mitbekam wie einen Schlag in den Nacken:

»Meine Frau, ich liebe dich / und ich weiß – du liebst mich / und was auch geschieht / oh, lass es gescheh'n / denn ich bin dein …«

☆

Woher sie die Kräfte nahm, begriff niemand in der Delegation. Aber seit sie mit den anderen 177 Umweltministern aus der ganzen Welt am Donnerstag in Bonn angekommen war, strahlte sie einen energiegeladenen Kampfeifer und eine vitale Versessenheit darauf aus, Resultate zu erzielen, die alle außer Henrik Sand in die irrige Annahme versetzte, dass ihre viel diskutierte Ehekrise offenbar keine tieferen Spuren hinterlassen hatte. Er kannte sie inzwischen gut genug, um zu wissen, dass das nur ein Zeichen dafür war, dass es Räume gab, die sie entschieden hatte abzuschließen, um überhaupt funktionieren zu können. Eine typisch männliche Strategie – die rechte Hirnhälfte außer Betrieb zu setzen und die rationale linke Seite die Geschäfte übernehmen lassen. Bis auf weiteres. Bedauerlicherweise oft jahrelang. Keine besonders empfehlenswerte Taktik, wenn man als ganzer Mensch überleben wollte. Aber in Charlottes Fall konnte er sich auch nicht vorstellen, dass es länger als dieses eine Wochenende andauern würde. Und die Götter wussten, dass sie starke und fähige Unterhändler brauchten – darum tat er selbst alles, um sie auf dem streng fachlichen Kurs zu halten, den sie selbst vorgegeben hatte. Erkundigte sich nicht nach ihrem Privatleben, fing keinen Smalltalk über die Kinder oder das Ferienhaus an, was er andernfalls getan hätte, um eine brennende Ministerin abzukühlen.

Wie sie war er fest entschlossen, mit dem einzigen Resultat, das Dänemark und die EU zufrieden stellen konnte, zurückzukehren – nämlich das Kyoto-Protokoll am Leben zu halten, auch wenn die USA die gute Gesellschaft so demonstrativ verlassen hatten. Mit anderen Worten, Kanada und Australien, in der Klimafrage Alliierte Japans und der USA, mussten davon überzeugt werden, der EU zu folgen und das Protokoll endlich auch ohne die USA zu ratifizieren, koste es an Kompromissen und Verwässerungen, was es wolle. Wie sie sagte, als sie ihre erste Pressemitteilung vor den dänischen Presseleuten abgab: »Es wäre ein katastrophales Fiasko, wenn sich der Zusammenbruch der Haager Konferenz hier wiederholen würde. Wir haben keine Zeit mehr zu verlieren. Das Klima wird offensichtlich mehr und mehr beeinträchtigt. Sehen Sie sich die tropischen Regenfälle an, die wir inzwischen erleben. Jetzt *muss* gehandelt werden.«

In der Politikersprache bedeutete das in erster Linie, dass *verhandelt* werden musste, und das wurde es, hartnäckig, rund um die Uhr. Natürlich wurde auch sie müde, während die Tage vergingen, aber nicht ihr Engagement, ihre Fähigkeit, kreative Lösungen zu finden und zum richtigen Zeitpunkt mit erlösenden Formulierungen oder geschraubten Repliken aufzuwarten, was ihr großen Respekt verschaffte, nicht nur von außen, sondern auch intern. Man konnte stolz darauf sein, der dänischen Delegation anzugehören, weil die Ministerin ihr Handwerk verstand. Hinzu kam, dass sie mit ihrem besonderen, außerparlamentarischen Hintergrund ebenfalls als Brücke zu den *Freunden* fungierte, den hoch platzierten Basis-Lobbyisten, die sich ansonsten schwer damit taten, einige der Kröten zu schlucken, die immer größere Proportionen annahmen, je weiter die Verhandlungen voranschritten und je kleiner die Forderungen um die Reduzierung des CO_2-Ausstoßes wurden.

Henrik Sand ertappte sich mehrere Male dabei, dass er ihr schulmeisterlich anerkennend zunickte, glücklicherweise nahm sie es ihm nicht übel. Lächelte nur flüchtig und amüsierte sich sicher über die Patronisierung, die in seinem väterlichen Stolz lag. Aber er *war* stolz auf seine Ministerin. Wünschte, dass einige der geistigen Pygmäen zu Hause, darunter der immer ziellosere Staatsminister, sehen könnten, was er sah. Eine hammermäßig professionelle dänische Politikerin, die souverän in fremden Gewässern operierte und damit dabei war, ein Gesellenstück abzuliefern, das ihr weder Senior- noch Juniorminister hätten nachmachen können. Die Reporter entdeckten es, jedenfalls die besten und erfahrensten von ihnen. Und denen, die es nicht selbst sehen konnten, öffnete er die Augen. Riss sich nur dieses eine Mal alle Scham aus dem Leib und ließ sich als »eine nicht genannte Quelle aus dem engsten Kreise der Umweltministerin« zitieren und lobte und unterstrich bis an die Grenze und ein wenig darüber hinaus. Jetzt sollte sie verdammt noch mal die Anerkennung bekommen, die sie verdiente. Und die sie brauchte, auch wenn sie zu stolz war, es zuzugeben. Nur ein klitzekleines öffentliches Schulterklopfen würde Wunder bewirken. Ganz besonders jetzt.

Bedauerlicherweise mussten Henrik Sand und die anderen Umweltdiplomaten aus aller Welt und ihre hart arbeitenden Minister frustriert erkennen, dass es nicht Bonn war, das die Schlagzeilen des Wochenendes vom 20. bis 22. Juli machte. Das tat Genua. Nicht aufgrund des G8-Gipfels der mächtigsten Staats- und Regierungschefs der Industrienationen, sondern wegen der gewalttätigen Zusammenstöße zwischen Demonstranten und der italienischen Polizei, die sich trotz der massiven Verhaltensregeln, die die Behörden ausgegeben hatten, ereigneten.

»Das ist zu viel«, murmelte Charlotte, als sie und Sand in einer Pause vor einem aufgehängten Fernsehgerät anhielten, während die Stadt noch dabei war, sich auf die Invasion vorzubereiten. Luft-Boden-Raketen auf Aktivisten! So fordert man doch zum Ärger auf! Haben die denn gar nichts aus Göteborg gelernt?

»Vielleicht«, lächelte Sand mit einem leichten Kräuseln und

zog sie zum Kaffeetisch. Lud ihr ein Stück Kuchen auf den Teller. Sie musste gefüttert und *straight* gehalten werden. Keine Gedanken auf Abwegen, solange sie hier nicht fertig waren.

»Sie glauben doch nicht, dass *Dialog* prinzipiell verkehrt ist?«, beharrte sie dennoch.

»Sie wissen, was ich glaube. Ein Dialog ist nur zwischen Partnern möglich, die ihn auch wollen. Hier! Essen Sie ein Stück Strudel! Das Abendessen wird sich sicher verzögern.«

☆

Alles war arrangiert. Zwei vom Netzwerk hielten und warteten in einem weißen, gemieteten Fiat Punto auf sie, als sie aus dem Rechtsgebäude in Göteborg kam. Nette, junge Schweden in Sommerkleidung, ein junger Mann am Steuer, ein Mädchen auf dem Beifahrersitz. Sie trugen beide Designer-Sonnenbrillen mit verspiegelten Gläsern und sahen in jeder Hinsicht so aus, dass man ihnen eine Rolle in einem Mainstream-Jugendfilm hätte geben können. Auf dem Rücksitz lagen zwei H&M-Plastiktüten mit ähnlichem Outfit für sie und Teis, damit sie die zweite Hälfte des Quartetts ausfüllen und die Illusion perfekt machen konnten, dass das hier vier junge Skandinavier auf dem Weg gen Süden, Richtung Sommer und Sonne, waren. Ein Spitzenplan, wie Teis auch gefunden hatte, als sie ihn vor einem der Gerichtstermine hastig eingeweiht hatte. »Cool!«, hatte er genickt, und seither hatte sie es sich eingebildet. Dass er mitkam. Mit ihr. Trotz der Sache, die vor Gericht rausgekommen war. Sie hatte sich sogar erlaubt, sich zu freuen, ein ganz kleines bisschen. Sie waren kein Liebespaar, das war ja klar. Nicht so jedenfalls. Aber es würde lustig werden, so tun zu dürfen. Verliebt zu spielen. Ohne Rosa.

Es war abgesprochen, dass er kurz warten und sich dann, unter dem Vorwand, pinkeln zu müssen, von seiner Familie wegschleichen sollte. Er durfte nicht länger als zehn Minuten brauchen, sonst würde es zu auffällig werden, dass sie dort hielten, und außerdem hatten sie es richtig eilig, wenn sie es schaffen wollten. Nach zehn Minuten startete Lasse den Motor. Nach einer Viertelstunde sagte Stina, dass sie nicht mehr länger warten könnten, und nach zwanzig Minuten musste Cat sich fügen. Er kam nicht. Nicht einmal, um sich zu verabschieden.

»Fahr!«, kommandierte sie da kurz und setzte die Sonnenbrille auf, Lasse drehte von sich aus die Musik laut, und Stina tat so, als würde sie das eindeutige Hicksen, das vom Rücksitz kam, nicht hören.

»Okay«, sagte Lasse, als sie aus der Stadt waren und den Autobahnzubringer erreicht hatten. »Genua, here we come!«

☆

Es ist die Art, wie sie nichts sagen, seine Eltern, als der Beitrag über die hysterischen Gipfel-Vorbereitungen in Genua über den Bildschirm flimmert. Auf dieselbe Weise, wie sie Göteborg kaum erwähnt haben. Thomas, der brave Junge, hatte nie den großen Eltern-Aufstand geprobt. Aber die Tage im Sommerhaus, die immer angespannter werden, bringen ihn immer näher an die direkte Konfrontation. Peinlich pubertär, sich wie ein trotziger Teenager aufzuführen, wenn man über dreißig ist. Das gibt er zu. Schmeißt trotzdem kleine Knallerbsen, um eine Reaktion zu provozieren. Wie jetzt während der Fernsehnachrichten.

»Luft-Boden-Raketen! Das ist doch wirklich weit hergeholt! 20.000 Polizisten und paramilitärische Streitkräfte! Sind die darauf aus, jemanden umzubringen?«

»Ja, ja«, grunzt sein Vater. »Man wird sich wohl noch verteidigen dürfen. Als Bürger. Die können doch einfach zu Hause bleiben!«

»Das *sind* doch aber auch einige Unruhestifter, oder, Thomas?«, sagt seine Mutter, als sie Kaffeetassen und Thermoskanne auf den Tisch stellt. »Also, ich verstehe ja auch nicht, wogegen die demonstrieren wollen. Denen geht es doch gut! Das ist doch genau wie mit der aus Brønderslev, nicht? Ihr Vater ist Oberarzt! Und dann wird die *Terroristin*!«

Thomas seufzt und beißt sich in den Fingernagel. Schielt nach den Kindern, die so tun, als wären sie vollauf damit beschäftigt, auf dem Boden mit ihrem Playmobil zu spielen, aber er hat gesehen, wie sie ihre Antennen ausgefahren haben.

»Sie ist keine Terroristin«, antwortete er gedämpft. »Sie ist ein armes, einsames Mädchen, das von Anfang an Pech gehabt hat.«

»Woher weißt du das?«, fragt seine Mutter mit neugierig witternden Nüstern.

»Ich bin ihr begegnet. Im Arrest. Als ich von der schwedischen Polizei verprügelt worden bin, weil ich an einer angemeldeten Demonstration gegen Globalisierung und die Ausbeutung der Armen teilgenommen habe. He, Kinder! Wollt ihr mit zum Strandkiosk kommen und noch ein Gute-Nacht-Eis essen?«

»Ja!«, jubeln sie im Chor und springen auf, erleichtert darüber zu entkommen – genauso wie er.

☆

Lasse und Stina wechseln sich auf der knapp 2000 km langen Fahrt durch Dänemark, Deutschland und die Schweiz ab, und schon am nächsten Vormittag erreichen sie die italienische Grenze. Die Sommerkleidung und nicht zuletzt Cats falscher Pass, der den von der schwedischen Polizei einbehaltenen ersetzt, bringen sie durch die Durchsuchung des Autos und ihres Tarn-Gepäcks, das nichts anderes beinhaltet als noch mehr Sommerklamotten, inklusive Bikinis und Bade-Shorts, Kriminalromane, Britney-Spears-CDs, Discman und Sonnencreme. Das ist so unschuldig, wie es nur sein kann, und ihre Erklärung, dass sie auf dem Weg an die Amalfi Küste sind, wird auch ohne weiteres angenommen, und sie werden mit einem Lächeln und einem *Ciao!* an die hellblonde Stina am Steuer weitergewunken. Schon vierzig Kilometer vor Genua verlassen sie die Autobahn und folgen der Route entlang kleiner Land- und Nebenstraßen, die sie angegeben bekommen haben. Und genau wie geplant treffen sie »Antonio«, der sie in einem Postauto ganz bis ins abgesperrte Zentrum bringt. Dort finden sie eine Toreinfahrt, wo sie sich die schwarzen Sachen wieder anziehen, ein Teil des Inhaltes der Rucksäcke, mit denen »Antonio« sie ausgestattet hat. Wie Lasse sagt, als sie ihm zum Abschied winken, »That's what networking is for«. Kurz darauf finden sie andere, die sie zu den Kameraden im »Black Block« bringen können, und danach verlieren sie sich aus den Augen. Denn da sind sie in die abgesperrte rote Zone gelangt, und hier kocht es. Hier ist es wie in Göteborg, nur wilder und gefährlicher. Das hier ist der Süden, das Land der Mafia, Aldo Moros und der Roten Brigaden, und nicht der gemütliche Norden, wo man eine Tugend daraus macht, alles zurechtzureden. Für Cat ist hier die Wirklichkeit; hier, in diesem lärmenden, heulenden Inferno von schreienden Aktivisten, jaulenden Sirenen, bellenden Hunden und brüllenden Carabinieri erreicht sie schließlich vollkommenen Frieden. Hier kann sie auf Luftspiegelungen gehen, unbeeindruckt durch Tränengas wandern, ihre aufgesparten Titanenkräfte nutzen, um ihren letzten Kampf zu schlagen, Container auf Mannschaftswagen zu stürzen, Steine auf lebende Ziele zu werfen, brennende Anarchie-Flaggen in die Polizeiketten zu schleudern. Furchtlos sucht sie ihn, den endgültigen Gegner, einen Feind, dem sie in die Augen sehen kann, damit sie sich endlich selbst trifft. Aber nicht einmal dieses Geschenk wollen sie ihr machen. Auch hier trifft sie nur Ablehnung. Während um sie herum ihre Kameraden aufheulend stürzen, halb erstickt am eigenen Erbrochenen, von den harten Schlägen der Gummiknüppel getroffen, panisch durch den Rauch flüchtend, als die ersten Warnschüsse fallen, ist es, als ob sie bewusst ignoriert würde, als ob sie mit ihrem hässlichen Muttermal zu abstoßend ist, als dass man nach ihr schlagen oder auf sie zielen wollte.

»Nimm mich! Motherfucker!«, schreit sie vor einem Paramilitär, der dabei ist zu laden. Auch er ignoriert sie und dreht sich weg. »Zur Hölle!«, wimmert sie, aber dann spürt sie einen Griff um ihr Handgelenk, schaut schräg zur Seite und sieht einen Typen, schwarz angezogen und wie sie ohne Maske, aber die untere Gesichtshälfte von einem orangefarbenen Tuch bedeckt.

»Come!«, ruft er auf Englisch, aber seine weiche Aussprache dieses einen Wortes verrät ihr, dass er Italiener ist. »Come, we get them bastards!«

»Yes«, sagt sie und lächelt selig, denn da ist er, nicht der Gegner, sondern ihr Messias. Er hat ihn, den Blick, nach dem sie gesucht hat. Die Glut, die sie geglaubt hatte bei Teis zu finden, dem Verräter, der nichts anderes war als ein verrotzter Bürgerbengel. Zweitausend Kilometer und 24 Stunden hat sie gebraucht, um das Bild von ihm zu Konfetti zu machen, zweitausend Kilometer und 24 Stunden hat sie gebraucht, um ihre definitive Einsamkeit zu erkennen, zweitausend Kilometer und 24 Stunden hat sie gebraucht, um sich ihrem Tod zu nähern. Und dann steht er plötzlich da, der Erlöser selbst, in einer quälenden schwarzen Wolke aus Tränengas und verbrannten Autoreifen und bittet sie, ihm zu folgen. Natürlich folgt sie ihm, wohin auch immer. Himmel oder Hölle. Das ist jetzt egal.

»Carlo!«, ruft er mit einer Hand auf der Brust.

»Catherine!«, ruft sie hustend auf Englisch zurück, und er nickt und wiederholt ein *Caterina*, sodass es klingt wie ein Gedicht.

»Look!«, brüllt er und zeigt in Richtung eines Polizeiautos, das am Rand der Piazza steht, der Piazza Allmonda, die dabei ist, von Demonstranten eingenommen zu werden. Von hier aus glaubt sie, dass das Auto leer ist und dass er nur will, dass sie es umstürzen und anstecken. Vielleicht ist das auch das, was er glaubt. Aber als sie hinkommen, sehen sie, dass es bemannt ist. Im Auto, eine Insel aus Blech in dem chaotischen Schlachtfeld, sitzen zwei junge, bewaffnete Polizisten und zittern vor Angst, als sie sich plötzlich von einer ganzen Horde schwarz gekleideter Aktivisten umringt sehen, regelrecht leuchtend vor Unversöhnlichkeit.

»Fascists, fascists, fascists!«, ruft die Horde im Chor und erfasst das Auto, um es umzustürzen. Cat reißt ihre Lunge in Stücke: FASCISTS! Fängt den Blick ihres Erlösers auf und schmilzt dahin, als er sie mitten in dem Gebrüll anlächelt. Sie stehen vorne am Kuhfänger, sehen, wie die Panik die beiden im Auto erfasst, wie sie flattern, über Funk nach Hilfe rufen, und sie weiß, jeden Moment werden sie selber gefangen, wenn sie sich nicht beeilen. Dann merkt sie plötzlich, dass sie allein dasteht, schaut sich über die Schulter um und sieht in Zeitlupe, wie Carlo mit einem roten Feuerlöscher gerannt kommt und Anstalten macht, ihn in die Windschutzscheibe des Autos zu schleudern. Sie springt zur Seite, genau in dem Moment, als der junge entsetzte Polizeibeamte auf den Abzug drückt und das Projektil sich seinen Weg durch die splitternde Scheibe bahnt, um durch die Luft zu rauschen und sich durch den olivbraunen Schädel des 23-jährigen Carlo Giuliani zu bohren, der den Feuerlöscher verliert, umfällt und mit tiefer Verwunderung in den Armen eines ohnmächtig schreienden dänischen Mädchens stirbt.

☆

Per Vittrup war wie der Rest der Welt aufrichtig erschüttert darüber, dass das Gipfeltreffen in Genua trotz der drastischen Verhaltensmaßgaben die gewalttätigsten Straßenkämpfe der letzten dreißig Jahre in Europa provoziert hatte. Er stand nackt in der Wohnung in Nizza mit einem weißen Handtuch um die Hüfte und einem klirrenden Noilly Prat in der Hand und stützte sich auf das Sofa, um die französischen Nachrichten zu sehen, während Gitte genauso leicht bekleidet auf dem Balkon stand, ihren Sundowner und den Blick über die Côte d'Azur mit einer nonchalant zwischen den Fingern wippenden Cartier-Zigarette genoss. Ihre Fingernägel waren dem Anlass des Abends entsprechend frisch lackiert, sie wollten ins *Negresco*, teuer essen und Roulette spielen. Eine Tradition, die Gitte eingeführt hatte und der er sich widerstrebend angeschlossen hatte, genauso wie er sich gebeugt hatte, was diese Wohnung hier betraf. Am liebsten hätte er ja eine Ruine im Bergland gekauft, zurückgezogen und anonym. Aber Gitte hatte dieses Faible für Dekadenz, dem er nachgab, wohl wissend, dass er massiven Ablass leisten musste, wenn er sie behalten wollte. Außerdem musste er ja einräumen, dass in seinem Arbeitsleben kein Mangel an Exklusivität herrschte, während in ihrem eher eine steigende Tendenz zu Primitivität und Mühsal zu verzeichnen war, wovon ein Staatsminister immer verschont blieb.

»Oh nein! Verdammt! Gitte! Komm und schau! In Genua ist ein

junger Demonstrant erschossen worden«, rief er entsetzt aus und griff nach ihr, als sie von der Terrasse hereinstürzte. Während die Bilder über den Schirm liefen, schwiegen sie, weil sie so schockiert waren, aber auch, um das Französisch zu verstehen.

»Jetzt haben die Mächtigen ihnen ihren Märtyrer gegeben. Kann sein, dass sie sich jetzt ein wenig beruhigen«, sagte Gitte nach dem Bericht und stellte zornig ihr Glas ab. »Oder es wirkt sich genau andersherum aus.«

»Wir müssen dieses Problem vor dem Gipfel im nächsten Jahr gelöst haben! Ich möchte nur sehr, sehr ungern mit einer zerschlagenen Hauptstadt dastehen, ganz zu schweigen von einem getöteten Demonstranten!«, sagte er in seinem staatsmännischen Ton und musste doch widerwillig an seine beiden Söhne denken, die zwar über das Aktivistenalter hinaus waren, aber die wahrlich in kräftiger Opposition zum Bestehenden gestanden hatten, symbolisiert durch ihren Vater, den sie tatsächlich kaum mehr sahen. Er hatte ein paar wohlmeinende Versuche unternommen, die Friedensverhandlungen wieder aufzunehmen, aber es hatte jedes Mal mit derselben Streiterei über seinen »Verrat« geendet, *en gros*, aber letztlich doch mit besonderem Gewicht darauf, was er ihnen und ihrer Mutter angetan hatte. Die Eheschließung mit Gitte hatte es nicht leichter gemacht, sie fanden, er stünde unter ihrem Pantoffel, und schätzten die rohen Wahrheiten, die sie abfeuerte, überhaupt nicht. Wie zum Beispiel die, dass sie nur verwöhnte Hosenscheißer seien, die noch immer nicht begriffen hätten, dass es an der Zeit war, erwachsen zu werden. Die erst gar nicht begriffen, was es *hieß*, erwachsen zu sein. Nämlich ein ebenbürtiges Verhältnis zu anderen Erwachsenen einzugehen, darunter zu den Eltern, die mit vollem Recht ein angemessenes Maß an Gegenseitigkeit erwarten können. »Aber genau wie so viele andere eurer Generation bleibt ihr Kinder, die unter Hinweis auf ihre eigene elende Jugend meinen, bis ans Ende ihres Lebens das Recht zu haben, einseitige Forderungen zu stellen. Von euch kommt nicht der kleinste Furz, und schon gar nicht, wenn es euch was kostet!« Die Salve wurde beendet mit einem vernichtenden *»Get a life!«*, und seither hatten sie sie nicht mehr gesehen. Das war kurz vor Ostern gewesen, als die Jungen verlangt hatten, die Nizza-Wohnung zur Verfügung gestellt zu bekommen. Und als ihr Vater erfreut vorschlug, dass man gemeinsam dorthin fahren könne, war es nicht mehr aktuell. Sie wollten dort *alleine* sein, mit ihren Freundinnen. Und so weiter. Gitte war der Ansicht, dass sie schon wiederkommen würden, »wenn sie Hunger bekommen«. Aber ihn quälte es. Nicht zuletzt, nachdem er von ihrer Mutter gehört hatte, dass sein ältester Sohn ein Kind mit der Freundin erwartete, die er selbst kaum je gesehen hatte. Das war nicht sein Traum von Familienleben, genauso wenig wie fliegende Pflastersteine und pfeifende Kugeln sein Traum einer Gesellschaft waren. Das musste sich besser machen lassen. Er musste verstehen, was da passierte. Und das Problem lösen. Warum zum Teufel hatten die vom Sozialdemokratischen Nachrichtendienst in Kopenhagen nicht schon längst angerufen?

»Honey«, sagte Gitte und ging zum Telefon. »Nun ist es ja nicht sicher, dass es dein Problem wird.«

»Was?«, fragte er und sortierte das Handtuch, sodass der leicht sonnenverbrannte Speckgürtel nicht über die Kante quoll.

Sie nahm den Hörer ab.

»Ja, es ist doch überwiegend wahrscheinlich, dass du während dieses Gipfels kein Staatsminister sein wirst, oder?«, lächelte sie und widmete sich der Nummer, die sie wählte. »So, wie es im Moment aussieht«, fügte sie weich hinzu.

Per Vittrup runzelte die Stirn. Irgendwie hatten seine Söhne wohl Recht in ihrer Analyse. Er stand wohl unter ihrem Pantoffel. Da er sich damit abgefunden hatte.

»Du rufst doch nicht die Redaktion an, oder?«, fragte er überflüssigerweise, während sie darauf wartete, durchzukommen. Sie nickte kurz.

»Es sind nur zweihundert Kilometer von hier nach Genua. Ich kann in zwei Stunden dort sein. Ich brauche nur ein Team …«

Per Vittrup leerte sein Glas, schüttelte den Kopf und trottete auf den Balkon, von wo aus sich die Aussicht noch immer in lavendelblau und rosa präsentierte. Aber Dänemarks Staatsminister sah nichts anderes als eine betongraue Mauer aus Nichts, die sich direkt vor seiner Nasenspitze auftürmte.

☆

Prinzipiell zog Meyer den Stecker raus, wenn sie Urlaub hatte. Aber auch wenn sie mit ihrem lieben Coaster-Reeder im Jotunheim wandern war, war sie doch trotz der respektlosen Mückenschwärme, der Schürfwunden und der primitiven Verhältnisse immer noch Außenministerin. Deshalb hielt sie Kontakt mit der Basis und kümmerte sich darum, dass sie so knapp mit Informationen versorgt wurde, dass es gerade noch zulässig war. Die Anweisung lautete, dass sie im Großen und Ganzen nur einbezogen werden sollte, falls Dänemark der Krieg erklärt würde, und das respektierte man. Aber sie hatte höchstpersönlich darum gebeten, über den Klimagipfel in Bonn und die spektakuläre G8-Konferenz in Genua detailliert in Kenntnis gesetzt zu werden. Auch sie war schockiert über den Tod des Demonstranten und bekümmert über die Gewalttätigkeit der Zusammenstöße. Wohingegen sie sich über das eigentliche Ergebnis des Gipfels freute, das unter anderem das Versprechen beinhaltete, massiven Beistand für Afrika zu leisten und die gemeinsame Übereinkunft, einen globalen Gesundheitsfonds zu etablieren, der sich der Krankheiten wie HIV, Aids, Malaria und anderer annehmen sollte, die den afrikanischen Kontinent in Schach hielten. Dass man auch die Klimaveränderungen als »dringendes Thema, das eine globale Lösung erfordert«, anerkannte, erfreute sie ebenfalls, nicht zuletzt im Zusammenhang mit dem Bonner Ergebnis.

Am meisten freute sie allerdings, dass Charlotte sich den Verlautbarungen zufolge hervorragend geschlagen und somit konstruktiv dazu beigetragen hatte, dass die Konferenz mit einem verträglichen Kompromiss und nicht in unversöhnlicher Zersplitterung geendet hatte. Sogar hier oben auf dem Fjell, wo man nach stundenlangem Wandern in einen so meditativen Zustand des Nicht-Seins gelangen konnte, dass das Bewusstsein sich auflöste und in der grandiosen Ur-Natur verschwand, tauchte Charlotte häufig auf, wie ein besonderes Gewicht im Rucksack. Sie hatte es lediglich geschafft, ihre junge Freundin bei der letzten Sitzung der Wahlkampfgruppe vor der Sommerpause zu treffen, und da sah sie so elend und erschöpft aus, dass Meyer kurz davor war, den Gerüchten über ihre Ehekrise Glauben zu schenken. Nach außen wies sie das natürlich als »völlig abwegig« zurück. Wenn diese Ehe nicht funktionieren konnte, dann konnte es keine. Die beiden waren undenkbar ohne einander, wie ein rechter Handschuh ohne einen linken. Dass das Leben sie gelehrt hatte, dass gar nichts undenkbar war, genauso wie man einen Standpunkt hatte, bis man einen neuen einnahm, davon schloss sie diese Verbindung aus. Und *falls* diese Beziehung ein paar Risse bekommen hatte, dann würde sie persönlich dafür sorgen, sie zu kitten. Also rief sie Charlotte mit dem tollen Resultat aus Bonn als Vorwand auf dem Handy an und führte ein Gespräch mit ihrem Protegé, das Kjell Dahl hinter seinem Fernglas zum Lachen brachte.

»Du klingst wie ihre *Mutter*!«, sagte er.

»Ja?«, fragte sie und machte das Handy aus. »Ich soll dich grüßen.«

»Danke«, sagte er und verfolgte den Flug eines Wanderfalken über dem Berghang. »Geht es ihr gut?«

»Das sagt sie jedenfalls«, antwortete Meyer und fuhr sich nachdenklich über die Lippen. »Sie sind im Sommerhaus. Machen Urlaub und essen Erdbeeren. Das Wetter ist fantastisch. Das Meer ist 20 Grad warm.«

Dass Meyer nicht genau wusste, wer *sie* waren, weil Charlotte selbst ein diffuses »wir« verwendet hatte, das nicht notwendigerweise Thomas beinhalten musste, schob sie beiseite.

»Ich habe sie zum Abendessen eingeladen«, setzte sie hinzu.

»Das habe ich gehört«, sagte er und reichte ihr das Fernglas. »Schau! Ein Wanderfalke. Noch dazu ein Weibchen. Wusstest du, dass das Weibchen beträchtlich größer ist als das Männchen? Sie hat eine Spannweite von 110 Zentimetern!«

»Nein«, lächelte sie, während sie nach dem Vogel Ausschau hielt. »Das wusste ich nicht. Warum ist das so?«

»Oh, das ist wohl im Sinne der Natur. So sollte es eben sein. Auf der ganzen Welt, nicht wahr?«, scherzte er.

»*Akkurat*!«, gab sie auf Norwegisch zurück und kassierte einen feuchten Kuss und ein Stück *Freja*-Schokolade, das sie direkt auf die Zunge gelegt bekam.

☆

Jedes Mal, wenn sie zu *Brugsen* ging, um einzukaufen, fürchtete sie die Titelseiten. Darum behielt sie die Sonnenbrille auf, bildete sich ein, sich auf diese Art unkenntlich zu machen, sodass niemand bemerken würde, dass es die Umweltministerin war, die da verstohlen die Tageszeitungen durchblätterte, um mit Erleichterung festzustellen, dass auch an diesem Tag nichts über ihren Bruch mit Thomas zu lesen war. Hingegen hatte man die Neuigkeit gebracht, dass die Entwicklungshilfeministerin schwanger war, und sofort über ihren Rücktritt spekuliert. Und es fanden sich auch ein paar triviale Geschichten über einen Abgeordneten, der mit überhöhter Geschwindigkeit erwischt worden war, und einen anderen, der nach einer Rom-Reise mit Legionellen eingeliefert worden war. Man war also natürlich in Bedrängnis, was Schmutzwäsche anging, und darum hatten, ganz wie erwartet, *B. T.* und *Ekstra Bladet* angerufen, mehrfach, jedes Mal aufdringlicher. Dass sie sich das trauten, konnte sie nicht fassen. Zum Schluss drohte sie mit Anwalt und Polizei und weigerte sich rundweg, irgendetwas zu sagen.

»Dann schreiben wir eben unsere eigene Version!«, schnarrte der Letzte, der auf die Sache angesetzt worden war. Sie wünschte dem Affen viel Erfolg und beendete das Gespräch mit einem »Wir sehen uns vor Gericht!« Vorläufig hatte das gereicht, um sie abzuwimmeln. Allerdings hatte sie nicht die geringste Ahnung, woher sie die Geschichte überhaupt hatten. Thomas hatte genau wie sie jeden Kommentar abgelehnt, und sogar die, die am besten informiert waren, hätten Schwierigkeiten gehabt, mit irgendwelchen gesicherten Behauptungen aufzuwarten. Abgesehen davon, dass es eine Tatsache war, dass weder Trennung noch Scheidung zur Disposition standen. Sie selbst wusste ja kaum, wie sie den Zustand benennen sollte, in dem sich ihre Beziehung befand, wenngleich *Krise* in all seiner Plattheit noch das Treffendste war, das ihr einfiel. Und so war das der Ausdruck, den sie verwendete, ironisch, wenn sie und Lisbeth abends zusammensaßen, Gin mit Holundersaft tranken und über den Schiffbruch redeten, den ihr jeweiliges Leben erlitten hatte. Lisbeth, die glücklicherweise zusammen mit Jens und Johanne wiedergekommen war, ließ immer deutlicher durchscheinen, dass das nicht nur ihrer kleinen Schwester zuliebe so war. Sie waren plötzlich zu *Frauen in der Krise* geworden – und auch, wenn es den pochenden Schmerz nicht linderte, dass sie zu zweit waren, verlieh es der ganzen Situation doch einen Hauch schwarzer Tragikomik. Dass sie sich im Laufe der Wochen so gut kennen lernten und sich so sehr daran gewöhnten, zusammen zu sein, dass sie nach und nach zu *wahren Schwestern* geworden waren, bemerkten sie erst, als ihre Mutter eines Tages anrief und fragte, ob sie vorbeikommen durfte. Nur zum Kaffee. »Ja, aber natürlich.« Durfte sie Kurt auch mitbringen? Äh, Kurt? Kurt aus China! Na ja … mach das.

Und Kurt kam. Und man konnte viel über ihn sagen, aber langweilig war er nicht. Er lachte und scherzte, aß drei Stück selbst gemachter Himbeertorte, zauberte ein 25-Öre-Stück aus der Nase und zog Streichhölzer aus den Ohren, sodass die Kinder sich kringelten vor Lachen. Und dann küsste und tätschelte er unablässig ihre Oma, die errötete und deren Wangen glühten und die konstant so breit lächelte, dass sie die Lücke im Oberkiefer freilegte, die ein gezogener Zahn hinterlassen hatte und die man sonst nur selten sah. Aus genau diesem Grund hatte sie bisher auch kein Geld für eine Goldkrone rauswerfen wollen, aber das würde sie jetzt wohl tun müssen, wie Lisbeth trocken feststellte, als sie am Strand saßen und beobachteten, wie ihre Mutter als schaumgeborene Badenymphe quietschend an der Hüfte eines knapp sechzigjährigen Gymnasiallehrers mit sparsamem Haarwuchs und kurz gehaltenem Bart hing. Johanne war es, die die erlösenden Worte sagte: »Seid ihr nicht zu alt, um verliebt zu sein?«, als sie aus dem Wasser kamen und sich gegenseitig mit begehrlichen Blicken abtrockneten, was die beiden Schwestern in einer Mischung aus Verärgerung und Neid prüde zusammenzucken ließ. Ingrid krümmte sich vor Lachen, während Kurt schlau antwortete, wenn er zu alt wäre, um verliebt zu sein, dann sei er auch zu alt, um ein Pferd zu sein. Aber darin war er schließlich sehr, sehr gut! Und so bekamen Johanne und Jens beide ein paar wilde Guddagung-Guddagung-Runden, den Strand entlang und zurück, sodass ihnen der Sand um die Ohren flog, begleitet von lautem Pferdewiehern, das die anderen Badegäste dazu brachte, unverhohlen diesem verrückten Großvater nachzustarren. Jens lachte so sehr, dass er einen Schluckauf bekam, und Charlotte ergab sich und lachte mit, drehte sich anerkennend zu ihrer Mutter um, die rief, dass er jetzt aber aufpassen müsse! Und für einen kurzen Moment sah sie sie aufblitzen, die Angst ihrer Mutter, ihn zu verlieren. Auch ihn. Dieser entlarvende Blick ließ Charlotte etwas tun, was sie viele, viele Jahre nicht getan hatte. Sie streckte eine Hand aus, um ihre Mutter zu berühren, bewegt von der Verletzlichkeit, die sie plötzlich ausstrahlte. Strich ihr leicht über den Arm und sagte, dass er prima sei, Kurt. Ihre Mutter lächelte mädchenhaft und unsicher mit einem dankbaren Nicken, aber weiter schafften sie es nicht an diesem Tag, denn es gab ja die Fähre nach Jütland, die plötzlich erreicht werden musste; für Ingrid waren die Ferien beendet. Stillschweigend vorausgesetzt, Kurt fuhr mit zu ihr.

Lisbeth war etwas beleidigt darüber, dass das »neue Paar« in seinem selbstvergessenen Glück keine Augen für die »Krise« der Töchter gehabt hatte, sondern sich allzu leicht mit ein paar schnellen Erklärungen hatte abspeisen lassen. Aber Charlotte war erleichtert, ihren Liebeskummer für sich zu haben, und gönnte ihrer Mutter ein wenig Sorglosigkeit. Ingrid hatte, wie sie beim Abwaschen nach dem Besuch einsah, ein hartes Leben gehabt als Witwe mit drei minderjährigen Kindern. Was wiederum sie hart gemacht hatte. So war das, wenn man sich hinter einer wie angegossen sitzenden, undurchdringlichen Schale versteckte, die zwar den Schmerz abhielt, aber auch die Freude hinderte, sich einen Weg zu bahnen. Dass es diesem Kurt gelungen war, ein Loch hineinzuschlagen, war eine Tat, für die man ihn niemals kritisieren durfte. Außer natürlich, er würde ihr wehtun.

»Dann schneiden wir ihm den Schwanz ab«, sagte Lisbeth lakonisch und widmete sich dem Abtrocknen.

»WAS?«, rief Charlotte und ließ die Spülbürste fallen.

Lisbeth grinste.

»Nein, das wäre schade. Erik ist es, dem er abgeschnitten werden sollte. Davon habe ich jahrelang geträumt. Wegen all dieser Damen, die er gehabt hat. Die ersten Jahre war ich schrecklich eifersüchtig auf sie, aber nach und nach bekam ich Lust, ihn zu bestrafen. Das ist krank, ich weiß ...«

»Jedenfalls ist es verboten!«, bemerkte Charlotte, während ihre eigene Eifersucht sich aus der Ursuppe des Magens einen Weg nach oben suchte. Anfangs war sie zu gelähmt gewesen, um sich mit dem eigentlichen Akt zu beschäftigen, aber jetzt wurde sie von dieser Vorstellung in den schlaflosen Nächten heimgesucht, in denen sie sich vorher vor Sehnsucht nach Thomas auf dem Laken gewunden hatte. Das physische Vermissen, genährt von der Sinnlichkeit des Sommers, ließ sie seinen Namen flüstern, mitten in ihrem täglichen Programm seufzend stocken, über der Wäsche verweilen, die sie morgens auf die Leine zwischen den beiden Birken hängte. Wassertropfen auf der Haut, Sandkörner in den Falten im Schritt, der Schweiß zwischen den Brüsten, Nacktheit – ohne ihn fühlte es sich wie Verschwendung an, wie Mohnblumen, die verwelkten, bevor sie richtig aufgeblüht waren. Sie hatte Sehnsucht danach, ihn zu lieben, ihn zu berühren, zu riechen, seine Stimme zu hören, sein Gewicht zu spüren, nackt neben ihm zu schlafen, im Morgenmief mit ihm aufzuwachen, zu sehen, wie er aus dem Bad kommt, sich rasiert, Milch trinkt ... Aber jedes Mal, wenn die Sehnsucht sie weich machte und sie dazu brachte, liebeskrank nach dem Telefon zu greifen, um »KOMM ZURÜCK ZU MIR, JETZT!« zu rufen, war sie plötzlich da, das Miststück. Maria ganz nah, Thomas' Hände auf Marias Haut, Thomas' Stöhnen in ihrem Ohr, Thomas' Zunge in ihrem Mund, Thomas' Glied in ihrer *piiiep* ... Es gelang ihr immer, das letzte Bild zu zensieren, bevor es sich *in extenso* abrufen ließ. Aber als Maria sie eines Tages anrief, um sich stotternd und abgehackt zu entschuldigen und um es zu erklären, drängte es sich in all seiner Vulgarität auf: *Thomas' Schwanz in ihrer Fotze.* Zum Teufel, war das widerlich, und zum Teufel, was hatte sie Lust, sie umzubringen, ihr die schwarzen Locken in Büscheln auszureißen, ihr die braunen Puppenaugen auszustechen, sie mit ihren eigenen runden Titten zu ersticken! »Du kleine Hure!«, war das Einzige, was sie herausbrachte, mit einer düsteren, gutturalen Stimme, die sie selbst zu Tode erschreckte und Maria umgehend dazu brachte, aufzulegen. Hinterher tat es ihr Leid, aber es hatte geholfen. Und Lisbeth lachte laut und sagte, dass das das einzig Richtige gewesen wäre. Zu antworten. Zurückzuschlagen. Sie selbst hätte sich nur nie getraut.

»Vermisst du Erik gar nicht?«, fragte Charlotte ab und zu, und jedes Mal kam das »Nein!«, gleichermaßen prompt. Und das war der Unterschied zwischen ihnen, wie Lisbeth fand. Dass sie ihren Mann verlassen musste, um zu überleben, während Charlotte zu Thomas zurückgebracht werden musste, um zu überleben. »Du liebst ihn doch!« So einfach war das.

Aber so einfach war es eben nicht. Nachdem Thomas vielleicht nicht die liebte, die sie war, sondern die, die sie gewesen war.

»Entschuldige, dass ich das sage, aber ist das nicht einfach nur Hühnerkacke?«, fragte Lisbeth, deren Sprache in der Gesellschaft ihrer Schwester eine markante Entwicklung genommen hatte.

»Nicht, wenn er nicht antworten kann. Und das kann er nicht, das gibt er zu. Er kann mir nicht beantworten, ob er mich liebt, ganz egal, ob ich Ministerin bin, Auslandsfreiwillige oder Kuchen backende Mutter!«, beharrte Charlotte stur.

»Ja, aber du musst es doch auch mal aus seiner Sicht betrachten!«, protestierte Lisbeth. »Er ist doch ein Mann! Erik könnte es noch nicht mal ertragen, wenn er wüsste, dass ich über so viel Selbstständigkeit verfüge, dass ich alleine in die Bibliothek gehe! Oder zu einem Vortrag!«

»Darum hast du ihn ja auch verlassen, oder? Weil du nicht du selbst sein durftest!«

»Willst du behaupten, dass du mehr du selbst bist, wenn du Umweltministerin bist, als als Mutter?«

»Nein, aber ich kann auch nicht behaupten, dass ich als Umweltministerin weniger ich selbst bin als als Mutter. Oder die Frau meines Mannes. Aber das ist es, was ich sein soll, oder? Um meine Weiblichkeit zu demonstrieren, werde ich gezwungen, so zu tun, als ob es nicht wirklich wichtig für mich wäre, Umweltministerin zu sein. Als wäre es nur so ›Hoppla, war nur Spaß!‹.« Charlotte hob die Stimme.

»Ja, aber ist es denn so wichtig?«, fragte Lisbeth spekulativ.

»Ja, verdammt! Nicht Umweltministerin zu sein an sich, aber das Recht zu haben, da zu sein, wo ich zum gegebenen Zeitpunkt sein kann und sein soll. Da, wo ich etwas bewegen kann.«

»Ja, aber ist es so wichtig, dass du dafür deine Beziehung opfern willst?«

Charlotte seufzte.

»Warum fragt man nie andersrum? Warum fragst du nicht Thomas, ob es für ihn so wichtig ist, seine Männlichkeit zu spüren, dass er dafür bereit ist, seine Beziehung zu opfern? Warum sind es immer wir, denen dieses Verzichts-Dilemma aufgezwungen wird? Ich bin nun wirklich nie eine von diesen Feministinnen gewesen, aber so *ist* es doch! Dass die Männer dastehen und triumphierend ihr Sowohl-als-auch schwingen, während wir mit unserem Entweder-Oder versauern!«

»Aber wir sind es doch auch, die die Kinder bekommen«, wandte Lisbeth zögerlich ein, verlor wie immer die Antriebskraft, wenn sie an ihre großen Jungs erinnert wurde. Obwohl sie für sie da gewesen war und sich genauso Kuchen backend für sie »geopfert« hatte, hatten sie den Vater erwählt. Auch jetzt. Sie blieben bei ihm. Wollten nicht einmal hierher ins Sommerhaus kommen.

»Wir gebären doch nicht die ganze Zeit!«, sagte Charlotte grimmig, weil sie es so leid war, mit immer derselben verwässerten Pointe an die Wand gespielt zu werden. Dass sich herausgestellt hatte, dass diese auch für sie Gültigkeit besaß, schwappte bislang nur wie eine nicht formulierte Erkenntnis im Bodensatz des Mosts dieses Sommers hin und her, des Mosts neuer Erfahrungen. In den Wochen hier war sie den Kindern näher gekommen, als sie es je gewesen war, einzig und allein, weil Thomas nicht da war. Zwischendurch war es anstrengend, auch für die Zwillinge selbst, die es nicht gewohnt waren, dass ihre Mutter den ganzen Tag um sie herum war, und die am Anfang auch nicht der Meinung waren, dass sie auch nur irgendetwas richtig machte, was nichts anderes hieß als *wie Papa*. Sie schüttete die Haferflocken verkehrt in die Schüssel, sie entfernte den Walddreck auf die falsche Weise, sie wusch ihnen die Haare falsch. Besonders Johanne maulte und klagte unaufhörlich darüber, dass sie ihren Vater vermisste. »Wir sollen *alle zusammen* zusammen sein!«, erklärte sie, wenn sie schmollend unterm Tisch saß oder auf die andere Seite des Hauses gelaufen war, wo sie ein Versteck bei einem Fuchsbau unter einer großen Kiefer entdeckt hatte. Ja, natürlich sollten sie das. »Bald?« – »Ja. Bald.« Was sollte sie den Kindern anderes sagen, die alle gedrechselten Erklärungen durchschauten und bis tief in ihre eigenen Moleküle spürten, dass ihr kleines Leben bedroht war. Ein paar Mal fuhr Charlotte auf und schimpfte entnervt mit beiden, um sich sofort danach zu entschuldigen, sie an sich zu ziehen und eine überwältigende Zärtlichkeit in sich aufsteigen zu spüren. Sie war ihre Beschützerin, und sie waren ihr Trost, ihre Freude und ihr Kostbarstes, und ganz egal, wie es ausgehen würde, welche Wahl sie treffen würde, so sollte die Politik sie niemals von ihnen trennen. Nie wieder. Denn auch wenn ihr der Gedanke nicht gefiel – aber sie hatte mehr verloren, als sie ertragen konnte, im letzten halben Jahr, als sie sich selbst abgemeldet und sie ihrem Vater überlassen hatte. So gesehen, hatte Lisbeth ganz Recht. Sie hatte Kinder geboren, war durch ihre Nabelschnur mit ihnen verbunden, und auch wenn man sie lang dehnen konnte, würde sie selbst am härtesten dafür bestraft, wenn sie reißen sollte. Indem sie ihre Bindung zu ihnen anerkannte und zu dem Versprechen stand, dass sie Abend für Abend wiederholte, wenn sie eingeschlafen waren, jedes Kind eine ihrer Hände in der sonnengebräunten Faust, *Ihr müsst keine Angst haben, ich lasse euch nicht im Stich, ich passe auf euch auf*, wurde sie an ihr eigenes kindliches Versprechen erinnert, das sie damals, post mortem, ihrem Vater gegeben hatte. Dass sie eine Welt erschaffen würde, in der niemand aufgeben oder zugrunde gehen musste. Das war wohl auch der eigentliche Grund, warum sie sich auf die Politik eingelassen hatte. Und wenn sie dort bleiben wollte, dann musste sie einen Platz schaffen für das ursprüngliche Mitgefühl, wie simpel und zerbrechlich es auch sein mochte. Denn ohne Mitgefühl gibt es keine Entrüstung, keine Verpflichtung, keine Veränderung.

Also wurde *back to basics* Thema des Wahlkampf-Papiers, das sie Per Vittrup versprochen hatte, für die Sommersitzung der Fraktion vorzubereiten. Es handelte von der Notwendigkeit, der Frage nachzuspüren, wo man stand, wo man gestanden hatte. Von Grundgefühlen. Von Sorge, vom Aufgeben, von Glaube und Hoffnung.

Lisbeth sah ihr über die Schulter, wenn sie abends am PC saß, nachdem sie die Kinder ins Bett gebracht hatte. Nickte nachdenklich. Kam mit Vorschlägen und Einwänden. Verbesserte ihre Formulierungen. Und brachte ihr Jasmintee in den angeschlagenen Bechern, die zum Sommerhaus gehörten. Charlotte war weder Prosaistin noch Lyrikerin, aber sie genoss es, diesen Text zu schreiben. Während die Konturen ihrer eigenen Welt verschwammen und das Vorhandene sich vor ihren Augen auflöste, war es eine enorme Befreiung, sich mit etwas Konkretem zu beschäftigen. Eine zusammenhängende Analyse zu schreiben, ohne Paradoxe und innere Widersprüche, wurde zu dem Rettungsring, nach dem sie greifen konnte, wenn sie zwischendurch kurz vorm Durchdrehen war, weil sich ihre Gedanken im Kreis drehten, wenn sie fast bis zur Ohnmacht hyperventilierte. Lisbeth empfahl nüchtern, Kaffee und Zigarettenkonsum zu drosseln, ein vernünftiger Rat, aber sie hatte Unrecht, wenn sie sie dazu bringen wollte, weniger zu arbeiten. Ohne die Strukturiertheit ihrer Arbeit wäre sie wahnsinnig geworden.

So schrieb sie neben der Arbeit an ihrem Vortrag Kommentare für verschiedene Zeitungen, versuchte, die Zusammenstöße in Göteborg und Genua zu analysieren, den Todesschuss, den sie erschüttert mit Thomas – den sie auch als Gesprächspartner furchtbar vermisste – am Telefon diskutiert hatte, ließ sich täglich von ihrem Büro informieren und stand der Presse zur Verfügung. Unter anderem, als ein paar Versuchsballons seitens der Venstre gestartet wurden, deren Umweltsprecher – ihr inzwischen eingeschworener Gegner, mit dem sie sich auch auf der Tour nach Rumänien nicht angefreundet hatte – herumlief und verkündete, dass der trotz des fantastischen Sommers nachlassende Touristenstrom es wiederum dringlich machen würde, »das ungeschickte Verbot der Umweltministerin bezüglich Gebäuden in Küstennähe« aufzuheben. Er wünschte sich Hotels und Ferienanlagen von »internationalem Standard«, und sie antwortete darauf, indem sie die TV2-Nachrichten zu einem Abendspaziergang am Strand einlud, mit ungetrübtem Blick auf den Sonnenuntergang, blühenden Grasnelken und Anglern in Watstiefeln. Mit ihrer diskreten Hilfe fanden sich auch einige deutsche Feriengäste, die, als hätte man sie dafür bezahlt, die geschützte dänische Küste priesen und den Naturschutz als größte dänische Attraktion hervorhoben. Wie sie sagten: »*Wir wollen hier kein zweites Mallorca!*« So gewann sie dieses Duell, Dänemark würde kein Charterland werden. Delikater war es, als sie darum gebeten wurde, für die Informationen den Finanzminister zu kommentieren, der sich im Sommerlager der SF dafür eingesetzt hatte, dass »wir in Zukunft mehr arbeiten und nicht weniger«. Sie konnte es sich nicht erlauben, Gert Jacobsen direkt zu widersprechen, begnügte sich also damit, dass Arbeit selbstverständlich eine Voraussetzung für materielles Wachstum sei, aber dass es auch wichtig sei, darüber zu diskutieren, wofür man das Wachstum nutzen wolle und wie hoch der Preis dafür sein durfte. »Wir haben sicherlich genügend Fernseher, Computer und Autos in diesem Land. Aber zieh einmal deine Kinder aus dem Schlaraffenland, geh mit ihnen zum nächstgelegenen Tümpel und schau, ob du einen Frosch findest, den deine Kinder *live* sehen können. Falls du Zeit dazu hast«, wurde sie zitiert. Ziemlich harmlos, wie sie selbst fand, aber Gert Jacobsen war deutlich *not amused*, wie sich bei dem Abendessen herausstellte, zu dem Meyer in ihr Sommerhaus eingeladen hatte und vor dem sie sich aus gutem Grund am liebsten gedrückt hätte. Sowohl vorher als auch hinterher.

Feige hatte sie, statt Meyer selbst anzurufen, ihrer Sekretärin eine E-Mail geschickt und vermeldet, dass Thomas nicht mitkäme, mit der durchschaubaren Erklärung, dass er leider »verhindert« sei. Dass Meyer darauf bestehen würde, die richtige Version zu bekommen, daran zweifelte sie nicht eine Sekunde. Was sie davon halten würde, verlangte auch keine besonders gut entwickelte Fantasie.

Als sie also, kaum angekommen, ein Glas Crémant in die Hand gedrückt bekommen und die Begrüßungsrunde hinter sich gebracht hatte, die eine linkische Umarmung von einer etwas zu überströmenden Christina Maribo und deren Mann einschloss, wurde sie von der Gesellschaft weg in den kleinen Gemüsegarten gezogen, der nach dem Sommer in Norwegen vernachlässigt und zugewuchert dalag und in dem sie jetzt ihre Antwort aufsagen konnte, die sie die letzte Stunde im Auto geübt hatte:

»Es ist die Rede von einer Art Moratorium …«

»Moratorium?«, rief Meyer und runzelte die Nase in unverhohlener Missbilligung. »Was meinst du damit?«

»Nun ja, ich habe um eine Auszeit gebeten. Wir brauchen eine Pause …«

Charlotte hob resigniert die Arme.

»Warum?«, setzte Meyer nach.

»Ja, warum?« Charlottes Blick wanderte ausweichend zu einem Beet mit Sonnenblumen. »Weil …«

»Ts!« Meyer schnalzte mit der Zunge. »Dann stimmt es also, was sie sagen?«

»Was sagen sie denn?«, fragte Charlotte heiser.

»Dass er eine andere hat? Dich verlassen hat?«

»Wa-as?«, sie verschluckte sich an der Kohlensäure, als ein plötzliches Schütteln ihren Körper durchlief. »Wer sagt das?«

»Gert hat mich gerade eben damit unterhalten. Und Kasper Maribo sagt, er habe ihn in Blokhus getroffen.«

»Ach ja?« Charlotte schnaubte hysterisch. »Wenn du es wirklich wissen willst, er war ein einziges Mal mit einer anderen zusammen.«

»Sagt er?«

»Sagt er. Und ich habe mich entschieden, ihm zu glauben. Und nicht er hat *mich* verlassen. Ich habe *ihn* gebeten zu gehen.«

»Hm«, brummte Meyer und führte ihr Glas zum Mund. Nahm sich Zeit, den Schluck zu genießen, bevor sie sich wieder an Charlotte wandte.

»Hör zu. Natürlich bist du verletzt, und darauf reagierst du. Okay. Aber es ist nicht hilfreich, solche Sachen allzu schwer zu nehmen. In dieser Branche müssen wir mit Seitensprüngen leben. Sowohl mit denen unserer Partner als auch mit unseren eigenen. Das lässt sich ganz einfach nicht vermeiden. Man ist konstant verliebt, fasziniert und ... ja, verführt. Es ist ja ein offenes Geheimnis, dass Christiansborg ein großes Freudenhaus ist. Wenn du noch nicht hineingetappt bist, dann wird es noch kommen ...«

»Nein, bin ich nicht!«, protestierte Charlotte erregt und verschluckte sich wieder.

»Nein, nein, ist schon gut.« Meyer lächelte abwiegelnd und pflückte von den roten Rispen eines Johannisbeerstrauchs. »Ganz gleich was, es ist wichtig, dass man diskret ist, dass man sich nicht aufregt und dass man solchen, äh ... Sachen ... nicht mehr Raum zugesteht, als sie verdienen. Das Wesentliche ist doch, die Kameradschaft zu bewahren und dafür zu sorgen, dass das eheliche Team hält.«

»Team?«, wiederholte Charlotte verständnislos.

»Leidenschaft ist toll, aber Teamgeist ist besser«, nickte Meyer. »Nicht zuletzt in diesem Fall. Du wirst gezwungen sein, das Ganze pragmatisch zu sehen – du wirst die Aufgabe nicht ohne Thomas schaffen. Jedenfalls nicht, wenn du die Kinder behältst ...«

»Hallo! Ach, hier versteckt ihr euch!« Kjell Dahl tauchte mit der Küchenchef-Schürze um den Bauch auf. »Die Suppe ist serviert, die Damen!«

Kjell Dahl bot jeder einen Arm, da war nichts zu machen. Sie musste mitkommen, konnte sich nicht neben den Kartoffeln vergraben.

Das Abendessen überstand sie mit eingeschaltetem Autopiloten. Bemerkte kaum, wenn sich das Gespräch auf vermintes Gebiet bewegte, antwortete routinemäßig auf Gert Jacobsens Sticheleien à la: »Bist du dir eigentlich im Klaren darüber, wie viele Dänen es lieben, ins Schlaraffenland zu gehen?« und wachte nur kurz auf, als sie die Demonstrationen des Sommers und besonders den Tod des jungen Genuesers Carlo Giuliani diskutierten. Sie waren uneins, ob dasselbe auch in Dänemark hätte passieren können. Was so viel hieß wie: ob es in Zukunft passieren könnte. Im nächsten Jahr. Während des Gipfels. Hier waren Gert Jacobsen und sie sich wenigstens ein Mal einig, sie meinten beide, dass das absolut möglich war. Auch dänische Polizisten waren nichts anderes als Menschen, die in der Hitze des Gefechts durchdrehen konnten. Aber während sie dafür argumentierte, dass man schon jetzt massiv in Prävention investieren und versuchen sollte, zu verstehen, was in den Köpfen der Globalisierungsgegner vorging, den aktiven und den passiven, meinte er, dass man sie einerseits isolieren und durch Einkreisen »neutralisieren« sollte und außerdem, den Gipfel nach Læsø, Anholt oder einen anderen abgegrenzten Ort verlegen musste, wo es möglich war, sich vor »radikalen Elementen« zu schützen.

»Ja, aber so ist doch das Problem nicht aus der Welt! Im Gegenteil, sie werden so ja geradezu gezwungen, noch rabiatere Methoden anzuwenden, wenn sie keine Möglichkeit haben, sich abzureagieren«, merkte sie an. »So katapultieren wir uns in den Bioterrorismus und radikale politische Gewalt. Die wollen doch eine Antwort!«

»Du klingst, als hättest du besonderen Einblick in die Sache«, lächelte Gert Jacobsen, und alle Augen, von denen einige zu Ministerkollegen gehörten, während andere ihr völlig fremd waren, richteten sich auf sie.

»Du klingst dafür, als hättest du überhaupt keinen«, schlug sie über den Tisch zurück, woraufhin Servietten an Mundwinkel geführt wurden, Salz weitergereicht und Wasser nachgeschenkt wurde.

»War da nicht ein dänisches Mädchen, da unten? In Genua? Äh, da, als der Junge erschossen wurde?«, mischte sich eine der außenstehenden Gäste ein, eine zitternde Dogmafilm-Diva, Freundin eines selbstgefälligen Redakteurs der *Politiken*.

»Doch«, nickte Gert Jacobsen. »Gitte Bæk hat einen Bericht mit ihr da unten gemacht. Sie behauptet, sie wäre dabei gewesen, als es passiert ist, aber die italienische Polizei weiß nichts von ihr. Sagt der Justizminister.«

Die Gesellschaft lachte, wie Gesellschaften es tun, um über einen toten oder peinlichen Punkt hinwegzukommen und Meyer fing an, die Teller abzuräumen.

»Wie sah sie aus?«, fragte Charlotte die Schauspielerin in einem privaten Moment über den Tisch, einer plötzlichen Eingebung folgend. Sie hatte den Bericht nicht gesehen, aber irgendetwas sagte ihr, wer dieses Mädchen, über das hier gesprochen wurde, sein könnte.

»Ängstlich«, antwortete die Schauspielerin. »Ängstlich, auf eine harte Art. Und ein wenig abstoßend. Da war irgendwas mit ihrem Gesicht. War sie missgebildet oder so? Ich habe vor allem auf ihre Augen geachtet. Kennen Sie das?«

Die Schauspielerin lächelte unsicher. Charlotte nickte entgegenkommend. Ja, das kannte sie gut. Auch wenn Cathrine Rørbechs Muttermal groß und entstellend war, waren es trotzdem ihre Augen, an die man sich am besten erinnerte. Wegen des kalten Feuers und des Trotzes.

»Entschuldigen Sie, aber war da nicht irgendetwas, dass Ihr Mann auch in Göteborg war?«, fragte die Schauspielerin zurück, in aller Unschuld. »Sie waren sehr grob zu ihm, die Polizei, oder?«

»Ja«, lächelte Charlotte schmallippig, während das Gespräch um sie herum verstummte und sich die gesamte Aufmerksamkeit wieder sammelte und sich wie ein blendender Scheinwerfer auf sie richtete.

»Habe ich etwas Verkehrtes gesagt?«, fragte die Schauspielerin nervös in die plötzliche Stille und sah flackernd zu ihrem Freund, der eigentlich gerade dabei war, die Integrationsproblematik zu sezieren und mit anderen klugen Einwürfen zum nahenden Wahlkampf aufzuwarten. Ein weiteres heißes Konversationsthema, nämlich, wann Vittrup die Wahl ausschreiben würde.

»Honey, wie wär's, wenn du anfangen würdest, Zeitung zu lesen? Wenigstens meine?«, lächelte der Redakteur spöttisch, während das Lachen erneut vereinzelt und angestrengt klang, und dann gab es Kaffee und Schokoladenkuchen.

Kjell Dahl servierte einen Digestif, Charlotte lehnte dankend ab, sie müsse fahren, bekam stattdessen aufmunternd den Oberarm getätschelt, was sie, ganz entgegen der Absicht, sich noch einsamer und bedrückter fühlen ließ. Ihre Laune wurde auch bei dem Gespräch über dem Kaffee nicht besser, das jetzt dabei war, sich in reinen Klatsch zu verwandeln. Man fing an, den sizilianisch inspirierten Führungsstil des immer öfter »kriminell alkoholisierten« Bürgermeisters auf Farum auseinander zu nehmen, tangierte die »politisch talentlose« Entwicklungshilfeministerin und ihren zu erwartenden Abschied aus der dänischen Politik, nachdem ihr Lebensgefährte offenbar einen größeren Filmjob in Los Angeles bekommen hatte, um schließlich ganz vorhersehbar bei der bizarren Ehe des Staatsministers mit Gitte Bæk zu enden, über die Gert Jacobsen erzählen konnte, dass sie sich bei Staatsbesuchen und anderen offiziellen Anlässen nie ohne peinliche Diskussionen damit abfand, zum »Damenprogramm« verwiesen zu werden. Das veranlasste einen Teil Grinsen und einen Teil Uneinigkeit, aber Gert Jacobsen beharrte darauf, dass es schließlich der Mann sein sollte, der die Hosen anhatte! »Wenigstens in dem einen Fall!«

Dass sie selbst Gesprächsthema werden würde, sowie sie die Gesellschaft verlassen hatte, war offensichtlich. Trotzdem brach sie als Erste auf, schaffte es nicht mehr, länger sitzen zu bleiben und künstlich zu lächeln, mit einem Magen voll zerbrochenem Glas. Entschuldigte sich mit Kopfschmerzen, bekam sofort eine Tablette, damit sie fahren konnte, und wurde von der Gastgeberin zum Auto gebracht.

»Sieh zu, dass ihr das regelt«, sagte Meyer eindringlich. »Du siehst ja ganz elend aus! Wir brauchen eine Umweltministerin in Topform!«

»Die bekommt ihr auch!«, versicherte Charlotte und drehte den Zündschlüssel.

Hupte einmal und fuhr rückwärts aus der Einfahrt. Meyer

blieb stehen und winkte. Bis Gert Jacobsen auftauchte und sie sich ihm zuwandte.

☆

Sie fährt auf den ersten Rastplatz. Steigt aus. Zündet sich eine Zigarette an. Legt den Kopf in den Nacken und starrt blind in den Sternenhaufen. Dort wird sie enden, irgendwann. Als Staub auf dem Mars. Als Gaskugel aus Wasserstoff und Helium. Als ferner Himmelskörper. Ein schwarzes Loch. Ein Licht, das verglüht war.

»Was soll ich tun?«, fragt sie. Erwartet keine Antwort. Bekommt auch keine.

☆

Seltsam, dass dieses fremde Blockhaus mit fremden Plakaten an der Wand, fremdem Porzellan in den Schränken, fremden, wackligen Bambusmöbeln, dass gerade dieses Haus die Arena für so epochemachende Ereignisse darstellen sollte. Aber so ist es, und vielleicht ist es gut so. Damit das eigentliche Heim, die Wohnung in Kopenhagen, in die sie bald zurückkehren, nicht mit Flüstern, Rufen und mit Schatten angefüllt wird, die man nicht wegwaschen kann.

Denn als Lisbeth Anfang August abreist, trotz allem zurück nach Mors, leider, zu kranken Ferkeln und ein paar hoch aufgeschossenen Knechten, die der Vater wie schmollende Geiseln hält, kommt Thomas. Unerwartet, so gut wie unangemeldet. Ruft erst an, als er schon am Hafen ist. Natürlich fahren sie runter zur Fähre und holen ihn ab, sofort, sie schafft es nur, schnell Zähne zu putzen und Mascara aufzutragen, und sie hat gar keine Zeit für kühle Überlegungen und sachliches Nachdenken. Und die Szene ist auch wirklich filmreif, Happy End am Fähranleger, mit vollem Streichorchester – die Kinder, die ihm um den Hals fliegen, die Brise, die ihren gepunkteten Rock um ihre gebräunten Beine weht, Umarmung und Kuss, lang genug für den Abspann.

Aber sie sieht ihm sofort an, dass er ein Mann mit Auftrag ist.

Und auch wenn sie sich anstrengen, die Traumblase den ganzen Abend am Schweben zu halten, indem sie so wenig wie möglich sagen und die Rolle der wiedervereinigten Eltern ihrer Kinder spielen, so wird sie doch irgendwann platzen. Diese Gewissheit lässt sie jammern und halberstickt wimmern, während sie sich lieben, hitzig und heiß, um hinterher ineinander verschlungen dazuliegen, auf dieselbe Klippe gespült.

»Ich liebe dich«, flüstert er, denn es ist an ihm, das Gespräch zu eröffnen.

»Ja«, haucht sie und hört sich selbst schluchzen.

»Aber ich kann dir noch immer nicht antworten.«

»Nein«, schluchzt sie wieder.

»Darum fahre ich weg. Nach Sambia.« Er lässt seine Lippen auf ihrer Schulter ruhen.

»Mhm.«

»In drei Tagen. Es hat sich gerade erst ergeben. Sie haben mich heute angerufen. Ein Projektleiter ist verunglückt. Ich soll ihn vertreten. Drei Monate, höchstens ein halbes Jahr …«

Jetzt antwortet sie nicht mehr. Die Tränen fließen, nein, stürzen hervor, wie ein über die Ufer getretener Gebirgsfluss, über Wangen, Mund, Kinn und Hals.

»Schatz«, sagt er mit belegter Stimme und dreht ihr Gesicht zu seinem. »Du darfst nicht so weinen …«

»Doch«, schluchzt sie und ergibt sich hemmungslos der Flut. »Darf ich.«

»Ich persönlich bin eigentlich nicht so für Klatsch zu haben. Es ist mir doch wirklich egal, ob die Leute heiraten oder sich scheiden lassen oder wie sie herumrennen und sich benehmen. Ich habe mich schließlich selbst nicht zurückgehalten, weder mit dem einen noch mit dem anderen – wie gesagt; ich war ein halbes Leben beim *Ekstra Bladet*, höhö ... Und wenn wir zwei im Diskussionsclub sitzen und die Entwicklung der politischen Reportage erörtern sollten, dann würde ich sie beweinen. Ich meine, dass sie so extrem personenfixiert geworden ist. Politiker dürfen ja kaum mehr einen Furz lassen, ohne dass es in den Gazetten widerhallt. Leider ist meine persönliche Meinung so mega-uninteressant, für die Leser bin ich doch nur ein Laufbursche, und die Leser wollen intime Details aus dem Leben der Prominenten, gerne mit der Vorsilbe *unter* ... Jaja. Und nun war es eben so, dass Charlotte Damgaard, seit sie die Bühne zum ersten Mal betreten hatte, diese überwältigende Faszinationskraft hatte. Sie war in weniger als einem Jahr zur Ikone geworden, besonders für junge Frauen. Die fanden sie klasse. Cool, whatever. Und als dann die Gerüchte um ihre Ehekrise immer beharrlicher wurden, waren wir ja gezwungen, darüber zu schreiben. Wir können ja schlecht Nachrichten zurückhalten, oder? Als ich also aus dem Urlaub zurückkam, ja, du wirst es kaum glauben, aber ich habe unter anderem drei Wochen an einem medienfreien Sommerkurs zugebracht und war ein ziemlich geschickter Aquarellmaler geworden, und außerdem war ich ein wenig in Norwegens Fjellen herumgewandert, wo ich übrigens über Elizabeth Meyer gestolpert bin, die nicht ganz so begeistert über dieses Zusammentreffen war wie ich – also, als ich zurückkam, übernahm ich die Sachen von den Hohlköpfen, die sie bis dahin gehabt hatten. Ich habe versucht, ihnen beizubringen, dass die alte Revolvermethode nicht immer die beste ist. Und Charlotte Damgaard macht total dicht, wenn man anfängt, ihr zu drohen. Sie kommt aus Jütland, ich komme aus Jütland, und wir Jütländer reden lange. Handeln ein bisschen vor und zurück. Es muss für uns beide was drin sein, nicht wahr? Auch in Zukunft. Also, natürlich bekam ich meine Story. Im Gegenzug versprach ich, die Sache ordentlich zu behandeln und ihre Version zu schreiben. Wort für Wort. Ich war auch unten gewesen, um die Titelseiten-Version zu checken, aber die Schweine müssen sie geändert haben, als ich nach Hause gegangen war.«

☆

»Ministerin verlassen« schrie es aus allen Ecken und von allen Wänden, als sie die Kinder nach den Ferien das erste Mal mit dem Fahrrad in den Kindergarten brachte. Eigentlich fühlte es sich fast wie eine Befreiung an. Dass sie nicht mehr länger darauf warten musste, wann die Faust herunterdonnern würde. Nicht mehr länger tun musste, als ob. Thomas war ja weg. Seit zwei Tagen. Sie hatte nicht einmal die Kraft, sich zu wehren. Sie konnten einfach zuschlagen. Schreiben, was sie wollten. Auf einen Schlag mehr oder weniger kam es nicht an.

☆

Thor Thorsen ruft reihum bei seinen Freunden an. Das *Ekstra Bladet* liegt aufgeschlagen vor ihm auf dem Tisch. Noch vor dem Mittagessen hat er die Geschichte ausgebaut. Die Details notiert. Stichworte unterstrichen. Es sieht so aus, als hätte er genug Stoff für die Geschichte, an der er inzwischen mehrere Monate gearbeitet hat. Die Formation steht. Jetzt wartet er einfach ab. Die Zeit ist bald reif, darin sind sie sich alle einig. Früher oder später wird sie dumm genug sein und geradewegs in die Sniper Street waten.

☆

Henrik Sand war nicht allmächtig. Aber als er die miserable Verfassung sah, in der sich seine Ministerin nach den Ferien befand, war ihm absolut klar, dass er sich vorläufig nur auf eine einzige Sache zu konzentrieren hatte: sie zu beschützen, indem er dafür sorgte, dass so wenig wie möglich passierte, zu dem sie Stellung beziehen müsste. Glücklicherweise war der August für gewöhnlich keine spektakuläre Periode, das Folketing war noch nicht wieder eröffnet, und im Großen und Ganzen befand sich das Land noch in einer schläfrigen Nach-Ferienstimmung. Die angegriffene Gesundheit des Staatssekretärs und seine jetzt offizielle Langzeit-Krankmeldung legte einen zusätzlichen Dämpfer auf die Dynamik des Ministeriums, sodass es *vielleicht* gut gehen würde, wenn es ihm nur gelang, sie dazu zu bringen, mäuschenstill zu sitzen, bis sie einigermaßen wiederhergestellt war.

Diese Skepsis war neu, das merkte er, aber sein Gefühl sagte ihm, dass sich etwas Unheilvolles zusammenbraute. Gestützt von der rationalen Analyse, dass ihre Gegner zweifellos versuchen würden, sich ihre persönliche Schwächung zunutze zu machen. Die unbedingt als Privatsache isoliert werden musste, um Charlotte Damgaard nicht politisch zu unterminieren.

Also verwendeten sie die ersten zwei, drei Wochen dazu, den Schreibtisch aufzuräumen, einzelne Sachen durchzugehen, Sitzungen abzuhalten, Konferenzen zu eröffnen, die Verwaltung zu besuchen und all das Alltägliche zu erledigen, mit dem sie in Verzug war. Sie wirkte zwar präsent, sagte aber nicht viel mehr als das zu Erwartende und ging am liebsten früh nach Hause, sodass sie es schaffte, die Kinder aus dem Kindergarten abzuholen. Ein Arrangement, das an sich schon ungeheuer zerbrechlich war, um nicht zu sagen unrealistisch, wenn die Saison erst wieder angepfiffen worden war. Es war nur dann denkbar, als allein erziehende Mutter einen Ministerposten zu haben, wenn man massive Hilfe hatte. Rund um die Uhr.

»Warum holen Sie sich nicht ein junges Mädchen nach Hause?«, schlug er geradeheraus vor.

»Tja«, antwortete sie ohne Engagement, als wäre ihr noch nicht klar geworden, was diese neue »Situation« eigentlich alles beinhaltete.

Das war das Traurigste, diese zombieartige Lethargie, zu der sie Zuflucht gesucht zu haben schien. Er war kein Psychologe, schon gar kein Psychiater, aber er war auch schon im Grenzland gewesen und fürchtete, dass sie auf dem Weg dorthin war – dorthin, wo es behandlungsbedürftig wurde. Er überlegte, ob er die Pflicht hatte, sie zum Arzt zu schicken, kontaktierte sogar heimlich ein paar Freunde am äußersten Rand seines Freundeskreises. Erwähnte nicht ihren Namen, natürlich, aber sprach über den Selbstmord ihres Vaters, den er ganz deutlich vor sich sah: der riesige Mann im Scheunentor, einen Toten über die Schulter geworfen. Die Ferndiagnose lautete, dass es sich vermutlich um eine ernste Depression handelte, die sich fatal entwickeln könnte. »Ist sie suizidal?«, wurde er gefragt. Das verneinte er spontan, aber woher sollte er es eigentlich wissen? Er konnte sie schließlich nicht fragen, ob sie Pläne hätte, sich das Leben zu nehmen! Aber an einem der Tage, an dem sie schon seit der Morgensitzung auffallend abwesend gewesen war, wagte er es doch.

»Charlotte«, hob er zögernd an, »es geht mich ja nicht direkt etwas an, aber gehen Sie jetzt ganz in Schwarz?«

»Vielleicht«, antwortete sie und griff nach den Zigaretten. Zündete die zwanzigste an diesem Tag an, mindestens.

»Brauchen Sie Hilfe? Eine Krankmeldung? Medizin?«

»Glückspillen?«, lächelte sie gezwungen

»Sind besser als ihr Ruf«, wandte er ein. »Ich habe es selbst ausprobiert.«

Sie versteckte sich hinter dem Rauch. Stumm, während er wartete. Geduldig. Er kannte ihren Rhythmus.

»Wissen Sie, wann man depressiv wird?«, fragte sie dann und antwortete selbst. »Wenn man seine Begrenztheit erkennt. Und ich bin geradewegs in meine hineingekracht.«

»Weil Thomas abgereist ist?«

»Weil ich ihn nicht halten konnte. Weil ich es nicht verstehe. Wie es passieren konnte.«

»Er kommt wieder.«

»Woher wissen Sie das?«

»Ich würde wiederkommen.«

Sie lächelte so sehr, dass sich ihre Lippen öffneten. Inzwischen ein seltener Anblick.

»Würden Sie?«

»Ja!« Er lächelte selbst ganz breit.

»Wenn er wiederkommt, will ich ihn dann noch haben? Ist es dann nicht zu spät?«

»Nein!«, beharrte er wider besseres Wissen. »Es ist nie zu spät. Und Sie dürfen nicht aufgeben. Sie sind eine außergewöhnliche und starke Frau, Charlotte. Wir alle brauchen Sie.«

Diesmal wurde aus dem Lächeln nur eine skeptische Grimasse, aber eine Art Lächeln war es doch.

Und es war rätselhaft; als finge sie langsam an, den ersten Schock zu überwinden und wieder zu sich zu kommen. Es wurden mehr Kommentare an den Rand der Akten geschrieben, mehr Ausrufezeichen gesetzt, mehr Mails verschickt. Ihr Schritt wurde wieder energischer, ihre Stimme wurde lauter, und sie begann wieder, die Telefonate anzunehmen, mit denen sie zu verschonen das Vorzimmer bislang gebeten worden war. Sie stürzte sich wieder in Diskussionen über neue Tagesordnungen, sie las wieder Zeitungen und sah fern, und wenn sie im Auto saßen, konnte es ihr manchmal wieder einfallen, den Radiopop mitzugrölen, wie sie es sonst immer getan hatte, sodass sogar Freddy sich hinreißen ließ und mitsummte: »Nenn es Liebe / Nenn es, wie du willst …!« Sie horchte wieder Kamal und Louise über deren Privatleben aus, startete wieder eifrige Versuche, sie zu verkuppeln, lud ihr NGO-Netzwerk zu Käse und Wein ein, setzte Belohnungen für neue spannende Ideen der Mitarbeiter aus und bat ihn, ihr Papier zu lesen und zu kritisieren, das sie für die Sommerfraktionssitzung vorbereitet hatte, auf die sie sich kampfbereit freute. Diesmal sollte es an einer Volkshochschule in Jütland stattfinden, und die ganze Kompanie sozialdemokratischen Kanonenfutters würde teilnehmen.

Er bereitete sie darauf vor, dass sie sicher ins Kreuzfeuer der

Kritik geraten würde. Ihr Vortrag war nicht besonders parteipolitisch im herkömmlichen Sinne, eher essayistisch, um nicht zu sagen philosophisch, einige wären vielleicht böse genug, sogar so weit zu gehen, es »pseudoreligiös« zu nennen.

»Fürsorge und Mitgefühl für den Nächsten ... Hm, Sie sind ziemlich weit von Verteilungspolitik und Integrationsproblemen entfernt«, erklärte er ihr.

»Ja, es steht auch nicht viel über Krankenhäuser und Altenpflege drin«, räumte sie ein. »Und das ist die Pointe. Dass wir als Partei tiefer graben müssen. Gefühl und Vernunft verbinden. Wir müssen doch endlich ein sozialdemokratisches Angebot an die Welt haben, wie sie sich heute darstellt. Kann schon sein, dass das hier ein Griff in die falsche Schublade ist, aber lieber einen Fehlgriff als gar keinen.«

Offenbar wurde das auch in etwa die Essenz der Debatte, mit der sie, ganz wie er es vorausgesagt hatte, bei der Konferenz rausflog. Aber zu Henrik Sands großer Erleichterung war sie nicht die einzige umstrittene Person dieses Treffens. Besonders die Innenministerin zog die Aufmerksamkeit auf sich, weil sie mehrfach mit Vittrup und Meyer aneinander geriet, in ihrem Zorn darüber, dass sie keine Erlaubnis bekam, einen Alleingang in der Einwanderungspolitik zu starten, die sie beträchtlich straffen wollte. Berit Bjørk hatte auch die Krallen ausgefahren, sie klagte die »Spitze« an, unentschlossen und verwirrt zu sein, und fand, dass man absolut gar nichts Zukunftsweisendes präsentiert hatte, einzige Ausnahme: Charlottes Vortrag. »Es fehlt nicht nur *das Neue*, sondern es fehlen auch *die Neuen*, die für uns die Wahl gewinnen sollen.« In der Fraktion fand die Kritik überraschend großes Gehör, es stellte sich heraus, dass alle Hinterbänkler sich schon lange von der Spitze gegängelt und gestutzt fühlten. Und dieses Mal gab es tatsächlich eine große Gruppe, die quer durch die Flügel Charlotte stützte und ihre Äußerungen lobte, mit denen sie wenigstens versuchte, »durch den Beton zu brechen«.

Die politischen Reporter, die ebenfalls angefangen hatten, den Wahlkampf in ihren Analysen der geschlossenen Konferenz anzupacken, die sie nur mit Hilfe gesprächiger »Quellen in der sozialdemokratischen Fraktion« aus zweiter Hand referieren konnten, bemerkten auch, dass es schien, als wäre »Charlotte Damgaard nach einem etwas unsanften Start in der Fraktion im Begriff, ihren eigentlichen Durchbruch innerhalb der Partei zu schaffen. Nicht nur Fraktionsmitglieder, sondern auch herausragende Gewerkschaftler und obendrein einige der sozialdemokratischen Bürgermeister haben angefangen, das Wort ›Kronprinzessin‹ zu flüstern, einzelne sagen es sogar laut, und obwohl sie noch immer einige missgünstige Gegner in der Fraktion hat, gibt es einen wachsenden Respekt für die junge Umweltministerin, die sich vielleicht ihren Anfängerfehlern zum Trotz als die Thronfolgerin herausstellen könnte, die die Sozialdemokratie so schmerzlich vermisst. Voraussetzung dafür wäre natürlich, dass Charlotte Damgaard schnellstmöglich selbst übernimmt und sich für das Folketing aufstellen lässt. Nach der Radauversammlung dieses Wochenendes zu urteilen, könnte einiges darauf hinweisen, dass die Sozialministerin Berit Bjørk sich mit Pensionsgedanken trägt. Was nicht unerwartet kommt, nachdem der Staatsminister sich inzwischen über längere Zeit deutlich von seiner früher so engen Weggefährtin distanziert hat. So deutet einiges darauf hin, dass der Amager-Kreis bald frei wird – die Frage ist dann nur, ob Charlotte Damgaard Berit Bjørks Mandat übernehmen kann und will …«

»Wollen Sie?«, fragte Henrik Sand, als sie gemeinsam die Auslegung von *Politiken* gelesen hatten, die sie offensichtlich beträchtlich aufmunterte.

»Ich denke immer noch nach. Ich habe versprochen, bis morgen zu antworten«, sagte sie und schnalzte mit der Zunge. »Was halten Sie davon?«

»Ich finde in erster Linie, dass Sie erst wieder richtig auf die Beine kommen sollten«, sagte er wie ein fürsorglicher Familienarzt, der einem jungen Fußballspieler davon abriet, sich sofort in den Kampf zu stürzen, sowie der Gips ab war.

»Das komme ich nie mehr«, sagte sie. »Nicht ganz.«

Vielleicht nicht. Aber trotzdem, mehr Zeit hätte sie widerstandsfähiger gemacht. Hätte es ihr ermöglicht, neue Verteidigungstürme zu errichten. Neue Truppen einzuberufen und neue Allianzen einzugehen. Das Spiel zu lenken. Hätte Henrik Sand bestimmen können, hätten die Begebenheiten sich erst viel später ereignen dürfen. Aber, wie gesagt, Henrik Sand war nicht allmächtig. Wenn die Lawine erst rollte, rollte sie. Das war ja das, was viele an der Politik so faszinierend fanden. Er selbst eingeschlossen.

☆

Man wartet auf den Anruf. Manche mit Furcht, andere in hoffnungsvoller Erwartung. Sie schwitzt unter den Armen, hat kalte Hände. Verschiebt es, bis die Kinder im Bett sind. Sie schimpfen mit ihr, weil sie nicht ordentlich zuhört. Ihre Zahnbürsten vertauscht. Guten Morgen statt gute Nacht sagt. Fast vergisst, dass sie Küsse mit Flügeln durch die Nacht schicken müssen, zu Papa nach Sambia. Papa, den sie vermissen, dem sie Zeichnungen schicken, mit ihrer Hilfe E-Mails schreiben. Papa, der zu Weihnachten wieder nach Hause kommt. Papa, der einen richtigen Löwen gesehen hat und der anderen Kindern hilft. Sie bleibt bei ihnen sitzen, bis sie sicher ist, dass sie schlafen. Geborgen. Dann geht sie zurück ins Wohnzimmer, legt die Ekdahl-CD auf. Schielt zum Telefon und geht in die Küche, um sich einen Cognac einzuschenken. Nimmt auch einen Aschenbecher mit zurück. Zündet sich eine Zigarette an, ermahnt sich selbst, dass sie jetzt *wirklich* reduzieren muss, verfällt über dem Wechselrahmen mit den Familienbildern des letzten, sorglosen Sommers in Grübeleien. Was waren die Kinder klein! Wie fröhlich Thomas war! Und was war sie selbst jung – und dick! Sie zieht und inhaliert den Rauch tief, noch einen ordentlichen Schluck Cognac. Dann wählt sie die Nummer, die auf dem Zettel neben dem Telefon steht. Entschließt sich erst dann endgültig, als sie den Kreisvorsitzenden dran hat. Danke. Ja, sie will. Sie kandidiert.

Hinterher steht sie wie versteinert da und starrt in die Luft. Wartet auf den Knall, der folgen muss. Denn mit einem Mal weiß sie, was sie gerade getan hat. Eine Handgranate geworfen und den Krieg eröffnet.

☆

»Sand«, sagt sie am nächsten Morgen, als sie gemeinsam die Treppe hochgehen.

»Was?«, fragt er.

»Ich habe zugesagt. Ich kandidiere.«

Er bleibt abrupt stehen, stützt sich aufs Geländer.

»Okay! Wann wird es publik?«

»Berit schickt heute Vormittag eine Pressemitteilung raus, dass sie sich zurückzieht. Und dann warten wir ein paar Tage, bevor wir mit meiner Kandidatur rauskommen. Sie sollen noch die Möglichkeit haben, sich da draußen zu sammeln.«

Henrik schüttelt nachsichtig den Kopf.

»Und weder Kreisvorsitzender noch Verwaltung sagen irgendetwas zu irgendjemandem? Auch nicht, wenn sie gefragt werden?«

»Ach, Henrik«, grinst sie und klapst ihm auf die Schulter, »Sie sind ja auch paranoid.«

»Ach, Charlotte«, klapst er zurück. »Ich bin nur Realist.«

☆

»Wir können uns nicht mehr so treffen!«, sagt der eine Mann zum anderen, als sie wieder zusammen in dasselbe Becken pinkeln.

»Nein, sonst kommt noch jemand auf dumme Gedanken«, antwortet der andere, der immer noch Schwierigkeiten hat, sein Anhängsel in Augenschein zu nehmen. »Es heißt, sie hat sich aufstellen lassen.«

»Ja, sie will Berits Kreis.«

»Es heißt, sie habe gute Chancen?«

»Ach, warten wir's ab«, lächelt der Erste, schüttelt ab und macht den Reißverschluss zu.

☆

Cat steht vor dem Haus und zählt sich bis zum richtigen Fenster vor. Starrt hoch, glaubt, dass sie ihn zwingen kann herunterzusehen, damit sie ihn runterwinken kann. Die Gegensprechanlage hat sie gecheckt, hat auch seinen Nachnamen gefunden. Er wohnt mit jemandem zusammen, es stehen zwei Namen auf dem Schild. »Damgaard & Sørensen«. Es ist immer sie, die ans Telefon geht, wenn Cat anruft. Außer es ist der Anrufbeantworter. Dann legt sie auf. Sie will nur mit ihm reden. Auf der ganzen Welt. Seit Genua hat sie überhaupt kaum mit jemandem gesprochen, nur das Allernotwendigste geäußert, um zu überleben. Das, was sie damals zu sagen gehabt hatte, hatte sie dieser Fernsehjournalistin gesagt. Dass die Staatsmacht Carlo ermordet hatte. Dass er gerächt werden musste. Gerächt werden würde. Dann war sie abgehauen. In der Verwirrung verschwunden. Wollte nur nach Hause zu ihren Kühen. Sie wechselte ihre schwarzen, blutverschmierten Kleider gegen das helle Sommerkleid, das immer noch zusammengeknüllt im Rucksack war. Damit war es kein Problem, nach Hause zu trampen. Sie fuhr mit ein paar Lkw-Fahrern mit, zuerst mit einem Deutschen, zuletzt mit einem Dänen. Der Erste wollte sie in der Koje hinter den Sitzen ficken. Es war ihr egal. Hinterher gab er ihr 200 DM und lud sie an der ersten Raststätte ab. Der Däne wollte nicht vögeln. Er habe eine Tochter in ihrem Alter, sagte er. Dafür fragte er zu viel. Sie hatte Angst, dass er die Polizei benachrichtigen würde, als sie Rødby erreichten. Also ließ sie ihn fallen, sprang aus dem Auto, als er tankte, und ging einfach los. Fand einen verfallenen Stall, in dem sie die erste Nacht schlief, blieb ein paar Tage dort, streifte weiter und kam an die Küste. Hielt sich mehr oder weniger an die Küstenlinie, peilte einen nördlichen Kurs an, bei ihrer Wanderung, die bis auf weiteres die Polizei an der Nase herumgeführt hatte. Sie waren nicht auf die Idee gekommen, sie in leeren Campingwagen, abgeschlossenen Sommerhäusern und vergessenen Bootsschuppen zu suchen. Nach ihr wird gefahndet, das weiß sie, schon allein, weil sie verschwunden war und ihre Haftstrafe nicht angetreten hatte. Wenn sie sie finden, schlagen sie sie auch tot, davon ist sie überzeugt. Um sie zum Schweigen zu bringen. Sie war schließlich Zeugin. Ihr Leben war nichts wert, das findet sie ja sogar selbst. Obwohl irgendein tiefer Selbsterhaltungstrieb sie den Sommer über dennoch über Wasser gehalten und ihr Kraft genug gegeben hatte, überall einzubrechen, in Geschäften und Kiosken zu klauen und bei den Leben spendenden Kühen Trost zu suchen, denen sie viel zu selten begegnet war. Stattdessen hatte es andere Tiere gegeben – kleine Katzen, Vögel mit gebrochenen Flügeln, Igel und die großen Kormorankolonien, die sie stundenlang beobachtet hatte. Sie ist begeistert von den Kormoranen, identifiziert sich mit ihnen, den unattraktiven, schwarzen Vögeln, einschüchternd wie Todesboten. Eine Kreatur, so verhasst, dass die Leute sie mit Erleichterung abschießen. Als hätten sie die Welt von einem Ungeheuer befreit.

Cats Hass auf die Menschen ist noch verbissener geworden. Sie findet sie hässlich. Böse. Fett. Hinterhältig. Immer fressend. Wenn sie weiterleben soll, dann nur bei den Tieren. Will sich in ihr Reich aufnehmen lassen. Ein Federkleid oder einen Pelz ausbilden. Pfoten, Klauen, wechselwarm, die Fähigkeit, im Dunkeln zu sehen. Instinkte an Stelle von Bewusstsein. Trieb an Stelle von Gefühlen. Ein krankhafter Wunsch, entwickelt von einem Mädchen, deren Psyche dabei ist, zusammenzubrechen. Bei der Überanstrengung, Unterernährung, chronische Infektionen und ein posttraumatischer Schock dabei sind, einen Kurzschluss in dem schon vorher überhitzten Gehirn auszulösen. Das ist ihr klar. Sie weiß auch, dass sie den Winter als herumvagabundierendes Tier nicht überleben kann. Die kalten Nächte gehen ins Mark, der Wind hat schon angefangen, durch die Knochen zu pfeifen. Dank einer Blasenentzündung hat sie Fieber. Die Kräfte lassen nach. Darum hat sie sich, trotz der Angst vor der Polizei, bis in die Stadt getraut. Denn hier wohnt Thomas. Der einzige Mensch, dem sie vertraut. Der einzige, der sie aus ihrer Verdammnis retten kann.

Warum kommt er also nicht an dieses Scheiß-Fenster? Er muss doch merken, dass sie ihn ruft?

Endlich, endlich taucht eine Silhouette auf. Cat hebt die Arme zu einem Winken, aber da lehnt die Silhouette sich vor, und sie sieht, dass es nicht Thomas ist. Es ist eine Frau. Seine Frau. Die

Frau sieht sie an, musternd, neugierig. Und sie reagiert wie das Tier, das sie im Begriff ist zu werden: Steht erst paralysiert da. Dreht sich dann auf dem Absatz um und läuft weg.

☆

Er schläft so leicht, dass er schon beim ersten Klingeln abnimmt. Auf seinem Digitalwecker ist es 4 Uhr 15. Es könnte das Krankenhaus sein, es ist sicher nur die Station, signalisiert er seiner Frau, die sich alarmiert im Bett aufgesetzt hat, noch bevor er »Rørbech« gesagt hat.

Aber die Mutter des Kindes sieht es sofort. An der Furcht, die sich schnell auflöst in ein erleichtertes, noch zögerndes Lächeln.

»Haben sie sie gefunden?«, fragt Bodil Rørbech durch das Gitter ihrer Finger hindurch.

»Ja. Sie haben sie gefunden. Auf einem Bahnsteig am Hauptbahnhof. Mitgenommen, aber den Umständen entsprechend in gutem Zustand. Danke. Oh, Gott!«

☆

Kalenderwoche 36. Keine Woche, von der man im Vorfeld Besonderes erwartet hätte. Auch in Charlottes Kalender deutete nichts darauf hin, dass diese sieben Tage zu einem Ereignisstrom zusammenfließen würden, zu einem gesammelten »damals, als …«. Eine Geschichte, die irgendwann erzählt werden könnte. Erzählt werden wird. Von Zeugen, aus erster, zweiter, dritter Hand. Von Reportern und Historikern. Von den Hauptpersonen selbst, die sich nicht absichtlich gerade diese Woche als die epochemachende ausgesucht hatten. Und die keine Ahnung davon hatten, dass diese Woche auf unerklärliche Weise die letzte der alten Zeitrechnung werden würde.

So war Charlotte also ebenso unvorbereitet, genauso ahnungslos in der vorausgehenden Woche, wie die Frau, irgendeine, die sich summend in ihr Auto setzt, um über die Brücke nach Jütland zu fahren, zur Konfirmation, den Kopf voller Alltagskram – die laufende Wasserspülung, den Zwist mit den Kollegen, das ungebügelte Kleid – und ihren Tod in Form eines schlingernden Lastzugs in der Gegend der Abfahrt 19 trifft. Henrik Sand dagegen, der bekommen hatte, worum er gebeten hatte – einen friedlichen August –, war gereizt und nervös, wie ein Hund vor dem Gewitter. Dezidiert wütend wurde er, als Andreas Kjølbye von den Sonntagsnachrichten anrief und ihn darüber informierte, dass er einen langen Beitrag über die explosive Entwicklung des Schweinebestandes fertig redigiert hätte. Es hätte sich aber ein anderer Beitrag verzögert, sodass sie eben, Freitagnachmittag, beschlossen hätten, kurzfristig die Pferde zu tauschen und seine Geschichte zu bringen. Was es dringend notwendig machte, dass die Ministerin als Live-Gast ins Studio kam, zusammen mit dem jetzigen Vorstand der *Naturfreunde*.

»Das geht zu weit! Verdammt noch mal!«, schlug er auf den Tisch, verärgert darüber, von den arroganten Medien vorgeführt zu werden.

»Wir müssen das machen«, kommentierte Charlotte leicht. Viel zu leicht, meinte er, rief die Redaktion an und bat darum, umgehend das Band zur Durchsicht zugeschickt zu bekommen. Aber, iih, nein, so etwas macht man doch nicht, denn dann würden ja doch nur die Beamten antworten und nicht der Politiker selbst und so weiter und so fort.

Er schnaubte ärgerlich, aber Charlotte lachte und bat ihn, auf seinen Blutdruck zu achten. Eine durchaus relevante Bemerkung, denn genau das hatte auch sein Arzt angemerkt, als er vor ein paar Tagen beim jährlichen Check-up gewesen war. Und doch, er würde schrecklich gerne 50 werden, und wenn er selbst es nicht übertrieb, sollte das Ziel wohl zu erreichen sein. Es waren schließlich nicht mal mehr zwei Monate, hatte der Arzt gewitzelt. Eine morbide Form von Humor, fand der Patient, der sich immer noch nicht getraut hatte, Einladungen zu verschicken, auch wenn seine Frau, schonend in Unkenntnis über die beginnenden Anzeichen einer gewissen Gefährdung gehalten, anfing, ihn zu drängen.

Während er sich abregte, rief Charlotte ihren alten Freund Andreas an und bekam den Inhalt referiert.

»We are family«, kommentierte sie, als sie nach dem eifrigen Einsatz einiger Mitarbeiter nach Hause gehen konnten, jeder mit einer dicken grünen Akte. Außerdem hatten sie verabredet, am Sonntag Task-Force-Sitzung zu halten, und Sand bestand darauf, dass sie »die ganze Truppe« mitnehmen solle, also Kamal, Louise und ihn selbst, wenn sie am Sonntag ins Studio fuhr. Am allerliebsten wäre er auch mit in die Sendung gegangen und hätte sich als Bodyguard mit Sonnenbrille und einem Finger am Abzug hinter sie gestellt. Primär, um sie vor sich selbst zu retten. Weil er wusste, dass sie mit diesem Medium irgendetwas hatte. Anders als die meisten anderen Politiker konnte sie mit der Kamera kommunizieren. Ja, es war sogar, als würde sie ihr Talent vergrößern, als fände sie eine Form von göttlicher Inspiration, wenn sie *on air* war. Es war diese Spontaneität, die sie infolge der letzten Umfragen zu einer der drei beliebtesten Minister gemacht hatte. Aber es war auch diese Spontaneität, die sie in Schwierigkeiten bringen konnte. Weil in der Politik ein Wort genügen kann.

Und trotz seiner Instruktionen und ihrer Einigkeit über den Kurs, trotz der umsichtigen Formulierungen, die sie eingeübt hatten, war es genau das, was passierte. Statt abzuwehren und zu sagen, dass es entschieden zutiefst beunruhigend war, dass jetzt auch der geschützte Nakskov-Fjord durch Gülleverunreinigung bedroht war, dass eine jährliche Schweineproduktion von 24 Millionen Schweinen wahrlich an der Oberkante dessen war, was Natur und Gesellschaft ertragen konnten, dass es natürlich nicht zufrieden stellend war, dass die Bezirke Anträge auf weitere Betriebsvergrößerungen entweder nicht ablehnen konnten oder wollten, dass sie folglich umgehend Kontakt zu den zuständigen Bezirken aufnehmen würde, um die Praxis zu ändern und die Auswahlarbeit voranzutreiben, die ihr Vorgänger angefangen hatte, und schließlich, dass Überlegungen zur Entwicklung der industriellen Landwirtschaft und den daraus resultierenden Ammoniakausscheidungen natürlich ein wichtiger Baustein in den Verhandlungen über den Wasserschutzplan III sein würden … sagte sie, was sie dachte. Dass sie mit dem Präsidenten der *Naturfreunde* übereinstimmte und folglich meinte: Dass der sterbende Nakskov-Fjord nur ein weiteres Indiz dafür war, dass die 20 Milliarden Kronen, die die Steuerzahler in den Wasserschutzplan I und II gepumpt hatten, dabei waren, sich in Gülle aufzulösen. Dass die Anzahl von Schweinen in Dänemark die Schmerzgrenze überschritten hatte. Dass die Anzahl von Anträgen für neue Betriebserweiterungen und der Umgang der Bezirke mit geltendem Recht darauf hindeuteten, dass die Situation außer Kontrolle geraten war. Dass man die Schweinefabriken nicht mehr länger den landwirtschaftlichen Betrieben zurechnen durfte, sondern sie als Industriezweig ansehen musste, der entsprechend die scharfen Umweltauflagen erfüllen musste, die der Industrie auferlegt waren. Dass die 300 Meter Pufferzone, die als neue Beschränkung eingeführt worden war, offenkundig so weit ausgedehnt werden musste, dass keine Schweinefarm mehr näher als 500 oder sogar 800 Meter an besiedeltem oder geschütztem Gebiet gebaut werden durfte. Und schließlich, dass die so genannten BWU-Untersuchungen der Bezirke, die gegenwärtig bei einem Bestand von 250 Tiereinheiten vorgenommen werden mussten, künftig schon bei 200 oder weniger Einheiten in Kraft treten mussten. Um dann mit ihrer Schwester auf Mors zu schließen, die weder draußen sitzen und Kaffee trinken noch dort Wäsche aufhängen konnte, weil über der ganzen Insel mittlerweile eine Güllewolke hing. »Das offene Land ist ja in Wirklichkeit dabei, eine offene Latrine zu werden. Was ich persönlich ziemlich unappetitlich finde.«

Sand, Kamal und Louise standen vor dem Aufnahmestudio und starrten wechselweise einander und die aufgehängten Monitore an. Das hatte sie doch nicht etwa *gesagt*! Louise musste ein Kichern unterdrücken, irgendwie fand sie einfach, dass ihre Ministerin zu fantastisch war! Aber sogar ihr Lächeln erstarrte, als der Moderator, der angegraute, aber noch immer hippe Paul Weber, mit diesem Schimmer von Flirt, seiner heimlichen Waffe, fragte:

»Höre ich Sie sagen, dass Sie in Wirklichkeit mit den *Naturfreunden* übereinstimmen?«

»So wie die Dinge stehen, ist es schwer, das nicht zu tun«, sagte Charlotte und sah ihm fest in die Augen. »Deshalb möchte ich auch gerne noch sagen, dass ich jetzt Schritte einleiten werde, um einen akuten Schweinestopp durchzusetzen, den wir schon längst hätten ausrufen müssen. Die Natur braucht eine Pause, und wir müssen umdenken.«

Und so fielen die Worte. Eines von ihnen löste einen Aufschrei aus.

Schweinestopp.

☆

In den guten Stuben blieb etlichen Leuten der Abendkaffee im Hals stecken.

»Wahnsinniges Weibsstück!«, entfuhr es zum Beispiel dem Finanzminister.

»Sie hat es nicht anders gewollt!«, gluckste Søren Schouw.

»Oh nein«, stöhnte Elizabeth Meyer.

»Yes!«, grinste Lisbeth und hob den Daumen, während Erik schnaubte.

»Meine Kleine«, murmelte ihre Mutter.

»Brav!«, flötete Svend Thise.

»Das hätte sie besser nicht tun sollen!«, sagte Christina Maribo mit einem Hauch von Schadenfreude.

»Oh, my God!«, japste Sofie und griff nach der Schale mit Knabbersachen.

»Hm«, grunzte Freddy.

»Wie dumm darf man eigentlich sein?«, sagte Jakob Krogh kopfschüttelnd.

»Jetzt geht's los!«, rief Thor Thorsen laut.

»Respekt!«, meinte Gitte Bæk.

Der Staatsminister sagte nichts. Wusste kaum, was er denken sollte.

☆

»Liebe Freunde, jetzt brennt das Klo«, hatte Henrik Sand gesagt, bevor sie aus dem Studio gekommen war. »Das ist euch hoffentlich klar.«

Kamal hatte genickt, das ergab sich von selbst. Das Klo brannte. Noch einer dieser dänischen Ausdrücke, die er sich angeeignet hatte, ohne wirklich zu verstehen, was sie bedeuteten. Tatsächlich war dies hier sein erstes brennendes Klo. Und während er am Sonntagabend noch Schwierigkeiten gehabt hätte, genauer zu definieren, was ein brennendes Klo eigentlich war, war er schon am Montagnachmittag imstande, eine absolut umfassende Beschreibung dieses urdänischen Ausdrucks zu geben. Wenn das Klo brannte, konnte es nicht mehr schlimmer werden. Dann galt es nur noch zu retten, was zu retten war. In diesem Fall die Ministerin, seine oberste Chefin, die von allen erdenklichen und unerdenklichen Seiten angegriffen wurde.

Die Opposition tobte und beschuldigte sie des Vertragsbruchs. Die Landwirtschaft tobte und beschuldigte sie, ihr Versprechen gebrochen zu haben. Die Schweineproduzenten tobten und beschuldigten sie, die Absprachen zu brechen. Die Schlachthöfe tobten und beschuldigten sie der Unwissenheit. Die Bezirke tobten und beschuldigten sie der Verantwortungslosigkeit. Das war schlimm genug. Schlimmer war, dass der Mediensturm nach dem ersten Tag, an dem sie im Großen und Ganzen in jeder einzelnen Nachrichtensendung durchgehechelt worden war und sich in jeder einzelnen Tageszeitung äußern musste, noch an Stärke zunahm. Sie verteidigte sich gut, stand fest zu ihrem Vorschlag und hatte auch den Rückhalt ihrer Freunde – mit Svend Thise von der SF als eifrigstem Fürsprecher. Aber gerade als sie hofften, der Sturm würde sich legen, bekam er neuen Wind. Denn da begann die *Jyllands Post* ihre Hatz. Was dieses Wort bedeutete, konnte er als Einwanderer der zweiten Generation leicht erklären. Und das war es, dem Charlotte Damgaard ausgesetzt wurde: eine wahre Hatz.

☆

Die Sekretariatsassistentin bricht zusammen und gesteht nach Henrik Sands effektiver Ermittlungsarbeit noch vor dem Abend, an dem Tag, an dem die *Jyllands Post* die Geschichte über den »Kreditkarten-Missbrauch der Ministerin« bringt und den Kontoauszug als Faksimile abdruckt. Das heißt, sie erzählt, dass sie »vergessen« hat, die Sache an das Sekretariat weiterzuleiten, was bedeutet, dass die Ministerin den Kontoauszug niemals bekommen hat. Stattdessen hatte sie ihn, trotz wiederholter Mahnungen von Kamal, noch vor den Ferien in einem Stapel vergraben und war daraufhin nach Kreta gereist, ohne der Ministerin die Möglichkeit zu geben, ihre Schulden zu bezahlen. Jakob Krogh hingegen erwähnt sie nicht, und eine plausible Erklärung dafür, warum Thor Thorsen von der *Jyllands Post* im Besitz der Dokumente ist, kann sie auch nicht liefern.

»Es war schrecklich, am Rand zu stehen und zu sehen, wie es passiert. In so einer Situation gibt es bekanntlich nichts, was man als Politiker tun kann. Wenn die Medien erst mal so einen harten Kurs fahren, wie es die *Jyllands Post* getan hat, dann ziehen die anderen unweigerlich nach. Das ist wie ein ansteckendes Virus oder ein Waldbrand, der sich ausbreitet. Und man kann es ja auch gleich lassen, den Versuch, einen Waldbrand mit dem Feuerlöscher zu bekämpfen, oder? Und um bei dieser Metapher zu bleiben: Dann ist es ja auch so, dass niemals Rauch von einem Brand aufsteigt, wenn nicht auch Feuer da ist, nicht wahr? Egal, wie haarsträubend die Behauptungen auch sind, die sie sich zu drucken erlauben, so stehen sie doch in der Zeitung, nicht? Das ist mit einer gewissen Autorität verbunden, dagegen kommt man nicht an. Man kann erklären und dementieren und was weiß ich, in der unmittelbaren Situation ist es völlig egal, ob du die Kreditkarte des Ministeriums wirklich missbraucht hast, um *Kenzo*-Kleider in Paris zu kaufen oder nicht, ob du einen Strafzettel wegen Falschparkens hast, der an ein Inkassobüro geleitet wurde, oder nicht, ob dein Dienstwagen dazu genutzt wurde, die Kinder abzuholen, ob du in das Autonome Milieu involviert bist oder nicht, und ob du deine Hand schützend über eine Gruppe namens *Grüne Guerilla* gehalten hast oder nicht, ob dein Mann dich wegen einer anderen verlassen hat, ob du aus unmittelbaren Sympathien oder Antipathien heraus handelst, emotional nicht im Gleichgewicht bist und psychiatrischer Hilfe bedarfst, deine Kinder vernachlässigst, eine schlechte Mutter bist und ein Verhältnis mit deinem engsten Mitarbeiter hast. Wenn es das ist, womit die Medien zuschlagen, dann lass das Steuer los und *enjoy the ride*. Nein, das hatte nicht die Bohne mit Gülle und Schweinestopp zu tun, aber das ist unwichtig. Ihre Strategie ist es, dich als unglaubwürdig, verlogen, gierig, oder was dich sonst aus dem Amt kippen könnte, darzustellen. Das war es doch ganz offensichtlich, was sie wollten, und sie bekamen ja auch ganz hübsche Unterstützung von diesen widerlichen X-files, die sie immer bereithatten. Ich weiß ja nicht, was man Vittrup gesagt hatte, aber er stand zweifellos unter Druck. So viel will ich zu seiner Verteidigung doch sagen, auch wenn ich nicht finde, dass ich ihm besonders viel schuldig wäre. Nicht mehr. Hingegen ist es schwer, die Tatsache zu beschönigen, dass Meyer ihr nicht half. Sie war schließlich ihr Protegé. Oder war es jedenfalls gewesen. Ich weiß nicht ... irgendwie war Charlotte ihr vielleicht zu selbstständig geworden. Oder sie war enttäuscht über das mit Thomas. Was weiß ich. So ist es doch, Schwäche verschreckt die Leute. Sobald es auch nur den leisesten Anflug einer Niederlage gibt, verabschieden sich auch die so genannten Freunde in Scharen. Ich blieb, und ich hielt auch daran fest, dass sie meine Kandidatin für meine Nachfolge war. Der Kreisvorstand, wenigstens der Großteil, blieb auch dabei, dass sie ihre Kandidatin war. Aber natürlich war es etwas unglücklich, dass die außerordentliche Generalversammlung, bei der sie den Wahlkampf eröffnen sollte, schon für den nächsten Dienstag festgelegt war. Sie bot ja sogar selbst an, die Kandidatur zurückzuziehen, aber das wollten weder der Vorsitzende noch ich akzeptieren. Früher oder später musste der Sturm sich schließlich ja auch wieder legen, ob sie sich nun gebeugt hatte oder nicht.«

☆

Henrik Sand trat in die Pedale, dass der Schweiß spritzte. Es war erst kurz vor sieben, aber seine Kampfhormone trieben ihn rasend an. In erster Linie war er wütend auf sich selbst, dass er aus Mangel an rechtzeitiger Umsicht zugelassen hatte, dass die *Jyllands Post* einen so fetten Happen erwischen konnte. Was war es, das er gegenüber den jungen Mitarbeitern immer unterstrich, die den Dienst am Minister erlernen sollten? *Checken, checken, doppelt checken!* Es durfte keine solchen Hängepartien in einem Ministerleben geben, und auch wenn er in seiner Wut Charlotte selbst die Hucke vollgeschimpft hatte, dass sie die Begleichung der Schulden nicht selbst in die Hand genommen hatte, übernahm er doch eigentlich die volle Verantwortung dafür, dass sie jetzt als dekadente Power-Shopperin mit Durcheinander in der Buchhaltung dargestellt wurde. Verdammte Scheiße!

Er fuhr so schnell, dass das Fahrrad vorwärts jagte und ihm der Schaum vor dem Mund stand. Sicher nicht gut für den Blutdruck, aber das war ihm egal. Dass es nicht besonders professionell war, so emotional zu reagieren, war ihm auch klar. Darum musste er ja rasen wie ein Wahnsinniger, damit er die schlimmsten Aggressionen abreagieren konnte, bevor er den Højbro Plads erreichte und wieder ein nüchterner und unparteiischer Ratgeber sein sollte, der Kapitän mit Überblick und Eisklumpen im Magen. Er hatte an diesem Morgen schon ein paar Mal mit ihr gesprochen, sie war wieder in den frühen Morgennachrichten gewesen. »Zum Glück nur Radio«, hatte sie trocken gesagt. »Ich sehe aus wie ausgekotzt. Das kommt davon, wenn man die *Jyllands Pest* liest.«

Und darin musste er ihr einfach Recht geben. Dass es der feuchte Traum dieser kleinen Null Thor Thorsen war, Pressechef des Großen Bösen Wolfs, der Venstre, zu werden, wenn, oder besser falls, die die Wahl gewinnen würden. Dass dieser Thor Thorsen hinter der Frau her war und nicht hinter dem Ball, war die eine Sache. Aber dass jetzt auch noch die Burg-Ratten unter dem Schutz der Anonymität anfingen, Geschosse zu liefern, die innerhalb der Mauern fabriziert worden waren, kotzte ihn an. Das war einfach zu schlecht. Unter anderem, weil es gelogen war. Man konnte viel über seine Ministerin sagen, zum Beispiel, dass es wirklich dumm war, die Kreditkarte des Ministeriums zu benutzen, aber sie war verdammt noch mal nicht inkompetent. Sie hatte auch keine Leichen im Keller. Sie war niemals illoyal, wie die Zeitung behauptete, weder gegenüber ihrem Ministerium noch ihrer Partei. Sie konnte kritisch sein, eine andere Meinung haben, aber er hatte sie nie hinter jemandes Rücken reden hören, und schon gar nicht über den Staatsminister, wie man inzwischen auch keck andeutete.

Was diesen mediengemachten Kronprinzessinnen-Quatsch anging, war das auch nicht auf ihrem Mist gewachsen. Nach seinem besten Wissen und Gewissen hatte sie keine geheimen Pläne, den König, die Königin oder sonst irgendjemanden vom Thron zu stürzen. Dass die Zeit es mit sich bringen könnte, dass sie das tun würde, tun musste, war eine andere Sache. Das konnte man nur hoffen, der Nation zuliebe, auch wenn vieles darauf hindeutete, dass sie am Ende aufgeben würde. Ganz freiwillig. Was er ihr nicht verdenken könnte. Warum sollte sie sich dem hier *eigentlich* aussetzen? Die Afrika-Sache war schlimm gewesen, aber nahm sich im Vergleich zu diesem Komplott hier wie eine harmlose Generalprobe aus. Sie wollten sie loswerden. Sie sollte raus. Unschädlich gemacht werden. Sie waren kurz davor, grüne Ferkel zu scheißen, aus Angst davor, dass sie gewählt werden könnte. Ein Mandat bekäme. Denn dann würde sie gefährlich. Das Törichte daran war, dass sie nicht bemerkten, dass ihr Untergang auch der ihre sein würde. *Auf lange Sicht*, wie sie so gerne sagten. Auch wenn die »Sicht« so kurz war, dass sie nicht weiter als bis zur nächsten Wahl reichte. Wie immer es auch kommen würde.

»Idiot!«, brüllte Henrik Sand einen anderen Radfahrer an, der vor ihm ausscherte.

»Pass auf deinen Blutdruck auf, Mann!«, wurde zurückgeschrien, als er mit zusammengebissenen Zähnen vorbeispurtete.

☆

Als Ingrid Damgaard am Mittwochmorgen die Radionachrichten gehört und den Leitartikel in der *Jyllands Post* gelesen hatte, der den Rücktritt ihrer Tochter als Umweltministerin forderte, rief sie am Flughafen Aalborg an und reservierte ein Ticket für den ersten Flug nach Kopenhagen. Mit offenem Rückflug. Danach rief sie ihre Station und ein paar Kolleginnen an, um ihre Dienste abzudecken. Erst dann rief sie im Umweltministerium an, wollte die Ministerin nicht stören, die in einer Sitzung saß, sondern ließ Charlotte nur ausrichten, dass ihre Mutter auf dem Weg hierher sei.

»Oh, das wird sie freuen zu hören!«, rief Louise Kramer, die wusste, dass die Kinder Charlottes größte Sorge waren, im Wüten dieser Tage, das sie zwang, sie mehr oder weniger zufälliger Betreuung zu überlassen.

Und das tat es. Tatsächlich war es die größte Aufmunterung an diesem Tag, an dem sie von Sonnenaufgang bis Sonnenuntergang unter massivem Beschuss stand.

»Hat sie wirklich *selbst* angerufen?«, fragte sie verwundert, als sie die Nachricht hörte.

»Ja«, lächelte Louise. »Das ist doch nur natürlich! Sie ist Ihre Mutter! Wer sonst sollte Ihnen helfen?«

Charlotte lächelte blass. Nun ja. So war es wohl für gewöhnlich. Zwischen Müttern und Töchtern.

Dann ging sie zu einem weiteren Termin. Diesmal mit den Schweineproduzenten. Die wollten sie auch dazu bringen, ihren Schweinestopp zurückzuziehen. Sie hörte ihnen zu. Ganz ruhig, während sie ihr die Ohren volljammerten, wie kooperativ sie doch gewesen seien und wie bereitwillig sie sich doch dem Verbot gefügt hätten, Gülle mit Wasserwerfern auszubringen, und sie würden doch gerne mitziehen, wenn es darum ging, Güllebehälter in Zukunft zu verschließen und wollten auch gerne behilflich sein, Informationen über neue Futtermittel zu verbreiten, die die Phosphorausscheidung reduzieren konnten und so weiter. Aber wenn sie diesen Schweinstopp in Kraft setzen würde, würde das »ganz sicher« für ein ziemlich schlechtes Verhandlungsklima sorgen, nicht zuletzt im Hinblick auf den Wasserschutzplan III, und sie konnten nicht dafür garantieren, dass ihre Mitglieder nicht auf dumme Ideen kommen würden. Die hatten schließlich investiert und Grund gekauft, im Vertrauen darauf, dass sie ihren Betrieb vergrößern und ihr Geld wieder nach Hause bringen konnten und so weiter und so weiter, und wollte sie wirklich, dass sämtliche dänischen Bauern die Zufahrtsstraßen nach Kopenhagen blockierten?

»Drohen Sie mir mit französischen Verhältnissen?«, fragte sie geradeheraus. »Ich glaube, das würde die Bevölkerung sehr interessieren.«

Und das brachte sie dazu, sich mit roten Köpfen zu winden,

denn das war das Problem. Ihre Achillesferse. Dass ihr *Image* so angeschlagen war. Die Leute hatten genug von ihren Schweinefabriken. Die Pensionskassen hatten angefangen, das Geld wieder herauszuziehen, jedenfalls wollten sie nicht mehr in neue Farmen investieren. Also, wenn sie nicht bald etwas unternahmen, würde es ihr am Ende gelingen, den Schweinestopp durchzuführen.

Sie waren gezwungen, sich nach effektiveren Methoden umzusehen. Vielleicht würde sie dann aufhören, dazusitzen und ihnen direkt in ihre offene Visage zu grinsen. Und wo blieb eigentlich der Staatsminister in dieser ganzen Geschichte?

☆

Der Staatsminister war beim Ratstreffen in Oslo. Ein interessanter Ort übrigens, nachdem in Norwegen in ein paar Tagen Wahlen anstanden und die Arbeiterpartei am Verlieren war. Hoch. Trotz des jungen, charismatischen Vorsitzenden, der sich so gut machte auf Hochglanzpapier. Die Norweger fanden ihn *nett*, aber das war offenbar nicht genug.

Meyer, die mit dabei war, sagte ungeschminkt wie gewöhnlich, dass sie sich darauf gefasst machen müssten, ebenfalls eine Ohrfeige zu kassieren. »Wenn dieser junge Mann eine Wahl nicht gewinnen kann, dann kann es keiner.« Wenn Per Vittrup im Ausland war – und Norwegen war schließlich auch so eine Art Ausland –, hatte er es sich zum Prinzip gemacht, keine Stellung zu innenpolitischen Fragen zu beziehen, es sei denn, es war absolut erforderlich. Darum hätte er Charlotte Damgaard und ihren Schweinestopp am liebsten einfach ruhen lassen, bis sie nach Hause kamen.

Aber mit Elizabeth Meyer als Begleitung war es unmöglich, sie zu vergessen. Ergo diskutierten sie die Angelegenheit. Waren sich darin einig, dass es nicht außer Kontrolle geraten durfte. Unter keinen Umständen. Gegebenenfalls war eine Einmischung nötig. Nicht zuletzt, wenn man es im Licht einer eventuellen norwegischen Wahlniederlage betrachtete.

»Wir können es uns nicht leisten, jetzt noch Punkte zu verlieren. Absolut nicht«, führte er an.

»Nein«, stimmte sie mit einem nachdenklichen Biss in die Unterlippe zu. »Können wir nicht. Ich kümmere mich um sie.«

Er war drauf und dran, der Versuchung nachzugeben. Aber dann legte er ihr die Hand auf die Schulter.

»Nein, Beth. Das mache ich selbst. Ich bin doch immerhin Regierungschef.«

Sie sagte es nicht, aber er dachte es selbst. »Noch.« Er war doch immerhin noch Regierungschef.

☆

Als Elizabeth Meyer, gerade mit dem Abendflug aus Oslo angekommen, unangemeldet bei Charlotte in der Drejøgade vorbeikam, strömte lautstark Mozarts Requiem aus den Boxen und füllte alle vier Zimmer der Wohnung.

»Kannst du nicht diese Beerdigungsmusik ausmachen?«, bat Meyer noch in der Tür und warf einen forschenden Blick auf Charlotte, die gerade ihre Tage bekommen hatte und deshalb eine durchsichtige Labilität ausstrahlte, die Meyer unter dem Einfluss der pathetischen Totenmesse überinterpretierte. Ein Eindruck, der sich noch weiter verstärkte, als Charlotte sich in der Stille, die nach der Musik eingetreten war, zu ihr umdrehte und sagte:

»Wusstest du, dass Mozart erst 35 war, als er starb? Ich bin 36 …«

»Charlotte«, sagte Meyer, ohne sie aus den Augen zu lassen. »Wie geht es dir?«

»Gut!«, versicherte sie mit einem Lächeln, das die Augen nicht erreichte. »Meine Mutter ist für ein paar Tage gekommen, um mir zu helfen. Sie ist gerade unten am Kiosk …«

Meyer nickte vor sich hin.

»Ich finde auch, du solltest jetzt nicht alleine sein. In dieser Situation …«

»Wie meinst du das?«, fragte Charlotte, während ein Finger zum Mund flog.

Charlotte erfuhr nie, was Meyer meinte, denn im selben Moment klingelte es an der Tür.

»Meine Mutter!«, rief sie und ging, wieder lächelnd, zur Tür, um ihrer Mutter aufzumachen. Aber Elizabeth Meyer ließ sich nicht täuschen. Nicht noch einmal. Das war ihr einmal zu viel passiert, als Eva auf dieselbe Weise versichert hatte, dass es ihr gut ginge. Nur wenige Stunden, bevor sie sprang.

Also bildete sich Elizabeth Meyer jedenfalls ein, dass sie das, was sie tat, Charlotte zuliebe tat. Um sie zu schonen. Ihr Leben zu retten, ganz schlicht.

☆

»Woher weiß die *Jyllands Post*, dass wir im nächsten Haushalt Einsparungen von 150 bis 200 Millionen Kronen auferlegt bekommen werden?«, fragt Charlotte am Donnerstag und blickt von den Presseausschnitten auf. »Davon haben wir selbst noch nichts gehört? Oder?«

»Nee«, sagt Sand und öffnet zwei kleine Flaschen Saft. Johannisbeere für sie, Apfel für ihn. »Das ist ein Teil der Taktik.«

»Psychologische Kriegsführung?«, fragt sie. »Ich soll öffentlich kompromittiert werden? Will sagen, aufs Abstellgleis gefahren? Sodass ich damit ende, einsam und verlassen auf der Welt dazustehen?«

»Ja.«

»Und dass mein lieber Kollege und Parteigenosse, unser Finanzminister Gert Jacobsen, das hier anführt? Assistiert von meinem alten Freund Mikkel?«

»Das ist anzunehmen«, antwortet Henrik Sand kurz.

Sie versinkt in Nachdenklichkeit.

»*Bin* ich korrumpiert, Sand?«

»Nein«, Henrik Sand reibt sich die Nase. Mehr gibt es nicht hinzuzusetzen. Nichts anderes, als die zum Tode Verurteilte zu fragen, ob sie einen letzten Wunsch hat. Denn jetzt ist *pay back time*.

☆

Kaum ist der Staatsminister aus Oslo zurück und hat sein Büro wieder eingenommen, steht Gert Jacobsen vor ihm. Er kommt gleich zur Sache, während Per Vittrup ein Tütchen Samarin gegen Sodbrennen in ein Glas Wasser schüttet.

»Per, du musst etwas unternehmen.«

»Wobei?«, fragt er und sieht zu, wie das Pulver sich auflöst.

»Ja, bei Charlotte Damgaard und ihrem verflixten Schweinestopp! Hast du keine Nachrichten gehört? *Danish Crown* in Horsens ist ins Spiel gekommen. Die haben zwei Milliarden in eine neue Schlachterei investiert, die ab dem Jahreswechsel 1300 Mitarbeiter beschäftigen soll. Wenn der Schweinestopp nicht zurückgezogen wird, drohen sie damit, den Bau einzustellen …«

»Na, na …«, Vittrup setzt das Glas an den Mund.

»… und der Verband der Nahrungs- und Genussmittelhersteller droht mit Streiks ab der nächsten Woche. Wenn es keine Schweine für die Schlachthöfe gibt, geht das auf Kosten ihrer Mitglieder. Der Nahrungsmittelausschuss hat den ganzen Landwirtschaftsrat als Deputation zu Besuch gehabt, und die Innenministerin hat ihre liebe Not mit den Bezirken und Kommunen. Die werden uns für Idioten halten, wenn wir das hier zulassen! Die *Jyllands Post* ist in Ekstase! Die dokumentieren doch, dass sie absolut gar nichts im Griff hat. Jetzt haben sie Akteneinsicht beantragt!«

»Mm«, brummt Vittrup, der keine Lust hat, sich von dem mittlerweile krebsroten Gert Jacobsen anstecken zu lassen, der ihn ziemlich irritiert. »Diese Kreditkartengeschichte betrachte ich als reine Haarspalterei.«

Gert Jacobsen schnaubt.

»Hast du dir gedacht, der Venstre die Regierungsmacht direkt zu *überlassen*? Wenn ja, finde ich, können wir die Wahl ja genauso gut einfach überspringen!«

Das reicht. Das ist der Knopf, der gedrückt werden muss. Schnell wie ein Boxer dreht Vittrup sich um, einen Zeigefinger in die Luft gestreckt.

»Gert, bei allem Respekt! Es ist immer noch mein Privileg, das, was ich denke, für mich zu behalten! Und was Charlotte Damgaard betrifft, werde ich ganz sicher das Nötige tun.«

»Dann tu es!«, schnaubt Gert Jacobsen wiederum und stürmt aus dem Büro, an Tove Munch vorbei, die mal wieder ihren guten Riecher bestätigt bekommt. Charlotte Damgaard bedeutete offenkundig Ärger.

☆

»Die wollen ihr an den Kragen, hm?«, bemerkte Rørbech mit einem Blick auf den aufgehängten Fernseher in einem der Aufenthaltsräume des Reichskrankenhauses.

»Ja«, nickte seine Frau und ließ sich einen Augenblick von dem Bericht über Charlotte Damgaard ablenken, Ingrids Tochter, bevor sie sich wieder in ihrer eigenen Gedankenschleife verfing. Sie war Krankenhäuser gewöhnt, aber nicht, Angehörige zu sein. Angehörige einer Patientin, die es ablehnte, einen zu sehen. Ein Mädchen, das sich jetzt den achten Tag weigerte, Essen zu sich zu nehmen. Die Gefangenenfürsorge konnte sich nicht um hungerstreikende Häftlinge kümmern, darum war sie ins Reichskrankenhaus verlegt worden, das es im Gegenzug nicht verantworten konnte, Patienten einfach verhungern zu lassen. Deshalb hatte man jetzt die Vereinbarung mit ihr getroffen, dass sie über eine Sonde ernährt wurde und genauso viele Kalorien bekam, dass sie gerade noch am Leben gehalten wurde. Rund um die Uhr war eine Wache bei ihr, eine Medizinstudentin in ihrem Zimmer und ein Beamter vor der Tür. Die Erste sollte sichern, dass sie die Sonde nicht herausriss. Der Zweite dafür sorgen, dass sie nicht flüchtete. Sie selbst konnte den letzten Rest ihrer Energie darauf verwenden, dafür zu sorgen, dass ihre Eltern keinen Zutritt erhielten. Sie weigerte sich ganz einfach, sie zu sehen. Wollte lieber sterben, ohne sich zu verabschieden. Und so wie die Prognose aussah, würde es wahrscheinlich damit enden, dass sie ihren Willen bekam. Wie der Oberarzt an diesem Tag gesagt hatte: »Ihr Leben ist dabei, zu Ende zu gehen. Sie will nicht leben, deshalb können wir nichts machen.«

Nein, das konnten sie nicht. Als Profi wusste man solche Dinge. Hatte darüber hinaus dieselben Phrasen anderen Angehörigen gegenüber verwendet, deren Liebe sich in der finalen Phase befanden. Hatte ihnen empfohlen, sich mit dem Unausweichlichen abzufinden und den Sterbenden gehen zu lassen. Und genauso schwer, wie es für andere gewesen war, war es jetzt für sie. Sie konnte nicht. Wollte nicht. Durfte sie nicht verlieren.

Eine Krankenschwester zeigte sich in der Tür, lächelte kurz, um gleich wieder zu verschwinden. Sie hatten versprochen, sie umgehend zu holen, wenn auch nur die kleinste Veränderung eintrat. Falls sie plötzlich ihre Meinung ändern sollte und sie in Gnade aufnahm. Und wenn es nur war, um Abschied zu nehmen.

Cathrine Rørbechs Mutter stand auf und ging zum Fenster. Sonntagabend in Kopenhagen. Wenn das Ganze anders gelaufen wäre, von Anfang an, dann hätten sie jetzt in den Tivoli gehen können. Hätten Krabben essen können. Das Feuerwerk anschauen. Mit ihrer erwachsenen Tochter. Und ihrem Zwillingsbruder.

☆

Am späten Sonntagabend, nachdem sie in *Deadline* gewesen war, um sich einerseits in der Kreditkartenmisere zu verteidigen und andererseits zum Gott-weiß-wievielten Mal den vernünftigen Hintergrund des Schweinestopps zu erklären, schleppt sie sich todmüde die Treppe in den dritten Stock hoch und träumt nur noch davon, ins Bett zu fallen. Sie ist nicht nur müde, sie ist so erschöpft, dass sie kurz davor ist, sich zu übergeben. Die Tür zum Wohnzimmer ist geschlossen, also hat ihre Mutter sich auch schon hingelegt. Sie haben sich kaum gesehen, die ganze Woche über war Charlotte im Großen und Ganzen nur zum Schlafen zu Hause gewesen. In der Küche liegt neben einer offenen, halb vollen Flasche Rotwein und einem Teller mit Käsebrot unter Frischhaltefolie ein Zettel – »Du hast dich toll geschlagen heute Abend. Soll dich von Kurt grüßen. Weck mich, wenn du mich brauchst. Liebe Grüße, Mama. PS: Den Kindern geht es gut. Wir waren im Zoo, aber sie fanden wohl, dass Kurt lustiger war als die Affen. Iss noch etwas!« Sie schleicht hinein und setzt sich neben die Betten der Kinder, küsst sie, hofft, dass sie aufwachen, aber bringt es nicht übers Herz, sie zu wecken. Bleibt sitzen, bis sie Thomas in ihnen entdeckt, das Ziehen in der Wunde spürt und langsam zurück in die Küche geht. Versucht sich an einem einzigen Bissen Brot, gibt auf und schiebt den Teller weg. Schenkt sich ein Glas Wein ein, macht das Licht aus und nimmt das Glas mit ins Schlafzimmer. Lässt die Abendtoilette aus, kriecht unter die Decke, will die Augen nur für eine Sekunde zumachen. Und stürzt in den Schlaf.

Als sie ein paar Stunden später wach wird, glaubt sie, wieder Kind zu sein. Das Kind aus dem Traum. Denn ihre Mutter, im Nachthemd, steht über das Bett gebeugt neben ihr und flüstert beruhigend.

»Schsch, das war nur ein Traum. Lotte …«, sie rüttelt sie sanft, sodass Charlotte sich verwirrt aufsetzt.

»Du hast geträumt«, sagt ihre Mutter. »Du hast geschrien.«

»Habe ich dich geweckt?«, fragt Charlotte und schielt zur Uhr. »Entschuldige.«

»Das macht nichts. Was hast du geträumt?« Ihre Mutter setzt sich auf die Bettkante.

»Ich weiß nicht mehr«, lügt sie, während das Scheunentor verblasst.

»Hast du oft Alpträume?«, fragt die Mutter mit einer kleinen bekümmerten Falte.

»Ab und zu. Dann weckt Thomas mich«, sie stopft sich Kissen in den Rücken.

»Mhm«, ihre Mutter nickt für sich. »Er sollte jetzt bei dir sein, hm? Ich finde, dass es ganz schön hart für dich ist. Auf jeden Fall ist es hart, zuzusehen!«

Ihre Mutter unterdrückt ein Gähnen. Charlotte greift nach dem Weinglas, das immer noch auf dem Nachttisch steht.

»Es ist sicher *schlimmer*, zuzusehen. Magst du einen Schluck?«

Ihre Mutter lächelt. Nein, danke.

»Aber ich bin froh, dass du hier bist«, sagt sie dann.

»Bist du das? Ich hatte ein bisschen Angst, dass …«, ihre Mutter zögert und nimmt Anlauf. »Ja, ich habe es nicht so gut hinbekommen, wie ich sollte, damals … Damals mit eurem Vater, meine ich …«

Charlotte hält die Luft an.

»Ich war ja noch ziemlich jung, und ehrlich gesagt, ist es mir sehr schwer gefallen, mit der Situation umzugehen … alleine mit drei Kindern und … ja.«

Sie hebt die Hände, sieht nach unten auf ihr Nachthemd, auf die honiggelben Winnie Puhs. Sicher ein Geschenk von Kurt.

»Mama«, sagt Charlotte mit heftig schlagendem Puls. »Bin ich ihm ähnlich? Ich meine, könnte ich auch … wenn ich nun dafür disponiert bin, erblich, meine ich? Es ist doch schließlich auch ein Ausweg, wenn es zu … schwer wird?«

Die Mutter hebt den Kopf, sieht sie fragend an, hebt ihre Hand und streichelt ihre Wange.

»Nein, Lotte! Davor darfst du keine Angst haben. Es war ja nichts Psychisches oder so …«

Sie zieht ihre Hand zu sich, seufzt tief.

»Was war es dann?«, fragt Charlotte und stellt den Wein beiseite. »Warum hat er es getan? Warum hat er sich umgebracht?«

Lange beißt ihre Mutter auf ihren Daumen. Dann kommt ein Schluchzen. Danach die ersten Tränen wie schwere Tropfen aus einer dunklen Wolke. Dann öffnet und schließt sie denn Mund einige Male.

»Dein Vater … hat sich das Leben genommen … weil …, ach, Charlotte, willst du es wirklich wissen?«

»Ja«, flüstert sie und zieht die Decke um sich fest.

»Dein Vater hat sich das Leben genommen, weil er … weil er sich geschämt hat für das, was er getan hatte …«

»Was hatte er denn getan?«, Charlotte tastet atemlos nach der Hand ihrer Mutter.

»Er hatte Kesses Sparbuch geleert.« Die Mutter sieht hoch.

»Nein!« Charlotte holt Luft.

»Doch!« Ihre Mutter nickt. »Er hatte absolute Vollmacht dafür, Kesses Angelegenheiten zu regeln, du weißt ja, er war etwas zurückgeblieben. Und als wir dann diese mageren Jahre hatten, Anfang der Siebziger, und unsere Raten und die Futtermittelrechnungen nicht bezahlen konnten, hat er nach und nach alles von Kesses Vermögen abgehoben. 107.419 Kronen.«

»Woher hatte Kesse so viel Geld?« Charlotte sinkt schwindelig in ihr Kissen.

»Er hatte es von seinen Eltern geerbt. Und dann bekam er ja auch etwas Lohn von uns. Brauchte nie Geld, knauserte und sparte immer alles. Er wollte doch so gerne seinen eigenen kleinen Hof haben.«

Charlotte schüttelt sprachlos den Kopf.

»Ja, und wie ist das rausgekommen? Wenn er kein Geld ausgegeben hat?«

»Er wollte der Mission etwas spenden. Sie hatten es geschafft, ihn dazu zu überreden, auch eine weniger schöne Geschichte, wenn schon die Sprache darauf kommt. Na ja, ich bin mit ihm zur Sparkasse gefahren, und dort stellte sich heraus, dass er kein Geld mehr hatte ...«

»Nein!« Charlotte schlägt sich die Hand vor den Mund. »Ja, aber, was dann ...?«

»Der Vorstand hatte den Verdacht gehabt, dass etwas nicht stimmte. Es war ja eine kleine Sparkasse, nicht? Die konnten sich ja nicht vorstellen, wofür Kesse so viel Geld brauchen sollte. Der Vorstand war eigentlich bereit, euren Vater zu decken, wenn wir alles zurückbezahlten. Sie waren bereit, uns Raten zu gewähren. Kesse wollte ja auch nichts melden, aber der Klatsch verbreitete sich natürlich doch, wie es eben ist. Und irgendwann kam dann doch die Polizei, es war die Mission gewesen, die ihn angezeigt hatte, und ja, so war es ...«

»Oh nein«, Charlotte verbirgt ihr Gesicht hinter den Händen. Ihr Vater als Schwindler, Betrüger, Dieb ...

»Er wollte uns schonen, glaube ich. Er schrieb ja nichts außer diesem einen ›Entschuldigung‹.«

»Und das wolltest du auch«, murmelt Charlotte und trocknet die Augen mit dem Handrücken. »Deshalb sind wir weggezogen, oder? So plötzlich?«

»Ja. Und außerdem musste ich verkaufen. Wir hatten überall Schulden, und Kesse sollte sein Geld auch zurückbekommen. Jede einzelne Öre. Das hat er auch. Mit Zinseszins.«

Charlotte angelt ein Taschentuch aus der Kleenexpackung, die inzwischen immer auf ihrem Nachttisch steht. Schüttelt den Kopf, putzt sich die Nase.

»Es geht ihm gut jetzt. Ich habe ihn besucht.«

»Ja, ich habe es gesehen«, die Mutter lächelt schmal. »Und er ist immer noch dabei, diese Arche zu bauen.«

Charlotte fängt an, hicksend zu lachen, und sieht ihre Mutter an, als ob sie sich vor ihren Augen verwandeln würde. Streckt sich nach ihrer Hand aus.

»Mama, verdammt. Du warst ja gerade so alt wie ich jetzt?«

»Ja. Aber ich habe es überlebt. Und das wirst du auch. Du kommst schließlich nach mir, nicht?«

»Ja«, murmelt Charlotte. »Das tue ich wohl«, sagt sie und lässt sich umarmen. Spürt zum ersten Mal wieder ein Flanellnachthemd an ihrer Wange, seit sie neun Jahre alt war, und erinnert sich plötzlich ganz deutlich an den Geruch, den sie jetzt einatmet. Der Geruch von Mutter.

☆

Man muss abgestumpft sein, um nicht auf abgehackte Schweineköpfe zu reagieren. Ein abgehackter Schweinekopf, von einer Gruppe der Venstre-Jugend vor die Tür geworfen, in einem Treppenhaus in Østerbro. Ein Schweinekopf, der daliegt und einen angrient, wenn man, nichts ahnend und ohnehin schon dünnhäutig, hinaustappt, um an einem frühen Montagmorgen seine Zeitungen reinzuholen.

Charlotte war nicht abgestumpft. Sie schrie. So laut, dass die Kinder angerannt kamen, leider, und die anderen Bewohner. Und auch wenn ihre Mutter ihr Bestes gab, um die Situation zu entspannen und auch diejenige war, die mit größter Selbstverständlichkeit den Kopf entfernte und ihn in den Abfallcontainer unten im Hof warf, konnte sie nicht verhindern, dass Charlotte die Sache als böses Omen empfand. Ein wirklich entsetzlicher Auftakt einer neuen Woche. Kalenderwoche 37, um genau zu sein.

☆

Svend Thise war gezwungen gewesen, den Umweltausschuss einzuberufen. Nicht nur, weil er von den *usual suspects* der Opposition dazu gedrängt worden war, sondern auch, um Charlotte eine Möglichkeit zu bieten, sich in einem zivilisierteren Zusammenhang zu erklären. Die Medienhysterie hatte im Verlauf des Wochenendes neue Dimensionen erreicht, in denen offenbar niemand mehr Lust hatte, Äpfel und Birnen zu unterscheiden, und alle diese Aasgeier es eilig hatten, als Erstes mit ihrem politischen Nekrolog herauszukommen. Die größte Aufheiterung war, dass die Leserbriefspalten, jedenfalls in der Hauptstadt-Presse, voll von Sympathiebekundungen waren. Die Leute mochten sie im Allgemeinen, und das konnte vielleicht ihre Rettung sein. Ansonsten sah es nicht so aus, als gäbe es übermäßig viele, die ihr eine helfende Hand reichen wollten. Der Staatsminister spielte immer noch Stummer Mann, aber die Gerüchte und Spekulationen gingen dahin, dass er sich schnellstmöglich irgendetwas ausdenken wollte, das für »Ruhe auf dem Rücksitz« sorgen würde. Falls sie ihm nicht noch zuvorkommen würde.

Denn wie sie dem Ausschuss kampfbereit und deutlich mitteilte, hatten sie und ihre Beamten das Wochenende darauf verwendet, einen Verhandlungsvorschlag auszuarbeiten, der »den betroffenen Parteien« am selben Nachmittag vorgestellt werden sollte. Sie stehe zwar noch unverändert zum Schweinestopp, es läge aber nicht in ihrer Absicht, »der Demokratie auf die Füße zu treten«, und deshalb wolle sie die Parteien bitten, mit einem Handlungsplan zu kommen, wie man sich die zukünftige Schweineproduktion in Dänemark vorstelle. Und je eher man sich über einige neue Richtlinien einigen könne, um so eher könne der Schweinestopp aufgehoben werden. Sollte sich herausstellen, dass man so verhandlungsbereit war, wie man gesagt hatte, war sie darauf eingerichtet, dass der Stopp, der eigentlich planmäßig in der darauf folgenden Woche in Kraft treten sollte, ausgesetzt werden könnte.

Ziemlich geschickt, wie er fand. Sie machte sie lächerlich, und das hassten sie. Nach einer ersten Lähmung brach ein erregtes Gepolter los, als wäre eine Frau in ein türkisches Kaffeehaus geraten. Worte wie »Geiselnahme«, »Export-Katastrophe«, »Machtmissbrauch« und »Inkompetenz« schwirrten durch die Luft und landeten auf den breiten Schultern der Ministerin, von denen sie einfach abgebürstet wurden. Erst als schließlich einer »Misstrauensvotum« sagte, sah sie auf, feuchtete ihr Lippen an und sagte: »Bitte sehr!«

Hinterher hatte sie es eilig weiterzukommen, sie hatte zugesagt, ins Strax-Studio zu kommen und Live-Gast des Tages zu sein. Aber Svend Thise fing sie ab und hielt sie auf.

»Mannomann«, prustete sie. »Die haben noch nicht genug, was? Die sind absolut nicht daran interessiert, die Substanz zu diskutieren!«

»Nein«, er schüttelte den Kopf. »Jetzt geht es nur darum, loszuballern.«

»Die wollen meinen Kopf auf dem Tablett, oder?«, fragte sie düster und signalisierte ihren beiden Knappen Kamal und Louise, dass sie sich ihnen sofort anschließen würde.

»Hmm«, zögerte er. »Meinen jedenfalls bekommen sie nicht«, sprang er dann mitten rein.

»Was meinst du damit?«, fragte sie, mit einem Mal hellhörig.

»Ich ziehe mich zurück. Ich verlasse die Politik, bevor die Fraktion mich rausmobbt. Ich habe einen Job als Agronom bekommen, mein alter Beruf.«

»Nein, Svend!«, rief sie.

»Doch. Es ist mir immer klarer geworden, dass ich einen Rivalen habe, dessen höchstes Ziel es ist, mich auszuradieren. Auch wenn es die Partei politischen Einfluss kostet. Und dafür halte ich meinen Kopf nicht hin. Es macht mich kaputt. Meine Frau kommt damit auch nicht mehr zurecht, sie hat keine Lust mehr, die Wochenenden darauf zu verwenden, mich zu verarzten ...«

»Ja, aber ihr seid doch Sozialisten! Rot und gut!«

Er lächelte schief und drückte einen Nikotinkaugummi aus der Verpackung.

»In all unserer Torheit sind wir doch auch nur Menschen wie ihr anderen alle auch.«

»Ja, und was ist mit mir?«, fragte sie.

»Ja, was denn? Du musst es schaffen. Für uns beide kämpfen. Dann können wir doch unsere eigene Partei gründen, wenn du die Sozis irgendwann leid bist.«

»Jetzt gleich?«, sie schnitt eine Grimasse und warf ihm eine Kusshand zu, machte einen Schritt auf ihre trippelnden Referenten zu.

»He«, rief er ihr nach. »Ich weiß nicht, ob es dir was nützt. Aber ich habe vor kurzem gehört, dass der Verteidigungsminister die Frau des Justizministers vögelt!«

Sie bricht in Lachen aus.

»Danke! Ein Jammer, dass man so wohlerzogen ist!«

☆

Der Besuch im Strax-Studio war eine Oase der leichten Munterkeit und des ununterbrochenen Smalltalks. Der Moderator war primär daran interessiert zu hören, wie es ihr *ging*, was sie dabei *fühlte*, die zu sein, die sie gerade war, »ganz Dänemarks Boxball«.

»Es ist verdammt hart«, antwortete sie wahrheitsgemäß. »Besonders, wenn es unter die Gürtellinie geht.«

»Ja, aber warum tun sie das?«, war er immerhin clever genug zu fragen.

»Fragen Sie sie!«, wich sie mit einem Lächeln in der Stimme aus.

»Etwa, weil es sie provoziert, dass so ein Sprotte wie Sie daherkommt und ihnen sagt, was wir anderen denken? Ich finde auch, dass es ziemlich ekelhaft ist, in Schweine-Urin herumzustiefeln …«

»Vielleicht …«, sie lachte.

»Warum sagen Sie nicht mehr dazu – ich kann doch sehen, was Sie denken?«

»Weil alles, was ich jetzt sage, sofort gegen mich verwendet werden kann und wird.«

»Mal ehrlich, Charlotte, ist Politik dann nicht einfach nur noch ein völlig verrottetes Spiel, durchseucht von miesen Tricks?«

»Doch, so kann man es sagen. Manchmal ist es genau das, was man erlebt. Es ist ein Machtkampf um Interessen und Privilegien, aber es ist ja auch notwendig, es zu wagen, sich der Macht zu stellen, zu wagen, sie zu ergreifen, und im Dienste der guten Sache zu nutzen …«

»Charlotte, nun sind Sie ja einmal eine idealistische Basisdemokratin gewesen, und Sie treiben ja auch Ihr Grünes Dänemark und Ihren ökologischen Rundumschlag voran. Geht das überhaupt … kann man in der Politik Idealist sein und bleiben?«

»Ja, Mann! Sonst wäre ich nicht hier!«

»Vor dem nächsten Plattenwunsch, Charlotte, was glauben Sie selbst, wie lange werden Sie auf dem Ministersessel sitzen?«

»Nicht zu lange, hoffe ich«, grinste sie und bekam ihren Plattenwunsch erfüllt. Wagners »Walkürenritt«.

☆

Der Radioempfang brach ab, als sie auf dem Weg zu einem abseits liegenden Bauernhof durch eine Senke fuhren. Nicht dass es ihm etwas ausmachte, er hatte genug von dieser Ziege gehört. Hoffentlich würde sie bald ganz die Klappe halten. Die morgige Geschichte würde sie ohne Zweifel k. o. schlagen. Viel konnten sie aushalten, aber sogar die Zähesten von ihnen hatten ihre Achillesferse, und er hatte ihre gefunden. Den Vater und seinen Selbstmord. Jetzt fehlten ihm nur noch die letzten Steine, ein paar Aussagen und ein Foto zur Dokumentation.

»Ob es das hier wohl ist?«, fragte der Fotograf, als sie die letzte Zufahrt erreichten. Dort, wo ein großer, gebückter Mann stand und misstrauisch den weißen Passat beobachtete. Thor Thorsen winkte ihm beschwichtigend zu. Er konnte ihn erkennen, *Kesse*, der im Fernsehen gewesen war.

☆

Der Anruf kam, als sie im Wagen saßen, alle vier auf dem Weg zurück vom Verband der Nahrungs- und Genussmittelhersteller. Sand hatte gerade angefangen, ein Licht am Ende des Tunnels zu sehen – das Treffen war hervorragend verlaufen, sie hatte sie dazu gebracht, die Streikdrohung zurückzuziehen, und es sogar geschafft, den wunden Punkt zu finden, der dort wie überall sonst auch zu finden war. Mehreren Mitgliedern der Verbandsführung gefiel es nicht, dass sie in dieser Sache Hand in Hand mit den Arbeitgebern und den Bürgerlichen gegangen waren, und sie waren es auch, die fanden, dass gewisse Teile der Parteispitze ein wenig zu geschäftig gewesen waren. Schließlich wirkte sie ja generell so auf die Leute – das Phantombild der Medien zersplitterte, wenn sie ihr *live* begegneten. Sie war liebenswürdig, lustig, und in erster Linie war es leicht, mit ihr zu reden. »Ganz bodenständig«, wie besonders die Jütländer bemerkten.

»Puh«, rief sie erleichtert und bat Freddy, Schokolade herauszukramen. Er lächelte und reichte eine Tafel *Marabou* nach hinten, aufgemuntert, sie weniger bedrückt zu sehen. »Wenn es ein Journalist ist, sagen Sie, ich bin unter der Erde!«, sagte sie, als Louise das Telefon nahm.

»Es ist keiner«, sagte Louise düster. »Es ist das Staatsministerium. Vittrup will Sie um 20 Uhr sehen. Passt es Ihnen?«

»Habe ich eine Wahl?«, fragte sie, während die Schokolade in ihrem Mund größer wurde.

Elizabeth Meyer sitzt mitten in einem Interview mit Norwegens größter Tageszeitung, die eine Geschichte über »des Coaster-Königs dänisches Darling« bringen will, als ihre Sekretärin durchruft und sagt, dass sie Charlotte Damgaard in der Leitung hat. Normalerweise hat die Umweltministerin ungehinderten Zugang zur Außenministerin, es besteht schlicht Anweisung, sie immer durchzustellen. Aber an diesem Septembernachmittag in der blauen Stunde an der Grenze zum Abend wird diese Regel aufgehoben.

»Sagen Sie ihr, dass ich schon weg bin«, sagt Meyer und lächelt zum Fotografen.

☆

»Die Maschinerie des Ministeriums ist heruntergefahren. Abends kann man es an der plötzlichen Stille spüren, die sich ausbreitet, wenn die Turbinen stillstehen und alle nach Hause gegangen sind. Dann sitzt man hier. Lauscht. Entdeckt, dass man ganz alleine ist. Sofie hat einmal gesagt, dass sie sich nirgends so einsam gefühlt hat wie in ihrem Ministerbüro, und es stimmt ja, die Macht isoliert dich von den anderen. Als Führer wird man sowohl zu dem, der selbst weggeht, als auch zu dem, der alleine gelassen wird. Manchmal auch im Stich. Ich weiß immer noch nicht, was es damit auf sich hat, mit dieser Macht. Meyer sagt ja, dass es absolut nichts gibt, was einen mit ihrem Verlust versöhnen kann. Wenn man sie einmal besessen hat. Vielleicht merkt man erst in dem Moment, in dem man sie verliert, dass man sie besessen hat. Genau wie mit der Liebe, welche Ironie! Seltsamerweise fühle ich mich ruhig und gefasst, obwohl ich vielleicht gleich erkennen muss, dass ich beides verloren habe – die Macht und die Liebe. Sand klopft an, er besteht darauf, mich ins Staatsministerium zu begleiten. Zehn, neun, acht …«

☆

Nur Tove Munch, die den Kinoabend mit ihrem ältesten Sohn abgesagt hatte, war noch im Vorzimmer. Sie bedauerte, dass der Staatsminister sich etwas verspätete, und bot der Umweltministerin und ihrem Leutnant etwas zu trinken an. Charlotte nahm Cola. Sand Mineralwasser. Und dann warteten sie. In denselben Korbsesseln wie beim ersten Mal.

Währenddessen stand Per Vittrup am Fenster und starrte auf den Innenhof. Die Sonne war untergegangen, der Mond als halbe Scheibe auf dem Weg nach oben.

»Jetzt ist der Sommer vorbei …«, sang C. V. Jørgensen irgendwo in seinem Hinterkopf und übertönte Gerts nervigen Dauermonolog. Dessen pathologischer Widerwille gegen sie war an und für sich ausreichend, ihn das Gegenteil von dem tun zu lassen, was Gert von ihm wollte. Gitte hatte ihm auch abgeraten – »Behalt sie, Mann!« –, aber sie war in Weitwegistan, und man konnte nicht ordentlich mit ihr reden. Sein so genannter Medienberater hielt prinzipiell nichts von unlenkbaren Ministern, und Meyer war selbst mit der hervorragenden Idee zur Lösung des »Problems« gekommen. Ihr war es schließlich auch klar, dass, egal ob er die Wahl jetzt oder später ausschrieb, das Risiko einer eklatanten Niederlage bestand. Darum war keine Zeit für Experimente und Spekulationen über Führungskrisen und Kronprinzessereien. Wenn sie die Wahl verlieren würden – eine Angst, die er niemals zugeben würde –, dann sollte ihn hinterher wenigstens niemand dafür kritisieren können, dass er einen zu zaghaften Umgang mit einer Seglerin wie Charlotte Damgaard gehabt hatte.

Er war gezwungen, die sichere Karte zu spielen, um die Wähler davon überzeugen zu können, dass er und seine Mannschaft in der Lage waren, die Zügel zu straffen – im Umgang mit Flüchtlingen und Einwanderern genauso wie mit Krankenhäusern und den Alten. Keine Wahlthemen, die er selbst sonderlich fantasievoll oder inspirierend fand, aber beklagenswerterweise war er den Meinungsumfragen zufolge nicht der, der die Karten verteilen konnte. Ergo hatte er keine Alternative. Sie musste geopfert werden.

»Okay, Tove, ruf sie einfach rein«, sagte er und stellte sich in Positur. Freundlich, entgegenkommend, den obersten Hemdknopf offen. Sein Gast dagegen wirkte zugeknöpft, wachsam.

»Möchtest du etwas?«, fragte er, als sie am Konferenztisch Platz genommen hatte. »Tove hat sicher Kaffee gekocht.«

»Nein, danke«, sagte sie und sah ihn direkt an, mit ihren großen, grün-braunen Augen, denen gegenüber er schon damals eine gewisse Ergebenheit gespürt hatte.

»Charlotte«, fing er an, und unter ihrem festen Blick begann er selbst unruhig zu werden. »Du weißt, dass ich dich sehr schätze, sowohl als Mensch als auch als Politikerin …«

»Aber?«, sie hob eine Augenbraue.

»Aber … wie wir schon neulich festgestellt haben, muss ich gewisse Rücksichten nehmen. Uns steht eine Wahl bevor, in den Umfragen sind wir hintendran, und wir müssen deshalb jetzt als geschlossene Einheit auftreten, als Mannschaft, nicht wahr? Ich dachte, das wäre dir klar gewesen. Da ist kein Platz für Sonderwege.«

Sie nickte vage.

»Wenn wir die Regierungsmacht verlieren, kann all das, worauf wir die letzten zehn Jahre verwendet haben, auch im Umweltschutz, sich ganz einfach in Staub auflösen. Alles deutet darauf hin, dass der bürgerliche Flügel einen Systemwechsel vorbereitet, der, wenn sie an die Macht kommen, uns in zwecklose Opposition verbannen wird. Das wäre für uns und für Dänemark als solches katastrophal. Darum«, er räusperte sich, verlegen durch ihr ausdrucksloses Schweigen. »Darum will ich dir ein Angebot machen.«

»Ein Angebot?«, fragte sie skeptisch und legte den Kopf schief.

»Ich würde sogar sagen, *an offer you can't refuse*!«, er breitete lächelnd die Arme aus, was sie lediglich dazu brachte, die Augenbrauen noch enger zusammenzuziehen.

»Ja?«

»Wie du selbst gefordert hast, ist es notwendig, im Hinblick auf die Konferenz in Johannisburg 2002, so schnell wie möglich ein Sekretariat für Nachhaltigkeit einzurichten. Und so ein Sekretariat braucht ja einen Leiter oder eine Leiterin, ha, und ich finde, dass du dafür genau die Richtige bist. Und darum würde ich dir hiermit gerne dieses Amt anbieten.«

Sie sah ihn mit zusammengekniffenen Augen an, ein kleines Lächeln kräuselte ihre Mundwinkel.

»Du bist dabei, mich zu feuern, oder?«

Er zuckte unbestimmt die Schultern.

»Es ist klar, dass du genötigt wärst, von deinem Posten zurückzutreten, um so eine Aufgabe bestreiten zu können.«

Sie lachte, kurz und hart.

»Und wenn ich dein Angebot nun ausschlagen würde, würde ich dann gebeten, trotzdem zurückzutreten?«

Vittrup fuhr sich mit der Zunge über die glatte Kante seines goldenen Schneidezahns. Es gab keinen Grund für Hokuspokus. Schon gar nicht ihr gegenüber.

»Ja. Du wirst wohl müssen. Leider.«

»Ja, aber wofür soll ich denn rausgeschmissen werden?«, fragte sie. »Ist es der Kreditkarten-Sturm-im-Wasserglas der *Jyllands Post*? Das Geld ist zurückgezahlt, das weißt du wohl, oder? Es war ein Fehler in der Administration!«

Ihm war sichtlich unwohl.

»Ja. Eine dumme Sache. Aber darum geht es nicht …«

»Dann ist es der Schweinestopp? Das habe ich im Griff! Die Gewerkschaft hat ihre Streikdrohung zurückgezogen, ich habe die Bezirke und die Schweinezüchter an den Verhandlungstisch geschleppt, die Opposition beruhigt sich schon wieder, der Export ist nicht in Gefahr …«

Vittrup hob die Arme.

»Ich brauche betriebssichere Minister, liebe Charlotte! Und das bist du wohl nicht, oder? Deine Familie ist instabil, dein Mann ist in Afrika, du selbst bist in einer Krise, redest, bevor du denkst, whatever … Nimm diesen Job! Dir selbst zuliebe!«, bat er.

»Aber ich kandidiere fürs Parlament! Alle wissen, dass ich dem Amager-Kreis mein Okay gegeben habe. Morgen ist Kampfabstimmung …«

»Zieh dich in dieser Runde zurück und komm später wieder. Du brauchst Ruhe, wir brauchen Ruhe …«

Sie warf genauso hitzig ihren Kopf wie Gitte, wenn sie wütend war. Das brachte ihn dazu, verschreckt in seinem Sessel zurückzuweichen, bereit, sich gegen mögliche Wurfgeschosse zu verteidigen.

»Ich trete nicht zurück. Weder von dem einen noch von dem anderen«, sagte sie dann. »Wenn du mich loswerden willst, musst du mich feuern!«

Im selben Moment stürmte Henrik Sand ins Büro, das Handy in der Hand.

»Entschuldigen Sie, dass ich störe. Hier ist ein Anruf für Sie, Charlotte. Das Reichskrankenhaus. Es klingt wichtig.«

»Die Kinder«, schießt es ihr durch den Kopf, als sie erschrocken aufsteht.

»Denk bis morgen darüber nach. Sagen wir bis 10 Uhr?«

»Hallo?«, sagte sie und sandte Per Vittrup einen grimmigen

Blick, während sie, gefolgt von Henrik Sand, aus dem Büro des Staatsministers eilte, das Telefon am Ohr.

☆

»Es ist gut, dass Sie da sind«, sagt die Krankenschwester und stellt sie dem Elternpaar vor, die von zweien der drei Stühle aufstehen, die im Flur vor dem Zimmer bereitgestellt worden sind.

Der Vater hält sich aufrecht, sein Händedruck ist sicher und fest.

»Tag, Charlotte«, sagt er vertraut. »Sie können sich noch an uns erinnern, oder?«

»Ja, sicher«, nickt sie und nimmt die schlaffe Hand der Mutter. Sie wirkt schockierend gealtert, wie eine zusammengefallene alte Frau, im Vergleich zu der gut konservierten MTA, die sie aus dem Krankenhaus in Erinnerung hatte.

»Ich glaube, wir sollten jetzt reingehen, so lange sie wach ist«, fordert die Krankenschwester sie leise auf und schiebt die Tür gerade so weit auf, dass sie hineinschlüpfen können. Die Eltern bleiben resigniert auf dem Gang zurück, aber recken sich beide, um ihr über die Schulter zu sehen und vielleicht einen kurzen Blick ins Zimmer werfen zu können, wo ihre Tochter wie ein Bündel, mit dem Rücken zu ihnen, im Bett am Fenster liegt. Das Nachbarbett ist leer und unberührt.

»Cathrine«, sagt die Krankenschwester und fasst sie vorsichtig an der Schulter an. »Thomas' Frau ist hier, Sie möchte gerne mit dir sprechen.«

Erst eine lange Pause. Dann eine dünne, aber trotzige Stimme:

»Ich will nur mit Thomas reden.«

Charlotte tritt näher ans Bett. Gibt der Krankenschwester ein Zeichen, dass sie gehen kann.

»Drücken Sie einfach auf die Klingel, wenn etwas ist. Sie steht kurz vorm Koma.«

Als die Krankenschwester gegangen ist, setzt sie sich auf die Bettkante. Öffnet ihren Trenchcoat, zieht in vorsichtig aus.

»Cathrine«, sagt sie, »wir kennen uns …«

Mehr muss sie nicht sagen, das Bündel dreht sich um, und ein vogelartiges, eingefallenes Gesicht mit einer Sonde in der spitzen Adlernase und einem blauvioletten Muttermal über die eine ganze Wange starrt sie an.

»*Du* bist seine Frau? Die Umweltministerin? Das gibt's nicht …«, sie zieht die Lippen über die Zähne hoch, die vorstehen wie bei einem Totenkopf.

»Ja. So lange es dauert …«

»Warum kommt Thomas nicht?«

»Weil er in Sambia ist. Ich habe versucht, ihn zu erreichen, aber er ist irgendwo unterwegs, wo es kein Mobilfunknetz gibt … Ich habe das Büro informiert, aber ich fürchte, vor morgen können wir ihn nicht erreichen …«

»Dann ist es zu spät«, sagt sie matt und fährt sich mit der Zungenspitze über die trockenen Lippen.

»Warum?«

»Weil ich dann tot bin«, sagt sie lakonisch. »Geh. Ich will alleine sterben.«

»Niemand will alleine sterben«, sagt Charlotte.

»Ich habe alleine gelebt.«

»Niemand will alleine leben«, beharrt Charlotte. »Woher kennst du Thomas?«

»Aus Göteborg. Wir saßen zusammen im Knast. Er hat mir seine Telefonnummer gegeben. Er war … nett … zu mir. Hat mir geholfen … ich hatte mir den Fuß gebrochen …«

Ihre Augen gleiten ab, sie nickt ein, aber gerade als Charlotte klingeln will, wacht sie auf.

»Du musst nicht klingeln. Ich ruhe mich nur aus.«

»Darf ich bleiben?«, fragt Charlotte.

»Das musst du wissen«, antwortet sie schläfrig und nickt wieder weg.

Charlotte lässt sie eine halbe Stunde schlafen. Schleicht sich hinaus, um zu rauchen und zu Hause anzurufen, und schafft es auch, mit den Eltern zu sprechen, die Gesellschaft vom Dienst habenden Beamten bekommen haben.

»Sie könnte leben, wenn sie wollte«, sagt ihr Vater sanft, während ihre Mutter Charlotte appellierend ansieht und fest nach ihrem Unterarm greift.

»Können Sie sie dazu bringen, uns zu empfangen? Nur einen Augenblick?«

Charlotte ist kurz davor, in hysterisches Lachen auszubrechen. Sie, die alles verloren hat, was sie in Händen gehalten hatte, ist ganz sicher nicht die Richtige, der man die Rolle als Friedensvermittlerin anvertrauen sollte. Sie will sich mit einer Entschuldigung und mit Bedauern freimachen, aber dann wird sie festgehalten von der Verzweiflung in den rot geränderten Augen der Mutter. Erinnert sich an etwas, das Thomas einmal gesagt hatte: »Wie soll man die Welt retten können, wenn man nicht einmal einen Einzelnen retten kann?«

Sie holt tief Luft. Nickt den Eltern zu.

»Ich versuche es. Versprochen.«

Als Cat wieder aufwacht, feuchtet sie ihre Lippen mit einem Schwamm an.

»Cathrine«, sagt sie.

»Nenn mich Cat.«

»Okay, Cat. Ich wollte dir nur sagen, dass ich hier bleibe. Die ganze Nacht.«

»Warum?«

»Das hätte Thomas auch gemacht, oder? Er hat auf dich aufgepasst, als ihr in Göteborg wart, und jetzt passe ich auf dich auf. So ist das.«

Sie antwortet nicht, Charlotte schweigt, fühlt sich unendlich müde.

»Erzähl von Thomas«, hört sie auf einmal.

»Thomas?«, sie richtet sich auf. Dann räuspert sie sich. »Thomas ist ein toller Mensch. Ein guter Mensch … als ich ihn getroffen habe, war er fast noch ein Junge. So jung, so jung«, fängt sie an und verweilt lange im Universum des Erzählens, wie Rotkäppchen, das nur noch eine Blume pflücken will, und noch eine.

Es ist ein langer Bericht, detailreich und bunt, voll von Städten und Landschaften, von Alltag und Sonntag. Obwohl sie merkt, dass Cat zwischendurch eindöst und wieder schläft, kann sie nicht aufhören, weiterzuerzählen – von der Geburt der Zwillinge, von der Karottenbrei-Zeit, von den politischen Diskussionen über Mittel und Ziele, die sie geführt haben, von dem, was sie gemeinsam wollten und dem, was sie taten, und von dem, was sie sollten und nicht taten. Und als es nach Mitternacht ist und sie sicher ist, dass Cat schläft, erzählt sie auch vom letzten Jahr und dem Sommer, der einen Strich in den Sand zog. Von dem Betrug, der Sehnsucht und der Angst, dass er nie mehr nach Hause kommen könnte.

Zuletzt schweigt sie. Schüttelt sich ein wenig. Betrachtet das abgemagerte Skelett, das mit den Klauen auf der Decke daliegt, und hat keine Ahnung, wie sie sie zurück zu den Lebenden bringen soll.

»Ich war in Genua«, hört sie da sacht wie ein Flüstern. »Dort habe ich Carlo getroffen. Den, den sie erschossen haben. Ich glaube, er war wie Thomas. Gut.«

»Das war schrecklich, dass sie ihn erschossen haben«, sagt Charlotte dürftig.

»Sie hätten mich erschießen soll'n«, nickt Cat. »Das war es, was ich wollte.«

Charlotte seufzt. Sieht die Straßenkämpfe vor sich, die Wasserwerfer, die berittene Polizei, die Schilder und die verzerrten, schreienden Gesichter.

»Warum willst du so gerne sterben?«, fragt sie dann.

»Ich bin eine Missgeburt. Ich hätte gar nicht erst geboren werden dürfen.«

Die Tür geht auf, die Krankenschwester kommt herein, um den Tropf auszutauschen und »um zu sehen, ob alles in Ordnung ist«. Das versichert Charlotte, obwohl Cat sich augenblicklich wegdreht und erst wieder hervorgelockt werden muss, nachdem die Schwester wieder draußen ist.

»Ich hasse sie«, verzerrt sie ihr Gesicht. »Ich hasse weiße Kittel.«

»Cat«, sagt Charlotte. »Erzähl mir von deinem Leben.«

Wieder antwortet sie mit der unbehaglichen Grimasse, die einem Lächeln ähneln soll.

»Da gibt es nichts zu erzählen.«

»Doch. Kleinigkeiten. Erzähl, so, wie ich erzählt habe.«

Sie zögert. Fängt an. Braucht viel Zeit. Unterbricht. Sucht nach verschwundenen Worten. Verliert sich in den Lagunen der Erinnerung, um dann wieder aufzutauchen, heiser und abgehackt. Charlotte hört aufmerksam zu. Verpasst nicht die kleinste Nuance oder Betonung. Entdeckt fasziniert, dass sie die Geschichte wiedererkennt, jedenfalls Elemente daraus. Die Angst, die Wut und die Ohnmacht. Wenn sie nur ein klein wenig zarter gewesen wäre, hätte das Gleichgewicht kippen können, und sie wäre hier geendet. In Schuld und Kapitulation.

Als Cat am Ende des Wegs angekommen ist, ist es schon nach zwei. Sie wirkt erschöpft, zieht die Decke fest um sich.

»Jetzt will ich schlafen«, erklärt sie.

»Ja, aber bevor du schläfst, hör zu!«, sagt Charlotte eindringlich. »Es ist nicht deine Schuld, dass dein Zwillingsbruder gestorben ist! Die Lebenden müssen nie für die Toten büßen! Und deine Eltern, deine Mutter und dein Vater, Cat, lieben dich! Ganz gleich, was sie dir angetan haben und du ihnen, ist es so. Eltern lieben ihre Kinder bedingungslos! IMMER!«

Sie schreit dem Mädchen fast ins Gesicht, das nicht zu reagieren scheint. Aber sie atmet noch, und als Charlotte aufsteht, um ihren schmerzenden Körper zu strecken, sieht sie, dass Cat ihr durch den Spalt ihrer Augenlider folgt.

»Darf ich mich zu dir legen?«, fragt sie. »Ich bin todmüde.«

Sie nickt, und Charlotte schüttelt ihre Schuhe von den Füßen und kriecht unter die Decke zu dem knochendürren Wesen, das vielleicht schon immer mehr tot als lebendig gewesen ist. Denkt an das Treffen mit dem Staatsminister, das ihr jetzt surrealistisch und fern vorkommt. Unwesentlich.

Ein paar Stunden später wacht sie mit einem Ruck auf. Fürchtet im selben Augenblick, sie verloren zu haben, dass Cat ihr weggestorben ist. Aber die Augen des Mädchens ruhen auf ihr, haselnussbraun und weicher, als sie es je gesehen hatte.

»Ich muss mal. Meinst du, du kannst mir helfen? Damit ich die Bettpfanne nicht brauche?«

»Natürlich«, sagt Charlotte und steht gerädert auf. Schätzt ihren mageren Körper ab und trägt sie dann auf die angrenzende Toilette. Sie wirkt leichter als Charlottes eigene Kinder.

»Ich glaube, zurück schaffe ich es selbst. Wenn du mich stützt«, sagt sie, als sie gepinkelt und sich die Hände gewaschen hat, wobei sie es sorgsam vermeidet, sich selbst im Spiegel zu sehen.

Sie schlurfen langsam zurück zum Bett, Cat sitzt auf der Bettkante, während Charlotte Kissen und Decke aufschüttelt.

»Das hat meine Mutter auch immer gemacht«, sagt sie mit einem blassen Lächeln.

»Das *machen* Mütter so«, antwortet Charlotte und hilft ihr, sich hinzulegen.

»Wie geht es ihr?«, fragt sie da.

Charlotte schluckt. Sieht sie direkt an und versucht ihren Blick so streng aussehen zu lassen, wie sie kann.

»Deine Mutter ist furchtbar unglücklich darüber, dass ihre Tochter ihr wegsterben will, ohne sie oder ihren Vater noch einmal sehen zu wollen. Sie sind seit einer Woche in diesem verrotteten Krankenhaus und warten darauf, dass du sie hereinlässt. Deine Mutter ist am Ende!«

»Nein!«, trotzt Cat wieder.

»Doch! Fünf Minuten, Cat! Das ist alles, worum sie bitten!«

»Nein«, ihr Mund hat angefangen zu beben.

»Doch! Hörst du denn nicht, was ich gesagt habe?«

»Nein«, sie steckt die Finger in die Ohren, aber Charlotte greift ihre Handgelenke und zieht sie wieder raus.

»Hör mir jetzt zu, okay? Deine Mutter und dein Vater haben deinen Bruder verloren. Darüber haben sie getrauert. Aber sie LIEBEN dich. Das haben sie immer getan. Sie würden alles tun, um dich zurückzubekommen. Um dir zu helfen. Damit du LEBEN kannst!«

»NEIN!«, schluchzt Cat und reißt die Sonde heraus. »Ich will STERBEN! Jetzt, heute Nacht!«

Charlotte seufzt tief. Geht zum Fenster. Es fängt an zu dämmern. Bald würden die ersten Busse wieder fahren und mit ihrem Bass die Geräusche der Stadt unterlegen.

»Da, wo Thomas ist, in Sambia«, fängt sie an, mit dem Rücken zu Cat, die jetzt laut weint. »Dort ist jeder vierte HIV-infiziert oder hat Aids. Die Kinder kommen damit zur Welt, die Mütter sterben. Er arbeitet dort unter anderem mit diesen infizierten Kindern und ihren Müttern, und was er versucht, ist, die Mütter dazu zu bringen, sich an ihre Kinder zu binden, obwohl sie wissen, dass sie sie verlieren werden. Damit diese kleinen Kinder, die auch sterben müssen, trotzdem diese Liebe erfahren … denn die ist so stark, Cat, so wichtig, die Liebe zwischen Eltern und ihren Kindern. Und kein Pflasterstein, keine zerbrochene Scheibe, kein Kampf mit der Polizei, kein Hass kann sie jemals ersetzen.«

»Davon weißt du doch nichts!«, faucht sie vom Bett aus.

Charlotte bleibt stehen, sieht, wie der Mond anfängt zu verschwinden, denkt an die Kinder, die sie hier geboren und den Vater, den sie am anderen Ende des Landes verloren hat.

»Doch«, sagt sie und dreht sich um. »Darüber weiß ich alles. Ich habe Zwillinge, Cat. Als sie gerade geboren waren, lagen sie im Brutkasten, weil sie zu früh gekommen waren und eine leichte Gelbsucht hatten. Es fehlte ihnen nichts, aber ich hatte solche Angst, solche Angst, sie zu verlieren. Jens war der Schwächere, das ist er noch immer. Also habe ich für ihn am meisten gebetet. Aber hätte ich die Wahl gehabt, sie beide zu verlieren oder Johanne behalten zu dürfen, dann hätte ich mich für Johanne entschieden. Eins ist besser als keins. Dann wäre sie die starke Tochter gewesen, die überlebt hätte, weil sie das sollte. Weil das die Absicht gewesen wäre. Die der Natur, des Schicksals oder Gottes oder …«

»Und was ist mit deinem Vater?«, kommt es zögerlich mit einem letzten Rest Anklage. »War es auch beabsichtigt, dass er sich erhängt?«

Charlotte sieht hoch zur Gipsdecke, die sich verschleiert und verschwimmt.

»Nein.« Sie schüttelt den Kopf. »Das war nicht beabsichtigt. Er hat sich geirrt. Er wusste nicht, wie sehr wir ihn lieben. Alle zusammen. Glaubte nicht, dass wir das tragen könnten. Aber das hätten wir getan. Natürlich hätten wir das.«

Sie schnieft, geht zum Waschbecken und schüttet sich kaltes Wasser ins Gesicht. Füllt einen Plastikbecher und trinkt ihn in einem Zug aus.

»Tja«, seufzt sie dann, wie ihre Mutter es auch hätte tun können, und geht zum Bett, hockt sich hin, sodass sie in Augenhöhe mit Cat ist. Streicht ihr mit einem Finger zärtlich über das Muttermal.

»Du sollst leben, mein Mädchen.«

»Ich komme ins Gefängnis …«

»Wir finden eine Lösung …«

Es dauerte lang. Länger, als sie erwartet hatte. So lange, dass sie glaubte, es wäre missglückt. Aber gegen halb sechs, als sie neben Cat lag und döste, spürte Charlotte einen kleinen, leichten Knuff.

»Du kannst sie reinholen. Und dann hätte ich gerne ein Glas Wasser und eine Banane.«

☆

Seit fünf Uhr hat Henrik Sand in seinem Garten gesessen und nachgedacht. Es ist ein schöner Morgen, kein schlechter Tag zum Sterben, wenn es denn sein sollte. Gegen halb sieben schlägt er die Wolldecke zur Seite, steht auf und nimmt seine Rosenschere vom Gartentisch. Geht zum Spalier und sucht sich das Exemplar mit der vollkommensten, tiefroten Knospe kurz vor dem Aufspringen aus. Er sticht sich leicht an einer Dorne, als er den Stil beim Abschneiden festhält. Saugt schnell das Blut vom Finger und weiß, dass er da sein will, um sie zu fangen, wenn sie fällt. Und wenn sie zusammenfallen.

☆

»Yes, yes, yes!«, sang es in ihr, als sie schwungvoll durch die Halle ging, an den Putzfrauen mit Kopftüchern vorbei, hin zur automatischen Tür. Sie hat auf dem Weg das Handy angeschaltet und ist noch nicht einmal draußen, als es schon klingelt.

»Thomas?«, fragte sie außer Atem.

Es waren die Radionachrichten, die sie um ihren Kommentar zu den »vernehmlichen Gerüchten« baten, die besagten, dass sie sowohl von ihrem Posten als Ministerin als auch von ihrer Kandidatur für den Amager-Kreis zurücktreten wolle.

Sie fing laut und ein wenig exaltiert an zu lachen. Blieb mitten in einem Sonnenstrahl stehen und musste sich bei dem völlig verwirrten Reporter entschuldigen.

»Nein«, sagte sie. »Ich trete von gar nichts zurück. Ganz im Gegenteil.«

Hinterher schickte sie eine SMS an Thomas in Sambia.

»Cat ist o.k. Ich bin o.k. ILY. C.«

Dann ging sie los und hielt ein Taxi an, kroch auf den Rücksitz und bat darum, in die Drejøgade gefahren zu werden.

»Zeitung?«, fragte der Fahrer freundlich und reichte ihr die *Jyllands Post* nach hinten. Sie warf einen Blick auf die fetten Lettern der Titelseite und konnte sehen, dass sie die Top-Geschichte des Tages war.

»Nein, danke«, sagte sie ruhig, lehnte sich zurück und machte sich daran, in die Welt hinauszuschauen. Es war Dienstag, der 11. September 2001, und sie hatte keine Angst mehr.

»Wir bauen sie auf und reißen sie ein. Zum Teufel, natürlich tun wir das. Aber sie ist eine Kämpferin. Sie kommt wieder. Daran glaube ich wirklich. Es wäre auch einfach zu bitter, wenn Charlotte Damgaard als die erste weibliche Staatsministerin, die Dänemark nie bekommen hat, in die Geschichte eingehen würde.«